诗国

中国院士诗词特辑

曹辛华　赵安民　刘慧宽　主编

中国书籍出版社
China Book Press

诗词出版中心

图书在版编目（CIP）数据

诗国. 中国院士诗词特辑 / 曹辛华, 赵安民, 刘慧宽主编. -- 北京：中国书籍出版社, 2025.8. -- (诗国). -- ISBN 978-7-5241-0459-9

Ⅰ. I227; I207.2

中国国家版本馆CIP数据核字第20256P58S3号

诗国·中国院士诗词特辑

曹辛华　赵安民　刘慧宽　主编

策划编辑	朱　琳
责任编辑	宋　然
责任印制	孙马飞　马　芝
封面设计	东方美迪
出版发行	中国书籍出版社
地　　址	北京市丰台区三路居路 97 号（邮编：100073）
电　　话	（010）52257143（总编室）　（010）52257140（发行部）
电子邮箱	eo@chinabp.com.cn
经　　销	全国新华书店
印　　刷	三河市富华印刷包装有限公司
开　　本	787毫米×1092毫米　1/16
字　　数	483千字
印　　张	25
版　　次	2025 年 8 月第 1 版　2025 年 8 月第 1 次印刷
书　　号	ISBN 978-7-5241-0459-9
定　　价	98.00元

版权所有　翻印必究

编委会

总顾问：贺敬之

顾　问：刘　征　刘润为　刘海起（兼法律顾问）　　杨金亭　杨志新
　　　　 李文朝　陈飞龙　张永健　罗　辉　郑伯农　郑欣淼　李正忠
　　　　 范诗银　顾　浩　峭　岩　戴砚田

主　任：丁国成　曹辛华

副主任：V　青　唐德亮　旭　宇　易　行

编　委：V　青　丁国成　于　平　王学忠　王绶青　叶春秀　朱先树
　　　　 刘国震　刘庆霖　旭　宇　曲汗青　江　岚　李元洛　李发模
　　　　 李清泉　杨逸明　杨志学　陈秀新　余减祖　宋彩霞　沈华维
　　　　 林　峰　易　行　武立胜　郑伟达　星　汉　赵安民　高　昌
　　　　 唐德亮　蒋登科　褚水敖　樊希安　李增山　李树喜　韩倚云

首届诗词艺术与科学精神研讨会致辞（代序）

曹辛华

感谢各位尊敬的院士、诗人学者、各位老师莅临这次研讨会！大家知道我现在一直在关注现代诗词学方面的问题。中华诗词学会给我任务，让我做现当代诗词研究工作委员会的主任。我觉得压力特别大，比在钟振振师身边的时候压力更大，为什么呢？在当代有这么多各行各业的学者，各行各业的诗人，让我负责全面的研究或者怎么来做好，感觉担子不轻。在这里，我先对院士诗词的研讨提几个自己的设想。

第一，我们要怀着崇敬的心情来礼赞院士。习近平总书记指出："建设科技强国，科技战线重任在肩，使命光荣！希望两院院士作为科技界杰出代表，冲锋在前、勇挑重担，当好科技前沿的开拓者、重大任务的担纲者、青年人才成长的引领者、科学家精神的示范者，为我国科技事业发展再立新功！希望广大科技工作者自觉把学术追求融入建设科技强国的伟大事业，锐意进取、追求卓越，创造出无愧时代、不负人民的新业绩！"如果我们人类有一个高智商、高智慧发展的代表的话，我觉得院士是一个典型代表。因为今天我们的涂院士说了，学术要利天下、利人民，在这个时候，我们就得用这种精神来研究院士。这如果叫"科学家精神"的话，我们研究的就是一种科学精神，这种精神叫敬重的精神，因为以院士为中心的中国科学家为这个时代增添了物质与文明的新光彩。我们应当敬重科学家们的一切闪光点，应当从各个角度、各个层面对科学家精神进行礼赞，应当真诚地讴歌院士们的科学成就、艺术成就以及科学精神。

第二，要用科学的精神来研究科学家诗词的精神。这好像有点绕，但这是避免学界、诗词界经常经常打嘴仗的一个巧妙的办法。在本人的眼里面，我们要做一个科学家。我们不是纯粹的文人，我们是人文学者、人文科学家。人文科学家做的事情一定是以科学的方式。这样的研究的过程应该是原生态的，全生态的。如我们的吴硕贤院士是研究建筑声学环境这一块的，其科学精神可嘉。我们只有用这种精神去研究所有当代存在的各种诗词文化现象，那么才能达到一个和谐完美的学术状态。

第三，要用文献学的精神来研究院士诗词。院士诗词的活动应该很早之前就在策划，这里边有一个功臣就是韩倚云先生，她是航天界的奇才，也是让我很佩服的一个女科学家。在这个过程里面，我特别感受到了一点。她对科学家诗词热爱，同时对我们传统诗词、书画也热爱。当时我们在探讨过程中，我们率先让研究生做了一个普查。从中国有院士开始再到当代有多少位院士出过诗集或者是否有明确的创作诗词记载。初步统计的名单是有五百位以上。后来我们考察出来实际有二百多位。以后我一定会让我的博士专门来做这样的研究工作，把这个作为博士课题来一直做，在做的过程中首先一定要普查相关的文献。在这里面我举一个小例子：我对吴硕贤老师的写诗精神非常敬佩，吴院士写作诗词是家传的，他寄给我他父亲写的作品，寄给我一些他从十岁开始写的诗。这使我们认识到，科学家有不是客串写诗的，有一些实际上有家传的。像我是农民的孩子，我上了中文系，又碰到钟老师才写作诗词。我想如果我们用文献学的精神来对院士诗词的存在情况及其生态与史实等进行考据，进行发掘，我们就会发现这又是一个很重大的课题。与此同时，我认为非常有必要整理院士诗词的作品。在此，把长期从事诗词出版的赵安民老师，还有采薇阁王强王总请到场，实际上把声音传给他们。他们知道院士诗词重要性的话，就会发现这是一个文献整理的新领域，或者是图书出版的一个机会。诗词研究与文献整理是双关的。科学和艺术也是双关的。事实上我们在普查的过程已经发现一本院士诗词选，而且还是上海交通大学出版社出版的。这就要求我们把院士诗词的版本、校注、辑佚、考证以及编选、汇刊等文献学工作提上日程。由此，为院士诗词史、院士诗词批评、院士诗词精神等研究提供史料与基础。

第四，我们要用文学眼光、艺术精神来对诗词进行考察。这个问题很复杂，无法用三言两语解释清楚，怎么对院士的诗词进行精准的判断？这种判断到底怎么来做？实际上都是我们面临的问题。不光是院士诗词，各行各业的诗词都存在。之前的某一年，也是在这个会场，曾经有一个大的争论，主题也是研究一个行业的诗词，结果有一位我也很尊敬的老师在现场提出我们应该研讨排名前50位的作家作品，之后有一位先生就提出了前50位的排名按照什么标准排的疑问。我后来表达了自己的想法，我认为任何人只要写东西，哪怕写一个字，画一个画，那就是艺术。不要总是说写个文学艺术作品会用哪种修辞手段有多好。不是这样子的。我觉得归结为一点就是一个精神，即爱国的精神、忧国忧民的精神。我如果最后对院士诗词做一个评价的话，我读了院士的诗词非常感动，他们的诗词里面闪烁的都是忧国忧民、利国利民的精神。如果我们要研讨，我觉得这点是特别重要的。如果我们写出来的东西不能够为人生、为社会、为国家，甚至为我们人类来提供一点点感动与借鉴的话，那我认为写诗是失败的。其他我认为是次要的。由于时间关系，我讲得比较肤浅。预祝这次研讨会取得好效果，为院士诗词研讨开个好头。谢谢！

曹辛华，现任中华诗词学会副会长、上海大学二级教授、博士生导师、博士后合作导师，兼任上海大学中华诗词创作研究院院长、现当代诗词研究工作委员会主任、世界汉学中国文学分会常务副会长。

目　录

首届诗词艺术与科学精神研讨会致辞（代序）/ 曹辛华 ············· 1

一、院士诗词············· 1

（一）钱伟长院士············· 2

念奴娇——庆祝国庆三十五周年············· 2

（二）陈懋章院士············· 3

疑与悟············· 3

峨眉拜佛············· 3

平遥古城墙野草············· 3

元宵节············· 3

生　命············· 4

归　宿············· 4

小　池············· 4

八十赏晚景有感············· 4

昔日成都宽巷子冬夜············· 4

秋日访张北元中都遗址············· 4

干涸的大瀑布（Dry Falls）············· 4

鲁比海滩（Ruby Beach）············· 4

北疆游············· 5

浣花溪古桥············· 5

参访格林尼治天文台············· 5

唐人街············· 5

游海河过袁世凯遗邸有感············· 5

钓　鱼	5
书　生	6
访会议旧址诗两首	6
径赛场	6
死犹未已	6
扬州怀古	6
恩施游	7
胡　杨	7
米兰大教堂	7
古罗马竞技（斗兽）场	7
少帅张学良	7
武则天	8
古塔敬老院看望亲兄郑揆（陈懋隆），时年九十	8
晋祠周秦古柏	8
伯　乐	8
渔歌子·忆童年	9
少年游·求学别母出川	9
忆江南·教室	9
浪淘沙·上大学	9
忆王孙·庚子年冬当伙夫	9
八声甘州·忆1979年赴英国留学	9
浪淘沙·北戴河	10
江城子·访檀香山孙中山纪念场	10
念奴娇·风流独秀	10
阮郎归·嫦娥4号降落月背天河基地	10
浪淘沙·贺天问一号入轨成功	10
卜算子·天问一号浮想	10
江城子·凭吊滇西缅北战场	11
望海潮·天问一号首登火星抒怀	11
清平乐·二泉映月	11
望海潮·圆明园祭	11

鹧鸪天·利玛窦	11
浣溪沙·回首	11
唐多令·从扑翼机到固定翼飞机	12
少年游·卖柑者新说	12
忆江南·避暑雅安	12
浣溪沙·题周有光携吾孙小照	12
忆江南·1995年访孟买有感	12

（三）王玉明院士 ... 13

元　旦	13
我心飞翔	13
海滨新秋	13
答谢迦陵师赠雅号"韫辉"并预祝南开大学"迦陵学舍"早日落成	13
圣诞香山月夜有感（中华新韵）	13
峨嵋纪游（中华新韵）	14
悼周总理（二首选一）	14
沈园怀陆游	14
亚龙湾海滨漫步遇雨（中华新韵）	14
香山碧云寺	14
幽谷临风（中华新韵）	15
荷塘幽思（四首选二）	15
调笑令·水木清华	15
忆江南·西子湖（四首选二）	15
鹧鸪天·秋兴（八首选二）	15
西江月·仲夏夜之梦	16
南乡子·戊戌荷月清华园初觅流萤小记	16
蝶恋花·自然之恋	16
定风波·山桃（用苏轼韵）	16
风入松·春思（用吴文英韵）	16
行香子·八十岁登七仙岭感怀	16
贺新郎·赏昆剧《桃花扇》有感（依张元幹韵）	17
声声慢·灵岩山怀古	17

暗香·咏西施（用姜夔韵）	17
永遇乐·鲁迅故居感怀（用辛弃疾韵）	17
雨霖铃·己亥清明缅怀屈原（用柳永韵）	18
八声甘州·成山头怀古（用柳永韵）	18
水龙吟·上元节拜海上观音圣像感怀（依辛弃疾韵）	18
摸鱼儿·屈原《九歌》读后感赋（依辛弃疾韵）	18
桂枝香·梦游天山怀古（依王安石韵）	18
寿楼春·中元节一日三度拜谒秋瑾女侠墓地雕像感怀（依史达祖韵）	19
沁园春·南海夜思（依辛弃疾韵）	19
沁园春·南迦巴瓦峰与雅鲁藏布大峡谷	19
【越调·天净沙】荒山月夜	19
北戴河	19
应邀聆听迦陵先生讲座《我的诗词家国》有感	20
陪叶嘉莹先生赴杨振宁先生之宴请于清华丙所	20
鹊踏枝·恭贺迦陵师九十华诞	20
一剪梅·迦陵学舍海棠雅集吟草（用蒋捷韵）	21
鹧鸪天·迦陵学舍海棠雅集再拜恩师迦陵先生（三稿）	21
月近中秋游园怀迦陵恩师	21
蝶恋花·三春晖	21
拜迦陵先生为师十年即兴赋小诗一首感谢"三知"恩师	22
（四）高金吉院士	**23**
登黄山	23
七绝·登黄山	23
七绝·笃行不倦	23
七绝·奉余年	23
七律·航空报国赞	23
七律·海空梦圆	23
七律·龙江感赋	24
七绝·墓志铭	24
七律·贺国重成立	24
《自传——人生感悟录》章题七绝诗七首	24

七绝·德高心静 ······ 25
七绝·深悟本质 ······ 25
七绝·异曲同工 ······ 25
七绝·异曲同工（中华新韵）······ 25
浪淘沙（瓦萨沉船）······ 25
人工自愈感悟诗七首（中华通韵）······ 25
七律·沈阳二中70周年校庆 ······ 26
七律·北化60周年校庆 ······ 26
七绝·贺百诞 ······ 26
七律·影展 ······ 27
七律·设协庆 ······ 27
七绝·贺《机械工程学报》创刊70周年 ······ 27
七律·贺工程院30周年庆 ······ 27
夏都青洽会有感 ······ 27
七绝·博华赞 ······ 27
七律·博华赞 ······ 27
七律·吉幸八十寿 ······ 28
七律·研究生毕业典礼贺辞 ······ 28
七律·博士毕业贺词 ······ 28
七绝·迎新春 ······ 28
七绝·离别情 ······ 28
七绝·乘高铁 ······ 28
七绝·挚友西别 ······ 29
七绝·小宇飞 ······ 29
七律·高氏族谱 ······ 29
七绝·连心锁 ······ 29
七绝·留美赠言 ······ 29
七绝·机场送别 ······ 29
七绝·学成归来 ······ 30
七绝·金海湾家观景 ······ 30
七绝·漫步金海湾 ······ 30

小神仙	30
七律·悼爱妻淑玉	30
七绝·天寿入土安	30
七绝·清明祭	30
七绝·黄山飞来石	31
七律·泛舟畅游武夷山	31
七律·腾格里达来游	31
七绝·天柱峰游	31
七绝·九七三成	31
七绝·星会嘉兴	31
七绝·大连星海掠影	32
忆江南·龙川（二首）	32
七律·皖南水乡	32
复建鹳雀楼	32
泸沽湖游	32
海棠花溪赞（六首）	33
浪淘沙（祈世平安）	33
外一首	33
七绝·深悟本质	34

（五）吴硕贤院士

浣溪沙·闻蝉鸣	35
冥　室	35
福寿沟	35
刮地风·教研生涯	35
癸卯教师节感赋	35
开学典礼感赋	35
叨叨令·问花	36
叨叨令·盆景	36
蝶恋花·城市规划	36
浣溪沙·晨起	36
自　我	36

致平和县育英小学	36
浣溪沙·田野之着装	36
画堂春·梦儿时	36
舞　者	37
春　神	37
甘草子（贺神舟十四出征）	37
生态文明	37
每日一诗感赋	37
恒吟感赋	37
水调歌头·甲辰吟	37
焰火光景	37
卜算子·焰火晚会	38

（六）丘成桐院士 …… 39

北京雁栖湖应用数学研究院揭牌	39
时空统一颂	39
清平乐	39
题诗蕉岭丘成桐国际会议中心数理天文学家画像	39
卡丘流形大会有感	39
鹧鸪天·中秋与友云后院赏月	39
蝶恋花·旅途中忆友云	40
蝶恋花	40
蝶恋花	40
琪妹大病	40
贺正熙芷安新婚之喜	40
满江红·携诸生游安阳	41
江城子	41
回乡有感	41
剑桥中秋佳节感怀	41
敦　煌	41
八声甘州	41
六七述怀	41

渔家傲	42
燕山亭	42
扬州慢	42
秋日感怀	42
虞美人	42
回清华园有感	43
忆江南·游徐州古彭城沛县有感	43
满江红	43
酒泉观宇宙飞船升天	43
清华数学科学中心奠基序	43

（七）刘合院士 …… 44

鹤	44
雪　山	44
秋离别	44
淡　泊	44
虎丘公园	44
除夕夜	44
威尼斯	44
元阳梯田	44
红满枝头	45
白　云	45
京　秋	45
红　柿	45
破彷徨	45
冬　韵	45
雪	45
蜡　梅	45
西堤春	45
宜兴行	46
树成图	46
长白山	46

雪域彩虹	46
清　雾	46
颐和园雪	46
天坛雾	46
元宵节	46
春　雪	46
清明祭	46
暮　色	47
夏　荷	47
（八）涂善东院士	**48**
上海滩（2010 年）	48
北戴河	48
滚滚长江	48
大江东去	48
获国家奖感赋	48
登楼远望	48
阴阳魔都	49
大数据之无限与有限	49
咏　菊	49
马年贺岁诗	49
清明遥祭庆新兄（2022 年）	49
参加首届中华诗词艺术与科学精神研讨会	49
敬挽杨叔子先生	50
SDGs 口诀	50

二、科学礼赞 ………………………………………………… 51

叶嘉莹	**52**
杨振宁教授七十华诞口占绝句四章为祝（1992 年）	52
钟振振	**52**
嫦娥篇	52
吴刚篇	52

  玉兔篇 ································· 52

周文彰 ································· 52
  卜算子·中华科技颂 ················· 52

刘庆霖 ································· 52
  致抗疫中的钟南山院士 ·············· 52

曹辛华 ································· 53
  醉太平 ································· 53
  清平乐 ································· 53
  定风波 ································· 53
  倚云女史伤足以其赏王玉明院士摄影书法艺术感赋韵祝早康复 ······ 53
  摊破浣溪沙（依王院士玉明词丈《咏圆明园山桃花》原韵） ······ 53
  闻涂院士语杨先生淑子院士逸事再悼杨先生 ············· 53

朱超范 ································· 54
  吟咏院士三首 ······················· 54

韩倚云 ································· 54
  呈袁隆平先生 ······················· 54
  致李兰娟院士 ······················· 54
  呈曾庆存先生 ······················· 54
  致钟南山先生 ······················· 54
  致陈薇少将 ·························· 55
  临江仙·题王玉明先生立秋摄荷图 ···· 55
  鹧鸪天·题陈懋章先生摄《绿园秋色图》 ·· 55

张玉梅 ································· 55
  马兰花歌 ···························· 55
  占春芳 ································ 55
  轻氢之美 ···························· 56

杨叔子 ································· 56
  鹊桥仙·答谢王玉明院士连续赠游览新作 ·· 56

周逢俊 ································· 56
  《王玉明：我的艺术清单》观后题 ···· 56

李文朝 ····· 57
歌咏院士暨科学家诗词（九首） ····· 57

李栋恒 ····· 57
痛悼"两弹一星"之父钱学森学长 ····· 57
咏郭永怀 ····· 58
贺我国女航天员刘洋乘神舟九号飞船上太空 ····· 58
歌唱航天员英雄群体 ····· 58

王改正 ····· 58
西江月·呈王玉明院士并序（通韵） ····· 58
临江仙·王亚平太空弹奏古琴并序（通韵） ····· 59

何云春 ····· 59
张伯礼院士在萱晟堂闻药 ····· 59

林 峰 ····· 59
致敬丘成桐院士 ····· 59
致敬王玉明院士 ····· 59

倪建民 ····· 60
题王玉明院士所摄日照金山图 ····· 60

田麦久 ····· 60
卜算子·咏三位航天员太空科考 ····· 60

杭中华 ····· 60
中国工程院院士黄先祥有赞 ····· 60

杨文才 ····· 60
贺火药学专家王泽山教授获国家最高科技奖 ····· 60

赵安民（师之） ····· 60
如梦令·登清虚山赞屠呦呦 ····· 60
鹊桥仙·"嫦娥四号"探月成功 ····· 61
为乘神舟十四号二上太空的女航天员刘洋拟言 ····· 61
中华北斗歌 ····· 61
定风波·北斗新星 ····· 62
银河破浪行 ····· 62
中华诗词学会科技与文创诗词工作委员会成立典礼在中国美术馆举行 ··· 64

谢立科同学组织衡阳眼科大会题句 ………………………… 65
　　上海大学首届诗词艺术与科学精神研讨会感思 ……………… 65
　　《当代科技诗词选》出版志庆 …………………………………… 65

段　维 ………………………………………………………………… 65
　　怀南仁东先生 …………………………………………………… 65

姚泉名 ………………………………………………………………… 66
　　我国人造出首个单染色体生物，致敬覃重军团队 …………… 66

徐吉鸿 ………………………………………………………………… 66
　　杏园春·赞院士诗人 …………………………………………… 66

王国钦 ………………………………………………………………… 66
　　遥寄杨振宁教授 ………………………………………………… 66
　　纪念杨振宁教授百岁华诞 ……………………………………… 66
　　悼袁隆平院士 …………………………………………………… 67
　　荧屏观看全国抗击新冠疫情表彰大会 ………………………… 67
　　咏诗人科学家王玉明教授 ……………………………………… 67
　　"王玉明科技强基奖励金"成立感题 …………………………… 68
　　感咏吴孟超院士 ………………………………………………… 68
　　天文学家张同杰题咏 …………………………………………… 68
　　"神十三"巡天归航致敬王亚平 ………………………………… 68
　　神州十五升空与神州十四航天员汇合天宫空间站 …………… 69

张桂兴 ………………………………………………………………… 69
　　悼"水稻之父"袁隆平 …………………………………………… 69
　　贺神舟十二号飞船升空致航天英雄聂海胜 …………………… 69
　　临江仙·屠呦呦获诺贝尔奖 …………………………………… 69

闫志军 ………………………………………………………………… 70
　　踏莎行·致敬中国航天人 ……………………………………… 70

贾志义 ………………………………………………………………… 70
　　赞"两弹一星"元勋程开甲（通韵）…………………………… 70
　　赞吴天一（通韵）……………………………………………… 70

刘能英 ………………………………………………………………… 70
　　临江仙·题地质科学家 ………………………………………… 70

蔡大营 ... 70
咏两弹一星英雄林俊德 ... 70
挽"中国肝胆外科之父"吴孟超院士 ... 70
深切悼念袁隆平院士 ... 71
临江仙·中国核潜艇之父黄旭华 ... 71
临江仙·赞钟南山院士 ... 71

蔡瑞义 ... 71
咏钟南山 ... 71

陈美慧 ... 71
咏黄旭华 ... 71

高福林 ... 71
咏相里斌 ... 71
咏国家最高科学技术奖获奖者程开甲 ... 72

梁晗曦 ... 72
沁园春·题"中国歼击机之父"顾诵芬院士 ... 72
沁园春·一门三院士 ... 72
沁园春·题"中国导弹之父"钱学森院士 ... 73
沁园春·题"中国核潜艇之父"黄旭华院士 ... 73
沁园春·题"中国航母电磁弹射之父"马伟明院士 ... 73

邓恩平 ... 74
悼邓稼先 ... 74

张淑萱 ... 74
华罗庚 ... 74

李冠群 ... 74
咏杨振宁 ... 74

李君莉 ... 74
风入松·咏南仁东 ... 74

杜宗杰 ... 74
赞航天英雄王亚平 ... 74

来 鸿 ... 75
咏曾庆存 ... 75

咏王大中 …… 75
咏李四光 …… 75

陈旭东 …… 75
咏杂交水稻之父袁隆平院士 …… 75
咏国家最高科学技术奖获奖者屠呦呦 …… 75
国家最高科学技术奖特等奖获得者相里斌 …… 75

陈文林 …… 76
寄怀袁隆平 …… 76

胡　意 …… 76
咏屠呦呦 …… 76
"两弹一星"元勋钱学森 …… 76

温贵君 …… 76
咏科学家屠呦呦 …… 76

张　鹏 …… 77
咏程开甲 …… 77

刘鸿岐 …… 77
赞杨利伟 …… 77

侯蔚彬 …… 77
鹧鸪天·赞疾控专家侯云德院士 …… 77

王黎静 …… 77
致敬疾控专家侯云德院士（通韵） …… 77
致敬陈薇院士 …… 77
致敬吴孟超院士 …… 77
行香子·致敬袁隆平院士 …… 78

朱继彪 …… 78
鹧鸪天·咏航天员王亚平 …… 78

李增山 …… 78
赞国家科技进步特等奖获得者相里斌 …… 78

刘建锋 …… 78
共和国勋章获得者孙家栋 …… 78

陈廷佑 · 78
  赞陈薇团队研发冠毒疫苗成功 · 78
韦树定 · 78
  陈　薇 · 78
曹　华 · 79
  东风第一枝·致敬我国著名火炸药学家王泽山先生 · 79
徐胜利 · 79
  孙强赞 · 79
  刘真赞 · 79
张少林 · 79
  国家最高科技奖获得者、我国著名雷达与信号处理技术专家刘永坦院士 · 79
程宝庆 · 80
  西江月·国家最高科技奖获得者、我国著名防护工程学家钱七虎院士赞 · 80
叶平安 · 80
  喜闻我国科学家寻找暗物质领先世界有吟 · 80
宋彩霞 · 80
  赞南海舰队某潜艇支队372艇官兵 · 80
王学莲 · 80
  歼-8之父顾诵芬 · 80
  中国核潜艇之父黄旭华 · 80
张学丰 · 81
  咏袁隆平 · 81
  咏林俊德 · 81
  卜算子·咏郭永怀 · 81
  清平乐·双星殒落（新韵） · 81
郑福太 · 81
  国家最高科技奖 · 81
刘石森 · 82
  吴孟超袁隆平两院士 · 82
赵丽娅 · 82
  祝王希季先生102岁寿诞（中华新韵） · 82

江城子·观国庆盛况缅怀为我们铸就国盾的众帅之帅朱光亚先生 ········ 82

　　赞中科院植物研究所研究员童哲先生（新韵） ················ 82

毛永平 ··· 83

　　鹧鸪天·赞物理泰斗杨振宁（中华新韵） ····················· 83

毛得江 ··· 83

　　满庭芳·赞科技兴邦 ·· 83

赵立吉 ··· 83

　　赞"两弹一星"功臣邓稼先 ································· 83

王剑锋 ··· 84

　　赞"两弹一星"功臣邓稼先 ································· 84

宋延萍 ··· 84

　　临江仙·科技壮行囊 ·· 84

陈　镇 ··· 84

　　咏屠呦呦 ··· 84

　　咏袁隆平 ··· 84

邱金玺 ··· 84

　　敬题王玉明院士 ·· 84

　　敬题曾庆存院士 ·· 84

　　贺刘洋凯旋 ··· 84

　　咏钱学森院士 ··· 85

　　咏王泽山院士 ··· 85

　　悼袁隆平院士 ··· 85

王传明 ··· 85

　　祝贺"神十三"航天英雄归来 ······························· 85

陈红邨 ··· 85

　　念奴娇·追忆肝胆外科之父吴孟超院士 ····················· 85

张　飙 ··· 86

　　定风波·致敬缅怀电化学家查全性院士 ····················· 86

　　定风波·致敬缅怀全军挂像英模林俊德院士 ················· 86

　　致敬缅怀贾兰坡院士 ······································ 87

　　鹧鸪天·致敬缅怀生物学家童第周院士 ····················· 87

蝶恋花·致敬缅怀水文地质与工程地质专家张宗祜院士 ·············· 88
　　江城子·致敬缅怀植物学家吴征镒院士 ························· 88
　　破阵子·致敬缅怀核化学家和放射化学家肖伦院士 ················ 89
　　破阵子·致敬缅怀妇产科医学专家张丽珠教授 ···················· 90
　　渔家傲·致敬古生物学家张弥曼院士 ··························· 90
　　蝶恋花·致敬两弹一星元勋周光召院士 ························· 91

赵金玉 ··· 91
　　满江红·咏"两弹一星"获得者（九阕） ························· 91

黄石绿 ··· 93
　　致敬北斗天团 ·· 93

彭　云 ··· 93
　　画堂春·礼赞北斗卫星及科技人员 ····························· 93

林世厚 ··· 93
　　钟南山记 ·· 93
　　梦思袁隆平 ·· 93

黄青坡 ··· 93
　　贺杨振宁教授101岁华诞（新声韵） ···························· 93
　　院士颂（新韵） ·· 93

张国栋 ··· 94
　　怀念邓稼先院士 ·· 94
　　屠呦呦赞 ·· 94

王学滨 ··· 94
　　赞八一勋章获得者钱七虎院士（新声韵） ······················· 94
　　何满潮院士捐赠"海潮英才奖"第一届颁奖有贺（新韵） ··········· 94

张兆学 ··· 94
　　怀思袁隆平院士 ·· 94

钟晓文 ··· 95
　　缅怀天眼总设计师南仁东（孤雁格） ··························· 95
　　怀念杂交水稻之父袁隆平院士 ································ 95
　　赞中国核潜艇总设计黄旭华院士 ······························ 95
　　赞中国航天总设计师孙家栋院士 ······························ 95

苏　群 ……………………………………………… 95
满江红·礼赞马仁栋 ………………………………… 95
方桐辉 ……………………………………………… 96
致敬樊嘉院士（孤雁格） …………………………… 96
龚道瑶 ……………………………………………… 96
我就是王玉明 ………………………………………… 96
袁隆平选种 …………………………………………… 96
赞王希季 ……………………………………………… 96
杨振宁翁帆旷世婚姻颂（新韵） …………………… 96
姚光豪 ……………………………………………… 96
临江仙·致侯静（通韵） …………………………… 96
临江仙·致夏新界（中华通韵） …………………… 97
临江仙·致航天员（中华通韵） …………………… 97
姚崇实 ……………………………………………… 97
赞王选 ………………………………………………… 97
颂袁隆平院士 ………………………………………… 97
袁国忠 ……………………………………………… 97
赞水稻之父袁隆平 …………………………………… 97
医学诺贝尔奖屠呦呦 ………………………………… 97
赵志林 ……………………………………………… 97
袁隆平 ………………………………………………… 97
钱学森 ………………………………………………… 98
罗　英 ………………………………………………… 98
赵树云 ……………………………………………… 98
赞任正非 ……………………………………………… 98
王士泽 ……………………………………………… 98
致敬马伟明院士 ……………………………………… 98
茗　人 ……………………………………………… 98
沁园春·钱三强先生 ………………………………… 98
竹茂森 ……………………………………………… 98
陈家栋（新声韵） …………………………………… 98

师昌绪 ·· 98
　　袁隆平（通韵） ······································ 99
　　吴孟超 ·· 99
　　陈定昌（中华通韵） ································ 99
　　钱学森 ·· 99
　　邓稼先 ·· 99
　　钟南山（新声韵） ···································· 99
李　贵 ·· 99
　　赞华为任正非 ··· 99
　　袁隆平千古 ·· 99
王素玲 ·· 100
　　披玉嫁·袁隆平 ······································ 100
　　寒空雪·于敏 ·· 100
　　鹤舞·黄旭华 ·· 100
王　坤 ·· 100
　　颂科学家屠呦呦 ····································· 100
　　颂科学家钱学森 ····································· 100
闫云霞 ·· 100
　　【双调·水仙子】中国工程院院士东北大学校长冯夏庭教授风采 ····· 100
李耀宗 ·· 100
　　赞中国工程院马伟明院士 ························ 100
　　赞中国科学院李四光院士 ························ 100
　　赞中国工程院钟南山院士 ························ 101
李秀景 ·· 101
　　临江仙·钟南山 ···································· 101
　　江城子·悼袁隆平 ································· 101
崔屹然 ·· 101
　　鹧鸪天·赞钱学森（中华新韵） ················ 101
　　采桑子·赞流体密封专家王玉明 ················ 101
王书明 ·· 101
　　咏土壤学家张佳宝院士 ··························· 101

张金锐 ·· 102
　　赞屠呦呦 ·· 102
　　赞邓稼先 ·· 102
　　念奴娇·赞中国载人航天工程（依苏轼体） ·············· 102
朱超范 ·· 102
　　钱学森赞 ·· 102
　　钱三强赞 ·· 102
　　钱伟长赞 ·· 102
　　孙家栋赞 ·· 102
　　袁隆平赞（二首） ···································· 103
王居正 ·· 103
　　黄河清慢·国庆之际缅怀国士邓稼先先生 ················ 103
　　念奴娇·悼水稻之父袁隆平 ···························· 103
杜文英 ·· 103
　　悼念袁隆平院士 ······································ 103
杨　沐 ·· 103
　　闻袁隆平院士仙逝 ···································· 103
　　悼袁隆平院士 ·· 104
丁　燕 ·· 104
　　悼杂交水稻之父袁隆平院士 ···························· 104
李振刚 ·· 104
　　咏马大猷（新声韵） ·································· 104
　　赞中国工程院院士李兰娟 ······························ 104
张德俊 ·· 104
　　赞邓稼先（新声韵） ·································· 104
　　赞杨振宁（新声韵） ·································· 104
　　赞钱学森（新声韵） ·································· 105
王俊才 ·· 105
　　浣溪沙·送院士袁公 ·································· 105
　　念肝病专家吴孟超院士 ································ 105

左哲夫 ······ 105
　悼袁隆平院士 ······ 105
　程开甲（新韵） ······ 105
周继舟 ······ 105
　谷雨日悼潘际銮院士 ······ 105
　哀悼袁隆平、吴孟超两院士同日逝世（三首） ······ 105
李继东 ······ 106
　饯行施一公院士 ······ 106
车文全 ······ 106
　鹧鸪天·赞神舟十三女航天员王亚平（中华新韵） ······ 106
吕　程 ······ 106
　沉痛哀悼袁隆平院士 ······ 106
李学君 ······ 106
　痛悼著名人工智能科学家冯旸赫 ······ 106
　医学高科第一人吴孟超 ······ 106
　中国激光武器女神侯静 ······ 106
　东风十七之祝学军女士 ······ 107
张庆平 ······ 107
　鹧鸪天·颂物理学家杨振宁 ······ 107
　西江月·颂袁隆平院士 ······ 107
　江城子·颂粮食安全接力者邓兴旺院士 ······ 107
陈沄龙 ······ 107
　江城子·缅怀潘际銮院士 ······ 107
熊良云 ······ 108
　江城子·赞张伯礼院士 ······ 108
宋世昌 ······ 108
　袁隆平赞 ······ 108
　赞孙家栋院士 ······ 108
陈素娜 ······ 108
　"院士诗人"王玉明 ······ 108
　中国工程院院士钟南山 ······ 108

民族脊梁钟南山 ·· 108
痛悼袁隆平院士 ·· 108
沁园春·有突出贡献的优秀青年技术专家、教授级高级工程师段进超 109

刘伦山 ·· 109
袁隆平之歌（新声韵） ···································· 109
钱学森颂（新声韵） ······································ 109
赞黄旭华（新声韵） ······································ 109
水调歌头·王选赞歌（新韵毛滂体） ······················ 110

段国华 ·· 110
咏郑州果树研究所王力荣院士（新声韵） ·················· 110
致敬黄旭华院士（新声韵） ································ 110
中国第一位女院士何泽慧（新声韵） ······················ 110
敬赞华为任正非先生（新声韵） ·························· 110
悼谢袁公隆平稻父（新声韵） ···························· 110
咏女航天员刘洋王亚平（新声韵） ························ 111

于　敏 ·· 111
抒　怀 ·· 111

陈业秀 ·· 111
步韵"氢弹之父"于敏院士《抒怀》元玉 ···················· 111
赞钟南山院士 ·· 111
钟南山院士获共和国勋章感吟 ···························· 111
赞"核潜艇之父"彭士禄院士 ······························ 111
缅怀"氢弹之父"于敏院士 ································ 111
缅怀"中国龙芯之母"黄令仪院士 ·························· 112
满江红·癸卯清明悼袁隆平院士 ·························· 112
如梦令·缅怀"中国核潜艇之父"彭士禄院士 ················ 112
赞"两弹一星"功勋邓稼先院士 ···························· 112

苑郑民 ·· 112
缅怀"两弹一星"元勋朱光亚先生 ·························· 112

三、院士诗词评论 ······ 115

清风、明月、劲松——顾毓琇旧体诗词的情蕴 / 陈必欢 ······ 116
澎湃诗情胸臆满，文采斐然一卷 / 王玉明 ······ 123
寄清华大学王玉明院士 / 宋健 ······ 133
科技人文路　殷殷赤子情 / 韩倚云 ······ 134
论杨叔子的纪游诗词 / 张娅晓 ······ 139
论杨叔子的科技诗词 / 钱博文 ······ 144
论杨叔子咏物诗词的艺术特色 / 王艺婷 ······ 155
一片丹心凝诗魂——论杨叔子的赠答诗 / 孙婧雯 ······ 164
论杨叔子的"病中之吟" / 王高潮 ······ 174
《陈懋章集》序 / 潘云鹤 ······ 185
四维天地事　一卷领潮歌 / 郑欣淼 ······ 186
应是天风窥望久　频催佳句入珠帘 / 韩倚云 ······ 188
论陈懋章科技词 / 常娜娜 ······ 192
论陈懋章的纪行诗词 / 李景燕 ······ 197
卓越的人生　诗意的栖居 / 马轶男 ······ 205
王玉明院士诗词论略 / 韩倚云 ······ 213
论王玉明先生诗词对神韵的追求 / 吴全兰 ······ 220
论王玉明先生婉约、豪放与沉郁顿挫兼具的词风 / 吴全兰 ······ 226
论王玉明先生诗词中的家国情怀 / 吴全兰 ······ 233
论王玉明先生诗词中的哲思 / 吴全兰 ······ 238
万里觅诗魂——评王玉明院士纪游诗词 / 王磊 ······ 241
神机测算知多少　诗情一引到碧霄 / 潘卿锐 ······ 254
论高金吉的纪行诗 / 巩柯妍 ······ 261
理纬文经织锦成 / 赵安民 ······ 269
漫展双飞翼　千里快哉风 / 韩倚云 ······ 281
理纬文经织锦成 / 郑丽仪 ······ 283
论吴硕贤的科技诗词 / 李佳乐 ······ 292
论吴硕贤的纪游诗词 / 熊婧雯 ······ 299
科技诗词嫁接成，奇花异树定纷呈 / 王俊清 ······ 307
科学之美与诗词之美的融合 / 王革华　王玉明 ······ 316

论丘成桐的纪行诗词 / 陈慧 ·················· 319

论刘合的科技诗 / 许可心 ·················· 327

论刘合的节令诗歌及其艺术 / 林柏豪 ·················· 333

论刘合的纪游诗 / 康宁婕 ·················· 342

论刘合的写景诗 / 许婉琼 ·················· 350

论涂善东院士的诗歌创作及艺术特色 / 张艺凡 ·················· 357

跋　语 ·················· 365

一、院士诗词

（一）钱伟长院士

钱伟长（1912年10月9日—2010年7月30日），江苏无锡人，中国著名力学家、应用数学家、教育家。他是中国近代力学奠基人之一，提出了"钱伟长方程"等重要理论，在弹性力学、板壳理论等领域有突出贡献。钱伟长不仅是一位科学家，还热爱文学和诗词，曾发表多篇散文和诗歌，强调科学与人文的结合，认为诗词能够陶冶情操，丰富科学家的精神世界。

念奴娇——庆祝国庆三十五周年

喜迎国庆，欢欣曷似。三十五年弹指一挥间。全国人民团结奋战，斩荆棘，踏坎坷，赢得伟大胜利。区区个人与国同命；今日重获科学生命之青春，桑榆匪晚，丹心不老，定当倍为勤勉，奉献余力。展望祖国"四化"前程，如日之升，如月之华；心潮澎湃，不能自已。古人云，情寄于诗，爰吟此长短句为祖国寿！

雄鸡高唱，
望东方，
万道霞光齐吐。
红日一轮照大地，
扫尽残雪妖雾。
盛会"三中"，
同心"四化"，肝胆都相许。
中华兴起，
万难千险无阻。

不断攀上高峰，
力学躬行，
创业开先路。
陡壁悬崖无所惧。
志为人民服务。
跨海呼龙①，
追星闯月，
国庆三旬五。
神州未老，
红旗高举齐舞！

* 原载《红旗》1984年第19期。

①跨海呼龙：据作者自注，指拟研究波浪能源。

（二）陈懋章院士

陈懋章（1936年—），江苏常州人，中国航空发动机专家，中国工程院院士。长期从事航空发动机设计与研究工作，主持了多项国家重点航空发动机项目。陈懋章在科研之余喜爱古典诗词，认为诗词能够培养人的审美情趣和创造力，对科学研究有积极的启发作用。

疑与悟[①]

太阳绕地，众目观之。眼见为真，何人疑之？古今中外，悉皆如是。灵均《天问》，深省百题。求索质疑，开悟之端；应者寥寥，只花不果；因循者众，新异思难。大疑诘难，地心之说。

颠覆潮流，天地置翻。大智偈曰：不疑不悟，小疑小悟，大疑大悟。大悟功成，心意戚戚。仰天长吟，《渔父》独孤。

注：①在写此首之前，曾写了一首同意之七绝：

太阳绕地寻常见，岂责苍生随世潮。
自古大疑萌大悟，奈何疑者仅寥寥？

此虽简明，但觉意远未尽，遂尝试以此古风抒发其意。

峨眉拜佛

宝殿烟云绕，日沉暮鼓频。
皆言我佛好，彼岸渡几人？

平遥古城墙野草

秦汉土城壁，萋萋野蔓生。
兴衰几更替，谁念草枯荣？

元宵节

序：2000年我接到中共中央办公厅通知，被邀出席元宵节联欢晚会，在人民大会堂东大厅举行。江泽民、李鹏、朱镕基、李瑞环、胡锦涛、尉健行、李岚清等出席，与知识界、文艺界人士300多人欢聚一堂，共度良宵。我被安排在第二桌，时任全国人大常委会委员长李鹏同志是第二桌的主宾。

昔为南冠客[①]，今是庙堂宾。
元夜非春始[②]，严寒出好春[③]。

注：①南冠：据东周左丘明《左传》，春秋时，楚人钟仪"南冠而絷"。晋侯问是何人，有司回答说："晋人所献楚囚也。"后因以南冠为囚徒的代称。"文革"期间，我曾被关牛棚。

②元宵在立春之后，故"元夜非春

始"。更想表达的是，科学春天的到来，中国春天的到来，始于1978年的改革开放，而不是2000年的元宵。

③严寒出好春：与瑞雪兆丰年有相似含义。广而言之，十年浩劫教育了人民，要走改革开放之路，这才是好春。

生　命

零落小松子，苍茫云雾峰。
潇潇风雨后，裂石一青松。

归　宿

溪流出洑窟，万里奔无歇。
终归沧海中，滴水不枯竭。

小　池

春雷乍起春池动，水暖鱼虾乐藻丰。
万类争游围半亩，不经江海不成龙。

八十赏晚景有感

人近黄昏多怅惘，可知晚景别般妍。
晚枫霜叶停车看，垂钓姜翁渭水边。

昔日成都宽巷子冬夜

风雪三更静少城，老翁荷担小营生。
昏灯陋巷颤孤影，深宅犹听叫卖声。

秋日访张北元中都遗址

萧瑟秋风摧草黄，人烟寥寂野墟荒。
沙场霸业今何在，零落残垣伴夕阳。

干涸的大瀑布（Dry Falls）

序：美国华盛顿州东部，曾经有地球上最大的瀑布，宽5.6千米，高121米（尼亚加拉瀑布宽1.6千米，高50米），因地质变迁，现已干涸，成为干涸的大瀑布，只留下一洼洼清水，但高高的陡峭绝壁依然屹立。

直下千寻四海倾，咆哮万里五雷鸣。
一朝怒触乾坤覆，唯剩秋池细雨声。

鲁比海滩（Ruby Beach）

序：2016年夏游历鲁比海滩，此乃美国西海岸北部一著名景点，位于西雅图西，奥林匹克国家公园海岸，见无数枯木沿海滩杂乱堆集，且非人力造就，而是千百年来自然形成，实为奇观。

云杉万里蔑风寒，新叶葱笼老干残。
岁岁秋洪摧腐朽，木枯不玷大长滩。

北疆游

秋生佳气渐斑斓，最是斜阳五彩滩。
阿母绮纨覆丘壑，穆王五色泼山峦。

浣花溪古桥[①]

不识《狂夫》万里桥，儿时上学如登高。
白头循水追童忆，唯见奔流逐浪涛。

注：①我幼时在成都就读的小学，原本在少城公园内，抗战期间，迁到青羊宫地区乡下，每天都要经过一座高大的石拱桥。后来读到杜甫诗《狂夫》中有"万里桥西一草堂"，按此方向，此桥应是百花潭附近的望仙桥，正是我那时每天上学必经之古桥，可惜现已为一平板桥取代。

参访格林尼治天文台[①]

首颁经纬定乾坤，舰弋大洋唯我尊。
占地环球日不落，中天已过向黄昏。

注：①格林尼治天文台（Royal Greenwich Observatory），1675年创建于英国伦敦泰晤士河畔的皇家格林尼治花园，以满足17世纪英国海军全球航行精确经度定位的需求。1884年，确定通过该天文台的经线为零经度，这是当时英国的科学技术、工业发展以及航海业规模均居世界首位而自然享有的权利。二战后格林尼治地区人口剧增，污染严重，影响天文观测，遂于1948年将天文台迁往东南沿海的赫斯特蒙苏堡，而原址改建为天文博物馆。

唐人街

飘洋万里酒旗招，一碗云吞美夜宵。
赚得小钱强笑脸，他人檐下莫伸腰。

游海河过袁世凯遗邸有感

雕栏画栋养尊楼[①]，寒士临冬茅屋愁。
位极曲终一抔土，奈何唯此享同筹。

注：①袁世凯在天津有多处府邸，海河东路39号是其一。

钓　鱼

春风得意钓鱼塘，群鳜争相抢饵忙[①]。
钓者不知正被钓，钓场犹比宦游场。

注：①为取悦钓者，多日不喂鱼食。

书 生

一介书生槛积灰，不期金榜中头魁。
弹冠相庆非三子①，四杰吟诗是大才②。

注：①苏洵《管仲论》："一日无仲，则三子者可以弹冠相庆矣。"三子，指竖刁、易牙、开方。此句则谓弹冠相庆的不是三子之类的人。

②后蜀何光远《鉴诫录》：唐穆宗长庆年间，元稹、刘禹锡、韦楚客同会白居易之居，论南朝兴废之事。白请各赋《金陵怀古》。刘位低恃才，请为首唱。白览诗曰："四人探骊，吾子先获其珠，所余鳞甲何用？"三公于是罢唱，但取刘诗吟味竟日。

访会议旧址诗两首

之 一
庐山高处不胜寒，心事如焚炽比干。
乍起雷霆惊四海，前波未灭后狂澜。

之 二
不见烟花见野花，清明愁雨酒旗家。
小姑不识客心苦，轻婉莺歌半掩纱。

径赛场

过客匆匆百米跑，急升急降笑跳高。
我登场上舒筋骨，万里持恒堪自豪。

死犹未已

序：古人云，鞠躬尽瘁，死而后已。大马哈鱼千里奔波回故地，死后以躯喂养幼鱼苗，是死犹未已。

临死回游万里遥，将躯喂哺幼鱼苗。
惟人灵冠万生类，将以何为利后朝？

扬州怀古

昨饮邗江水①，今登明月楼②。
入眸隋御柳③，已逝锦帆舟④。
南国滋春梦，西湖载酒游⑤。
风流终作土，何必枉寻愁。

注：①邗江，今日运河扬州段与两千年前的运河古邗沟路线大部分重合，与隋炀帝时期的运河完全重合。

②唐人徐凝有诗句"天下三分明月夜，二分无赖是扬州"，清人员氏以此建《二分明月楼》。

③隋炀帝开凿运河，沿河建堤植柳，称隋堤御柳。

④隋炀帝的船皆用锦帆。

⑤瘦西湖。

恩施游

一江高峡出，三省万山连。
地陷千寻涧，崖开半寸天。
登高抚峰顶，平步入云边。
秋重霜枫里，霞光落日圆。

胡　杨

金秋生北国，肃杀笼荒村。
风过墟烟冷，沙飞烈日昏。
强根深瘠野，铁脊傲乾坤。
把酒酹雄杰，萧萧大漠魂。

米兰大教堂

朦胧中世见微芒，五百年成大圣堂①。
琼玉辉融明月色②，琉璃彩夺晕环光③。
塔穿云雾通苍昊④，桥向天河访织娘⑤。
更替多朝工不辍⑥，亡秦何必毁咸阳。

注：①米兰大教堂始建于1386年，至1965年教堂正面最后一座铜门安装完毕，才算全部竣工，历时579年。

②教堂用白色大理石砌成，是欧洲最大的大理石建筑。

③窗棂镶嵌金色玻璃。

④教堂顶上，有135座哥特式大理石尖塔，最高的达108米。

⑤教堂顶上，纵横交错着33座石桥，意欲通达银河。

⑥在修建期间，不仅改朝换代，而且先后经历了法国、西班牙、奥地利等国占领，特别又遭受了第二次世界大战的破坏，但仍秉持最初制定的建筑风格和理念，最终完成了这一世界建筑史上的巨作。不因战乱、不因改朝换代而终止、焚毁，这是最难能可贵之处。

古罗马竞技（斗兽）场

金宫墟上逐欢忙①，血雨腥风成日常。
曲道回盘连地狱，雕阑飞阁向天堂。
蜀山魂化阿房殿，白骨堆成竞技场②。
半壁颓垣犒过客，古城暮霭暗残阳。

注：①金宫是古罗马皇帝尼禄的宫殿，公元64年大火焚毁，竞技场在金宫废墟上修建。

②十万奴隶死于修建该竞技场。

少帅张学良

少年纨绔长公子，千古悲歌雄杰魂。
忍看夷蹄践乡土，敢驱天马缚鹏鲲。
惊天动地庙堂乱，扭转乾坤黎庶尊。
而立辉煌功业尽，囚臣冷暖寄余樽。

武则天

心高位贱叹身雌,算计超皇父子痴。
帝业功成冤鬼忿,龙床夺得豆箕悲。
三千佳丽无人责,面首几名何理亏?
不比虞舜与尧禹,却承贞观启隆基。
岂忧偏见长欺世,何患乌云永蔽曦。
千古风流任评说,乾陵御阙立空碑。

古塔敬老院看望亲兄郑揆(陈懋隆),时年九十

夕阳倦鸟白头兄,敢想当年天马鸣。
科场昆明才始露①,挥毫瑞士任纵横②。
屡屡鲦叟融松影,颤颤钟声响晚晴。
环顾茫然无故旧,将行挽我欲同行。

注:① 1944年高中毕业参加高考,他的考卷一挥而就,早早答完。他只报考了西南联大,被录取。

② 1954年日内瓦会议,周总理率团第一次以大国身份正式登上国际舞台,组团皆精英,吾兄被选派为新华社特约记者赴日内瓦,在《人民日报》发表了多篇文章,评论报道会议情况,时年二十七岁,此前他从未做过记者。

晋祠周秦古柏

不辞风雪伴先贤,龙凤盘根裔殿前①。
岁月千秋滋翠叶,斧刀一霎断华年②。
大材釜下成薪火,精魄云中化紫烟。
余意缠绵绕孤木,天生连理两凄然。

注:①古柏在苗裔堂前左右各一株,有"龙头柏""凤尾柏"之称。

②清道光年间,当地人将左株砍伐用作柴薪。

伯 乐

代有风流人杰出,几登圣殿几沉沦?
陶潜诗赋曾寥落,轼谓汉唐无过人①。
寂寞少陵身后事,知心元稹墓铭伸②。
真金埋地掩光泽,还待掘金清垢尘。

注:①陶潜诗文语言平淡而蕴涵深邈,但晋人重华丽辞藻,因而并不被时人认可。齐代刘思勰《文心雕龙》遍列晋代文人,包括很多鲜为人知的人物,却未见关于陶渊明的只字片语。梁朝沈约的《宋书》、萧子显的《南齐书文学传论》等也都如此。从唐代开始逐渐对陶渊明的诗文有了更高的评价,而苏轼则给以总结性的更高、更完整的评论,他说渊明之诗:"质而实绮,癯而实腴,自曹、刘、鲍、谢、李、杜诸人,皆莫过也。"

② 770年,杜甫逝世,他渴望自己的诗将赢得"千秋万岁名",但实际情况是身后一段时间依然名不彰,声不显。几部时人的唐诗选都没有一首杜诗。直到他殁后43年,元稹在为杜甫写的墓志

铭中说："以其能所不能，无可无不可，则诗人以来，未有如子美者。"这样高的评价才如一声春雷，惊醒诗界，由此杜诗名动天下，广为传播。

渔歌子·忆童年

散学回家结伴还。浣花溪畔碧禾田。须嫩绿，粒微甜。如花似幻忆童年。

少年游·求学别母出川

赴京求学少离川，慈母絮冬棉。依依小站，迢迢远路，回哺待何年？

大江东去辞三峡，月满万重山。鬓边霜雪，泪流老面，昨夜几更眠？

忆江南·教室

序：1952年，北航初建校，无正规教室，常以工棚临时改用，记之。

新建校，棚屋改庠班。漠北风侵黄漫漫，棚中雪霰白绵绵，厚袄亦嫌单。

烧炉火，满屋绕青烟。火烤胸前微觉暖，风吹背后骤然寒，学子貌艰难。

浪淘沙·上大学

未冠及闱栏，长路新端。开怀科学大观园。宝藏玲珑争璀璨，能不贪婪？

刺股夜阑珊，四季回旋。经年不觉渐衣宽。求得茫茫沧海粟，慰我辛艰。

忆王孙·庚子年冬当伙夫

教师下放习司炉，膛里灰烟扑体肤，火烤风吹冷汗珠。夜啼乌，白日昏昏亦读书。

八声甘州·忆1979年赴英国留学

历十年浩劫赴伦敦，海德绿茵茵。伟人经年座，大英博物，印记深深。喧闹牛津街上，万国旅游人。老格林尼治，落日余音。

否极泰来戊午，看中华万里，大地回春。任纵横高铁，驰骋赛鹏鲲。小嫦娥、广寒挥袖，再报来、月背喜迎宾。流光逝、证今生见，换了乾坤。

浪淘沙·北戴河

序：记2013年党中央、国务院邀北戴河休假。

沧海任狂澜，涛打渔帆。斩波劈浪逞幽燕。对酒当歌拼一醉，月半杯残。

白发更红颜，英俊群贤。千秋功业启新端。历尽烟波人未老，壮我河山。

江城子·访檀香山孙中山纪念场

序：2016年7月游历美国檀香山，专程造访孙中山纪念场。华人区内，一方草地，面积不大，仅约300平方米，一尊先生等身铜像，竖立在角隅。有道是：历史一席，草地一隅！

檀香万里少年殊。誓驱胡，国吴都。他乡故土，立像叹魂孤。煊赫汗青尊一席，崇敬地，一芜隅。

念奴娇·风流独秀

狂澜谁挽，看天降、千古风流人物。望尽天涯新辟路，独见陈公雄绝。意气汪洋，文章恣肆，支笔酉寒冽。八方圣旨，奈何屈子傲骨？

磊落斗士铮铮，轻抛荣辱，敢荐轩辕血。物转星移沧海换，终究长河清澈。万里江山，澄明一片，当九泉心悦。千秋功过，任凭来者评说。

阮郎归·嫦娥4号降落月背天河基地

嫦娥应悔偷灵丸，飞天形影单。谪居寥落背冰盘，娉娉人爱怜。

长火箭，大飞船，天河送翠钿。带来温暖似人间，广寒不再寒。

浪淘沙·贺天问一号入轨成功

欲访火星难，浩宇微斑。成功入轨庆安然。杯里琼浆乾满，天地同欢。

回首百年前，民族危艰。而今天问踏峰巅。历尽沧桑多少事，换了人间。

卜算子·天问一号浮想

揽月上青天，乃谪仙豪语。今火星朝更远探，天问深空旅。

太白满樽欢，含笑殷勤举。他日飞船若得闲，可好携吾去？

江城子·凭吊滇西缅北战场

硝烟散尽岁悠悠。水长流，绕坟丘。当年鏖战，今日醉红楼。猛士远征慈母泪，万人白骨几人收？

望海潮·天问一号首登火星抒怀

嫦娥探月，蟾宫如见，火星浩宇微斑。长五送飞，融车搭载，首登乌托平原。起落小山峦。又升太空号，宇宙飞船。纵览环球，天和天问技前沿。

百年回首难言。叹衰颓国势，民族危艰。求索图存，披荆建党，抛头颅换人间。改革破篱藩。迈复兴大道，重上峰巅。弹指挥间百载，举世绝无先。

清平乐·二泉映月

二泉清澈，长夜风霜冽，冷月凝愁孤影孑，瑟瑟寒江飞雪。

低吟落木萧萧，高歌万壑松涛。声动人间天上，挥弦如诉《离骚》。

望海潮·圆明园祭

康乾兴盛，开元再造，圆明御柳蓁蓁。宫阙未央，园清太液，瑶池霞霭氤氲。作孽匪联军。抢掠更纵火，乱马骎骎。亘古奇葩，灰飞烟灭泣残存。

今朝已变风云。我中华崛起，世易乾坤。首访火星，遨游宇宙，已开科技太空门。国势与时新。仍有嚣顽在，作乱环尘。安得同心共筑，和睦地球村。

鹧鸪天·利玛窦

传道西风万历间，中华典籍更精研。以儒释教融乡俗，述理行文绘壮观。

勾股律，几何圆。西方科学上金銮，明清皇贵供奇猎，误国封关三百年。

浣溪沙·回首

春满越城执手游①，百年梦影几时休。白头故地怯登楼。

又是良辰怀蝶恋，奈何世薄品钗头②，回眸空对万千愁。

注：①越城，沈园在绍兴越城区。
②钗头，陆游《钗头凤》。

唐多令·从扑翼机到固定翼飞机①

大梦上青天,驭云霞万千。学鹞鸢、翼舞蹁跹。水复山重思尽处,易路辙、另更弦。

定翼启新篇,展腾飞路宽。万生园、寻遍无先。铁骨钢筋光灿烂,高昂首,上云端。

注：①自人类飞天之梦始,长期以来,以鸟为仿生对象,拟采用自身双翼扑扇为动力带动整体飞起,为研究扑翼机之始。达·芬奇先生亦如是。到了晚年,他才意识到完全依靠人的体能而不借助外力的扑翼机是不可行的。19世纪初,英人凯利提出固定翼理论,开辟了现代飞机发展的康庄大道。

忆江南·避暑雅安

京城夜,三伏汗浸衫。天上长风吹铁鸟,山中豪雨溅珠盘,拥被觉衣单。

浣溪沙·题周有光携吾孙小照

序：周有光先生是我二儿媳的舅公,每年都前去看望。2013年已一百零七岁,恰好长吾孙100岁。两人合影,两个世纪,感慨万千。

老少岁差一百年,孤鳏陋室亦心宽,风霜虽已刻苍颜。

从小蜜糖娇喂养,长成坎坷可承担？但求托福砺辛艰。

少年游·卖柑者新说

刘基又见卖柑人,已士服纶巾。内中败絮,无妨生意,只看表如金。

而今更说增奇效,服用葆长春。信众纷纷,谎言千遍,好似要成真。

忆江南·1995年访孟买有感

繁盛地,巨贾影匆匆。画栋烟云遮夕照,楼台霭雾暗朝红,宗主老皇宫。

贫民窟,望眼眯朦朦。十里连绵无尽处,四时寒暑委身篷,世代乱成丛。

（三）王玉明院士

王玉明（1941年—），号韫辉，吉林人，中国机械工程专家，中国工程院院士。主要从事流体密封技术研究，提出了多项创新性理论和技术。王玉明热爱诗词创作，出版了多部诗集，他认为诗词是科学与艺术的桥梁，能够帮助科学家更好地表达情感和思想。

元 旦

昨夜轻轻雪，今朝朗朗晴。乾坤生紫气，万象焕光明。

我心飞翔

既然寻境界，何必避风霜。暮揽关山月，朝吟天海阳。

寒凝涛有寂，心静宇无疆。雪霁崖巅立，云霄逐鸟翔。

海滨新秋

夜雨尘寰净，晨光天海清。曙红波潋滟，树绿岛分明。

有意风私语，无心云远行。黄昏新月现，渔火伴疏星。

答谢迦陵师赠雅号"韫辉"并预祝南开大学"迦陵学舍"早日落成

在一次聚会中我请迦陵先生赐予雅号，先生欣然允诺。先生随后来信说："先后惠传图片多幅，皆已拜收，形象意境都极为优美，非常感谢。我上次请张静奉告我为您取的别号韫辉，出于陆机《文赋》'石韫玉而山辉'，可与您的大名相配合，不知您以为如何？"特此献诗以答谢恩师。

雅号启心扉，青山焕素辉。大师灵气赋，弟子沐恩归。

舟楫漂沧海，书庐结翠微。诗魂寰宇布，红叶碧霄飞。

2012年9月26日夜，2017年1月7日修改定稿

圣诞香山月夜有感（中华新韵）

严冬深夜里，独自赏庭园。厅内华

灯幻，山间古柏恬。

风消云远逝，林寂鸟酣眠。雪净天光澈，冰明月影寒。

空灵心似水，静谧意犹禅。宇宙无穷探，人生珍百年。

心旷神复怡，宇宙大无边。佛光虽未见，世事难十全。

他年如有幸，或可再登攀。寻仙不辞远，长忆李青莲。

江山歌壮丽，古今共陶然。

峨嵋纪游（中华新韵）

少年存夙愿，壮游峨嵋山。今朝得圆梦，使我开心颜。

初宿报国寺，夜半雨惊眠。清晨仍淅沥，兴趣犹火燃。

层层石板路，百步一盘旋。青山携绿水，次第入眼帘。

芳草迷幽径，清溪拂琴弦。野花香沁脾，百鸟啭清甜。

碧峰秀似笋，隐现烟云间。陡峭千仞壁，深邃万丈渊。

雨瀑几峰挂，松涛四周喧。茂林亭台隐，修竹曲径连。

翠微笼古刹，香火供普贤。雅秀清音阁，牛心激飞泉。

二龙相会处，涧水落深潭。黑龙栈道险，仰视一线天。

洪椿霏霏雨，洒落庭院闲。九十九道拐，峰峦叠翠妍。

嵯峨仙峰寺，九老对华严。象池留宿晚，皓月何时悬。

隔夜登金顶，更上万佛巅。白云如大海，汹涌卷巨澜。

悼周总理（二首选一）

骨沃神州肥劲草，心头岁岁发春华。
元勋殉国斯民恸，泪雨滂沱没噪鸦。

1976 年 4 月 1 日

沈园怀陆游

赤心啼血念江山，旧梦牵魂泣沈园。
国恨情仇多少泪，一生唯有向天弹。

亚龙湾海滨漫步遇雨（中华新韵）

漫步沙滩夜赏潮，流云忽作雨儿浇。
何妨吟啸享天浴，转瞬晴空月正高。

香山碧云寺

碧云寺顶碧云流，流入心中消百忧。
三世树前泉汩汩，三生石上梦悠悠。

幽谷临风（中华新韵）

登罢长城兴未消，晚风沐浴醉燕郊。
泉声清朗林岩寂，山影苍茫星汉高。
花气幽幽情脉脉，萤光闪闪夜迢迢。
更深归去频回首，九曲溪流入梦遥。

1962年夏

荷塘幽思（四首选二）

其一　春思（中华新韵）

春夜花香盈故园，荷塘漫步透轻寒。
蟾宫有泪莹光冷，水面无风月影圆。
恩典鞠躬朝塞北，诗情闭目忆江南。
幽思脉脉人声寂，独享良宵不忍眠。

注："塞北"实际上是指恩典极深的先父母的安葬之地吉林省梨树县。

其三

独坐荷塘荒岛边，萧萧落叶舞翩翩。
冰轮移过孤枝际，哲思萌生逝水前。
宇宙零源何物有？菩提非树岂尘缘？
无穷奥妙生灵蕴，寂寞微球飘九天。

调笑令·水木清华

杨柳，杨柳，细雨斜风浴就。鹅黄新绿柔裳。

曼舞轻歌艳阳。阳艳，阳艳，水木清华眷念。

1962年春处女作

忆江南·西子湖（四首选二）

其　二

清秋夜，遥忆小瀛洲。金桂香源琼阁树，银湖光自素娥眸。无寐月如钩。

其　四

人方静，西子睡尤妍。雾淡云微天润水，星飘灯曳水溶天。诗酒梦难言。

鹧鸪天·秋兴（八首选二）

其二　长白山秋色

耄耋秋游兴愈浓，乡情隐隐系关东。江波雨霁鸭头绿，山树霜余雉尾红。

天上水，日边峰，依稀仙境梦魂中。白云飘过新晴雪，净我心灵如碧空。

其五　重阳节梦游岳阳楼感赋

梦里依稀作旧游，重阳重上岳阳楼。湘娥泪共嫦娥洒，屈子愁追扬子流。

文正记，少陵讴，长怀天下古今忧。烟波东望迷黄鹤，银发飘萧芦荻秋。

西江月·仲夏夜之梦

郁郁山前繁树，幽幽天上疏星。半轮凉月半湖明，梦断长河耿耿。

入世方期出世，今生空虑他生。红尘蛛网奈何情，谁会凭栏心境？

南乡子·戊戌荷月清华园初觅流萤小记

何事最相思？岁岁流萤逗小诗。寻遍荷塘幽径里，痴痴。未得灵光岂舍之？

忽见喜滋滋，恰到情人坡上时。芳草如茵星闪烁，依依。一片童心君可知？

蝶恋花·自然之恋

踏遍青山犹未可，更慕冰峰，隐现随云朵。皓首童心翁一个，斜风细雨轻舟卧。

我爱自然她爱我，大爱无疆，炽烈情如火。宇宙微尘飞闪过，随缘何计因和果。

定风波·山桃（用苏轼韵）

诗里黄莺梦里声，烟花弥漫唤南行。岂是当初千里马，微怕。流年欺我鬓霜生。

香气时袭人已醒，清冷。半轮明月探窗迎。晓看山桃红艳处，寻去，终身不弃共阴晴。

风入松·春思（用吴文英韵）

冰消曾记冷塘明，鸿雁信长铭。故乡邈邈关山外，好风送、脉脉深情。桃蕾飞红醉蝶，柳芽溢碧迷莺。

于今皓首倚闻亭，新月见新晴。落英何处随流水，双眸内、有泪微凝。隐隐闲愁未断，离离春草还生。

行香子·八十岁登七仙岭感怀

久慕芳名，今探仙踪。力攀登、敢效孩童。荡胸云雾，掠耳松风。幻梦中宫，宫中影，影中鸿。

心仪绝顶，谁信痴翁？杖朝犹、海岛情钟。晴波澄碧，峻岭青葱。更一峰尖，七峰峭，五峰雄。

注：最末一拍之"一峰"指尖峰岭，"七峰"指七仙岭，"五峰"指五指山，均系海南岛著名山峰，各有特色。

贺新郎·赏昆剧《桃花扇》有感（依张元幹韵）

2017年10月13—14日，在新清华学堂相继观看全剧和选场演出，感慨不已，一吐为快，赋词以记。

泪洒天涯路。放悲声、情愁国恨，断肠离黍。兵败孤城皆殉难，壮烈波涛翻注。遍山野、荒坟狐兔。臣佞君昏倾砥柱，听秋风、时把凄凉诉。弃宫阙，知何去？

秦淮谁可同寒暑？叹佳人、赤心永驻，痴情遥度。血绘桃花千古扇，相寄迢迢共语。啼永夜，销魂杜宇。哀怨孤鸿迷晓雾，尽漂泊、空忆相尔汝。怨似海，愁如缕。

声声慢·灵岩山怀古

春秋史阅，试问吴王，当年可料惨灭？玉殒香消空恨，馆娃宫阙。歌台舞榭迹绝。墨客吟、晓风残月。叹往事，任人评、美艳复惊凄切。

只有灵岩山佛，看不尽、斜阳古今伤别。暮鼓晨钟，更伴子规泣血。茫茫太湖隐约，远涛声、夜夜听彻。在碧落，想必是冰雪冷冽？

暗香·咏西施（用姜夔韵）

太湖夜色，蕴古今韵事，波心闻笛。素手凝香，犹记寒梅共攀摘。顾盼玉人脉脉，何必借、诗书文笔。尽缱绻、笑靥如花，疏影映瑶席。

倾国，恨永寂。叹艳枕梦惊，绮馆忧积。别时暗泣，回首缠绵忍相忆？吴越兴亡漫议，归去也、蠡湖澄碧。更远泛、沧海外，或曾见得？

永遇乐·鲁迅故居感怀（用辛弃疾韵）

风雨如磐，冻云翻墨，魂魄何处？一缕心香，无边夜色，彼岸扶摇去。瑶台琼阁，芳莎玉树，豪杰圣庭应住。立寒宵、栏杆拍遍，俯看尘世龙虎。

权谋胜负，轮回无数，谁屑回眸一顾？可叹黎元，浩茫心事，难觅桃源路。暮秋萧瑟，征鸿远逝，但听群鸦噪鼓。悲凉问、轩辕荐血，昊天晓否？

注：鲁迅诗云："风雨如磐暗故园""心事浩茫连广宇""泪洒崇陵噪暮鸦""我以我血荐轩辕"。

雨霖铃·己亥清明缅怀屈原（用柳永韵）

鹃啼悲切。看繁花谢，夜永人歇。潇湘望断无语，空添顶上，萧萧银发。半闭蒙眬泪眼，尽低徊凝噎。念屈子、江畔行吟，水冷烟寒野空阔。

忠魂一去关山别。又偏逢、细雨清明节。公归邈邈星宿，朝彼岸、望穿云月。古往今来，谁见、煌煌宝殿长设？仰首叹、离恨悠悠，且任千秋说。

八声甘州·成山头怀古（用柳永韵）

对茫茫大海碧云天，思绪越千秋。见烟波浩渺，尘迷翠岸，雾失琼楼。豪兴当歌对酒，未醉岂甘休。情似黄河水，滚滚东流。

遥想秦皇帝业，遍九州尽扫，六合全收。但时时忧虑，龙命怎长留。遣方士、觅仙寻药，夜难眠、空自盼归舟。凭谁叹、望蓬莱处，万古遗愁。

水龙吟·上元节拜海上观音圣像感怀（依辛弃疾韵）

汪洋一片澄蓝，波涛万顷连天际。仰望观音，慈悲含目，祥云环髻。红日生辉，春风施惠，香熏游子。遍人间俯瞰，生机勃发，循天理，遵禅意。

诵心经，色空知未？茫茫宇宙，鸿蒙开辟，何来元气？量子纠缠，时空相对，莫能明此。悟虚实互动，凝神止水，免多情泪。

摸鱼儿·屈原《九歌》读后感赋（依辛弃疾韵）

动心旌、《九歌》千古，至今余韵如缕。洞庭波涌西风袅，木叶兮无数。江畔伫，司命眺、湘妃魂魄归何路。湘君不语，恨尽日愁思，凝成清泪，化作两丝雨。

惊山鬼，愉悦佳期恐误。芳馨窈窕人妒。伤秋怕听秋声赋。脉脉云中君诉。神女舞，巫峡里、幽兰杜若薰乡土。相思最苦。望秋水伊人，东君河伯，皆有断肠处。

桂枝香·梦游天山怀古（依王安石韵）

高原极目，见似海苍山，众巅争矗。道道冰川如练，下穿深谷。斜阳欲坠红霞涌，照峰峦、仿佛金镀。白云飞过，罡风骤起，雪侵肌骨。

念人间、权钱竞逐。看成败兴亡，

轮回何速。墨客骚人空作，黍离悲哭。浩茫心事无言诉，最伤情、岂关红绿。大河荒漠，《阳关三叠》，渭城遗曲。

草于纽约至北京飞机之上

寿楼春·中元节一日三度拜谒秋瑾女侠墓地雕像感怀（依史达祖韵）

秋湖芙蕖苍。拜桥边玉像，心镜如霜。剑气遥凌寒月，蕴含阳刚。三度谒、知情殇？永夜忧、钱塘波狂。赤县雨潇潇，先驱侠女，鲜血染红妆。

英雄去，哀思长。听前朝怨曲，新世高腔。傲骨西泠凄散，野坡悲凉。飘僻壤，迁他乡。幸得归、重瞻遗芳。伴巾帼忠魂，孤山雪梅千古香。

沁园春·南海夜思
（依辛弃疾韵）

脉脉斜晖，软软长滩，漠漠远峰。且暂抛尘念，聆听海浪；稍平块垒，仰望星空。斗转河倾，夜阑人静，肠断姮娥泣月宫。销魂处，唤书生归去，耳畔清风。

枕边好梦无踪，恨不尽涛声涌入胸。问千秋进退，何论功罪？百家文野，孰计西东？电闪雷鸣，波谲云诡，龙虎汹汹斗未穷。晨曦现，为神州祈祷，再拜苍穹。

沁园春·南迦巴瓦峰与雅鲁藏布大峡谷

雪域高原，邃谷洪流，咆哮奔腾。看雅鲁藏布，险超万壑；南迦巴瓦，秀冠千峰。历历江山，拳拳赤子，长啸临风热泪盈。遍寰宇，问谁堪媲美，华夏奇雄？

频频仰望苍穹，见座座神山矗碧空。慕冰川绒布，玉清尘念；圣湖纳木，醇澈凡瞳。布达拉宫，云端参拜，雪顿巡行哲蚌中。礼佛际，念藏胞携我，兄弟情浓。

【越调·天净沙】荒山月夜

荒山冷月疏星，败林衰草残冰，险路凄风倦影。依稀春径，红桃绿柳黄莺。

1975年冬末

北戴河

燕山风雨夜茫茫，渤海波涛涌正狂。俯瞰窗前礁隐没，卧听枕侧乐铿锵。

雄关古战刀枪烈，大道新征鼓号昂。
皓首闻鸡犹起舞，怜萤童趣蕴荷塘。

应邀聆听迦陵先生讲座《我的诗词家国》有感

之 一
千载莲实百岁华，风狂雨暴挺尤嘉。
国家不幸诗之幸，当代易安人尽夸。

之 二
凤凰树碧发猩红，苦雨凄风催转蓬。
莫道芳心无觅处，佳诗偏自梦中生。

注："发"字取入声。

之 三
半生风雨喜虹来，转瞬谁知丧女哀。
旧恨新愁何所寄，诗家泪雨洒尘埃。

之 四
国际蜚声汉学家，诗词质美似莲华。
情思涌处珠玑落，贝叶嘉莹万古霞。

注："学"字取入声。

之 五
学子"粉丝"齐涌堂，大师妙讲赞声扬。
传承文化基因事，功在千秋国富强。

之 六
扁舟一叶任飘摇，誓达三山志未消。
夕照云天红似火，登峰吟唱月儿高。

注："达"字取入声。

2011年11月9日于清华大学经管学院报告厅

作者将这组诗发给叶先生后，先生在回信中说到："蒙您赠诗，愧不敢当。但您的诗写得极好，多谢。"

陪叶嘉莹先生赴杨振宁先生之宴请于清华丙所

物理中文双子星，大师悟语细聆听。
人生运命随家国，幸甚今宵晤故京。

注："国"字取入声。

辛卯年十月十五月圆之夜
2011年11月10日

鹊踏枝·恭贺迦陵师九十华诞

兰蕙芳菲滋九畹。清丽诗词，四海吟声远。融汇中西通慧眼，大师赞誉寰球满。

九十回眸行迹看，历尽艰辛，今昔沧桑叹。赤子归来弘大愿，复兴之梦云霞烂。

一剪梅·迦陵学舍海棠雅集吟草（用蒋捷韵）

岁岁春来如浪潮。雪落云霄，梅绽霜桥；寒塘日暖薄冰消，绿了杨梢，红了桃苞。

渐次春深兴更高，雏凤声娇，老骥情豪。海棠共赏忆妖娆，谁个深宵，红烛亲烧？

注：原稿时序表达不够清晰，经叶嘉莹先生指正后修改如上。

鹧鸪天·迦陵学舍海棠雅集再拜恩师迦陵先生（三稿）

毕至群贤学舍前，吾师受拜诵诗篇。春催仙苑三更雨，花盛人间四月天。

开智府，润心田，谆谆八载得真传。千山长仰青葱柏，百岁频开雅洁莲。

注：①从2010年1月30日结识并拜叶嘉莹先生为师至今，已八载有余。

②经恩师来电指教后，修改如上。

2018年4月迦陵恩师点评："改稿较前稿好。"迦陵先生嫡传弟子迟宝东博士点评："真的是情真意切，溢于言表"，"改后确实更好了！"叶先生所欣赏的女才子韩倚云点评如下："结的意义深远。意义之一，叶先生生于荷月，喜欢荷，乳名'小荷子'；意义之二，周敦颐《爱莲说》之莲；意义之三，莲通禅；意义之四，莲子千年不腐，可以新生。"

月近中秋游园怀迦陵恩师

傍晚游圆明园观日落月升，见青莲花落而清香犹溢，怀荷月出生而于今已九十五岁高龄的恩师教诲之恩，特口占小诗一首敬献恩师。

青莲花落气犹盈，
漫入迦陵学舍清。
月近中秋情似水，
冰心百里共晶莹。

弟子韫辉叩首
2018年9月21日傍晚口占于圆明园
感谢叶迪生、万俊人、王革华、张静、孔汝煌、周海龙和孙明君等诸位好友切磋。

蝶恋花·三春晖
——应邀出席"叶嘉莹教授归国执教四十周年暨中华诗教国际学术研讨会"并欣逢教师节敬赠迦陵恩师

诗作灵魂词作质，纯洁芳馨，本性如兰芷。百砺千磨心愈赤，痴情执教归桑梓。

道德文章传万世，十载为师①，予

我凌云翅。恩泽三春晖永志,韫辉吾号先生赐[2]。

2019年9月9日初稿于火车上,9月10日定稿于南开大学

注:①我拜迦陵先生为师已经十载。
②我的号"韫辉"乃迦陵恩师所赐。

拜迦陵先生为师十年即兴赋小诗一首感谢"三知"恩师

知我拳拳赤子心,
涓涓赏我乳泉音。
高山仰止真知己,
十载师恩似海深。

弟子韫辉虔诚叩首
2020年1月2日晨草于清华园

（四）高金吉院士

高金吉（1942年—），辽宁沈阳人，中国工程院院士，著名机械故障诊断专家。他开创了设备故障诊断与自愈工程领域，提出了"自愈调控"理论。高金吉对诗词有浓厚兴趣，认为诗词能够帮助科学家在繁忙的科研工作中找到内心的宁静与平衡。

1. 科技报国

登黄山

半百翁初登黄山，路出云海方见天。
清芬挺秀松不老，华夏增辉奉余年。

1993年在清华大学博士答辩会最后的致谢发言

七绝·登黄山

半百翁初登黄山，路出云海现空天。
清芬挺秀松犹劲，华夏增辉竭力先。

七绝·笃行不倦

自强不息勇探索，凡事力争不退缩。
笃行不倦增才干，学以致用成果多。

七绝·奉余年

国家至上闯难关，协作军民阔海天。
团队智搏成伟业，增辉华夏奉余年。

七律·航空报国赞

兴航科技宏图展，锦绣长安万事兴。
众志神州齐上阵。军威大运展雄风。
初春西苑花争艳，盛世龙门佛显灵。
河畔植松千古记，试飞英烈万年青。

2012年9月

2012年9月我参加了工程院组织的去中航工业试飞院考察和黄河岸边植树活动。我即兴作诗《航空报国赞》一首，习作书法还参加了院士书法作品展览。

七律·海空梦圆

物质能量惠人间，数据科学创纪元。
快准识别知世界，稳精调控焕新颜。
航机故障能防预，潜艇消声抑振源。
老轨夜航安稳睡，军民融合梦遂圆。

2016年1月6日

七律·龙江感赋

桦林松海满山稠，五大连池碧水流。
风化熔岩遍野覆，祖先遗址世间留。
龙江入海怒涛吼，丧土屠割血泪仇。
忠烈抗联魂永在，献身科技卫神州。

　　2016年8月19日写于黑龙江畔
　　2016年夏我和哈工大几位老师一起到过黑龙江边，望着涛涛东去的江水，回顾东北的心酸历史，我即兴作诗一首。

七绝·墓志铭

博览广识修睿智，勤学实践探真知。
学研产用高新创，华夏增晖竭务实。

七律·贺国重成立

国之重器力攻关，压缩机难自健安。
智诊溯源拓自愈，效高可靠谱新篇。
潜心科技克前沿，产设学研阔海天。
笃志创新宏伟业，增晖华夏众开颜。

2. 人生感悟

《自传——人生感悟录》章题七绝诗七首

其一　志远方自强
路漫人生多坎折，自强矢志应澜波。
闻博识广方无畏，奋斗功成尽报国。

其二　勤学善益智
成功人士必博学，贵在恒心勤补拙。
融会慎思竭探索，求真实践笃执着。

其三　务实求真知
工程实践创新源，循证追根力克关。
设备难题应刃解，笃行不倦谱新篇。

其四　知行促创新
浩瀚工程博数据，复杂变幻善识析。
关联机理深源溯，精准知行自愈基。

其五　团队创伟业
国家至上闯难关，协作军民阔海天。
众智齐心成伟业，增晖华夏奉余年。

其六　科艺攀严美
鸿马石虾艺湛深，工程重器技精新。
科学艺术攀严美，深悟精髓辨谛真。

其七　健康在己为
生活规律似如钟，幽默和谐喜乐翁。

营养均衡常运动，达观奉献度余生。

七绝·德高心静

漫漫人生路曲弯，细心大胆掌航船。德高心静人长寿，志远心宽福乐安。

2015年2月于北京

人生要乐观向上，不能有什么事儿发愁，情绪低落，遇到什么事儿，想开点儿，顺其自然，尽最大努力争取好的结果。人生这么长，志远心宽就没有过不去的坎儿！

七绝·深悟本质

白石虾作悲鸿马，数笔勾描神奇画。老子道书凝髓湛，哲理千句耀中华。

七绝·异曲同工

科学艺术求严美，探索神灵尽展挥。观测辨识究本质，同工异曲顶峰岿。

七绝·异曲同工（中华新韵）

诗词艺术蕴情深，科学精神探悟真。文理相融灵动烁，同工异曲创高新。

2023年10月14日为首届中华诗词艺术与科学精神研讨会献诗

浪淘沙（瓦萨沉船）

瓦萨古沉船，威武奇观。国王金口改高船。战舰试航翻坠海，鉴戒人寰。造物重安全，群智能贤。违心唯上祸殃天。道法自然精探悟，笃信矢坚。

1985年，我去瑞典参加国际培训，参观了瓦萨沉船博物馆。瓦萨是一艘古战船，1625年开始建造。这艘战船本来是单层炮舰，可是，国王不顾当时本国的技术条件，下令把炮舰改造为双层。1628年8月10日，战舰试航，一阵微风吹来，连人带船沉入海底。

3. 人工自愈

人工自愈感悟诗七首（中华通韵）

七绝·人工自愈

赛博功赋智能机，故障真源快准析。自主健康安稳序，人工自愈展新机。

2021年9月

七绝·精准知行
浩瀚工程博数据，复杂变幻善识析。
关联道简深求索，精准知行自愈基。

2018 年 5 月

七绝·靶向抑制
未然防患本安全，数据科学创纪元。
抑制靶心遂自愈，健康装备地天宽。

2017 年 3 月

七绝·乐天翁
疫袭孤守古崖城，导论齐攻今顶峰。
科海追真知网探，望山跑马乐天翁。

2020 年 3 月 5 日

七律·笃信励行
人工自愈障消源，机器仿生自健安。
求索倾心书导论，国医经典领航帆。
拓新穷理谋宏略，笃信励行天撼难。
华夏智机蹊径辟，莫跟人后道超弯。

注：《人工自愈导论——机器自主健康基础》专著申请 2021 年度国家科学技术学术著作出版基金评审落选有感而作。

2021 年 11 月 18 日

本组诗发表在 2022 年《院士通讯》，还被评为当年诗词优秀奖。

七律·人工智能与人工自愈
人器构同皆耗散，造机之道法天然。
人工智能学聪脑，自愈循身抑病顽。
控制智能依反馈，人工自愈障消源。
智能制造优增效，自愈流程久健安。

2023 年 5 月 18 日

4. 情深意长

七律·沈阳二中 70 周年校庆

柒拾岁月谱华章，大气博学世代扬。
励志育人宏伟业，群雄大器二中强。
探真求是高新创，勤奋开拓振翅航。
母校前程如锦绣，普天桃李奉国强。

2019 年国庆

七律·北化 60 周年校庆

六十岁月谱华章，宏德博学世代扬。
化育天功宏伟业，鲜明特色北化强。
探真求索高新创，敬业开拓展志翔。
母校前程如锦绣，桃李争妍奉国强。

七绝·贺百诞

清华附小庆百年，桃李芬芳举国欢。
满园春苗齐挺秀，复兴华夏谱新篇。

2015 年 5 月 17 日

2015 年，应朋友儿子的要求，我为他在读的清华附小百年校庆写了贺词，祝愿清华附小为祖国复兴培养更多的高端人才。

七律·影展

山河草木月云天，乐在游摄留世间。
影展皆砖将引玉，谢师习作感恩篇。
科学艺术求严美，异曲同工顶峰攀。
育美立德培后继，复兴华夏焕新颜。

辛丑冬月

七律·设协庆

四十岁月谱华章，设备工程佳绩扬。
管理运维数智化，智能制造创新强。
交流合作广开放，企业争优力表彰。
提质安全增效好，振兴华夏奉国强。

庆贺中国设备管理协会成立 40 周年
2022 年 11 月

七绝·贺《机械工程学报》创刊 70 周年

科学严谨固基夯，实践求真成果煌。
机械工程学术跃，强国智造谱新章。

2023 年 7 月 26 日

七律·贺工程院 30 周年庆

科技报国同筑梦，卅年奋斗勇攀峰。
国强民富谋宏略，华夏复兴绣锦程。

夏都青洽会有感

黎明拒录派辽宁，年迈西宁盛夏行。
青海湖滨生态绣，湟河水岸锦图铭。
洽谈盛会果丰硕，合作深谋智睿灵。
西部开发仍任，助携学子赫功成。

大学毕业拟分配西宁黎明研究所，本人希望能去，因不符合条件没予录用，后婉拒留校，志愿分配到辽宁一大集体工厂工作。

七绝·博华赞

闻博华科技创业板 IPO 顺利过会有感
博华科技垦荒牛，重器安康惠九州。
华夏增晖群智奉，励行隐冠誉全球。

2023 年 1 月 13 日

七律·博华赞

博华科技 2024 新年会有感

健康装备博华强，新冠横行逆上扬。

一、院士诗词

数字转型奇绩创，产值订货猛增长。
运维智脑速推广，机载监测标冠王。
监控智机销海外，龙年隐冠劲高翔。

2024 年 1 月 20 日

七律·吉幸八十寿

路漫人生途曲弯，报国奋斗自强顽。
厚德心静人长寿，吉幸八旬福乐安。
幽默达观益智健，励推学子竞超先。
倾心研教翁犹壮，华夏增晖奉暮年。

壬寅冬月

2022 年 11 月 30 日在北化举行第二届人工自愈与装备自主健康学术论坛，晚上举办我 80 寿辰晚宴，即席我作七律《吉庆八十寿》一首，唱给在场四位院士和专家、师生以及线上领导和朋友。

七律·研究生毕业典礼贺辞

学成毕业悦开颜，奋斗兴国矢志坚。
实践博学凝睿智，励行笃信驭波澜。
独思融会潜究道，群智协同力克关。
自律达观康益寿，家和事顺梦遂圆。

2023 年 6 月 19 日

七律·博士毕业贺词

学成毕业悦开颜，锦绣前程天地宽。
宏德博学修睿智，自强笃信驭波澜。
报国奋斗志矢远，群智协同力克关。
化育天工成伟业，复兴华夏展新颜。

2024 年 6 月 21 日

七绝·迎新春

雪化冰消春草萌，龙腾兔遁旺年迎。
海峡两岸心相系，喜看神州锦绣程。

2024 年 1 月 15 日

七绝·离别情

东辞烟花扬州城，驾云梦里黄鹤行。
滔滔江水东入海，难泄挚友离别情。

2017 年 4 月 14 日

七绝·乘高铁

朝辞广陵烟花扬，穿古运河过大江。
直驶京都飞高铁，当今百姓胜隋炀。
锦绣山河映车窗，群楼耸立树成行。
东方神州日新异，美欧惊叹望汪洋。

2017 年 4 月 20 日

2017 年春，我和老伴去扬州开会，

顺访我的好友吴海琦一家。海琦在辽化是仪表厂厂长兼总工程师，我到学校后聘请他当兼职教授一块指导研究生，在自动平衡项目研究他发挥了不可替代的作用。后来，他随孩子一起去扬州落户，经常来学校或在网上指导我们青年教师。我们去扬州一起游览了风景秀丽的瘦西湖，临别时和回来乘高铁的路上，我作了两首诗以作纪念。

七绝·挚友西别

正嘉力著冠神州，桃李芬芳誉满球。
挚友西别难泪尽，业精质朴载千秋。

2013 年 12 月 31 日

七绝·小宇飞

妙手回春克险关，喜得贵子乐翻天。
小伙英俊真可爱，长大神州航宇员。

2013 年 1 月 12 日

5. 温馨家庭

七律·高氏族谱

高源姜姓齐高国，旷世英豪历代多。
小云南居先世祖，石门寨卫汉家国。
高守志信本溪落，火连高成寨双坡。
寄望子孙兴华夏，泣铸族谱贯山河。

七绝·连心锁

现在我总结起来，我老伴是当之无愧的全家劳动模范，她热爱生活，乐观向上，助人为乐，勤劳朴实，性格开朗。2001 年我们去游黄山，为了表达我们的真情，我做诗一首。

连心同锁排云亭，一线天下入仙境。
魔幻峡谷深万丈，不及人间吉玉情。

2001 年 6 月于黄山

七绝·留美赠言

喜讯传来冬月九，晖将留美去宾州。
博学矢志增才智，华夏复兴壮志酬。

2005 年 12 月 9 日喜闻晖通过赴美留学签证

七绝·机场送别

海阔天空儿自飞，绿关话别热盈泪。
茫茫人海望子去，地球村里尽生晖。

2006 年 1 月 5 日我和夫人于首都机场送晖赴美留学

七绝·学成归来

海外砺剑十年归，天健行空连中美。
锋芒初显折吉桂，华夏复兴展莹晖。

　　2015年8月2日，高晖和妻龚晶莹回国时作的诗，长孙天健6个月时先回北京。

七绝·金海湾家观景

蔚海蓝天呈一线，葱郁密林围满岸。
窗前碧湖宁如镜，天际秦港夜不眠。

　　　　　　　　　　2009年4月

七绝·漫步金海湾

碧海云天林逸城，俩宝老伴老书虫。
漫步垂钓金海湾，无忧无虑乐融融。

　　　　　　　　　　2009年10月

　　学校放假时，一有机会我和老伴就带孩子到秦皇岛小住几日，2009年我作了两首诗。

小神仙

　　我有两个孙子，大宝叫高天健，二宝叫高天坤。给大宝起名，我专门作个顺口溜。

　　高天小神仙，下凡美利坚。
聪明又能干，取名高天健。

　　　　　　　　　　2009年10月

七律·悼爱妻淑玉

五十四载玉贤妻，贴脸安祥驾鹤西。
恶病无情难抗拒，天塌地陷痛悲吉。
治家勤恳撑天地，创业精明善事宜。
克己厚人群口赞，玉吉空宇再夫妻。

　　2023年10月16日10时17分，爱妻淑玉安祥离世，金吉彻夜难眠，泣作诗一首寄托哀思。10月31日略作修改。

七绝·天寿入土安

平凡伟大玉夫人，浩瀚空天纳尚魂。
天寿陵园安入土，院士吉墓聚家亲。

　　2024年4月21日，在北京天寿陵园院士墓园为爱妻举行下葬仪式而作。

七绝·清明祭

清明返沈祭先人，追忆亲情养育恩。
欲望时光能逆转，甘当牛马孝忠心。

　　　　　　　　　　2024年4月5日

6. 大好河山

七绝·黄山飞来石

天外飞来起异峰，孑然独立傲苍穹。
彤彤旭日驱薄雾，影落茫茫云海中。

2001 年 6 月于黄山

七律·泛舟畅游武夷山

2010 年春在福建开会，会场离武夷山很近。我们学部有一些参加了当地组织的植树活动，泛舟游览了九曲十八湾。我即兴作诗一首留念。2010 年 2 月 25 日重游武夷山泛舟九曲。

青峰碧水武夷山，植桂成行溪水边。
寅虎之春重会聚，花香鸟语众欢颜。
泛竹游畅十八湾，仙境神乡九曲连。
秀水奇石天下甲，画中游客赛神仙。

2010 年 2 月 25 日重游武夷山泛舟九曲

七律·腾格里达来游

金秋畅游大漠滩，崎岖颠簸魂欲断。
飞车直冲云天去，绿洲天湖现眼前。
欢声笑语芦丛间，轻舟飘荡碧水面。
骑驼射箭多豪放，月亮湖游皆神仙。

2011 年 9 月于内蒙古阿拉善

2011 年，儿子高晖领我们老两口和他们同学一起去阿拉善大沙漠旅游，玩得非常开心，我作了一首律诗，他们还印到纪念册上。

七绝·天柱峰游

神秘峡谷游迷宫，巨石飞来顶相逢。
天池清泉涌不住，擎天神柱云雾中。

2011 年 12 月 3 日

七绝·九七三成

九州擎天神柱峰，七旬登顶峡路逢。
三关难挡总寨险，成在众志展雄风。

2011 年 12 月 3 日

七绝·星会嘉兴

科技兴市展宏图，协同创新城乡富。
聚才引智政策好，星会嘉兴耀南湖。

2011 年 12 月 18 日

2011 年冬，我出席了浙江嘉兴市的科技兴市会议，参观了南湖的红船。市委市政府对"科技之星"求贤若渴，我很受感动，作诗一首。

七绝·大连星海掠影

一桥飞跨海两岸，彩旗遍地鹊欢颜。
天书百米无一字，铜铸千印上九天。

2016年5月

2016年春，在大连理工大学开会住在星海广场附近，恰逢大连星海湾大桥刚通车不久。这座大连南部滨海大道跨海大桥，为中国首座海上地锚式悬索跨海大桥。全桥采用了"单元式多向变位伸缩装置"。傍晚漫步在美丽的星海广场，远望跨海大桥我作诗一首。

忆江南·龙川（二首）

龙川好，春色甲徽南。石拱桥边鱼戏水，金花波海雀飞天。龙首隐峰巅。

龙川美，锦绣好河山。先祖抗倭铭古祭，后人改地换新天。龙跃乘风帆。

2013年3月23日

2013年春，我去合肥开会，会后和老伴一起去拜访了著名的龙川村。龙川村是位于皖南绩溪县胡姓聚族而居的船形古村落。我试作《忆江南》词二首以作纪念。

七律·皖南水乡

皖南湖畔沐春光，旭日初升风爽凉。
绿叶遮天辉靓丽，黄花遍地漫幽香。
山林茂丛雀声畅，湖水疏涟鱼影藏。
翁妇渔舟划近岸，瞬摄仙境永珍藏。

复建鹳雀楼

鹳雀常栖名圣楼，古诗久颂誉神州。
遥瞻巍峨中华岳，极目波涛黄水流。
先祖戍楼疆土守，后人仿筑史遗留。
高登望远苍穹尽，博览究深真奥求。

鹳雀楼始建于北周，1997年复建，2002年落成。中华岳系指中条山和五岳之华山。

2024年8月于蒲州

泸沽湖游

泸沽湖畔绕群山，湖水微波清澈蓝。
水性杨花漂水面，女神格姆卧天边。
走婚桥面相牵恋，达祖洲头结伴玩。
草海连天天连水，夕阳红彩彩红天。

格姆是女神山的名字，是泸沽湖四周最高的山峰，在摩梭族传说中是格姆女神的化身。

2024年8月于大理

7. 海棠花溪

海棠花溪赞（六首）

其一　海棠花节漫游
海棠花溪彩云飘，累累花枝笑弯腰。
绵绵彩絮漫天舞，轻舟飘过小月桥。

2007 年 4 月

其二　小月河畔晨练
大都古垣披盛装，海棠花廊溢芳香。
全民健身迎奥运，轻歌漫步花海洋。

2008 年 4 月

其三　海棠花溪东扩
西府海棠巧东延，龙脉锦带安贞连。
环球金融寒风起，华夏春潮暖人间。

2009 年 3 月

其四　瑞雪花溪迎春
瑞雪寒风千里袭，丛林白絮路迷离。
惊雷催动春风起，绿柳红桃花满溪。

2010 年 3 月

其五　海棠花溪换彩妆
海棠花海泛奇香，遗址元都换彩妆。
双鹊空中穿柳浪，群鸭水上戏波光。

2012 年 4 月

每年 4 月，在我家附近海棠花溪走路时，我作了四首诗，开始还是顺口溜，慢慢再学写律诗。

其六　花溪春雪
春分时节雪飘飘，银翘桃花裹素娇。
冰雪难封春草绿，神州吉兆疫邪消。

2022 年 3 月 20 日

浪淘沙（祈世平安）

2022 年春分，北京突降大雪，次日凌晨我迎风踏雪在元大都城垣遗址公园拍了许多照片，并作诗一首。

雨过大都园，云淡天蓝。神威太祖镇江山。朝拜群臣星捧月，鼎盛乾元。

自斡难河源，铁马雄鞍。踏遍欧亚毁人烟。战乱核胁今未了，祈世平安。

大都园是指北京元大都城垣遗址公园。

斡难河发源于蒙古小肯特山东麓。是蒙古部族的发祥地。1206 年成吉思汗即位于此。

外一首

红
红光普照红二中，红旗遍插人心红。
红透专深红到底，日红月红满堂红。

1960 年 5 月于沈阳二中

七绝·深悟本质

白石画虾悲鸿马,寥寥数笔巧升华。
老子论道数千言,深悟本质传天下。

（五）吴硕贤院士

吴硕贤（1947 年—），福建福州人，中国建筑声学专家，中国科学院院士。他是中国建筑声学领域的开拓者之一，提出了"声景学"理论。吴硕贤热爱古典诗词，认为诗词与声学有相通之处，诗词的韵律美与声学的和谐美相辅相成。

浣溪沙·闻蝉鸣

听到丛林知了啼，未知是喜是愁悲。如何能识鸟虫思？

人有悲欢同别合，虫知甘苦与安危。自然生命此难违。

刮地风·教研生涯

每日依然到旧楼，尚未全休。寻常日子度如流，多少春秋？写书多部，科研依旧，只顾耕耘，何矜成就。开心纵总有，青春乏计留，白了人头。

冥室

议修冥室供冥思，宁静空间意远驰。
暗处音犹通耳膜，声场义可入心池。
节能减碳新途径，默想听书好措施。
学者于兹多感悟，儿童独自亦从师。

癸卯教师节感赋

讲台三尺度生涯，授课板书都不差。
佳节来临收贺卡，春时一到看新花。
论文改毕眉方展，实验完成口始夸。
欲向老天多借岁，吾侪再续好年华。

福寿沟

地下泄洪沟，宋时设赣州。
构形呈福寿，排涝免忧愁。
甬道堪防汛，水窗可自流。
千年今仍在，功绩应归刘。

开学典礼感赋

硕博本科生万余，华园新秀聚三区。
莘莘学子登征道，滚滚人流入广渠。
师长从兹担重责，同窗此后效齐驱。
老夫感动心中起，恨不银须换墨须。

叨叨令·问花

清晨扑鼻闻香味，新鲜气息充盈肺。殷勤问讯园中卉，昨宵各位曾安睡？

笑未答也么哥，笑未答也么哥。花容堪比红颜醉。

叨叨令·盆景

盘根委曲陶盆卧，虬须矮干缠交错。妆乔病态疑娇惰，实因日久遭摧挫。

羡大树也么哥，羡大树也么哥，凌空直立穿云破。

蝶恋花·城市规划

大象无形规划策。凝固音符，休止如留白。虚实错开呈韵律，空间廊道连绵辟。

大饼勿摊防闭塞。绿水青山，尚有湖和泽。生态城乡升品质，人居环境宜栖息。

浣溪沙·晨起

晨起啁啾鸟语回，满园竹木绿盈睫。院中小径独徘徊。

破晓曦光云外透，清新空气沁胸怀。诗思忽觉涌泉来。

自 我

自我诚神秘，不同于别人。
时时随附体，处处未离身。
可感余之虑，能猜他者魂。
缘何生此识？逝去则无存。

致平和县育英小学

儿时曾就读，因此感情深。
往事心中忆，故园梦里临。
当年栽幼木，今日作梁桢。
滴水何能报，涌泉教育恩。

浣溪沙·田野之着装

田野时常变着装，应时打扮美娇娘。农民便是制衣郎。

初夏禾苗呈翠绿，秋来麦穗染金黄。春天更亮彩衣裳。

画堂春·梦儿时

深宵一觉梦依稀，如同重返孩提。抓鱼捕鸟任游嬉，满脚田泥。

摘柚摘桃西圃，种瓜种豆东篱。有时亦学诵书诗，快活谁知？

舞　者

体态婀娜扭四肢，翩翩起舞任神驰。
浑身多少自由度，秀出无穷曼妙姿。

春　神

君之秀发柳之丝，欲纫新衣百卉披。
裁剪如何方得体？柔姿款款照清池。

甘草子（贺神舟十四出征）

神舟发，火箭凌空，看勇士多潇洒！女共男，三人搭；三舱合，是新家。

建太空宫似华厦，令嫦娥，歆羡煞！年底佳宾喜迎迓，欢聚仙槎！

生态文明

生态文明倡，人居环境优。
有花方馥郁，无水不温柔。
绿意萦嘉树，佳音出啭喉。
珍禽来歇息，应亦惹乡愁。

每日一诗感赋

每日诗成报晓鸡，清晨总是按时啼。
诸君已惯醒来读，此刻天涯共点犀。

恒吟感赋

五年恒日咏，收获两千诗。
雨燕勤捐唾，春蚕乐吐丝。
常思心敏捷，广虑意飞驰。
不怕多施压，人生贵久持。

水调歌头·甲辰吟

玉兔已归去，岁序迓金龙。甲辰当遇鸿运，逸骛向苍穹。祈愿民安国泰，雨顺风调丰稔，事业更昌隆。科技自强立，成就占巅峰。

俺老骥，已伏枥，志犹宏。思维尚敏，光热斜映夕阳红。未似江淹才尽，创意时如泉出，流去亦淙淙。寄语后来者，高木起青葱。

焰火光景

春节城区光景明，高楼立面作荧屏。
四时图案轮交替，五色灯辉射不停。

焰火盛开花万朵，微机组构画多形。
嫦娥步出蟾宫看，勾起思乡未了情。

卜算子·焰火晚会

焰火悦人心，怒放花千朵。脑里江边两灿然，尽是星和火。

更有小飞机，不必人操舵。结队成图亮巨龙，迤逦长空过。

（六）丘成桐院士

丘成桐（1949年—），广东汕头人，美籍华裔数学家，菲尔兹奖得主。他在微分几何、偏微分方程等领域取得了卓越成就。丘成桐对中国古典诗词有深厚研究，认为诗词中蕴含的哲理和美学思想对数学研究有重要启发。

北京雁栖湖应用数学研究院揭牌

遥望长城意气豪，风云激越浪滔滔。
雁鸿东返栖湖泊，骐骥西来适枥槽。
家国兴荣一任重，算筹玄妙亦功高。
廉颇老矣丹心在，愿请长缨助战鏖。

时空统一颂

时乎时乎？逝何如此。物乎物乎？繁何如斯。弱水三千，岂非同源。

时空一体，心物同存。时兮时兮，时不再与。天兮天兮，天何多容？

亘古恒迁，黑洞融融。时空一体，其无尽耶？大哉大哉，宇宙之谜。

美哉美哉，真理之源。时空量化，智者无何。管测大块，学也洋洋。

清平乐

方程数字，都说平生意。物象星河留人醉，黑洞思量无寐。

依约往事难留，恰如代序春秋。豪杰不知何去，大江依旧东流。

题诗蕉岭丘成桐国际会议中心数理天文学家画像

循阶肃穆上凌烟，先哲英姿象万千。
六合管窥明道隐，河图心法妙毫颠。
忍看风急归吾舍，不道潮平放客船。
万里征程当此日，东追西逐自年年。

卡丘流形大会有感

半生家国亦匆匆，一剑横磨寒暑功。
利禄功名何足道，素心犹在流形中。

鹧鸪天·中秋与友云后院赏月

问道柏城意气雄，不辞万里苦匆匆。埋头故纸心狂热，放眼几何造化功。
书阁里，甫相逢，从今鹣鲽与卿同。

今朝又见团团月，执手相看不语中。

蝶恋花·旅途中忆友云

香岛风尘缘小驻，书剑飘零，半世常羁旅。三十七年朝与暮，白云长伴梧桐树。

脉脉此情随汝去，踏遍天涯，始解相思苦。母病安危无意绪，离多聚少凭谁诉。

蝶恋花

今春血压反常，于台湾验身。用超声波、X光等方法，疑心旁大血管有阻塞，医者以为严重。在内人监督下，节重减脂，甚有成效。波士顿再验，血液流通，回复正常。承天之幸，亦内人之功也。

客里韶光春日翳，暗暗新愁，疑障生心际。孰料波光深照里，丹心疾跳仍难示。

狼藉情怀谁眷理，伴侣殷殷，血动凝脂退。缱绻柔肠谁可替，白头不见人憔悴。

蝶恋花

岳母在台养病已四年矣，友云日夕侍奉。余国事科研未敢或忘，夫妻聚少离多，有感而作。

省视萱堂成久计。两处同心，可奈离天际。败叶霜红斜照里，研求立命终难弃。

四十华年如水逝。且喜而今，儿辈俱成器。一自心盟终不悔，河清有日同牵袂。

琪妹大病

每念髫年共苦辛，洗衣炊食水挑频。
弦歌早绝终无怨，英岛抗顽更怆神。
惟恨无能除汝疾，愿祈有药愈君身。
沙场奔突何由惧，生死去来任大钧。

贺正熙芷安新婚之喜

史大学成哈佛留，正熙芷安非庸流。
那帕谷中三生石，凤箫声传九月头。
齐眉举案天人合，得意毋忘众生忧。
望汝凝神攻医道，安家立业启新猷。
鹣鲽双双多日月，常记祖族出中州。
三十年来每酹斟，慈母育汝倍用心。
婚后家国无穷事，看取同心利断金。

满江红·携诸生游安阳

洹水悠悠，都说是、盘庚故域。黍离地，陌阡连亘，偶然踪迹。甲骨依稀留指爪，十三殷纪凭谁识。叹观堂、慧眼去迷茫，凭猜臆。

困羑里，推周易。居斗室，思中国。看垂纶渭水，水清钩直。八百诸侯盟伐纣，鹰扬牧野风雷激。更周公、礼乐订君臣，千秋泽。

江城子

慈颜梦里总牵肠，趁春光，返家乡。纵目驱车，绿树荫新房。新诞孙儿倘得悉，欣慰极，喜难当。

梅城①水木久传香，岭苍苍，水洋洋。生我萱亲，育我好儿郎。千载客家传代代，循祖训，桂兰芳。

注：①梅县是母亲故乡，初春到此一游。

回乡有感

铜模突兀立神州，群彦星驰聚一丘。
魏武扬鞭歌老骥，祖生击楫誓中流。
半生书剑添蓬鬓，古井清泉解百忧。
恋恋中情无限意，蕉乡①云水绕心头。

注：①蕉岭为全国长寿乡。

剑桥中秋佳节感怀

剑桥正中秋，后院赏明月。
乔木壮且茂，但觉清辉没。
交错纵横条，蒙蔽失真切。
偃仰左右寻，始得月皎洁。
皓月映冰心，冰心不可夺。

敦　煌

试上敦煌望二关，汉唐威望白云间。
贰师岂足平西域，定远班侯乞骨还。

八声甘州

对晴空、引领忆当年，风物汉唐秋。渐关山迢递，孤烟落日，思绪悠悠。儒学传灯西去，佛法正东流。只剩斜阳暮，断瓦颓楼。

可奈兴隆难续，叹巢空窟老，欲问无由。喜众生色相，域外画图留。黑山巍、祁连屏立，想红旗、漫卷峪关头。思量处，号声吹彻，快铁飞舟。

六七述怀

少年十五遇罡风，不畏闲言不畏穷。
二十学成羽毛丰，冲天无惧效冥鸿。

三十论剑畴林丛，横跨两域世罕同。
四十镜对卡丘中，算学物理得共融。
五十重谈时与空，相对论叹造化工。
六十疏发未成翁，老骥伏枥立新功。

渔家傲

绝域清秋红满地，遥岑远目愁人意。早唤饮茶慵懒起，宵梦里，故园风景依稀是。

向晚渔舟浮碧水，马鞍山外天无际。岁月不居人老矣，凭谁记，天涯黯黯销魂味。

燕山亭

翅展云霄，扶摇万里，上苑玉堂曾驻。深思创奇，比翼前贤，任他雀惊鹰妒。故国登临，又谁料、疾风横雨。无绪，但芳草泥泞，几迷归路。

试把兰蕙重滋，岁岁燕离巢，几时回哺。锦绣前程，故旧如斯，中兴壮图谁顾。莫听啼鹃，烟雾里，声声愁苦。归去，看冉冉、斜阳几度。

扬州慢

十五年前，余游伦敦，于大英博物馆见一大铁炮，长约十六英尺。细读说明，始知此乃虎门镇台之炮，英人掳之至此，以宣国威。余实哀之，未知何年何日始见此炮回归祖国，以慰当年拼死守护虎门之广东将士，以祭关天培将军之魂也。

海角明珠，华夷都会，百年歌舞承平。看南来北往，船笛杂车声。不道自英旗降后，路歧道阻，戾气潜萌。雾重重，维港狮山，依约雷惊。

孙郎怀抱，倘重临，难认前盟。任易水歌悲，中流誓壮，谁念衷情。铁炮沉沉依旧，重洋外，冷落凄清。盼皇天嘉佑，故园浴火重生。

秋日感怀

西山红叶我曾游，乔木丹枫夹浅流。
久听松涛心寂寂，何时携友细论筹。

虞美人

风吹雨打寻常事，且把锋芒试。长江不尽浪滔滔，后浪前波共个比天高。

校园春色何堪醉，中有兴亡泪。敢教硕果出神州，他日士林翘首近春楼。

回清华园有感

鹏飞一万里,带得松柏去。栽彼近春园,水木清华土。嗟哉园明耻,岂可复再侮。但愿松柏青,挺直无寒暑。却愁冰雪厉,豺狼喜当路。朝朝愿茁长,暮暮不忘汝。幼苗竟依然,何时成大树。

忆江南·游徐州古彭城沛县有感

扛鼎气,霸业早成空。想得崇荣归故里,大风高唱楚声中,千古说英雄。

满江红

审美求真、还仗倚,清怀皎洁。图博雅,书楼长驻,利名心绝。烂漫春光秋雨夜,清华水木荷塘月。到穷时,一霎便功成,从头越。

百年耻,何时雪。攀绝顶,须人杰。把丰花硕果、慰劳先烈。厚德兼容温似玉,自强不息坚如铁。思深沉,规矩入精微,真诚悦。

酒泉观宇宙飞船升天

黄沙漠漠接云端,十月胡天凛凛寒。屏息凝神忽奋举,光临大地绽欢颜。

清华数学科学中心奠基序

共和国承先烈遗德,奋华夏之英。经文纬武,设教立方。易百载之流弊,宏中国于殊俗。浩浩巍巍,六十有一年矣。惟科技未全,海疆未靖。四邻有不平之心,列强犹有裂土之意,岂不慎哉。

夫建国立纲,莫先于学。科技求新,莫先于数理。辛亥革命,民主既成。清华始造,新学始兴。王陈梁赵,熊杨郑孙。十载海人,实为先驱。

西哲授教于清华,俊秀留学于欧美。中华筹业,规模方具。陈华返校,作育英才。许氏统计,羽翼遂丰。彬彬大业,无愧于世界矣。

改革开放,政通人和。民称小康,咸思进取。清华诸公遂立数学科学中心于清华园,又立清华论坛中心于三亚。所以呼应中央求才之意,奠定科技之基也。际此新世纪之初,同人等齐心协力,以长以成。重振清华雄风,遥登筹学之绝顶。迨不负创系前贤之厚望也,诸君其勉之哉。

（七）刘合院士

刘合（1962年—），山东青岛人，中国工程院院士，石油工程专家。主要从事油气田开发工程研究。刘合对诗词有浓厚兴趣，认为诗词能够帮助科学家在复杂的工程问题中找到灵感和创造力。

鹤

秋冬南往鹤，好鸟碧天翔。
早出迟归苦，辽河美片扬。

虎丘公园

斑驳灰青瓦，枫红叶落辞。
游船孤独走，悟道静心知。

雪　山

夜色雪山秀，蓝天寂静清。
高原行摄苦，美景眼球赢。

除夕夜

欢愉除夕夜，土豕报春来。
日月轮回走，新年遇喜财。

秋离别

一抹秋离别，霜催树木残。
金黄红色艳，叶落既生寒。

威尼斯

天际霞光现，虹霓映水城。
初望疑似火，却是画争鸣。

淡　泊

蓦然回首事，欲语少言轻。
淡泊头情爽，心平悦色明。

元阳梯田

昆明开会，提前一天观元阳梯田有感。

写意梯田秀，风光影变奇。
元阳仙境在，遗产摄人痴。

红满枝头

红满枝头艳，成阴绿叶姿。
微风轻雨拂，花影阁庭诗。

白 云

珍珠疑似落，天际见银泉。
云朵飘窗外，随风化入烟。

京 秋

京城秋意媚，银杏叶金黄。
晴雾微风暖，晨曦起瑞祥。

红 柿

万物皆惆怅，秋来叶落稀。
漫山红柿现，甘味入情扉。

破彷徨

烟雨朦胧现，前方雾阁茫。
狮城情意惬，期盼破彷徨。

冬 韵

新年第一次逛颐和园。

雄狮红日映，焉秀美哉诗。
穿洞金光耀，皇园显旷奇。

雪

新年的第一场大雪，预兆丰年。

昨夜梨花落，今晨赏素妆。
尘埃银雪覆，琼玉阁楼祥。

蜡 梅

蜡梅花吐蕊，一缕暗香飘。
绽放枯枝上，忠贞傲骨娇。

西堤春

春季的颐和园西堤总是吸引无数游人赏花观景，今年稍微晚去了一周，花瓣有些凋落，但别有另一番情趣。

西堤花落地，杨柳吐新芽。
春暖冬离远，皇园裹绿纱。

宜兴行

落日红霞美，浮云水里飘。
倾情游竹海，心绪尽逍遥。

树成图

一缕阳光照，黄枫映水珠。
天蓝霾远走，喷洒树成图。

长白山

长白余晖日，池峰险峻奇。
风飘云锦散，美景化成诗。

雪域彩虹

新疆春日艳，雪域彩虹惊。
骏马伴花草，心弦话畅情。

清 雾

清雾湖滨起，微风绿树飘。
仙家缘自我，心绪伴明昭。

颐和园雪

皇园冬客韵，山顶落银花。
奇秀披湖畔，金銮雪日遮。

天坛雾

云雾天坛罩，皇家韵苑情。
风飘丝雨润，涤后愈清明。

元宵节

一年初远眺，明月伴辉霄。
春雪画皇景，冬蓝境映朝。

春 雪

西堤花遇雪，万寿裹银装。
御景丰年好，佳怡福吉祥。

清明祭

明灯燃一盏，寄托故人萦。
心梦天堂念，哀歌祭祀情。

暮 色

暮色映山顶，金光罩阁楼。
游园需谨慎，期盼泛舟悠。

夏 荷

盛夏荷花映，多姿百态仙。
暗香浮动净，傲骨配红莲。

（八）涂善东院士

涂善东（1961年—），江西南昌人，中国工程院院士，化工机械专家。长期从事高温高压设备安全工程技术研究。涂善东喜爱诗词，认为诗词能够帮助科学家在严谨的科研工作中保持对生活的热爱和感悟。

上海滩（2010年）

神州往昔路迷茫，今日浦江喜欲狂。
多国纷陈千种彩，百年难见万旗扬。
明珠高塔擎天立，展馆中华器宇昂。
寰宇中华齐振奋，辉煌夜色胜莲塘。

玉明院士惠我七律《北戴河》，其时正值上海世博会期间，敬步元玉奉和《上海滩》一首。

附王玉明院士原诗：

北戴河

燕山风雨夜茫茫，渤海波涛涌正狂。
俯瞰窗前礁隐没，卧听枕侧乐铿锵。
雄关古战刀枪烈，大道新征鼓号昂。
皓首闻鸡犹起舞，怜萤童趣蕴荷塘。

滚滚长江

滚滚长江万里涛，风流百代瞬间消。
帝王将相本无种，富贵功名却有桥。
不息自强明古训，朝乾夕惕不容骄。
人生难得逢尧世，业绩辉煌路不遥。
步韵敬和雷源忠先生《大江东去》

附雷源忠先生原诗：

大江东去

大江东去涌波涛，岁月如流一瞬消。
上帝如来原是梦，天堂乐土本无桥。
春花秋月人间美，冬雪夏荷天地骄。
野鹤白云当展翅，壮心不在乐逍遥。

获国家奖感赋

春风一夜绿陈枝，岁月如流寄小诗。
十载潜心求破壁，百回矢志钻难题。
千般奥秘堪寻觅，万字文章揭妙机。
过往功名何必恋，未来世界有新奇。

登楼远望

楼外高楼山外山，时空无限意无阑。
物含妙理难穷毕，常使英雄去不还。

阴阳魔都

昨夜风寒起,魔都人迹清。
阴阳多变幻,冷暖总关情。

大数据之无限与有限

大数知何是,诸生皆可穷。
井蛙情寄海,燕雀意如鹏。
盲者能言象,夏虫竟语冬。
痴人多有梦,常是理难从。

许多论文与项目申请书都声言大数据、机器学习成功之处,但鲜有指出其局限性。就如预测材料的拉伸性能,如果只学习了弹性阶段的数据,就不可能预测到材料的弹塑性性质;又如月球的描述,知道了月球一面的数据,而不知道另一面,就很难对整个月球进行建模。所以,山的那一面是什么,是山外青山?还是山外大海?或需要有全面的时空观念。

咏　菊

黄花遍地异香侵,秋菊篱边簇簇金。
遥想渊明有独爱,田园居处有彤云。

步元玉敬和玉明诗翁《银杏秋咏》(七绝)

马年贺岁诗

洗却一身霾,欣迎春色来。
开门得快马,马上有钱才。

马年春节。其时,人们谈霾色变。

清明遥祭庆新兄
（2022 年）

寒食清明处处辉,依依忧意却相违。
忍看物在人亡去,悲望猿啼鹤不归。
壮志功名成影幻,伤心松岭雁行稀。
悠悠呜咽汀江水,溢我凄凄涕泗挥。

庆新兄我长兄也,聪敏过人。家兄被迫辍学,学徒裁缝与木匠,染疾未得救治,转为沉疴,至1982年去世。

参加首届中华诗词艺术与科学精神研讨会

我非风雅士,偶赋几行诗。
喜赴群贤会,欣逢众大师。
放歌抒至美,格物致新知。
漫漫人生路,且行且偎依。

2023 年 10 月 14 日

一、院士诗词

敬挽杨叔子先生

下午看微信，惊悉杨先生离我们而去，万分悲痛。杨先生多次来华东理工大学指导我们，还曾为我拙作《专业概论》写荐词，上次拜别他已是 5 年前了，不想如今竟成永诀，但一声"慢走"犹在耳边，泰山其颓，哲人其萎，则吾将安放？草成小诗一首，以记此刻追思的心情。

华理华科扬子牵，先生后辈挂心间。
一声慢走成追忆，双泪涌流别圣贤。

2022 年 11 月 5 日

SDGs 口诀

可持续发展目标（SDGs）旨在"为所有人实现更美好、更可持续的未来蓝图"。目标共有 17 项并随附 169 个指标。为帮助记忆，写就几句口诀。祝福人类，念念不忘，必有回响。

富足康福，平等优育。
清水洁能，有劳多禄。
产业城市，创新永续。
产消有责，气候行速。
水下陆上，众生并蓄。
公平正义，你我同筑。

二、科学礼赞

叶嘉莹

杨振宁教授七十华诞口占绝句四章为祝（1992年）

卅五年前仰大名，共称华胄出豪英。
过人智慧通天宇，妙理推知不守恒。

记得嘉宾过我来，年时相晤在南开。
曾无茗酒供谈兴，惟敬山楂水一盃。

谁言文理殊途异，才悟能明此意通。
惠我佳编时展读，博闻卓识见高风。

初度欣逢七十辰，华堂多士寿斯人。
我愧当筵无可奉，聊将短句祝长春。

钟振振

嫦娥篇

孤独婵娟寂寞秋，腊前不速客来游。
酒窝笑破天荒涕，好搭便车回地球。

吴刚篇

酒边星客说家常，绿色和平有宪章。
板斧元来使不得，小哥快递赠红娘。

注：《诗·豳风·伐柯》："伐柯如何？匪斧不克。取妻如何？匪媒不得。"

玉兔篇

久有迷离期扑朔，断无缱绻到荒凉。
通红两眼汪汪泪，今日他乡见老乡。

注：《木兰辞》："雄兔脚扑朔，雌兔眼迷离。"

周文彰

卜算子·中华科技颂

航母辟波行，北斗当空照。惊起蛟龙逐浪高，更有东风啸。

梦筑国家强，科技瞄前哨。敢上巅峰摘火球，耀我光华道。

注：词中相关词语指我国高科技标志北斗卫星、蛟龙号潜水器、东风洲际导弹。

刘庆霖

致抗疫中的钟南山院士

钟响南山警世频，请君珍重耄耋身。
点燃十指驱魔疫，留着心灯多照人。

曹辛华

醉太平

其七　愿王玉明先生安康

愿无梦寒，王牌志坚。玉成机械攻关，明朝解万难。

先锋探研，生龙气牵。安心还似山般，康庄大道传。

清平乐

依王玉明词丈"春日遣怀"原韵忆旧。

词中浪漫，花与蝶还恋。怕见青春暮雨燕，飞到堂前又啭。

那池春水仍清，来世痴心阿诚。蝶语花难解梦，最悲自作多情。

定风波

和王玉明先生《春思——用苏轼韵》忆幸与先生京华小聚。

海上才闻馨欬声，还追诗影首都行。柳作长鞭骑梦马，何怕，三生有幸拜先生。

灌顶醍醐惊我醒，高冷，燕山月驾舣忙迎。仍照君词佳句处，抄去，初心贴得碧空晴。

倚云女史伤足以其赏王玉明院士摄影书法艺术感赋韵祝早康复

闻君怨恨化波涛，恨我忽乏医术高。
兴到山腰曾迈步，诗成灯下怎挥毫。
鸟鸣不解如调笑，花影空摇似坐牢。
代买余生吉庆股，无人机上赋诗骚。

摊破浣溪沙（依王院士玉明词丈《咏圆明园山桃花》原韵）

为谢京师拨冗与钟振振师共进晚餐。

犹记宝山话梦时，招来千里百花思。多少灵犀也抛媚，落心池。

山脚分离山顶聚，左边科技右边诗。追到京师垂柳绿，化情丝。

闻涂院士语杨先生淑子院士逸事再悼杨先生

老牛还守在坑边，难觅放牛人一员。
欲到奈何桥畔探，孟婆休把热汤端。
孟婆休把热汤端，来生定忘此生难。
苦辣酸甜全品遍，唯余诗味在人间。

唯余诗味在人间，迷得粉丝添万千。

二、科学礼赞

恨作一枚杨粉晚，倚云涕泪谏花前。
倚云涕泪谏花前，月下魂归诵几篇。
牛郎怕诵当年苦，多少悲歌莫共翻。

朱超范

吟咏院士三首

王玉明
专利鸿裁擅发明，教坛刻意授工程。
心倾机械传殊绩，流体密封留盛名。
笔落毫端常入梦，诗吟韵里总牵情。
悠然种玉荷塘上，碧水无波镜面清。

吴硕贤
欲上峰巅几度攀，倾心建筑蹑云还。
诗章清咏黄金阁，声学悠扬碧玉关。
步榭频闻临曲水，登楼应可仰高山。
《偶吟集》于江边读，是以忘机共白鹇。

涂善东
科学长途大梦牵，险关虽有可攻坚。
化工装备传勋业，从事高温望碧天。
鸣凤翱翔当展翼，名驹奔跃自扬鞭。
谁言逸句难描写，总借诗章结夙缘。

韩倚云

呈袁隆平先生

不为饥寒赋怨声，自凭胆略与天争。
杂交掌上一粒稻，远唤地头千古情。
土教师成洋院士，米菩萨是老先生。
五洲四海高空望，总见行星夜夜明。

致李兰娟院士

胸藏大爱谏封城，看似无情却有情。
病毒逢君先丧胆，军医闻令又增兵。
暂时深巷千门闭，不日通衢万里行。
人过稀龄填壮志，神州众口赞精英。

呈曾庆存先生

不信苍苍变幻奇，自然参透解玄机。
廿年铁杵磋磨处，千里良驹腾跃时。
天上风云今易测，人间物理岂难知。
居高星斗传波远，遥感真情无尽期。

致钟南山先生

征程却在耄龄时，犹记当年战萨斯。
心护八方长有爱，情牵三镇更无私。

龟蛇已见吞污秽，江汉必然清创痍。
公与屈平当并立，古今同样铸鸿辞。

致陈薇少将

又见高天落彩霞，丹心无刻不中华。
运筹人类千秋事，绽放江城二月花。
已令萨斯全敛迹，岂容病毒再抽芽。
将军坐镇龟蛇稳，应许声名伴女娲。

临江仙·题王玉明先生立秋摄荷图

最怕秋来遭雨打，殷勤摄取清魂。擎天翠盖净无尘。风中舒意态，水面写精神。

应是苦心修几世，方经院士珍存。千年不改旧时真。深藏文与理，都在碧荷根。

鹧鸪天·题陈懋章先生摄《绿园秋色图》

摄取空灵寓意深：一湖落日正熔金。小桥石硬航天路，秋水波平院士心。

风暗动，树先吟，好诗却在九霄寻。客厅高挂时时看，不使烦忧染素襟。

张玉梅

马兰花歌
——谨以纪念两弹元勋邓稼先等前辈，祝贺祖国七十华诞

君不见：天山南，金山北，孔雀河干孔雀绝，莽莽黄沙声呜咽。小花紫色开不歇。

阳光灼，生长疾，淡淡芬芳隐鼻息，针披绿叶飞燕翼。马兰心洁如霜雪。根生坚毅，不惧贫瘠。

君不见：胡杨枯木三十夕，梦别老母泪横泣。楼兰古城哭忠骨，死神有耳倾耳栗。以身许国，宁化云烟。

金银滩上息烽烟，蘑菇云彩映酒泉。石破天惊罗布泊，马兰幽幽壮士眠。

占春芳

通六艺，山茶社，乱世弄烟霞。傲雪凌寒争艳，恸心破碎中华。

铸七朵金花。驭蛟龙、潜舞泥沙。激狂浪直干霄汉，明彻天涯。

【词作手记】

青年黄旭华加入进步文艺社团山艇研制的七大技术攻关项目被形象地称为"七朵金花"。没有导弹只能算是没有牙齿的鲨鱼。

轻氢之美
——致敬丁文江教学科研团队

花火绽放，你照亮世界的美丽。
张开想象的翅膀，成就千家万户的便利。
啊，轻氢地你来了！
——神奇！

耐烦又耐看，有料是你精通的专利。
内省又内敛，有材又有用，磨炼而终成大器。
啊，你顺性又尽性！
——着迷！优异！

轻氢的你，宇宙元素第一！
镁丽的你，根植于中华大地！
啊，开枝散叶，叶茂枝繁，繁星似锦。
——合和相生，生生不息！

杨叔子

鹊桥仙·答谢王玉明院士连续赠游览新作

诗人院士，生花妙笔，沉醉自然无累。流连美景几忘身，真堪是、爱心长记。
高歌浩渺，纵情山水，大好文章奇美。庄周李耳是先行，非偶合，古今同喜。

周逢俊

《王玉明：我的艺术清单》观后题

院士王玉明，诗人科学家，又称科学家诗人，诗坛名宿叶嘉莹先生许为高徒，赐号韫辉。宛证诗缘，两年前与先生相识于"诗词圈"群。嗣后，不时临屏快意先生新作佳构，拙作亦常蒙先生谬赞鼓舞。今观央视三台节目《王玉明：我的艺术清单》，方知院士不特诗作超拔，实乃才艺万方——制词谱曲，径自引吭；书法摄影，辄令惊艳；啸艺口哨，不让麓簧；风流偶傥，不一而足。先生少年历经苦厄磨难，然不坠拏云之志，发愤砥砺，一跃清华大学高材之属，继而教席科研并进，终列中国工程院院士。吾尝闻三余，未知院士几余。既惊服不已，敢唤取俚句，以申激赏感佩。

料得台前个性张，风神气色炫华堂。
文思妙构才人句，科技精研院士创。
白首和声歌更美，春山集影梦犹香。
勋功授业开新境，不拒诗心老自狂。

2022年12月5日记于松韵堂

李文朝

歌咏院士暨科学家诗词（九首）

礼赞挂像英模林俊德院士
命系中华国是家，死亡之海绽奇葩。
全程试爆留身影，每次成功伴泪花。
自始消声情有憾，临终夺秒爱无涯。
铸成核盾民安泰，挂像英模世代夸。

泣颂袁隆平吴孟超两院士
神州同日泣双星，万里江山仰巨灵。
水稻杂交增宝贵，柳刀长握保康宁。
初心不变连民意，使命甘同垂汗青。
结伴西行勘告慰，天文星座永昭形。

注：天上有两颗小行星，分别以"袁隆平星""吴孟超星"命名，永远不会陨落，此乃天意也。

贺顾诵芬王大中两院士荣获2020年度国家最高科技奖
神州科技最高奖，花落名家百世芳。
报国精英双院士，感召来者并辉煌。

礼赞中国"氢弹之父"于敏院士
埋名大漠献终生，氢弹攻关举世惊。
利剑倚天真重器，国人世代颂精英。

礼赞中国"卫星之父"孙家栋院士
托星探月建殊勋，耿耿丹心映碧云。
科技兴邦领军者，人生大写溢芳芬。

礼赞"杂交水稻之父"袁隆平院士
为民矢志稻粱谋，饭碗丰盈惠五洲。
远祖神农应笑慰，子孙争上最高楼。

礼赞中国"核潜艇之父"黄旭华院士
隐姓埋名消影踪，潜心深海造强龙。
金汤万里凭核盾，卫国安民旷世功。

礼赞青蒿素发明者屠呦呦
默默攻关不计名，苦心六秩大功成。
青蒿研制惊寰宇，祛病驱魔救众生。

沉痛悼念杨叔子院士
国魂凝处是诗魂，今读华章热泪奔。
院士忽乘仙鹤去，骚坛科技两昆仑。

李栋恒

痛悼"两弹一星"之父钱学森学长

满天雨雪满天悲，世人皆哀英哲萎。
史为奇功添异彩，国缘伟绩展雄姿。

星垂弹啸思无尽，志继星传业永随。
此去三山应笑慰，神州今已海桑移。

咏郭永怀

我为神州骄有加，忠魂火鉴美无瑕。
爱倾祖国心迷业，才转乾坤血化霞。
耿耿赤诚皆奉献，巍巍高格更升华。
丽天长赖良材拄，青史永开昭世花。

注：郭永怀，中国两弹一星功勋科学家。新中国成立之后，他毅然离美回国，为中国两弹一星发展做出了突出贡献。1968年12月5日，在自西北基地乘机向北京呈最新试验数据过程中飞机失事，以身许国。他和助手相拥着保护数据资料，均被烧焦，但胸前的资料得以完好保存。郭永怀被授予烈士称号。

贺我国女航天员刘洋乘神舟九号飞船上太空

嫦娥应是乐无穷，又有婵娟到太空。
海碧天青河汉灿，兔欢蟾笑烛花红。
神舟呼啸添新友，巾帼豪歌出杰雄。
此后何须悔灵药，迢遥霄壤路常通。

歌唱航天员英雄群体

咦嘘唏！难亦险哉！古人昔日欲上天，妙想奇思竭其材。鹤羽凤背皆欲乘，飞天仙槎路未开。宋人万户更有甚，冲天未遂葬尘埃。今人宇航有壮志，粉身惨状亦多哀！君不见，华夏儿女多豪杰，勇闯天路无疑猜。魔鬼训练人不知，高速旋转骨肉歪。万千零件刻脑底，正确反应瞬间来。逃逸塔前人志忐，假作真时可能回？义无反顾为国誉，千难万险任安排！父母儿女皆脑后，只为中华畅忠怀。忘我练，夺头牌，超极限，任天裁。功夫不负苦行志，胜利喜悦挂欢腮。苦练频出应急智，无畏终上昆仑台。频繁往来霄壤近，太空行走游天街。人类千秋登天梦，健儿巾帼得圆谐。世人尽羡英雄美，可知征途几狼豺。航天儿女华夏萃，地唱天歌谁与侪？航天精神贯玉宇，激起中华百世才。

王改正

西江月·呈王玉明院士并序（通韵）

欣喜赏读王玉明院士词《西江月·仲夏夜之梦》："郁郁山前繁树，幽幽天上疏星。半轮凉月半湖明，梦断长河耿耿。　　入世方期出世，今生空虑他生。

红尘蛛网奈何情,谁会凭栏心境?"玉明院士是当代科技名家,也是诗词名家。吟咏如晤,似见先生漫步荷塘月下,物我两忘,心净无尘。诵读几过,情驰向往。乃步韵歌而和之。不计浅拙,呈先生一笑,聊表景仰念念之情也。词曰:

家是吉林梨树,诗文科技双星。荷塘如玉月光明,映照幽怀清耿。襟抱忧时济世,兴观雅静颐生。家国社稷最关情,都入禅心妙境。

临江仙·王亚平太空弹奏古琴并序(通韵)

神舟十三号三位航天员在春意盎然、姹紫嫣红的春天安全返回。王亚平元宵良夜在空间站弹奏古琴,茉莉花的旋律永远荡漾在中华儿女的心头。筑梦长空,看我神舟游玉宇。英雄今日返回时,感慨泪沾衣。琴声响彻瑶池外,十四亿人心澎湃。亚平一曲越千年,明月照人寰。乃为之歌曰:

玉宇长天万里,神舟载我英雄。亚平琴韵动瑶空。嫦娥来伴舞,情满广寒宫。

回望寰球一点,百年世事峥嵘。狼烟魔疫未消停。家国无限好,齐唱大江东。

何云春

张伯礼院士在萱晟堂闻药

披霞切脉诊沧海,举手悬壶济众生。
萱晟处方藏秘籍,把闻鉴药最倾情。

林　峰

致敬丘成桐院士

昆仑北望月光斜,毕竟苍茫万里家。
菲奖少时磨古剑,燕山千仞系中华。
河西一赋相如笔,天上繁星牛顿槎。
红叶白云秋灿烂,先生更是雪梅花。

注:河西一赋,指丘成桐教授多年前写的一篇三千多字的《河西走廊赋》一时赋坛风云骤起。

致敬王玉明院士

北楼灯火又鸡声,无视风横雨亦横。
院士诗人怀三绝,书家影匠任平生。
才逢盛世功千古,马跃平川路几程?
科技发明公第一,争先谁敢在前行。

倪建民

题王玉明院士所摄日照金山图

奇彩云天外，凝华碧血红。
青岩虽在地，彤宝欲腾空。
万顷琉璃玉，千钧巨翼鸿。
流霞开万象，浩气透英雄。

田麦久

卜算子·咏三位航天员太空科考

瀚宇又神舟，风火飞轮转。直上昆仑百万寻，携手三人伴。

安寓细研思，马尾朝天辫。闲雅星空信步行，再把亲朋唤。

杭中华

中国工程院院士黄先祥有赞

砺剑元勋黄院士，初心使命本能生。
攻坚学术出成果，心系兵戈保打赢。
德艺双馨皆感颂，桃红李绿满柳营。
千锤百炼终无怨，追梦功成史册铭。

杨文才

贺火药学专家王泽山教授获国家最高科技奖

功成百炼九州尊，箭火直将河汉吞。
足印苍茫关塞雪，威惊没落帝王阍。
真元紫焰传思邈，妙道丹心铸国魂。
八秩犹怀嘶枥志，豪情一挪大乾坤！

赵安民（师之）

如梦令·登清虚山赞屠呦呦

2015年10月24—25日，由诗刊社《子曰》诗社发起组织，河北保定清虚山道观和北京国创容德拍卖有限责任公司共同承办，"祝贺医学诺奖，弘扬中医文化——首都诗人作家采风"活动在清虚山道观举行。中医药学家屠呦呦研治截疟青蒿素获得2015年诺贝尔医学奖，乃受一千七百年前东晋葛洪《肘后备急方》青蒿"绞汁"服用治疟记载启发而获成功。清虚山正是葛洪晚年炼丹著述之处，后人称之为葛山。登上清虚峰，欣见青蒿遍野，此自然界小草中含有截杀疟原虫的神力，顿悟中医五行生克之真理。

一

身与小虫争斗，寒热往来难受。为

患数千年，切盼大医相救。研究，研究，衣带渐宽人瘦。

二

山上葛仙神授，山下女医颔首。穿越数千年，食野之蒿依旧。成就，成就，要在五行参透。

2015年10月26日

鹊桥仙·"嫦娥四号"探月成功

嫦娥诧异，吴刚屏息：这是何方亲戚？平居皓月万千年，未见过、该般奇迹。嫦娥惊喜，吴刚喜极：自报家乡小姊！来商姐姐广寒宫，要开发、新区宝地。

注：2018年5月21日，嫦娥四号中继星"鹊桥"号成功发射，为嫦娥四号的着陆器和月球车提供地月中继通信支持；同年12月8日，嫦娥四号探测器在西昌卫星发射中心由长征三号乙运载火箭成功发射。2019年1月3日，嫦娥四号成功着陆在月球背面南极——艾特肯盆地冯·卡门撞击坑的预选着陆区，月球车"玉兔二号"到达月面开始巡视探测；同年1月11日，嫦娥四号着陆器与玉兔二号巡视器完成两器互拍，达到工程既定目标，标志着嫦娥四号任务圆满成功。

为乘神舟十四号二上太空的女航天员刘洋拟言

神舟载我渡河汉，仰望星空儿倚楼。
银汉迢迢何处岸？妈妈奋楫击中流。
《梦天》李贺思明月，《天问》灵均任楚囚。
接踵空间寻驿站，地球村小不须愁。

注：2012年6月，33岁的刘洋乘神舟九号载人飞船飞上太空，是我国第一位飞上太空的女航天员。2022年6月，我国神舟十四号载人飞行任务启动，已成为两个孩子妈妈的刘洋时隔10年再次出征太空。

2022年6月

中华北斗歌

星河浩瀚星斗明，七星联袂导航程；
山川大海茫茫夜，北斗横天点亮灯；
古贤观天善总结，夜观北斗方向清。
人类纷纷太空走，神州智慧显身手；
航天科技大攻关，卫星组网称北斗；
昔日银河看仰天，今过银河惊回首。
通信报文云快递，导航测速授时启；
动态分米静厘米，精准定位谁能比？
新兴庞大产业链，军事民用和科技；
智能交通与农机，灾害监测输燃气；
大国重器护和平，领航人类共同体。

二、科学礼赞

61

遥听顺风耳，遥望千里眼；
神话曾神往，如今全实现。
数据无遗算，恢恢天网张；
数字中国星，北斗照无疆。
宇宙任翱翔，科技翅膀长；
扶摇九万里，与君共此舫。
合作兮如兰，扬扬兮幽香；
采采兮佩之，共赢兮四方。
我欲邀来共饮吴刚与明月，
且挥北斗挹酒浆来不厌多；
同倾北斗滔滔酹此银汉波；
共看嫦娥长袖起舞伴我高吟北斗歌。

——为《礼赞北斗诗集》出版而作

2022 年 7 月

定风波·北斗新星

长夜茫茫舞女娲，星辰大海浩无涯。日月繁星谁点布？真酷！每依北斗望京华。

卅载排兵三步走，回首，卫星穿越万重霞。《天问》灵均思绪重，圆梦。地球村远好还家。

银河破浪行
—— 中国航天 2022 年纪事

据中国日报网 2022 年 12 月 30 日发布当年中国航天十大新闻而作。

载人航天业，立项已卅年。
厚积薄发日，收获大无前。
火箭频发射，飞船六上天。
天舟四五号，两艘货运船。
十四十五号，神舟载人船。
实验舱两次，问天与梦天。
中国空间站，转位梦天舱。
"T"型坚构造，在轨得组装。
十四与十五，会师两乘组。
六名航天员，空间壮队伍。
首见空间站，三船三舱富。①
神州有神话，夸父逐日忙。
今天真实现，卫星探太阳。
十月之九日，火箭发成功。
长征二号丁，酒泉射太空。
太阳专探视，"夸父一号"星。
太空搞科研，"一磁两暴"明。②
酒泉再点火，重启天行健。
亚轨运载器，复飞程序链。
安稳水平回，着陆阿拉善。
一次飞回后，再飞得圆满。
利用可重复，跨越大发展。③
火箭送卫星，且看新一代。
长八遥二号，文昌新境界。
一箭廿二星，"芭蕾"令人炫。
多星分配器，舞女脚尖垫。
众星纷释放，天女散花艳。
卫星上下车，地空景无限。④
人类探深空，月为前哨站。
嫦娥登月还，带回土特产。
我国科学家，多方来会战。

用红外光谱,纳米离子针。
测得月表矿,水量颇高存。
月壤细分析,样品制光片。
年轻活火山,源区知月幔。
月球可知年,函数模型算。
团队一百多,科研成果赡。⑤
太原发射场,首飞即成功。
顺利上轨道,一箭送双星。
浦江二号与,天鲲二号名。
长征六号改,新谱高科技。
固液发动机,跨界真给力。
芯一级捆绑,四台助推器。
四台同点火,大力推快起。
防摆助协调,智能来控制。
联控至单控,平稳相交替。
助推分离后,芯级仍顺利。
火箭新时代,数字创奇迹。⑥
中科院研造,四级固体好。
首飞得成功,名"力箭一号"。
航天科工造,"快舟十一号",
行云交通星,顺利送轨道;
"捷龙三号"箭,果然是捷龙。
海上热发射,首发即成功。
全新平台换,扶摇碧空上。
三型皆固体,近地载重量。
不仅推力大,一百三十吨。
还可重复用,技术大跃进。
运载新一代,往来天地频。
循环发动机,燃料可充新。
空间站运营,活动规模大。
成本大减低,能力来说话。⑧

火星探测器,称"天问一号"。
火星快开门,中国来报到。
祝融火星车,巡视火星表。
发射两年来,工作成绩好。
人类探火星,路径我创新。
深空探测力,看我中国人。
世界航天奖,颁我无比伦。
巴黎领奖台,"天问"最精神。⑨
火箭频发射,全年六十四。
记录创新高,进步不停滞。
"长征"品牌老,业绩自非凡。
成功每一箭,全年五十三。
年度发射数,首破五十关。
连续发成功,一百零二番。
快舟一号甲,年发四连胜。
快舟十一号,也不辱使命。
朱雀与双曲,明年期出线。
两发两成功,谷神一号箭。
力箭与捷龙,首发俱成功。
中国航天业,寰宇显神通。⑩

注:

①中国空间站"T"字基本构型在轨组装完成。

②夸父一号发射成功并发布首批科学图像。

③我国亚轨道运载器重复使用飞行试验圆满成功。

④长征八号火箭一箭22星创我国"一箭多星"发射新纪录。

⑤"嫦娥石"等嫦娥五号月壤样品最新研究成果相继发表。

⑥我国首型固体捆绑中型运载火箭长征六号改首飞成功。

⑦我国多型新锐商业固体运载火箭发射成功。

⑧我国首台大推力重复使用液氧煤油主发动机试车成功。

⑨天问一号火星探测团队问鼎"世界航天奖"。

⑩2022年中国航天运载火箭发射次数再创新高。

中华诗词学会科技与文创诗词工作委员会成立典礼在中国美术馆举行

美轮美术馆，疫洗见雄姿；
屹立市中心，美奂壮京师。
电梯上七层，领头吴馆长；
雕塑誉全球，名气如山响。
诗词飞出圈，会长经常讲；
大鹏展双翼，科技和文创。
国艺新时代，活跃在京城；
书画演艺界，诗词付浓情；
响应周会长，科创聚精英；
线下兼线上，今日典礼成。
中国科技馆，领导亲致辞；
钱岩女书记，寄语见哲思。
清华王院士，才艺乐书诗；
髦翁压阵脚，亲临相护持。
久仰大名星，惊艳朱明瑛；
艺富兼中外，文化欲传龙。
梁军闫志军，尤夸志愿军；
诗词为酷爱，资捐诗国人。
更多志愿者，帅哥和美女；
主持或助力，皆为诗国主。
僭名为主任，从何来自信？
诗国数千年，佳作林成阵；
科技新中国，纷答灵均问。
盛世看中华，诗魂复苏也；
站上巨人肩，众美收网下；
高峰放百花，体裁多样化；
明清耻后尘，唐宋宜方驾。
科技与诗词，情理和谐进；
调寄鹧鸪天一阕，请君为我倾耳听：

宝剑铦磨双刃华，止戈为武莫非它。
疫虫休破互联网，创客能飞织女家。

元宇宙，古神蛇，旧邦新命发新芽。
国之重器夸科技，汉字文明绽异葩。

诗河波浪涌，国脉大连通；
科技大发展，文化大繁荣；
莽莽高原上，拔地起高峰；
江山叠锦绣，科技为支撑。
诗词颂科技，礼赞新时代；
抖音短视频，字节跳动快；
千秋汉字魂，脉健神蛇在。
民族要复兴，科技领航程；
诗国诗意美，亲和宇宙风。

2022年6月18日

谢立科同学组织衡阳眼科大会题句

炯炯灵明若有神，医疗眼病敬邀君。
集思端赖群公力，审视瑶函好去根。

2023年6月15日

上海大学首届诗词艺术与科学精神研讨会感思

合奏琵琶启幕扉，江南梦入哲思飞。
经文纬理前贤嘱，泼墨挥毫后学追。
左右逢源真善美，古今集雅画书诗。
水天无际吴淞口，丹桂飘香入海湄。

2023年10月14日于上海大学

《当代科技诗词选》出版志庆

允为第一生产力，人间创造逞风流。
诗人齐力挥椽笔，汉字凝神竞上游。
物质精神谋共进，科学艺术会峰头。
歌吟当代留经典，开卷腾飞星海舟。

注：赵安民、王国钦选编《当代科技诗词选》由中国书籍出版社2023年10月出版，是我国首部当代科技诗词选集，选编书写当代科技题材的诗词约300首，分为科技人物、科技成果、科技综合三篇。作者既有杨振宁、苏步青、陈懋章、吴硕贤、王玉明等著名科学家，也有顾毓琇、章士钊、叶嘉莹、刘征等著名诗人学者。诗歌体裁主要是格律诗词，也有古风、歌行体。题材以新时代前十年的科技成就为主，涵盖新中国成立以来主要科技人物和科技成果，是用诗词艺术呈现的新中国科技简史。

2024年1月17日

段 维

怀南仁东先生

痴情不必问穷通，肝胆无私一掷中。
足踏青峰如拨浪，魂归碧落正飞虹。
自嘲拍马公关累，钵幸投斋大业隆。
天眼长舒星际外，山河近视岂迷蒙。

注：南仁东，著名天文学家，中国科学院国家天文台研究员，FAST工程总工程师兼首席科学家。1994年始主持完成国家重大科技基础设施建设项目——500米口径球面射电望远镜（FAST）的选址、立项、可行性研究及初步设计，主编科学目标，指导各项关键技术的研究及其模型试验。2017年9月15日晚，南先生因病情恶化逝世，享年72岁。FAST上马后，为了推销项目，南仁东说："我开始拍全世界的马屁，让全世界来支持我们。"累，作上声。

姚泉名

我国人造出首个单染色体生物，致敬覃重军团队

织出单条染色体，真核细胞得新制。
酿酒酵母此联环，人类或可成上帝。
彭铿难敌细胞颓，采补阴阳骨仍灰。
人工已减端粒数，受寿永多理可推。
事功初缘敢猜想，驰心未许限罾网。
更须理性细筹谋，工匠精神足师仰。
沉思试验五年期，惊天创举寰宇奇。
人岂能安天付命，无限可能确无疑。

徐吉鸿

杏园春·赞院士诗人

中华自古多贤。千秋伟业欣看。钻山探海或遨天，赛神仙。

潮头敢蹈汹汹浪，精诚奉献人间。更从科苑向吟坛。梦同圆。

王国钦

遥寄杨振宁教授

莫道洋装彼岸身，黄肤黑发早逢春。
扬眉诺奖惊天下，难了一颗家国心。

纪念杨振宁教授百岁华诞

宇称由来不守恒，华人首奖耀朱灯。
兼容粒子综强力，引纳磁波居顶层。
硕学殊才登鹤寿，淑媛痴爱助云鹏。
同途但愿人长久，景仰丹霄国际星。

注：2021年9月22日，由清华大学、中国物理学会、香港中文大学联合主办的杨振宁学术思想研讨会兼贺杨先生百岁华诞活动在清华大学隆重举行。

1956年杨振宁与李政道因共同提出"宇称不守恒理论"，1957年荣获诺贝尔物理学奖，首开华人获得诺奖之先河。

在世界范围内的物理学领域，久久期待着能有一个"物理想象和规律"，以发展出可以解释万事万物的"大一统理论"。在整个发展过程中，先后出现了五座理论高峰：①牛顿的"万有引力定律和牛顿力学"，统一了天上和地上的物理学规律；②麦克斯韦的"麦克斯韦方程组"，预言了电磁波、光磁波的存在；③爱因斯坦的"相对论"，统一了时间和空间，解释了引力的本质；④普朗克、爱因斯坦、波尔、薛定谔等人创立的"量子力学"，解释了微观世界的物理学规律；⑤杨振宁、米尔斯共同提出的"杨－米尔斯理论"，最大程度兼容了量子力学和狭义相对论，接近统一了四大作用中的"强力""弱力"及"电磁力"等三种基本力，从"粒子""场"和"作用"的角度来解释万事万物的基

本规律。曾有五位科学家运用"杨－米尔斯理论"解释强力，并因此分两年先后获得诺贝尔物理学奖，足见杨振宁主创这个理论的重要性。

鹤寿：中国古代常以龟年鹤寿代指长寿。

淑媛：2004年12月，时年82岁的杨振宁与时年28岁的翁帆在广东汕头办理结婚手续，因此演绎出一段至为感人的当代真挚情感。

同途但愿人长久：在杨振宁百岁华诞活动上，杨振宁以《但愿人长久，千里共同途》为题进行演讲。其中讲到：我国著名科学家邓稼先，1971年在写给他的一封信中表达了一个愿望："但愿人长久，千里共同途。"他深情地说："稼先，我懂你'共同途'的意思。我可以很自信地跟你说，我这以后五十年符合你'共同途'的嘱望，我相信你也会满意的。"

国际星：1997年5月25日，中国科学院和江苏人民政府宣布，国际小行星中心根据两家单位的联合申报，将紫金山天文台于1975年12月26日发现的小行星（编号3421）正式命名为"杨振宁星"。

悼袁隆平院士

顿失先生天地惊，疾风暴雨化悲声。
千重菽稻也挥泪，不尽依依父子情。

荧屏观看全国抗击新冠疫情表彰大会

致敬钟南山等功勋人物。

熠熠生辉佩奖章，英雄群体美名扬。
江城抗疫初心在，禹甸禳灾使命昂。
壮举告成庚子岁，功勋纡绕郁金香。
殷殷大爱民心暖，热烈潜潜德水长。

咏诗人科学家王玉明教授

明玉蕴辉同美真，滋兰九畹善情亲。
诗书丽影星图远，水木清华景象新。
机械多情承厚德，工程会意卜嘉邻。
联珠缀玉鳌头占，仰望神州月一轮。

注：①王玉明，著名机械工程科学家，拜著名诗人叶嘉莹先生为师，并获赠赐字"韫辉"。②中华诗词学会高校诗词工作委员会公众号，由王玉明教授题词"九畹滋兰"，典出屈原《离骚》："余既滋兰之九畹兮，又树蕙之百亩。"③诗书丽影，指王玉明教授诗词、书法、摄影、音乐等多种艺术专长；水木清华，王玉明教授1965年毕业于清华大学，现任清华大学机械工程系教授、汽车安全与节能国家重点实验室学术委员会主任。④联珠缀玉，王玉明教授数十年在第一线从事重大装备高参数关键基础零部件特别是流体动压非接触式密封及其测控系统的研究开发，取得多项具有自主知

识产权和国际先进水平的成果，先后获国家技术发明奖和国家科技进步奖4项（分别排名第1、1、1、3名）以及省部级科技奖15项等等。

"王玉明科技强基奖励金"成立感题

光华科技衍清流，德惠帆扬不系舟。
筑梦强基肩责任，导航经远引鸿俦。
密封微细成殊器，润化恢宏在善谋。
壮矣王公明玉灿，山高水渺竞上游。

注：①"王玉明科技强基奖励金"成立仪式，于2023年5月7日在清华大学李兆基科技大楼隆重举行。②光华工程科技成就奖，又名中国工程科技奖，主要捐资者为朱光亚、尹衍梁、杜俊元、陈由豪四人，由中国工程院在1996年开办。中国科学院院士王玉明，荣获第十四届光华工程科技成就奖。③王玉明院士全部捐献光华工程科技奖奖金，成立"王玉明科技强基奖励金"，用于奖励在密封、润滑、液压、轴承、齿轮、阀门、汽车零部件等基础件专业做出突出贡献的科技人才。

感咏吴孟超院士

有星尊号孟超吴，医者仁心好大夫。
寿享高龄彰盛德，术成大业耀明珠。
主刀病退倾肝胆，妙手春回匹画图。
医患双关黎庶事，羡君情意满冰壶。

注：①吴孟超，"中国肝胆外科之父"，1991年当选中国科学院院士，2005年获国家最高科学技术奖。2012年2月，当选感动中国2011年度人物。②2011年5月，国际小行星中心将17606号小行星命名为"吴孟超星"。③2021年，吴孟超99岁仙逝。

天文学家张同杰题咏

叩问苍穹我是谁？渺茫银汉放情追。
胸中境界方无尽，地外文明可有为。
粒子还初玄象拟，星群稽古庆云垂。
好奇哈勃通天眼，科学庄严仔细窥。

"神十三"巡天归航致敬王亚平

霄壤传来故事新，亚平与咱是宗亲。
神舟光影风为伴，灵鹊云桥月做邻。
琼宇课徒御风者，瑶庭信步摘星人。
巡天壮举千秋事，美酒飘香敬女神。

注：①2013年6月20日上午10时，第一次执行太空任务的女航天员王亚平，以了解失重条件下物体运动的特点、液体的表面张力作用，加深对质量、重量

以及牛顿定律等基本物理概念的理解等内容,在"天宫一号"进行在线授课和实验演示,并与地面中小学师生进行双向互动交流。本次科普教育活动,是中国利用载人航天活动普及航天知识的一次尝试,希望通过开展此类科普教育活动进一步激发广大中小学生对宇宙空间的向往、对学习科技知识的热情。女航天员王亚平,因此成为中国境内的第一位"太空老师"。②"神十三"载人飞船返回舱,于2022年4月16日在东风着陆场预定区域成功着陆。航天员王亚平状态良好地出舱之际,神情骄傲地对女儿说:"摘星星的妈妈回来啦。"因为当王亚平出发的时候,曾答应为五岁的女儿摘回一颗太空的星星来。

神州十五升空与神州十四航天员汇合天宫空间站

霄壤重交践素衷,双舟妙合拱长虹。
旅差星际来三杰,圆梦云边拥六雄。
为国迅游同赤胆,向家临望自苍穹。
椭型范轨T型站,北斗心归在玉宫。

  注:"三杰"指神州十五号三位航天员费俊龙、邓清明、张陆。"六雄"指"三杰"再加神州十四号三位航天员陈冬、刘洋、蔡旭哲。

张桂兴

悼"水稻之父"袁隆平

少年志趣问农耕,风雨春秋垄上行。
选种田间时守望,培芽温室待新生。
翻成稻海千层浪,铸就天边一颗星。
今日功勋乘鹤去,长沙泪雨哭隆平。

贺神舟十二号飞船升空致航天英雄聂海胜

  题记:2005年到航天城慰问航天员,得知聂海胜即将出征,共饮壮行酒。
海胜即将游太空,壮行同饮气豪雄。
曾经二访星和月,今又三临站与宫。
探索长天知奥妙,科研生物问苍穹。
今朝屈子当能慰,指看山河披彩虹。

临江仙·屠呦呦获诺贝尔奖

  小小斑蚊浑肆虐,年年多少新坟?千寻妙药送瘟神。无名甘默默,矢志且殷殷。

  一把青蒿惊四海,驱魔梦想成真。今朝座椅嵌华文。腾龙惊广宇,诺奖报佳音。

闫志军

踏莎行·致敬中国航天人

三代飞天，苍穹幕布。茫茫戈壁青春驻。豪情醉了酒泉风，航天追梦人无数。

两弹一星，先贤引路。九霄云外从容舞。神舟儿女为和平，并肩携手开新步。

刘能英

临江仙·题地质科学家

地震时移无定处，几回绝地奔跑，几回扭背与伤腰。几回灯影下，挑战到通宵。

也有妻儿兼父母，也曾思念难熬，不曾放弃不曾抛。沙丘风借力，峰顶树新高。

贾志义

赞"两弹一星"元勋程开甲（通韵）

漠海扬帆奋向前，埋名隐姓四十年。
甘于奉献情怀美，乐意牺牲志向坚。
五次三番临险境，一星两弹镇强权。
中华伟业惊天地，开甲丰功万古传。

赞吴天一（通韵）

生死全然抛脑后，结缘雪域勇登攀。
消除疾患真情在，攻克难关斗志坚。
历尽艰辛经百劫，欣衔使命越千山。
悬壶济世丰碑树，光耀高原谱壮篇。

蔡大营

咏两弹一星英雄林俊德

隐姓几十春，胡杨大漠深。
呕心波测器，把脉蕈菇云。
智勇夷绝险，秒分搏死神。
一腔丹血尽，化作马兰魂。

挽"中国肝胆外科之父"吴孟超院士

万瘤斩断术何精，方寸之间刀纵横。
百载传奇天下誉，一腔肝胆耀行星。

注：行星，指国际小行星命名委员会2011年5月命名的"吴孟超星"。

深切悼念袁隆平院士

恸涌潇湘举国惊，千山垂首万禾倾。
公今回返云河去，天上人间长拜星。

  注：1999年10月，经国际小天体命名委员会批准，将中国科学院国家天文台兴隆观测站的施密特CCD小行星项目组发现的一颗小行星命名为"袁隆平星"，以示对杂交水稻之父袁隆平的敬意。

临江仙·中国核潜艇之父黄旭华

  碧海茫茫涛浪涌，荒凉小岛扎根。算盘算尺伴晨昏。深潜亲历险，独创备尝辛。
  卅载杳然蒙误解，青丝无悔霜侵。两全忠孝古难闻。呕心酬一艇，忍泪负双亲。

临江仙·赞钟南山院士

  年过八旬犹上阵，力祛三镇毒烟。宝刀老马勇当先。殚精降疫疬，履险克时艰。
  难忘那年非典战，疫魔一举全歼。先生寰宇烈名传。钟灵氤北斗，德重傲南山。

蔡瑞义

咏钟南山

荆楚狼烟鼙鼓催，襟怀浩荡仰崔嵬。
曾歼非典呈英气，又战新冠祛疫灾。
千载华佗迎难至，一天花雨报春回。
寿登耄耋雄风在，柱立巍巍百丈台。

陈美慧

咏黄旭华

铁肩担大任，核艇露锋芒。
积弱犹知耻，振兴焉可忘。
乐于民奉献，骄在国荣光。
凭此重型器，方能促富强。

高福林

咏相里斌

微小依开北斗雄，导航玉宇合时空。
烟波喜有降魔剑，意象当消恐美风。
愿属群黎兴富梦，欣教华夏挂丹虹。
身家舍得争分秒，筑起长城万代公。

咏国家最高科学技术奖获奖者程开甲

一程尽纳地天辉，青史纵横缀玉机。
戈壁埋名家国负，蘑菇记勋子孙歆。
情温物理开新境，乐达宏观探细微。
慑敌安平今古看，风流任逐大鹏飞。

梁晗曦

沁园春·题"中国歼击机之父"顾诵芬院士

名蕴清芬，身居斗室，志在长天。历寒窗廿载，学科尽悉；书山万仞，气动专研。注我精诚，忘他名利，担海挑洲祖铁肩。经行处，有一襟明月，两袖轻烟。

领航科技攻关。秉务实精神效圣贤。看鲲鹏展翅，争腾霞彩；英雄亮剑，立鉴心丹。基奠千年，功倾两院，强国蓝图至此圆。抬望眼，正战鹰飞掠，啸傲群巅！

注：顾诵芬，男，汉族，92岁（1930年2月出生），中国共产党党员，中国航空工业集团有限公司研究员。享有盛誉的新中国飞机设计大师、新中国航空科技事业的奠基人之一、我国飞机空气动力设计奠基人、我国航空科技事业的引领者、我国航空界唯一的两院院士、航空工业第一位航空报国终身成就奖获得者。

顾诵芬始终致力于推动中国航空科技事业的发展。他创新设计多型飞机气动布局，建立新中国飞机空气动力学设计体系。主持研制的歼8、歼8Ⅱ超声速歼击机，开创了我国自主研制歼击机的先河，歼8系列飞机是20世纪我军核心主战装备。他建立了我国歼击机研制体系，为航空武器装备跨代升级发展做出巨大贡献。他高度关注国家战略安全，为大飞机飞上蓝天提供决策支持。他对党忠诚，甘于奉献，为国家培养了一大批飞机设计领军人才，为新中国航空工业70年发展做出了卓越贡献。

沁园春·一门三院士

一代风流，满门才俊，硕果丰饶。胜谢家子弟，恢宏襟抱；竹林气象，俊朗风标。凤舞龙吟，雄深雅健，中外古今孰可超。家风好，把五男四女，妙手精雕。

后生如此多娇。引亿万家庭竞折腰。看鹏程乍展，张弓揽辔；牛刀小试，大略雄韬。砥柱中流，殿堂梁栋，巨子功勋赛比高。慷而慨，为太平万世，立大功劳！

注：梁启超，中国近代著名思想家、政治家、教育家、史学家、文学家，在

诸多领域均卓有成就，对当时和其后的知识分子具有广泛而深远的影响。他不仅本人建树卓越，其子女也个个成才，或为建筑学家，或为考古学家，或为火箭控制专家等，创出了"一门三院士，九子皆才俊"的家风成就。

梁启超一共有九个子女，他们无一例外都成了学术界、军政界的精英：长子梁思成、次子梁思永、五子梁启礼三人均为中国院士，三子梁思忠是毕业于西点军校的国民党军官，四子梁思达是毕业于南开大学的经济研究者，长女梁思顺为诗词研究专家，次女梁思庄为著名图书馆学家，三女梁思懿为社会活动家，四女梁思宁是新四军早期革命者。"一门三院士，九子皆才俊"，这是世人对梁启超家族的评价。

梁启超九个儿女都非常优秀，这是人尽皆知的故事。在普通家庭中，能出一个院士都很不容易。梁家却出了三个。可以说，像梁家这样把九个孩子都培养得如此优秀的家庭，即使放眼全球，也实属罕见。

沁园春·题"中国导弹之父"钱学森院士

民族脊梁，科学旗帜，总理知音。历涛吞浪卷，星辰黯淡；霜欺雪压，草木萧森。矢志无移，终偿所愿，赤子归来献赤忱。五十载，竟卧薪尝胆，剖尽丹心。

休询此爱何深。射两弹一星喜不禁。赞兴邦励志，巅峰亮剑；航天圆梦，云阙龙吟。砥砺前行，中华崛起，哪个强权敢再侵！我华夏，正兵精国富，不负雄襟！

沁园春·题"中国核潜艇之父"黄旭华院士

隐姓埋名，攻坚克难，风迹云踪。度惊涛骇浪，求生荒岛；缺衣少食，托梦归鸿。儿女灯前，父母膝下，为国舍家甘效忠。卅冬夏，过家门不入，步履匆匆。

这般情愫深浓。把水滴线型和血熔。确有情有义，生涯有梦；无声无息，力量无穷。海底长城，金瓯更固，华夏泱泱国运隆！忙哉矣，育满门桃李，齐闹龙宫！

沁园春·题"中国航母电磁弹射之父"马伟明院士

国士无双，电磁之父，百姓呼声。惯自筹经费，头埋陋室；互为手足，怀纳精英。不惑之年，荣膺院士，日出东方举世惊。依稀记，为家贫辍学，挫折曾经。

　　领航好趁年轻。四十载深耕事竟成。创全能母舰，空前绝后；顶流技术，去伪存精。为国为民，侠之大者，一马堪当百万兵。福建舰，又成功弹射，举国欢腾！

邓恩平

悼邓稼先

戈壁无羌笛，边陲有祸端。
扶危匡国运，归籍隐征鞍。
无畏捐生死，安能议窄宽。
功勋应含笑，两弹挽狂澜。

张淑萱

华罗庚

豪英辈出江南地，旷古清才树斐然。
学海孤舟勤举棹，异邦劲翅奋翔天。
高峰矗立开新域，沃土耕耘育众贤。
最是归来殷切句，情融硕果壮琼篇。

李冠群

咏杨振宁

徽声寰宇响，学识摘清冠。
凝聚万般态，澄明一物观。
高风酬百世，浩气越千端。
勠力中华梦，冰心寸寸看。

李君莉

风入松·咏南仁东

　　默然无语望苍穹，谁比目光雄。一生浪漫为求索，大窝凼、万籁于胸。宇宙太空召唤，梦光照亮成功。

　　千方百计解难中，瑰丽照情浓，自行建造观天眼。路漫漫、修远无穷。燃尽人生痴爱，化为星座当空。

杜宗杰

赞航天英雄王亚平

铁血红颜上太空，一身豪气啸寰中。
堪凭宇宙展仪采，便自鸿途著伟功。
报国倾情向亲别，问天探秘与男同。
木兰纵是千秋唱，岂及今朝俊女雄。

来 鸿

咏曾庆存

遥感时空驭卫星,雷喧雨骤不须惊。
任由天地云图变,但得山川日月明。
誓踏珠峰追一梦,尽除灾害慰平生。
万千气象掌中握,四季风涛肩上擎。

咏王大中

自主建堆惊世眸,一生坚守一生讴。
核能领域闯新路,治学育人怀远谋。
科技星光照星灿,清华风骨竞风流。
笃行不息为家国,夺得千峰扮锦秋。

咏李四光

探索能源找石油,绘图勘测展宏谋。
铁鞋踏破千山水,蜀道行穿数夏秋。
二代同门三院士,一生报国老黄牛。
科坛泰斗精神在,地质之光溢彩流。

陈旭东

咏杂交水稻之父袁隆平院士

欲得心田沃,由来日月耕。

神农圆一梦,洒尽毕生情。

咏国家最高科学技术奖获奖者屠呦呦

中西完合璧,岁月竞吟哦。
失败三千遍,深研四秩多。
仁心攻苦疾,妙手夺高科。
滴滴悬壶液,犹闻橘井歌。

注:屠呦呦,中共党员,药学家。现为中国中医科学院首席科学家,终身研究员兼首席研究员、青蒿素研究开发中心主任、博士生导师,共和国勋章获得者。2015年10月,因获得诺贝尔生理学或医学奖,成为首获科学类诺贝尔奖的中国人。2017年1月9日获2016年国家最高科学技术奖。2018年12月18日,党中央、国务院授予屠呦呦同志改革先锋称号,颁授改革先锋奖章。2019年5月,入选福布斯中国科技50女性榜单。2020年3月入选《时代周刊》100位最具影响力女性人物榜。2020年,中国中医科学院与上海中医药大学开设九年制本博连读中医学"屠呦呦班"。

国家最高科学技术奖特等奖获得者相里斌

造诣高深固国基,不凡学术作良师。

雄心已遂青云志，壮岁何惊白发丝。
驾驭东风扶紫气，归航北斗舞红旗。
嫦娥一号横空出，逐梦九州圆梦时。

注：国家最高科学技术奖特等奖获奖者相里斌，上海微小卫星工程中心主任。据观察者网查询，相里斌先后承担国家重大、重点项目20余项，研究主要集中在卫星成像等领域。他是新一代北斗导航卫星总指挥、"嫦娥一号"探月卫星有效载荷光学成像探测系统指挥，是国家高新技术863计划航天领域首席科学家，2013年就因环境灾害监测卫星获得过科技进步二等奖。2015年6月公布的本次科技进步奖初评通过项目（通用项目）名单中，同样没有相里斌的名字，这意味着，他的获奖成果应该属于"专用项目"，即涉及国防、军事、安全的项目。

陈文林

寄怀袁隆平

手执青禾到眼前，乾坤根本爱绵绵。
业追盘古崇开拓，学及神农功比肩。
仓廪丰盈超级稻，国家备足细耕田。
情深更替后人想，吃饭从来大似天。

胡　意

咏屠呦呦

试验千回终炼成，中华神药世间行。
曾经挫折仍寻梦，几度艰辛倍有情。
因解青蒿添白发，为除疟疾远浮名。
屠家儿女传奇事，灿灿勋章万众惊。

"两弹一星"元勋钱学森

冲破封关图报国，航天圆梦赖情真。
蘑菇云起惊三界，轨道星驰送列神。
平语坚持成大事，艰行不改献青春。
君看时代领潮客，感动中华第一人。

温贵君

咏科学家屠呦呦

八旬方露面，越老越精神。
欲识青蒿素，须逢慧眼人。
千锤情不假，万凿梦成真。
济世凭良药，悬壶遍地春。

张 鹏

咏程开甲

胸怀大志展经纶，仰止吴江不世人。
望重添来山气象，德高挑起国精神。
移时戈壁荒凉月，回首黄沙寂寞春。
两弹一星真合赞，领先科技破迷津！

刘鸿岐

赞杨利伟

胸怀十亿志，万丈问天情。
坐椅乾坤驾，登舱玉宇行。
巡河访明月，落地降长虹。
千载圆一梦，神州赢太平。

注：2003年10月15日，中国航天员杨利伟驾神舟5号遨游太空，于16日6时许在内蒙古安全返回地球。开创了中国人航天新纪元。

侯蔚彬

鹧鸪天·赞疾控专家侯云德院士

云德盛名盖五洲。不言鲐背始方遒。著书分子病因学，探究疫魔防控讴。

院士在，细菌休。专攻生物事无求。
国家授奖言心志，再树功勋解众忧。

王黎静

致敬疾控专家侯云德院士（通韵）

博士仁德励后昆，仙台机理立功勋。
制成干扰灭毒素，奠定基因药物群。
非典新冠亲奋战，病魔防控尽操心。
悬壶济世为黎庶，泽惠中华赤子魂。

致敬陈薇院士

将军院士女豪英，携笔从戎真性情。
试剂新研源突破，疫苗精制业当成。
共除冠毒神威显，羁缚埃瘟我辈荣。
功绩超常人敬仰，铿锵婉约靓姿呈。

致敬吴孟超院士

泰斗名医技术高，禁区突破领风骚。
艺精可救苍生命，德厚能赢大众褒。
妙手回春除病痛，悬壶济世立功劳。
无双国士开新宇，肝胆中华第一刀。

行香子·致敬袁隆平院士

史册名垂，九秩归仙。稻花香里说丰年。胸怀黎庶，牵挂人间。看垄中稻，仓中米，碗中餐。

躬耕尽瘁，披肝沥胆，一生心血灌禾田。探源科学，德耀苍天。继袁公梦，袁公德，圣公贤。

朱继彪

鹧鸪天·咏航天员王亚平

最美妈妈天上行，娃儿地上数行程。母翔浩宇人神会，儿唱心歌天地听。

儿发问，母回声："妈妈给你摘星星。"摘来星斗传家宝，可照千秋万代明。

李增山

赞国家科技进步特等奖获得者相里斌

莫拿神话笑炎黄，探月如今成日常。
北斗导航凭甚指，太空漫步赖谁量。
城池未克心流血，衣带渐宽头满霜。
光谱高端何以握，完臻卓越誓铿锵。

注：相里斌的主要科研成果是光谱成像技术，2016年获国家科技进步特等奖。其有誓言："追求卓越，至于完臻。"

刘建锋

共和国勋章获得者孙家栋

少小明聪负笈囊，从戎报国志扶匡。
攻研精器星津熠，探测深空帜旆扬。
已入古稀仍伏枥，不输壮岁且担纲。
潜心培育英才出，赫赫功名系栋梁。

陈廷佑

赞陈薇团队研发冠毒疫苗成功

决胜萨斯知大名，非州驱瘴救苍生。
中枢挥剑指荆楚，丹室攻关奋甲兵。
莫谓疫苗惟盾橹，敢伸臂膊请云樱。
扶倾挽倒谁担得，国有雄师复有卿。

韦树定

陈 薇

巾帼芳襟振义门，从戎彤管发鸿芬。
奇才有炜临床耀，矢志无私领命殷。
百战毒魔真国士，一麾特效女将军。

精研保得民安泰，淡看勋名似片云。

曹 华

东风第一枝·致敬我国著名火炸药学家王泽山先生

国际前沿，神州重器，尖端技术知著。射程高远精研，密度提升驾驭。低膛压力，已实现、奇光飞炬。战必胜、沥血呕心，自信大旗高举。

功屡建、通络化淤。废弃物、另安新处。首将公害消除，确保性能稳固。浮夸昭戒，实在守、秒分休误。尽全力、不止登攀，事迹震惊环宇。

徐胜利

孙强赞

进岛登山意若何，只因实验误差多。
九年长与猴为伴，技术前沿奏凯歌。

刘真赞

小岛幽居八九春，细胞移植勇开新。
勤钻苦练终成事，举世惊呼第一人。

注：2018年1月25日，中国科学院宣布，世界首只体细胞克隆猴已在中国诞生，成果论文于北京时间当日凌晨在国际权威学术期刊《细胞》上以封面文章在线发表。中国科学院神经科学研究所孙强研究员率领以博士后刘真为主的团队，经过5年的不懈努力，成功克隆出两只食蟹猴"中中""华华"，这是世界首例通过体细胞克隆技术诞生的灵长类动物，对于构建非人灵长类动物模型、研究人类疾病等具有重要意义。中国科学院院长白春礼表示，该成果标志中国率先开启了以体细胞克隆猴作为实验动物模型的新时代，实现了我国在非人灵长类研究领域由国际并跑到领跑的转变。

张少林

国家最高科技奖获得者、我国著名雷达与信号处理技术专家刘永坦院士

瑶华北国生，科技举长缨。
圆梦多拼搏，攻关勤力成。
创新雷达站，引领众精英。
空白当填补，初心续远征。

程宝庆

西江月·国家最高科技奖获得者、我国著名防护工程学家钱七虎院士赞

六十年来筑盾。三千里外横沙。青丝白发在天涯，宝剑深藏地下。

大业攸关国运，痴心岂顾私家。推功让奖质无瑕，甘为中华护驾。

叶平安

喜闻我国科学家寻找暗物质领先世界有吟

一从炸裂宇寰生，负抱阴阳已失衡。
坐地当知原子重，仰空应有异能轻。
欧洋枉笑分区暗，锗器堪收掘洞明。
四载锦屏磨此剑，天文圣殿我峥嵘。

注：2010年投入使用的中国锦屏地下实验室，专门为探测暗物质而建。垂直岩石覆盖达2400米，是国际上岩石覆盖最深的地下实验室。我国自主设计的实验仪器"高纯锗探测器"，是世界上单体质量最大的点电极高纯锗探测器原型，探测成果推翻了美国和意大利暗物质实验组，近年来公布"已经探测到暗物质存在区域"的结论。

宋彩霞

赞南海舰队某潜艇支队372艇官兵

无声冷月照沧浪，练就神功夜未央。
舰领波涛三万险，人酬岁月九分香。
程中导弹雷传火，水下尖刀翅带霜。
怕死不当潜艇士，风驰电掣护铜墙。

王学莲

歼-8之父顾诵芬

咏贤诵德沐清芬，书海悠悠研读勤。
身历创伤振长策，志生坚翼入高云。
太空三上解难症，科技首航麾重军。
无悔青春强国梦，耄年不辍建奇勋。

中国核潜艇之父黄旭华

寂寞无声三十年，抛家舍业拓新篇。
甘埋名姓忍忧辱，险探龙宫得凯旋。
海起惊涛何所惧，心凝砥柱自安然。
长征一号昭天下，花甲终将国梦圆。

张学丰

咏袁隆平

稻田守望士无双，禾下乘凉梦米香。
且把功勋铺大地，一人济世万家粮。

咏林俊德

瀚海潜身五十年，胸怀核盾寸心丹。
将军许国存高义，且看忠魂绽马兰。

隐姓埋名扎根戈壁大漠52年，参加了我国全部核试验任务，2012年度感动中国十大人物，其颁奖词为：大漠，烽烟，马兰。平沙莽莽黄入天，英雄埋名五十年。剑河风急云片阔，将军金甲夜不脱。战士自有战士的告别，你永远不会倒下！

卜算子·咏郭永怀

永怀赤子心，何惧关山远。海外功名毅然抛，祖国方招唤。

两弹一星功，大业身躯献。浴火重生化永恒，且望星河璨。

注：郭永怀，中国科学院学部委员（即中国科学院院士）、著名力学家、应用数学家、空气动力学家，近代力学事业的奠基人之一。1968年12月5日飞机失事牺牲，烧焦遗体怀中绝密实验文件保护完好，被追认为烈士；2018年7月，国际小行星中心将编号为212796号小行星永久命名为"郭永怀星"。1999年，被追授"两弹一星功勋奖章"。

清平乐·双星殒落（新韵）

双星殒落，天地同悲啜。国士无双西驾鹤，沥血为民祉祚。

肝胆相照苍生，稻禾泽惠三农。纵是天堂高远，辉光熠闪星空。

注：2021年5月22日，共和国一日痛失两院士。"杂交水稻之父"袁隆平、"中国肝脏外科之父"吴孟超两位学界巨擘驾鹤西去。

郑福太

国家最高科技奖

雁门日暖九州荣，函谷天开道至明。
回望塞途心一贯，来寻春色路千程。
今朝振羽冲云嶂，异日登峰展旆旌。
世有英才三阵列，雄关百二待鸿征。

刘石森

吴孟超袁隆平两院士

序：两公劳碌一生，造福人间无数，竟有太多相同之处：同有一颗爱国爱民之心，同是院士、感动中国人物、最高科技奖获得者，同是天上小行星的名字（以姓名命名小行星），同时离开人世……因合成一律寄思。

至德因仁播，嘉禾胜劝耕。
不辞肝胆役，但为稻粮营。
国士成双去，天星结伴行。
辉光追日月，耿耿照人清。

赵丽娅

祝王希季先生102岁寿诞（中华新韵）

少年战乱受熬煎，立志兵工铣刨钳。
海外书山拼昼夜，九州重器闯西南。
辘轳几转人登月，珠算频拨星满天。
百寿坚石铺大道，空疆浩渺我争先。

江城子·观国庆盛况缅怀为我们铸就国盾的众帅之帅朱光亚先生

一封书信诉亲情。众学生。快回程。接下战书，千骑险滩中。大帅身钻核弹道，迎辐射，觅雕弓。

蘑菇云起响雷声。泪双横。醉山翁。儿问何由？执手哽无应。鳌峚山岗执重盾，吾与你，血相融。

注：朱光亚（1924—2011年），1950年，朱光亚在美国读核物理获得博士学位后立刻起草了告海外学子同胞书，50人签名，反响传欧美，三千多学子回国报效人民。1957年率领部队进入金银滩开始了两弹试验，他是众帅之帅，统筹规划，以身试险，一次地下核试爆炸后他亲自钻弹道里找数据。一次飞机投弹未成，他亲自迎着着陆的飞机卸下原子弹。朱光亚81岁从军队退休。他是我军实行退休制度以来最后一个解密的人，也是年纪最大的一员将士。

赞中科院植物研究所研究员童哲先生（新韵）

家书旧本看出神，植物结缘献一身。
金榜燕京生物系，先觉国外探究深。
中科开创光学室，昼夜乘风披星人。
寒日急跑三亚暖，抢时培育稻花新。

同和袁老获国奖，赠给中学资助金。
邮票家藏捐闾阁，奇花异草靓氤氲。
疏忽院士擦肩过，办事求实最称心。

注：童哲，1940年出生，小学时看到父亲留下的一本生物书，对生物产生兴趣，1958年考入北京大学生物系，1963年考入中科院研究生院，1978年作为研究学者去德国深造，1980年回国在中科院植物研究所创立了光学实验室。十几年与袁隆平先生一起奔波南北研发杂交水稻。2013年获得国务院颁发的国家科学技术特等奖，全部捐资给北京二中。后捐资甘肃文县小学。2023年把家传积累的千幅各国植物邮票捐献给中科院植物园，供百姓观赏。

毛永平

鹧鸪天·赞物理泰斗杨振宁（中华新韵）

少小雄心志气高，神奇物理逗英豪。
当年妙手摘金奖，今日昂头翔碧霄。
故乡傲，祖国骄。祖籍恢复弃鹰雕。
期颐泰斗怀宏志，培养英材境界高。

毛得江

满庭芳·赞科技兴邦

航母巡洋，嫦娥揽月，屡闻喜事重重。潮头勇立，击浪自从容。百业拿云赶日，兴科技、改革腾龙。朝前去，征程再续，潜海驭长空。

初心登胜境，臻圆国梦，散尽烟烽。但见得，河山画卷无穷。此际豪情激越，皆交付、绿酒杯中。佳期待，人民幸福，大纛更燃红。

赵立吉

赞"两弹一星"功臣邓稼先

景仰中华俊杰人，黄沙戈壁许诚身。
平生正气求贤志，六十丹心报国臣。
攻克难关惊世界，铸成重器献青春。
稼先不计名和利，每盼东方逐日新。

注：邓稼先（1924—1986年），著名核物理学家，中国核武器研制开拓者和奠基者，"两弹一星"元勋。1986年7月29日，因受到核辐射罹患直肠癌的邓稼先在北京逝世，终年62岁。1999年被追授"两弹一星功勋奖章"。

王剑锋

赞"两弹一星"功臣邓稼先

功勋簿上记能人,不惧强权问本身。
为国当倾豪杰志,掏心许下沥肝臣。
蓝空两弹惊寰宇,野外三餐食晚春。
热血奔流花甲岁,灵魂自铸日宜新。

宋延萍

临江仙·科技壮行囊

深海沟中探秘,重霄舱外摩星。百行发展国安宁。回眸成历史,迈步忆曾经。

致富攻坚圆梦,高科确保温馨。担当双百济苍生。前瞻花烂漫,羽檄壮行程。

陈 镇

咏屠呦呦

置身斗室望江湖,巾帼英才本姓屠。
疗得苍生百般抖,何妨一世作三无?

咏袁隆平

种罢青山种五湖,誓教大肚有盈枯。
天庭广有云田亩,肯为神仙种稻无?

邱金玺

敬题王玉明院士

久抱凌云志,理文通要津。
工程襄盛举,歌赋解时贫。
风暖一枝秀,心红四季春。
休言双鬓白,桃李满园新。

敬题曾庆存院士

风流三院士,摘冠是精英。
苦读龙门跃,穷研事业成。
一心存大气,终老系民生。
感念曾公者,谁忧天地倾?

注:曾庆存先生1990年当选中国科学院院士,1994年当选俄罗斯科学院外籍院士,1995年当选第三世界科学院院士。

贺刘洋凯旋

端阳赴云汉,畅月喜归宁。

去日一团火，来时两袖星。
太行增秀色，洹水润芳馨。
感我好儿女，功高垂汗青。

咏钱学森院士

归乡何惧路艰难，报国舍家披胆肝。
擘划人生追大义，穷研奥业入高坛。
一星堪使长空耀，两弹更教强虏寒。
不是神舟破风浪，江河谁敢说安澜？

咏王泽山院士

曾经阔步上高台，手捧人生大奖杯。
责任心从严处取，功劳簿自苦中来。
艰难不堕愚公志，蹈励翻成孙氏才。
国有洵洵王院士，烝民信可免兵灾。

悼袁隆平院士

痛失袁公天地悲，未征消息泪先垂。
德高无愧真名士，心远方能大作为。
报国曾教一身瘦，躬身已解万民饥。
神农氏若今仍在，不哭隆平更哭谁？

王传明

祝贺"神十三"航天英雄归来

打破无神论，飞仙降自天。
空中才半载，世上已千年。
疫疠尘寰虐，俄乌战火燃。
应携灵药至，尽疗病人痊！

陈红邨

念奴娇·追忆肝胆外科之父吴孟超院士

少时英发，踏归程万里，国恨当雪。故国山河多破碎，遍野残躯黎血。济世悬壶，投身医学，拔萃成人杰。裘师提点，寸刀游刃尤烈。

扁鹊今世重生，胆肝癌变，妙手回春靥。开创外科肝事业，世界无人超越。独步高峰，万余手术，一世贞符节。孟超星灿，星辉光耀闽月。

注：裘法祖，是吴孟超恩师。孟超星，是有一个以吴孟超名字命名的小行星。

二、科学礼赞

张　飙

定风波·致敬缅怀电化学家查全性院士

长寿电池解秘玄，阴阳离子各相牵。电化学科丰论著，拓路，一书聚慧百途宽。

高考复归呼首倡，推浪，因时造势助千帆。万树今朝红社稷，永记：中华国士敢真言！

注：查全性院士（1925年4月11日—2019年8月1日）是我国电化学学科发展的主要奠基人之一，第一届"中国电化学成就奖"的获得者。他1976年撰写出版的《电极过程动力学导论》一书，是我国研究生用的主要教材之一，被研究生们称为我国电化学的"圣经"。他1977年面谏小平同志，首倡恢复高考并被采纳，被誉为"倡导恢复高考第一人"。1980年当选中国科学院院士。

1977年8月，邓小平召开科教座谈会，查全性应邀出席。还只是副教授的他毅然陈词："大学的学生来源参差不齐，没法上课，就像工厂进的原材料没通过检验不能生产合格的产品一样，必须废除群众推荐、领导批准那一套，马上恢复高考招生，凭真才实学上大学。"他的发言得到与会著名科学家们的赞同。小平同志一锤定音："既然大家要求，那就改过来，今年就恢复高考！"（据有关报道，这次座谈会前，小平同志的想法是1978年正式恢复高考。）1977年冬天，570万学生报名参加高考，录取新生27.3万人。高考在冬季，这是新中国成立以来唯一的一次。对于被誉为"倡导恢复高考第一人"，查全性说："我不说，高考也是要恢复的"，"在当时的大好形势下，恢复高考势在必行，我当年只是说了几句真话"。

定风波·致敬缅怀全军挂像英模林俊德院士

探震追波捋地空，烽烟大漠拽菇虹。卅五氢核亲历遍，全揽，查析数轨建奇功。

战士成国生命许，情聚，将军至死在冲锋。像挂军营昭社稷，敬礼！中华最爱是英雄。

注：林俊德院士（1938年3月13日—2012年5月31日）是爆炸力学与核试验工程专家，参加过众多重大国防科研试验任务，解决了多项关键技术课题。从1964年到1996年，他参与了中国的全部45次核试验。他突破外国技术封锁，研制出核试验冲击波机测仪器，成功用于中国的第一次核试验。他启动核试验地震、余震探测及其传播规律研究，为中国参与国际禁核试核查赢得了重要发言权。离世前3天，林俊德意识到来日无多，

拒绝了医院治疗，与死神展开了一场争分夺秒的赛跑：强忍剧痛坚持下床工作，把手中的重大国防科研工作一一交代给同事和学生们。对于自己的后事，林俊德只交代了一句话：把我埋在马兰。

中国人民解放军挂像英模共10位：张思德、董存瑞、黄继光、邱少云、雷锋、苏宁、李向群、杨业功、林俊德、张超。2018年，中央军委批准林俊德为"全军挂像英模"，由中央军委政治工作部印制画像，下发至全军连级以上单位。

致敬缅怀贾兰坡院士

周口沧桑万载埋，人猿演进叩石开。
亚层建代揭深秘，头盖查微扫垢霾。
浩史无垠聪慧觅，墟垣有迹苦心筛。
今寻始祖文明溯，古韵醇淳畅满怀。

注：贾兰坡院士（1908年11月25日—2001年7月8日）是旧石器考古学家、古人类学家、第四纪地质学家。他参加主持指导了一系列重要的旧石器时代遗址的发掘和研究工作，为中国旧石器时代考古学及古人类学的奠基和发展做出了不可磨灭的贡献。继裴文中之后，他于1936年在周口店发现三具"北京人"头盖骨，震惊了国际学术界。他提出的理论，奠定了华北旧石器时代文化发展序列的基础。他提议更改地质年表，建立"人生代"，提出人类的历史应追溯到400万年前的新学说，对中国乃至世界古人类学和旧石器时代考古学的发展起到了重要的指导和推动作用。从周口店开始，他先后发现了丁村人、蓝田人，将中国陆地上人类的起源上溯到100万年以前。

他发现了"北京人"，并用一生守望。1941年北京人头盖骨丢失后的60年，他都在苦苦追寻。他的书房里有一个大夹子，里面有他追寻"北京人"60年的全部资料，包括当年占领协和医院的日军军官的照片、日本来华寻找化石特派员的资料、中外提供线索者的来信。2000年，92岁高龄的贾兰坡，再次发起一场对"北京人"的"世纪末的大寻找"。

鹧鸪天·致敬缅怀生物学家童第周院士

万物衍繁密码传，细胞微质释关联。胚胎殖育揭极性，基奠克隆铸最先。

剖鱼卵，注核酸，促发变异越千年。
毕生智慧融华夏，身入星河映碧天。

注：童第周院士（1902年5月28日—1979年3月30日）是生物学家、教育家，中国实验胚胎学的主要创始人，中国海洋科学研究的奠基人。他揭示了胚胎发育的极性现象；在对核质关系的研究中取得重大成果；1963年首次完成鱼类的核移植研究，为国内完成鱼类异种间克

隆和成年鲫鱼体细胞克隆打下基础，开中国克隆技术之先河，被誉为"中国克隆之父"。

童第周与美籍华裔科学家牛满江合作证明，鲤鱼的信息核糖核酸能诱导金鱼尾鳍的双尾变成单尾。之后，童第周采用了亲缘关系更远一些的物种做类似的实验获得成功。国际生物学界把此鱼命名为"童鱼"。

童第周和夫人叶毓芬被誉为中国生物学界的"居里夫妇"。叶毓芬的科研成果、资历水平都应评为教授，因为童第周身兼研究所的领导，叶毓芬晋升职称被他否定，把名额让给了别人。所以叶毓芬直至去世都是副教授。

1979年3月6日，童第周在杭州浙江科学大会上为浙江省2000多名科技人员做报告时心脏病发作，晕倒在讲台上，20多天后逝世。

童第周名言：愿效老牛，为国损躯。科学尊重事实，服从真理，而不会屈服于任何压力。

蝶恋花·致敬缅怀水文地质与工程地质专家张宗祜院士

黄帝子孙情最处，润泛黄河，揭秘无穷数。足遍黄丘沟岔谷，图描黄水澄清路。

恨有黄风摧秀树，天网心织，奋把黄沙漉。生命化融黄土赋：黄原植绿千千簇。

注：张宗祜院士（1926年2月19日—2014年2月19日）长期从事中国黄土、工程地质、水文地质和第四纪地质研究，主持完成百余项国家和省部级重大、重点科技项目，揭示了黄土湿陷力学变形发生机理，提出了黄土高原土壤侵蚀基本模式和黄土高原土壤侵蚀类型分类体系，是世界首位发现黄土渗透性规律的地质学家。他主持完成的国家重点科技攻关项目"华北地区水资源评价及合理利用"，解决了河北省大区域复杂地质条件下科学评价地下水资源及其合理利用量的重大难题。

张宗祜说："科研的价值在于突破，按已有的条条框框做事可以叫'设计'或者'作业'，但不能叫作科研。"张宗祜认为，世上最快乐的事，就是让老百姓们尝到科学果实的甘甜。

江城子·致敬缅怀植物学家吴征镒院士

一枝一叶拽心河，树婀娜，草婆娑。万种痴迷，尽化绿植歌。寻秘九州足迹遍，丰果硕，挚情灼。

经风历雨蕴平和，业磅礴，人淡泊。心事千结，只向自然托。早把身融峰最处，撷虹彩，染胸波。

注：吴征镒院士（1916年6月13日—2013年6月20日）是中国植物学的奠基人，参加并领导了中国植物资源考察，开展植物系统分类研究，发表和参与发表植物新分类群1766个，是中国植物学家发现和命名植物最多的一位，改变了中国植物主要由外国学者命名的历史。他系统全面地回答了中国现有植物的种类和分布问题，摸清了中国植物资源的基本家底。获2007年度国家最高科学技术奖。国际小行星中心将第175718号小行星永久命名为"吴征镒星"。

吴征镒考察了青藏高原、大兴安岭、长白山、千山、天山、阿尔泰山、梵净山、张家界、天平山、神农架、卧龙、九寨沟、武夷山、天目山、千岛湖，以及从台北、台中到台南直至最南端海岸，完成了国内的植物考察。

吴先生去昆明郊区黑龙潭田间劳动时记下看到的各种植物，晚上回到小屋后悄悄写出了9万字的《昆明黑龙潭地区田间杂草名录》。吴征镒说："当我们从唐古拉山下来时，天空是那样透明、那样蓝，背后是雪山，前面是大草原，沼泽地里牛羊成群。心胸顿时开阔，什么劳累、什么烦恼都没有了，非常非常痛快。"

破阵子·致敬缅怀核化学家和放射化学家肖伦院士

"点火"核氢两弹，安装潜艇"开关"。一力奠基同位素，"五重"攻坚克巨难。

冲锋总在前。冰测南极污染，量析中药正源。勋阔名埋功不炫，唯愿新青早胜蓝。神州真伟男。

注：肖伦院士（1911年12月15日—2000年11月15日）是我国同位素事业的奠基人和开创者，年轻留美时已在核科学方面做出突出成绩。1955年，他放弃优厚待遇，冲破美国政府阻挠回国，指导和参与了首次原子弹试验、首次氢弹试验、首艘核潜艇下水等五项重大国防战略科研攻关任务，指导和参与研制了原子弹的"雷管"、氢弹的"炸药"、核潜艇的"开关"、卫星的电池等，功勋卓著。他对传统中药成分的分析测定，证实了传统医学的科学性和传统医学理论的有效性。1980年当选中国科学院院士。

年轻时肖伦就立志要发展中国的原子能事业，因为"中国也要有原子弹，才不会受欺辱"。晚年接受采访时他说："我这辈子想的就是要科学救国，总算是为国家做了一些事情，所以很欣慰。"他曾作诗表达对后辈的期望："君子兰前坐，搔头自漫吟。有子事未足，无官身不轻。事业惊天地，勋名贯古今。老夫未做到，且待后中青。"

破阵子·致敬缅怀妇产科医学专家张丽珠教授

技赠千家"福孕",情融人类繁衍。体外胎胚织宇宙,管里试婴育洞天。一啼彻九寰。

魂系神州父老,心直无惧路弯。医者大德溶万阻,生命新科拓史篇。醇醇母爱拳。

注:张丽珠教授(1921年1月15日—2016年9月2日)是北京大学第三医院妇产科创始人。她年轻时发表的论文《体液细胞学和早期癌瘤的诊断》属当时世界先进水平。1986年,面对许多人的质疑,她克服极其艰苦的条件,第一个在国内开展了试管婴儿技术的应用研究。1988年3月,我国大陆首例试管婴儿诞生。随后她又相继培育了我国首例赠卵试管婴儿、首例冷冻胚胎试管婴儿、首例代孕母亲试管婴儿等。各个环节的技术得到迅速发展,跻身于世界前列。她也因此被誉为"神州试管婴儿之母"。

1951年,张丽珠放弃在海外的优异生活工作条件,突破英国当局百般阻挠回国。船到广州,当她第一次看到珠江口上空飘扬的五星红旗时,顿时泪下:"亲爱的祖国,我回来了!"她说:"出国就是为了学本领,学成后就应该回来。"

张丽珠认为,不孕症患者是一个不容忽视的群体,目前这一人群还有不断扩大的趋势。"帮助有生育苦难的夫妇要上孩子,会极大地提升家庭的幸福感。"

渔家傲·致敬古生物学家张弥曼院士

鸟在云霄鱼在海,天择物竞争风采。荒觅漠寻剖断代,拨雾霭,化石磨透追根脉。

生命进程藏万籁,穷究勤索无稍息。亘古迄今心线拽,情常湃,科途已获千般爱。

注:张弥曼院士(1936年4月17日出生)是古生物学家,在早期肉鳍鱼类化石及鱼类登陆过程、中国东部油田地层时代及沉积环境、青藏高原隆起幅度和干旱化等方面做了大量开创性工作,奠定了中国古鱼类学研究的国际学术地位。她的工作已帮助澄清了生存于四亿年前的海洋里的鱼类和由其演化而来的呼吸空气的陆生动物之间的联系。2018年,联合国教科文组织授予她年度"世界杰出女科学家"奖。联合国教科文组织在给她的颁奖词中如此评价:"她开创性的研究工作,为水生脊椎动物向陆地演化提供了化石证据,推动了人类对生物进化史的认知进入新的阶段。"

张弥曼的工作常态是在荒漠戈壁、崇山峻岭之间风餐露宿。为了寻找化石,她要和地质勘察队一起"出野外"。作为队里唯一的女性,她和所有人一样背着几十斤重的行囊翻山越岭，一天步行20公里是家常便饭。张弥曼用"连续磨片法"探寻化石内部的结构，把化石封在石膏模型中，每磨去1/20毫米，画一张切面图，再磨，再画。所有工作都由手工完成。她用两年完成"杨氏鱼"化石的绘制，总共只有2.8厘米长的化石，她足足画了540多幅图。

蝶恋花·致敬两弹一星元勋周光召院士

核有高能凭裂聚，内爆超临，燃进无穷力。海算详追究至理，终揭驭弹真规律。

国重精神人重气，一爱熔怀，便胜千磨砺。业矗巍碑青史里，心光周照天河际。

注：周光召院士（1929年5月15日出生）是理论物理、粒子物理学家，是世界公认的赝矢量流部分守恒定理的奠基人之一，参加领导了爆炸物理、辐射流力学、高温高压物理、计算力学等研究工作。在中国第一颗原子弹和氢弹的理论设计中做出了杰出贡献。

1964年10月15日，一份从罗布泊发到北京的急电称突然发现一种材料的问题。周光召的小组连夜运算，第二天上午，他将报告呈送到周恩来总理面前："经计算，我国第一颗原子弹爆炸试验的失败率小于万分之一。"当日下午，中国首颗原子弹爆炸成功。周光召说："科学的事业是集体的事业。制造原子弹，好比写一篇惊心动魄的文章。这文章，是工人、解放军战士、工程和科学技术人员不下十万人谱写出来的。我只不过是十万分之一而已。"

赵金玉

满江红·咏"两弹一星"获得者（九阕）

钱学森

绝代风流，中华地，赓星不落。忆岁月，国家为重，攻关求索。赴美青年怀壮志，归程受阻囚牢搏。大洋岸，赤子展雄心，宏魂魄。

星际邀，豪迈跃。冲两弹，惊霄岳。看炎黄子孙，腰挺头擢。寿至期颐投一笑，鬓灰不坠青云卓。归来去，音乐一生随，情真着。

王淦昌

瞄准前沿，拼命干，默言坚决。三次无缘拿诺奖，一生许国忠诚烈。大西北，两弹一星飞，心中热。

沙漠好，云气悦。天做屋，风开活。看胸襟豁达，浩然眉睫。很少人知诗赋美，平空消失人烟绝。春蚕老，吐尽彩光丝，无声别。

邓稼先

满目山河，戈壁冷，衣寒心热。"文革"斗，昼成牛鬼，夜围"蛇穴"。多少脚拳伤痛踢，几回人静图书阅。暗灯下，默默搞规划，埋名杰。

原子爆，氢弹烈。云菇跃，长空捷。凭超人胆识，舍生高洁。不顾安危遭辐射，取来数据胸淤血。死不憾，保边陲安然，功勋绝。

郭永怀

坚定初心，勤发奋，只争朝夕。闻少岁，理文名列，敬师寻益。深造英美怀祖国，平生贡献全心力。做科学，严把核查关，无暇笔。

航失事，心胆赤。坚似铁，心如日。凭胸怀厚实，密安身寂。镇国锐戈歼外敌，高山仰止江河泣。为人民，一曲壮歌行，长空熠。

孙家栋

浩荡苍穹，神向往，蓝图绘列。初奋斗，技无资绝，自行超越。精琢细雕成艺术，一丝不苟征程倔。奠基人，一曲《满江红》，铿锵活。

北斗网，天际察。星汉亮，嫦娥靥。绕茫茫宇宙，拓荒开阙。胜利荣光齐鼓掌，孰知眼泪无声滑。大师者，总展望明天，星辰阔。

朱光亚

热血燃胸，祖国梦，心中不灭。铮铁骨，爱蚊虫咬，喜狂风雪。中国雄心征核武，人民不怕苏修撤。没技术，自己啃残图，年连月。

云菇蔚，光焰烈。荒漠捷，欢歌热。看东方突起，美英缄舌。科技帅才谋大局，协同作战攻坚杰。原子弹，一辈子精专。恒心铁。

王希季

宇宙苍苍，长征号，腾空奔月。临殿阙，兔欢娥舞，凤歌凰悦。中国初期飞火箭，艰难困苦无从说。忆当年，白手起家时，信心铁。

土法妙，麻袋穴。无电话，声腔阔。最图清案谨，令严规绝。技术回回精探索，返舵次次完无缺。报国人，不讲苦和贫，寒还热。

王大珩

异域他乡，闻鸡舞，勉勤冠杰。流浪外，盼中华立，扬眉风雪。赤子丹心云水激，艰难抗战江山夺。急归国，虽历尽寒霜，心胸豁。

环境劣，仪器绝。人自制，思维活。凭寻优勇进，教研飞捷。两鬓斑丝成伟事，换回祖国尊严崛。八六三，挥笔宏图，超前越。

于 敏

戈壁沙滩，长居住，月光瘦寂。霜雪积，窖潮窖湿，水无风激。隐姓埋名三十载，卧薪尝胆春秋日。做计算，人手一珠盘，圆规尺。

生活苦，朝与夕。任务重，肩担稷。凭坚强意志，党凝心赤。氢弹成功扬国威，死神数次频频逼。抬望眼，当此念回程，神情奕。

黄石绿

致敬北斗天团

星辰大海竞豪雄，廿六征程北斗功。
定位授时横四宇，天团织网到遥穹。

彭 云

画堂春·礼赞北斗卫星及科技人员

国家北斗卫星强，神州四处无荒。水中仙影柳飘扬。春满山乡。

科技兴邦展望，花香鸟语清凉。初心不改路悠长。不负春光。

林世厚

钟南山记

勿求豪语话贞诚，国难斯临挺隽英。
自有胆肝昭皓月，未将血泪换浮名。
愁肠每为扶伤瘼，赢度无容利己盈。
何用女娲缝碧落？大山业已柱天倾。

梦思袁隆平

馈饱初心终未负，依稀别寐真如寤。
泥香两脚穗花生，汗臭弥身饥馁哺。
沥胆披肝谋稻粱，躬耕尽瘁伤蒿露。
英灵幻作泪中诗，洗髓贫氓穷胃富。

黄青坡

贺杨振宁教授101岁华诞（新声韵）

扬帆挚手写人生，振作国威两弹成。
宁过鹤龄超百寿，翁明宇宙又一星。

院士颂（新韵）

科技创辉煌，学家顶柱梁。
精功织网络，神力上霄堂。

诗啸激情浪，人吟律句腔。
风发天外访，骨傲五洋蹚。

张国栋

怀念邓稼先院士

青年铸就志坚贞，异国归来倍觉亲。
悄别新婚研重器，深居大漠枕沙尘。
在公凤夜千般苦，隐匿英名数十春。
两弹一星勋卓著，终身化作护疆神。

屠呦呦赞

自幼贫穷志向坚，医心誓就集方篇。
筛捡绿草深层属，锁定青蒿疟疾缘。
独寂专家惊国际，三无诺奖领峰巅。
挈壶救治全球疴，济世功高创史前。

注：三无指获奖时无博士学位、无留洋背景、无院士头衔。

王学滨

赞八一勋章获得者钱七虎院士（新声韵）

青年立志献国防，铸就长城似铁钢。
大爱无私捐巨款，勋章闪耀史留芳。

注：钱七虎院士是感动中国2022年度人物，累计向社会各界捐款1500余万。2019年他获得国家最高科学技术奖。他将800万元奖金全部捐到"瑾晖慈善基金"。2020年，他分两次向武汉捐款650万元。

何满潮院士捐赠"海潮英才奖"第一届颁奖有贺（新韵）

国之战略挂心中，关爱菁英深用情。
资助交叉结硕果，胸怀大义见高风。

张兆学

怀思袁隆平院士

新禾垂泪泣，怀念老俦衷。
雨急披蓑察，日炎挥汗忡。
纵横泥土埂，多少往来功。
院士琴音袅，勋章化彩虹。

钟晓文

缅怀天眼总设计师南仁东（孤雁格）

星汉探寻初解谜，贵州天眼独称奇。
脉冲黑洞终归破，卓越功勋万古垂。

怀念杂交水稻之父袁隆平院士

情系田园不计贫，丰盈粮库足安民。
杂交水稻堪为父，华夏已无饿殍人。

赞中国核潜艇总设计黄旭华院士

默默无闻报国家，情痴核艇奉年华。
蛟龙摆尾终归海，功绩辉煌慰老妈。

赞中国航天总设计师孙家栋院士

遥望星斗慕苍穹，立志航天作俊雄。
浩瀚太空追日月，宇寰探索永无穷。

苏 群

满江红·礼赞马仁栋

史册功臣，马仁栋、痴迷机焊。搞发明、不辞劳苦，只身躬践。高效节能方向准，潜心研制家常饭。造新品、视莫大荣光，青春献。

听党话，人无倦。携团队，头飞雁。致力电焊机，求索千变。双面点多潮业界，直流三相赢夸赞。九旬翁、慨奋斗情怀，童颜返。

注：马仁栋，1932年生，现居辽宁省沈阳市大东区，退休前系沈阳第二电焊机厂高级工程师，曾兼任沈阳市机械工业局的技术顾问委员会委员、沈阳市焊接学会理事等。先后设计研制成功国内首台大型"双面多点焊机""单面汽车多点焊机"等并获国家科技成果奖。1978年，因"在机械工业科技工作中做出显著成绩"被中华人民共和国第一机械工业部在全国机械工业科学大会上颁发奖状予以表彰。入编《当代中国科学家与发明家大辞典》和《科技专家名人录》。下阕中的"双面点多""直流三相"，均代表马仁栋研制的电焊机种类。

方桐辉

致敬樊嘉院士（孤雁格）

疑难杂症令人焦，首席专家著论高。
查验病因亲自细，践行手术督监牢。
创新专利看成效，应用临床讲略韬。
幸有中坚樊院士，常存德厚领风骚。

　　樊嘉，中国科学院生命科学和医学学部院士，复旦大学附属中山医院院长、肝癌研究所常务副所长。主要从事肝胆肿瘤临床诊治及肝脏移植、肝癌转移复发机制及转化研究，把晚期肝癌由"不可治"变为"部分可治"，曾获得国家科技进步奖二等奖、何梁何利基金科学与技术进步奖。

龚道瑶

我就是王玉明

犄角泥坑出凤凰，黄金无处不摇光。
玉明本性天生就，院士胸怀宇傲翔。
元旦试车拼昼夜，首台产品历风霜。
密封领域卡封我，我自吟诗笑病狂。

袁隆平选种

悟空变出众毛猴，不及袁公选种优。
绕越长江轻万苦，独行南海蔑千愁。
神农口味尝诸草，处士腰温争上游。
玉帝仙宫如植谷，可栽水稻到天畴。

赞王希季

南湖滇水碧波连，党领王公同上船。
主席英明传密令，专家立志破强权。
气筒打走窝囊废，妙手迎回霹雳仙。
华夏已圆雄起梦，互联宇宙着先鞭。

杨振宁翁帆旷世婚姻颂（新韵）

荣膺诺奖撼天庭，剑气一冲南斗平。
玉宇光明翁氏月，银河耀彩振宁星。
理科登顶称真理，情感崇高超爱情。
莫道故园多嫩绿，古松翠柏竟韶龄。

姚光豪

临江仙·致侯静（通韵）

　　旭日东升生紫气，神州处处春光。山花烂漫显吉祥。西方妖鬼怪，昼夜做黄粱。

　　自古巾帼多壮志，丝毫不逊儿郎。激光武器有专长。熊罴来捣乱，顷刻葬汪洋。

临江仙·致夏新界
（中华通韵）

  阵阵秋风掀稻浪，频频暗送清香。无边沃野闪金光。垂髫吹口哨，青壮运粮忙。
  新界育成新品种，植株好似高粱。顽童禾下躲迷藏。丰收思稻父，两眼泪汪汪。

临江仙·致航天员
（中华通韵）

  科技腾飞如闪电，飞船直上苍穹。英雄豪气贯长虹。九天摘月亮，四海逮蛟龙。
  华夏儿郎多壮志，闲庭信步星空。三番五次进天宫。行为惊虎豹，壮举慑黑熊。

姚崇实

赞王选

  几经磨难志犹存，豪气春来势若奔。数字打开新道路，一台电脑造乾坤。

颂袁隆平院士

其 一
  心系黎民志气雄，一生竭力建奇功。育成良种播天下，胜过黄金济困穷。

其 二
  丹心妙手创神奇，四海稻花香入脾。一粒化身千百万，黎民从此不忧饥。

袁国忠

赞水稻之父袁隆平

  科技前沿领路人，稻花香里梦成真。中华民族端牢碗，农业复兴是重臣。

医学诺贝尔奖屠呦呦

  博大中医华夏根，荣膺诺奖价值真。襟怀坦荡仁心暖，人类健康守护神。

赵志林

袁隆平

  白发飘飘仍稻攻，田间无论雨和风。双千高产谁人创，应记隆平不世功。

钱学森

葵藿当然心向日，万难休阻我家归。
茫茫大野蘑云起，无愧今生振国威。

罗 英

如今舰载大洋行，万里海疆筑长城。
海陆空成一体战，谁人能忘我罗英！

赵树云

赞任正非

身经惨砺志尤刚，坦对凶魔向灿阳。
伟魄莹莹明瀚宇，雄襟浩浩蔑顽獐。
险峰撼臆高千仞，壮景销魂醉万方。
技末黔驴终俯首，华光熠熠我为王。

王士泽

致敬马伟明院士

动力能源屡创新，从戎矢志为强军。
泵推弹射电磁炮，科技兴邦追梦人。

茗 人

沁园春·钱三强先生

学贯中西，功业秉穹，无愧三强。叹言遵乃父，从牛到爱；情关乡国，自法回乡。隐姓埋名，惊天动地。铁血男儿志似钢。兴邦梦，凭一星两弹，追授勋章。

常怀沙粒之光，似卵石，千军万马襄。看无私报国，忘身用世；音容宛在，节操高扬。大国风流，长城雄壮，夫子功勋万古芳。微吟罢，感先生事迹，慷慨盈腔。

竹茂森

陈家栋（新声韵）

探月工程气势弘，满天星斗灿苍穹。
东风导弹国防剑，殚精竭虑赤子情。

师昌绪

两院元勋国栋梁，航天领域勇翱翔。
尖端配件超英美，感动中华赞誉扬。

注：师老为"感动中国 2014 年度人物"。

袁隆平（通韵）

稻田守望六十年，沥血呕心三系研。
仓满粮盈寰宇惠，丰功伟业照云天。

吴孟超

悬壶济世七旬秋，肝胆研究数一流。
桃李天下群星灿，毕生夙愿有人酬。

注：吴院士毕生夙愿"为国家多干点事"。

陈定昌（中华通韵）

院士精英陈定昌，献身科技志如钢。
为国铸盾六十载，三代防空导弹王。

钱学森

一人胜过五师旅，冒死千难报国归。
导弹升空北斗转，丰碑高耸泰山巍。

邓稼先

二十八年音信断，抛家报国赴荒寒。
一星乐响云天外，两弹烟腾戈壁滩。
瞠目列强魂魄散，开颜华夏海疆磐。
鞠躬尽瘁英年逝，捧读遗文泪不干。

注：指《邓稼先文集》。

钟南山（新声韵）

医界传奇德望重，新冠非典虎山行。
科学防治施仁术，救死扶伤不世功。

李 贵

赞华为任正非

荣誉证书颁奖日，华为世界点名时。
掷身破茧青云亮，贮志攻关专利滋。
领路宏程驰伟域，齐松钢骨继雄姿。
任其碧树千层雪，屹立峰巅挺且直。

袁隆平千古

觅觅寻寻求配系，几株野稻组成奇。
曦光系圃留足印，暮色湿衣沾露蹊。
选秀千畦卓半寸，扩良万亩净如一。
年华拼尽身形老，稻月翀香济世余。

王素玲

披玉嫁·袁隆平

育禾培种多奇志。慈善改良饥饿事。碗中晶粒情深寄。

寒空雪·于敏

名姓隐，荒原藏。探寻高核忙。伟业功勋著，英才道义扬。

鹤舞·黄旭华

贡献边防。隐姓鱼雷创，排除艰险强。定乾坤，举世扬。赤子情高尚。

王 坤

颂科学家屠呦呦

长怀使命敢攻坚，立志创新写锦篇。
科学深研驱疟鬼，真情细探赛神仙。
赢来诺奖青蒿素，喜获金冠红景天。
为国争荣追绮梦，何曾企盼把名传。

颂科学家钱学森

海归筑梦返家乡，赤子情深耀彩光。
许国方能舒大爱，舍身何畏保华康。
元勋正气冲牛斗，懿德清风拂玉堂。
两弹功成威力显，长缨在手固金汤。

闫云霞

【双调·水仙子】中国工程院院士东北大学校长冯夏庭教授风采

地球把脉月光筛，诊断岩层几费猜，进军深部多豪迈。胸襟似大海，掌门人培育英才。（百折）不言败，（数科）添异彩，继往开来。

李耀宗

赞中国工程院马伟明院士

儒将雅风藏剑气，文韬一腹献中华。
海疆万里军威壮，崇拜明星就是他。

赞中国科学院李四光院士

探秘地球寻宝藏，一生辛苦壮心酬。

科园无愧奠基石，不世功名万古留。

赞中国工程院钟南山院士

大医精诚菩萨心，逆行抗疫用情深。
口碑载道无双誉，国士英标烁杏林。

李秀景

临江仙·钟南山

风冷家家闭户，烟愁路路封村。楼头难觉汉阳春。玉梅犹似诉，野草但销魂。

楚地归来黄鹤，潇湘卷起风云。火烧偏是向瘟君。临风方玉树，照水是贤人。

江城子·悼袁隆平

稻花香里说阴晴。日偏行。月亏盈。不顾高龄、约与晚霞明。总向奇峰寻问取，深经纬，力躬耕。

从教湘水弹哀筝。寄无凭。万民情。聊引一天、野鹤竞相鸣。最是长风屏不锁，人虽去，曲难平。

崔屹然

鹧鸪天·赞钱学森（中华新韵）

别梦依稀望故园。风雷滚滚气如山。坚辞美帝金银岛，冷对苏修霸主鞭。

苍云起，卫星牵。神州万里尽开颜。春来只在丛中笑，长照青云碧海天。

采桑子·赞流体密封专家王玉明

曾闻世上多难事，冰塞前川。岂念盘桓。直向玄冰弄小帆。

如今人叹风光好，秋水如天。诗韵无边。把酒长歌日月悬。

王书明

咏土壤学家张佳宝院士

四十余年梦裏身，改良土壤举千钧。
不图他处风光好，只愿神州景气新。
把脉农田功绪大，守心仓廪性情真。
而今白发为谁累，装点江山与后人。

张金锐

赞屠呦呦

矢志不渝攀顶峰，孤灯白发亦从容。
呕心沥血寻良药，奋力倾情除害虫。
名就何言霜鬓染，事成皆喜桂冠封。
世间欣赏青蒿颂，德厚功高赞誉浓。

赞邓稼先

留学归来热血红，志为华夏建丰功。
埋名荒漠度春夏，伏案贫居经雨风。
且看蘑菇云朵放，犹闻黎庶笑声崇。
一生许国忠魂献，万里江山唱俊雄。

念奴娇·赞中国载人航天工程（依苏轼体）

惊雷动地，望神舟穿宇，银河飞越。稳驾飞船舒巧手，妙与天宫相接。欣舞嫦娥，敞开楼阁，恭请亲人达。吴刚擎酒，玉杯斟满情热。

难忘岁月艰辛，先驱几代，奋斗捐心血。日夜攻关逾险塞，更胜前贤高屹。气贯长虹，胸怀社稷，不尽中华杰。苍穹挥翰，大书青史新页。

朱超范

钱学森赞

风流人物属千年，能继堂堂国士贤。
闪烁一星辉瀚海，升腾两弹撼苍天。
为圆大梦鹏舒翼，思筑长城马著鞭。
科学旌旗问谁举，学森勋绩在凌烟。

钱三强赞

以身许国岂能忘，脱了洋装归故乡。
为护金瓯研核弹，须持铁剑击天狼。
事关社稷功名在，心系苍黎图画长。
一片蘑菇云漫卷，中华崛起好擎觞。

钱伟长赞

椽笔纵横贯九流，等身宏著立神州。
赋能力学千年逸，应解方程万古忧。
不尽波涛才半吐，无边信息未全收。
尖端成就凝心血，教育登台近斗牛。

孙家栋赞

飞穹愿景梦长通，辛苦终收耕稼功。
天上卫星皆拱秀，人间流水自推篷。
神舟已作嫦娥伴，琼宇相随北斗融。

几破重围涵智慧，践行重任见英雄。

袁隆平赞（二首）

其 一
功殊济世得仁声，水稻杂交寰宇惊。
心系群黎夺关隘，情倾粮食付终生。
一腔赤血奇功建，两脚黄泥好梦萦。
陨矣悲哉万民哭，人间永记袁隆平。

其 二
巨星陨落暗苍穹，卓著功勋翰墨浓。
耒耜何须先舜帝，稻粱应可比神农。
荒凉沙漠禾苗翠，贫瘠滩涂穗粒丰。
举筷难忘真国士，长留仁德耸衡峰。

王居正

黄河清慢·国庆之际缅怀国士邓稼先先生

情重长江深密密，衷心呈献诚意。叹廿载藏谁晓，荒沙戈壁。甘为神州尽付，满腔血、才能睿智。几经核爆临危，闯在前、敢以身试。

苍穹磨砺精英，穷无处、作龙头创新立。自力更生，两弹云空爆栗。宁辱身绝守口，不言露、工程保密。大家风范，功垂世、史留名气。

念奴娇·悼水稻之父袁隆平

一天两讯，不忍文再看，洒泪长叹。世界需梁时正当，国士归天惊惋。华夏同悲，亚非悼念，寰宇齐觞奠。大师千古，享安仙苑夙愿。

七十载沐风霜，创新改造，稻父声名冠。盐碱滩田多稳产，技术寰球传遍。命系潇湘，魂萦赤县，君业方辉灿。普天声撼，碗端中国梁饭。

杜文英

悼念袁隆平院士

噩耗惊闻举世哀，苍天妒尔栋梁才。
诸公净乐登麟阁，九秩神农赴鹤台。
大爱无双忠岁月，青山共峙隐星埃。
呕心沥血民生愿，万载功名稻父裁。

杨 沐

闻袁隆平院士仙逝

忽闻院士欲归仙，涕泪潸然锁雾烟。
稻浪翻开风雨卷，初心九秩话丰年。

悼袁隆平院士

茫茫稻穗披麻缟，浩瀚苍穹泪雨稠。
一代神农骑瘦鹤，千秋百姓寄哀愁。
青青禾下乘凉梦，满满谷仓温饱优。
旷世农桑唯国士，功勋赫赫万年酬。

丁 燕

悼杂交水稻之父袁隆平院士

噩耗传来大地惊，苍天垂泪化悲声。
杂交水稻堪折桂，甜米清香祭父情。

李振刚

咏马大猷（新声韵）

声学领域立元功，创立新说奥义精。
独占一峰直向上，于云深处自高鸣。

注：马大猷（1915—2012年），国际著名声学家，中国现代声学奠基者。

赞中国工程院院士李兰娟

惯于横槊论英雄，因为人间要太平。
以往遗贤功卓越，而今新杰志坚铿。
建成强国必民健，穷探医科将命倾。
自有兰娟育桃李，治肝领冠载勋名。

注：李兰娟，女，中国工程院院士，在传染病领域拥有超过40年的临床、科研和教学经验，其专长涵盖各类肝炎、感染性疾病以及新发突发传染病的诊治，尤其擅长处理肝衰竭、病毒性肝炎和肝病微生态的研究。曾荣获多项国家科技进步奖：2013年、2014年分别获得国家科技进步一等奖，1998年、2007年分别荣获国家科技进步二等奖，体现了她在多个时间段内的突出科研成就，为中国医学界树立了卓越典范。

张德俊

赞邓稼先（新声韵）

埋名隐姓辞家小，卅载罗泊任在肩。
戴月寻幽豪气爽，临危排障赤心妍。
一星光迹怡华夏，两柱蘑云震宇寰。
邓老丰功垂万世，人民永远颂奇篇。

赞杨振宁（新声韵）

诺奖勇夺举世惊，比肩牛顿又一星。
身居异域思乡土，叶落神州献至情。
物理探幽肝胆吐，大学任教友朋崇。
期颐依旧身康健，培养贤才耀汗青。

赞钱学森（新声韵）

乌云压顶覆天涯，利诱威逼且扣押。
万险千难何所惧，丹心一片献中华。

王俊才

浣溪沙·送院士袁公

袁讳隆平驾鹤仙，九州儿女泪涟涟。千书尺素绕青山。
籼米飘香思院士，黎民泣血念英贤。遥瞻稻父入云天。

念肝病专家吴孟超院士

九旬耄耋葆丹心，不老霜刀驰杏林。
诊察疾躯站立久，精通医技学才深。
身倾肝病梅开笑，情系哀人鹊语音。
惊悉吴公乘鹤去，神州黎庶泪盈襟。

左哲夫

悼袁隆平院士

天下粮仓天下心，雨中闻讯泪双淋。
菩提圆满回天去，院士降生为稻寻。
布谷声声云雾远，牛耕默默夕阳沉。
丰碑一座中华立，四海苍生捧米吟。

程开甲（新韵）

铮铮一代核司令，累累勋章座座山。
黑板算来原子爆，炸心去闯学生关。
妻陪散步难眠夜，女共著书不老篇。
百载红尘华夏柱，终生难悟北方言。

周继舟

谷雨日悼潘际銮院士

才貌从来潘世家，烟云过眼客京华。
青春焊接梦无缝，谷雨时分伤落花。

哀悼袁隆平、吴孟超两院士同日逝世（三首）

其 一
忽闻噩耗九天惊，霹雳长空泪雨倾。
四海稻粮殇国士，从今饥肚怎隆平？

其 二
风雨飘摇折栋梁，超人梦断返仙乡。
披肝沥胆刀不老，又赴天庭救死伤。

其 三
阴雨连天落不休，湘江水汇浦江头。
遽然一日殒双士，医食如何两不愁？

李继东

饯行施一公院士

少年才俊出中州，负笈担簦几度秋。
水木清华明慧性，云天苍莽铸鸿猷。
匡时不计声名累，报国那图稻饭谋！
光大黉门骐骥跃，西湖泛棹慰绸缪。

　　注：施一公，男，结构生物学家，中国科学院院士、美国国家科学院外籍院士，现任西湖大学校长。

车文全

鹧鸪天·赞神舟十三女航天员王亚平（中华新韵）

　　神舟十三太空行。亚平脱颖耀苍穹。出仓骄子重风采，授课云端再启蒙。

　　嫦娥舞，宇寰惊。散花仙女显英明。航天事业国强盛，中华巾帼留美名。

吕　程

沉痛哀悼袁隆平院士

莫名午月起悲风，心痛难缄拭泪容。
此去瑶台栖鹤影，田头沃野隐神农。

李学君

痛悼著名人工智能科学家冯旸赫

将星陨落九州惊，噩耗摧心何怨憎。
科技前沿关隘破，智能格物燕丹倾。
英年灵锐才思敏，硕果辉煌凤愿兴。
缱绻垂云闻霹雳，山河呜咽拍涛声。

医学高科第一人吴孟超

医学高科第一人，肝门阻断验如神。
黄岐方剂驱罹患，妙手经纶著博文。
医者仁心施大爱，金刀风范务躬亲。
杏林泰斗昆仑照，家国康宁赖使君。

中国激光武器女神侯静

侯静戎装靖国防，激光裂电射锋芒。
追星赶月燃霞霁，摧魄拿魂慑海洋。

咀翠含英挥翰墨，纤姿柔态乃嫏琅。
高科助力鹏程举，凤翥龙腾器宇昂。

东风十七之祝学军女士

万马军中识素娥，戎装刀笔鲁阳戈。
东风十七穿金甲，怒火一腔诛虺蛇。
海晏山青波异彩，年丰人寿作吟哦。
国门悬剑妖魔静，映日栖霞六合和。

张庆平

鹧鸪天·颂物理学家杨振宁

物理奇才杨振宁，身居海外念家情。捐资办学兴科教，为国交流中美行。

亲授课，共论经。清华大学亦师生。先生诺奖中华耀，世界人前中国声。

西江月·颂袁隆平院士

立志倾情水稻，丹心圆梦田畴。栉风沐雨度春秋，奉献毕身德厚。

恸哭众人泪雨，悲歌院士哀愁，神农济世解民忧，万古流芳泰斗。

江城子·颂粮食安全接力者邓兴旺院士

神农袁老有传人，秉心存，苦耕耘。生物学家，水稻创新勤。海外学成为报国，名利淡，弃高薪。

洁田水稻首创新，种田垠，草除根。钱少增粮，院士系农飧。心愿亩增超万券，仓廪实，富黎民。

注：邓兴旺1962年10月出生于湖南农村，1982年和1985年在北京大学生物学系分别获得学士和硕士学位。1989年在美国加利福尼亚大学伯克利分校获得博士学位，1989年至1991年在美国加州大学和美国农业部联合实验室做博士后研究，1992年开始在美国耶鲁大学建立实验室，2001年起任该校终身正教授，美国国家科学院院士。2014年7月1日全职入职北京大学，现任北京大学现代农业研究院院长。

陈沄龙

江城子·缅怀潘际銮院士

红池蓝紫乱光烟。焰腾翩。匠心坚。冶铸熔炉、星雨起金銮。铁轨驰飞平隙缝，精焊艺，定坤乾。

焊花消损素尘残。泪阑干。夜难眠。随曳魂分、长恨哽悲怜。襄水奔流东入海，君今去，几时还？

熊良云

江城子·赞张伯礼院士

古稀披甲赴江城，疫横行，众心惊。百草神农，中药显威能。怒视瘟神犹放恣，提剑刺，救苍生。

悬壶济世迹遐名，自深情，逆风迎。古道热肠，秉一世丹诚。祛逐邪魔寻正道，昭国本，立修明。

宋世昌

袁隆平赞

制种专心精气振，献身农业赫春秋。
力求丰产酬初志，敢闯难关战壑丘。
寒暖朝朝情倾注，苦艰暮暮挂心头。
精神不朽永垂世，一片丹心史册留。

赞孙家栋院士

神器航天遨太空，辛酸家栋建奇功。
千年梦想登天阙，一举嫦娥探月宫。
银汉星河寻轨迹，无边宇宙灿苍穹。
鞠躬尽瘁胆肝沥，青史光辉颂大鹏。

陈素娜

"院士诗人"王玉明

鸿才恭德一精英，力索穷研情至诚。
育李培桃倾睿智，吟诗作赋有嘉名。
工程载梦丹心铸，机械紫魂懋绩呈。
科技人文兼大美，长留史册誉寰瀛。

中国工程院院士钟南山

新冠祸楚露狰狞，钟老决然披甲征。
斩孽除灾真国士，悬壶济世属精英。
庶民遭难至仁见，魑魅施威绝技呈。
非典时期豪气在，再挥利剑疫邪清。

民族脊梁钟南山

冠魔肆虐祸江城，耄耋高龄一线行。
剿疫驱邪担大任，悬壶除孽济苍生。
同胞遭难佛心见，病毒施威虎胆呈。
十七年前今又是，丹魂铁血鬼神惊。

痛悼袁隆平院士

当代神农驾鹤行，高山俯首水悲鸣。
九旬耽稻拳拳意，一世勤民切切情。
竭虑殚精仓廪实，授勋称父素心呈。

殊勋茂绩铭青史，福泽人寰铸伟名。

沁园春·有突出贡献的优秀青年技术专家、教授级高级工程师段进超

家道清贫，课业勤苦，十载寒窗。喜佳音盈耳，题名金榜；韶华酬志，求学沈阳。梓里牵魂，潇湘系梦，矿井屏前昼夜忙。德才备，正鲲鹏万里，展翅翱翔。

朝乾夕惕名扬，至淬炼三秋堪栋梁。赞焚膏继晷，绘图茹苦；殚精竭虑，编著流芳。率部攻关，笃行致远，成果骄人震外邦。长砥砺，振兴中铝业，再铸辉煌！

注：段进超，河南郏县人，东北大学土木工程系硕士毕业。教授级高工，长沙有色冶金设计研究院有限公司副总工程师，矿山事业部党支部副书记。自担任矿山工程技术研发项目负责人和工程总设计师以来，共主持完成大中型项目的规划、设计30余项。尤为可贵的是，他能将采矿科研的创新技术和成果应用到工程实践中，解决了储存条件复杂的矿体开采技术难题。其主持研发的多项科技成果达到国际先进或国际领先水平，如顶板不稳固缓倾斜铝土矿低贫损安全高效开采技术等多项成果、复杂矿柱回收贫化指标控制技术，已达到国际先进水平。目前已获部级一等奖4项、二等奖6项、三等奖2项，获部级优质工程奖1项。获发明专利3项，实用新型专利1项。并先后获得了全国有色金属优秀青年科技者奖，以及有色金属行业有突出贡献的优秀青年技术专家、中铝集团优秀党务工作者、最美中铝人等荣誉称号。

刘伦山

袁隆平之歌（新声韵）

杂交水稻誉神农，温饱中华昭日功。
夜忍蚊毒无畏苦，身迎雨箭未言疼。
泥田细治病虫害，酷暑详察干热风。
踏遍五洲捐技术，山河感泣不图名。

钱学森颂（新声韵）

勇抛厚遇尽忠心，两弹一星昭日勋。
大漠披霜连夜战，边关带病忘食巡。
临危有智险情解，受命无惊捷报频。
人顶五师敌胆战，降妖火箭护国门。

赞黄旭华（新声韵）

埋名孤岛搞潜艇，卅载拼搏好梦成。

甘卧草席攻堡垒，乐餐野菜铸长征。
力行试验大洋下，躬体观察险境中。
挚爱献国从未怨，奋蹄老骥沐霞红。

注：长征指我国第一艘核潜艇"长征一号"。

水调歌头·王选赞歌
（新韵毛滂体）

激光照排术，出版奠新基。语言编译，计算机设备高级。缩聚信息电掣，高速复原雷厉，分辨率清晰。汉字出版界，相竞俱推及。

弄潮儿，凌云志，泰山移。告别铅火，光电时代抢朝夕。华夏状元及第，世界一流水准，功绩与山齐。当代毕升现，汉字绽晨曦。

段国华

咏郑州果树研究所王力荣院士（新声韵）

多少春秋日夜研，辛劳影伴试田园。
改良旧种更新品，百姓生活飨果甜。

致敬黄旭华院士
（新声韵）

廿五春秋去故乡，六亲难认科研忙。
归来岂辨生翁客，社稷功勋九域彰。

中国第一位女院士何泽慧（新声韵）

钱老功名盖眷名，孰知贤助亦威风。
四三分裂核征象，诺奖遗珠默默荣。

注：钱老，著名科学家钱三强。四三分裂，科学家何泽慧发现三分裂四分裂核物理现象，业界常称何泽慧乃"中国居里夫人"。

敬赞华为任正非先生
（新声韵）

雄心壮志振兴国，领跑寰球谱凯歌。
蛮霸已穷封锁计，华为光耀满星河。

悼谢袁公隆平稻父
（新声韵）

躬畴九秩伴曦星，汗溉奇禾世谷丰。
天下庶饥终果腹，笑含永梦济民生。

咏女航天员刘洋王亚平（新声韵）

为人媳女正芳华，累月经年舍小家。
遨宇梦圆今古愿，姮娥真貌世啧夸。

于 敏

抒 怀

忆昔峥嵘岁月稠，朋辈同心方案求。
亲历新旧两时代，愿将一生献宏谋；
身为一叶无轻重，众志成城镇贼酋。
喜看中华振兴日，百家争鸣竞风流。

陈业秀

步韵"氢弹之父"于敏院士《抒怀》元玉

勋章荣誉绩功稠，为国倾身无所求。
重器升空劭力索，神针镇海破心谋。
荒原雨露成奇迹，大漠炊烟慑敌酋。
华夏如今圆绮梦，一星两弹更风流。

注：于敏，1926年8月16日生于河北省宁河县芦台镇（今属天津市）。著名核物理学家、"两弹一星"功勋、中国"氢弹之父"于敏院士获2014年度国家最高科学技术奖。2015年2月27日，于敏获选"感动中国2014年度人物"。

赞钟南山院士

南山不老松，鬌髦更葱茏。
鄂地寒流戾，迎风露笑容。

钟南山院士获共和国勋章感吟

南山国奖喜弘扬，济世悬壶赋锦章。
风骨初心昭日月，方家伟绩百秋芳。

赞"核潜艇之父"彭士禄院士

隐姓埋名三十年，核潜探索梦终圆。
青丝白发付沧海，托起霞光照紫烟。

缅怀"氢弹之父"于敏院士

每忆英雄心内伤，神州痛泣失贤良。
身当重任才安国，志向高峰力保疆。
氢弹功成人悦喜，蘑菇云起鬼惊慌。
青春付给荒沙漠，化作闪光金奖章。

缅怀"中国龙芯之母"黄令仪院士

献身科技志云鸿，刻苦攻关硕果丰。
填补龙芯酬社稷，赶超欧美树勋功。
铭心报国消奇耻，忘我轻家守素衷。
耄耋之年仍未歇，高碑永立地天中。

满江红·癸卯清明悼袁隆平院士

癸卯清明，伤心悼、天涯同忆。神州痛，黎民咽哽，地天齐泣。两腿泥浆禾下苦，一身汗水如珠滴。最难忘，户户灶烟稀，饥寒逼。

科研路，谈何易。虽曲屈，仍劬力。终于圆绮梦，粮满仓溢。亩破三千惊世界，粮盈十亿成奇迹。功盖世，常缅祭袁公，丰碑立。

如梦令·缅怀"中国核潜艇之父"彭士禄院士

缅忆核潜之父，入蜀科研劬苦。重器佑深洋，守住神州门户。壮举，壮举。伟绩永垂千古。

注：彭士禄（1925年11月18日—2021年3月22日），广东海丰人，革命先烈彭湃之子，中国核动力泰斗、核动力事业杰出功勋英雄——中国核潜艇工程首任总设计师、中国工程院首批及资深院士，当选"感动中国2021年度人物"，被誉为"中国核潜艇之父"。

赞"两弹一星"功勋邓稼先院士

远涉西洋归祖国，埋名沙漠帐篷窝。
蘑菇云彩忠魂寄，谱写惊天动地歌。

注：邓稼先（1924—1986年），安徽怀宁人，中国科学院院士，著名核物理学家，中国核武器研制工作的开拓者和奠基者，为中国核武器、原子武器的研发做出了重要贡献，被称为"两弹一星"元勋。他带领众多学者和技术人员成功设计了中国原子弹和氢弹，把中国国防自卫武器引领到世界先进水平。1999年被追授"两弹一星功勋奖章"。

苑郑民

缅怀"两弹一星"元勋朱光亚先生

2024年12月25日在人民大会堂参加全国政协主办的"纪念朱光亚诞辰100周年座谈会"有感而作。

奇才天降佑中华，科技先锋最可夸。

对党忠诚行践诺,治学严谨勇攀崖。
两弹一星为众帅,集智攻关靠大家。
东方巨响惊环宇,把酒笑慰九天霞。

注:①"众帅",朱光亚协助钱学森肩负起组织领导"两弹"研制重要使命。数十年如一日,带领团队攻坚克难,被誉为"两弹"攻关"枢纽","众帅之帅"。

②"东方巨响",原子弹、氢弹在罗布泊炸响。电影《东方巨响》即反映此项工程。

③"把酒笑慰",曾亲耳聆听光亚先生回忆:沙漠试验,繁星下帐篷外,把酒论长空情景。

④"九天","可上九天揽月",毛主席诗句。

三、院士诗词评论

清风、明月、劲松——顾毓琇旧体诗词的情蕴

陈必欢[①]

作为科学家、教育家、诗人、剧作家、音乐家和佛学家，顾毓琇一生充满了传奇色彩。学界对顾毓琇的研究多集中于对其成就的全面揭示，少数对其文学思想及艺术风格进行了阐述。而对于其旧体诗词的内涵、风格及意义等问题，则尚有拓展的空间。放在中国传统文化创造性转化的语境下，研究顾毓琇旧体诗词将有助于认识其文学地位，把握其在文化传承中的重要作用。

汇中西而兼文理

用"志汇中西，学兼文理"来概括顾毓琇的一生甚为合适。在科学上，他是国际电机权威和现代自动控制理论的先驱；在教育上，他是清华大学工学院的主要奠基者；在文学艺术上，他出版诗歌词曲集达34部之巨，是世界诗人大会加冕的"国际桂冠诗人"；还是中国现代话剧的发轫人、"国剧运动"的发起者和推动者。此外，他也是中国黄钟标准音的制定者，中国古乐的研究权威。在佛学上，他的英文巨著《禅史》和多部佛学专著深受国际佛学界的重视。

论及诗词对顾毓琇的浸润，应该要追溯到他家族的影响。据他回忆："不记得什么时候起，每当夏夜乘凉时候，她每每背着唐诗教我。至今祖母吟'二十四桥明月夜，玉人何处教吹箫'等悠扬的声调，还好像就在耳边。"（顾毓琇《百龄自述》）可见，祖母从小对其诗词教诲之深。他的这位祖母身份不一般，出身于无锡地区最为有名的望族——锡山秦氏。锡山秦氏为北宋词人秦观后裔。据统计，秦氏共计出了三十四名进士（其中三位为探花），七十六位举人。到了清末，锡山秦氏二十世孙秦臻，幼承家学，钻研考证，晚年主讲于东林书院，著有《冷红馆诗文集》。他的祖母为秦臻次女，嫁给顾毓琇的祖父顾维祯。而他的祖母也有几位才华出众的兄弟。当时无锡公认的大才子，其祖母的两兄弟位列其中。另一个对他诗词有影响的是他的母亲。其母亲也出身无锡名门，相传为王羲之六十六代后裔。他母亲有三个哥哥，一个弟弟。据他回忆："好读书，涉猎渊博，急公好义，乡里称贤。"（顾毓琇《百龄自述》）从这里可以看出，好读务学之

---

① 陈必欢，上海大学中国古代文学专业博士研究生，研究方向为现当代旧体文学。

家风对他产生了良好的影响，也为他以后从事诗词创作打下了基础。

除了良好的家风，顾毓琇也接受了较好的学校教育。在学校教育之中，顾毓琇奠定了厚实的国学基础，对其日后诗词创作有很大的助益。顾毓琇的父亲顾庚明是一个典型的新派人物，在顾毓琇小时候将其送入无锡城第一所新式小学——俟实学堂就读。进入学堂后，他又受教于钱基博先生。进入清华学习之后，他又拜梁启超为师，选读其"唐诗欣赏"课程。据顾毓琇孙子顾宜凡回忆："记得我10岁的时候，陪同他在西安、无锡、上海等地旅行，每到晚饭之后，他就会在房间里摇头吟唱。我当时觉得很好玩，老头子怎么也像小孩子一样哼歌呢？后来大人们告诉我，祖父是在作诗填词，他的每一首诗词都要严格按照平仄韵律来作，从不马虎，而且不需要参考资料，词牌格律早已被他熟记在脑海里了。在美国，他时常拉着我坐在他的身边，拿出台湾出版的《顾一樵全集》或在大陆新出的诗词集，不是他读给我听，就是让我读给他听，还不时停顿下来，考我对历史典故的理解。"（顾宜凡《〈顾毓琇词曲集〉后记》）可见，顾毓琇诗词底蕴深厚。其诗词创作已经成为顾毓琇生活方式的一部分。

与他同时代的知识分子一样，顾毓琇有着强烈的爱国情怀。依顾氏族谱记载，顾姓为大禹嫡裔，越王勾践之后。顾家原籍昆山，与抗清志士顾炎武同一族。明天启年间，顾氏先祖顾鹤因参与反对东厂的斗争，为躲避灾祸，举家迁往无锡。清嘉庆年间，顾氏在无锡城中购地造屋，从此扎根于此地。因此，顾毓琇秉承祖先顾炎武的遗训，有一颗报国之心。1919年，他参加了"五四"爱国运动，并率领清华学生进行示威游行活动；1937年，他与12位知名人士联合发表声明，要求政府维护国家主权和领土完整。他积极参加各种爱国活动，表现出了极大的热情。即使是后来到美国定居，顾毓琇仍然没有忘记对祖国的牵挂。1973年起，他多次回国访问和讲学。他也先后受到周恩来、邓小平、江泽民等党和国家领导人的亲切会见。1977年江泽民主席访美时，曾专程到费城顾老的寓所探望他的老师和师母。1999年朱镕基总理在华盛顿会见了顾老。2000年9月9日，他不顾年迈体弱，又前往纽约会见了江泽民主席。

顾毓琇出身于名门望族，深受良好家风、家训的影响。又接受了优秀的新式教育，其打下了深厚的国家根基。他虽然长期定居国外，但拥有一颗拳拳报国之心。他的身上集中体现了对中华传统的热爱和对祖国的情怀。这也正是他诗词的魅力所在。

深沉而真挚的情感

顾毓琇四十岁后开始创作诗词。现今可见的旧体诗词有近四千首。论及旧体诗词创作的机缘，顾毓琇曾言道："正因失去了她，我开始了文言古体诗的创作，若干年后我出版的诗词集有千余首，都是为了纪念我们心爱的女儿，慰慧。一九六一年出版的文集中，首卷便有一篇献给她的散文。"（顾毓琇著，张遇、杨波译，《一个家庭 两个世界》）女儿的离世，燃起了顾毓琇创作旧体诗词的热情。依情而生，顾毓琇的旧体诗词也拥有了新的生命。正因为深沉而真挚的情感，顾毓琇的旧体诗词才具有震撼人心的力量。

顾毓琇的旧体诗词题材具有多样性特点。主要有怀古、风土、写景、节序、羁旅、隐逸、咏史、闲愁、咏怀、交游、咏物、祭悼、祝颂、哲理等类别。多样的题材，源于顾毓琇丰富的人生阅历。其中，交游类、风土类和咏怀类居多。

交游类诗词，主要涉及到拟古、唱和等方面。在拟古之作中，顾毓琇常常借用古人之韵，表达自己对故土乡亲的思念之情。定居美国之后，海外的生活使顾毓琇对家国产生了深深的眷念。《点绛唇》（用清真韵）云："云无际，旧游曾记，空有相思泪。"（《顾毓琇全集》第六卷）一旦回到祖国，顾毓琇的生活又焕发出新的生机。《渔家傲·和岷春》云："天佑稀年犹抖擞，君愿否，梅花与我同消瘦。"（《顾毓琇全集》第六卷）此诗写于1973年，正是顾毓琇古稀之年的作品。和友人在国内相聚，顾毓琇表现出难以言表的欢愉之情。而正是这种时空之感，浓浓的乡愁才显得倍加真挚。还有一类唱和诗词，是顾毓琇与僧侣、居士之和作。这些旧体诗词从侧面表达了顾毓琇的宗教哲思。《和普陀僧通元照机》云："禅房宜悟道，幽径偏逢君。随意林泉乐，高情自不群。"（《顾毓琇全集》第六卷）流露出一种自在自由之乐。通过与僧侣、居士之间的交往，顾毓琇有了对宗教更深层次的领悟。

风土类诗词，主要是他海外游历和国内纪游之作。对于顾毓琇而言，他的足迹遍及欧亚美等地十几个国家，又历经国内多个城市。这些纪游诗词涉及土地、山川、人物，侧重表达出了自己的感受。《曼彻斯特》云："大学专门宏教育，他山之石可攻玉。"（《顾毓琇全集》第四卷）鲜明地表现出顾毓琇对曼彻斯特大学教育的艳羡之情。《汤姆孙》云："携杖汤翁相邂逅，发明电子著先鞭。"（《顾毓琇全集》第四卷）对汤姆孙在电子方面的开拓性充满了赞美之意。

咏怀类诗词，抒发对社会、人生的感慨与思考，展示个人的胸襟、抱负。既有对年华逝去、壮志难酬的伤感,又有对人生虚幻如空的感悟。《雨霖铃》(用柳耆卿韵)云:"渐老年华,壮志消沈,豪情虚设。"(《顾毓琇全集》第六卷)这首诗写于1988年,正是作者八十多岁高龄之时。回顾自己一生,顾毓琇难免生出良多感慨。《白云》云:"山中何处去,岭上白云多。春雨花争发,渔翁问钓竿。"(《顾毓琇全集》第六卷)渴望自己做一个渔翁而已,过上一种逍遥自在的生活。

无论是交游类、风土类还是咏怀类,顾毓琇旧体诗词试图展现出他丰富的内心世界。年轻时代的游历生活,增加了他对国内、国外的了解。有了生活的广泛基础,顾毓琇很自然地把对现实的感受融入到他的旧体诗词中。再加上常常与僧侣、居士来往,他的旧体诗词也多了一些宗教意味。他对人生、社会的认识,始终萦绕着一种虚空之境。而老年海外生活,又将他的旧体诗词带入无尽的愁思之中。从这里可以看出,顾毓琇旧体诗词经历了思想内涵上的转变。但是,不管怎么变化,他一直将自己的真实情感融入旧体诗词之中。而他将个人命运与国家联系在一起,又给旧体诗词增加了一层深沉的意味。

清丽雅俊的艺术风格

顾毓琇旧体诗词总能将婉约派与豪放派融为一炉,形成清丽雅俊的艺术风格。早年创作诗词时,顾毓琇豪放、婉约皆学,但清丽中带有高旷之气。《浣溪沙》(用淮海韵)云:"当年问月有坡仙,明月不知几岁年。沧海桑田只眼前。 闲看海外中元月,长忆江南第二泉。越水吴山梦里天。"(《顾毓琇全集》第五卷)晚年诗词创作,顾毓琇更注意在表达旷达之时,寄寓一种清雅之格调。《忆秦娥》云:"奔驰牧马追红旭,西风吹起秋霞绿。秋霞绿,黄花开处,宛然金粟。"(《顾毓琇全集》第四卷)以"奔驰牧马"而起,豪放之气呼之欲出。"西风""秋霞""黄花"等意象,情思表达又显得温婉含蓄。类似这样的旧体诗词,不胜枚举。正是因为这种有意融合,顾毓琇旧体诗词具有了自己的特色。

从旧体诗词用调上,我们也能见出顾毓琇旧体诗词的艺术风格。他和陶诗48首,和李白诗74首,和杜甫诗84首,和王维诗18首,可见其诗歌趣味着重唐音,而且侧重盛唐,上及晋调。在词的唱和中,和东坡词28首;和淮海词50调100首;和清真词95调;对姜白石自度曲,逐一赓和;和稼轩词88调;和梦窗词60调61首。(黄志浩,《诗心莹夜月,文藻溢江流——顾毓琇诗词三题》)无论是宗唐还是宗宋,诗词总会偏于一端。顾毓琇旧体诗词不受宗唐、宗宋之限,能够自铸一体。

这和他在创作上追求"重、拙、大"理论是相适应的。

"重、拙、大"由况周颐在《蕙风词话》中提出。重，主要是深沉厚重，具有丰富的情韵；拙，主要是情感真挚，具有本真之色；大，主要是有大才情，具有大气魄。顾毓琇将这一理论上的要求继承下来并应用于自己实践之中。《海外集·自序》中云："偶与友好谈论文艺创造理论，以重、大、拙为一切中西文学艺术之批评标准，与《人间词话》之意境、气象、不隔相印证……以此论诗，则渊明以拙，太白以大，少陵以重。以此论词，则后主以重，东坡以大。"（《顾毓琇全集》第三卷）顾毓琇对"重、拙、大"理论进行了新的阐发。以"意境、气象、不隔"来印证，顾毓琇的诗词创作理论更具有可操作性。在这一理论的指导下，顾毓琇旧体诗词更强调内蕴、真挚情感的抒发及创作才能的发挥。

特别是1950年定居海外以后，其诗词中多了一份深深的家国情怀。当国家和个人命运深深联系在一起之时，身居海外的顾毓琇，用他的旧体诗词反复诉说自己的"心史"。重新登上长城，他对中华民族文化有了更深的认识。《清平乐·长城》云："青云远，海外来征雁。重到长城偕老伴，绕地行程几万。昆仑山上高峰，玉门杨柳春风。世界和平在望，掀天动地飞龙。"（《顾毓琇全集》第六卷）顾毓琇旧体诗词善于将苏轼、秦观、周邦彦、姜夔、辛弃疾、吴文英、李白、杜甫、王维、陶渊明等作家融为一体，达到了"师神不泥古"的境界。

细细品鉴，顾毓琇旧体诗词具有清丽雅俊的风格。当然，顾毓琇旧体诗词也有不完善之处，需要用辩证思维来看待。现代学人刘梦芙曾对顾毓琇旧体词有如此评价："顾一樵词兼容豪婉，气局宽宏。惟多用前人辞语，虽畅达而锻炼未尽精严，新意不足。试取马一浮、夏承焘、詹安泰诸大家词较之，可知余言费苛求也。"（刘梦芙《冷翠轩词话》）刘梦芙重点对顾毓琇词的用词提出了批评，指出其锻炼不够。不可否认的是，顾毓琇旧体诗词能够融汇豪婉，形成了自己的气象和格调。

文学上的典范意义

顾毓琇一生创作诗词歌赋七千多首，出版诗歌词曲集达34部之多，属于难得的多产诗人。其旧体诗词数量更占据他所有文学作品的一半以上。1976年顾毓琇被世界诗人大会授予"国际桂冠诗人"称号，这足见其诗词的价值所在。

首先，顾毓琇旧体诗词体现了科学与人文的多维融通。作为世界闻名的电机工程大师，顾毓琇创作了数量丰富的旧体诗词。这些旧体诗词将科学态度和人文精神有效融合在一起。谈及诗韵格律，顾毓琇曾云："在江西宁都旅次，我试作悼慰慧诗。没有诗韵，乃用癸亥梁任公先生写赠我一个横披上诗句的旧韵。"（顾毓琇《百龄自述》）即使是在失去爱女的情况下，顾毓琇坚持用旧韵，体现出了其科学的态度。然而在具体创作过程中，顾毓琇才情飞扬，与古人唱和。这实际上构建出一幅与"古人为友"的多彩画卷，充满了浪漫气息。类似这样的身份创作的还有苏步青、华罗庚、李国平、唐稚松、吴硕贤、涂善东、陈懋章、高金吉、刘合、杨叔子等。这些具有理工科背景之类的诗人进行创作，具有其自身的独特性。除了将科学思维融入诗词外，他们还很自然地使自己作品具有某些专业化背景。读者阅读这些旧体诗词以后，可以同时体悟其中蕴含的科学精神和艺术魅力。这也正是此类旧体诗词最吸引人之处。

其次，顾毓琇旧体诗词体现了新与旧思想冲突下的选择。新文化运动之后，白话占据主导优势，新诗与旧诗形成了强烈的对立。旧体诗词生存的空间被挤压，但其依然具有旺盛的生命力。夏中义《百年旧诗人文血脉》，精选出了 20 世纪八位旧体诗大家。他们分别是吴昌硕、王国维、陈独秀、陈寅恪、聂绀弩、王辛笛、叶元章、张大千。其实，即使是新文化运动的积极推动者，他们对旧体诗词仍然情有独钟。如鲁迅、郭沫若、郁达夫等人，在创作新体诗之余，也有大量旧体诗词问世。这足以证明在新与旧的对立冲突中，旧体诗词因为其自身特点，不会轻易走向灭亡。经历了新文化运动的冲击，顾毓琇虽然也写作少量新体诗词，但旧体诗词写作已成为其主要的方向。这种写作追求是顾毓琇主动的选择。与其家学背景与自身经历有关，但也离不开他对新与旧思想的深刻认识。

最后，顾毓琇旧体诗词体现了文学史新观念下的实践。20 世纪 80 年代以来，重写文学史被再次提起。各种文学史著作如雨后春笋般出现，但多以时代为期来讲述作家、作品。对于文学史教学，这种编写文学史的方式确实适用，但文学史根本在于揭示文学发展的本质规律。作家、作品如何体现出继承与创新，才是文学史应有的题中之义。晚清、民国、现代、当代被人任意切割，实在不利于文学史的发展。因此，用何种观念去整合文学史，成为 21 世纪文学史家的关注点。有的人主张应做分期处理，体现出各个时代文学的特性。而另一些人则希望将它们有效贯通起来。正如王德威所云："没有晚清，哪有'五四'？"（王德威，《想象中国的方法：历史·小说·叙事》）"五四"的现代性因子实际上早已在晚清埋下，晚清和现代具有不可辩驳的联系。黄子平、陈平原、钱理群所提出的"20世纪中国文学"的概念，意在打通"近代文学""现代文学"和"当代文学"，为我们提供了一种新的思路。如果将晚清、民国、现代、当代作为一个整体来看待，容易看到文学的新变关系，可能更有利于返回文学的现场。顾毓琇旧体诗词正是在这一背景下存在并得以发展。顾毓琇一生跨晚清、民国、现代、当代，其旧体诗词有存在的合理性和价值。像以往那样有意遮蔽或忽视这些旧体诗词创作，对文学史的发展是极为不利的。

  顾毓琇作为文理大师，在科学上取得巨大成就的同时，亦能在文学艺术上有所建树。尤其是其旧体诗词，以深沉而真挚的情感，形成了清丽雅俊的艺术风格，具有重要的价值。顾毓琇旧体诗词是中国优秀传统文化的重要组成部分。阐释其旧体诗词的思想内涵，将更好地展现中华优秀传统文化的魅力。

澎湃诗情胸臆满，文采斐然一卷

——《草吟科教兴邦·宋健诗文选》读后感（代序）

王玉明[①]

前不久，收到全国政协前副主席、中国工程院前院长宋健院士来函，请我为其诗文集奉写"代序"。我作为一个普通院士，倍感亲切，同时也诚惶诚恐，承之有怯，却之不恭，只好从命。

我不仅认真地拜读了老院长的诗词，而且拜读了他的大量文章。由于许多文章极为精彩，我建议多选一些收入诗文集。下面简要地谈一下对这些诗文的读后感，权作代序。

作者在1994年写的《珍惜机遇》一文的开头有一首诗：

　　青少将入世，洪潮乘东风。
　　激流挟嫩枝，支流载浮萍。
　　中流奋击水，逐浪当先锋。
　　滞泊湾渚畔，沃土育梁栋。
　　江河偶潆洄，湍流时发生。
　　机遇不常有，抓住不放松。

接着说到："能在事业中做出成绩，勤奋和机遇缺一不可。关于勤奋的重要，从'学而不厌，自强自坚''业精于勤，荒于嬉'等千年古训，到现代科学家们的'聪明寓于勤奋''勤能补拙'等宏论，都少有异议。对机遇则时有争论"，"然则历史总在反复证明，国家的兴旺，事业的成功，人生的成就，莫不需要机会。天时地利不常有，良机难得，稍纵即逝"。然后他通过自己少年、青年的亲身经历，说明了机遇的重要性，例如：如果不是因为机遇，自己可能就是个文盲而不会有今天事业的成功。

从作者娓娓道来的人生经历的叙述中，我们可以亲切地体会到作者真诚的感恩之心，这令我这个读者深深地感动！

[①] 王玉明，中国工程院院士、流体密封工程技术专家、机械设计及理论专家、"院士诗人"，清华大学机械工程系教授、博士生导师、系学术委员会主任。

至于勤奋，这几乎是所有院士都具备的共同特点，但在作者身上尤为突出。例如：他在俄国著名的鲍曼工学院留学时，还去莫斯科大学上夜校学习数学，这为他后来的科学研究打下了深厚的基础，使之既渊深又博大。

　　然而，我以为除了勤奋和机遇之外，作者人生和事业的成功还有一个不可忽略的要素，就是天性或禀赋。纵览其诗文，我深切地感受到，作者的禀赋极其善良，天性极其聪颖，有一颗纯真的赤子之心。我的恩师叶嘉莹先生反复说我："不失赤子之心"，"禀赋有一种纯真的赤子之心"，我觉得受之有愧，但如果用在宋健同志身上却是极其恰如其分的。

　　反复阅读老院长的诗文，我的体会是：作者的心地像清泉一样纯真，情感像烈火一样炽热，心胸像大海一样宽阔，目光像雄鹰一样辽远。

　　正由于宋健同志禀赋极其善良而聪颖，学习工作极其勤奋，又能紧紧抓住机遇不放，因此他在事业上取得了辉煌的成就。他是中国科学院和中国工程院两院院士、美国国家工程院外籍院士、俄罗斯科学院外籍院士、欧亚科学院院士、中国工程院第二任院长（首任院长是国家"两弹一星"元勋朱光亚院士）。获得多项国家自然科学奖和科技进步奖，并获艾伯特·爱因斯坦奖以及何梁何利基金科学与技术成就奖。在2014年国际永久编号210210号的小行星正式命名为"宋健星"的时候，时任中共中央政治局委员、国务院副总理的刘延东同志在代表中央的贺词中评价说："宋健院士是我国杰出的战略科学家，为推动我国科技事业的发展做出了重大贡献。"时任全国政协副主席、中国工程院前院长的徐匡迪院士在致辞中列举了宋健院士的主要贡献："宋健同志是一位享有崇高声誉、德高望重的科学家。他在控制论研究、航天技术和人口控制论等方面做出了系统性、创造性的成就和贡献。在任国务委员、国家科委主任期间发起、主持了面向农村的'星火计划'，创立高新技术产业的'火炬计划'等科技项目；领导实施了'863''攀登'等高新技术和基础研究计划；还发起了'夏商周断代工程'，总之他为推动中国科学技术事业的进步和发展及确立'科教兴国'战略发挥了重要作用。"（见《拥戴天文学》一文）

　　除了上述在科学技术方面的主要成就和贡献之外，老院长在文、史、哲等人文和社会科学方面也有渊博的学识和高深的造诣。最突出的是在史学方面发起了"夏商周断代工程"（见《超越疑古，走出迷茫》一文），并写了一首长调词《水调歌头·咏断代工程》：

　　　　华夏古文明，漫五千寒暑。太史嗟叹，周厉王前无年谱。先圣丘轲无奈，百代后生懊沮。史家屡竞补，时不逮共谋，江河东流殂。

新时代，换人间，改公历。先代存亡，成今世祖训智懿。考古天文数理，联解古史阙疑。稽三代年表，续史圣伟绩，延信史千禧。

此外，《浪淘沙·青史无限》也是咏史的。至于中国和世界的科学技术史，他更加通晓，在其诗文中多有吟咏、引用和论述，例如诗词《渔家傲·求真》《忆秦娥·公理》《科学无止境》等；文章就更多了，最有代表性的雄文《工程技术百年颂》，是一篇系统阐述工程技术发展历史、现状和趋势的优秀科普文章，充分显示了一位杰出战略科学家广阔的视野和博大的胸怀。《现代科学与社会进步简史》和《科学探索无竟时》两篇都是特性鲜明的优秀科普文章，值得认真阅读。

美文《人性·兽性·虫性》被国内外学者认为是一篇"别开生面的好文章"，"将进化论置于科技的大环境中，以综合观点'横看'进化论"，"最精彩的部分在从进化论角度探讨社会人文问题"。此文不仅涉及生物特别是人类进化的历史，还涉及不少宗教和哲学史，是将自然科学与人文社会科学融会贯通的大作。从文章的风格上来看，一气呵成，如行云流水，文笔酣畅淋漓，简直是一首无韵的长诗，是具有极高文学性的佳作，让人反复诵读，爱不释手。

宋健同志禀赋善良，整个诗文充满了人性的光辉，这还可以从以下诗文中看出来。

他1931年12月出生于山东荣成，用作者自己的话说是"黄海之滨一个穷乡僻壤"。然而正如艾青诗歌的名句所言："为什么我的眼里常含泪水？因为我对这土地爱得深沉……"他的文章《少年风雨》对家乡这片土地的自然环境和苦难历史做了充满深情的叙述。再请看他的两首诗《乡愁》：

    世事倥偬碌半生，无暇省亲慰乡愁。
    祖赋热血逐风雨，海岬内外翔新鸥。
    湾内尚存儿时水，人间得道享福佑。
    漫游世界五大洲，何处胜媲天尽头？

    笑看童伴鬓发白，丰衣足食乐小康。
    犹记幼年食糠菜，今美人人飨细粮。
    彼时青少多文盲，今见中学遍城乡。
    明朝胶东谁怜我，老夫终生恋梓桑。

"漫游世界五大洲，何处胜媲'天尽头'？"这里的"天尽头"是指荣成成山头海岬，那里有胡耀邦同志的题字"天尽头"。在《国家地理》杂志社编写的《选美中国》一书中，她被评为中国最美的海岸线之一，我多次去过那里，被其独特的美景所陶醉并留有诗词。作者后来"漫游世界五大洲"，但在他眼里和心里没有一处能与"天尽头"相媲美，拳拳赤子对故土的爱恋之心跃然纸上。"老夫终生恋梓桑"则直抒胸臆，让人为之动容。

《哈尔滨风雪》一文简要叙述了作者从哈工大到赴苏留学的经历，其中有许多感慨："我们这一代纷纷被洪流卷入，随波而漂，改变了人生走向。10 年寒窗，似水流年，我竟从一个'土八路'被锻成一名科技工匠，这是从未梦想到的"，"我在哈工大学习一年，俄语大进，数理化成绩都出乎意料"。可见作者的勤奋加天分。接着叙述了赴苏联留学的经历。文中还写到："东北三省与邻邦的情愁因缘长达 200 多年之久。"从文中可以感受到一个赤诚的爱国者对积贫积弱、饱受屈辱的祖国发自内心深处的悲悯之情。

在作者诸多宏文大作当中，我还特别推荐一篇堪称"小夜曲"的短文：《不许恋爱》。讲的是不许中国留学生与苏联同学谈恋爱的故事。文章中不仅有一些因"政治压倒伦理，不可抗力"而令人唏嘘不已的小故事，更通过中国和世界的历史阐述了作者的伦理观念，不妨摘要如下：

"情爱是天赋人性之一，是保障人类生存、进步而不灭亡的睿智故技，因而有史以来是文学艺术的永恒主题。文学视情爱与生命等价。孔子把情爱列为道德之首，'不孝有三，无后为大'。鲁迅视情爱为新生命之源。20 世纪的生物学、医学研究证明，性爱是从远祖继承的，织造在遗传基因中，由内分泌系统和相应器官控制表达的性状。和饥餐渴饮一样，性爱是生物的本能需求，并非完全由'思想问题'引发。性爱受阻对人的生理和精神平衡产生极大影响，由此引发精神性和实质性生理疾病的案例不胜枚举。""生存、发展、育后是人类得以延续的三大要素，是先天禀赋和理性思维的共生物，是一切政治、经济、哲学、科学发展进步的动原和归宿。凡于此相悖的理论、思想、主义都不会长期受人们欢迎。""它是大树，根源自祖先，盘桓地上，长在人间，依存社会，春华秋实，连亘至未来。性爱与生命同构，与未来同伦。"

尽管这些论述毫无疑问是完全符合科学和伦理道德的，但出自一位享有崇高声誉、德高望重的大科学家和领导之笔，着实让我大吃一惊。它充分证明，作者不是一个道貌岸然的伪君子，而是一个人，一个充满人性光辉的真正的人，这也再次证明了我前面说的其禀赋极其善良的论断。这样看来，此文不仅是"小夜曲"，更是一篇伦理学的佳作，文学的佳作，其感情的真挚，情怀的开放，人格的魅力，逻辑的透彻，语言的流畅，修辞的精准，完全是一首诗！

《沉住气》也是一篇佳作，叙述了作者在"文革"中的个人经历和见闻，不仅十分生动，并有不少通过个人独立思考而得出的教训，再次体现了作者本性的善良，特别值得未亲身经历过"文革"的人一读。

《天赋人责》也是一篇极好的文章，以访谈录的形式阐述了一位战略科学家兼科技领导者睿智而深刻的思想和深厚的人文情怀。作者在"科技人才十分宝贵"这个标题中说到："中国要下决心长期扶持科技事业，培养人才，爱护人才，千万不能再瞎折腾、浪费人才了。我们的科技人员，……就么'一小撮'，是很宝贵的，是现代化建设的基本力量。"

这种基于历史教训总结的呐喊，既体现了科技领导者的历史责任感，也表达了其对人才的深情厚意，读来让人备感亲切。

在诗文集中，有不少作者与科学家之间的唱和之作，如《科宗学文后人》《智能后镶》《漫洒松烟》《华夏钟情》《致敬罗沛霖院士》《不吝春风》《浣溪沙·航天青史垂芳名》《祝越茶年》《乡愁越世纪》等，此外，还有许多没有选入该诗文集的信函，这些都充分地体现了作者与其他科学家之间的深厚友谊。

在"自然科学与社会科学"这个标题下，更有许多极为精彩的论述。例如说："在科学问题上的是非之争，不能采取压服方式。对不同意见，不能搞大批判一类的东西。历史上凡是这样做的，没有一次有好结果。"还有关于"人类的优秀思想是一代一代积累而成"的论述，等等。读来都有令人振聋发聩之感。

对"天赋人责"这个命题，作者有一段十分精辟的阐述，我想用现代诗的排列形式列于下面：

大自然

安排

我辈斯代

出生于

这片土地

为她的富强而战斗

是天赋人责

史赋重任

反复吟咏这位九十多岁高龄的拳拳赤子发自肺腑、饱含深情、自觉担当、铿锵有力、催人奋进、将感性和理性合二而一的真诗，我久久不能平静，眼里含着泪水。这比顾炎武所说的"天下兴亡，匹夫有责"的精神境界更加高远，与上面引用过的艾青的诗句相比，情感更加厚重，这就是叶嘉莹先生所说的好诗，真诗。

正是出于这种"天赋人责"的使命感，宋健同志作为一位杰出的战略科学家和卓越的科技界领导者，以诗文的形式为改革开放和科技兴邦而引亢高歌。

请看他的《采桑子·新梁》：

十年风浪遍地慌，浓霾惊雷，众生愁肠，松柏催折兰桂殇。

春回人间天理畅。杀开血路，斫棘除障，改革开放新津梁。

上半阕以"浓霾惊雷""松柏催折兰桂殇"的意象回顾了给国家和人民带来深重灾难的"文革"。下半阕以"杀开血路""斫棘除障"的意象赞扬了改革开放使国家富强的命运。作为该诗文集的第一篇，这是"开场锣鼓"式的改革开放赞歌。

1988年，作者有感于大批科学家陆续被选进中央委员而写了一首《科风》：

岁月峥嵘时代新，柳绿花开又逢春。

国强更得科技便，格致隽杰佐风云。

同年，他作为全国科技界的主要领导，大力倡导并实施了以科技兴农为目标的"星火计划"，并怀着民胞物与的诗人情怀写了《星火谣》。这首歌谣先以河南民歌起兴："养猪为过年，养鸡为换盐。一间茅屋一盒火，除了种仙就是我。"按着以东方歌舞团歌手朱明瑛所唱河北民歌《回娘家》再次起兴："……吹过一阵风，鸡飞鸭逃亡。……"然后对"星火计划"中的养殖产业化重点项目进行赞美："星火短平快，科技有良方。多产肉蛋奶，童叟先保障。农副产业化，全民飨小康。"从这首短歌谣可以看出，作为从穷苦家庭出身的孩子对农民充满多么淳朴而深厚的感情。

1998年，作为中国科学院和中国工程院两院院士的宋健同志，担任了中国工程院第二任院长，他以一首诗《两把火》歌颂了科技面向农村的"星火计划"（1986年）和发展高新技术产业、建立高新技术开发区的"火炬计划"（1988年），这些都是他做国务委员兼国家科技委主任时提出和实施的：

科技涛涌催乡郭，归舟重载耐风波。

科教兴国漫燎原，一代工程两把火。

1992年3月4日发表在《人民日报》上的《沁园春·科技兴邦》和1995年7月4日发表在《人民日报》上的《木兰花慢·咏科教兴国》，更是俯仰古今、纵横捭阖、气贯山河、雄浑豪放的科技兴邦交响诗：

沁园春·科技兴邦（1992年）

华夏文明，太古初萌，元古列疆。溯三十亿载，代纪成章。五台秦岭，陆海沧桑。燕山幕终，珠峰突起，俯挽东西襟八荒。究新世，启蓝田周口，元谋郧阳。

炎黄始祖发祥，索岁月五千照九苍。创农耕织造，磁针火药，诗书纸印，算术九章。欣立共和，一星两弹，敢与诸雄论短长。看明日，约吾侪励进，科技兴邦！

（发表于1992年3月4日《人民日报》）

木兰花慢·咏科教兴国（1995年）

扉乍起凝眸。懊柯烂，怅梦悠。忆千载幽闭，百年屈辱，悲啸难收。公车书，辛亥吼，革命再少神舟巨叟。民主共和伟业，改革开放圣谋。

桃源人满燕不留，贫困撩心愁。察百域盛缘，科学致富，万邦风流。高科技，笃教育，科教兴国，芳菲琼楼。有信苍穹无恙，云何不得丰酬？

（发表于1995年7月4日《人民日报》）

大作《沁园春》上半阕从"华夏文明"之"太古"和"元古"开始，继而是"陆海沧桑"的自然地理，再到"蓝田周口，元谋郧阳"之"新世"，真是"俯挽东西襟八荒"。下半阕继续做历史的纵向延伸，从"炎黄始祖"开始，继而"农耕织造"，四大发明，"算术九章"，再接着写到近代和现代："欣立共和"，"一星两弹"，最后落脚到当下和未来："看明日，约吾侪励进，科技兴邦！"我们仿佛看到，一位赤胆丹心的中华子孙，站在高山之巅极目远望，襟怀八荒，胸中燃着烈火，眼里噙着热泪，纵览古今，热情讴歌，以"天赋人责，史赋重任"的责任感殷切地期望着"科技兴邦"！

这是一首典型的"豪放词"，读来让人心潮澎湃，激情满怀，可以认为是这本诗文集的巅峰之作。

《木兰花慢·咏科教兴国》是作者的另一首巅峰之作。上半阕作者以哲人般的悲悯之心，回顾"千载幽闭"和"百年屈辱"的历史，从而"悲啸难收"，进而为"民主共和"与"改革开放"大声疾呼。下半阕开始的"贫困撩心愁"和"科学致富"，应该暗指他作为国家科技领导者而提出并实施的"星火计划"。"高科技，笃教育，科教兴国，芳菲琼楼"，比较明确，是指作者所倡导和推行的"火炬计划"以及科教兴国方针。最后，作者用诗意盎然的语言表达了对科教兴国的满怀信心："有信苍穹无恙，云何不得丰酬？"意思是说苍天有眼，不负诚心，再次体现了作者"天赋人责，史赋重任"的赤子之心。

除了上述的诗词大作，还有三篇为改革开放鸣锣开道的好文：《改革开放路漫漫》《保持开放性》《保持开放性是永恒的主题》。

在第一篇里，作者的视野跨越一个半世纪："从鸦片战争撞开中国紧闭的大门，到20世纪末的自主开放，经历了一个半世纪的漫长岁月，充满了曲折、坎坷、流血和牺牲，多少仁人志士和学者献出了生命。"接着系统地列举了大量的历史事件和历史人物，从戊戌变法到"文化大革命"，从谭嗣同到马寅初，深沉地感叹到："开放路漫漫，人生无坦途。盛事道路也崎岖。"

在第二篇"保持开放性"的开头说到："如果中国人能从历史中学到什么经验教训的话，那就是必须对外开放。科学中的一条基本原理是：任何一个系统，只有在开放的环境下，流畅地与外界交换能量、物质、信息，才能健康地发展壮大。相反，一个封闭的、与外界隔绝的系统只能逐步走向无序和衰亡。这就是热力学第二定律。在一个封闭系统中，它的熵即无序性，必然逐步增大。中国的近代史充分证明，这条定律对经济、科技和其他社会系统都适用。"此文的最后又写到："我很赞成邓小平生前的建议：埋头苦干，韬光养晦，坚定不移地以经济建设为中心，集中精力把自己的事情办好。要实现四个现代化，首先是科学技术要现代化"，"中国的故事还在继续，向富强、民主、文明方向走去。然而，彼岸仅见轮廓，路线图尚未标出，还需要勘探前进'摸着石头过河'"。这些论述充满了深刻的哲理和敏锐的历史洞见。

在《保持开放性是永恒的主题》一文中，再一次强调指出："中国改革开放所取得的成就，毫不保留地证明了系统学中一个普适定律：只有在一个对外开放的系统中，通过对外界交换物质、能量、信息、人才，才能聚集和增大有效的发展动力，获得有用的信息，才能使系统迅速、稳健地发展成长。相反，在一个封闭的系统中，无序只能不断增长。观近世各国之发展历程，无一例外。"接着，在将大量的史实娓娓道来之后，给出了这样的结论："我们的方针是，一切民族、一切国家的长处都要学，政治、经济、科学、技术、文学、艺术的一切真正好的东西都要学。……不要把尾巴翘起来。"由此可见，作为科学界前主要领导人，其阐述的哲理是多么深刻，思想是多么睿智，结论是多么明晰。这一切都再一次反映出其"天赋人责"的历史担当。

选入该诗文集的文章只是作者大量文章中很少的一部分。实际上，我这段时间认真拜读了老院长的文章约一千页，受益匪浅，感慨良多。除了上面所说的之外，我觉得文风极佳：没有任何套话、假话、大话、空话，完全是基于其渊博学识的真心话，体现了一个"真"字；一切都基于其纯真善良的本性，体现了一个"善"字；语言生动，逻辑清晰，流畅自然，如行云流水，简直篇篇都是无韵长诗，体现了一个"美"字。这些文章与其诗词大作相映成趣，构成一个和谐的整体，是真、善、美的集大成，诚如本文标题所言：澎湃诗情胸臆满，文采斐然一卷。

承蒙老院长的厚爱和信赖，使我有机会系统地拜读学习了这位中西融会、古今贯通、文理渗透、禀赋善良、勇于担当、豪情满怀的杰出战略科学家文采斐然的诗文大作，收获良多。我真切地感觉到，我们的心是相通的，大有相知恨晚之感。这个"读后感"中的话都是发自肺腑的，与职位高低无关，没有丝毫的奉承之意。当然，如果单纯从形式的角度来看，与"新古体"或"解放体"相比，我个人还是更倾向于比较宽松的格律体（例如旧韵与新韵双轨并行）。关于这一点，作者在给我的信函（请见附录）中已经非常谦虚地提到了。我深信，尽管宋健同志已经90多岁高龄，但身体依然非常健康，精神矍铄，精力充沛，凭借其天生的聪敏和超人的勤奋，对格律这个雕虫小技一定会很快掌握并运用自如的。

在这篇读后感的最后，我想为宋健院士的这本诗文集敬献一首小令《清平乐》，请老院长笑纳：

太空高远，系统宏图展。澎湃诗情胸臆满，文采斐然一卷。

著名控制专家，运筹战略堪夸。科教兴邦旗手，壮心报效中华。

王玉明

2022 年 5 月 10 日凌晨 1 点初稿

推荐选录文章目录

1.《珍惜机遇》

2.《拥戴天文学》

3.《超越遗古，走出迷茫》

4.《工程技术百年颂》

5.《现代科学与社会进步简史》

6.《科学探索无竟时》

7.《人性·兽性·虫性》

8.《少年风雨》

9.《哈尔滨风雪》

10.《不许恋爱》

11.《沉住气》

12.《天赋人责——与〈科技潮〉杂志主编李慰饴同志交谈录》

13.《改革开放路漫漫》

14.《保持开放性》

15.《保持开放性是永恒的主题》

16.《天赋人责——李绪鄂》

附录：致王玉明院士的函

寄清华大学王玉明院士

宋健[1]

玉明同志久仰：

尝诵读足下诗词佳作，文情并美，格律严谨，遣词造句，生动感人。你是我们院的诗书词家，名门诗魂，不胜敬佩。

时光无情，不佞已过耄年。有朋友建议，把半生与师友们动情唱和的打油痴句搜集成册，留后人粲哂。自愧未习诗词，无识格律，只觉绝、律、长短句之类构造极适宜吟啸喜怒郁结，又不悖时伤人，固偶有吟哦。曾见臧克家、沈雁冰等前贤有训：诗重在真情，新诗不必拘于格律平仄，可称"解放体"。我喜欢余光中的《乡愁》，欣赏杨宪益、启功等先生等的自由体打油诗。他们给外行人以勇气，怒吼、呼号、呻吟都有真情在！

但回头看拙句《吟科技兴邦》，颇感赧颜，违规造句，舛误遍纸。故想到向方家求救，若足下不吝翻阅，斫蕴丑陋，则成聆教良缘。还觊望得到足下笔墨，或诗词，代序，列为开册珠玑，为《科技兴邦》增色。如蒙应允，将万分感纫。

此致，
敬颂。
大安。
宋健再拜

2022 年 3 月 21 日

---

[1] 宋健，中国科学院院士、中国工程院院士，控制论、系统工程和航空航天技术专家。

科技人文路　殷殷赤子情

——赏析《杨叔子槛外诗文选》

韩倚云 [1]

夜读恩师杨叔子院士之《杨叔子槛外诗文选》至"科技如今真绝妙，更惊技术超伦""何处源头活水来，人才一切之根"(《临江仙·科技·人才·素质》)、"身化灰飞身价在，身身不已有来人"(《步韵敬和陈赫同志〈咏粉笔·赠教师〉》)、"任重神州知道远，神舟大剧喜开头"(《七绝·"神舟五号"载人航天飞船成功返回》)、"千秋功业在，百载指弹间"(《五律·上石钟山祭"湖口起义"烈士墓》)、"敢将壮志酬书史，岂让华年化悔羞？"(《七律·喜闻增选为学部委员喜赋》)等等，不由得临文惊叹，既感先生之风骚笔力，赤子之情，移人致深，又感其精于文理，融通绝妙，不以吟业为主。"行有余力，则以学文"(《论语·学而》)，作为中国科学院院士、自然科学家、著名教育家、中国机械工程领域的一代宗师，先生认为：

> 没有先进的科学，没有现代技术，一个国家、一个民族，就要落后，一打就垮，永远受制于人，痛苦受人宰割；然而，没有优秀的民族传统，没有民族人文精神，一个国家、一个民族，就会异化，就不打"自"垮，无限受制于人，自愿受人宰割。危险在一个"自"字上。(《科学人文相融，爱国创新与共》)

自写第一首诗起，先生之诗文作近千首，目前所能收集者仅六百余首，其内容涉及方方面面。一个本色诗人，首先须是诗性之人。诗性之人，即读诗、爱诗、懂诗之人，不仅如此，更须精通古今中外之经、史、子、集、哲学等各门学科。先生便是这样的人，他出生在一个书香世家，杨家自先祖宏高公明代任职湖口教谕，历经十五代人，代代秀才不断，被称为"一线穿珠秀才杨家"。父亲杨赓笙前辈(1869—1955)，更是一位奇人，与李烈钧时称江西的"一文一武"。先生幼年时随父亲躲避抗日战火，无法入小学接受正规教育，5岁起便在父亲指导下念古书。直到9岁入高小学习时，他已遍读《四书》与《诗经》《书经》，唐诗

---

[1] 韩倚云，上海大学科学家诗书画研究中心主任。工学教授，博士生导师。

三百首与百篇古文更是烂熟于心。

进入高小，从未接触过数学的杨叔子犯了难，"加法马马虎虎，减法迷迷糊糊，乘法稀里糊涂，除法一窍不通"。这也难怪，其他同学背乘法口诀的年纪，他还在家里念"子曰诗云"。

怎么办？先生相信《中庸》里所讲的："人一能之己百之；人十能之己千之；果能此道矣，虽愚必明，虽柔必强。"他相信，只要自己肯动脑筋，肯下功夫，就一定能够学懂，于是数学竟成为先生成绩最好的一门课程。

先生深厚的传统文化功底，也为他倡导人文素质教育打下了基础。同时为中华科技之崛起，他毅然选择了机械科学，用诗意的生活走自然科学家之路。在他攻关曲轮连杆颈车床难题之际，随即吟诗一首：

何惮攻坚难上难，洋人无奈国人担；同心厂校争筹策，勠力师徒不计班；数据严思征兆识，缘由细析处方探。蓦然妙解连环结，心共苍山一片丹。（《七律·赞曲轮连杆颈车床难题攻关胜利》）

立意之新，不言而喻，全诗起承转合，结构谨严，音情顿挫，词旨老当，可谓出手不凡。"何惮攻坚难上难"令人想起《蜀道难》之"难于上青天"。"惮"下得极妙，"洋人无奈国人担"之"无奈"一词，乃无声之喊，在普遍认为欧美科技水平高于我国的大环境下，能用"无奈"二字形容之，实在鼓舞人心，更见一个中国自然科学家的自信与使命感。同时，又有《论语·阳货》为依托，衔接传统，书写当下；"心同厂校争筹策，勠力师徒不计班"之"筹策"令人想起诸葛亮的"运筹帷幄"，"数据严思征兆识"之"数据"二字，亦出自张衡之《九章算术》之用语，"征兆"二字原本用于天之征兆，而此处则表达由数据分析推知可能的结果，可谓利用科技之逻辑思维来解决问题；"缘由细析处方探""缘由"也为上天之缘，老子之道法自然，人法地，地法天，天法道，道法自然，因而自然科学在于探缘，唯探得万物之缘，方能使之为我所用；"蓦然妙解连环结"之"探缘"到一定程度，便得"解"，曲轮连杆车床为旋转机构，自然是"连环"问题，把此机构用词牌之《解连环》来表述之，再恰当不过，可见巧思，把科学与国学杂糅得如此之妙，"蓦然"二字又令人想起稼轩之"蓦然回首，那人却在，灯火阑珊处"；"心共苍山一片丹"，借文文山之"留取丹心照汗青"为寄托示自家襟怀。

"嫦娥一号"绕月成功之际，先生又写下：

沧桑几度，悲欢无数，华夏今兴俯注。阴晴圆缺喜环飞，卅亿载，相信互慕。清清阙冷，幽幽娥素，碧海青天仰顾。千年凤愿梦终成，跨箭去、奔探绕戍。

（《鹊桥仙·贺"嫦娥一号"绕月成功》）

此词于流畅深情之中，寓跌宕之致，"鹊桥仙"之词牌选用亦是恰到好处，写出了千百年来诸多诗人之期待，"阴晴圆缺"出自苏东坡之《水调歌头·明月几时有》，"碧海青天"出自李义山之《嫦娥》，"嫦娥奔月"本为古代诗人浮想联翩之意愿，"后羿射日"乃《山海经》之传说、诗人之想象，而科技发展到今天，使诗人之想象变为现实，于是先生便有"千年夙愿梦终成，跨箭去，奔探绕戍"之感叹，此非亲历之人难以写出。

科技与诗词都是植根于人类创造力的共同土壤，又都如爱因斯坦所说：这两者有一个共同之处，那就是对于超越个人利害关系和意志的事物的热爱和献身精神。国学乃科技之母，科技又影响着国学的发展，"天下万物生于有，有生于无。"（《老子》），"无"者，何也，《老子》曰："有物混成，先天地生；寂兮廖兮，独立不改，周行而不殆，可以为天下母。"而当今科技突飞猛进，"飞"者，"进"者，创新也，"突"者，"猛"者，加速也，巨大也，拓宽了诗词之取材范围，深度地激发诗人之想象、灵感，完善了诗词之技法。现代世界，可上九天揽明月，可飞出太阳系外；可入微观，因此科技的进步，亦影响着诗词内容与形式的创作。我想象不出还有谁能把科技与诗词杂糅得如此之妙：

敦煌壁画，是仙女绰约，飞天潇洒，舞带蹁跹，反弹琵琶何牵挂！千年寻梦难休罢，科技力，寰球惊讶，有人已是，登月行走，九天桥架。　奋跨，中华后裔，振雄烈，孰忍强权称霸，六度乘舟，多少风流兼佳话；深空还讯嫦娥嫁，更神气，伴星驭驾，苍穹漫步抒怀，宝无此价。（《绛都春·为"神舟七号"书怀》）

起承转合手段之高妙，又浮想联翩，同时见自家高格，并将古代之神化传说与当今科技结合，又是如此之流畅，分别用了《论语》《老子》《天问》之原典，在先生笔下，此典已超越了时代限制，直接指向宇宙、社会、人生，其博大与精深，在先生笔下富有更深刻的内涵与活力，放射着夺目的思想光芒。

作诗者欲成大器，须具备两个条件。一条是学识渊博，或谓"深于诗"。一是天机清妙，或谓"多于情"；天机清妙者，不学而能。学识渊博者，胸中有物，事业有成，有使命感，襟怀有多宽，其诗词成就便会有多大。如先生者，可谓一身双兼。

"天下兴亡，匹夫有责"，乃吾国民族之优秀传统，先生正是承担了此项责任，大力推进诗词进校园，让理工学生懂一些诗词。文化要继承，要发展，民族文化是人之所以成为某个民族的人，也就是民族的"基因"，所以民族文化的经典须诵读，须践行。诗歌是文化的皇冠钻石，是最易让人接受、最能感人的文化珍品；民族的诗歌是民族文化的璀璨标志，如美国大诗人惠特曼所讲的，是"一个民族的最高凭证"。

《关雎》《长征》一脉承，情天理海美谁伦！感神泣鬼惊风雨，知否诗魂是国魂。（《七绝·读诗感悟三首其一》）

作为中华民族的诗承，从《诗经》第一首《关雎》作为古代代表开始到毛泽东同志《七律·长征》作为当代代表为止，一脉相承，其情可盈天，其理可溢海，从形式到内涵、到意境相互和谐之美，可惊风雨，泣鬼神，难有其他文化珍品能与之匹敌！

诗魂就是国魂凝，座座高峰迭起兴；各领风骚先启后，中华文脉至强恒。（《七绝·读诗感悟三首其二》）

中华民族的诗不仅一脉相承，而且代代发展，高峰迭起，各领风骚，凸显其文脉至强至大，至久至远。

国脉主流文脉称，诗魂应是国魂凝；中华力量凭文脉，赖有诗魂作主承。（《七绝·读诗感悟三首其二》）

国脉的主脉是文脉，文脉的主脉是诗脉；国脉就是国魂，文脉就是文魂，诗脉就是诗魂。脉是可实感的，魂是要神悟的，它们就是国家精粹、民族精神不同深度的艺术表达。

"多于情"乃先生之本能，其情包括家国情、亲情、友情。

本拟佳期诉寸衷：当年一见梦魂从，戎装北国英姿念，倩影燕园密意通。惊恶境，越危峰，偕行执手更心融。纵然"耋"近情难老，共惜青山夕照红。（《鹧鸪天·金婚日感赋》）

是为伉俪情深。

荷花红别样，莲叶碧无穷。意密神州恋，亲同粤海通。人文弘古道，科学尚新风。澳汉腾空舞，传人是姓龙。（《五律·赠澳门科技大学》）

是为爱国情浓。

先生胸怀宽广，任时光流逝，不与悲叹，身体健康。进入花甲之年，仍然以一青年人之心态活动在讲台与实验室，每天七点五十分到办公室。

云烟六十孰堪怀？细品人生与舞台：忙碌常留彩笔梦，唯求一辈嫁衣裁；全心全意功非望，任怨任劳事应该。业绩前贤长应步，风华更茂再开来。（《七

律·花甲感赋》)

心态与构思均超过古人。

先生心态是阳光的，谨遵《老子》之"道法乎自然"，一切依自然之理，乃世间之真正大智者。

顿觉呼"杨老"渐多，肃然问"逝者"如何？人言往事尘云散，我道平生慷慨歌。伏枥思扬千里志，挥毫欲降九重波。青春总伴欢颜驻，来日烟消也乐呵。(《七律·癸未除夕有感》)。

阳光总在风雨后，在2014年的一场重病中，先生又勇敢地战胜病魔，慷慨挥毫写下：

非吟非咏更非呻，是梦是迷全是真。恩重谊深诗给力，关情我得渡危津。(《七绝·《病中作》诗序》)

从此作看出，先生每走一步，每得到一个荣誉，都在感恩学生的辛勤劳动与付出，在其耄寿之际亦挥毫写下：

黄昏颂诵仰高仁，晚照青山倍有神。鄠露黎霖滋幼嫩，赣烽鄂火炼成人。牵犁步步深耕作，播种年年倍惜珍。有限人生无限业，正圆好梦耋如晨。(《七律·耋龄自题》)

耄耋之年，仍勤于耕作，为圆中国梦而认真付出。

先生紧扣时代脉搏，默默为推进中华诗词事业的发展而努力。

层层雪压，叠叠霞披，枝丫琼妆罢，怎评高下，疏歌曲，如此果真风雅，格高无价，最要是，春归冰化，临水斜，偏向人间，携手同休暇。何必清宵月夜，伴暗香疏影，流连难舍，阳光奔泻，万千树，赢得铺山盖野，今天朝也，到处见，新兴桌子谢。应毋忘，墙角篱边，正宜姿容写。(《解语花·春节赏梅感赋献给中华诗词学会成立二十周年，春节期间，梅花盛开，红白交辉，清香飘逸，久久观赏，有感而赋》)

功夫见于诗外，八旬老翁以其对科技与诗词之热情，以其浓厚的赤子之情书写着他的科技人生。

诗，是创造性的产物，优秀的诗，是原创性的高级产物，"文以载道"——人文科技相融与，双翼翩然万里飞；"一脉传承"——长江滚滚流难尽，知否诗魂是国魂。

前既见古人，今复有来者，看大江之滔滔，喜奔流而东去。

论杨叔子的纪游诗词

张娅晓[①]

杨叔子是中国科学院院士、杰出机械工程专家、教育家及诗人。他曾担任华中理工大学（现华中科技大学）校长，并在国务院学位委员会学科评议组、国家博士后流动站评议组、国家科技奖励评议组等多个国家级委员会中担任重要职务。[②] 此外，他还担任中华诗词学会名誉会长，中国机械工程学会特邀理事，湖北省科协副主席及湖北省高级专家协会会长等职务。[③] 杨叔子的学术和教育活动体现了其对人文与科学的深刻融合。于此，以杨叔子的纪游诗词为例，集中对其纪游诗词进行论述。杨叔子以其中国科学院院士的特别视角，展现了丰富的旅行体验和深刻的思想感悟。这些纪游诗词不仅描绘了其各地游历中的自然风光和人文景观，还折射出他对生活、历史与文化的思考。总之，杨叔子诗词作品的内容、思想以及艺术特点具有明显的特点。下文拟通过探讨杨叔子的纪游诗词，分析其诗词作品的独特魅力和艺术价值。

一、纪游诗词的内容

纪游诗词作品以其广泛的时间与空间覆盖范围，展示了丰富多样的创作面貌。杨叔子的纪游诗词有两个方面的内容。一是有对自然景观的描写，二是对人文历史的回顾。

其一，纪游诗词中作者通过对自然界的细腻观察和生动描绘，将山川湖泊、花木草地的景象娓娓道来。诗词作品共计六首。如展示太湖自然精致的"万顷烟波焕彩霞，红飞绿舞孰堪夸？"（《游太湖畔鼋头渚》）又如"世俗芳菲尽，森阴桃李繁。惊风吹桂爽，何必问金丹"（《游黄石市东方山》），再如"假期故里一家游，孙辈初来乐不休。登我钟山情脉脉，顾他湖水意悠悠"（《全家同回湖口游庐山》）。

其二，纪游诗词包含对古迹、名胜及历史事件的回顾与联想。涉及六首诗词作品。如"星升太白是江油，泣鬼惊神孰可俦？"（《游江油县李太白故里》）

---

① 张娅晓，上海大学中国古代文学专业博士研究生，研究方向为现当代旧体文学。
② （美）霍金，（美）杨振宁等著：《求学的方法》，陕西师范大学出版社2002年版，第182页。
③ 许锋华等：《科学人文总相宜杨叔子传》，中国科学技术出版社2021年版，第278页。

又如"胜址心仪地，名楼梦置身。何期今日幸，更悟此行珍"（《瞻仰"遵义会议会址"》），再如"杏坛弦鼓，庙府林荫覆；古树参天笼肃穆，玉振金声邹鲁"（《清平乐·游孔庙、孔府、孔林感赋》）。杨先生通过对这些历史遗址和事件的描述，不仅传达了对历史人物和文化遗产的尊重和怀念，也在这些描述中融入了对过往岁月的感叹与思索。这种结合了历史与文学的方式，使得纪游诗词在表现空间的同时，也在时间上构建了一种历史深度。

综上，纪游诗词通过展现自然景观的美丽、人文历史的深远，使得自然景观不再是单纯的背景，而是成为了诗词作品情感表达的载体，增强了作品的表现力和感染力，展现了杨先生在文学创作中的表现力和多样性。

二、纪游诗词的思想

纵观杨叔子的纪游诗词作品，有对各地风光的由衷赞美，还有对历史文化的尊重与思考，亦或是对民族精神的歌颂与传承。作者通过细腻的描绘与深刻的洞察，展现出一种独特的美学视角和文化关怀，彰显了他对国家文化与历史的深厚情感。

其一，纪游诗词作品中最多的是对自然风光的赞美与感悟。作者通过细腻的描绘和生动的语言，表达了对自然景观的深刻体验和审美观念。例如，"湖山岂只东南丽，况复春风拂麦花"（《游太湖畔鼋头渚》），作者通过描绘太湖的辽阔烟波和丰富的色彩，表现了对湖光山色的惊叹与喜爱。这种对自然景观的细致观察与赞美，体现了诗人对大自然美的感悟和对自然环境的珍视。又如"惊风吹桂爽，何必问金丹"（《游黄石市东方山》），通过对东方山自然风光的描写，作者表达了对山中风光的赞美，以及自然景观在心灵上的安抚与愉悦。再如"浩空舒，群山赴。猛溅轻飘，远近腾烟雾"（《苏幕遮·观黄果树瀑布感赋》），通过赞美黄果树瀑布的壮丽景象，反映了诗人内心的宁静与喜悦。

其二，作者通过描写历史遗迹，表现了对中国悠久历史和文化的尊重。例如，"殷墟名久仰，亲见胜传闻。古国图书馆，当家甲骨文"（《游殷墟有感》），作者通过对殷墟的描绘，表达了对古代文化遗产的敬仰，并通过甲骨文这一历史遗迹反思古代文明的辉煌与智慧。又如"星升太白是江油，泣鬼惊神孰可俦？今日诗仙赋归去，连云亭阁护千秋"（《游江油县李太白故里》），也表现了对历史名人的敬仰。诗中通过对李白故里的描写，表达了对这位诗仙的崇敬之情，并反思了李白对中国文学的巨大影响。这种对历史遗迹和文化名人的敬仰，体现了诗人对文化传承的重视。"杏坛弦鼓，庙府林荫覆。古树参天笼肃穆，玉振金声邹鲁"（《清平乐·游孔庙、孔府、孔林感赋》），则通过对孔子及其相关遗址的描写，表现了对儒家文化和孔子思想的尊重。

其三，作者在诗词作品中表达了对故土的热爱以及对国家历史和文化的深厚感情。如"五十二年情似昨，风光险异乐相酬"（《全家同回湖口游庐山》），诗人通过家庭游历庐山的描写，展现了对中国传统文化的热爱和对民族精神的传承。这种情感体现了对国家和民族的深厚感情。又如"杏坛弦鼓，庙府林荫覆；古树参天笼肃穆，玉振金声邹鲁"（《清平乐·游孔庙、孔府、孔林感赋》），作者通过对孔庙、孔府和孔林的描绘，表现了其对孔子思想的推崇和对民族精神的歌颂，以强调中华文化传承的重要价值与影响。

综上，纪游诗词作品表达了诗人对中国文化的深厚情感和独特见解。这些诗词不仅丰富了我们对自然风光和历史文化的认识，也强化了对民族精神的认同与传承。这种对民族精神的歌颂与传承，又展示了作者对中国传统文化的深刻理解与敬重。

三、纪游诗词的艺术特点

中华文化源远流长，诗词作为中国古代文学的瑰宝，具有丰富的艺术特点，这些特点不仅体现了作者的文学造诣，也反映了中国传统诗词的美学标准和表达方式。杨叔子的纪游诗词有其独特的艺术造诣，在语言风格、修辞手法、文体形式和意境构造四个方面都有不同于其他诗词作品的特点。在语言风格上，注重精练与生动，体现了作者的高超技艺和对语言的深刻理解。在修辞手法上，巧妙的修辞手法不仅能够丰富诗歌的内涵，还能提高其艺术效果。在文体形式上，纪游诗词形式多样，涵盖了五言绝句、七言绝句、律诗、词等各种体裁。在意境构造上，通过作者的观察和体验，将自然景观、历史文化和个人情感融为一体。

其一，纪游诗词形式多样，涵盖了五言绝句、七言绝句、词等各种体裁，每种体裁都有其独特的表现形式和风格。作者在创作过程中根据主题和情感的需要，选择适合的诗体形式进行表达，从而使诗词作品更加丰富多彩。如《游殷墟有感》采用了五言律诗的形式，通过整齐的韵律和对仗工整的句式，展现了对殷墟历史遗迹的深刻感慨。这种形式使得诗歌不仅具有一定的韵律美，也能够严谨地表达诗人的思想情感。又如《游太湖畔鼋头渚》七绝形式紧凑，使用了对仗和押韵，使得诗句音韵和谐，字里行间流露出诗人的审美观和对自然的热爱。再如《临江仙·观乐山大佛》则使用了词的形式，通过"危坐临江凝慧眼，凌云法相庄崇"这一句，生动地描绘了乐山大佛的威严和庄重。词的形式使得诗歌更具音乐感和表现力，使得大佛的壮丽景观和诗人的情感得以完美结合。

其二，纪游诗词作品包含多样的修辞手法，如比喻、拟人、对仗等，增强了诗词的表现力和感染力。巧妙的修辞手法不仅能够丰富诗词的内涵，还能提高其艺术效果。如"星升太白是江油，泣鬼惊神孰可侔"（《游江油县李太白故里》）这一比喻手法，将李白比作星辰，用"泣鬼惊神"形容李白的诗才非凡，极大地增强了诗歌的表现力。这样的修辞手法使得诗歌不仅充满了赞美之情，还显得格外生动有趣。又如"疑似倾江，破了银河渡"（《苏幕遮·观黄果树瀑布感赋》）通过夸张手法，突出瀑布的雄伟与磅礴。再如"葱茏四百旋飞上，云雾三千瀑泻流"（《全家同回湖口游庐山》）使用了夸张的修辞手法，描绘了庐山壮丽的自然景观。这种夸张的修辞不仅使得景象更加宏大，也使得作者的情感得到更为鲜明的表现。

其三，纪游诗词作品强调用最简练的文字表达最丰富的内涵。这种语言风格体现了作者的高超技艺和对语言的深刻理解。诗人常通过选择准确的词汇、运用形象的描绘，使诗歌语言既简练又富有表现力。如诗人用"万顷烟波焕彩霞"（《游太湖畔鼋头渚》）描绘了太湖的浩瀚与美丽，以"红飞绿舞孰堪夸"（《游太湖畔鼋头渚》）形容湖中的彩霞和绿意，语言简洁却生动地展现了太湖的自然景观。通过精准的词汇选择和生动的描写，使得诗歌语言充满了活力和表现力。又如作者通过"闻道东方朔，修成在此山"（《游黄石市东方山》）简练地传达了东方朔的传说，并用"惊风吹桂爽，何必问金丹"（《游黄石市东方山》）将自然景象与人生哲理巧妙结合，诗人用精练的语言表达了对自然和人生的深刻理解。

其四，纪游诗词作品将自然景观、历史文化和个人情感融为一体，通过作者的观察和体验，形成独特的艺术境界。优美的意境能够引发读者的深思与共鸣，提升诗歌的艺术价值。如作者通过"丹山碧水天然好，九曲群峰绕"（《虞美人·武夷山》）展现了武夷山的自然风光，并以"风流文物今犹在，更是添光彩"（《虞美人·武夷山》）描绘了山中的人文景观。诗人将自然景观与文化遗产结合，构建了一个充满历史与自然美感的意境。又如"深山咽，风呼雨急林泉泄"（《忆秦娥·宿衡山灵芝宾馆，夜雨》）展现了衡山的夜雨景象，构建了一种寂静而神秘的意境，使得读者能够感受到诗人对自然景观的深刻感受和内心的沉思。再如"星升太白是江油，泣鬼惊神孰可侔"（《游江油县李太白故里》）通过对李白故里的描绘，传达了对诗仙李白的崇敬与怀念，表现了李白才情横溢的形象，而"今日诗仙赋归去，连云亭阁护千秋"（《游江油县李太白故里》）则寓意着李白诗词的永恒。诗中展现了李白的精神世界和文学成就，具有深远的历史感和文化意境。总之，杨叔子独特的诗词艺术特点，不仅体现了中国诗词的审美价值，亦传达了作者对自然、历史和人生的深刻感悟和审美体验。

杨叔子的纪游诗词以真实的旅行经历为基础，通过诗词形式将自然风光与个人感悟融为一体。这些作品不仅仅是对风景的描述，更是一种文化和哲学的探讨，反映了作者对自然、历史和人文的深刻理解，形成了具有独特魅力的纪游诗歌作品。杨叔子的纪游诗词在当代诗词中占据了较为重要的位置，这些诗词不仅丰富了当代诗歌的表现形式，为读者提供了丰富的文化体验和精神享受，而且其独特的风格和深刻的思想，也对后人研究纪游诗词具有重要的参考意义。

论杨叔子的科技诗词

钱博文[①]

杨叔子（1933—2022 年），江西九江湖口人。诗人，教育家，机械工程专家，中国科学院院士，原华中理工大学（现华中科技大学）校长。1952 年考入武汉大学工学院机械系；1953 年转入华中工学院机械工程系就读；1956 年毕业后留校任教；1988 年获国家突出贡献中青年专家荣誉；1991 年当选为中国科学院学部委员；1993 年至 1997 年担任华中理工大学校长；2022 年在武汉逝世，享年 89 岁。著有《往事钩沉》《杨叔子槛外诗选》等。杨叔子先生身为机械工程领域杰出学者和文学领域著名诗人，具有丰厚的科学、人文文化素养，一生耕诗不辍。其中，书写科技发展、时代进步之题蔚为大观。就《杨叔子槛外诗选》来看，全书收录先生作品近 400 首。"科技之光"独辟一章，所选凡 38 首，无论从数量还是质量上讲，都极具研究价值。

一、杨叔子科技诗词类型与内容

杨叔子科技诗词类型和内容都较为丰富。由于专业因素与个人喜好，其中多数作品倾向于关注机械、军工领域技术性突破，描写设备制造、应用与发展状况。也有少量诗词涉及基础科学创新性发现与研究，充分展现出诗人高深的学术素养与庞博的知识体系。具体而言，此类诗词又可分为三种。一是表现航天技术的飞跃；二是彰显军事武装力量的强盛；三是展示航海工程的进步。下面详细论述。

首先，描写航天科技的诗词可按照门类分为卫星技术、载人航天技术、深空探测技术。卫星技术上，诗人主要记录了在我国航天历史上具有里程碑意义的几次技术突破。如写于 1970 年的《七律·欢呼我国成功发射第一颗人造地球卫星》，描绘"东方红"一号发射时直冲云霄的恢宏场景，不但反映出人民强烈的民族自豪感和自信心，更让全世界听见了中国追逐复兴的主旋律和和平利用太空的声音。又如写于 2007 年的《鹊桥仙·贺"嫦娥一号"绕月成功》，记述中国人民首次实现千年奔月夙愿，揭示这一壮举对于民族信仰和传统文化的重要意义。由此展现出国家蒸蒸日上的时代前景。再如写于 2010 年的《鹊桥仙·贺"嫦娥二号"

[①] 钱博文，上海大学中国古代文学专业博士研究生，研究方向为现当代旧体文学。

成功发射与绕月》云:"直飞五日即为邻,想后续、尤须称慕。"①(第101页)不但称颂"嫦娥二号"用时五日便准确进入绕月轨道这一巨大成就,也对中国今后卫星技术发展前景展开畅想和期待。载人航天技术上,诗人主要面向"神舟"工程展开书写,将我们国家从"神舟五号"到"神舟十号"取得的伟大成就付诸笔端,具有深刻纪念价值。如写于2003年的《绛都春·为"神舟五号"载人航天飞行成功喜赋》,有感于杨利伟搭载"神舟五号"载人飞船登上月球,实现了中国人千年来的奔月神话而作。又如作于2011年的《七律·赞"神舟八号"胜利升空并同"天宫一号"对接》,庆贺"神舟八号"飞船发射成功,进入预定轨道,并实现空间技术重大跨越。再如写于2012年的《绛都春·"神舟九号"返回舱成功着陆感赋》,记述中国第四次载人航天飞行任务的巨大成功。词人不但着重强调这一重要成果带来的积极影响,而且也生动阐发了其首次将女性航天员送入太空的独特意义。深空探测技术上,国外在此领域成就斐然。是以杨老往往秉持"科技无疆界"之态度,对其理论、技术优势不加遮掩,如实道来。如写于2010年的《五律·"隼鸟"飞回喜赋》,回顾"隼鸟"探测器七载以来两度着陆于"丝川"小行星,最终携带珍贵物质资料返回地球的艰难历程。对日本巡天成就予以赞赏,并毫不避讳地承认此项研究"东邻学术长"(第100页)。又如《五律·"旅行者一号"飞出太阳系感赋》,介绍美国"旅行者一号"历经三十六载进入银河空间这一空前成就。立足全人类视角,感叹人为探索自然而付出的努力和回报;同时,肯定了"旅行者一号"在人类航天史上里程碑式的意义。再如《五绝·为发现太阳系最远星体随笔》:"新体AU远八零,太阳家族又添丁。苍茫宇宙无穷意,不可穷而不可停。"(第115页)写作背景为2014年美国科学家发现"2012VP113"行星。此星近日点距太阳80AU,远超冥王星、"塞德娜"等已知星体,从而很可能重新塑造传统太阳系形成观念。是以作者不禁感慨人类基础科学尚任重道远。总而言之,航天领域乃杨叔子院士尤其青睐的对象。这一类诗词内容丰富,题材广泛,具有较高科普价值和纪念意义。

其次,描写军事武装力量的诗词主要以作战装备为主,此外还涉及防御、运输等内容。此类作品总括中国近60年波澜壮阔的国防发展历程,记录了国家军事力量的进步和国际影响力的提升。作战上,诗人热衷于书写具有摧枯拉朽之威

---

① 杨叔子:《杨叔子槛外诗选》,高等教育出版社2017年版,第101页。以下凡引是书,均只注页码。

的杀伤性武器。如写于1964年的《渔家傲·欢呼我国第一颗原子弹爆炸成功》云："戈壁云霞红烂漫，英姿焕，东修西帝肝肠断。"（第2页）展现出国家实力的巨大飞跃和欣欣向荣的发展前景，凸显了中国崛起对世界霸权主义、强权政治的制衡作用。又如写于1966年的《七律·欢呼我国核导弹发射成功》首联云："猛似春雷落九天，彩虹万里动心弦。"（第3页）描绘了核弹爆炸时磅礴、绚烂的气象；同时，也蕴含着对中国未来发展前景的无限希冀。再如写于2011年的《水龙吟·为我国首艘航母试航感赋》，歌颂中国第一艘航空母舰试航成功，祝愿中华民族在发展道路上行稳致远；同时，也向其他国家宣告了中国维护世界和平的实力和信心。此外，在书写军事防御上，诗人往往能展现出国家精进的防打击能力，借此突出中国科技居于世界前列。如写于2010年的《定风波·我国中段反导拦截技术实验成功书怀》云："苍宇茫茫阻截声，尖兵反导太空行。霸主惊惶看黑马，真怕！薪传不息是生生。"（第98页）写出中国中段反导拦截技术已经达到世界先进水平，甚至令西方霸主都不得不刮目相看。在物资运输上，诗人侧重强调国产运输机在航程、载重量、速度、安全性等指标上的卓著性能，并凸显其优秀的应对复杂气象能力。如《七律·为运-20飞机试飞成功而作（词韵）》云："《南华经》始化鲲鹏，羊角扶摇万里征。月殿龙宫频探访，学鸠斥鹖囿挪腾。绵绵瓜瓞劳培溉，浩浩风波敢越凌。圆梦百年非宵渺，冲天展翅赖持恒。"（第111页）充分突出运-20航程远、力量大、速度迅捷、安全机制高、应对复杂天气能力强等特征，彰显当代中国军事后勤力量的坚实根基。

再次，还有少量描写航海科技的诗词，其书写对象主要包括船舶和载人深潜器。相对于古人同类型作品，杨叔子院士笔下呈现出焕然一新的风貌。前者品类单一，描写重心也不在于航海科技；且往往局限于海上风光，深海领域少有涉猎。杨老诗词则不然。他着重强调科技对于探索自然、提升国力的重要作用，创新性地写出中国在船舶制造上的空前成就和潜水技术上的极大领先。如写于2010年的《鹧鸪天·为"新浦洋"巨型油轮而作》，旨在凸显"新浦洋"油轮建造规模、服务航速、续航能力等基本信息。又着力刻画其海上雄姿，展现出我国可与日、韩匹敌的先进造船技术。又如写于2011年的《水龙吟·为"蛟龙号"潜深突破五千米感赋》，称道中国在深潜领域直追西方指标并有望突破的伟大胜利；同时，也对锐意进取、勇克难关的科学家精神予以歌颂。不但写出"蛟龙号"在破解海洋奥秘、开发海洋资源上的重要作用，还揭示了其振兴中华、造福人类的潜在贡献。再如写于2012年的《七律·为深空深海双突破喜赋》写道："龙宫气象真殊俗，玉殿烟霞别样传。好梦频圆何所得,长征壮丽又新篇。"(第108页)是时"蛟龙号"突破七千米深潜记录,中国成为继美、法、俄、日之后世界上第五个掌握深度载人深潜技术的国家。下潜至七千米,意味着"蛟龙号"将可应用于探索世界99.8%的海域,对我国开发深海资源有极大意义。是以诗人在此表示,"蛟龙号"的成功远非终点,而是进行深海长征的门径,字里行间透露出对祖国未来发展的憧憬。

杨叔子科技诗词的描写对象主要集中于航天、军事、航海等领域。这类作品极大丰富了传统诗词的书写内容,使得具有时代特色、民族特色的事物进入"旧瓶"之中,反映时代的进步和人类对未知世界的探索;同时,也写出了诗人对国家、民族未来的希冀与展望。

二、杨叔子科技诗词主题思想

杨叔子先生曾撰《诗词与科学》一文,论及作诗三"最",即最富于高品位的情感、最富于人生感悟的哲理、最富于能延拓的内涵。[①]纵观其科技诗词,概莫能外。尤其是在主题思想与情感取向上,赋科技,颂复兴,扬正气,励人心,可谓忠厚之致。[②]具体而言,杨老此类作品包含以爱国主义为核心的民族精神、以崇尚和平为核心的发展精神、以追求真理为核心的探索精神。总体上求真务善,体现时代主流和人文光辉。

首先,以爱国主义为核心的民族精神是杨叔子科技诗词之内核。自鸦片战争以来,中华民族长期生活在列强坚船利炮的威胁之下。无数先辈披荆斩棘,奋然追求国家独立和民族复兴。爱国主义精神便在此种背景下赓续于国人历史血脉之中。杨叔子先生幼承父教,将"清廉爱国,师表崇德"的训诲烙印于心,终身恪守。抗日战争中,即便日军铁蹄逼近湖口,全家仍视死如归,不做顺民,不当亡国之奴。20世纪50年代,为响应国家工业化号召,杨老毅然报考机械专业,后在此领域耕耘数十年不辍。[③]其爱国精神诚然使人敬服。即使是在科技诗词创作中,亦频频流露,主要体现为对历史屈辱的深刻体悟,对时代气象的自豪歌颂,对国家未来的殷切盼。如写于1964年的《渔家傲·欢呼我国第一颗原子弹爆炸成功》,词中生动诠释了铭记历史、吾辈自强之时代强音。"戈壁云霞红烂漫,

---

① 杨叔子:《诗词与科学》,《心潮诗词》2014年第3期。
② 郑欣淼:《山峻江汉邈 云横楚地宽》,载杨叔子《杨叔子槛外诗选》,高等教育出版社2017年版,第4页。
③ 杨叔子:《往事钩沉》,华中科技大学出版社2018年版,第2页。

英姿焕""哲理恢宏光灿灿，人民愿，翻天覆地蓝图展"（第2页）既表现了中华民族不甘凌辱、以史为鉴的自强精神，又传达出人民渴望复兴、希冀和平的美好愿景。又如写于1966年的《七律·欢呼我国核导弹发射成功》，其中"自力更生凭斗志，终除封锁赖科研。缘槐莫再夸大国，美梦南柯泣幻烟"（第3页）两联仿佛是在向世界宣告，中国人民通过不懈奋斗，终于从任人宰割之境遇下傲然站起，屹立于世界民族之林。再如写于2003年的《七绝·为"神舟五号"载人航天飞行成功喜赋》三首，不仅表达喜悦、歌颂等情感，还展现了作者对民族国家未来的无限遐想。"欲问神州明日事，乘风奔月又神舟""自古神州风雨路，神州此日更昂头""任重神州知道远，神州大剧喜开头"（第90页）几句虽未详细构建民族国家的发展神话，但不难体会到诗人焦灼、迫切的强国之梦。由此可见，无论是对历史创伤的回溯思考，还是对时代气象的浓描重抹，抑或是对现代国家的信笔勾勒，爱国主义都倾注于杨叔子科技诗词字里行间，成为诗人创作之核。

其次，以崇尚和平为核心的发展精神是杨叔子科技诗词之精髓。近代以来，我国所遭受之屈辱洄难胜数，然而，若以复仇为旨，世界必将永无宁日。正如习近平总书记所说："牢记历史，是为了开创未来。"无论何时，后人都要铭记历史教训，珍爱和平，谋求发展，为实现中华民族伟大复兴而奋斗，为维护世界和平发展而努力。杨叔子的科技诗词充分体现了中华民族自强不息、维护和平的发展精神以及曲突徙薪、未雨绸缪的崇高智慧。如写于2011年的《水龙吟·为"蛟龙号"潜深突破五千米感赋》序云："我国'蛟龙号'载人深潜器潜深不断突破……向破7000米奋进，以破解海洋奥秘，开发海洋，强我中华，造福人类。"其词中亦有"数神州气魄，高瞻远瞩，铸寰球爱"（第103页）一句。可见，杨老深刻理解中华民族以和为贵、与人为善的民族性格。故而断定，中国的发展必将以平等、友爱、开放为原则，在和平共处之路上行稳致远。又如写于2011年的《水龙吟·为我国首艘航母试航感赋》云："是惊宵笛响，寰球谛听，愿和平祝。"（第104页）是时，我国首艘航空母舰下水试航成功。虽然技术上犹待突破，但亦向世界显示出雄厚国力，意义非凡。杨叔子认为，中国大力发展科技，不仅是为自身利益考虑，更要着眼于世界格局、发展趋势。换言之，唯有凭借实力增强国际地位和话语权，方能保证国家不受侵害，进而维护世界和平，稳定发展。再如写于2012年的《绛都春·"神舟九号"返回舱成功着陆感作》云："愿世界、春阳长昊。应知风雨无凭，放眸远眺。"（第109页）前句祈祷天下太平，硝烟平息；后句又揭示科技发展之必要性：国际局势变幻莫测，唯有自立自强，方能更好应对地区及全球挑战。是时，"神舟九号"成功发射，与"天宫一号"交会对接。从"神舟一号"到"神舟九号"，十三年时间内，中国空间技术发生巨大飞跃。世界人民有目共睹。但正如杨老词中所言，中国并不为侵略、压迫而发展，而是致力于维护和平，抵御霸权，防止列强卷土重来。由此可见，杨叔子科技诗词能够秉承求真、求善、求美的原则，与时代浪潮紧密结合，深刻揭示当今世界科技发展的出发点与落脚点，具有积极、进步的思想导向意义。

再次，以追求真理为核心的探索精神是杨叔子科技诗词之趋向。虽然近年来我国科技水平蒸蒸日上，但在某些领域仍旧滞后于其他国家。尤其是基础科学、理论创新、高端制造等方面，的确与一些强国存在差距。这就要求科学家不可故步自封，应秉持科学无国界之态度，从容接受、学习国外先进科研成果与学术方法，从而更好服务于祖国建设。杨叔子先生曾赴美访学，期间刻苦勤奋。其诗有云："腾空越海异乡行，不在金元不在名。"①足见诗人为追求真理而攻坚克难的探索精神。在科技诗词中，即便涉及国外重大成就，他也毫不吝惜夸耀之辞，真正做到了摒弃国籍偏见，纯粹追求真理。如写于2010年的《五律·"隼鸟"飞回喜赋》颈、尾联云："'丝川'何秘载？业绩属开章！科技无疆界，东邻学术长。"（第100页）此前，日本于2003年发射"隼鸟"太空探测器，两度着陆"丝川"小行星并多角度拍照。2010年方成功飞回。此举开创历史先河，极具纪念价值。是以作者在此秉承客观、理性之态度，高度评价"隼鸟"的历史意义；后两句更是摒弃民族龃龉，坚持真理至上，毫不隐晦地表达了对日本科技成就的认可与赞叹，无叫嚣、讽刺之嫌。又如写于2013年的《七律·"旅行者一号"飞出太阳系感赋》尾联曰："人类辉煌史，巡天又一春。"（第114页）以十分广泛的视野与开阔的胸襟，揭示了美国"旅行者一号"飞出太阳系这一成就在人类航天事业中的崇高历史地位。从而侧面烘托出杨叔子院士立足于人类文明、求真务实的优秀品质。再如写于2014年的《五绝·为发现太阳系最远星体随笔》有句云"时空纵是无边际，也畏求真大写'人'。"（第115页）肯定了科研工作者们勇攀高峰、锲而不舍的探索精神和创新意识。本年，美国科学家发现行星"2012VP113"远在冥王星之外，系当前所见太阳系最远星体。这又一次打破了前人学术观念，为基础科学领域开辟出新的研究热点。诗人不但对理论创新深表赞叹，亦直接点明崇真尚学、孜孜以求是保证人类能够正确认知世界的唯一途径。由此可见，杨叔子科技诗词

---

① 杨叔子：《往事钩沉》，华中科技大学出版社2018年版，第152页。

能够秉持求真务实、开放包容之态度看待科学问题。同时，诗人往往站在全人类角度客观、理性评价他国学术成就，号召全世界科研人员为人类繁荣而不懈努力。

要之，杨叔子科技诗词包含以爱国主义为核心的民族精神、以维护和平为核心的担当精神和以追求真理为核心的探索精神。诗人凭借浓厚的时代气息、与国计民生息息相关的信息焦点，"秉承《诗经》以来的现实主义和以杜甫为代表的诗史传统，以诗见证着中华民族的伟大复兴"[①]。

三、杨叔子科技诗词艺术特色

杨叔子科技诗词艺术特色可圈可点，呈现出与前人不同的风格特征。在叙述上，诗人采用宏大叙事，着力于建构新时代国家形象，讲好中国故事。在构思上，诗人既具逻辑思维，又具形象思维，能够通过巧妙联想，赋予现实世界浪漫色彩和人文情致；在意象上，诗人的科学家身份决定其笔下意象必然不乏先进科技、领域前沿，从而令诗词展现出别样风貌；在语言上，诗人用语通俗，间或以专有名词、数据、符号、网络语入诗，具有鲜明现代性。

其一，杨叔子科技诗词多数隶属宏大叙事范畴，往往在赋颂时代、建构神话中，勾勒民族国家图景，故而其作品亦呈现出较为相似的结构性特征。所谓宏大叙事，我们将之理解为一种完满设想，一种把过去、现在、将来统一、贯通的神话结构。换言之，在这种叙述话语下，作家文本乃历史的希望或恐惧的投影。杨叔子先生生于中国社会风雨飘摇之际，九十年来，目睹了中华民族从站起来、富起来到强起来的艰苦历程，对国家、人民有着无限热爱。这就在一定程度上影响到其创作风貌。通读其科技诗词，不难发现诗人致力于建构民族复兴史的连续性和总体性，致力于展现新时代国家形象，讲述中国故事。许多作品都是通过展现当今中国在科技上取得的伟大成就，回溯历史，歌颂时代，畅想未来。如诗人对"神舟"工程的书写，从"神舟五号"开始，便有意记述中国在航天领域的探索步伐。若是将这些诗词联合品读，便形成一组以"神舟"为线索的组诗。它们前后呼应，见证着祖国一次次在载人航天技术上开启新的篇章。虽然每首作品书写时间、书写对象、构思方法各异，但却有共同主题，使之始终能存在于一个"语义场"下，即讴歌民族复兴，展望发展前景。正是这种宏大叙事成就了杨叔

[①] 郑欣淼：《山峻江汉邈　云横楚地宽》，载杨叔子《杨叔子槛外诗选》，高等教育出版社2017年版，第5页。

子院士"爱国科学家诗人"的本位身份。又如《水龙吟·为我国首艘航母试航感赋》，上阕从中国近代屈辱外交写起，回顾了鸦片战争以来中华民族在列强坚船利炮之下艰难求生的历史命运。末尾以一"喜"字领格，将时空扭转至当下，开始塑造民族国家的壮美蓝图。下阕罗列新中国成立以来取得的重大科技成就。诗人把诸多新兴意象与历史勾连，使它们不再是断裂、独立的文本，而是组合成一条关于民族复兴的历史脉络。在此基础上，发出"赞美今朝，舰中王者，初行扬矗"（第104页）的由衷感叹，避免单一赋讼可能带来的"台阁"之弊。再如《七律·我国首艘航空母舰"辽宁号"入列，喜赋》，首联描绘航空母舰纵横海洋的恢宏气势；颔联、颈联再次追溯起近代中国遭受的屈辱以及先人披荆斩棘、前赴后继的奋斗历程；最终以"幸赖长缨今在手，信朋安老与怀婴"（第110页）收束，从历史悲剧中解脱，回归到当今毅然崛起、自强不息的国家形象上，极具感染力。全诗以歌颂时代为旨，表面看似乎只是借今昔对比展现中国国家实力的巨大飞跃；然而，诗人之所以会特别提到近代以来的不平等条约，是因为"历史的恐惧"根藏于其内心，挥之不去。这种创伤体验，唯有"崛起""复兴""强盛"等民族国家期待方能抚慰。是以杨叔子院士在科技诗词中运用的宏大叙事，不仅仅单纯为礼赞而讴歌，更为重要的是，诗人要借此实现心灵治疗。

其二，杨叔子科技诗词将逻辑思维与形象思维相结合，呈现出现实主义、浪漫主义交融的风貌。他曾在《诗词与科学》一文中写道："科学思维是逻辑的，科学方法是实证的，贯穿于三者之间的科学原则是求真，力求符合客观实际。人文文化则不尽然，人文知识往往是多元的，人文思维往往是直觉的、形象的，人文方法往往是感悟的，而人文原则是求善，满足人的精神需要。"[①]此言可谓切中肯綮。所谓逻辑思维，即人运用概念、判断、推理反映事物本质与规律的认知过程；而形象思维是人通过感受、储存、联系将事物表象审美化的再创造过程。二者看似相互矛盾，实则经常综合运用于文学创作中。杨老科技诗词习用此法。由于诗人描写航天领域之作占比最高，构思渐成定式。基本方法便是赋予航天科技人文、神话色彩。典型的如《苏幕遮·喜"惠更斯"号登陆土卫六感赋》云："'惠更斯'，名自魅。亿里遨游，时醒还时睡。橙色朦胧人惹醉。告别妈妈，摇滚藏娇美。"（第91页）"惠更斯号"探测器由"卡西尼号"太空飞船携带升空。2004年脱离母体，离环土星飞行轨道，奔土卫六。2005年成功登陆，并

---

① 杨叔子：《诗词与科学》，《心潮诗词》2014年第3期。

传回摇滚乐曲。①作者充分发挥形象思维,从"影像文本"视域入手填词,将"惠更斯号"比作依附于"卡西尼号"的婴儿,极具亲和力。从逻辑上看,此比喻亦直观诠释了二者关系,较直接说明更有趣味。又如《七律·"神舟九号"载人飞船发射成功喜赋》云:"箭送英雄惊地动,宫迎素女灿天辉。"(第107页)是时"神舟九号"载景海鹏、刘旺、刘洋(女)三人,用运载火箭"长征二号"F遥九,成功发射。为与"天宫一号"实现首次载人(并有女性)交会对接拉开序幕。②此联运用互文之法,又联系中国古代神话中的仙娥、天宫意象,写得趣味盎然。再如《绛都春·"神舟九号"返回舱成功着陆感作》云:"孙行者好!竟玉帝殿撼,龙王宫捣。"(第109页)将中国比作上天入海、无所不能的孙行者,凭借科技力量实现"大闹天宫"的先民神话。乍视似天马行空,但若细思其理,内在逻辑无一不通。总而言之,杨叔子科技诗词既具逻辑思维,又富形象思维;既是现实主义,又属浪漫主义;既追求"真",又崇尚"善"。以虚实、物我、情景等要素的和谐创造了丰富、生动的诗词世界,使人读来浮想联翩,不觉枯燥。

其三,杨叔子科技诗词之意象紧跟时代,反映前沿。当今时代,科技发展如火如荼,古典诗词创作遭到前所未有的挑战与机遇。一方面,人工智能迅速更新迭代,已经完全能够代替人类生成非创造性文本。故而,高古的绝类先贤之作很可能被智能机器人淘汰。至于登临俊赏、强说闲愁、酬唱聚会之属,则多为拾人牙慧,百无一新。③避免踵武古人,开拓独立诗境已然成为迫在眉睫之举。另一方面,科技的发展又带来诸多新晋意象,为诗词创作注入鲜活血液。是以优秀诗人往往紧跟时代趋势,力求承前启后,继往开来。杨叔子先生曾在《诗词与科学》一文中提到:"(写诗)要有时代性。是当代中国人写的诗,不是唐人写唐诗,宋人写宋词,元人写元曲;这里,还包括要引入科技元素。"④诚然,杨老诗词中有着日新月异的科技意象,但其开拓性远不止此。先生之时代性,不仅限于时间范畴,还归属科研范畴。换言之,诗人总能凭借其超前的学术眼光、雄厚的知识涵养,紧跟时代,放眼领域前沿,开拓书写对象。如写于1990年的《七律·赞曲轮连杆颈车床难题攻关胜利》,背景为第二汽车制造厂美国制造Mx-4曲轴连杆颈车床常出重大事故,美国厂家束手无策;杨叔子先生遂与一众技术员、学者展开攻关,

---

① 杨叔子:《杨叔子槛外诗选》,高等教育出版社2017年版,第91页。
② 杨叔子:《杨叔子槛外诗选》,高等教育出版社2017年版,第107页。
③ 韩倚云:《人工智能时代诗词创作与科学文明》,《东坡赤壁诗词》2021年第1—2期。
④ 杨叔子:《诗词与科学》,《心潮诗词》2014年第3期。

最终发现缘由并顺利解决。[1]从技术难题到迎刃而解，机床研究实现了质的飞跃。经鉴定，此成果"处于国际先进水平"，也是"切削振动机理中的重大进展"[2]。杨叔子先生以科技前沿、学术动态入诗，极具创新精神与时代风貌。不但避免了步武古人，在现当代诗词作品中亦可谓独具一格。又如写于1984年的《七律·赞微机信号处理系统研制成功》，诗中"软件巧编程序好，荧屏彩现画图妍"将电脑意象、编程技术写入，新颖奇妙；"过隙白驹谁与比？还夸电脑快无边"[3]化用《庄子》"白驹过隙"之典，将电脑信息传递速度与时间流逝对比，生动形象，趣味盎然。此类描写科技前沿之诗词在杨老笔下屡见不鲜。如1985年突破断丝定量检测难题时，他写道："断裂绳丝存迹象，新兴检测察根由。"（第250页）又如1989年，诗人首次提出"智能制造"命题，附诗云："潜力惊人称技术，智能涌秀出人工。"[4]以上种种，兹不赘述。杨叔子科技诗词不仅具有时代性，更具前沿性、前瞻性。其作品中日新月异、紧跟潮流的科技意象，不但能为后人拓宽创作道路，更确立了近代意义上的"科学家诗人"形象。从文学史来看，这类诗歌当属近现代先锋创作。

其四，杨叔子科技诗词具有现代性的语言风格，通达准确。杨叔子云："汉语言的'核苷酸'汉字没有变，古代以口语入古诗，今天以现代语、口语、科技语言入古诗，只要恰当，就很成功。"由此可见，杨老推崇诗歌语言现代化。在此基础上，他又提出三"精"理论，即精练、精美、精华。并指出中国人写中国诗，应具备民族性、时代性、群众性三大特征。[5]要之，其主张反对古涩艰奥，追求平易晓畅，极力突出诗歌语言之现代性，以别于古人。一方面，杨叔子科技诗词语言之现代性体现在以白话、口语入诗。古人作诗，为求典雅，往往追求"无一字无来处"。而诗、书、经便成为学语之关键，是以文人于四书之属，驾轻就熟。即便创作偶用俗字、方言，如今视之，亦觉高古。杨老以为，诗词在保有民族性、继承性之同时，不可故步自封，必须彰显时代文明。故而其在继承前人语言文字基础之上，以汉语普通话白话、口语入诗，使之明白晓畅。如《最高楼·为"神舟

---

[1] 杨叔子：《杨叔子槛外诗文选》，华中科技大学出版社2009年版，第10页。
[2] 《"Mx-4曲轴连杆颈车床振动、噪声源分析与对策"通过鉴定》，《华中理工大学学报》1991年S2期。
[3] 中国科学技术协会：《科学人文总相宜：杨叔子传》，中国科学技术出版社2021年版，第273页。
[4] 杨叔子口述，肖海涛整理：《育人而非制器》，华中科技大学出版社2020年版，第89页。
[5] 杨叔子：《诗词与科学》，《心潮诗词》2014年第3期。

十号"的圆满成功而赋》:"十位了、载人环地阅;十载了、历时航史越;十次了,射飞船。"(第112页)将语气词纳入词中,前后勾连,形成排比之势。恍若美文。不失为一次富有启发性的尝试。又如《水龙吟·为"蛟龙号"潜深突破五千米感赋》:"抬头天究多高,低头水究多深在?"(第103页)颇有白文《天问》之格。但与平白、规整的现代汉语相比,倒装句法更具艺术魅力。另一方面,杨叔子科技诗词语言之现代性体现在以专有名词、数据、符号入诗。此种创举,可谓空前。前人写作,往往受时代、地域、文化等因素影响,想象力被极大束缚。而今人则不然,随着科学知识、先进技术的普及、发展,作家拥有无比广阔的开拓空间。谈及科技,便绕不开种种术语、名词、数据、符号,多数诗人以为不可入诗,或态度淡漠,或心存偏见,皆不愿踏足尝试。杨叔子却沿此脉络笔耕不辍。如《七律·"专家系统工程应用国际学术会议"在我校举行,书怀》:"宾主把杯相与祝,专家系统日葱茏。"(第85页)《满庭芳·制造》:"无伦!磁电技,工程谁比,智巧频频。叹IC神奇,活力无垠。"(第96页)《五绝·为发现太阳系最远星体随笔》:"新体AU远八〇,太阳家族又添丁。"(第115页)均以专有名词、符号为诗,打破了古人限定的文字牢笼,极具现代意义。此外,杨叔子科技诗词语言之现代性还体现在以网络用语入诗。他秉持开放、包容之态度,创新性地将网络用语填入诗词,为诗歌语言发展注入了活力与动力。如《五律·喜闻我国歼-20战机首飞亮相》:"诗献'黑丝带',神州又一星。"(第102页)下注:"'黑丝带',指网上双关语;'丝带'谐音第'四代','黑'指机身涂黑。"[1]网络用语的带入并未产生滥词害意的负面影响,反而使作品更为形象具体,富有趣味。

总之,杨叔子科技诗词内容丰富,求真务善,具有较高的艺术价值。其主要意义在于,一方面,诗人身为科学家,为"塑造时代性"这一命题确立了先锋模本。无论从内容还是形式上看,杨老笔下的时代都具有清晰轮廓和生动蓝图。其间频繁使用的宏大叙事、复兴意象,为读者建构起了坚定的民族国家认同,故而称其具备"时代性"和"先锋性"。另一方面,杨老科技诗词也充分体现了当代诗词向智性审美发展的趋势。不同于唐诗的情态丰腴和宋诗的深折透辟,当代诗词脱身于知识爆炸的背景之下,呈现出"深入浅出"的特殊风貌。所谓"深入",包含艺术、逻辑、认知、情感等诸多领域;所谓"浅出",即通达、风趣、明畅。杨叔子诗词无疑是这种潮流的践行者与代表者,具有十分重要的价值。

---

[1] 杨叔子:《杨叔子槛外诗文选》,华中科技大学出版社2009年版,第102页。

论杨叔子咏物诗词的艺术特色

王艺婷[①]

杨叔子（1933年9月5日—2022年11月4日），江西省九江市湖口县人，是中国科学院院士、著名机械工程专家、教育家、诗人。曾任中国机械工程学会特邀理事、中华诗词学会名誉会长、教育部高等学校文化素质教育指导委员会主任委员等职。20世纪90年代中期，杨叔子教授积极倡导在全国高校开展大学生文化素质教育，首创理工科大学中华诗词创作班，推动诗词"全民化"发展。纵观杨叔子的存世诗词，大致可分为纪游诗词、感悟诗词、科学诗词、自题诗词、咏物诗词几类，大都收录于《杨叔子槛外诗选》中，只余零星散落其外。《杨叔子槛外诗选》（高等教育出版社2017年版）中收录杨叔子咏物诗15首，词2首。此外，中华诗词学会官网《杨叔子集》中还收录杨叔子咏物诗《七律·咏桂》《七律·飞机上观云》两首，词《解语花·春节赏梅感赋——献给中华诗词学会成立二十周年，春节期间，梅花盛开，红白交辉，清香飘逸，久久观赏，有感而赋》一阕存世。杨叔子的咏物诗词以简洁的语言、精悍的文字、丰富的情感，形象地阐述着诗人的心中所思，怀中之意。这既是古典诗歌传统题材和手法的影响，也反映了近现代诗坛对现代元素融合的风气特点。本文力求从杨叔子咏物诗词的艺术特色中窥见其诗词创作的卓越成就。

一、即物达情，情景交融

在咏物诗词中，杨叔子常常通过细致入微的观察和感受，抓住物象的主要特征和细节进行精确、生动的描绘，使读者能够清晰地感受到物象的形象和神韵。同时，杨叔子在描绘自然景象的同时融入了自己的真情实感。通过对具体物象的赞美和哲理思考的表达，将自己的情感与自然景象紧密地联系在一起。这种情感与景象的交融在增强其词艺术感染力的同时，也创造出了一种超越具体景象的、具有普遍性和永恒性的艺术境界。

咏物诗词的立意在于借物言志，杨叔子将自己的情感、理想和追求等融入物象之中，使物象成为自己内心世界外向化的载体。从选材上看，杨叔子咏物诗词

---

① 王艺婷，上海大学中国古代文学专业硕士研究生。

的创作主要围绕"花草"这一物象进行展开,通过对牡丹、荷花、菊花、梅花、桂花、山茶、野莓、野花、蝴蝶兰、杨花、小草、草花、落叶等花草的特征、形态及其变化的精细描绘,来寄托他的思想感情和意趣志向。杨叔子之所以选择花草这样的物象,是因为它们形态各异,色彩缤纷,具有不同寻常的品质和象征意义,往往被赋予了人的情感和思想,成为表达情感、寄托志向的载体,能够引发读者的共鸣与联想。如《七律·咏桂》[①]中"不爱春秋爱素容,芳超李白与桃红"两句,通过描绘一株不追求繁华艳丽,却能在孤寂中坚守自我、傲然于世的桂花,寄托了诗人对高洁人格、坚韧意志以及淡泊名利精神的颂扬。最后尾联以"虽称名贵犹寒寂,耸立苍茫傲夏冬"两句,赞美桂花以超脱世俗审美的高洁之姿,展现出一种不屈不挠、勇往直前的强大生命力和不屈的精神风貌。在杨叔子的笔下,桂花不再是单纯的自然之物,而是成为了坚韧不拔、勇往直前精神的象征。整首诗在描绘桂花特征与性状的同时,充满了诗人对积极向上的磅礴力量和对美好品质的赞美之情,达到一种情景交融、浑然天成的绝佳境界。再如《七绝·四花赞(四首)——中国共产党成立90周年献赋》中的《荷赞》:"清圆清举出清涟,干直根深七月鲜。不染污泥能自净,怡红爽碧总天然"一诗。诗人通过对荷花"清圆清举出清涟,干直根深七月鲜"的描绘,将荷花的清雅形态与坚韧品质巧妙融合,进而引申出"不染污泥能自净"的高洁象征,既直观展现了荷花出淤泥而不染的自然特性,又深刻寓含了纯洁无瑕、自我净化的精神追求,从而达到自然景象与高洁品质相融合、直观描写与象征意义相结合的艺术境界。同时,诗中"怡红爽碧总天然"的色彩描绘,不仅增添了画面的生动与美感,更将诗人对自然之美的热爱与赞美之情融入其中,使物象色彩与诗人情感交融,实现了情景交融的艺术效果。又如《五律·野莓》:"门前瑶草碧,素蝶逐纷飞。花野娇黄小,莓珍艳赤肥。俯身闻美味,凝目赏晶辉。鲜活童年在,流连不忍归。"诗人通过对门前碧绿的瑶草、纷飞的素蝶、娇黄的小花以及鲜艳的红莓等自然物象的细腻描绘,营造出一幅充满生机与色彩的画面,将自然景象与情感氛围巧妙融合。而诗人"俯身""凝目"的动作,不仅展现了其对自然之美的沉醉,也加深了读者对这份美好的感受,实现诗人对动作描写和情感体验的双重加深。尾联回忆与现实交织,表达了诗人对过去美好时光的怀念以及对当前自然美景的深深留恋,实现了情景

[①]《七律·咏桂》:"不爱春秋爱素容,芳超李白与桃红。幽香漫溢侵心爽,秀色堪餐带露浓。福伴欢歌迎上客,情凝美酒慰英雄。虽称名贵犹寒寂,耸立苍茫傲夏冬。"

交融的艺术效果。

杨叔子的咏物诗词无不生动形象，于细微之处窥见诗人心底最真实的情感，在同时期的咏物诗词中独树一帜。因此，杨叔子咏物诗词的立意往往深刻而含蓄，能达到即物达情、情景交融的艺术境界。

二、借物明理，寓意深远

杨叔子在其咏物诗词中巧妙地融入了以小见大、善用典故等手法，使得他的作品不仅具有细腻的描绘和生动的形象，更体现出丰厚的哲理性。他通过对细微之物的深入观察和描绘，巧妙地引申出对人生、社会乃至宇宙的深刻思考，展现了其敏锐的洞察力和深邃的思想。同时，他善于运用典故，将历史与现实、传统与创新巧妙地结合在一起，不仅增强了诗词的艺术表现力，也让读者在品味中感受到深厚的文化底蕴和人生哲理。

杨叔子咏物由小见大，从细处而知全貌，让人读之仿佛置身其中，沉浸不能自拔。同时，他巧妙地借助自然物象和生活细节，将自身的情感与哲理寓于其中，使得其咏物诗词具有生动的画面感和丰富的哲理思考。如《七律·飞机上观云》[1]中尾联"休言变幻真无定，大道深藏大道功"两句。杨叔子通过对自然奇观的赞美，表达对大自然的敬畏之情和对生命力量的崇敬；也通过"大道深藏大道功"的哲理思考，引导读者去思考宇宙间的普遍规律和真理。诚然，这首诗所展现的哲理性在于它不仅是对自然景象的简单描绘，更是对宇宙间普遍规律和真理的深刻洞察。杨叔子通过"休言变幻真无定"的否定句式，强调了自然界中虽然存在着无数变幻莫测的现象，但这些现象背后却隐藏着深刻的规律和道理。这种规律和道理是自然界运行不息的根本动力，也是人类应该深入探索和学习的对象。再如《踏莎行·赏所培蝴蝶兰》[2]一词中"梁祝双飞，仙人对舞，嫣然紧拥幽香吐"一句。杨叔子巧妙地运用"梁祝双飞"与"仙人对舞"的典故意象，在赋予作品浓厚的浪漫主义色彩的同时，隐喻超越世俗的情感追求与生命境界，构建出一个融合自然美景与深刻哲理的文学世界。而词中对蝴蝶兰"嫣然紧拥幽香吐""长枝硕叶

---

[1] 《七律·飞机上观云》："振翅飞翔在九重，奇观纵目妙无穷。棉堆密密驰狂兽，雪海茫茫涌乱峰。厚薄高低随积叠，淡浓明暗任裁缝。休言变幻真无定，大道深藏大道功。"
[2] 《踏莎行·赏所培蝴蝶兰》："梁祝双飞，仙人对舞，嫣然紧拥幽香吐。长枝硕叶斗清新，翻疑大理难寻处。　半载红娇，三年绿驻，翩翩非梦谁能悟。人生自是有情痴，心泉汩汩何曾误。"杨叔子：《杨叔子槛外诗选》，高等教育出版社2017年版，第168页。

斗清新""半载红娇，三年绿驻"的描述，看似在展示自然界的勃勃生机与季节更迭的韵律美，更蕴含了词人对生命循环不息、坚韧不拔的深刻认识。这些将自然景象与人生哲理、情感体验相结合的词句，不仅是对自然之美的颂歌，更是对生命与情感的深刻洞察和颂扬。又如《五律·杨柳》："孰谓娇无力，浑如特炼钢。长条斥冬去，细叶唤春妆。任雨风寒恶，欣泥土暖香。关山因尔靓，飞舞岂癫狂"一诗，杨叔子颠覆了对娇弱事物的传统认知，强调杨柳即使外表看似柔弱，内在却如钢铁般坚韧不拔。"唤春妆""土暖香"展现出生命在更迭中表现出的顽强与希望和生命在逆境中的积极态度，蕴含了生命力量强大与坚韧的哲理。尾联"关山因尔靓，飞舞岂癫狂"不仅赞美了生命之美对周围环境的积极影响，也暗示了生命之舞并非无毫无意义的疯狂，而是有其独特的价值与意义。鼓励我们在面对生活中的挑战时，应保持坚韧不拔的精神，积极向上，努力绽放自己的生命之光。

  在咏物诗词中，杨叔子对于典故意象的化用可谓得心应手，他常常以细腻的笔触勾勒出引人共鸣的情感体验，将咏物之情升华至对人生哲理的探讨。在《七绝·四花赞（四首）——中国共产党成立90周年献赋》[①]中的《牡丹赞》中有"不屑上林专富贵，民胞物与乐韶光"一句，其中化用张载《西铭》中"民吾同胞，物吾与也"的成语，体现中华传统文化中"天人合一"的宇宙观和"仁爱"的道德观，展现出杨叔子视天下万民为友人、视宇宙洪荒为同胞的博爱情怀和对创建美好和谐社会的向往之情。再如其《梅赞》中"标格远非诗老句，春天故事必酬赓"一句，否定"诗老"石曼卿在《红梅》诗中所云："认桃无绿叶，辨杏有青枝"，应和苏轼在《红梅》诗中批评石曼卿所言："诗老不知梅格在，只认绿叶与青枝"[②]。此外，杨叔子《七律·春节赏牡丹——献给中华诗词学会成立20周年》[③]一诗中"厌趋权势蒙尘贬"，戏用武则天贬牡丹于洛阳一事，表明牡丹不慕强权、坚韧不屈的高洁品质；"国色天香今古诵，花开时节焕文章"一句，化用刘禹锡诗《赏牡丹》"唯有牡丹真国色，花开时节动京城"句，展现古今文人对美的事物的崇

[①] 《牡丹赞》："天香国色态端庄，管领春风动八荒。不屑上林专富贵，民胞物与乐韶光。"杨叔子：《杨叔子槛外诗选》，高等教育出版社2017年版，第26页。
[②] 《梅赞》："朋松友竹挺坚贞，浴雪披冰玉蕊莹。标格远非诗老句，春天故事必酬赓。"杨叔子：《杨叔子槛外诗选》，高等教育出版社2017年版，第27页。
[③] 《七律·春节赏牡丹——献给中华诗词学会成立20周年》："盛世逢春品极芳，等闲魏紫与姚黄。雍容华贵亲阡陌，淑静端庄典八方。厌趋权势蒙尘贬，喜向晴明化彩扬。国色天香今古诵，花开时节焕文章。"杨叔子：《杨叔子槛外诗选》，高等教育出版社2017年版，第171页。

尚和追求。又如《七绝·春日随笔（四首）》[①]中的《杨花》："不解漫天作雪飞，何来众燕斗芳菲。"此句是对韩愈诗"杨花榆荚无才思，惟解漫天作雪飞"一句的反其意而用之；《小草》中"非空实有报新来，滋润如酥不染埃"，则是对韩愈诗"天街小雨润如酥"的化用，阐明杨叔子面对小草清泉般清澈滋养的纯净与高尚，否定纯粹的虚无，在纷繁复杂的世界中保持内心的平和与纯净，展现出中华传统文化中"中庸之道"和"清净无为"的思想精髓；《落叶》中"无边落木下堪骄，非彼是今宁寂寥"一句，是对杜甫诗"无边落木萧萧下"的化用，通过对秋日落叶的意象，传达出一种对生命、时间和变化的深刻理解与豁达态度。

三、字法精练，语言鲜明

杨叔子咏物诗词的创作多缘情即兴而作，不以辞藻华丽取胜，而更加重视文辞的优美畅通，意境的恰到好处和情感的直接宣泄。杨叔子写景状物，自然平易，笔随情到。在字法运用上，字斟句酌，金石绮彩。他对于每一个字的选取都极为考究，不仅要求准确传达物象的形态与神韵，更要在其中蕴含深厚的情感与哲思，使得其诗词的字里行间都透露出一种难以言喻的魅力。杨叔子的咏物诗词于字里行间中展现出文人高格的气势，他善于运用丰富的想象与巧妙的修辞，将平凡的物体赋予新的生命与意义，创造出令人耳目一新的独特意象。这些意象不仅栩栩如生，更富有象征意味，引导读者深入探索其咏物诗词背后的深层含义。

杨叔子咏物诗词的语言淡而有味，特色鲜明，于平铺直叙中将物象的特点交代得淋漓尽致。杨叔子纪景，便是实实在在的纪景，将见之景大大方方地描写出来，很少用华丽的辞藻和夸张的手法，却能让读者于文字的真情实感中走近杨叔子笔下之景，仿若置身其中。杨叔子记情，也是真真实实的记情，在杨叔子看来，繁复的表现手法和冗杂的情感堆砌是宁缺毋滥，而杨叔子诗词的高级感便是其真情实感自然流露的真实结果。如其在《七绝·四花赞（四首）——中国共产党成立90周年献赋》中，以"天香国色态端庄，管领春风动八荒"咏牡丹，以"清圆清举出清涟，干直根深七月鲜"咏荷，以"悠然淡泊傍东篱，约与金风信有期"咏菊，以"朋松友竹挺坚贞，浴雪披冰玉蕊莹"咏梅。物象的时令、形状、色彩、

[①] 《杨花》："不解漫天作雪飞，何来众燕斗芳菲。天资国色从无念，唯愿春芳客尽依。"《小草》："非空实有报新来，滋润如酥不染埃。莫道非芳更非艳，倘无底色也无瑰。"《落叶》："无边落木下堪骄，非彼是今宁寂寥。旧去新来容俏俏，今朝总是胜前朝。"杨叔子：《杨叔子槛外诗选》，高等教育出版社2017年版，第388页。

环境、气质等特点经过杨叔子的语言锻造,虽言简意赅,但情感鲜明,淡而有味。再如其在《鹧鸪天·山茶花》[①]中"门前山茶四株,花怒放,满压枝头,似火熊熊"一句,虽为看似平铺直叙,但写尽山茶花色彩火红之状,隐喻出蓬勃的感染力与旺盛的生命力。随后"朵朵枝枝树树浓,红燃绿举火熊熊,喧喧闹闹蜂和蝶,美美熙熙妪对翁"四句,采用叠词的连续运用,通过数量的累积描绘出花朵繁茂、枝叶交错的景象,增强韵律与画面感。随后以"红"与"绿"两种对比强烈的色彩,"燃""举"两个动词连用,生动形象地描绘了花朵如火般绚烂、绿叶如火焰般挺拔的壮观景象,给人以强烈的视觉冲击。最后以叠词烘托动静,将充斥动态生命力的画面与宁静和谐的妪翁对坐画面作比,动静相宜,相得益彰。虽看似语言简练,没有过多的修饰与雕琢,但杨叔子却能够通过对山茶花的性状描写,延伸生动的意象和丰富的画面感,营造出一种深远而美好的意境。杨叔子的咏物诗词常常运用鲜明生动的语言,将物象的形态、色彩、环境乃至气息都细腻地呈现出来,使读者仿佛置身其中,身临其境。同时又能够超越景物的表象,深入挖掘其背后的象征意义和深刻内蕴,将景物与情感、哲理相互交融,达到一种即物达情寓理的艺术效果。

杨叔子在语言运用上极为精练且富有表现力。他善用生动的比喻、拟人和夸张等艺术手法咏物,将自然景象描绘得栩栩如生。如《七律·飞机上观云》一诗:"振翅飞翔在九重,奇观纵目妙无穷。棉堆密密驰狂兽,雪海茫茫涌乱峰。厚薄高低随积叠,淡浓明暗任裁缝。休言变幻真无定,大道深藏大道功。"诗中以"棉"比云,用"棉堆密密"形容云雾的密集与厚实,又以"驰狂兽"赋予这种景象以动态感和生命力。"涌乱峰"则巧妙地利用了"涌"字的动感,将静止的山峰转化为仿佛在海浪中起伏的岛屿,平添了几分奇幻色彩。在颈联中,杨叔子巧妙地运用了对比的修辞手法,通过对"厚""薄","高""低","淡""浓","明""暗"等形容词的对比,巧妙地揭示了自然界中各种元素之间的复杂关系,

---

[①] 《鹧鸪天·山茶花》:"久雨低温,近日春晴。门前山茶四株,花怒放,满压枝头,似火熊熊。 朵朵枝枝树树浓,红燃绿举火熊熊。喧喧闹闹蜂和蝶,美美熙熙妪对翁。 熬苦雨,逼凄风,等闲淡定自从容。赢来春色阳和景,一片诗情画意工。"杨叔子:《杨叔子槛外诗选》,高等教育出版社2017年版,第231页。

增强了诗歌的节奏感和韵律美，使诗歌的意境更加深远。再如《五言诗·山茶花》[①]一诗，以四株山茶树为主角，巧妙地运用多种艺术手法，生动描绘了其随着季节更迭的变化。"亭亭朝夕伴，心照互不宣"两句，将山茶树拟人化，赋予它们朝夕相伴、心照不宣的情感，增强了诗歌的亲切感和生动性。"明时故故艳，明前树树燃"两句，运用比喻和夸张的修辞手法，将山茶花比作燃烧的火焰，用"燃"字夸张地描绘了山茶花在明媚春光下的艳丽景象，增强了诗歌的视觉效果。"徐徐重瓣展，怡怡更俏颜"两句使用叠词"徐徐"和"怡怡"，增强了诗歌语言的音乐性和节奏感，充分展现了山茶树的美感与生命力。又如《五律·野花》："凄风卷冷雨，万木落萧萧。未教园坪寂，还看野卉娆。素毡腾异浪，楚女舞蛮腰。秋色何堪羡，凌寒意气豪。"杨叔子以秋日风雨为背景，巧妙运用了比喻、借代、对比、夸张等多种修辞手法，生动描绘了凄风冷雨中万木落叶的萧瑟景象，同时又突出了野花在恶劣环境中依然摇曳生姿的坚韧与美丽。诗人将"凄风卷冷雨"与"还看野卉娆"两句对比，突出了野花在恶劣环境中的坚韧与美丽。"素毡腾异浪"一句运用比喻和夸张的修辞手法，将铺满落叶的地面比作"素毡"，而风吹落叶则如同异浪翻腾、波涛汹涌，增强了诗歌视觉上的动感和震撼力。"楚女舞蛮腰"一句采用借代的修辞手法，以"楚女"代指柔美的野花，以"舞蛮腰"形容野花在风雨中摇曳生姿，生动形象，富有诗意。

　　杨叔子的咏物诗词不仅深入观察并精准描绘了具体物象的形态与神韵，更在此基础上融入了个人深刻的情感体验与独特的艺术想象，使得吟咏之物成为传达其内心世界与审美情趣的重要媒介。他善以细腻入微的文字触觉感受日常生活和闲暇之中的脉脉思绪，时以清新自然之言，营造理想的生活场景，细腻刻画生活琐事和感情，表现出日常化的审美特征，通俗晓畅；时以生动形象的表达，寄托深厚的情感与抱负，引发读者与诗人的强烈共鸣，感受到其对自然、生活的热爱与敬畏。因而杨叔子的咏物诗词多呈现风格温婉细腻、意境清幽深远的特点，表现出强烈的时代特征和个人写作风格特色。此外，杨叔子巧妙地融合了古今语言元素与表达方式。

[①] 《五言诗·山茶花》："四株山茶树，分立大门前。亭亭朝夕伴，心照互不宣。含苞冬数月，苞孕硕多鲜。雨水滋大地，独朵敢绽先。春寒料峭至，凌厉苦再煎。徐徐重瓣展，怡怡更俏颜。惊蛰雷乍响，竞开共嫣然。毕竟春阳出，温暖洒人间。春分争怒放，寒潮骤猛掀。明时故故艳，明前树树燃。刚健复柔媚，蝶峡穿花间。花开两三月，花落作泥添。泥沃花魂在，新叶满枝尖。四季叶丰绿，欣欣似花焉。"杨叔子：《杨叔子槛外诗选》，高等教育出版社2017年版，第180页。

他既能够熟练地运用古典诗词的修辞手法与语言风格,又能够巧妙地融入现代语言的新鲜与活力,使其咏物诗词在保持古典韵味的同时,又不失浓郁的时代感与现代气息。这种古今融合的创新表达方式,不仅展现出杨叔子深厚的文学功底与独特的艺术追求,更为现代咏物诗词的创作开辟了新的道路与可能性。

四、审美升华,境界高远

从诗词的美学角度来看,杨叔子的咏物诗词风格多样,常常通过描绘物象的具体性状延伸至神韵,继而寄托自己的思想感情和志向意趣,能于字里行间中窥见其审美艺术的升华。这种情感寄托分为直接寄托和间接寄托两种。直接寄托主要表现为杨叔子直接表达对物象的喜爱、赞美或感慨的直抒胸臆或是物象与情感交织在一起形成的物我交融的境界。在这种境界中,杨叔子将个人情感倾向和憧憬蓝图与其诗词中所咏物象进行深度融合,使这些物象衍生出具有宏大视角的浓烈情感色彩。如《七律·飞机上观云》中首联"振翅飞翔在九重,奇观纵目妙无穷"两句,以宏大的开场奠定了诗歌超脱尘世的高远境界。杨叔子将视角置于飞机上观云,仿佛化身飞鸟,翱翔于九天之上,俯瞰世间万物,游览自然界中那些平时难以察觉的壮丽与奇妙,暗含其对世间万物奥秘的深刻领悟。这种视角的选择不仅赋予了诗歌一种超脱世俗的宏大气势,也使得读者能够跟随诗人的笔触,超越日常的琐碎,感受到一种更加广阔和深邃的自然之美。而间接的情感寄托则是通过挖掘物象的象征意义或引申意义来寄托诗人的情思。杨叔子在其咏物诗词中注重通过精细描绘物象的特征和细节来塑造鲜明的形象,并充分利用其象征意义的引申性和延展性来暗示和表达,以寄托遥深,形成极具情感色彩和哲理思考的含蓄蕴藉的理想境界。如《五律·杨柳》"孰谓娇无力,浑如特炼钢。长条斥冬去,细叶唤春妆"[1]几句,通过对柳树的细腻描绘和深情赞美,以丰富的象征和引申意义展现了柳树柔中带刚、外柔内坚的自然美感和内在品质。诗中表达对自由奔放生命状态的赞美和向往以及追求个性解放和精神自由的重要性,从而达到一种浑然天成的审美境界。

杨叔子的咏物诗词笔触纤细,风格温婉,物我两忘,寓意深远。在意境创造上,他独辟蹊径,意境超然。常从不同于时代大众抒写的独特视角出发,不拘泥

---

[1] 《五律·杨柳》:"孰谓娇无力,浑如特炼钢。长条斥冬去,细叶唤春妆。任雨风寒恶,欣泥土暖香。关山因尔靓,飞舞岂癫狂。"杨叔子:《杨叔子槛外诗选》,高等教育出版社2017年版,第157页。

于传统的描绘手法和常见的情感表达，不仅以细腻的笔触勾勒出物象的外在形态，更以独特的视角和深刻的感悟去挖掘物象的内在美，以深邃的洞察力挖掘其内在蕴含的灵魂与情感，敢于突破陈规，以新颖的视角和独特的构思，赋予吟咏之物以全新的生命力和情感色彩，创造出一种超脱常规、别具一格的意境。在这种境界中，作者与所咏之物仿佛融为一体，超越了物质与精神的界限，创造出一种既真实又超越现实的审美体验。在杨叔子的咏物诗词中，即便是最平凡无奇的物象，也能焕发出别样的光彩，成为传达其独特审美体验和深刻人生哲理的载体。在这种创新下，杨叔子的咏物诗词往往能够超越物象本身，将读者的思绪引向更广阔的天地，让人在品味其诗词的过程中，不仅感受到物体的形象之美，更能领悟到一种由作者构建的超脱尘世、回归自然的深邃哲理和超然意境。

一片丹心凝诗魂——论杨叔子的赠答诗

孙婧雯[①]

  杨叔子，1933年9月5日出生于江西省九江市湖口县，为中国共产党党员，中共十五大、十六大人大代表，中国科学院院士，是著名的机械工程专家、教育家以及诗人。杨叔子是一个名副其实的人文主义者、爱国者。其出身书香门第，从小受父亲杨赓笙的影响，阅读典籍诗书，通习四书五经、唐诗宋词，尤爱《离骚》，这些文学上的启蒙和父亲对中华传统文化的推崇与教诲也为他的创作奠定了扎实的基础。杨叔子始终保持着对于诗词的热爱以及对诗歌创作的热情，常常自己吟诗作赋，写下了包括纪游诗、自题诗、赠答诗、咏物诗、科技诗等题材丰富的诗作，并在诗词创作中融入自己的诗教理念与科技、时代等元素。出版有《往事钩沉》《杨叔子槛外诗选》等等；其自传《往事钩沉》中，无论是人生中的大事还是小事，他都会以诗歌的形式抒情纪事。在杨叔子从事教育工作的五十多年间，创作了诗歌600多首，在其诗集《杨叔子槛外诗选》中，选录了其1978年至2008年所写的诗词共186题200首、谈诗教论文7篇，其中有赠答诗40余首。赠答诗是杨叔子诗歌创作中富有个性特色并深度展现其治学态度、教育理念与艺术风格的部分，体现出其具有的渊源家学、智慧与人文情怀，及其赤忱之爱国心。对于赠答诗的深入研究能够更好地展现杨叔子先生多重身份下蕴含着的创作理念与特色，对其这一空缺的研究富有价值。

一、杨叔子的赠答诗创作与内容

  赠答诗是诗人社会社交、交往应酬的产物，是诗人之间以诗歌形式互赠互答、交流情感的一种诗歌形式，也最能够深刻体现诗人的思想、品性与意愿。在杨叔子的创作中，赠答诗构成了其诗歌创作的重要部分。这些赠答诗不仅是其对古代文人雅士传统的继承，亦融入了时代、社会与科技的元素，展现了其以诗为媒，传达出的对于现代社会发展、变化与人生的体悟，展现其创作特色与思想之广度。

  总体而言，其赠答诗有颂美与抒情两大内容，其间也包括了小部分抒情与叙事相结合的诗歌作品。其赠答诗的创作与其社会身份紧密相连，由于其赠答诗的

[①] 孙婧雯，上海大学中国古代文学专业硕士研究生。

社会属性，诗作的内容也随着社交场合与情形的不同，产生了不同的赠答对象与目的。由此，杨叔子赠答诗的创作对象大致可分为集体与个人两类，也展现了杨叔子的多重身份和形象。

一方面，其赠答诗以颂美类为主，以歌功颂德为主要目的，兼具叙事或咏史等功能，主要出自一些较为正式的社会活动与重要场合中，具有社会性质；其赠答对象以单一集体对象或来访团体为主，亦或是同出席重要社会活动的英模、院士等等。如其创作的《五律·赠澳门科技大学》《七绝·喜昭李嘉诚先生感赠汕头大学》《五律·李嘉诚先生率团来访感赋以赠》《七律·题赠母校湖口中学七十华诞》《七律·致母校武汉大学（三首选一）》《七律·春节赏牡丹——献给中华诗词学会成立20周年》等诗作，多赠于作者出席的会议、仪式等社会活动的重要场合。此类赠答诗的内容也往往是以歌颂赠予对象以往的发展与贡献为主，再通过诗歌做出总结与展望。例如以学校集体作为赠诗对象的赠答诗，其内容常与教育特色、发展及校史校风息息相关，如《七律·致母校武汉大学（三首选一）》一首："珞珈大庆喜颜开，神往身临赤子来。求是创新铭厚望，自强弘毅育英才。济时科学帜高举，传统人文根固培。击水三千同有梦，寒枝正孕雪中梅。"[①] 全诗以武汉大学校风校史入诗歌，展现了武汉大学"求是、创新、自强、弘毅"的校风，赞扬了其辉煌成就及为国发展教育事业的伟大精神。诸如此类赠答诗在其创作的作品中还有许多，又如《五律·参加"杰出中国访问学人计划"活动感赋，并赠香港理工大学奉和陈振炎同志》《七律·为杨振宁先生参加6月10日"亿利达青少年发明奖"颁奖而作以赠》《七律·在涂又光先生八十华诞寿筵上谨献》《七律·感赠王玉明教授》《七律·答谢崔崑院士馈赠专著》等等，着笔于杨振宁、涂又光、王玉明等英模同志的丰功伟绩，总结并赞咏英模伟人做出的贡献，同样情感充沛，表达敬佩又充满感慨。

另一抒情类赠答诗，其赠答对象往往是学生或者亲友、诗友，更偏向于个人情感与心境的书写与呈现，及对于新气象、新变化或时代的体悟与感怀。此类赠答诗主要是以情谊的抒写与自我之表达为主，如其创作的《七律·八十周岁答谢诸生设宴祝贺》《七律·丙戌闰七月廿三夜闻桂香梦赠友人》《七绝·辉碧将去农场劳动锻炼，临别前夕有赠》《七律·杨易20周岁爷奶题赠》《五律·赠王义遒同志——仿韦应物〈淮上喜念梁州故人〉作》《七律·谢老友赠慰问贺卡》《五

---

① 杨叔子：《杨叔子槛外诗选》，高等教育出版社2017年版，第313页。

律·次义遒老友和诗之韵再赠》等诗歌；师友之谊、亲人之情，殷殷教诲，从一位师长或是长辈的视角出发传达自己的经验与体会，又或是将自己的近期感悟与好友共勉。如《七律·谢老友赠慰问贺卡》一诗："塞翁失马焉非福，历尽洪波乐晚年。谊重青山凝厚意，情长锦缕织佳联。夕阳斜照人何虑，霞彩多姿景更鲜。且喜心头犹绮梦，同迎百岁醉芳筵。"[①]以诗会友，情深意重，将自我的人生感悟通过诗歌与友人共勉，富有哲理，赠答友人的同时更是诗人内心的自我呈现。而其他如《七律·离美飞京谢宾鸿赞同志》《七律·读良骏老师赠诗，步原韵奉和》《七绝·步韵敬和李锐先生赠诗》《七绝·敬和王文英同志99年6月25日赠诗，并步其韵》《七绝·和郑伯农同志赠诗〈听杨院士讲话有感〉》《七律·武夷山休假并赠辉碧》等诗歌，多是杨叔子答谢他人或是有感而作，如《七律·武夷山休假并赠辉碧》（第336页）诗注中提到其创作目的，是在休假期间与夫人偕行，感中央之关怀、享天伦之乐而作，特将此诗赠予夫人。

二、蕴含的主题与思想

杨叔子的赠答诗常常蕴含着多种主题与思想，以诗为媒表达对时代社会变化、人生话题的深度思考，展现出其对时代、科技、教育等发展的细致洞察。其赠答诗或表达其治学求知的态度与教育理念，或歌颂民族之兴、英模之范，表达爱国爱党之热情，或表达师生之谊、父母之心，与友人共同感慨人生，或抒发时代与人生感悟，不断输出作品以及有深度与厚度的思想。

其一，杨叔子通过其赠答诗表达出其对学问求知的热情、对于传承中华传统文化的责任与担当，传达了其治学态度与诗教理念。杨叔子作为一名教育家、学者，自身始终保持着求知、求学的热情，不断强调着人文精神、传统文化对于国家及民族发展的重大意义，并以身力行地推行人文与科学相结合的教育理念，这一点也体现在其赠答诗中。例如《七律·在涂又光先生八十华诞寿筵上谨献》中两联："筵开八秩赞如何？道骨仙风感佩多。篆隶楷行通草籀，诗文哲史晓希罗。"[②]杨叔子罗列涂又光先生之贯通，感佩其学识渊博的同时，也表达了对于学问的终生追求。又如《五律·赠澳门科技大学》一首中"人文弘古道，科学尚新风"[③]的倡导，准确表达了杨叔子人文与科学相结合的教育理念，既要紧随时代发展，

---

① 杨叔子：《杨叔子槛外诗选》，高等教育出版社2017年版，第365页。
② 杨叔子：《杨叔子槛外诗选》，高等教育出版社2017年版，第293页。
③ 杨叔子：《杨叔子槛外诗文选》，华中科技大学出版社2009年版，第68页。

迈开科技脚步，也不能够忘记中国民族之本，弘扬传统文化，这也是杨叔子对于科技大学学生全面发展之寄语与勉励。又有《七绝·步韵敬和李锐先生赠诗》："识浅才疏实未孚，先飞笨鸟竞千夫。人文科学如双翼，全赖马牛融道儒。"① 书山有路勤为径，其所谓"马牛融道儒"也正是其由自身经历与体验出发做出的倡导，与其诗教理念相符。杨叔子始终认为这些思想能够通过诗歌的感化与教化传达到读者的心中，于是屡次强调人文传统与科技之融合，可见其创作思想来源于对诗教传承的重视。其在赠答或是抒发感怀的过程中也无不传达着其求学求知、传承文化等思想追求和教诲，这些思想在潜移默化中通过赠答诗影响着读者们。

其二，咏美是杨叔子赠答诗主要的内容，对民族兴盛、科技发展、教育进步及英模引领、贡献的歌颂无不彰显其本人爱国者的身份，体现其对国家、民族的热爱。例如《五律·参加"杰出中国访问学人计划"活动感赋，并赠香港理工大学奉和陈振炎同志》："香江裹盛举，青史灿华篇。圆罢珠还梦，培成奖杰缘。千年百载替，四地一心连。共祝炎黄裔，风流更着鞭。"② 整首诗既概括了"杰出中国访问学人计划"活动之盛况，又表达了杨叔子对杰出人才培养的欣慰与四地连心、民族团结、国家共荣的美好祝福，爱国之情恢宏真挚。又如《七律·答赠周韶华先生》中"共产胸襟天地阔，丹心留映月华明"③一句，无不彰显杨叔子爱党之心，及誓为共产事业而奋斗终生的决心。再如《七律·八十周岁答谢诸生设宴祝贺》中"耋龄欣看群英继，圆梦神州重任肩"④一联，直抒胸臆，正是这一股作为中华儿女的自豪感与无私为国的崇高志愿使得杨叔子的赠答诗中有一股雄浑高昂的精神气质，为国写诗，也是一个爱国者最好的表达。

其三，赠答诗作为交流情感的媒介，其赠答诗中自然少不了关于师生情谊与个人情感的直接抒发，传达其殷切教诲。例如《七律·八十周岁答谢诸生设宴祝贺》一诗中尾联"耋龄欣看群英继，圆梦神州重任肩"⑤，既有江山代有人才出的自豪感，又有对后辈的殷切希望与鼓励，殷殷教诲，润物无声。又如《五律·杨易参加工作第一天，书赠》："顾他弘道执，奋翼浴晖追。爷奶叮咛嘱，家风不可违。"⑥

---

① 杨叔子：《杨叔子槛外诗选》，高等教育出版社2017年版，第287页。
② 杨叔子：《杨叔子槛外诗选》，高等教育出版社2017年版，第260页。
③ 杨叔子：《杨叔子槛外诗文选》，华中科技大学出版社2009年版，第29页。
④ 杨叔子：《杨叔子槛外诗选》，高等教育出版社2017年版，第314页。
⑤ 杨叔子：《杨叔子槛外诗选》，高等教育出版社2017年版，第314页。
⑥ 杨叔子：《杨叔子槛外诗选》，高等教育出版社2017年版，第387页。

以一位老师、家长的姿态出发，除了殷切期望与教诲，更有作为长辈的关怀、嘱托，望孙子奋发努力，发扬家风；感情至深，由此可见。除此之外，此类情谊与情感的主题中自然少不了与友人的赠答，展现出知己之惺惺表达其相惜、互相勉励的珍贵情谊，如《七律·感和赠友人（二首选一）》一诗："奔鳌扬蹄接未年，雄心不减向峰巅。德才兼备通文理，祸福无违学圣贤。百炼成钢真质韧，千磨出刃实锋坚。诗成大有豪情在，一掬丹心寄厚缘。"[1]以耄耋起笔，年岁渐高但仍然雄心不减，谈及对学问、德才、诗歌创作的追求，将此豪情和丹心与友共勉，强调了知音互赏的深厚情谊与互相勉励的思想感情。

其四，杨叔子作为科学家、教育家与诗人，其对科技、时代发展的感悟及人生的哲理也深刻反映在他的诗歌作品中。例如《七律·为杨振宁先生参加6月10日"亿利达青少年发明奖"颁奖而作以赠》中"宇称非恒惊世论，龙腾有日毕生求"[2]，提及杨振宁先生的科技贡献——宇称不守恒定律的提出，借对杨振宁先生贡献之赞美，抒发自己对科技发展的感知与展望，更体现诗人对于时代发展的敏锐观察。再者，其赠答诗中也有不少对于人生的体悟，通过诗歌的说教方式传达出来。如《七律·读良骏老师赠诗，步原韵奉和》："良辰接福又迎春，喜读华章着意新。梦绝功名唯悟道，诗酬岁月是藏真。汗颜倍感诚夸我，伏枥长驱乐助人。饮水思源勤凿井，清泉涓涓汇芳津。"[3]以老骥伏枥与饮水思源之典故，岁月藏真，志在千里，不忘初心，坚持自己的事业，这是杨叔子探寻出的人生答案，他将自己的人生体悟与良骏老师共勉。又如《五律·次义遒老友和诗之韵再赠》："久矣凌云志，何虑发早斑。鸿图轻世俗，小我重人间。逆浪帆悬劲，雄关步越艰。白头还有梦，绝顶永随攀。"[4]心怀凌云之志，无论年岁增长，无论遇到多少挫折磨难，仍能拥有不畏艰难、勇于挑战的决心与力量，时时刻刻以此自我督促与勉励，这即是杨叔子的人生体悟，他也将这些哲理反映在了其赠答诗中。

三、艺术特色

杨叔子先生之赠答诗多为七言绝句或是五言、七言律诗；语言通俗，言简意赅，以现代词、科技词入诗，以诗为媒发出时代之声，具有较强功能性与实用性。

---

[1] 杨叔子：《杨叔子槛外诗选》，高等教育出版社2017年版，第379页。
[2] 杨叔子：《杨叔子槛外诗文选》，华中科技大学出版社2009年版，第20页。
[3] 杨叔子：《杨叔子槛外诗选》，高等教育出版社2017年版，第281页。
[4] 杨叔子：《杨叔子槛外诗选》，高等教育出版社2017年版，第366页。

同时，其也善用意象，巧妙化用诗句；其赠答诗尤其是律诗结构严谨，音乐和谐，具有双重审美体验。颂美类赠答诗颇有慷慨激昂的恢宏气势，其抒情类赠答诗则感情丰厚，意境深远，可见其文学造诣与创作功底。

其一，杨叔子的赠答诗语言通俗，简洁凝练，以现代词入诗，注重诗歌语言的功能性与直观性，以诗为媒传达出作者想要表达的多重主题与思想。例如其《五律·赠澳门科技大学》一诗，尤其是其中"澳汉腾空舞，传人是姓龙"[1]一句，简洁清晰地陈述了两地一家的客观事实。杨叔子的赠答诗尤其是以颂美为主题内容的创作，通常出自较为正式的场合，也由于其赠答诗的社会属性及伴随着的功能性，比起对华丽辞藻、铺陈排比手法的追求，其更注重的是内容思想与时代元素等传达的准确性与直观性，再通过其文化底蕴的加成，以恰到好处的艺术手法展现自己的主题思想，这也使得其赠答诗表现出高度凝练、言简意赅的语言特征。此外，其在语言上追求通俗化的同时，又以现代词汇、科技新词入诗，使其赠答诗同样拥有科技诗的特质，即与时代一致的同步性。例如《七律·在涂又光先生八十华诞寿筵上谨献》中"篆隶楷行通草籀，诗文哲史晓希罗"[2]一句，"希罗"指的是希腊罗马，将两者缩写结合代指西方的文学文化，更体现出涂又光先生之博学及其对中西方、古现代各类学问的探索精神。又如《七绝·步韵敬和李锐先生赠诗》中"人文科学如双翼，全赖马牛融道儒"[3]，其中"牛马"指马克斯维尔与牛顿，与前一句中"科学"二字相照应，杨叔子在诗中重新定义"牛马"两字，形成新词汇，代指物理科学一类，以此适配其推崇之教育理念。又如《七律·赠"科技之光"春节晚会》一诗："迎春乐聚愿心同，共祝中华更火红。百技流奔溢江漫，群科山耸入云雍。两桥大路通天堑，三峡平湖锁巨龙。改革潮流真浩荡，明星荆楚灿南空。"[4] "通" "锁"等一系列动词以夸张的手法列举了当时改革潮流下的壮举，"百技" "群科"都指向科技，是作者杨叔子自己创作的新语汇。其巧用比喻将科技带来的影响和无限可能比作奔流不歇的江河，又将科技带来的发展与进步比作高耸入云的山，将传统艺术手法与科技语汇巧妙结合，兼具时代性与直观性，更好表现了歌咏对象的特征。最后一联直抒胸臆，直呼"改革潮流真浩荡"，点题，以通俗的语言完成诗歌颂美之目的，一首诗中便可见其对诗歌语言的把握。

---

[1] 杨叔子：《杨叔子槛外诗文选》，华中科技大学出版社2009年版，第68页。
[2] 杨叔子：《杨叔子槛外诗选》，高等教育出版社2017年版，第293页。
[3] 杨叔子：《杨叔子槛外诗选》，高等教育出版社2017年版，第287页。
[4] 杨叔子：《杨叔子槛外诗选》，高等教育出版社2017年版，第86页。

其二，其赠答诗中善用各类意象，以意象象征赠答对象的形象与精神。杨叔子的赠答诗既能够熟练运用青山、明月、夕阳、春风及牡丹等传统意象，也不乏许多别出心裁或新意象的使用。例如《五律·参加"杰出中国访问学人计划"活动感赋，并赠香港理工大学奉和陈振炎同志》中"香江"之于香港理工大学，《七绝·在西安交通大学本科教学工作水平评估开幕式上给西安交通大学的赠诗》中"东亭"之于西安交通大学，《七绝·喜晤李嘉诚先生感赠汕头大学》中"桑浦山"之于汕头大学，《七律·题赠母校湖口中学七十华诞》中"石钟""鄱水"之于湖口中学，等等。这些意象作为地理标志或有着历史沉淀的建筑景观，见证了这些大学的历史及它们的兴起，从古至今都具有特殊意义。杨叔子通过此类特殊意象的使用，将赠答对象的精神与历史的变迁联结起来。如"东亭"既是唐代诗人白居易之故居，又是西安交通大学校史精神的汇集地，重建于西安交大百年校庆之时，作为历史的徽记与"西迁精神"的标志存在。在《七绝·在西安交通大学本科教学工作水平评估开幕式上给西安交通大学的赠诗》中，"东亭"这一意象将抗战时期之西安交大与当今之西安交大联结起来，杨叔子提及"东亭"，既是对前贤的歌颂，也是对"新西迁人"的肯定与鼓励。杨叔子善用此类富有文化气息与历史故事的意象，为自己的诗歌增加历史厚重感，以小见大，借古颂今，表达自己多重的思想。同时，杨叔子还在赠答诗中选用了多个现代意象，让诗歌与时代的进步、科技的发展接轨，在一首诗中通过意象的呈现体现古今时间的跨度，现代意象的娴熟运用也反映了其创作功底与文化底蕴。如《七律·答赠周韶华先生》中"任劳无怨输前辈，尽力全心学大兵"[1]一句，对仗工整，"大兵"指代雷锋，借雷锋的形象与精神赞颂周韶华先生为教育事业发展做出的无私奉献，意象使用恰当又精准，对赠答对象形象的塑造也是浑然天成。

其三，巧妙化用诗人的诗句诗作，以此表现自己的情怀感悟。例如《五律·赠澳门科技大学》："荷花红别样，莲叶碧无穷。意密神州恋，亲同粤海通。"[2]前一联化用自宋杨万里的《晓出净慈寺送林子方》"接天莲叶无穷碧，映日荷花别样红"一句，一红一碧形成强烈的色彩对比，"无穷"营造出广阔的空间感，诗中有画，一番富有生机、欣欣向荣的景象也带给读者焕然一新之感；以景传情，准确传达出作者本人内心之开阔喜悦。再者，结合赠诗之场合，杨叔子将杨万里

---

[1] 杨叔子：《杨叔子槛外诗文选》，华中科技大学出版社2009年版，第29页。
[2] 杨叔子：《杨叔子槛外诗选》，高等教育出版社2017年版，第287页。

送友林子方的诗句巧妙化用，借杨万里之情感表达两地难以被地域分割的亲密情谊，化用诗词恰到好处，又赋予其新的时代意义，可见其创作功底。再如《七绝·获"宝钢教育基金"优秀教师特等奖感赠宝钢》："岂止园丁赞宝钢？！盛衰重责贷无旁。十年兴学开新路，'风物长宜放眼量'。"①引用毛泽东《七律·和柳亚子先生》中"风物长宜放眼量"一句，也是整首诗的点睛之笔，不仅指教育工作者发展教育事业的付出与努力，也表达了对社会责任与人生智慧的深度思考与崇高追求，如此开阔胸襟与长远眼光，与毛泽东这一句诗完美适配，恰到好处的引用也使得整首诗蕴含着深厚的情感与宏大的视野。再有《七绝·奉和吴子彦老师〈元日〉诗，并步其韵，略达敬意（二首选一）》："先生书到报鸡年，起舞中宵未逊前。夕照青山无限好，精神自有后人传。"②原句为"夕阳无限好，只是近黄昏"，无力挽救美好事物的无奈，是诗人对自身所处时代命运之感慨；而杨叔子反用李商隐《登乐游原》中的诗句，以此表达出对新时代开启、江山代有人才出的鼓舞之情，巧妙化用诗句，使得诗歌的情感表达上更上一层楼。

其四，杨叔子的赠答诗结构严谨，层次清晰，构思巧妙，富有逻辑性，且对仗工整，常有恢宏磅礴之气势，高昂之情感，富有音韵美，兼具双重审美体验。杨叔子的赠答诗尤其是其颂美类律诗，具有严谨的结构特点，诗句起承转合，上下呼应，精准用典，更好展现了诗人的创作心路历程，达到其创作目的。如其《七律·答谢孔汝煌先生在〈中华诗教〉总四十九期（2009年4月30日）增刊赠诗，并次其韵奉和》一诗："新词一曲感心声，我愧无才敬和鸣。弄斧门前因势迫，吟情槛外应时生。国魂聚炬诗魂灿，众志成城史志旌。羊魏双贤何可及，唯求践副孺牛名。"③首联点题，直抒胸臆，表明自己作诗的目的及对孔汝煌先生赠诗的感谢。颔联承上启下，与首联中"我愧"与"敬和"相呼应，实为心有感激、怀有敬意的自谦之语，上下呼应，感情表达真挚且立体。后两联升华主旨，由自谦之语转至气势磅礴、激励人心之句，将个人的感受与国家的命运、历史的进程相联系，具有较强感染力。尾联再次点题，用典自然，回归至自谦之态，以"孺牛"自勉，表达了自己对诗歌之热爱，对国家命运之关心，及对高尚品德的追求和践行决心。整首诗紧凑有力，层次清晰，情感层层深入，颔联、颈联对仗工整，气势磅礴，韵律和谐，可见其创作功底。再有《七律·谢老友赠慰问贺卡》："塞

---

① 杨叔子：《杨叔子槛外诗选》，高等教育出版社2017年版，第261页。
② 杨叔子：《杨叔子槛外诗文选》，华中科技大学出版社2009年版，第56页。
③ 杨叔子：《杨叔子槛外诗选》，高等教育出版社2017年版，第301页。

翁失马焉非福,历尽洪波乐晚年。谊重青山凝厚意,情长锦缕织佳联。夕阳斜照人何虑,霞彩多姿景更鲜。且喜心头犹绮梦,同迎百岁醉芳筵。"①首联即引塞翁失马之典故赠慰友人,望其宽心,点明主旨,下一联承接上一句感发情谊,重于青山,长于锦缕,以青山锦缕喻情感之深厚。颈联转写夕阳,与晚年相对,借景抒情,以"人何虑"反问,体现其积极乐观。尾联以期待憧憬进一步展望未来,收束全诗,既宽慰友人,展情谊之深厚,又抒写人生态度,夹叙夹议,逻辑清晰;又用典精准,押韵自然,富有音律美,令人回味无穷。又有《七律·春节赏牡丹——献给中华诗词学会成立20周年》一首:"盛世逢春品极芳,等闲魏紫与姚黄。雍容华贵亲阡陌,淑静端庄典八方。厌趋权势蒙尘贬,喜向晴明化彩扬。国色天香今古诵,花开时节焕文章。"②以象征与拟人的手法写牡丹,每一联都将牡丹与所书写的对象联系起来,分别以牡丹象征国家之繁荣,象征品格之高贵,象征纯真美好之心,又以此表达对文章创作之热爱。意象精准生动,结构清晰,由家国集体至个人,构思巧妙;用韵和谐,有大气宏伟之感,也与牡丹这一意象相合。

其五,其赠答诗情感丰厚,意境深远,令人回味无穷。例如《七律·感赠王玉明教授》:"数句吟成意万千,瑜园感悟自心田。秉公执著羞居后,防漏称奇奋领先。院士诗人文艺卓,诗人院士技科巅。来朝水木清华府,月色荷塘共雅弦。"③前三联集中赞颂王玉明教授之高洁品格,及其严谨求实、敢于创新的科学精神,在科学与文艺两个领域都有着极高的造诣。尾联笔锋一转,水木清华、月色荷塘,描绘了一幅静谧而美好的画面,月光下的荷塘与悠扬的琴声相映成趣,既体现了对自然美景的热爱,也寄托了其对高雅文化生活的向往,期待与志同道合者一同分享学术与艺术的追求。整首诗情感丰富,意境深远,充满了积极向上的力量。再如《七律·丙戌闰七月廿三夜闻桂香梦赠友人》:"明月何时照我床?君歌引梦上青苍。魂凝一树妆金色,魄绕千枝溢酒香。离合悲欢焉爱怨?阴晴圆缺怎评量?婆娑百丈清凉影,洒遍人间夜未央。"④引用苏轼《水调歌头》中的词句,充满诗意与哲思,描绘了诗人对明月、梦境、人生以及世间情感的深刻感悟,意境幽深,耐人寻味。首联即以明月为引,表达对未知未来的期待,将梦境与现实相连,隐含着孤独清寂的氛围。颔联运用了丰富的想象和象征手法,诗魂凝成金

---

① 杨叔子:《杨叔子槛外诗选》,高等教育出版社2017年版,第65页。
② 杨叔子:《杨叔子槛外诗选》,高等教育出版社2017年版,第171页。
③ 杨叔子:《杨叔子槛外诗选》,高等教育出版社2017年版,第309页。
④ 杨叔子:《杨叔子槛外诗选》,高等教育出版社2017年版,第170页。

色的树，树枝溢满洒香，暗示了内心世界的丰富与多彩。颈联转为思考，表达出对人生无常和世间情感的深刻认识；这两句诗充满哲理，让人不禁对人生和宇宙产生无尽的遐想。尾联以明月挥洒之影像结尾，月光柔和，夜晚宁静，同时"夜未央"也暗示着人生未来道路充满了无限的可能，怀有希冀。整体来看，全诗以明月为线索，通过描绘梦境阐发人生哲理，抒发情感，语言优美，意境清幽，极富艺术美感。又有《七律·武夷山休假并赠辉碧》："劳燕何曾结伴游，而今宿愿得相酬。峰回九曲漂清筏，溪抱三岩隐小楼。险境同攀尘俗净，先贤共仰泽芳流。丹山碧水留双照，竹洁梅贞对素秋。"[1]借景抒情，描绘了一幅美丽的自然景色，山峰曲折，溪水环绕，清筏漂荡在溪流中，小楼隐于岩石间，给人以宁静与超然之感。一系列动词，与志同道合的人共攀登险峰，远离尘世纷扰，仰望学习先贤之德行，这也是作者的向往与倡导。尾联"丹山碧水"色彩鲜艳，"竹洁梅贞"则指向高洁品质。整首诗通过描绘美丽的自然景色和高尚的人格，传达出超脱世俗的追求与境界，意境深远，也可见作者笔力。

综上，杨叔子先生的赠答诗中有人文情怀，有拳拳爱国爱党之心，有殷切教导与期盼，也有对科技与时代的思考；一片丹心凝诗魂，此句最是符合杨叔子先生赠答诗中表现出的主题思想与艺术形象，其诗教理念与其创作特征不谋而合，真正做到了诗品与人格的高度统一。其赠答诗质在颂美抒情，旨归于传志，注重诗歌的功能性与实用性，又兼具艺术性，以古体的韵味承载新时代的元素与精神，传达其主题思想，也让读者接收到美与教的感化，这便是其赠答诗具有的特色与优点所在。通过细读这些赠答诗，其科学家、人文主义者、爱国者的形象也随之更加高大丰富起来，永远闪耀于读者心中。

---

[1] 杨叔子：《杨叔子槛外诗选》，高等教育出版社2017年版，第336页。

论杨叔子的"病中之吟"

王高潮[①]

杨叔子（1933—2022），江西九江人，是中国科学院院士、著名机械工程专家、教育家。他曾担任中国科学院技术科学部副主任、华中科技大学学术委员会主任、原华中理工大学（现华中科技大学）校长、九江学院名誉院长、中国高等教育学会副会长、中华诗词学会名誉会长等职。作为一位工科院士，杨叔子先生除了注重培养学生的科学能力，还主张提升理工科学生的人文素养。他认为"人文教育与科学教育相辅相成，它们的交融是一种使人具备健全人格的教育"[②]。杨叔子将这种教育理念付诸实践并身体力行，一生笔耕不辍，有《杨叔子槛外诗选》《往事钩沉》等著作，包含诗词、散文、序函等各类作品千余篇。《杨叔子槛外诗选》前十章为旧体诗词，以题材分章，每章诗词编年，第十一章为新体诗。第十章"病中之吟"记事起于 2014 年 9 月，迄于 2015 年 10 月，除疾病书写外，还有即事、赠和、闲情等内容。这些诗词叙事真切，情感内蕴丰富，塑造了一位心胸豁达、乐于奉献、忧国忧民的院士诗人形象。

一、杨叔子"病中之吟"的书写内容

杨叔子院士 81 岁时仍勤勉工作，后不幸患病，但其病后仍十分关心教育工作与时事政治，因此其"病中之吟"涉及生活的多个方面，题材内容十分丰富。其涉病诗是较有特色的一类，此外还有即事抒怀、闲情、赠答唱和等内容，全面地反映了杨叔子先生病中的精神面貌。

其一，杨叔子先生的涉病诗记录了心脏发病与治疗的过程，表现出积极乐观的心态与为国奉献的精神。其诗歌创作内容并未因患病发生明显的转变，而是一如既往地充满了对生活和家国的热爱。疾病是人体的一种特殊生理状态，并且容易引起人们心理上的巨大变化。文人将患病经历诉诸文学创作，将内心情感细腻地表现于文字之中，形成所谓的疾病书写，亦称涉病诗、疾病诗等，其内涵大同小异。杨叔子先生于 2014 年 6 月 9 日至 11 日参加在北京举行的中国科学院院士

[①] 王高潮，南昌大学中国古代文学专业博士研究生，研究方向为现当代旧体文学。
[②] 陈燕：《德为人先 学为人师 行为世范——杨叔子院士访谈录》，《高校教育管理》2013 年第 7 期。

大会，为全身心地投入工作，他忽视了自身的健康状况，不幸突发心脏疾病。经医疗部门和院士工作局等机构的救治与关怀，最终有惊无险。杨叔子先生以诗词的形式记录着病中经历，其自述曰："在而后的半年多时间里，几乎隔十几天就有新作，在即事起兴、抒情述怀之外，也与老友酬唱，重温旧谊，切磋交流，倍感愉悦。"①

其涉病诗非但无悲苦之吟，反而多慷慨之声。如《〈病中之吟〉序诗》："非吟非咏更非呻，是梦是迷全是真。恩重谊深诗给力，关情我得度危津。"②诗人勇于面对疾病，不因病痛而发哀声，他以诗为桥梁来沟通友谊，更把诗当作精神寄托来克服病痛。此诗充满乐观豁达之情，是"病中之吟"整章的情感基调。又如七律《安装心脏起搏器感赋》："魔孽袭来焉失魂，回天扁鹊术何存？山穷水尽无他路，柳暗花明只此村。脉动重开新境界，心频合拍旧衡门。身康原是青山在，岁暮精华倍足珍。"③此诗生动地描写了诗人患之初时的惊恐、治疗过程的曲折、手术痊愈后的感怀，尾联直抒胸臆，表明了诗人希望于暮年继续为祖国和人民多做贡献的伟大志向。再如《术后复查喜赋》，同样表达出诗人康复后的豪情壮志："'长程'报告慰人心，早搏何能伺袭侵。二竖无缘为病祟，吾生有幸复康临。回眸往事波汹涌，放眼前行岳峻岑。诚愿攀登重起步，众山一览入诗吟。""长程"，诗人自注曰："动态心电检测仪之俗称。"④杨叔子先生接受安装心脏起搏器手术后，逐渐可以自由地行动，他感慨道："装心脏起搏器是一个关键。原来，我每天基本上是躺在床上，下床走几步，就坚持不了了。装心脏起搏器之后，基本是不用躺在床上，而且逐步可慢慢地自由行动了。"⑤身体好转后，他立刻恢复斗志，"诚愿攀登重起步，众山一览入诗吟"句突出表现了诗人对生活的热爱与坚持不懈地为国奉献的豪情壮志。

其二，杨叔子先生患病期间的赠答唱和诗词，记录了其与友人、教育界、诗歌界的交流，表达出了真挚的友情、对教育的重视等，情感内容较为丰富。

首先，友人们对其的慰问与关心表现出深厚的友谊。杨叔子患病以后，其亲朋好友、同事们都十分关心他的身体状况。如《谢老友赠慰问贺卡》："塞翁失

---

① 杨叔子：《往事钩沉》，华中科技大学出版社2018年版，第288页。
② 杨叔子：《杨叔子槛外诗选》，高等教育出版社2017年版，第374页。
③ 杨叔子：《杨叔子槛外诗选》，第361页。
④ 杨叔子：《杨叔子槛外诗选》，第371页。
⑤ 杨叔子：《往事钩沉》，第287页。

马焉非福，历尽洪波乐晚年。谊重青山凝厚意，情长锦缕织佳联。夕阳斜照人何虑，霞彩多姿景更鲜。且喜心头犹绮梦，同迎百岁醉芳筵。"①友人们借塞翁失马的典故慰藉诗人保持乐观豁达的心态，老友之间的深情厚谊，为诗人的积极心态提供了坚实的支柱。又如《黄志远老友夫妇来访，喜赠》："与君甲子识前缘，共事重逢越卅年……耄耋欣然同一笑，明朝更乐景无边。"②诗人与黄志远相识于中学，此后又于同一大学任教，可谓感情深厚，老友相逢，诗人内心十分喜悦。尾联表现出诗人面对疾病与衰老时乐观豁达的心态。再如《如梦令·谢九江学院甘筱青校长与诸友来探望》："万朵千姿争放，况是濂溪川上。月是故乡明，友谊乡情别样。堪赏，堪赏，一片相思凝望。"③故乡是人们心灵的羁绊，同乡好友的看望使诗人倍感温暖亲切。

其次，杨叔子与友人们互相唱和，增进了友情。病情稳定以后，杨叔子先生并未冷却与外界的联系，而是积极地工作、生活。他与友人们唱和不断，以诗赠答，增强了彼此之间的友谊。如《赠王义遒同志》："赣府曾为友，相交志共攀。同怀超半纪，高谊十年间。欢笑情如旧，萧疏发已斑。风姿盖新貌，夕照满青山。"④诗人与王义遒不仅相识已久，情谊深厚，而且二人志趣相投，共同致力于推动高等院校文化素质教育，可谓心照神交。王义遒和诗曰："滕阁初相识，重逢鬓已斑。风云一别后，星月念年间。赉志还思报，订盟共克艰。桑榆迎绝顶，携手乐攀登。"⑤二人相识于1950年南昌团员干部培训班，又都怀抱着为国为民的宏图伟志，他们是知心老友，亦是为国奋斗的同志。杨叔子先生《次义遒老友和诗之韵再赠》曰："逆浪帆悬劲，雄关步越艰。白头还有梦，绝顶永随攀。"⑥可见二人为国家教育事业的发展而奋斗不息的雄心壮志。另外，杨叔子与王玉明院士的唱和彰显出他们共同的文学旨趣与志向。如《鹊桥仙·答谢王玉明院士连续赠游览新作》："诗人院士，生花妙笔，沉醉自然无累。流连美景几忘身，新词首首真情委。　　高歌浩渺，纵情山水，大好文章奇起。庄周老子是先行，九州画

---

① 杨叔子：《杨叔子槛外诗选》，第365页。
② 杨叔子：《杨叔子槛外诗选》，第380页。
③ 杨叔子：《杨叔子槛外诗选》，第373页。
④ 杨叔子：《杨叔子槛外诗选》，第364页。
⑤ 杨叔子：《杨叔子槛外诗选》，第366页。
⑥ 杨叔子：《杨叔子槛外诗选》，第366页。

图诚堪喜。"①"诗人院士"之谓,名副其实,王玉明院士是我国著名的流体密封工程技术专家,同时他还雅好诗文、摄影,有《水木清华眷念——韫辉诗词选》②《心如秋水水如天——韫辉诗词百首》③等文艺著作。王玉明院士陶醉山水之际,以诗词描绘美景、表达情感,是其文学创作能力与人文素养的体现。杨叔子《感赠王玉明教授》曰:"院士诗人文艺卓,诗人院士技科巅。来朝水木清华府,月色荷塘共雅弦。"④诗人自注曰:"称王玉明教授为院士诗人、诗人院士,其诗、书、摄影均佳。"杨叔子先生盛赞王玉明院士的科技贡献与文艺作品,并非虚辞,而是实写。王玉明文理兼通,并且十分支持杨叔子的教育主张。他们以诗词的形式表现自己的生活旨趣与科研志向,二人往来唱酬,双声和鸣,为祖国的发展与富强而奋勇向前。

再次,杨叔子的唱和诗除表达友情外,还表现出对文化素质教育的关心。他与诗词教育界孔汝煌先生的交游反映出其对文化教育的重视。《孔汝煌贤伉俪从杭专程探望感赋》其一:"好友特见访,情真思愿同。西湖斟美酒,黄鹤醉长空。一聚何言达,重逢万绪通。明朝分手罢,心路总相融。"⑤杨叔子先生曰:"孔先生一直是我诗词写作的诤友、畏友,是诗友中与我切磋、唱和最多的一位。近三年在病中,我几乎每星期都会和他通电话,向他请教。"⑥可见二人唱和之稠,情感之深。杨叔子《感和赠友人》赞扬了孔先生的才华:"奔鋈扬蹄接未年,雄心不减向峰巅。德才兼备通文理,祸福无违学圣贤。百炼成钢真质韧,千磨出刃实锋坚。诗成大有豪情在,一掬丹心寄厚缘。"⑦孔汝煌先生是中华诗教促进中心副主任,十分重视人文素养教育,有《中华诗词曲联简明教程》《中华诗教与人文素养》《诗教文化刍论集》等著作。杨叔子称赞友人虽已暮年,但雄心不减,在诗教领域做出了卓越的贡献。杨叔子院士与孔汝煌先生有着共同的教育理念,"诗成大有豪情在,一掬丹心寄厚缘"表达出对友人的赞扬,也表现出诗人对文化素质教育的深切关心。此外,《为瑜珈诗社诗会而作》也彰显出杨叔子先生对

---

① 杨叔子:《杨叔子槛外诗选》,第378页。
② 王玉明:《水木清华眷念——韫辉诗词选》,作家出版社2021年版。
③ 王玉明:《心如秋水水如天——韫辉诗词百首》,高等教育出版社2018年版。
④ 杨叔子:《杨叔子槛外诗选》,第309页。
⑤ 杨叔子:《往事钩沉》,第289页。
⑥ 杨叔子:《往事钩沉》,第289页。
⑦ 杨叔子:《杨叔子槛外诗选》,第379页。

诗歌文化发展的重视："欣知今盛会，乐聚众诗家。欲写瀚如海，未成纷胜麻。吟情思方涌，得句日将斜。待到明秋至，同来赏菊花。"[1]

杨叔子的赠答唱和诗词，有着以诗交友、以诗兴教的特点，不仅体现了友人之间的深挚情谊，还表现出其对文化、教育的关心与重视。友人们的赠和诗表现出时人对杨叔子先生的爱戴，以及对其高尚品质与教育贡献的认可。

其三，杨叔子先生的"病中之吟"包含了许多即事抒怀诗词，其中既有家庭温情，又有节令之感，真实细腻地反映了杨叔子对子女的关爱、对家风的重视以及对祖国的热爱。

首先，其即事诗记录了家庭温情与优良的家风。如《喜书》："捷讯传来最喜人，殷殷切望已成真。辛勤两载深根固，更盼初花别样新。"[2]此诗序言曰："易易短信告知，硕士论文可以通过，全家欣慰，喜赋此。"[3]杨易，为杨叔子之孙女，此诗寄寓了诗人对孙辈的美好祝愿。又如《八十一周岁书怀》其四《读杨易贺讯再感》："月圆人聚倍相亲，更念孙孙万里人。朝夕犹思家里事，贺词遥祝我生辰。"[4]表现出杨叔子先生对孙女孝敬长辈、关心家庭之孝心的赞赏。杨叔子先生秉承优秀的家风，教育子女要立德树人，热爱祖国。《杨易返国回家有感》曰："如潮问号需求解，服务人民第一章。"[5]杨叔子《往事钩沉》曰："父亲一直教导我们要'清廉爱国，师表崇德'，在我的成长岁月中，父亲的谆谆教诲，我一直谨记于心，无论是爱国主义情怀，还是为人师表的品德，都使我受益终生。"[6]杨叔子的父亲杨庚笙曾长期追随孙中山先生参加民主革命，于抗日战争时期筹办学校，倡导读书救国，训诫家人绝不做亡国奴。杨叔子出生于书香门第，家风优良，他希望子孙后代能延续家风中的这种爱国精神，叮嘱孙女杨易在工作岗位上要秉持家风，多为祖国做贡献，《杨易参加工作第一天，书赠》曰："顾他弘道执，奋翼浴晖追。爷奶叮咛嘱，家风不可违。"[7]

其次，其即事诗词还表现出忧国忧民的爱国情怀。如《羊年迎春喜赋》："新

---

[1] 杨叔子：《杨叔子槛外诗选》，第369页。
[2] 杨叔子：《杨叔子槛外诗选》，第363页。
[3] 杨叔子：《杨叔子槛外诗选》，第363页。
[4] 杨叔子：《杨叔子槛外诗选》，第360页。
[5] 杨叔子：《杨叔子槛外诗选》，第368页。
[6] 杨叔子：《往事钩沉》，第2页。
[7] 杨叔子：《杨叔子槛外诗选》，第387页。

中国格今尤健,老虎苍蝇一扫中。"①吟咏新春佳节之际,诗人不忘关心国家政事,歌颂了反腐斗争中取得的成就。又如《浪淘沙·为反腐而作》:"反腐得人心,胜过甘霖。古今明鉴最堪钦。历代兴亡犹在目,举止应斟。　此日发龙吟,是盗须擒。任凭设障似难寻。黎庶风雷全必胜,真理同箴。"②整首词气势磅礴,酣畅淋漓,表达了诗人对反腐工作的高度认同与赞扬。

再次,杨叔子的"病中之吟"还抒发了节日时令之感。如《农历除夕前一日感书》表达了新春佳节家人团聚的喜悦:"除旧迎新习俗成,家家喜聚话亲情。纵然微恙何须说,一派春光万里盈。"③此诗还表现出杨叔子先生身体有恙后乐观豁达的心态。诗人在八十一岁时,心中仍然充满豪情壮志与爱国之情。《八十一周岁书怀》其一《午休偶感》曰:"耄岁今超喜满怀,尚思为国效坛台。人宁午静安然睡,李硕桃肥入梦来。"④此诗为改写陆游《十一月四日风雨大作》而成。陆游是宋代的爱国诗人,杨叔子先生选择改写此诗,亦是表明自己的爱国之心与报国之志。又如《清明偶感》:"清明又是雨纷纷,花舞花飞俏断魂。休问良辰何处是,人心自有杏花村。"⑤清明时节阴雨绵绵,人心感伤,但诗人内心平静豁达。诗人自注曰:"学校春假三天,今为次日,连日下雨,感而用杜牧《清明》原韵,而时代大为不同了。"节令不改而时代变迁,此诗表达了诗人对新时代新社会的认同。

其四,其"病中之吟"并无惆怅哀痛之语,而是充满了闲情逸致。杨叔子院士自幼学习四书五经,为避免患病以后记忆力减退,他将诗文阅读与创作作为保健方法与精神寄托。《往事钩沉》第六章"诗助康复"云:"我把诗词的诵读与写作作为康复日程的一部分。"⑥

一方面,杨叔子先生患病之后仍手不释卷,读书之余还表达了自己的阅读感受。如《再读林语堂〈京华烟云〉有感》其四:"人生毕竟是篇文,出世难同入世分。变幻无端孰评说,京华自古积烟云。"⑦《京华烟云》是一部长篇小说,展现了中国近代社会的风云变幻。此诗表达了诗人对人生悲欢离合和社会变迁的感慨。

---

① 杨叔子:《杨叔子槛外诗选》,第375页。
② 杨叔子:《杨叔子槛外诗选》,第372页。
③ 杨叔子:《杨叔子槛外诗选》,第376页。
④ 杨叔子:《杨叔子槛外诗选》,第360页。
⑤ 杨叔子:《杨叔子槛外诗选》,第390页。
⑥ 杨叔子:《往事钩沉》,第288页。
⑦ 杨叔子:《杨叔子槛外诗选》,第362页。

又如读友人之作,《读汝煌〈整理旧稿书怀四首并序〉,感和》《元宵日读梁东〈蜡梅二首〉依韵奉和》等,皆反映出了诗人患病期间的闲情逸致与平和心态。

另一方面,杨叔子先生做完心脏起搏器安装手术后,身体好转,行动更加自如。他春日出游,享受自然之美。《临江仙·春游》:"樱白桃红鲜艳,玉兰别格娇黄,怡红快绿总堪当,淡妆真韵味,浓抹特芬芳。　今日全非彼日,高楼大院书香,骋雄争杰意深长,神州培此秀,文彩动他乡。"[①]整首词作色彩明亮,感情欢快,充满了春日的生机。词人赞美了校园里青年学子奋勇争先、昂扬向上的精神面貌。又如《春日随笔》四首吟咏杨花、小草、草花、落叶,其一《杨花》曰:"不解漫天做雪飞,何来众艳斗芳菲。天姿国色从无念,唯愿春芳客尽依。"[②]此诗意境恬淡,表达了诗人对与世无争、默默奉献者的赞美。杨叔子先生患病期间的闲情诗词表现出他对古典文学的喜爱与积极乐观的生活态度。

二、杨叔子"病中之吟"的书写特点

杨叔子先生博览群书,文学底蕴深厚,这为其诗词创作提供了素材与创新方法。其诗词大都注明创作时间、地点、缘由,具有叙事性与纪实性,还有较为详细的自注,使读者更易于理解其情感内蕴。另外,杨叔子先生的诗歌活用前人诗句,从而在语言和立意上达到出新的效果。杨叔子先生有着坚定的爱国情怀和奉献意识,其诗词直抒胸臆,情感豪迈旷达,感人肺腑。这些都是其"病中之吟"较为鲜明的艺术特色。

其一,杨叔子先生的"病中之吟"多用小序,自注翔实,记载了其患病期间的生活状况,具有纪实性特点。其创作诗词注重叙事功能,诗词创作背景大多可见于自传《往事钩沉》。除此之外,其诗词题下多注明创作日期、地点以及广泛运用的小序、详细真切的自注,这些都增强了诗词的纪实性。

除了纪实性特征,"病中之吟"的情感内蕴也十分丰富。一方面,诗歌后的自注为准确理解其情感内蕴提供了辅助,而自注本身不仅有解释说明的作用,还反映了诗人的内心情感。如《安装心脏起搏器感赋》:"身康原是青山在,岁暮精华倍足珍。"诗人自注曰:"愈后所剩岁月也无多了,可说是应作'精华'用了,多有益于人民。"[③]诗歌原句只是感慨人至暮年时光流逝之快和身体健康的宝

---

① 杨叔子:《杨叔子槛外诗选》,第386页。
② 杨叔子:《杨叔子槛外诗选》,第388页。
③ 杨叔子:《杨叔子槛外诗选》,第361页。

贵，并未表现出浓厚的家国情怀，而诗人的自注则直接鲜明地表达了为国为民继续奉献的暮年壮志。又如《赠王义遒同志》："赣府曾为友，相交志共攀。"[1]自注曰："王义遒同志，1950年暑期在南昌因团员干部训练班与我相识，同在一个团小组……本世纪初起，共同参与推动高等院校文化素质教育。"[2]律诗字数有限，格律严谨，诗人将无法详尽的内容以注释的形式呈现，点明了二人的相识时间与契机，"共同参与推动高等院校文化素质教育"是对"相交志共攀"的解释说明。诗歌原句与注释内容相辅相成，更利于表情达意，也使读者能更准确地领悟诗人的情感内蕴。再如《感怀》组诗其四《毛主席塑像》："万岁唯民是，手挥神采扬。"自注曰："毛泽东同志在天安门检阅游行队伍时，屡呼'人民万岁'。"[3]自注内容除了解释说明诗句中"万岁"一词，还表现出诗人对伟人的崇敬与爱戴之情。

另一方面，诗词前的小序既说明了写作的缘由，又蕴含着诗人的情感与诗歌主旨。如《杨易返国回家有感》："两载光阴怎算长？人生一世费思量。"[4]诗序曰："易易离家已两年了，现又在身边了。"语言质朴，情感真挚，既为引出诗歌首句做铺垫，又蕴含着对孙女深深的思念与关爱。又如七律《有感》："自力更生创业辛，齐心奋进奠基珍。瑜峰有鸟腾空出，天际如虹绘彩陈。莫谓迎新需旧辈，更须除旧有新人。奔飞举翼苍茫去，直指无前向北辰。"[5]序曰："近日，参加一系列学校重要活动，欣看学校不断进展，感书。"诗歌以"瑜峰"代指华中科技大学，较为含蓄，诗序使诗意更为明白晓畅。再如其词作《临江仙·春游》序曰："乙未年春分（2015年3月22日）下午黄立昌、马克定一家来访，校园内姹紫嫣红，嫩绿娇青，春色无边。"[6]记载了同行好友姓名，又写出了春游之缘由，同时为渲染词中"樱白桃红鲜艳，玉兰别格娇黄"的明媚春景做铺垫。

杨叔子先生"病中之吟"中的小序及自注，不仅在诗歌内容上起到记载创作时间、地点、缘由作用，还在表现诗歌情感方面起着至关重要的作用。其自注中所述与友人相识之经过，表达了他与友人之间深挚的情谊。自注中对国家、人民的关心，反映出诗人高尚的家国情怀。小序及自注是其诗词的重要组成部分。

---

① 杨叔子：《杨叔子槛外诗选》，第364页。
② 杨叔子：《杨叔子槛外诗选》，第364页。
③ 杨叔子：《杨叔子槛外诗选》，第395页。
④ 杨叔子：《杨叔子槛外诗选》，第368页。
⑤ 杨叔子：《杨叔子槛外诗选》，第385页。
⑥ 杨叔子：《杨叔子槛外诗选》，第386页。

其二，杨叔子先生作诗活用前人诗句，或改变诗句原本的语言，或赋予诗句新的意蕴，从而以故为新。这种创作手法古已有之，并非生硬地抄袭，而是借陈言以出新意，是一种诗歌创新之法。宋代黄庭坚的诗歌创作主张"夺胎换骨""点铁成金"即是如此。

一方面，杨叔子作诗改用前人诗句以抒发自我新意。如《八十一周岁书怀》其一《午休偶感》："耋岁今超喜满怀，尚思为国效坛台。人宁午静安然睡，李硕桃肥入梦来。"诗人步陆游《十一月四日风雨大作二首》原韵，将"尚思为国戍轮台"[①]改为"尚思为国效坛台"，"坛台"即杏坛，喻指教育界。"夜阑卧听风吹雨，铁马冰河入梦来"，宋代爱国诗人陆游因忧国之思而不能成眠，辗转入睡后在梦境中实现自己报国杀敌的雄心壮志。而"人宁午静安然睡"表现出一种闲适之感，诗人在和谐繁荣的社会环境里安然午睡，希望自己能继续为祖国培养人才。杨叔子与陆游之诗皆表达了爱国之情，但呈现的风格却大不相同，陆诗慷慨悲壮，杨诗则平淡闲适。又如《春日随笔》四首，其中三首皆改用了前人诗句。其一《杨花》："不解漫天做雪飞，何来众艳斗芳菲。天姿国色从无念，唯愿春芳客尽依。"自注曰："韩愈诗云：'杨花榆荚无才思，惟解漫天作雪飞。'今反其意而用之。"[②]韩愈诗中的"杨花榆荚"缺少姿色与芳香，而杨叔子极其欣赏杨花甘于平凡、默默奉献的品质。其四《落叶》："无边落木下堪骄，非彼是今宁寂寥？旧去新来容更俏，今朝总是胜前朝。"[③]诗后自注曰："借用杜甫句'无边落木萧萧下'中'无边落木'四字，但与春树之落叶情景全反。"杜甫《登高》描写寂寥的秋景，而此诗描绘了旧去新来、充满生机的春景，感情轻松明快。

另一方面，杨叔子作诗沿袭前人诗句原意，化用诗句语言。如《春日随笔》其二《小草》："非空实有报新来，滋润如酥不染埃。莫道非芳更非艳，倘无底色也无瑰。"[④]诗后自注曰："化用韩愈诗：'天街小雨润如酥，草色遥看近却无。'"二者都是描写春雨之润、春草之绿，写出了春日之生机。又如《安装心脏起搏器感赋》："山穷水尽无他路，柳暗花明只此村。"诗人化用陆游诗句"山重水复疑无路，柳暗花明又一村"[⑤]，表示自己的疾病只能通过安装心脏起搏器来治疗。

---

① [宋]陆游著，钱仲联校注：《剑南诗稿校注》，上海古籍出版社1985年版，第1829页。
② 杨叔子：《杨叔子槛外诗选》，第388页。
③ 杨叔子：《杨叔子槛外诗选》，第389页。
④ 杨叔子：《杨叔子槛外诗选》，第388页。
⑤ [宋]陆游著，钱仲联校注：《剑南诗稿校注》，第102页。

二者都是表达面临绝境发现出路之豁然。

　　杨叔子先生熟练自然地化用古诗语言与立意，从而使诗作出新，这与其自幼学习经典名著密不可分。他熟读诗书："在父亲的教育下，几年间我学了《唐诗三首诗》《诗经》《论语》《大学》《中庸》《幼学琼林》《古文观止》的部分文章及其他一些古籍。这就是在培育民族文化这一根本，在铸造民族灵魂。"①古典文学浸润了其儿童时期的心灵，塑造了其坚定不移的爱国精神。杨叔子先生深厚的学殖亦影响着其文学创作，其诗词活用诗典，以故为新，彰显出其精妙纯熟的创作水平。

　　其三，杨叔子"病中之吟"往往直抒胸臆，情感迸发而出，豪迈旷达。杨叔子先生晚年虽罹患心疾，但其生活态度和人生志向并未受到病痛的影响，他以一种积极昂扬的姿态面对暮年生活。其"病中之吟"语言平直率真，直抒胸臆，整体上呈现出豪迈旷达的情感风格。其情感内蕴十分丰富，如歌颂真挚的友情、感慨时光流逝、表现温暖的亲情和抒发爱国情怀等，其中忧国忧民的爱国之情是"病中之吟"的中心情感。"他幼承庭训，熟读诗书，浸润于中华优秀传统文化，以爱国主义为核心的民族精神和以改革创新为核心的时代精神融入他的血液之中"②。其涉病诗、唱和诗与抒怀诗等题材的诗词，无不透露出诗人的家国情怀。

　　一方面，杨叔子先生病中仍十分关注国家大事，有着坚定的爱国之心。如"身康原是青山在，岁暮精华倍足珍"③句，语言平实质朴，直抒胸臆，感慨健康和时光的珍贵，表现出诗人珍惜时光、继续奉献的精神。另外，杨叔子先生对国家的时事政治十分关注，他为反腐倡廉行动欢呼："新中国格今尤健，老虎苍蝇一扫中。"④"老虎苍蝇"指大小贪官，诗人直接地表明了扫清贪官污吏的愿望。杨叔子先生回顾往事，感慨新中国取得的卓越成就，立志为国家和人民奉献终生。其《永遇乐·〈往事钩沉〉序》曰："诗书浸润，传统教诲，现代宏思乳哺。六四流年，蓦然回首，服务人民悟。朝阳信仰，参天理想，沃土深根须固。"⑤诗人以明白晓畅的语言直率地表明自己服务人民、为国奉献的人生志向，"朝阳信仰，参天理想"句表现出雄浑豪迈的情感风格。

---

① 杨叔子：《往事钩沉》，第6页。
② 杨叔子：《杨叔子槛外诗选》，第1页。
③ 杨叔子：《杨叔子槛外诗选》，第361页。
④ 杨叔子：《杨叔子槛外诗选》，第375页。
⑤ 杨叔子：《杨叔子槛外诗选》，第391页。

另一方面，杨叔子先生特别重视家风的传承，教诲后辈要有爱国精神和奉献意识。如《杨易返国回家有感》曰："如潮问号需求解，服务人民第一章。"① 他教育孙女要牢记为人民服务、为国家做贡献。又如孙女杨易踏上工作岗位后，他劝诫道："爷奶叮咛嘱，家风不可违。"② 此处"家风"即指高尚坚定的爱国精神。

杨叔子先生的"病中之吟"并无悲吟哀怨之语，而是充满慷慨激昂的精神力量，呈现出豪迈旷达的诗歌风格。这与其忧国忧民、为国奉献的高尚情操有关。有宏志方有大胸襟，有大胸襟则可称为"大先生"，称杨叔子为"大先生"是客观的、合理的。"在教育界能真正配得上先生称谓的人不多，配得上大先生敬语的人更少，而用大先生来称谓杨叔子名副其实，充分表达了大家对他的崇敬和爱戴。"③ 杨叔子先生有着宽广的胸襟和高远的志向。其爱国精神和奉献意识消解了疾病带来的颓丧，驱走了人至暮年时的萧瑟。其诗词直抒胸臆，抒发雄心壮志，表现出昂扬向上的精神力量与豪迈旷达的情感风格，"病中之吟"亦是如此。

总之，《杨叔子槛外诗选》中民族之兴、英模之颂、科技之光、病中之吟等主题，无不表现出诗人高尚的爱国情怀。郑欣淼评其诗曰："爱国主义、民族精神、家国情怀是杨叔子院士诗作的主旋律。从科学之真中，赋出了人文精神的美善光辉。"④ 杨叔子先生投身科研与教育数十载，攻坚克难，孜孜奉献。他倡导加强理工科院校大学生的文化素质教育，为祖国培养了众多德才兼备的优秀人才。不幸罹患心疾后，杨叔子先生以诗词排解疾病带来的苦痛，表达其昂扬奋进的生活态度和深沉的爱国精神，用自身实践证明了诗词带给人的力量。杨叔子先生倡导文化素质教育，诗词创作和弘扬是一种具体的实践方式。这种实践的核心目的是让青年们深入了解中华传统文化，使青年群体树立远大志向与爱国主义精神，从而团结一致，实现中华民族的伟大复兴。"诗，最是人文，也是科学。人文和科学，正是叔子先生一生不懈奋斗的事业。"⑤ 本文仅为引玉之砖，期望更多读者、学者阅读与研究杨叔子先生的诗词作品，这对于人才培养和社会长远发展具有一定的现实意义。

---

① 杨叔子：《杨叔子槛外诗选》，第 368 页。
② 杨叔子：《杨叔子槛外诗选》，第 387 页。
③ 罗海鸥：《从杨叔子看大先生之大》，《高教探索》2024 年第 3 期。
④ 杨叔子：《杨叔子槛外诗选》，第 4 页。
⑤ 杨叔子：《杨叔子槛外诗选》，第 6 页。

《陈懋章集》序

潘云鹤[①]

中华传统诗歌,自春秋以来,高潮迭起,名家纷出,佳作如潮,流咏千秋。至民国以降,因历代鸿才巨擘已苍苍密布成林,再能脱颖而出者,实难而稀矣!

中国工程院陈懋章院士,系航空航天动力专家,业余作诗,拥有阅世久,留学多,善解文化,深谙科技等四维资源,并能令之通悟彼此,交融情理,综合创新。故妙意佳作频出于其诗词集中,韵味清新自然,读来惊喜不断。

懋章先生来信嘱为诗集题名作序。我奉读诸篇,拟书名为"四维咏悟"。今题签已毕,唯惶然不知及格否?

衷心祝懋章先生在四维空间中继续健步吟咏,情茂,景新,词达,义深,创造更新更美,在诗词森林中拔然而擎天!

2021 年 8 月 15 日

[①] 潘云鹤,中国工程院院士,计算机应用专家。中国工程院原常务副院长、浙江大学原校长。

四维天地事　一卷领潮歌

郑欣淼[①]

陈懋章先生为我国航空发动机领域的权威学者、成就卓著的院士，又是教育专家，还是有实力的诗人，集此四维于一体，相互融通，相互促进，实为难得！

读先生自序，得知先生届高龄始为诗，然吟咏不绝，终有成就，尤感钦佩！

"四维天地事，一卷领潮歌"，这是我读陈先生诗歌，对其学识底蕴与艺术视野的总体印象。

作诗者欲成大器，须具备两个条件：一是学识渊博，或谓"深于诗"。一是天机清妙，或谓"多于情"。天机清妙者，不学而能。学识渊博者，须胸中有物，事业有成，有使命感，襟怀有多宽，其诗词成就便会有多大。先生之渊博学识从侧面展现了一个书香门弟的庭训——自幼饱读诗书。我发现，先生乃真正的"深于诗"之人，其选材之新颖、吟咏角度之独特、感情之真挚可谓异彩纷呈，科学家的本色跃然纸上，痕迹无处不在。

清人叶燮在《原诗》中指出，诗以"理、事、情"为表达内涵，以"才、胆、识、力"为诗人内秉。陈先生诸多大作，以理为脉，以事为神，以情运气，经纬之间，神清气足，充分展现了一个当代中国科学家境界之高、胸襟之广。

如歌颂利玛窦之作有句"明清皇贵供奇猎，误国封关三百年"，也是对中国近代科技落后于西方发达国家原因的思考。在唐人街看到中国营业者，有句云"赚得小钱强笑脸，他人檐下莫伸腰"，十四字，道出了异域谋生之艰辛。敬重抗疫巾帼的"花季白衣生死与，何曾相问是相知"，展现了科学家悲天悯人之大善。对钓鱼者"钓者不知正被钓，钓场犹比宦游场"之感悟，展现了先生淡泊名利、参透人生之大智慧。"过客匆匆百米跑，急升急降笑跳高。我登场上舒筋骨，万里持恒堪自豪"是对竞赛场急于求成获名获利者之不屑，对踏实稳步持之以恒贡献者之肯定。以歌咏死犹未已的大马哈鱼"临死回游万里遥，将躯喂哺幼鱼苗"言己之志，体现了一个科学家的无私与大爱。先生之作，多有以咏物而言志，以大爱为价值导向，且重情理相融。

将最先进的科技与传统的诗词韵律结合、将外域风情通过诗词韵律来反映，

[①] 郑欣淼，国家文化部原副部长、故宫博物院原院长。

乃是先生最大的特色，也是先生作为一个科学家的视野独特之处。先生为诗词领域探索着一条新路。如《唐多令·从扑翼机到定翼机》的"定翼启新篇，展腾飞路宽。万生园、寻遍无先。铁骨钢筋光灿烂，高昂首，上云端"，直接把科学家的智慧与中国传统诗词融合为一，专业术语与诗词语言浑为一体，不着痕迹。再如《望海潮·天问一号首登火星之际抒怀》的"长五送飞，融车搭载，首登乌托平原。起落小山峦。又升太空号，宇宙飞船。纵览环球，天和天问技前沿"，更以最先进的科技术语入词，融通得如此绝妙，当是先生探索成功之作。我还注意到，这首词已刊登在《中华诗词》2021年第8期之"时代风云"栏目。对《古罗马竞技场》的独特感慨："金宫墟上逐欢忙，血雨腥风成日常。曲道回盘连地狱，雕阑飞阁向天堂。蜀山魂化阿房殿，白骨堆成竞技场。半壁颓垣犒过客，古城暮霭暗残阳。"沧桑写在了历史的书页，同时也把诗词引入了外域。

　　科学与诗词的本质都是创新，即：立足当下，风格独特，不重复古人，不重复自身。先生从科研实践中已悟出了取材须独特，有自家风格；从科学之真中悟出了诗词须有真性情，赋出了人文的美善光辉。在人工智能与航天科技高速发达的当代，诗词也是创新与发展的时代，陈懋章先生的开拓与探索具有一定的启示意义。

　　于先生诗集付梓之际，略赘数语如上，吁同好共赏！
　　谨为序。

于北京故宫御史衙门
2021年8月28日

应是天风窥望久　频催佳句入珠帘

韩倚云

我知陈懋章先生，始于航空发动机教材。航空发动机乃航空飞行器之心脏，先生于该领域多有建树，并于1999年当选中国工程院院士，在航空研究领域，一直是青年学者的楷模。而此际，非为讲解先生科研成就，仅就其诗词创作，谈一点个人感受。我曾读过爱因斯坦书写居里夫人之文，对居里夫人科学成就只字未提，而只写其诗歌、为人、性情，使读者看到了一个伟大科学家的三维形象。而先生之诗词、为人、性情，亦是移人至深。

先生将他的全部诗词曲选汇为一集，潘云鹤院士题名曰《四维咏悟》，先生将诗作分类归纳。先生乃我师辈，长我四十余岁，却谦虚至此，嘱我写序。我何敢序？更何敢辞？众所周知，北航一直以工科为主，文科实力较弱，但是，北航教授却多擅长吟咏者，概传统文化生命力使然，私以为，国际科学巨匠，擅长诗歌者，不乏其人，他们大多怀本国文史底蕴，诗心天然，未能忘情，结而为集。

而我国学者治学精神亦有其优良传统，如谓"一物不知，儒者之耻"，"致知在格物"。并欲"究天人之际，通古今之变"，以"通儒"为贵。历史上不少文理兼工者，如屈原、蔡伦、张衡、祖冲之、郦道元、贾思勰、毕昇、沈括、郭守敬等，大至天文地理，小至昆虫野草，无不探索其究竟，整理成系统，以诗咏之，不拘一格，各有发现与发明；他们视文史哲的专研与自然科学、科技的实践为不可分割。虽曾有过束缚与制度的压抑，但清儒如凌廷堪、程瑶田等人对自然科学的研究、实践，可称为赫赫有功，其文学著作亦般般具在，未容忽视。有此优良传统，加以西风东渐，志士仁人，爱国忧世，奋起直追，力求学以致用，不废吟咏，两相结合，科学得以发展，诗道亦得光昌，相辅相成，代有其人。至当代，人为地将文理分科，文学与理工互不往来，导致学者难于兼通。而西方文理兼通者，却强于我国，科学家兼诗人者大有人在，如亚里士多德、牛顿、瓦特、歌德、居里夫人、爱因斯坦等，他们既影响着科学的进程，又是影响世界的大诗人。先生正是继承中、西科学家文理兼工之传统，以科研为主业，至耄耋之龄始为诗，后不废吟咏，至深钦慕。其进步之快、悟性之高、创作角度之新、哲思之深，足令青年学者赧颜。

先生将其诗集分为六分部，其中第一部分为精编，分别取不同题材之代表作，当读者兴之所致，可依次选择阅读"随感""游记""人物""亲情""本事"相关内容。《四维咏悟》中，词重言情，而诗重言志，诗有律诗、绝句、排律歌行，词有小令、中调、长调。先生每于这些诗词创作，皆是心领神会，字斟句酌，无论长吟短咏，皆极精思，韵律从严。以其《念奴娇》颇见功夫、才力与学力，非深于此道者不能为。于题材上，或借物抒怀，或直抒胸臆，皆见性情；以诗记史，或实或虚，亦见执着；吟域中外，是血是泪，宜可探求。其亲情诗词，感人至深；其哲理诗词，入骨三分。而《四维咏悟》最典型的特色莫过于怀疑创新之题材，选材角度创新之题材，对历史人物评价别出新意，吟咏亲情友情之质朴，吟咏外域题材之创新，开拓吟域至空天题材。

如其怀疑创新之题材。先生认为，作为科研人员，仅有创新精神是不够的，还要有潜心钻研、敢于质疑的怀疑精神，这些在他的诗作里，多有体现。如其《疑与悟》，采用天问体裁：

> 太阳绕地，众目观之。
> 眼见为真，何人疑之？
> ……
> 应者寥寥，只花不果；
> 因循者众，新异思难。
> 大疑诘难，地心之说，
> 颠覆潮流，天地置翻。

对于寻常所见之太阳绕地现象，因少疑者而惋惜，后点出：不悟的根源在于"因循"和"无疑"。科学家对自然界本质现象之敏感、勇于坚持真理之性情跃然纸上，把大疑方能大悟思想注入毫端，堪为警句。

论创作角度之新。自然界在科学家眼里，总是景色别具，前面的"大疑萌生大悟"，对于客观自然界，最关键的是能看到什么，同样的池塘，在谢灵运眼里是"池塘生春草，园柳变鸣禽"，在先生眼里是"万类争游囿半亩，不经江海不成龙"（《小池》）。欲想成龙，须走出小池这块有限水域，到大海或天空中去历练，正所谓"金鳞非此池中物，一遇风云便化龙"。

论对历史人物评价，观点之新。自然科学家总能客观冷静地看问题，抛开传统礼节的束缚，抛开感情因素，从新的角度来吟咏历史人物。

如其《古风·武则天》有句：

> ……

>三千佳丽无人责，面首几名何理亏？
>不比虞舜与尧禹，却承贞观启隆基。
>岂忧偏见长欺世，何患乌云永蔽曦。
>千古风流任评说，乾陵御阙立空碑。
>……

从技法上，层次井然，突兀与平行相间，质实共流走互行，高咏一代女皇功绩，曲尽人情，洵为佳构，总体清新，直道他人不敢道之语，毫无偏见，对女皇之作为持强烈的肯定态度，直接冲破封建礼教，以客观真实的态度予以评价。再如《扬州怀古》：

>南国滋春梦，西湖载酒游。
>风流终作土，何必枉寻愁。

结句有老子之无为精神，以一种淡然心态看待历史沧桑，乃大悟也。其吟咏外域题材，亦是对诗词这门艺术形式之开拓。民国时期的一批学者，已在吟咏外域题材上尝试过开疆拓土，如胡先骕、顾毓琇、慈云桂、张钰哲、彭桓武、王大珩等，他们的外域诗词不乏佳作。而先生之《选集》对外域的开拓，则尤显成熟，如出国后的《古罗马竞技（斗兽）场》：

>金宫墟上逐欢忙，血雨腥风成日常。
>曲道回盘连地狱，雕阑飞阁向天堂。
>蜀山魂化阿房殿，白骨堆成竞技场。
>半壁颓垣犒过客，古城暮霭暗残阳。

异邦景物，世间忧患，人生感慨，错杂并陈，毫发无憾。再如吟咏外域学者的《鹧鸪天·利玛窦》：

>传道西风万历间，中华典籍更精研。以儒释教融乡俗，述理行文绘壮观。
>勾股律，几何圆。西方科学上金銮，明清皇贵供奇猎，误国封关三百年。

对明清皇帝不思借鉴外域科技来强国，仅拿来供皇家玩赏，导致中国科技因封闭而落后国外三百年，惋惜之情溢于言表。其他不一一举，但如《Dry Falls》之"一朝怒触乾坤覆，唯剩秋池细雨声"堪为警语，发人深思。

《四维咏悟》吟咏自身经历之作，堪称先生独特之处，正所谓：伟大科学自有伟大之处，因经受常人未经受的磨炼而愈加坚韧。细读深悟，感慨先生步履艰辛、内心弥苦，显示出的是一种"一则以喜，一则以惧"的心情。其喜自与广大学者同，而其艰则令后生学者敬重，对某些事件不甚理解，但对科学的执着了然于心，对未来亦是满怀信心。如其《元宵节》有句"昔为南冠客，今是庙堂宾"，其惧亦是与人同，而其乐观的精神亦与人同，不废手中科研任务，盖亦"耿耿不寐，如有隐忧"（《诗经·柏舟》）而已，今人读之，犹令人心戚。

《四维咏悟》最大特色，是把诗词写上了空天，先生本专业乃航空发动机，对空天景色较常人敏感。私以为，这是《四维咏悟》中最精华部分。细读深体，感慨其研究精深，自先生居首都，负航空发动机研制之重任，广学东西，勤建树，影响后人。倚云不才，读先生《题自画像》敬和一首："勤研文理性温谦，大地高空两释嫌。应是天风窥望久，频催佳句入珠帘。"

《四维咏悟》即将问世，嘉惠后人。察其苦心，习其佳咏，取经取法，颂扬风雅，促进文理融合，必将大有莫逆于心、相视而笑者。此寄希望于今人与后人。

末学谨为序！

2021 年 8 月 17 日

论陈懋章科技词

常娜娜[①]

引　言

　　中国工程院院士陈懋章先生于科学研究之外，休憩闲暇之时，亦有诗词创作。这些兼涉哲思感怀、纪行访古、节令时岁、宇宙科技等类的诗词篇章，虽无可观之数目，却足见其细微杳深的心灵感触与人文关怀。如《疑与悟》道出"求索质疑，开悟之端"的禅家疑误之理；《昔日成都宽巷子冬夜》云"风雪三更静少城，老翁荷担小营生。昏灯陋巷颤孤影，深宅犹听叫卖声"，见其目光落放处的众生悲悯；《秋日访张北元中都遗址》云"沙场霸业今何在，零落残垣伴夕阳"，慨叹功业胜败之无常；《元宵节》云"昔为南冠客，今是庙堂宾。元夜非春始，严寒出好春"，遥想昔日"牛棚"之经历，感念而今科学之好春。如此情怀，不一而足。科技词在陈懋章诗词创作当中篇目亦属少数，但又因不同于其他诗词的风貌而值得一提。这类诗词有感于国家科技时事而发，既是出于科学家身份的自然之情，又是其诗词创作的独特题材。具体词篇有关我国2019年1月3日成功降落月球背面的嫦娥四号事件的一阕《阮郎归·嫦娥四号降落月背天河基地》；有涉及2021年2月10日我国首次火星探测任务"天问一号"探测器入轨成功的，如《浪淘沙·贺天问一号入轨成功》《卜算子·天问一号浮想》以及《望海潮·天问一号首登火星抒怀》。此外，另有《唐多令·从扑翼机到固定翼飞机》一阕，观照我国从扑翼机到固定翼飞机的航空器的发展变化。

陈懋章科技词内容及思想

　　陈懋章科技词内容，皆就社会发展，特别是航天领域重大发展的时事有感而作。这些词篇记录重大的航天事件，融入最新的文学意象，一定程度上来说，它是一种我国航天事业发展历史的文学诗史性记录。值得一提的是，这些最新时事内容记录的词篇里，交织融汇进词人对往昔峥嵘岁月以及艰苦奋斗的航天历程的感怀与思索，使得词篇在内容上避免简单冰冷的文学意象陈列以及时事记录，进

---

① 常娜娜，上海大学中国古代文学专业博士研究生，研究方向为诗词学。

而与人文诗思的情感交相辉映，使得词篇内容饱满而情感充实。

一是对嫦娥四号于月球背面成功降落事件进行抒发。2019年1月3日我国嫦娥四号于月球背面成功降落，其有《阮郎归·嫦娥四号降落月背天河基地》一阕，词云："嫦娥应悔偷灵丸，飞天形影单。谪居寥落背冰盘，娉娉人爱怜。　长火箭，大飞船，天河送翠钿。带来温暖似人间，广寒不再寒。"词篇将民间传说与现实航天事业的发展相交融。上片展开偷吃仙药飞升月宫的广寒仙子嫦娥孤身独居、形单影只的想象。下片以祖国航天事业中发射成功的飞船等航天物体为本体，以翠钿为喻体，看似在写飞天登月之物是送予嫦娥的发饰，实则在写祖国登月事业的实现与发展。一方面体现出中国人民自古而来美好的月宫想象；另一方面在虚实交互中流露出对祖国登月事业取得成就的欣慰之情。

二是对天问一号成功进入火星轨道事件之感发。2021年2月10日我国火星探测器天问一号成功进入火星轨道，成功实现对火星"绕、着、巡"中第一步"绕"的目标。基于这一航天时事，陈懋章有词三阕。其一《浪淘沙·贺天问一号入轨成功》，词云"欲访火星难，浩宇微斑。成功入轨庆安然。杯里琼浆乾满，天地同欢。　回首百年前，民族危艰。而今天问踏峰巅。历尽沧桑多少事，换了人间。"上片写造访火星事业之艰难以及天问一号成功入轨之事。下片追忆百年前祖国百废待兴，科技落后而发展艰难。经过一代又一代人的艰苦奋斗与倾力付出，终于取得了而今来之不易的成就。词篇表达的激动自豪之情溢于言表，这在其"杯里琼浆乾满，天地同欢"中可直接感而知之。此外，词章将今昔火星事业相对比，其中亦不乏对航天人付出与努力的肯定与褒扬，同时亦含对未来航天人仍旧任重而道远的鼓励鞭策之意。基于此一时事而作的另一阕《卜算子·天问一号浮想》云："揽月上青天，乃谪仙豪语。今火星朝更远探，天问深空旅。　太白满樽欢，含笑殷勤举。他日飞船若得闲，可好携吾去？"词篇表意言传与思想情感近于《浪淘沙·贺天问一号入轨成功》，而颇具意趣者在下片。下片借唐李太白之酒杯而表自我之欢畅。末一句"他日飞船若得闲，可好携吾去"，可谓双重意趣。一是衔接太白与飞船，可谓古今之碰撞之趣；一是飞船得闲载去火星者，既是太白，亦是词人。太白与词人，古人与今人合二为一，此可谓古今同体之趣。另一阕《望海潮·天问一号首登火星抒怀》云："嫦娥探月，蟾宫如见，火星浩宇微斑。长五送飞，融车搭载，首登乌托平原。起落小山峦。又升太空号，宇宙飞船。纵览环球，天和天问技前沿。　百年回首难言。叹衰颓国势，民族危艰。求索图存，披荆建党，抛头颅换人间。改革破篱藩。迈复兴大道，重上峰巅。弹指挥间百载，举世绝无先。"此词可谓乃一篇我国航天事业发展小史。上片使用嫦娥四号月球探测器、长征五号B遥二运载火箭、祝融号火星车、中国空间站天和核心舱、天问一号火星探测器等意象，将其一一解码即可看见我国航天事业的发展历程。下片从百年前的"衰颓国事，民族艰危"，到"迈复兴大道，重上巅峰"，又是一部航天人百年奋斗小史。在这两种小史的书写之中，体现着词人对国家航天事业发展、对民族命运的深度关切。

三是对我国航天航空器事业的飞跃式发展而进行的抒写。《唐多令·从扑翼机到固定翼飞机》一词云："大梦上青天，驭云霞万千。学鹞鸢、翼舞蹁跹。水复山重思尽处，易路辙、另更弦。　定翼启新篇，展腾飞路宽。万生园、寻遍无先。铁骨钢筋光灿烂，高昂首，上云端。"词人自注云："自人类飞天之梦始，长期以来，以鸟为仿生对象，拟采用自身双翼扑扇为动力带动整体飞起，为研究扑翼机之始。达·芬奇先生亦如是。到了晚年，他才意识到完全依靠人的体能而不借助外力的扑翼机是不可行的。19世纪初，英人凯利提出固定翼理论，开辟了现代飞机发展的康庄大道。"由此可见，词篇内容关涉我国航天航空器的跨越式发展。上片主要写利用仿生学而成的扑翼机航空器在发展过程中出现的问题，进而针对这些问题航天人进行的思变。下片写技术改进进入到固定翼飞机的飞腾式发展时代。

陈懋章科技词艺术特点

陈氏科技词基本合体合式，且词章中较为集中地使用航天科技意象。这是其诸多传统题材词篇外较为独特的存在。

首先，陈氏科技词基本以小令体式为主，皆能合体合式。其所用词调主要有阮郎归、浪淘沙、卜算子、唐多令、望海潮。其中除却《望海潮》为长调体制外，余者皆为小令体制。整体而言，陈词用调格式较为工整妥帖。如其《阮郎归·嫦娥四号降落月背天河基地》，双调47字，上片4句4平韵，下片5句4平韵，合阮郎归词调格式。此词调调名由来与刘晨、阮肇天台山遇仙女的传说有关，陈词用此调神话传说层面之意，将嫦娥奔月的民间传说与嫦娥四号月球探测器着陆月球之时事类比于此，用调亦算妥帖。此外，此调在情感意蕴层面有沧桑变化、凄恻哀感之意。陈词写月宫空寒、嫦娥孤影自是蕴藉凄恻之情，而嫦娥四号着月成功不可谓百年间中国航天事业的沧桑变化。《浪淘沙·贺天问一号入轨成功》，双调53字，上下片各5句4平韵。上下片词意之间形成一个大的今昔对比模式，各片内容独立而词意贯通。《望海潮·天问一号首登火星抒怀》，双调107字，上片11句5平韵；下片11句6平韵。此词带有些许以赋为词的味道，这也与其长调体制的容纳性较强有关。《唐多令·从扑翼机到固定翼飞机》，双调60字，上下片各5句4平韵，合唐多令词调格式。

  其次，陈氏科技词多见航空科技意象，其中又不乏古典意象。在词人的巧思安排之下古今意象能取消对立矛盾而趋向和谐统一。《阮郎归·嫦娥四号降落月背天河基地》所用意象有"嫦娥""冰盘""火箭""飞船""翠钿""广寒（宫）"。这些意象又可分为古典与现代两类，诸如"嫦娥""翠钿""广寒（宫）"等为典型的古典意象。"火箭""飞船"则是典型的现代科技意象。这两大阵营的意象融汇聚集在同一词篇，表面看起来存在着对立矛盾，但词人通过使用嫦娥奔月这一民间传说故事将其贯通衔接。这样的衔接淡化了这些科技意象在传统古典的文学体裁里无处安身的尴尬境遇。与此类似者还有《卜算子·天问一号浮想》，其中使用的天体意象是"火星"，以及科技意象"天问（一号）"。而完成古今交融平衡的则是李太白这一文化人物意象的使用。而在《望海潮·天问一号首登火星抒怀》中，现代意象使用最为密集，使得此词"旧瓶装新酒"的意味更为明显。词中科技意象如"长五"（长征五号B遥二运载火箭）、"融车"（祝融号火星车）、"天和"（中国空间站天和核心舱）、"天问"（天问一号火星探测器）、"宇宙飞船"；天体意象如"火星""乌托平原"（亦指火星）、"蟾宫"；现代人文文化意象如"披荆建党""改革""复兴大道"等。这些现代意象的排列组合，使得词篇仅在文学体裁上尚具古典意味，而内容上则更具现代意味。至于《浪淘沙·贺天问一号入轨成功》，当中亦使用了"火星"意象。但因此篇中类属于古典诗词的意象较多，如"浩宇""琼浆"以及带有哲理性的人文意象"天地""人间"等，进而消解了这种古今意象间较为明显的对立性。《唐多令·从扑翼机到固定翼飞机》一阕亦属此类。

结　语

  陈懋章科技词在其整体的诗词创作中占比不大，但在其诗词创作的传统题材之外又别具风貌，如其引时事入词、集中使用现代新兴意象，特别是航天科技意象等。这种特点在整个现当代旧体诗词的发展中亦是较为醒目的。具体而言，陈词几阕科技词皆围绕我国航天发展过程中的重大事件而感发，如对嫦娥四号成功降落月背天河基地、天问一号成功入轨等大事件的观照。如若贯穿古今未来历时性来看诗词发展史，这具有一定诗史的味道。此外，值得一提的是，陈氏科技词中较密集地使用航天科技意象，这在其《望海潮·天问一号首登火星抒怀》中可见一斑。这些航空航天意象的使用，是陈氏院士身份使然。它们融汇进传统文学体裁中，经由词人的思考安排，与古典意象发生碰撞与融合，进而取得别具一格的词风词貌。这些皆是陈氏科技词值得关注的地方。

论陈懋章的纪行诗词

上海大学文学院　李景燕[1]

陈懋章（1936—），四川省成都市人，航空发动机专家，中国工程院院士，北京航空航天大学教授，博士生导师。1957年，陈懋章毕业于北京航空学院；1979—1981年，作为改革开放后第一批访问学者在英国帝国理工学院从事湍流研究；1999年，当选为中国工程院院士。[2] 陈懋章在我国航空发动机领域做出了杰出的贡献。他荣获多项国家科技奖励，出版多部学术著作。同时，他也致力于诗词创作，有诗词集《四维咏悟》出版。

一、陈懋章纪行诗词的创作情况

陈懋章在科技方面的成就已然卓越辉煌，但其在诗词创作方面的造诣更令人望尘莫及。其出生于四川省成都市，生活在文化底蕴丰厚、人文气息浓厚的蜀都，从小被诗词文化熏陶。这些造就了他情感丰富的内心，因而创作出了许多情感真挚、内容丰富、形式多样的诗词作品。由于工作的原因，陈懋章常到国内外出差，见证了祖国的山川湖海以及国外的异域风情，面对自然与人文的壮美秀丽，感情丰沛的纪行诗词在陈懋章的作品中更为突出。这些不仅是其生命历程的见证，更是其内心情感的流露。陈懋章的纪行诗词从空间上可以分为两类，即国内与国外，其中国内的纪行诗词数量多于国外。国内涉及四川、山西、河北、新疆、江苏、湖北等。国外包括美国华盛顿及檀香山、英国伦敦、法国米兰、印度孟买等。从内容上可以分为对自然景色的描绘与对人文名胜的思考。对自然景色的描绘如《鲁比海滩》《北疆游》《恩施游》等，对人文名胜的思考如《平遥古城墙野草》《秋日访张北元中都遗址》《米兰大教堂》等。这些诗词大致可分为宗教与古迹探访、自然风光、城市与人文、旅行与游记四大类，每一类都以其独特的魅力展现了陈懋章丰富的文学造诣和深邃的科学家情怀。

陈懋章的宗教与古迹探访类诗词，是他对历史、文化与宗教精神的深刻致敬。在《峨眉拜佛》中，他通过细腻的笔触描绘了峨眉山的神秘与庄严，以及自己在

---

[1] 李景燕，上海大学中国古代文学专业博士研究生，研究方向为现当代旧体文学。
[2] 周日新等主编：《航空人物志》，航空工业出版社2003年版，第474页。

佛前虔诚的祈祷，展现了诗人对佛教信仰的敬畏与对生命意义的深刻思考。而在《秋日访张北元中都遗址》中，他则以秋日的荒凉为背景，将古城的残垣断壁与历史的沧桑融为一体，表达了对过往辉煌的追忆与对时间流逝的感慨。此外，如《米兰大教堂》和《古罗马竞技（斗兽）场》等作品，更是将目光投向了世界文化遗产，展现了诗人对全球文明多样性的关注与赞美。

自然风光是陈懋章诗词中不可或缺的一部分。他善于捕捉自然之美，用诗词的语言将其定格为永恒。《平遥古城墙野草》中，他通过古城墙上的野草，寓情于景，表达了对自然生命力的赞美与对历史的沉思。《鲁比海滩》则以细腻的笔触描绘了海滩上的枯木奇观，展现了自然界的韵律与美感。而《北疆游》和《恩施游》等作品，更是以壮美的山川湖海为背景，展现了诗人对大自然的热爱与敬畏，以及在大自然中寻找心灵慰藉的渴望。

陈懋章的城市与人文类诗词，是他对城市生活、历史文化与人文情怀的深刻洞察。在《昔日成都宽巷子冬夜》中，他通过描绘老翁的营生与冬夜的静谧，展现了成都这座城市独特的烟火气与人情味。而《唐人街》则通过对海外华人聚集地的描绘，表达了对家乡的思念与对异国文化的尊重。此外，《游海河过袁世凯遗邸有感》等作品，更是将目光投向了城市的历史遗迹，通过对这些遗迹的探访与反思，表达了对社会变迁、历史沧桑的深刻认识。

旅行与游记类诗词是陈懋章诗词创作中的又一亮点。他通过诗词的形式记录了自己的旅途见闻与心路历程。《少年游·求学别母出川》中，他表达了对母亲的深深眷恋与对未来的憧憬；《浪淘沙·上大学》则回顾了大学求学的艰辛与收获；《八声甘州·忆1979年赴英国留学》则通过跨国留学的经历，展现了时代的变迁与个人的成长。这些诗词不仅记录了诗人的旅行经历，更深刻地反映了他的情感世界与人生哲思。

陈懋章的纪行诗词以其丰富的内容、深刻的情感与独特的艺术魅力成为了中国文学宝库中的瑰宝。它们不仅记录了诗人的足迹与见闻，更深刻地反映了诗人的情感世界与人生哲思，为我们提供了一个了解历史、文化、自然与社会的独特视角。

二、诗词的思想内容

"你只有在创作中充分体现你的创作个性，你的作品才会有生命力，才能获得永久的价值。"①陈懋章的诗词就极具个人特点。其纪行诗词内容丰富，不仅涉及国内还涉及国外地区。有对瀑布、海滩、山丘、绝壁等极具特色的自然景物的热爱，也有对佛寺、古城墙、天文台、明月楼等人文景观的赞美。面对多样的名胜，陈懋章的感情也是丰富多彩的，主要有登临怀古、对山水之喜爱以及自我豪情壮志的抒发。

陈懋章的纪行诗词抒发了怀古之情。陈懋章多次游览历史人文景观，面对眼前的遗迹，在时间的更迭与今昔的对比中，怀古之情油然而生。如《平遥古城墙野草》："秦汉土城壁，萋萋野蔓生。兴衰几更替，谁念草枯荣？"②通过对平遥古城墙上野草的描绘，抒发了对历史兴衰的感叹。在此时中也体现了作者的时空意识，前两句"秦汉土城壁，萋萋野蔓生"是眼前空间所见的实物，在秦汉遗留的古城墙上，已经生出了茂盛的野草。将古城墙的沧桑与野草的繁荣形成对比，暗示历史的变迁与生命的坚韧。后两句"兴衰几更替，谁念草枯荣？"是时间的流逝，兴衰自有其规律，无人会顾及小草的荣枯。又将历史的宏大与野草的微小做对比，体现了对历史兴衰循环的深刻反思，以及对生命短暂、无人关注的感慨。时间的永恒变化与空间的相对静止对比，以城墙之细草衬托历史之巨轮的碾进。再如其《扬州怀古》："昨饮邗江水，今登明月楼。入眸隋御柳，已逝锦帆舟。南国滋春梦，西湖载酒游。风流终作土，何必枉寻愁。"此诗除了作者的怀古之情外，也体现了作者的时空观。第一句"昨饮邗江水，今登明月楼"以时空交错的方式引入，既有对扬州历史的追溯，也有对现实场景的描绘。"入眸隋御柳，已逝锦帆舟"通过登楼后看到的眼前真实可感的景色来唤起对昔日繁华的想象，引人无限遐思。"南国滋春梦，西湖载酒游"则是作者的想象，这些繁华的景象最终"风流终作土"，不过化作尘土，随时间而消逝。"何必枉寻愁"是作者的宽慰之语，是宽解自己，也是宽解天下人不必枉自寻愁。相似的还有很多，如《秋日访张北元中都遗址》："萧瑟秋风摧草黄，人烟寥寂野墟荒。沙场霸业今何在，零落残垣伴夕阳。"陈懋章怀古但不伤今，他所表达的更多是对时间流逝、今非昔比的感慨。

陈懋章的纪行诗词表达了其对山水胜景的喜爱。陈懋章的纪行诗词中有多篇描绘了自然的鬼斧神工，面对千奇百怪的自然景色，其心中充满了对自然的敬畏、

---

① 童庆炳主编：《艺术创作与审美心理》，百花文艺出版社1999年版，第12页。
② 以下所引陈懋章诗作均见于陈懋章：《四维咏悟：陈懋章院士诗词选集》，高等教育出版社2022年版。

敬佩、赞美与喜爱。如《北疆游》："秋生佳气渐斑斓，最是斜阳五彩滩。阿母绮纨覆丘壑，穆王五色泼山峦。"这首诗是陈懋章在北疆游玩至五彩滩时所作。"秋生佳气渐斑斓，最是斜阳五彩滩"点明了时间及季节特点，接着引出本诗的描写对象五彩滩，夕阳下的五彩滩更显得缤纷绚烂。后两句"阿母绮纨覆丘壑，穆王五色泼山峦"则是将自然界的色彩变化比作西王母的绮丽绸缎和穆王的五彩泼墨，突出五彩滩的华丽多彩，极尽赞美之能事，突出作者对五彩滩的喜爱。另有《鲁比海滩》："云杉万里蔑凤寒，新叶葱茏老干残。岁岁秋洪摧腐朽，木枯不玷大长滩。"此诗通过对云杉林及海滩景象的细腻描绘，传达了作者对生命力和自然法则的敬畏之情。云杉的新老更替，秋洪的冲刷，都是自然界不可抗拒的力量，但即便面对死亡，树木也保持着一种高傲与纯净。整首诗洋溢着一种对生命坚韧不拔的赞美和对自然和谐共生的向往。在《恩施游》中："一江高峡出，三省万山连。地陷千寻涧，崖开半寸天。登高抚峰顶，平步入云边。秋重霜枫里，霞光落日圆。"通过描写恩施地区地理位置的险要与山水的壮阔、高峡出平湖的奇景，以及三省交界、万山连绵的壮观景象，让人不禁对大自然的鬼斧神工感到惊叹。表达了作者对大自然之美的敬畏与赞美之情。也是他"对于大自然欲寻其固有之美和规律性"的体现。

　　陈懋章的纪行诗词体现了他的豪情壮志。陈懋章长于成都，后考入北京航空学院（现北京航空航天大学），距家千里，踏上求学之路的他有对家的眷恋不舍，却也有少年的意气风发。如《少年游·求学别母出川》："赴京求学少离川，慈母絮冬棉。依依小站，迢迢远路，回哺待何年？　大江东去辞三峡，月满万重山。鬓边霜雪，泪流老面，昨夜几更眠？"词的上阕描绘了少年外出求学，母亲为其准备冬衣，以及与母亲离别时的场景，表达了作者对母亲的眷恋与不舍。下阕描写离别后的场景，"大江东去辞三峡，月满万重山"一句虽是写离别，却极具豪情壮志。紧接着"鬓边霜雪，泪流老面，昨夜几更眠"，作者想象母亲思念自己，老泪纵横，辗转难眠。何尝不是自己满含热泪，难以入眠。除此外还有其《浪淘沙·北戴河》："沧海任狂澜，涛打渔帆。斩波劈浪逞幽燕。对酒当歌拼一醉，月半杯残。　白发更红颜，英俊群贤。千秋功业启新端。历尽烟波人未老，壮我河山。"词的上阕主要描绘了英雄人物在逆境中勇往直前，斩波劈浪。下阕赞美英雄人物的杰出与优秀，他们虽已年老但仍风采依旧。随之展望了他们所创造的千秋功业对未来的影响，同时表达了作者对于国家未来的美好憧憬。作者以壮阔的海景和英勇的人物形象为载体，既有对自然美景的赞美，也有对英雄人物的敬仰；既有对过往辉煌的回顾，也有对未来希望的寄托。尤其是结尾"历尽烟波人未老，壮我河山"，表达了作者历经风雨仍不失豪情壮志、立志报效祖国的坚定信念。在《八声甘州·忆1979年赴英国留学》中："否极泰来戊午，看中华万里，大地回春。任纵横高铁，驰骋赛鹏鲲。小嫦娥、广寒挥袖，再报来、月背喜迎宾。流光逝、证今生见，换了乾坤。"这些描绘不仅展现了作者对国家科技实力的自豪，更表达了对未来无限可能的豪情壮志与美好期待。

陈懋章的纪行诗词体现出对真、善、美的价值追求。陈懋章曾在他的《四维咏悟·序》中提到"我追求真善美，用诗词讴歌真善美。每首诗词的创作，从思想内容起，我力求做到有其存在的价值。对于人物，或褒或贬。对于大自然则欲寻其固有之美和规律性"。他的纪行诗词便体现出对真善美的追求，陈懋章的真在于真实的情感流露，善在于积极向上的精神追求，美在于意境与语言之美。例如《忆江南·1995年访孟买有感》："繁盛地，巨贾影匆匆。画栋烟云遮夕照，楼台霭雾暗朝红，宗主老皇宫。　　贫民窟，望眼眯朦朦。十里连绵无尽处，四时寒暑委身篷，世代乱成丛。"这首词是陈懋章到访孟买时所作，词的上阕描绘孟买作为国际大都市的繁华奢侈。下阕却写孟买作为贫民容身之处的简陋破败。以作者的所见所感既展现了孟买作为国际大都市的繁华与魅力，又揭示了其背后隐藏的社会问题与贫富差距。使读者在感受孟买城市风貌的同时，也能深刻思考社会现实与人性问题。作者表达了对社会公正的渴望与对弱势群体的同情与关注。再如前文提及的《昔日成都宽巷子冬夜》也表达了作者对弱势群体的怜悯之情。这些都是作者真情之流露。作者之善在于对祖国的热爱，对自我的超越。《八声甘州·忆1979年赴英国留学》就体现了对祖国发展的信心与期待。再如《浪淘沙·上大学》："未冠及闱栏，长路新端。开怀科学大观园。宝藏玲珑争璀璨，能不贪婪？　　刺股夜阑珊，四季回旋。经年不觉渐衣宽。求得茫茫沧海粟，慰我辛艰。"体现了作者虽求学艰辛，但所得学海中之乐事，早已使艰苦烟消云散。体现了作者积极向上的精神风貌。陈懋章诗词之美在于意境与语言，其意境或开阔，或清寂，如《恩施游》中："登高抚峰顶，平步入云边。秋重霜枫里，霞光落日圆。"开阔的意境令人仿佛身临其境，见到了高峰入云、秋枫落日。再如《访会议旧址诗两首之二》："不见烟花见野花，清明愁雨酒旗家。小姑不识客心苦，轻婉莺歌半掩纱。"则写出了清明时节细雨如丝的清寂，令人不仅心生凄愁。

对自然、人文的喜爱以及对生活细腻的体验糅合进陈懋章的诗词中，他怀古不伤今，在历史遗迹前，所产生的多是今非昔比、时过境迁、时光易逝的感慨。

他爱山爱水，在山水中探寻人生的体验，在山水中寻求自然规律。另外，爱国也是他纪行诗词表达的情感之一，少小离家，远赴北京，面对祖国建设的召唤，他满怀豪情壮志，誓要为祖国建设添砖加瓦。这些情感成为陈懋章诗词的核心，所体现出来的艺术特色也值得探究。

三、诗词的艺术特色

陈懋章的纪行诗词极具艺术特色，常年与国之重器接触催生了他豪迈宽广的胸怀，面对大好河山、历史旧迹，他内心的豪情情见乎辞，在夸张的修辞中呼之欲出。夸张便是陈懋章纪行诗词常用的修辞。陈懋章的纪行诗词虽然多对壮美河山的赞美，但也有对烟火场景的聚焦，他善于用电影镜头来塑造生活中灵动鲜活的场景。在极致的情感宣泄与细微的情感流露中，实现了对真、善、美价值的追求。

陈懋章的纪行诗词惯用夸张的修辞营造落差感。陈懋章的纪行诗词中既有万仞高山，又有细草微风；既有澎湃激昂，又有春风化雨。陈懋章用夸张的修辞来处理这些事物，使其极具反差感。如《干涸的大瀑布》："直下千寻四海倾，咆哮万里五雷鸣。一朝怒触乾坤覆，唯剩秋池细雨声。"诗中描绘的大瀑布位于美国华盛顿州东部，曾经为世界第一大瀑布，现已干涸。面对几汪清水以及陡峭的绝壁，陈懋章情由心生。前两句"直下千寻四海倾，咆哮万里五雷鸣"是作者想象昔日瀑布的雄伟景象。运用夸张的修辞手法写出瀑布水势浩大，声如雷鸣，仿佛能倾覆四海，震撼万里。后两句笔锋一转，意境由雄浑激昂转至静谧细腻。壮阔的瀑布只留得几池清水，震天动地的"雷鸣"不再，仅能听到秋雨的淅淅沥沥。以夸张的修辞手法写出山河剧变之迅速，给人极大的心理落差感。令读者不得不扼腕而叹，叹时间的流逝、山河的变化。再如《唐人街》中"飘洋万里酒旗招，一碗云吞美夜宵"。第一句"漂洋万里"用夸张的写法描写作者的旅途之苦，疲惫不堪。紧接着"一碗云吞"极具烟火气，抚慰了旅途的劳顿之苦，令人有实实在在的归属感。《恩施游》中"一江高峡出，三省万山连。地陷千寻涧，崖开半寸天"也是如此，用夸张的修辞写出悬崖的险峻。

陈懋章的纪行诗词善于塑造灵动鲜活的生活场景。灵动鲜活的场景需要电影"镜头"来实现，而陈懋章以细腻的描写赋予画面灵动性和生命力。例如《昔日成都宽巷子冬夜》："风雪三更静少城，老翁荷担小营生。昏灯陋巷颤孤影，深宅犹听叫卖声。"这首诗是陈懋章描述冬夜在成都巷子见到的场景。首句"风雪三更静少城"点明了时间、地点和天气状况，奠定全诗基调。次句"老翁荷担小营生"引出了主要人物，即在寒夜中荷担劳作的老翁，"老""小"已然暗示了老翁艰辛不易的生活情况。后两句"昏灯陋巷颤孤影，深宅犹听叫卖声"以细腻的笔触刻画了昏暗的路灯下老翁孤独的身影。其中"颤"一字极具表现力，令老翁的形象跃然纸上。前一句已经刻画了老翁生活条件甚至身体状况之差。接着"深宅犹听叫卖声"则是写老翁为了生活叫卖，声音甚至在深宅中都能听到，这是他生活的希望。陈懋章利用风雪、老翁、昏灯、陋巷等元素，营造出一种宁静而略带凄清的镜头。在渲染了冬夜寂静与老翁孤独的同时，也透露出一种生活的坚韧与希望。对细节的刻画是陈懋章诗中场景鲜活灵动的主要原因。再如《忆江南·避暑雅安》："京城夜，三伏汗浸衫。天上长风吹铁鸟，山中豪雨溅珠盘，拥被觉衣单。""拥被觉衣单"极具情趣，人物的动态使画面灵动，场景瞬间鲜活起来。《少年游·求学别母出川》中"赴京求学少离川，慈母絮冬棉。依依小站，迢迢远路，回哺待何年？"通过对母亲动作的刻画，母子分别的场景就如电影一般跃然眼前。

　　陈懋章的纪行诗词语言豪迈雄壮。他通过豪迈激昂的语言来宣泄自己的豪迈胸襟与呼之欲出的科学家情怀。豪迈雄壮语言的形成离不开气势雄浑的词汇、豪放壮阔的情感、极致夸张的修辞，如"直下千寻四海倾，咆哮万里五雷鸣"中的"直下""倾""咆哮""鸣"，都是酣畅淋漓的词语，用以描绘干涸的大瀑布，即便干涸亦不失其气势；"一江高峡出，三省万山连"则展现了恩施山川的壮丽与地理的复杂。其次，诗词中强烈的情感表达令人动容，如"风过墟烟冷，沙飞烈日昏"传达了对胡杨坚韧生命力的敬畏；"沙场霸业今何在，零落残垣伴夕阳"则反思了历史的短暂与沧桑；"看中华万里，大地回春"则洋溢着对祖国的热爱与自豪。再者，诗词用词雄浑，句式多样，如"直下千寻四海倾"的夸张手法增强了震撼力，"风雪三更静少城"等长句与排比的运用则使诗词节奏紧凑，气势磅礴；而"强根深瘠野，铁脊傲乾坤"则通过象征与隐喻赋予了胡杨坚韧不拔的精神内涵。此外，诗词还展现了历史的厚重感，无论是"秦汉土城壁"还是"庐山高处不胜寒"的回忆，都让人感受到历史的深邃与文化的传承。最后，诗词传递出积极向上的精神风貌，如"强根深瘠野"展现的不屈不挠，"大江东去辞三峡"则表达了对未来的美好憧憬。这些诗词正是通过宏大的场景、强烈的情感、雄浑的用词、历史的厚重感以及积极向上的精神风貌，共同构筑了其气势雄壮的语言特色。

　　别林斯基说："诗人创作活动的源泉是从他的个性里表现出来的那种精神。

他的作品的特色及精神应该在他的个性里去求得初步解释。"[1]善用夸张的修辞是因为陈懋章的心中充满了热血与豪情。对生活场景细节的聚焦,是因为他内心有对生命的感知。二者结合体现了对真善美的追求。

  陈懋章的纪行诗词在其诗词集中占有重要的地位,是其人生轨迹的象征,也体现了其对真善美的追求。他的纪行诗词情感丰富,也体现了中外不同的自然风貌和人文历史。穿梭古、今、中、外的名迹前,陈懋章既有对时间流逝的感慨,又有对自然的赞美与热爱;既有对壮美山河的描绘,又有对烟火场景的刻画。"已识乾坤大,犹怜草木青",他善用夸张的修辞手法来抒发自己的壮志豪情,同时,他也对微小生命充满了怜悯。这是人与社会和自然的和谐统一,也是真、善、美的集合。

---

[1] 维·格·别林斯基:《别林斯基论文学》,梁真译,新文艺出版社1958年版,第138页。

卓越的人生　诗意的栖居

——论陈懋章人生随感诗词

马轶男[①]

陈懋章，1936年出生于四川成都，北京航空航天大学教授，1999年当选为中国工程院院士，长期从事叶轮机的研究与教学工作，在发动机压气机、叶轮机和黏性流体动力学等方面有突出贡献。在"铁肩担道义"，为国家科技发展做出杰出贡献的同时，陈懋章先生亦能"妙手著文章"，在诗词创作方面造诣深厚，佳作迭出。但目前学界对于这方面的专题研究还有所欠缺，尤其是陈懋章所作人生随感类诗词，既体现了院士严谨的科学精神，又蕴含了丰富的人文关怀，值得展开具体探讨。在此聚焦其人生随感诗词，从感怀和哲理两个角度切入，分析其独特思想内容和艺术特色，深入探究陈懋章院士的非凡人生与精神世界，从而为弘扬科学精神与人文精神、推动诗词创作与传播的现代化等相关研究提供新的认识和思考角度。

一、感怀诗词与哲理诗词

就目前所见作品来看，陈懋章的人生随感诗词可分为两类，一类为感怀诗词，另一类为哲理诗词，感怀诗词承载着陈懋章深邃的情感与对世事人生的深刻体悟，包括《八十赏晚景有感》《死犹未已》《渔歌子·忆童年》《少年游·求学别母出川》《忆江南·教室》《浪淘沙·上大学》《忆王孙·庚子年冬当伙夫》《八声甘州·忆1979年赴英国留学》《浣溪沙·回首》《浣溪沙·题周有光携吾孙小照》等。作者随机性地基于现实生活经历、情景或事件有感而发，不拘于眼前之景与当前之事，重视抒发内心的感慨与思索。或追忆往昔，如"依依小站，迢迢远路，回哺

[①] 马轶男，上海大学中国古代文学专业博士研究生，研究方向为现当代旧体文学。

待何年"①、"流光逝、证今生见，换了乾坤"②、"又是良辰怀蝶恋，奈何世薄品钗头，回眸空对万千愁"③等诗句词句，以历史的深邃为镜，映照出过往个人命运的起伏与时代的沧桑。或感时生思，如"经年不觉渐衣宽。求得茫茫沧海粟，慰我辛艰"④、"从小蜜糖娇喂养，长成坎坷可承担？但求托福砺辛艰"⑤、"人近黄昏多怅惘，可知晚景别般妍"⑥等诗句词句，从当下的一草一木、一事一物中生发对世事人生的深刻体悟。语言质朴而饱含深情，字里行间透露出一种超脱于物质世界的精神追求，承载着作者的人生随感。

另一类哲理诗词，则通过细腻入微的笔触，以含蓄、隐喻的方式呈现对自然、人生及宇宙万物的理解，将深邃的哲理融入字里行间，赋予了作品以多重解读的可能性。包括《疑与悟》《生命》《归宿》《自画像》《钓鱼》等。陈懋章以自己的慧眼灵心，探幽发微，钩深致远，对社会、生命进行深刻思索与发掘，这些新颖深邃的真知灼见，与诗情画意融合无间，浑然一体，能够给人以心灵的启迪与升华。如"大智偈曰：不疑不悟；小疑小悟，大疑大悟"②、"终归沧海中，

---

① 本文所引诗词均见于陈懋章：《四维咏悟：陈懋章院士诗词选集》，高等教育出版社2022年版。《少年游·求学别母出川》："赴京求学少离川，慈母絮冬棉。依依小站，迢迢远路，回哺待何年？　大江东去辞三峡，月满万重山。鬓边霜雪，泪流老面，昨夜几更眠？"
② 《八声甘州·忆1979年赴英国留学》："历十年浩劫，赴伦敦，海德绿茵茵。伟人经年座，大英博物，印记深深。喧闹牛津街上，万国旅游人。老格林尼治，落日余音。　否极泰来戊午，看中华万里，大地回春。任纵横高铁，驰骋赛鹏鲲。小嫦娥、广寒挥袖，再报来、月背喜迎宾。流光逝、证今生见，换了乾坤。"
③ 《浣溪沙·回首》："春满越城执手游，百年梦影几时休。白头故地怯登楼。　又是良辰怀蝶恋，奈何世薄品钗头，回眸空对万千愁。"
④ 《浪淘沙·上大学》："未冠及闱栏，长路新端。开怀科学大观园。宝藏玲珑争璀璨，能不贪婪？　刺股夜阑珊，四季回旋。经年不觉渐衣宽。求得茫茫沧海粟，慰我辛艰。"
⑤ 《浣溪沙·题周有光携吾孙小照》（周有光先生是我二儿媳的舅公，每年都前去看望。2013年已一百零七岁，恰好长吾孙100岁。两人合影，两个世纪，感慨万千）："老少岁差一百年，孤鳏陋室亦心宽，风霜虽已刻苍颜。　从小蜜糖娇喂养，长成坎坷可承担？但求托福砺辛艰。"
⑥ 《八十赏晚景有感》："人近黄昏多怅惘，可知晚景别般妍。晚枫霜叶停车看，垂钓姜翁渭水边。"
② 《疑与悟》："太阳绕地，众目观之。眼见为真，何人疑之？古今中外，悉皆如是。灵均《天问》，深省百题。求索质疑，开悟之端；应者寥寥，只花不果；因循者众，新异思难。大疑诘难，地心之说，颠覆潮流，天地置翻。大智偈曰：不疑不悟；小疑小悟，大疑大悟。大悟功成，心意戚戚，仰天长吟，《渔父》独孤。"

滴水不枯竭"[①]、"钓者不知正被钓，钓场犹比宦游场"[②]等诗句，它们并非对现实生活所见所历的简单映射，而是作者从中提炼出生命真谛与人生哲理，是心灵深处情感与智慧共同迸发的产物。这些哲理类人生随感诗词能够超越特定场景与事件的束缚，是陈懋章情感与思绪在广阔时空中的交汇，展现其敏锐的洞察力与深邃的哲学思考。

二、真挚深远的思想内容

陈懋章作为一位具有精深学术造诣、深厚艺术修养和高尚人格魅力的科学家，其人生随感诗词中情感与智慧的光芒交相辉映，蕴含着至真之情与深刻哲理，真挚深远的思想内容展现出一位院士独特的人生视角和诗意的栖居心态。感怀类诗词所体现的陈懋章内心深处对家的眷恋、对过往岁月的感慨回忆、在科研道路上的坚韧不拔、对国家民族的深厚情怀等深厚思想内容，以及哲理类诗词中对人生百态的深刻洞察，都反映着他作为科学家的智慧与才情、作为诗人词人对人生与世界的深情厚意。

（一）感怀诗词：真挚细腻的情感与回忆

回忆亲情的感怀诗词中流露出无尽的柔软与深情，令人动容。陈懋章人生随感诗词的感怀类作品中，以独特的笔触，深情地回顾了与亲人共度的温馨时光，记录下生命中的珍贵瞬间，使人感受到他内心的温情与眷恋。在回望求学时期与母亲分别场景的感怀之作《少年游·求学别母出川》的上阕中："赴京求学少离川，慈母絮冬棉。依依小站，迢迢远路，回哺待何年？"少年离家赴京求学时，慈母为即将远行的孩子细心准备冬衣，依依不舍，母子情深，"回哺待何年"更是表达出词人对回报母恩的深深期盼，情感真挚，字里行间满是对母亲的深深思念与感激之情。《浣溪沙·题周有光携吾孙小照》中"老少岁差一百年"记录了周有光先生与陈懋章孙子的合影时刻，在点明两人年龄巨大差异的同时，也暗示了家族血脉的延续与传承，展现了跨越两个世纪的情感纽带与生命奇迹；但"孤鳏陋室亦心宽"，即便生活简朴，内心依然感到宽慰与满足，感慨着家族成员间的深厚情感与相互支持。下阕"从小蜜糖娇喂养，长成坎坷可承担？但求托福砺辛艰"则寄托了词人对孙子勇敢面对困难挑战的期许，更是对家族未来的美好祝愿。这

---

① 《归宿》："溪流出洑窟，万里奔无歇。终归沧海中，滴水不枯竭。"
② 《钓鱼》："春风得意钓鱼塘，群鳜争相抢饵忙。钓者不知正被钓，钓场犹比宦游场。"

些与亲人有关的感怀诗词充满了对家族情感的珍视与对生命传承的敬畏，从中不难体会到陈懋章笔下亲情的温暖与力量。

回首往昔的感怀诗词展现出陈懋章豁达的人生态度与对过往的深深感慨。以豁达的心态面对人生，不仅是岁月的沉淀，更是对生命意义的深刻领悟，因此，这些作品在蕴含着对过往时光的无限追忆与感慨的同时，更透露出一种历经风雨后的恬淡与从容。《八十赏晚景有感》中的"人近黄昏多怅惘，可知晚景别般妍"表达出诗人对晚景的独特见解和积极态度，一般来说，黄昏象征着衰老与结束，人们在面对老年时常常产生忧郁和迷茫，但陈懋章在八十岁"人生的黄昏"赏晚景时却认为"别般妍"，体现出他对生命每个阶段的珍惜尊重与乐观态度、豁达心境，给人以深刻的启示和鼓舞。在《浣溪沙·回首》一词中，开篇"春满越城执手游"，将读者带入一个充满春意与回忆的场景，越城沈园成为了往昔美好时光的见证；紧接着，"百年梦影几时休"，表达了诗人对人生如梦、岁月匆匆的感慨；回顾往昔，"白头故地怯登楼"，虽已白头，却怯于登楼，展现了诗人对过往的深深怀念、对时光流逝的无奈，以及对生命的独特感悟。感怀词《渔歌子·忆童年》开篇描绘了散学后与伙伴结伴回家的场景，"浣花溪畔碧禾田。须嫩绿，粒微甜。如花似幻忆童年"，画面生动温馨，勾起词人对童年的美好回忆，陈懋章在繁忙的科研生活之余，以平和的心态将过往的美好时光珍藏，化作一份珍贵的记忆与慨叹，展现出一种超然物外的豁达。

陈懋章感怀诗词还深刻体现出对科学追求的执着精神与不畏艰辛的坚韧品质。陈懋章院士的学术造诣深厚，科研精神严谨，对科学事业的追求贯穿一生，在他的感怀类诗词作品中，也处处可见其对科学知识的渴望、不畏科研艰辛的执着。《浪淘沙·上大学》中的"开怀科学大观园，宝藏玲珑争璀璨，能不贪婪"将科学殿堂比作琳琅满目的宝藏园，每一份知识都如同璀璨夺目的珍宝，令人目不暇接、心生向往，生动描绘出陈懋章初涉科学领域时的激动心情、对科学知识的无限憧憬与渴望。陈懋章还在《忆江南·教室》一词中，回顾了北京航空航天大学初建时"漠北风侵黄漫漫，棚中雪霰白绵绵，厚袄亦嫌单"的艰苦环境；"火烤胸前微觉暖，风吹背后骤然寒，学子貌艰难"，哪怕稍有暖意但又顿感寒风刺骨，但在追求科学的道路上，对科研事业无尽的热爱支撑着学子克服一切困难，在逆境中坚持求知，坚韧不拔。《忆王孙·庚子年冬当伙夫》中的"教师下放习司炉，膛里灰烟扑体肤，火烤风吹冷汗珠"记录了词人在特定历史时期参加劳动的艰辛经历：炉膛内熊熊燃烧的火焰映照着他不屈的身影，灰烟缭绕，不仅扑打着他的体肤，更考验着他的意志与信念，火烤的炽热与冬风的凛冽交织，汗水与冷珠在额间交织滑落。但即使在这样的环境下，他依然"白日昏昏亦读书"，彰显出科学家对知识的渴望、对科研的执着，以及对个人精神世界的坚守。

家国天下的情怀也在其感怀诗词中熠熠生辉，彰显着一位院士的使命与担当。陈懋章作为杰出科学家，有着满腔爱国情怀、崇高的使命责任感、无私奉献的担当精神，以诗寄情，以词言志，这些思想感情都真挚地流露在他感怀诗词的字里行间。《忆王孙·庚子年冬当伙夫》[①]回忆自己在下放劳动的特殊时期仍牢记使命，探求真知，用实际行动践行着对国家命运的忧虑与关切。《八声甘州·忆1979年赴英国留学》回顾了自己留学英国的经历，以及回国后见证国家的发展巨变与民族的振兴，心中充满了对未来的希望与信心，写下"否极泰来戊午，看中华万里，大地回春"的感慨。在感怀诗《死犹未已》中，"临死回游万里遥，将躯喂哺幼鱼苗"，大马哈鱼的回游行为象征着生命的循环与不息，现实生活中慧眼识才、在教学上精益求精、在培养年轻人上不遗余力的陈懋章[②]，借此表达出愿为后代、为科学事业贡献自己的力量；"惟人灵冠万生类，将以何为利后朝？"诗人进一步思考人类作为万物之灵该如何为后世留下有益的贡献，更体现其深沉的责任感和使命感、高尚情操与博大胸怀。

（二）哲理诗词：深远独特的志趣与哲思

陈懋章的哲理诗词，以其深邃的思想内容和独特的科学视角，展现了作者作为科学家的志趣与哲思，广袤的思维空间、充实的精神世界与诗情画意融合无间，诗句词句背后多元的思想内容，雕铸出他圣洁的精神领地与生命图腾。在《疑与悟》中，陈懋章通过人们"太阳绕地"的古老观念一直以来因循守旧，后被质疑并最终被"地心之说"颠覆的史实，阐述了"不疑不悟，小疑小悟，大疑大悟"的哲理，说明只有敢于质疑，勇于探索，坚持真理，才能取得真正的突破和成就。五言诗《生命》则以"零落小松子""潇潇风雨后，裂石一青松"描绘了青松的顽强与坚韧，生命在逆境中的成长与壮大，这一哲理不仅适用于自然界，也寓意着人生哲理，鼓励人们勇敢面对坎坷挑战，坚韧不拔。《归宿》的"终归沧海中，滴水不枯竭"寓意着万物皆有归宿，生命虽短，但精神永存，体现了作者对生命意义的深刻思考，也透露出科学家对自然规律的敬畏与尊重。七言诗《自画像》以自嘲的口吻，"语

---

① 《忆王孙·庚子年冬当伙夫》："教师下放习司炉，膛里灰烟扑体肤，火烤风吹冷汗珠。夜啼乌，白日昏昏亦读书。"

② 详见中国教育新闻网评陈懋章。

少金多不自谦，直言无忌讨人嫌"倾吐了作者坦诚直率、不畏人言、不慕官场的处事态度，这种淡泊名利的超然品格和科学家的精神风貌，透露出作者对人生百态的深刻理解。与此相似，七言诗《钓鱼》中的"钓者不知正被钓，钓场犹比宦游场"，以钓鱼为喻，揭示了官场中的尔虞我诈、相互利用，提醒人们要保持清醒的头脑，警惕被名利所诱，这一哲理不仅适用于官场，也适用于人生的各个场域，提醒人们要时刻保持警惕，不忘初心。这些哲理诗词意蕴深微，其美不在华丽而在理趣，其味不在浓郁而在隽永，在彰显陈懋章对自然、人生、社会的深刻理解同时，也能使读者感受到其至情至性。

三、异彩纷呈的艺术特点

陈懋章的人生随感诗词除了内容多元、思想意蕴丰富之外，其艺术特点也十分鲜明，在文体形式、意象运用、创作手法、语言风格等方面都技艺精湛，展现着当代中国科学家文理兼通的独特面貌。

首先，陈懋章人生随感诗词选材新颖，文体形式各异，兼容并蓄。无论是感怀诗词还是哲理诗词，作者在选材上都能独树一帜，往往从日常生活和科学现象中产生真实的情感波动，强调个体的内心体验，提炼出独特的哲理，给人以耳目一新的感觉。如哲理诗《钓鱼》从钓鱼的普通生活场景切入，巧妙地寓意着人生宦游的复杂和不可预知，角度独特，富有哲理意味。感怀词《忆江南·教室》[①]以1952年北航初建时之艰辛为背景，不取宏大叙事，而是巧妙聚焦于简陋的工棚教室这一细微却富有象征意义的场景，以小见大，既是对个人记忆的抒发，也是一代学者奋斗历程的缩影，体现了其在选材上的独到眼光与深刻的人文关怀，使读者在品味词句之间，亦能感受到那份跨越时空的坚韧与温情。此外，他的人生随感诗词展现出文体形式的多样性与兼容性，以科学家的探索精神尝试各类创作，四言、五言、七言等各种诗体均有涉猎，四言如哲理诗《疑与悟》，简洁明了，古朴典雅，体现了四言诗的凝练之美；五言如哲理诗《归宿》《生命》，具有独特的韵律感和节奏感；七言如哲理诗《自画像》《钓鱼》、感怀诗《八十赏晚景有感》《死犹未已》，表达细腻丰富。运用多种词牌，如感怀词《渔歌子·忆童年》《少年游·求学别母出川》《忆江南·教室》《浪淘沙·上大学》《浣溪沙·回首》

---

① 《忆江南·教室》（1952年，北航初建校，无正规教室，常以工棚临时改用，记之）："新建校，棚屋改庠班。漠北风侵黄漫漫，棚中雪霰白绵绵，厚袄亦嫌单。　烧炉火，满屋绕青烟。火烤胸前微觉暖，风吹背后骤然寒，学子貌艰难。"

《八声甘州·忆1979年赴英国留学》等，展现了陈懋章对不同词牌特点的精准把握和灵活运用。

其次，在陈懋章的人生随感诗词中，意象丰富，含蓄蕴藉，给人以无限遐想和深刻体悟的空间。如哲理诗《生命》中的"潇潇风雨后，裂石一青松"，以青松为意象，象征着生命在逆境中展现出的坚韧不拔与顽强生存的精神风貌。《疑与悟》中的"太阳绕地，众目观之。眼见为真，何人疑之""大疑诘难，地心之说，颠覆潮流，天地置翻"，通过运用一系列科学界的意象，表明哥白尼的日心说对地心说的颠覆，深刻揭示了科学探索中质疑精神的重要性。感怀词《八声甘州·忆1979年赴英国留学》中繁复的意象世界，既拓展出自身的诗化人生，又深刻表现了瑰伟的时代主题。上阕关注到"海德公园""大英博物馆""格林尼治天文台"等在作者英国留学期间印象深刻的意象，地域特点鲜明，与作者的具体经历相呼应，真实可感；下阕聚焦于"高铁""嫦娥探月工程"等象征着中国社会巨大变革和发展新生的独特意象，与上阕的意象形成对比，表达出对国家科技进步的自豪和喜悦。通过细腻具象而又独特的意象，传达出复杂抽象的深刻感悟，这种感悟力与他作为科学家对自然规律的敏锐洞察不谋而合。

再次，陈懋章人生随感诗词创作手法多样，融诗化典，巧妙合宜。他善于用典、化引，手法灵活多变，艺术效果独特而鲜明，如哲理诗《疑与悟》中的"灵均《天问》，深省百题"，引用屈原《天问》的典故，不仅丰富了诗词的文化内涵，更深刻揭示了质疑精神在人生与学术探索中的重要性与关键性。感怀词《浪淘沙·上大学》中的"刺股夜阑珊"，化用战国苏秦深夜刺股的典故，形象地描绘了作者刻苦学习的情景。陈懋章在用典和化引时并不拘泥于传统，而是能够进行创新性的运用，《浣溪沙·回首》中"奈何世薄品钗头"一句化用陆游《钗头凤》的典故，却赋予了新的情感色彩和意境。感怀诗《八十赏晚景有感》中的"晚枫霜叶停车看，垂钓姜翁渭水边"，前句化引李白"停车坐爱枫林晚"名句，后句借用历史典故，以姜太公垂钓渭水边寓意着作者晚年生活的闲适与自在，以及一种超脱世俗的心境。融诗化典，将古典诗词的精髓与现代语言相结合，使得作品既具有历史厚重感，又不失时代气息，丰富多彩，也展现出作者深厚的文化底蕴、渊博的学识和广阔的视野。

此外，陈懋章的人生随感诗词语言风格平实质朴，不事雕琢却富有感染力，晓畅自然中透露出真挚的情感，语句往往能够直击人心，引发共鸣。在科学研究中，他追求的是理论模型的精练与实验数据的精准，力求以最简洁的方式揭示自然规律的本质，这种追求同样贯穿于他的诗词创作中，表现为语言的质朴平实，不刻意雕琢却能一语中的。如哲理诗《自画像》中的"语少金多不自谦，直言无忌讨人嫌"，寥寥数语，便勾勒出一个性格鲜明、直言不讳的学者形象，语言直白，却生动而深刻地刻画了作者的性格特点，能够准确传达他的思想情感。感怀词《渔歌子·忆童年》中的"散学回家结伴还，浣花溪畔碧禾田"，笔调轻松闲适，语言清新自然，画面感强，从个人经历出发，以细腻的笔触描绘生活中的点滴感悟，让人仿佛置身于童年的纯真美好时光，基调明朗。感怀词《少年游·求学别母出川》中的"依依小站，迢迢远路，回哺待何年"，虽不加雕琢，但用词精益求精，言简意赅，情感真挚，能够触动人心，引起共鸣。这种语言风格展现了一种独特的平实质朴之美，正如他在学术研究中追求简洁明了、直击问题核心的态度，这一特点不仅是对传统诗词艺术的继承与创新，更是其科学思维在文学创作中的自然流露。

结　语

陈懋章的人生随感诗词"以理为脉、以事为神、以情运气"[1]，是一位诗人、词人、哲人、院士用心力写就。感怀类与哲理类诗词都情感真挚，意蕴深远，艺术高超，以其独具的特质与魅力烛照世人，不仅是他个人生命历程的见证，反映着作者本人对人生的深刻感悟和对科学的执着追求，更体现着他作为一位科学家的文化底蕴和审美情趣。对其人生随感诗词的研究，不仅是对陈懋章院士个人文学修养的探讨，更是对科学与艺术融合、人生境界与诗词意境相互映照的一次深刻剖析，有助于更全面地理解陈懋章院士的人生哲学和艺术追求，为我们提供了跨学科研究的典范，提供着诗词研究与创作的全新视角与方法；其诗词作品中热爱祖国、崇尚科学、追求真理的崇高精神风貌，给人以无穷的积极力量，对于社会公众的精神激励具有不可替代的价值。这些作品以其独特的艺术魅力和深刻的思想内涵，为中华诗词的现代化发展注入了新的活力，通过研究和传播陈懋章人生随感诗词，进一步推动中华优秀传统文化的传承与发展。陈懋章的人生随感诗词无疑是他卓越人生的重要组成部分，也是他对心灵的诗意的最好诠释，使作者读者双方都能在现实的纷扰中找到一丝宁静与慰藉，寻得独特的启示与鼓舞。

---

[1] 郑欣淼：《四维天地事　一卷领潮歌》，载陈懋章《四维咏悟：陈懋章院士诗词选集》，高等教育出版社 2022 年版。

王玉明院士诗词论略

韩倚云

  王玉明先生，流体密封工程专家，中国工程院院士，现任清华大学精密仪器与机械学系教授。40多年来一直在第一线从事危险性气体透平机械的非接触式动密封装置及其测控系统的研发、应用和产业化。作为发明人和第一完成人，取得多项具有自主知识产权和国际先进水平的成果（见梁晶等：《快乐院士的诗意人生》，《科学导报》2012年7月9日）。他不仅是走在世界"流体密封"学科最前沿的科学家，也是艰难创业的企业家；他不仅是学识渊博、传道授业的教师，也是追求"真、善、美"、极富才情的诗人。他沉湎于科学、人文和艺术的海洋而感到快乐。从专业上讲，笔者研究液压气动产品可靠性，这一方向的关键问题之一便是流体密封，因此与王玉明院士有共同的话题；同时，王玉明院士与笔者的导师杨叔子先生是至交，作为科学界的前辈，王玉明院士鼓励后学，诲人不倦。笔者正是在他们这一代人的培育下，逐渐成长起来。

  从《诗经》首篇《关雎》，一直到明清小说，中国古代文学之美深深地感染了王玉明院士。五金先生的文章曾谈到王玉明院士的事迹，先生自述说在他小的时候对古代诗词就多有涉猎，一些古典名篇，如陶渊明的《归去来辞》，李白的《梦游天姥吟留别》，杜甫的《登高》等，对他产生了极大的影响，使他产生了当一名诗人的梦想；甚至他对于文学的兴趣几乎超过了数、理、化。然而他的父亲认为他将来的主业应是理工科，文学只能当作业余爱好，这样王玉明院士才选择了理工专业（见《他把科研当作诗》，《中华工商时报》2005年12月14日）。

  科学家与诗人融合，在王玉明先生身上达到了一种近乎完美的程度。融合不是机械的组装，在物理意义上，指熔成或如熔化那样融成一体。钱学森先生曾指出，人的思维有三种模式：逻辑思维、形象思维和灵感思维。王玉明先生认为"物理直觉"、形象思维和灵感思维是有联系的，他用自己的经历充分证明了这一点。在工程实践中，许多技术和实验中的难题，经常冥思苦想不得其解，反而在不经意间灵机一动，便找到了解决方案。这种体验正如辛弃疾的词中所言"众里寻他千百度，蓦然回首，那人却在灯火阑珊处"，也就是王国维所说的"治学的第三种境界"（见王立杰：《院士王玉明·生活的诗意，诗意的生活》，《走进名师》2009年第3期）。王玉明院士在坚守科学的创作园地的同时，写出了许多富有时代精神的脍炙人口的诗篇。

笔者不敏，有如下体会，写出来与读者共享。

首先，立意新颖，构思奇特，是王玉明院士诗词的特质。

探索宇宙的诗词，古代诗人只是朦胧的猜测，或是借题发挥，抒发某种情感，如屈原的《天问》、李白的《李白问月》、苏轼的《水调歌头·丙辰中秋》、辛弃疾的《木兰花慢·中秋饮酒将旦》诸篇。而王玉明院士的诗词，却是在具体地描写宇宙，是当代科技大发展的产物。

且看《西江月·求索——应湖南省科协主席何继善院士之约为省科技馆题词》：

求索幽幽粒子，追寻浩浩星空。宏微宇宙探无穷，深入方知妙境。

艺术人文科技，美心善性真行。大同世界望人生，共享和谐至幸。

我们今天能直登月背，直探宇宙，是这首词的写作基础。"幽幽粒子"乃古人未见亦未能道之语，却出现在王玉明院士的笔下。和古人相比，也只是"深入"二字，但是结果却大不相同。靠"人文科技"和"美心善性"，要达到"世界大同"，要"共享和谐"。这种把科技与诗歌高度融合的气魄，可谓"前不见古人"！

再看七绝《"九一一"十年祭》：

火灭烟飞双子销，十年一觉九一一。伊阿两战知谁胜，巨霸单边未可骄。

"9·11"是指2001年9月11日发生在美国本土的一起恐怖袭击事件。当今的成年人都看过相关报道，兹不赘述。此诗立意已在转向域外，其中之见解亦别于他人。叶嘉莹先生点评此诗为"简短有力，感慨在不言中"，笔者于此不必饶舌了。

经过近半个世纪的迅速发展，我国航天事业取得了巨大成就。"东风航天城"，就是酒泉卫星发射中心，是中国科学卫星、技术试验卫星和运载火箭的发射试验基地之一。航天城的建成，标志着我国系统探测宇宙的开始，标志着人类从此进入太空的新征程，人类的活动疆域已经从陆地、海洋、大气层扩大到了宇宙空间。作者至此，情不自禁地写下这样一首词：

诗画最宜风景异，胡杨烂漫金秋意。归雁黄芦湖畔起。斜晖里，红霞紫气来戈壁。

矢志从戎家万里，扬威星箭云霄际。忧乐兴亡天下系。英杰继，复兴之梦何宏丽。

（《渔家傲·东风航天城》）

这首词明显要和范仲淹的《渔家傲·秋思》一较短长。酒泉卫星发射中心实际上在内蒙古阿拉善盟额济纳旗境内，较之范词写今天陕北的"塞下"，王词当然是写"塞上"。范词的"风景异"是：大雁衡阳、四面边声、长烟落日，颇见衰飒；王词的"风景异"是：胡杨烂漫、湖畔归雁、红霞紫气，宜诗宜画。范词的下阕是"燕然未勒归无计"，悲壮中带有无奈；王词下阕是"扬威星箭云霄际"，豪壮中透出自豪。前者写"地上"，后者写"天上"。王玉明院士的作品是真正的"当代诗词"，道前人所未道，足令刻红剪翠者赧颜。

作者立意新颖，构思奇特之作，开篇即是《渔家傲·东风航天城》写的是国内，我们再看一首写国外的词作：

莽莽高原气爽凉，无边草树看青黄。霞辉峰顶千秋雪，雨沐河边百兽王。

天昊昊，野茫茫，犀牛猎豹象羚羊。双足一步兼南北，赤道回眸望故乡。

（《鹧鸪天·肯尼亚赤道》）

此词上阕写肯尼亚赤道所在环境，高、低、远、近，笔至六合之内；下阕写作者身在赤道的感受，天高地迥，足兼南北，而故国不可忘也。由赤道之地，抒发赤子之情，情在天地之间。叶嘉莹先生许之为"难得之情景"。此景此情，古人安可道哉！

其次，透过纷繁芜杂的自然现象，发现并挖掘出深奥的生活哲理，是王玉明院士诗词的又一特征。作者是科学家，同时又是诗人，故而在作者的诗集中，科学类诗词占有较大的比重。

作者认为，文学和科技之间有着密切的联系。科研是通过逻辑思维，用左脑；而文学艺术是通过形象思维，用右脑。这两种思维的关系是，形象思维可以使人保持激情，激发直觉、灵感和顿悟，而这是介于逻辑思维和形象思维之间的。法国作家福楼拜曾经说过："越往前进，艺术越要科学化，同时科学也要艺术化，两者在塔底分开，在塔顶会合。"（见万磊：《学问天成，诗人玉明》，《行业动态》2009年第3期）。作者的《鹧鸪天·剑桥大学》是这样写的：

霜叶如丹草似茵，大师才俊涌纷纷。集成数理尊牛顿，纵览时空慕霍金。

思宇宙，悟人文，美心善性理求真。古今中外同炉炼，勃勃生机万木春。

剑桥大学当然是"大师才俊涌纷纷"之所在。此词的上阕三四两句以工整的对仗，在"涌纷纷"之中，举出两个例子，一是"集成数理"的牛顿，一个是"纵览时空"的霍金，有此二人就足以说明问题。下阕呢，作者就写到"人文"。作者认为牛顿和霍金的"思宇宙"，是由"美心善性理求真"得来。末二句含量大，蕴藏深，笔者最为赞赏。请看：造就"勃勃生机万木春"的局面，需要"古今中外同炉炼"。此词中的牛顿相对是"古",霍金相对是"今";无论牛顿还是霍金都是"外",那么"中"呢?中国古代的科学家不胜枚举,中国当今的科学家更是灿若繁星,"同炉炼"三字妙级,民族自豪感不言而喻,"夫子自道"亦在其中。

作者足迹所到之处,凡有科技和文化艺术相关者,均有歌咏。七绝《爱丁堡》就是一例:

城中山上望红尘,古堡孤高接白云。五百年来争战地,可因此地最宜人?

爱丁堡是英国著名的文化古城、苏格兰首府,曾为苏格兰王国首都。造纸和印刷出版业历史悠久,造船、化工、核能、电子、电缆、玻璃和食品等工业也很突出。苏格兰国家博物馆、苏格兰国家图书馆和苏格兰国家画廊等重要文化机构也在爱丁堡。作者所写,当是爱丁堡城堡。此城堡位于死火山的花岗岩顶上,在市中心各角落都可看到。作者登上此城堡,抒发感慨。第一句俯视显其阔,第二句仰望显其高,手法高明。第三句陡然一转,用"争战地",逼出第四句,卒章显志,道出真意。作者以为,之所以有苏格兰抗英战争,是因为此地是科技和人文的交汇之处。

还有,作者往往从微不足道的事物上,写出大文章,颇类庄子"道在蝼蚁"之论。请看:

雾散霾消雨后晴,夜空仰望碧云轻。卫星两度凌牛斗,萤火幽微启性灵。(《卫星与萤火》)

在一般人的眼里,卫星和萤火虫是八竿子打不着的事儿,但是作者却看到了其中的奥妙。"卫星"与"萤火"相通之处,便是荧光的瞬间即逝。而这瞬间即逝之光,开启了科学诗人之性灵,使其发现了自然界更深奥的东西。

朱光潜先生说:"读一首诗和作一首诗都常须经过艰苦思索,思索之后,一旦豁然贯通,全诗的境界于是像灵光一现似的突现在眼前,使人心旷神怡,忘怀一切……,它就是直觉,就是'想象',也就是禅家所谓的'悟'。"以此来读王玉明院士的科技诗词,自会得其真髓。这也就是钱锺书先生所说的"学诗学道,非悟不进"的道理。作者诗词之长处在于,将所观之自然现象,在顿悟中,用诗的语言表达出来,道出科学真理,并引发读者深思!

再次,是王玉明院士的诗词将科学性和思想性、艺术性完美地结合。

作为科技工作者,王玉明院士不仅具有深厚的科学知识积累,更有很高的思想和艺术修养。其对诗词的感悟自然不同于其他专业人士。他的创作手法是一般抒情诗无法替代的,是科学性、思想性、艺术性更加完美的结合。就内容而言,它描述的应该是科学事件、科学知识、科学活动;就思想感情而言,在科学求真的影响下,它是最真挚的情感,它是积极向上、健康进取的,是给人以鼓舞和启迪的;就语境而言,在琳琅满目的科技成果、奥妙无穷的自然现象的语境里,在妙趣横生的科学知识、丰富多彩的科学活动中,那些催人向上的科学精神,都是作者取之不尽、用之不竭的创作源泉;就艺术而言,它是诗的,富有诗意、诗味和诗美,是更为浓烈的济世情怀。且看《鹊桥仙·泰姬陵》一词:

凌霄琼顶,通灵玉阙,宝石玲珑无数。神奇瑰丽似蟾宫,寄情爱人间长驻。

芳容一睹,钟情永世,望断黄泉归路。皇因血泪洒七年,待天上朝朝暮暮。

泰姬陵为印度知名古建筑,是一座白色大理石建成的巨大陵墓,是莫卧儿皇帝沙贾汗为纪念他心爱的妃子于1631年至1653年在阿格拉而建的。由殿堂、钟楼、尖塔、水池等构成,全部用纯白色大理石建筑,用玻璃、玛瑙镶嵌,具有极高的艺术价值。泰姬陵刚完工不久,沙贾汗的儿子奥朗则布弑兄杀弟篡位成功,沙贾汗国王本人也被囚禁在离泰姬陵不远的阿格拉堡的八角宫内。此后整整8年的时间(王词中作7年),沙贾汗每天只能透过小窗,凄然地遥望着远处河里浮动的泰姬陵倒影,后来视力恶化,仅借着一颗宝石的折射,来观看泰姬陵,直至最终忧郁而死。

以上文字便是王玉明院士《鹊桥仙·泰姬陵》一词的本事。此词无论写景还是抒情,可谓字字有据。作者选用《鹊桥仙》词牌,也大有深意,他是用中国传统的爱情故事,来诠释印度君王的爱情,这和白居易《长恨歌》的"在天愿作比翼鸟,在地愿为连理枝"并无二致。笔者之所以引用此词,是以泰姬陵建筑的科学性为基础,以严密的逻辑思维为导向,把"钟情永世"之情推向高峰。尽管沙贾汗有说不尽的悲伤与无奈,但是一个"待"字又把君王的爱情表达得淋漓尽致!

也许作者在萤火虫身上,得到了某种启发,所以对萤火虫有一种特殊的情感。其《怜萤》谓"休言腐草化精灵",希望萤火虫"但祈高远凭飞舞",它一旦到达"袅袅莲香禅性启"的时候,就和科学联系起来了。作者有了这种博爱情怀,自然会激起科技的创造。其《激情》一绝这样写道:

科技人文相互融,青山踏遍水云行。吟诗摄影凭灵感,谁道黄昏无激情!

如果在一般人的笔下,会把"科技"写得干巴巴的,毫无"人文"可言,但是作者却用"青山踏遍水云行"作喻,马上就使画面活了起来。不错,"吟诗摄影凭灵感",作者另外一层意思没有在字面上显露,那就是科技也要凭"灵感"。

这种灵感至老不衰——"谁道黄昏无激情"！作为科学家的诗人，任时间流逝，仍然以一年轻人的心态对待"黄昏"。这种思想高度，这种艺术感受，笔者须终生学习和效仿。

第四，作者以独特的视角，拓展了诗词新的领域。

我国诗坛不乏谈情说爱的小家碧玉，不乏原汁原味的顾影自怜，但是，以诗词形式讴歌时代精神的"黄钟大吕"尚待进一步开拓。因此，"院士诗人"这一群体的出现不仅填补了我国科学诗的空白，也为我国当代诗词的创新提供了一次成功的尝试。院士诗人生活在我们伟大的时代，总能以独特的慧眼在科学世界的舞台上捕捉到诗的灵感，挖掘出诗的宝藏，拓展诗词新的领域。王玉明院士就是其中重要的一位。且看作者《西江月·阿尔山之夜》一词：

昼揽人间秀色，夜观彼岸明灯。银河两岸众神行，料有心情百种。

谁共娇儿流泪？谁偕孤影临风？谪仙酒后醉诗中，北斗悠悠转动。

阿尔山不是"山"，是内蒙古自治区的一个县级市，全称"哈伦·阿尔山"，蒙古语意为"热的圣水"。现在已经是"国际型旅游名城"。作者在此过夜，只有一句写"阿尔山之夜"，那就是"昼揽人间秀色"，其余词句，均写"彼岸"，也就是"银河"。此词上、下阕意脉不断，想象飞腾。所谓"众神"的"心情百种"，实际上是作者的"心情百种"。这里的"众神"，颇有人情味，有"娇儿流泪"，有"孤影临风"，更甚者竟然是李白醉酒后吟诗。"银河两岸众神行"将科学与诗的意境融为一体。"北斗"转动，则用了物理之相对运动原理来描写。可见作者视角之独特，他人难为。

《西江月·阿尔山之夜》，看似写"人间"，实则写人间映照的"天上"，而《访南非有感》一律则是实实在在地写"人间"。

草碧天青处，北冬南夏时。矿丰金铂钴，野沃象羚狮。

人类发源早，文明绚烂迟。大同期世界，冷暖友朋知。

打开世界地图，就知道南非地处南半球，位于非洲大陆的最南端。在这里，作者以一位科学家的眼光，看到"草碧天青"之外，更有和中国气候相反的"北冬南夏"。首联总括之后，颔联写地下的丰富矿产：金、铂、钴，地面上的野生动物：象、羚、狮。对仗之工稳，不能不服。颈联一转，道出作者的遗憾："人类发源早，文明绚烂迟。"但是作者以东方大国的胸怀，认为这里应当"大同期世界，冷暖友朋知"。这不就是毛主席"环球同此凉热"的注脚吗！

由这首五律，可见作者的诗词视角颇为独特。这首诗只能出自一位科学家的笔下，特别是颔、颈两联，他人难道此语。此诗把诗词内容引向域外，也以视角独特，为诗词开疆拓土。

王玉明院士的诗词，既是对自我诗词创作的突破，也是对当今诗坛创作疆域的突破，因而具有重要的价值和意义。笔者于此挂一漏万，强作解人，权作抛砖引玉吧！

论王玉明先生诗词对神韵的追求

吴全兰[①]

神韵，是中国古代文艺美学范畴，"指文艺作品必有余味无穷者"（彭会资主编：《中国文论大辞典》，百花文艺出版社1990年版，第515页），"指作品写景抒情，天然而成，不露斧凿痕迹，而且意味深长"（同上书，第516页）。有神韵的作品，一般都含蓄蕴藉，耐人寻味，给人以意味无穷的美感。笔者认为，王玉明先生的诗词作品大都清丽典雅，韵味悠长，富有神韵。

王先生是性情中人，爱憎分明，感情丰富而真挚，但是他的诗词作品几乎没有大喜大悲、大怨大怒，感情的抒发始终很节制，很适度，有一种中正醇厚之美。朱光潜先生评论古诗句"曲终人不见，江上数峰青"时，曾提出"艺术的最高境界都不在热烈"的观点：

> 就诗人之所以为人而论，他所感到的欢喜和愁苦也许比常人所感到的更加热烈。就诗人之所以为诗人而论，热烈的欢喜或热烈的愁苦经过诗表现出来以后，都好比黄酒经过长久年代的储藏，失去它的辣性，只剩一味醇朴。（朱光潜：《说"曲终人不见，江上数峰青"》，《中学生杂志》第60号，上海1935年版）

笔者认为，王玉明先生的诗词也是少了"辣性"而多了"醇朴"。正因为醇朴，所以意味无穷，富有神韵，耐人寻味。笔者认为王先生对神韵的营造，主要通过以下几种途径。

一、对抒情的节制

王先生诗词的一个重要特征是以情动人，不管是写景咏物、怀古思人，都以感情浓郁取胜。但是王先生诗情的强弱始终适度、合宜，没有强烈得让人不适，更没有寡淡得让人无感，而是保持醇厚中正的美感。这一美感来自于王先生对情感的提炼、沉淀、过滤、升华和对抒情的节制。赋诗填词是一种艺术创造活动，也是一种内心世界的展现，但又不仅仅是某种心理活动的反弹，它需要对汹涌而来的情感进行克制、加以提炼和升华，否则赋诗填词就变成了情绪的宣泄和内心

[①] 吴全兰，广西师范大学教授。

的直白，就没有美感可言，也不可能有感动人心而又耐人寻味的诗句。抒情的节制，可以避免将肤浅的情感和过多的情绪强加给读者，使诗情更深沉、曲折，意味更醇厚、悠长。

王先生可谓克制情感、节制抒情的高手。比如七绝《沈园怀陆游》：

　　赤心啼血念江山，旧梦牵魂泣沈园。

　　国恨情愁多少泪，一生唯有向天弹。

　　　　（王玉明：《水木清华眷念》，作家出版社2021年版，第50页）

陆游是南宋人，著名的爱国诗人，《示儿》"王师北定中原日，家祭无忘告乃翁"的诗句脍炙人口；陆游与唐婉的爱情故事缠绵悱恻，凄美动人，历来传颂不已。王先生的这首七绝写的是陆游的情思，其实是借写陆游来抒发自己的感慨。"赤心啼血念江山"就是作者强烈的家国情怀的写照，"旧梦魂牵"也许是诗人对往事难以释怀的间接表现吧。诗人更把千言万语浓缩在后两句中，抒发对人生不可言说的无奈、感慨和伤痛。这是典型的借他人之酒杯浇自己之块垒。又因无限情思欲说还休，所以也显得意蕴无穷，令人回味不已。

王先生2003年年底被评为中国工程院院士，2004年春节带领全家到北戴河度假，期间写了一首五律《我心飞翔》：

　　既然寻境界，何必避风霜。

　　暮色关山月，朝晖天海阳。

　　寒凝涛有寂，心静宇无疆。

　　雪霁崖巅立，云霄逐鸟翔。

　　　　　　　　　　（《水木清华眷念》第33页）

作为新科院士，王先生一定有"一日看尽长安花"的轻松喜悦和"直挂云帆济沧海"的踌躇满志。但是写这首诗时，感情却十分内敛、深沉。诗人通过描绘眼前景物，所要表达的是再寻境界、不避风霜的责任担当意识和挺立崖巅、翱翔天宇的奋斗不息精神，胸襟开阔，气度恢宏，同时又"心静宇无疆"，宁静致远。意境的高远、韵味的醇厚，来自于对抒情的节制。

王先生对父亲有很深厚的感情，写过多首怀念父亲的诗词，但抒情始终很克制、节制，却愈显得情思深厚、蕴意无穷、韵味悠长。比如：

忆秦娥·丁酉清明前怀先父

——用李白韵

　　轻轻咽，梦中忽见儿时月。儿时月，先容曾照，泪飞长别。年年相忆清明节，天人两界音书绝。音书绝，茫茫星汉，在何仙阙？

（王玉明：《心如秋水水如天》，高等教育出版社2018年版，第55页）

诗人克制汹涌的情思，没有直接写父亲的恩情之重和自己的怀念之深，而是通过"儿时月""星汉""仙阙"等意象以及"轻轻咽""泪飞""长别""相忆"等动词来表达浓得化不开的思念之情，使词境更加幽深高邈，诗情更加真挚浓郁，韵味更加醇厚悠长，也更能引起读者的强烈共鸣。

二、对情感的升华

王先生诗词韵味的醇厚悠长除了来自于情深而克制，也来自于对情感的升华。进行诗词创作时，王先生总能站在更高的基点上去思考，去升华自己的情感，而不是仅仅专注于抒发某种单一的情思。如果仅仅抒写肤浅的悲欢而不能把悲欢升华，作品就会境界狭窄，意蕴不深，也就不能引起广泛而强烈的共鸣。比如：

鹧鸪天·中秋夜故园行（其一）

回首西风荡九州，废墟空忆故园楼。一轮明月千般恨，几点疏星万代愁。

山隐隐，水悠悠，何人与我共凝眸。试看古往今来事，谁阻江河滚滚流？

诗人写中秋夜故园行，却不仅限于写故园的风物和中秋佳节的美好，而是由"故园"扩展到"故国"，引出对中华民族命运的忧虑和思考。近代以来中华民族历经磨难，饱受摧折，回首往事令人痛心。诗人认识到，要想中华民族伟大复兴，只能顺应历史潮流向前发展。历史潮流浩浩荡荡，滚滚向前，任何人都无法阻挡，谁想逆历史潮流而行，注定失败。在大多国人沉浸于大国崛起的自豪中时，诗人却不同流俗，居安思危，体现了深沉的忧患意识。词作也因而内容更深广，情思更深厚，韵味更悠长，有无穷之意蕴溢于言表。又比如：

春思（其一）

春夜花香盈故园，荷塘漫步透轻寒。

蟾宫有泪莹光冷，水面无风月影圆。

恩典鞠躬朝塞北，诗情闭目忆江南。

幽思脉脉人声寂，独享良宵不忍眠。

注："塞北"实际上是指恩典极深的先父母的安葬之地吉林省梨树县。

这首七律写"春思"，却不像一般的作品那样写春天生机勃勃的景象和作者愉悦的心情，而是自出机杼。在万物复苏的春天，诗人想到了自己的生命之源——父母，想到了脍炙人口的白居易的词《忆江南》中的"春来江水绿如蓝，能不忆江南",因而诗境得以扩展,诗情得以加深。春夜的故园有花有香有月,自有一番别样的美,但诗人体会更深的却是凄冷:"蟾宫有泪莹光冷",并想起已逝的父母,这似乎难以理解。其实,人面对美好的事物时往往是忧伤的,因为美好的事物不能长久,更易消逝,如昙花一现,令人不舍。在幽静的春夜,在人迹稀少的故园,也更容易使人浮想联翩,使人思接千载,视通万里。诗人想到的江南,泛指长江以南的广大地区,山川秀丽,风景如画,气候温和,物产丰富,历来是美和诗意的象征,备受历代骚人墨客歌咏和神往。在中国古代诗词中,江南已成为一个蕴涵丰富的意象,成为文人雅士的精神家园。因而,在这首春思的诗里,有对父母的感恩、对历史的追寻,还有对理想境界的向往,内容得以加深,诗情得以升华,意境更加深邃,韵味也更加浓厚悠长。

又如前所引的《忆秦娥·丁酉清明前怀先父》一词之所以感人至深,令人回味无穷,除了诗人情感的真挚和深沉,也与诗人对情感的拓展、升华有关。诗人对父亲的去世,除了伤痛、怀念,似乎还有某种希冀:父亲虽然离开了,但并非人死如灯灭,而是正在天上的某座仙阙,在看着自己。有形的父亲不在了,但无形的父亲还在。天人两界音书绝,但不妨碍至亲间的心气相通。这就使对父亲的怀念不仅停留在悲伤,而是悲欣交集、伤痛与温馨同在。这就是情感的升华,从而拓展了诗境,加深了诗意,提升了美感,也为活着的人增添温暖和力量。

三、用"赋"法直叙其事,不直接抒情而情满于中

在有些诗词中,王先生虽然满蕴深情,却不直接抒发,而是铺陈直叙事物,把情蕴于其中。这是写诗的"赋"法。"赋"是《诗经》的三种艺术表现手法(赋、比、兴)之一。关于"赋",朱熹《诗集传》卷一注说:"赋者,敷也,敷陈其事而直言之者也。""直言之",就是既不用"比"的手法形容、描绘事物,也不用"兴"词调动感情,唤起思绪,而是直接叙述与思想感情相关的事物。如此感情深藏不露,更耐人寻味。比如王先生的两首《调笑令》就用了这一表现手法。

调笑令·三亚湾

三亚,三亚,北客冬来度假。长滩阔海遥天,醉卧椰荫半眠。眠半,眠半,妻女轻呼"午饭!"

(《心如秋水水如天》第 42 页)

这首短短的小令包含很多信息,有地点(三亚)、时间(冬天)、人物(作为北客的诗人及其家人)、事由(度假)。此外,有"长滩阔海遥天"的风景,

还有画面感极强的情景："醉卧椰荫半眠。眠半，眠半，妻女轻呼'午饭！'"这是典型的"赋"的艺术表现手法。诗人没有抒情，也没有直接写家人间亲情的浓淡，但最后一句的"妻女轻呼"使满满的亲情、浓浓的爱意满笺流动，沁人心脾。而且画面纯净，温馨，情思和谐，美好，使人深受感染，回味无穷。又比如《调笑令·感恩黑马》：

<blockquote>黑马，黑马，驮我前行汗洒。崎岖山路弯多，翻越林边陡坡。坡陡，坡陡，感汝之情知否？</blockquote>

（《心如秋水水如天》第 195 页）

这首小令同样是用直叙其事，写诗人对黑马的独白，叙述黑马"驮我"的过程，感谢黑马的辛勤付出。开头两声轻呼"黑马"，满蕴感情。通过"汗洒""崎岖""弯多""翻越""坡陡"等语，表达对黑马辛劳的体恤和发自内心的感恩。词作内容简单浅近，语言明白晓畅，却耐人反复吟咏，使人感动不已。诗人没有直接抒情，只是在结尾用一个简单的问句来表达对黑马的感恩，读来却强烈地感受到感情的真挚和深沉。这首小令之所以韵味醇厚，耐人咀嚼，也是由于把深厚的感情藏在叙事中，不直接表露，却更显得含蓄蕴藉，余味无穷。

王先生的诗词作品之所以富于神韵，与他的才情、学问的丰富有关，也与他的创作态度的真诚有关。马一浮先生曾说：

<blockquote>……作诗须通身是手眼始得。有人问古德，狮子搏兔用全力，是个什么力？答：不欺之力。此虽说禅，亦可论诗。不欺便是诚，不诚则无物。狮子搏兔是用全身气力，故作诗须将整个学问运用在里面，所谓通身是手眼是也。</blockquote>

（《马一浮诗话》，学林出版社 1999 年版，第 10 页）

这段话用在王先生身上非常吻合。王先生写诗确实"将整个学问运用在里面"，就像"狮子搏兔用全力"一样，而且是用"不欺之力"，即是用"诚"来写诗。从诗词中我们可以领略王先生的"整个学问"，包括才华学识、思想感情、精神境界、生命情调、审美趣味等等；因为王先生是用"不欺之力"来写诗，所以我们常常被诗中思想感情的真、善、美所吸引、所感动。而且，王先生的诗词创作完全是"为情造文"，是心中有汹涌的情思如骨在喉不吐不快才付诸笔端。比如《贺新郎·赏昆曲〈桃花扇〉有感》一词的前言说："2017.10.13—14，在新清华学堂相继观看全剧和选场演出，感慨不已，一吐为快，赋词以记。"（《水木清华眷念》第 72 页）王先生发给笔者的《韫辉关于"诗"的几点感悟》中的第三点感悟就是"情动于中而形于言"：

叶嘉莹先生在谈"什么样的诗才算好诗"时,引用了《毛诗·大序》关于"情动于中而形于言"的精练语言:"就是说首先内心之中要有一种感发,情动于中,然后再用语言把它表达出来","我认为中国诗歌中最重要的质素,就是那份兴发感动的力量","第一是你要有真诚的感动,第二是你要将这种感动成功地传达出来,让别人也感受到这种感动"。我写诗词,都是遵循这种规律,一定要先自己真诚地感动了再写,其次要讲究语言表达技巧,如格律,立意,修辞,意境等等,以便让读者也能跟着被感动。如果是虚伪造作,不"情动于中",或者不能成功地"形于言",都是不能令人感动的。

正因为"自己真诚地感动了再写",而且用"整个学问"、用"不欺之力"来写,所以王先生的大多诗词作品感情浓郁,意蕴无穷,韵味悠长。郑欣淼先生对王先生诗词的总体评价,笔者深有同感:"这些诗词跨越时空,列阵而来,不仅是玉明先生本人的生活记录、情感抒发,还包括了他对于宇宙和人生的诗意的审美式把握,具有深刻的哲学思考意味。他对'纯洁、纯真'的重视,对真善美的追求,都是令人深切感动的。"(《水木清华眷念》第143—144页)因此,笔者品读王先生的诗词,深入王先生所营造的意境,在获得美的熏陶和享受的同时,也常常深受感动,而且还有更重要的收获:眼界胸襟的开阔和精神境界的提升。

论王玉明先生婉约、豪放与沉郁顿挫兼具的词风

吴全兰

人们论词常用婉约、豪放来区分不同的风格。此说由明人张綖首倡,张綖的《诗余图谱》凡例中说:"词体大略有二:一体婉约,一体豪放。婉约者欲其词情蕴藉,豪放者欲其气象恢宏。"此后词学界便约定俗成地将词的风格大体概括为婉约和豪放两种。豪放的特点是视野广阔高远,气象恢宏豪迈,表现为一种阳刚之美;婉约的特点是抒情婉转含蓄,用语柔婉清丽,呈现出一种阴柔之美。

王玉明先生诗词曲兼工,尤擅于词,诗词集中词占多数。而词作又是豪放、婉约与沉郁顿挫多种风格兼具。

一、"挑灯看剑豪情在"的豪放风格

《沁园春·南迦巴瓦峰与雅鲁藏布大峡谷》就是一首典型的豪放词:

> 雪域高原,邃谷洪流,咆哮奔腾。看雅鲁藏布,险超万壑;南迦巴瓦,秀冠千峰。历历江山,拳拳赤子,长啸临风热泪盈。遍寰宇,问谁堪媲美,华夏奇雄? 频频仰望苍穹,见座座神山矗碧空。慕冰川绒布,玉清尘念;圣湖纳木,醇澈凡瞳。布达拉宫,云端参拜,雪顿巡行哲蚌中。礼佛际,念藏胞携我,兄弟情浓。

此词所绘之景极为雄壮:有在雪域高原上咆哮奔腾的洪流雅鲁藏布江、险超万壑的雅鲁藏布大峡谷(中国第一美谷)、秀冠千峰的南迦巴瓦峰(中国第一美峰)。除了上片的眼前实景外,下片还联想整个西藏地区的其他美景:中国第一美的冰川绒布冰川和第三美的湖泊纳木措,还有高矗碧空的座座神山……壮丽的江山使诗人的爱国热情空前高涨,"长啸临风热泪盈",完全是实情,据王先生说,当时陪伴他的女儿亲眼看见他长时间地满眶含泪之后,也被感动得流泪了。王先生通过"仰望苍穹""长啸泪盈""云端参拜"等表达拳拳赤子之心,结句更通过"藏胞携我"的实事表达了全国各族人民亲如一家的自豪。全篇都是实景真情,气势恢宏,雄浑高旷,读罢令人为之振奋。多位名家都对此词十分赞赏。霍松林先生点评说:

> 由于面对的是英雄业迹,江山胜景,因此也写得十分壮观,表现出作者豪放纵阔、大声镗鞳之英雄本色的一面。

叶嘉莹先生也说："此词雄浑极有气魄。"（王玉明《水木清华眷念》，作家出版社2021年版，第44页）

《蝶恋花·自然之恋》一词也充分表现了诗人洒脱豪迈的一面：

踏遍青山犹未可，更慕冰峰，隐现随云朵。皓首童心翁一个，斜风细雨轻舟卧。　我爱自然她爱我，大爱无边，炽烈情如火。宇宙微尘飞闪过，随缘何计因和果。

（《水木清华眷念》第84页。叶嘉莹先生审阅拙文，对此词作旁批："此词极好。"）

虽然深知人生在世就像宇宙中的一颗微尘，不足百年的生命就如"微尘飞闪"那么短暂，但是诗人并不因此而悲观颓废，反而随缘自在，踏遍青山，仰慕冰峰，在对大自然的热爱和亲近中充分享受人生。真率潇洒的豪情极富感染力。

王先生词作的豪放风格还表现在抒写热情似火、慷慨磊落的胸怀。比如《鹧鸪天·秋夜》：

万木何曾怨白霜，且看树树烁红黄。胸怀火种秋犹暖，情在冰心梦未凉。　天邈邈，地茫茫，残荷荒岛绕高杨。萧萧芦荻亭亭竹，云去云来月半藏。

（叶嘉莹先生审阅拙文，对此词作旁批："此词好。"）

秋天草木渐渐凋零，常给人以悲凉萧瑟之感，但王先生因胸有火种，冰心尚在，所以未有悲戚之感。虽然眼前有残荷，有萧萧芦荻，但诗人更关注的是充满暖意的"树树烁红黄"和傲霜直立的"亭亭竹"，秋的苍凉被豪迈雄浑之气一扫而空。钟振振先生的点评十分精到："一反前人悲秋之戚，具见胸襟之阔，气度之大。"（《水木清华眷念》第94页）

王先生的咏史之作以沉郁顿挫、含蓄蕴藉的风格为主，但也有豪放的，比如：

八声甘州·成山头怀古（用柳永韵）

对茫茫大海碧云天，思绪越千秋。见烟波浩渺，尘迷翠岸，雾失琼楼。豪兴当歌对酒，未醉岂甘休。情似黄河水，滚滚东流。　遥想秦皇帝业，遍九州尽扫，六合全收。但时时忧虑，龙命怎长留。遣方士、觅仙寻药，夜难眠、空自盼归舟。凭谁叹、望蓬莱处，万古遗愁。

（《水木清华眷念》第112页）

成山头位于山东半岛最东端，其脉绵延入海，是我国海岸线的最东端。诗人到此，不禁浮想联翩，思接千载，视通万里，想起秦始皇当年遣方士入海求长生不死之药的往事。秦始皇曾吞并六国，席卷天下，何其威风（此句原写"何其威武雄壮",叶嘉莹先生审阅拙文时,在"威武雄壮"下画线,并打了问号。后来笔者想,"威武雄壮"是褒义词,用来形容残暴的秦始皇,确实不妥,因而改为中性词"威风");又访仙求药,想违背自然规律长生不死。王先生此词把曾经不可一世的人作为嘲讽的对象,既有豪迈奔放之情,又有深沉辽阔之思,正如王先生对笔者说的,这首词用柳永的韵"把柳永的婉约词写成豪放的"。

二、"隐隐闲愁未断"的婉约情调

王先生的词作明显有"挑灯看剑豪情在"(见《鹧鸪天·庚子小雪读稼轩词遣怀》,《水木清华眷念》第134页)的豪放风格,但婉约词仍占主流,大多词作的风格表现为清丽婉转、含蓄蕴藉、缠绵悱恻等。比如《忆江南·西子湖》其二:

清秋夜,遥忆小瀛洲。金桂香源琼阁树,银湖光自素娥眸。无寐月如钩。

(《水木清华眷念》第21页)

把西湖秋夜景色的清新幽静和诗人心绪的恬淡微妙写得很含蓄蕴藉。又比如:

风入松·春思(用吴文英韵)

冰销曾记冷塘明,鸿雁信长铭。故乡邈邈关山外,好风送、脉脉深情。桃蕾飞红醉蝶,柳芽溢碧迷莺。　　于今皓首倚闻亭,新月见新晴。落英何处随流水,双眸内、有泪微凝。隐隐闲愁未断,离离春草还生。

(《水木清华眷念》第69页)

上片回首桃红柳绿、莺飞蝶舞、生机盎然的过往春景以及与之关联的美好往事,下片写眼前的现实:头已白,花已落,水犹逝,不禁泪涌双眸。既缠绵悱恻,又含蓄蕴藉。但诗人并未沉浸于愁绪之中不能自拔,而是闲愁中又有希望和憧憬:新月缺后重圆,春草生生不息。全篇铺采摛文,精工典丽,情思婉转曲折,深沉细腻,言已尽而悲欣交集之韵绵绵不绝。

王先生有一类词作常常抒发人生的无奈和愁苦,但愁而不怨,苦而不怒,自有一种深沉而典雅的婉约之美。比如:

摸鱼儿·屈原《九歌》读后感赋(依辛弃疾韵)

动心旌、九歌千古,至今余韵如缕。洞庭波涌西风蔫,木叶落兮无数。江畔伫,司命眺、湘妃魂魄归何路?湘君不语,恨尽日愁思,凝成清泪,化作两丝雨。　　惊山鬼,愉悦佳期恐误。芳馨窈窕人妒。伤秋怕听秋风赋。脉脉云中君诉。神女舞,巫峡里、幽兰杜若薰乡土。相思最苦。望水渚伊人,东君河伯,皆有断肠处。

此词几乎把《九歌》中涉及的神鬼都提到了。全篇通过一系列的意象，突出"愁""苦"之情。虽愁苦，却不令人难受、绝望，除了因为诗人的不怨不怒，还缘于辞采和意象的优美，比如"余韵如缕""西风嬝""芳馨窈窕""幽兰杜若"等等，使人在体会愁苦的同时又感受到一种幽美。愁、苦是人人有过的心境，愁苦之时读此词，很容易产生共鸣，并能从中得到某种慰藉。

　　在王先生的诗词集中，婉约风格的词作比比皆是，不胜枚举。豪放与婉约是相反的风格，在同一人的作品中同时存在，似乎不可思议。但豪放与婉约并非非此即彼，不可融通。历代词人大都豪放与婉约两种风格兼而有之，比如苏轼是豪放派的开宗人物，但他的词集中豪放的作品远少于婉约风格的作品。辛弃疾也是豪放派的代表人物，他的大部分作品表现出雄浑豪迈的特色，但是他的词集中也是妩媚语与英雄语并存，不少作品"敛雄心，抗高调，变温婉，成悲凉"（［清］周济：《宋四家词选·序论》），风格转为婉约。比如脍炙人口的"蓦然回首，那人却在、灯火阑珊处"，被大学者王国维先生引用作为做学问的"第三种境界"。著名词家夏承焘先生在《唐宋词欣赏》一书中点评辛弃疾《摸鱼儿·更能消几番风雨》一词时说："肝肠似火，色貌如花。"这是对稼轩长短句刚柔并济风格非常精辟的点评。人的感情很复杂，性格亦有多面性，同时写豪放、婉约两种不同风格的词是完全有可能的。王玉明先生的词风以清丽婉约为主，是由他的个性和词这一艺术形式的特点所决定的。王先生感情丰富而细腻，本性纯真而浪漫，善感又多思，所以抒发的情感自然以清雅婉约为主。而词作为一种以抒情为主、文学性与音乐性并重的艺术形式，比诗更善于表现人内心深处丰富而复杂、强烈而微妙的情思。王先生更注重填词，且填词以婉约为主，也就不难理解了。

三、"千言万语曲折透露"的沉郁顿挫风格

　　笔者发现，王先生写的怀古和咏史之作，特别是长调，还有明显的沉郁顿挫风格。什么是沉郁顿挫？清人吴瞻泰在《杜诗提要》卷一中说："沉郁者，意也，顿挫者，法也。"一般认为，"沉郁"是指诗词的思想感情深广、深沉；"顿挫"是指诗词的表情达意抑扬跌宕，音韵声调起伏多变。沉郁与诗词的思想内容有关，顿挫则与诗词的表现技巧有关。周振甫先生论"沉郁"（周振甫：《诗词例话·沉郁》，中国青年出版社1979年版，第380—384页），其中有言："作者的感情是深沉郁积的，用顿挫转折的笔来表达，有千言万语积压在胸中，只能曲折地透露一些。"一般来说，诗词内容越丰厚，感情越激越，就越沉郁。加上曲折起伏

的表达，就构成了诗人沉郁顿挫的风格。

王玉明先生沉郁顿挫的风格主要表现在咏史的长调中，比如：

贺新郎·赏昆剧《桃花扇》有感（依张元干韵）

泪洒天涯路。放悲声、情愁国恨，断肠离黍。兵败孤城皆殉难，壮烈波涛翻注。遍山野、荒坟狐兔。臣佞君昏倾砥柱，听秋风、时把凄凉诉。弃宫阙，知何去？　　秦淮谁可同寒暑？叹佳人、赤心永驻，痴情遥度（"遥度"，王先生原作"恒度"。叶嘉莹先生审阅拙文时，在"恒度"下画线，并旁批"此句生"。王先生便把"恒"字改为"遥"，改后更能表达李香君对远方的爱人的痴情和思念）。血绘桃花千古扇，相寄迢迢共语。啼永夜，销魂杜宇。哀怨孤鸿迷晓雾，尽漂泊、空忆相尔汝。怨似海，愁如缕。

（《水木清华眷念》第72页）

《桃花扇》是清朝剧作家孔尚任写的一部著名的传奇剧本，剧中以明末复社文人侯方域与秦淮名妓李香君的爱情故事为线索，借离合之情，抒兴亡之感。同时也揭露了明末朝廷的腐败和内部的矛盾斗争。王先生此词围绕"情愁国恨"下笔，通过对民族英雄史可法壮烈殉国的凭吊以及一系列的意象如泪、孤城、波涛、荒坟狐兔、秋风、杜宇、孤鸿等，突出悲、愁、恨、凄凉、哀怨等情感。沉雄、悲壮的情调贯穿全篇。"国恨"使词境雄奇、壮阔，"情愁"却使感情悲凉、缠绵，壮阔与悲凉的交织，雄奇与缠绵的融合，跌宕委婉，形成了沉郁顿挫的风格。又比如：

暗香·咏西施（用姜夔韵）

太湖夜色，蕴古今韵事，波心闻笛。素手凝香，犹记寒梅共攀摘。顾盼玉人脉脉，何必借、诗书文笔。尽缱绻、笑靥如花，疏影映瑶席（"瑶席"，王先生原作"嘉席"。叶嘉莹先生审阅拙文时，在"嘉席"下画线，并旁批"生"。王先生便把"嘉"改为"瑶"。"瑶"，美玉也，"瑶席"确实更有美感，也与上文的"寒梅""疏影"更相衬）。　　倾国，恨永寂。叹艳枕梦惊，绮馆忧积。别时暗泣，回首缠绵忍相忆？吴越兴亡漫议，归去也、蠡湖澄碧。更远泛、沧海外，或曾见得？

（《水木清华眷念》第121页）

西施是春秋末期越国人。时越国称臣于吴国，越王勾践卧薪尝胆，谋复国。在国难当头之际，西施挺身而出，由越王勾践献给吴王夫差，把吴王迷惑得众叛亲离、荒废国事，为勾践的复仇做准备，表现了一个爱国女子的勇气和胆量。吴国终被勾践所灭，吴灭后西施就不知去向，传说与范蠡一起泛舟五湖。此词中王先生感叹西施的忍辱负重、以身许国，歌颂她的倾国之美和爱国之深，并为国难当头时一个弱女子的勇气和牺牲而震撼，为勾践让一个弱女子在前冲锋陷阵而愤慨……感情炽热沸腾，慷慨悲凉。但结句突然收敛激情，降低调门，想象事后西施与范蠡归隐五湖，甚至据传说远泛海外，远离尘嚣纷扰，过宁静的生活。把满腔的愤慨化为委婉的诉说，使作品的感情荡气回肠而又跌宕起伏，变得沉郁顿挫。

有悲慨之情，而且感情的表达曲折委婉，才能有沉郁顿挫的风格。又比如：

雨霖铃·己亥清明缅怀屈原（用柳永韵）

鹃啼悲切。看繁花谢，夜永人歇。潇湘望断无语，空添顶上，萧萧银发。半闭蒙眬泪眼，尽低徊凝噎。念屈子、江畔行吟，水冷烟寒野空阔。　　忠魂一去关山别。又偏逢、细雨清明节。公归邈邈星宿，朝彼岸、望穿云月。古往今来，谁见、煌煌宝殿长设？仰首叹、离恨悠悠，且任千秋说。

（《水木清华眷念》第107页）

屈原是忠君爱国而又有志难伸的典型，历代不少仁人志士都曾为其掬一把同情泪，王先生也不例外。此词除了呈现对屈原的敬仰、怀念，表达对屈原所遇非人、命运多舛的同情、叹惋，还抒发了盛衰无常、兴亡难料的悲慨："谁见、煌煌宝殿长设？""宝殿"是权力的象征，宝殿不可长存，权力也不会永远掌握在任何人的手里。世事无常，导致了许多悲欢离合、家愁国恨。此种愁、恨，任何人都无法避免和改变，因而只能"仰首叹"。此词仅用"婉约"不足以概括其风格。词中，诗人打开胸中的闸门，让汹涌澎湃的激情奔涌而出，但又突然收敛克制，以"离恨悠悠，且任千秋说"作结，跌宕起伏，使作品有一种慷慨悲壮而又沉郁苍凉的韵味。因为思想感情深沉悲慨，所以沉郁；因为表达曲折委婉，所以顿挫。

王先生的咏史词有一个共同的主题：抒发对兴亡的感慨，对家国的萦系；也都有一个共同的特点：内容深厚，感情激越，表情达意跌宕起伏。这就形成了沉郁顿挫的风格。

文学史上有沉郁顿挫风格的代表人物如杜甫、辛弃疾都有一个共同之处，即爱国忠君、生当乱世、有志难伸、郁郁不得志，等等，这是形成他们的作品沉郁顿挫风格的一个现实原因。王先生可谓功成名就，为什么还会沉郁顿挫呢？我想，应该有两个主要原因：第一，王先生有深沉的忧患意识。忧患意识，所忧虑的是世界、社会、国家、人民的前途命运，而不是为个人的利害、荣辱、成败、得失而忧虑。"忧患并非如杞人忧天之无聊，更非如患得患失之庸俗。……忧患意识，逐渐伸张扩大,最后凝成悲天悯人的观念。悲悯是理想主义者才有的感情。"(牟宗三:《中国哲学的特质》,上海古籍出版社1997年版,第12—13页)王先生曾在国家重点研究院所和企业一线工作多年,又曾自主创业成为成功的企业家,有丰富的阅历,又有诗人的敏锐,因而对社会和人性的复杂、沉沦有深刻的认识和体会。他看多了人间"权钱竞逐"的丑恶,从史书中又看到"成败兴亡,轮回何速"(《桂枝香·梦游天山怀古》,《水木清华眷念》第10页)的无常,对国家、民族的前途自然充满忧患。忧患意识与家国情怀、道德意识是分不开的。第二,受叶嘉莹先生的影响。王先生于2010年开始拜叶嘉莹先生为师,对叶先生非常尊敬,称为"恩师",十多年前开始得到叶先生的点拨。此后,王先生"对自己的要求越来越高","……词则由小令为主改为小令、中调、长调兼顾,……风格韵味上,也更加注意含蓄蕴藉和沉郁顿挫"(《水木清华眷念·后记》,第217页)。王先生拜叶先生为师之后,为了弥补长调词的不足而认真向古人学习,特别是步前贤名作而写的长调词,深得名家好评。蔡厚示、孔汝煌、梁东、范诗银等诗家都认为王先生步前贤名作之韵而能做到返本开新、推陈出新,达到了更高的境界。

  王先生的长调大都有沉郁顿挫、慷慨悲凉的特点,其中也有来自叶嘉莹先生的影响。叶先生曾提出"弱德之美",说:"弱德不是弱者,弱者只趴在那里挨打。弱德就是你承受,你坚持,你还要有你自己的一种操守,你要完成你自己,这种品格才是弱德。""弱"指个人在外界的强大压力下处于弱势、逆境;"德"是坚持内心的操守。因为弱,所以沉郁;因为有内心的操守,所以不随波逐流。表现在诗词创作上,就是所思所感强烈深沉,但不直抒尽展,而是收敛克制,婉转曲折,所以形成了沉郁顿挫的风格。王先生拜叶嘉莹先生为师后,自然也受老师"弱德之美"思想的影响,诗词作品沉郁顿挫的风格越来越明显,诗词创作水平也有了"质的飞跃"(孔汝煌、梁东先生语)。

论王玉明先生诗词中的家国情怀

吴全兰

情怀是以心灵的满足而不是以功利的获得作为行为标准的一种品质。有情怀的人心甘情愿地为自己所钟情的人和事付出和牺牲,而不在乎失去什么,得到什么。其实,有情怀就是有大爱。从诗词作品可以看出,王玉明先生是一位胸有大爱的诗人。关于这一点,霍松林先生在王先生的第一本诗集《王玉明诗选》的序言中已经指出:

> 在这本诗集里,我们看到这位大声呼喊着"我爱你!"的性情中人,对这个世界充满情,充满爱。他爱祖国,爱人民,爱亲人,爱朋友,爱山河自然,风云花草,对宇宙间的一切都葆有一份拳拳深情,拥有一种民胞物与的宽厚胸怀。

(《王玉明诗选·序一》,清华大学出版社2008年版)

笔者认为,王先生的大爱更明显地表现为家国情怀。正如闻一多先生所说的:诗人主要的天赋是爱,爱他的祖国,爱他的人民。

王玉明先生的诗词蕴含炽热而深沉的家国情怀。所谓家国情怀,是指对共同体的认同并促使其不断向上提升的一种思想和理念。其基本内涵包括重视亲情、关爱他人、心系天下等等,既与行孝尽忠、忧国忧民、乡土观念、天下为公等传统思想有密切联系,又是对这些传统思想的超越和提升。王先生对国家、民族、同胞有深厚的感情,诗词中常借写景咏物、怀古咏史抒发忧国忧民、伤时悯世的家国情怀,传统儒家修身、齐家、治国、平天下的理念在王先生身上得到生动的体现。

一、通过忧时悯世体现家国情怀

王先生很关心国际的风云变幻、国内的国计民生,对国家、民族可能遭受的危难忧心忡忡,体现了一个知识分子强烈的社会责任感和历史使命感,这在他的诗词中时有体现。比如:

沁园春·南海夜思(依辛弃疾韵)

脉脉斜晖,软软长滩,漠漠远峰。且暂抛尘念,聆听海浪;稍平块垒,仰望星空。斗转河倾,夜阑人静,肠断姮娥泣月宫。销魂处,唤书生归去,耳畔清风。　　枕边好梦无踪，恨不尽涛声涌入胸。问千秋进退，何论功罪？百家文野，孰计西东？电闪雷鸣，波谲云诡，龙虎汹汹斗未穷。晨曦现，为神州祈祷，再拜苍穹。

（王玉明：《水木清华眷念》，作家出版社2021年版，第100页）

上片主要写景，但一切景语皆情语。斜晖、长滩、远峰、星空的宁静反衬出诗人内心的波涛汹涌以及尘念难抛、块垒难平。下片点出心绪不宁、块垒难平的原因是整个世界局势的复杂和危险："电闪雷鸣，波谲云诡，龙虎汹汹斗未穷。"这种风起云涌、变幻莫测、冲突不断的局势使诗人愁绪满怀，彻夜难眠，一直到天亮："晨曦现，为神州祈祷，再拜苍穹。"忧国伤时之意展露无遗。又比如：

浣溪沙·岛居

避疫蜗居三亚湾，面朝大海背依山。夜观星斗昼观澜。　　世上风雷犹入耳，胸中潮汐未成眠。人间哪有武陵源。

（《水木清华眷念》第127页）

此词写于2020年年初，当时诗人在三亚湾避疫，在"面朝大海背依山"的风景名胜过着"夜观星斗昼观澜"的悠闲自在的生活。但疫情严重，身处安全之地的诗人仍不免胸中波澜起伏，忧心忡忡，以致难以成眠。心系天下苍生的家国情怀通过海水、星斗、风雷等意象曲折地表现了出来。

二、通过记述游踪履迹抒发家国情怀

在一些记述游踪履迹的诗词中，王先生也常常通过歌咏祖国的大好河山显现家国情怀，或通过回首辛酸历史表达对祖国更加繁荣昌盛的期待。比如，游览圆明园，回首"宫阙嵯峨，雕栏玉砌，一炬堪惊"，当下"断柱颓垣犹在，春花伴、有泪莹莹"，因落后而被烧杀掳掠的沉痛历史自然而然地引出对祖国美好未来的展望："待明朝圆梦神州，谁敢欺凌？"又比如：

鹧鸪天·兴凯湖

似海苍茫天际横，长滩百里世人惊。夕阳西下云霞丽，明月东升湖水平。　　思往事，痛心旌，山河别属泪莹莹。辛酸历史翻新页，且看神州国运兴。

（王玉明：《心如秋水水如天》，高等教育出版社2018年版，第106页）

根据作者的注释，兴凯湖的总面积为4800平方公里，原为中国内湖，1860年国力虚弱的清政府将其四分之三割让给沙俄。诗人通过回首近代以来的辛酸历史，表达了对神州当年贫弱的痛心和对祖国当今兴盛的欣慰。在《鹧鸪天·英伦秋访》一词中，诗人在回顾英伦科技与人文方面的突出成就后，忍不住质问："东西彼此应尊重，何事宫园一炬焚？"对英国帝国主义鸦片战争期间在中国所犯下的滔天罪行愤慨不已，间接表达了对祖国的热爱和对祖国更加昌盛的期待。

三、通过怀古咏史抒发家国情怀

王先生参访过不少历史遗迹，写过不少怀古诗词；读过不少文史典籍，写过不少咏史之作。在这类作品中，诗人的哲思史识、德性仁心得到了最集中的体现，其中怀古忧今之心、国是民艰之念水乳交融；伤时悯世之情、仁民爱物之意浑然一体。比如：

鹧鸪天·重阳节梦游岳阳楼感赋

梦里依稀作旧游，重阳重上岳阳楼。湘娥泪共嫦娥洒，屈子愁追扬子流。　文正记，少陵讴，长怀天下古今忧。烟波东望迷黄鹤，银发飘萧芦荻秋。

诗人梦游远在湖南的岳阳楼，自然想起范仲淹《岳阳楼记》中的名句："先天下之忧而忧，后天下之乐而乐。"也会自然想起与湖南相关的湘娥。湘娥即湘妃，相传为帝尧之二女，帝舜之二妃，名曰娥皇、女英。相传二妃没于湘水，遂成为湘水之神。又据西晋张华《博物志》："尧之二女，舜之二妃，曰'湘夫人'，舜崩，二妃啼，以涕挥竹，竹尽斑。"后人常用"湘妃泪""湘娥泪"写忧伤之情。因屈原的祖国楚国也在今湖南境内，且他的《九歌》中有一篇《湘夫人》，于是诗人又由"湘娥泪"引出屈原，又由屈原想到同样忠君爱国的杜甫。词中涉及的历史名人，都有一个共同特征：忧国忧民、心系天下。诗人借梦游引出古代的仁人志士，曲折地抒发了自己的爱国之心、淑世之情。钟振振先生的点评十分精当：

灵均之《离骚》，希文之先忧，子美之涕泗，天下古今，志士仁人，处境容有不同，而淑世情怀固无二致也。末二句寓情于景，尤有一唱三叹、余韵袅袅之妙。

（《水木清华眷念》第92页）

王先生的怀古诗词都有借古忧今之意，从来不为怀古而怀古。比如：

声声慢·灵岩山怀古

春秋史阅，试问吴王，当年可料惨灭？玉殒香销空恨，馆娃宫阙。歌台舞榭迹绝。墨客吟、晓风残月。叹往事，任人评、美艳复惊凄切。　只有灵岩山佛，看不尽、斜阳古今伤别。暮鼓晨钟，更伴子规泣血。茫茫太湖隐约，远涛声、夜夜听彻。在碧落,想必是冰雪冷冽?

(《水木清华眷念》第 118 页)

　　词作借怀古抒发对世事无常、兴衰难料的慨叹,感情沉郁顿挫,慷慨悲凉。诗人面对弥漫着凄冷气氛的历史陈迹,思绪万千,感慨不已,不禁暗问早已淹没在历史洪流中的吴王:"当年可料惨灭?"其实是在促使自己思考:吴国为何惨灭?吴王有哪些错误的方略举措导致了惨灭?应如何避免重蹈覆辙?应如何保持强大而立于不败之地?这些思考体现了诗人深沉的忧患意识和自觉的社会责任感、历史使命感。关于词中体现的家国情怀,梁东先生的点评很精辟:

　　　　王词以劈头一问领全篇,把情事提到极处,继而以虚拟之古洞、宫阙、歌台、舞榭之境遇相答。后人评说,不一而足。只有灵岩山佛,看得多了,洞察一切。数千年过去了,而今又待如何?天下兴亡,匹夫有责,况诗人耶!家国之志,子规之啼,尽在不言中矣!

(《水木清华眷念》第 120 页)

　　王先生最近有一首与周文彰先生唱和的新作《【越调·天净沙】元上都遗址》,也集中反映了他的史识、哲思和家国之思:

　　　　荒丘萎草残花,西风落日黄沙,断壁颓垣败瓦。虽曾称霸,铁蹄同葬胡笳。

　　元朝统治者曾靠铁蹄席卷中原,横扫欧亚,称霸天下,盛极一时。但是铁蹄早已与胡笳同"葬",已被历史所埋葬,所以有此曲前三句所描绘的荒凉衰败的景象。在此曲中,铁蹄、胡笳都是野蛮、战争和残杀的意象,是元朝最终灰飞烟灭的罪魁祸首。王先生通过咏叹元上都遗址,痛斥野蛮和残杀,宣扬善政和治世,忧国之心和淑世情怀在耄耋之年依然炽热。

　　其实王先生的大多怀古咏史诗词都有这一特点:借古思今,忧时悯世,心念苍生,胸怀天下,感情炽热而深沉。此外,王先生还有"海疆今未安"(《闽江忧思》)的忧虑,有"明朝济沧海,巨舰镇狂倭"(《钓鱼岛忧思》)的豪情,表达了一个知识分子、一个诗人的赤子之心和家国之思。这些家国情怀源自于诗人开阔的胸襟气象和高远的精神境界,心胸狭窄、境界低下者不可能有之。

　　值得一提的是,王先生的家国情怀是一以贯之的,年轻时已露端倪。我们从诗人写于1976年清明节前夕的两首《悼周总理》(后来收入著名的《天安门诗抄》,分别见《天安门诗抄》,人民文学出版社1978年12月版,第25页、第47页)就可得知,其一:

骨沃神州肥劲草，心头岁岁发春华。元勋殉国斯民恸，泪雨滂沱没噪鸦。

（《水木清华眷念》第 14 页）

这首早期的诗感情率真自然，因周总理的逝世而与"斯民"一起泪雨滂沱，是至情至性的表现，也是为国家失去元勋而巨恸的自然流露，更是为国家的前途感到迷茫、忧虑的真实反映，"显示了一位科学家的正义与良知"（郑伯农先生评语，见《水木清华眷念》第 17 页）。它"记录下一个难忘的历史瞬间，有着珍贵的史料价值和思想光彩。文字上有着鲁迅诗风的鲜明印记，……犀利直接，锋芒毕露，掷地有声"（高昌先生评语，见《水木清华眷念》第 17 页）。此诗除了有史料和思想两方面的价值，还有促进中国诗歌平民化与大众化的作用，所以丁国成先生将其收入《当代诗词史稿（四）》，并特别提到王先生：

天安门诗歌极大地促进了我国诗歌的平民化与大众化。……其中或有诗人，例如现已公认的著名诗人王玉明，就是《天安门诗抄》中《神州人人悼英灵》之六（"骨沃神州肥劲草"）、《今日举剑斩妖魔》之十三（"黑云翻墨欲吞天"）的作者，但他当时还是一位职业科学家。（《水木清华眷念》第 17 页）

一个真正的诗人的家国情怀应该是与生俱来的，只是随着阅历的丰富，这种情怀积淀越深，往后的诗词作品不过是将这种越来越深厚的情怀表现得更加深沉、炽热罢了。

论王玉明先生诗词中的哲思

吴全兰

王玉明先生人生阅历丰富，文理兼通，见多识广，对宇宙人生有深刻的思考和独到的认识，因而不少诗词篇章都充满哲思，理趣盎然。

王先生诗词中的哲思首先表现为对人生的体悟。其中最质朴、最深沉的体悟是珍惜生命、善待人生。王先生本人十分热爱生活，工作时全身心投入，物我两忘；休假时又放松身心，寄情山水，陶冶性情，领略大自然的雄浑瑰丽、气象万千，感受各种多姿多彩的美，并从中体悟生命的珍贵和人生的美好。比如《西江月·冬韵》：

林表初生弦月，天空正烁寒星。冰封池畔自徐行，叶落白杨宁静。　　无欲冥思宇宙，随缘善待人生。陶然春夏与秋冬，沈醉空灵意境。

（王玉明：《心如秋水水如天》，高等教育出版社2018年版，第180页）

冬日虽寒凉枯寂，但宁静空灵，也有别样的美，亦值得珍惜和享用。诗人由此悟到：任何时节、任何地方都有其美好而值得珍惜之处，应"随缘善待人生"。随缘，就是不管身在何处，都要适应环境，保持正念。人生在世，要珍惜、享受当下的美好，"春夏与秋冬"都应"陶然"度过。这是王先生从"冬韵"中得到的感悟。在《浪淘沙·牛女怨》中，诗人借牛郎织女的遭遇发出感慨："呜呼谁解做神难？王母权威千古怨，何似人间！"（《心如秋水水如天》第53页）一反人们对天上的美好想象，认为人间更加美好，更值得珍惜。王先生还有这样的感悟："乘风归去怯清廖，还是人间美好"（《西江月·良宵》），"彼岸谁能知晓，今生视作天堂"（《清平乐·感悟生活》）。教人珍惜现实的人生，在人间努力创造美好的生活，而不能把幸福寄托在来生的彼岸世界。

王先生的这些关于人生美好而珍贵的感悟都是在写景咏物的基础上水到渠成地提出，理趣与诗情兼具，直指人心，而不是空洞的说理。这些感悟并不高深，相反显得十分简单质朴。但是这些质朴的哲理常常被人们所忽视，特别是当代社会生活节奏加快，工作压力增大，人们为了满足对身外之物的需求，每天疲于奔命，忽略了对内心的观照和对周围万物的关注，精神家园变得十分荒芜。很多人不再思考人生应该如何度过才能体现生命的意义和价值，每天像大机器上的一个零部件一样被迫随着机器运转，生活如同走肉行尸。这是很值得深思的时代问题。

王先生诗词中的这些人生感悟可以给生活在茫然中的人们提供某种醍醐灌顶般的启示。

王先生诗词中的哲思还表现在对人生与宇宙关系的思考。宇宙浩瀚又神秘、人生渺小却珍贵，这是王先生常常表现的主题。王先生是科技专家，富于求真探索精神，对宇宙自然的奥秘多有思考，曾在诗词中写道："求索幽幽粒子，追寻浩浩星空。宏微宇宙探无穷，深入方知妙境"（《西江月·求索》），"宇宙无生有，人生珍百年"（《圣诞香山月夜有感》）。看到天上的繁星，也引出对宇宙奥秘的思考和对人生的珍视：

清平乐·繁星

繁星璀璨，神秘苍穹看。银汉迢迢涵亿万，河外星云无限。　　茫茫宇宙难知，休言身后身前。生命何其珍贵，火花一瞬之间。

（《心如秋水水如天》第45页）

宇宙浩瀚，神秘难知。人生的几十年，在无限的宇宙中不过是火花一闪的一瞬间。王先生提醒我们：人生短暂，所以珍贵，人不应辜负这火花一般灿烂而短暂的生命，要活出其价值。《水龙吟·上元节拜海上观音圣像感怀（依辛弃疾韵）》一词更由海上观音圣像而引出对宇宙奥秘的追问和人应如何在宇宙中生存的思考：

汪洋一片澄蓝，波涛万顷连天际。仰望观音，慈悲含目，祥云环髻。红日生辉，春风施惠，香熏游子。遍人间俯瞰，生机勃发，循天理，遵禅意。　　诵心经，色空知未？茫茫宇宙，鸿蒙开辟，何来元气？量子纠缠，时空相对，莫能明此。悟虚实互动，凝神止水，免多情泪。

（王玉明《水木清华眷念》，作家出版社2021年版，第66页）

佛教《心经》说"五蕴皆空""色不异空，空不异色；色即是空，空即是色"，是说与精神（"心"）相对的物质（"色"）都是空的，"空"就是不真实的存在，是假象、幻象。茫茫宇宙的鸿蒙元气从何而来？佛教说是空的，"量子纠缠""时空相对"这些现代科学理论也不能把"空"的道理解释清楚。诗人领悟到的是"虚实互动"，主张在本质是"空"而又呈现出"生机勃发"的现象世界里，"循天理，遵禅意"，既遵循自然法则，又随缘自在，而且要"凝神止水"，平心静气，不要因为对本质为"空"的事物有所执着、贪婪而心浮气躁，否则会有很多"情泪"。诗人从佛教哲学中得到启示，对宇宙真相、人生追求有很深的感悟，而且感性和理性相辅相成，抒情与说理浑然一体。

王先生还有一首七律《荷塘幽思·秋思》也阐发了宇宙无穷、天地浩渺而人生有限、生命珍贵的哲思：

独坐荷塘荒岛边，萧萧落叶舞翩翩。冰轮移过孤枝际，哲思萌生逝水前。宇宙零源何物有？菩提非树岂尘缘（"尘缘"，王先生原作"尘牵"。叶嘉莹先生审阅拙文时，在"尘牵"下画线，并旁批"生"，于是王先生改为"尘缘"）？人间智慧神奇蕴，寂寞微球飘九天。

（《水木清华眷念》第 55 页）

荷塘边的萧萧落叶和孤枝上的淡淡蟾光使诗人浮想联翩：宇宙的源头是什么？万物是如何由无到有的？佛教禅宗慧能大师给出的答案是："菩提本非树，明镜亦非台。本来无一物，何处惹尘埃。"一切皆空，万物都是因缘和合的产物，都只是暂时的存在，生住坏灭都由因缘的变化所决定。万物不能自我决定，自我主宰，即无自性，所以是空的。既然万物皆空，我们就不应对万物有贪婪、执着之心，没有了贪婪心、执着心，也就不受尘世的牵绊。这是诗人对宇宙的探赜索隐的思考，并且从佛学中得到了启示。同时诗人又认识到，我们生活的地球看似庞大，但在茫茫宇宙中，不过是飘浮着的一颗微球，微不足道，生活在这一微球上的生命更是渺小如微尘，人实在不应狂妄自大，而应该对宇宙万物怀着一颗谦卑、敬畏的心。但是"人间智慧神奇蕴"，人也不应妄自菲薄，而应该充分发挥自己的神奇智慧，去思索，去探究，使渺小的人生变得有意义、有价值……诗人的这些深邃哲思，富有启迪，促人深思。

王先生的诗词中多次出现"色空""禅心""禅意""禅性""禅境""参禅""随缘"等词语，其深邃的哲思有来自佛学影响的痕迹。

其实，佛陀还告诉我们：虽然，人生借宿，极其短暂，但这人生，确是极其重要而珍贵的一个机遇，它承前启后，关乎我们未来生命与灵性的纯洁与染污、束缚或解脱、沉沦或提升。

因此，我们应面对现实，接受短暂，珍惜短暂，于短暂中做有意义的良善的增上创造，以有限创造无限，以易逝创造永恒，这才最重要。（见本性禅师：《云中漫步：中国禅的花朵》，华文出版社 2013 年版）

王先生关于人与宇宙关系的哲思与禅师的观点不谋而合。深邃的哲思，既受惠于古圣先哲时贤的启示，更来自于诗人的社会生活实践，正如霍松林先生的评析："……这些感悟既来自对生活的体验，也来自对人生的超越，充分表现了人生智慧，融理事情景为一体。"（《心如秋水水如天》第 201 页）

万里觅诗魂——评王玉明院士纪游诗词

王磊[①]

"院士诗人"王玉明是清华大学机械工程系教授、博士生导师，机械设计及理论专家，而这位工科见长的院士不仅在专业领域成绩卓著，还出版过《王玉明诗选》《荷塘新月：王玉明诗词选集》《心如秋水水如天：韫辉诗词百首》《水木清华眷念：韫辉诗词选》四本诗集。除了专业之外，王玉明院士的爱好涉及诗词、摄影、书法、旅游、音乐，职业生涯横跨工程师、企业家、教授，可谓文理兼修。王玉明院士的古体诗词创作，体式多样，题材丰富，风格多样，数量可观，做出了消除科学探索与诗文创作之间隔阂的尝试。纵观他的作品，虽然题材多样，情感内容丰富，但贯穿始终的是对自然风光的热爱。王玉明院士不仅喜欢读书，更乐在行万里路，经常背着相机跋山涉水，拍摄大自然的奇观，吟唱无尽的美景。他的许多诗词都是在汽车、火车、飞机上打磨创作出来的。从长城的晚风到珠穆朗玛峰的云海，从白令海峡的浮冰到亚龙湾的急雨，都出现在了他的诗词中。王玉明院士以科研的精神、无限的热爱，将"爱好"变成独特的生命体验，这即是他的纪游诗词。在他的诗词创作中，纪游类诗词不仅数量多，而且都是佳篇，更能反映他的个性与特质。"纪游诗"可以上溯到《诗经》与《楚辞》，虽然其时体制未立，但《诗经》中的《黍离》《载驰》，《楚辞》中的《涉江》《哀郢》等，可以看成是纪游诗的先声。南北朝《文选》卷二十二收录23首"游览"诗，卷二十六、卷二十七收录35首"行旅"诗，这些都是纪游诗成熟的标志。本文所谈之"纪游诗词"，顾名思义，是记录行旅途中所见所感之诗，将与游旅有关的交游、怀古、唱和、感怀以及风景名胜、亭台楼阁、园林别业、游旅见闻的记述悉数归纳，希冀立体化展现诗人的视野与创作心态。[②]

一、王玉明的纪游诗词创作

王玉明院士的纪游诗词创作展现了他对自然景观的深刻感受和对历史文化的深刻理解，通过诗词表达了对祖国大好河山的热爱以及对历史文化的思考。就笔

[①] 王磊，上海大学中国古代文学专业博士研究生，研究方向为诗词学。
[②] 穆迪.梅尧臣纪游诗研究[D].上海：上海师范大学，2008.

者所见，王玉明的纪游诗词可分为山川览胜、吊古伤时、羁旅感怀、风俗人情等等。

山川览胜类诗词是王玉明院士创作中较多的，他以之赞美与欣赏大自然之美，体现人与自然的和谐。玉明喜欢旅游，工作之余，经常携纸笔、带相机出没于青山绿水之间。摄影和赋诗是旅游的副产品。面对祖国的大好河山，王玉明抑制不住内心的热爱，诉诸笔端，用心领略与赞美。"一景难求诚守候，只词不雅苦沉吟。"① 这两句诗生动地道出了他觅景寻句的艰辛。古人写旅游山水诗，往往借诗明志，透露出一股出世之情。玉明没有出世之情，他用全身心领略大自然之美。作为科学家，他在享受自然美之余，也在思索着大自然的奥妙。他的山水诗，大都体现出人与自然的和谐，引领人们陶醉于水色山光之中。如《万里长城》："老龙头下浪淘沙，万里长城赤子家。沧海痴寻三岛客，苍山醉赏四时花。雪峰银月前朝梦，大漠黄河千古霞。嘉峪关西红日落，风光满眼境无涯。"② 还有面对大好河山的自豪，如《喀纳斯寻梦之旅（新声韵/词林正韵）》："鲲鹏西去掠云端，仙境十年魂梦牵。漫漫金沙翻大漠，皑皑银雪耀崇山。桦林晚照升明月，村寨晨炊入野烟。满眼斑斓沉醉处，心如秋水水如天。"③ 又如《沁园春·南迦巴瓦峰与雅鲁藏布大峡谷》："雪域高原，邃谷洪流，咆哮奔腾。看雅鲁藏布，险超千壑；南迦巴瓦，秀冠千峰。历历江山，拳拳赤子，长啸临风热泪盈。遍寰宇，问谁堪媲美，华夏奇雄？　　频频仰望苍穹，见座座神山矗碧空。慕冰川绒布，玉清尘念；圣湖纳木，醇澈凡瞳。布达拉宫，云端参拜，雪顿巡行哲蚌中。礼佛际，念藏胞携我，兄弟情浓。"④ 此外还有《幽谷临风（新声韵）》《峨眉纪游》《浪淘沙·钱塘江大潮》《渔家傲·三亚抒怀——拟李易安》《亚龙湾海滨漫步遇雨（新声韵/词林正韵）》《我心飞翔》《云南映象（新声韵/词林正韵）》《海滨新秋》等等，从万里长城到塞外雪山，从雅鲁藏布到亚龙海湾，贯穿着诗人对祖国的热爱和对大好河山的赞美。

王玉明的纪游诗中也有好多是对古迹的凭吊，他更关心关系民族兴亡的史迹。作者对于文人留下的风流韵事似乎不大感兴趣，令他激动不已的首先是那些关系到民族兴亡的人和事。和写山光水色的诗章不同，这些诗沉郁，雄浑，展示出作者诗情的另一面，如《观秦兵马俑有感》："强大秦兵马，奔驰似飓风。吼声冲

---

① 郑伯农.荷塘新月：王玉明诗词选集·序.北京：中国文史出版社，2011.
② 王玉明.荷塘新月：王玉明诗词选集[M].北京：中国文史出版社，2011.
③ 韫辉（王玉明）.心如秋水水如天：韫辉诗词百首[M].北京：高等教育出版社，2018.
④ 韫辉（王玉明）.心如秋水水如天：韫辉诗词百首[M].北京：高等教育出版社，2018.

地府，杀气撼天宫。霸业千秋继，皇权万代承。谁知方二世，好梦竟成空。"①又如《鹧鸪天·登古北口长城》："萧瑟秋风扫雾霾，登高何虑鬓毛秃。连天叠嶂一襟阔，满目颓垣半壑哀。　追逝水，抚残台，万山夕阳照忆雄才。杨公戚帅传千古，铁骑烽烟入梦来。"②再如《永遇乐·鲁迅故居感怀（用辛弃疾韵）》："风雨如磐，冻云翻墨，魂魄何处？一缕心香，九重夜色，彼岸扶摇去。瑶台琼阁，芳莎玉树，豪杰神宫应住。立寒宵、栏杆拍遍，俯看尘世龙虎。　权谋胜负，轮回无数，谁屑回眸一顾？可叹黎元，浩茫心事，难觅桃源路。暮秋萧瑟，雁声远逝，但听群鸦噪鼓。悲凉问、轩辕荐血，昊天晓否？"③此外还有《声声慢·灵岩山怀古》《水龙吟·上元节拜海上观音圣像感怀（依辛弃疾韵）》《八声甘州·成山头怀古（用柳永韵）》《永遇乐·咏刘公岛（步苏轼韵）》《寿楼春·中元节一日三度拜谒秋瑾女侠墓地雕像感怀（依史达祖韵）》《桂枝香·梦游天山怀古（依王安石韵）》《水调歌头·包头黄河岸边怀古》《鹧鸪天秋兴八首·其五，重阳节梦游岳阳楼感赋》《爱丁堡》《鹊桥仙·泰姬陵》等等，诗人以历史陈迹、历史人物、历史事件为题材，借登高望远、咏叹史实、怀念古迹，从而感慨兴衰，寄托哀思。

　　漫漫人生路，每到一处，王玉明就用诗词记下行迹，并借景抒情，表达出自己对生活的发现与感悟。在王玉明院士的人生羁旅中，最让他难忘的应该就是他母校的校园——清华园，从二十出头一直写到古稀之年，百写不厌，常写常新。王玉明眼里的清华园就是天底下最美的地方，一丘一水，一草一木，都充满着灵气和诗情。他把对哺育之恩的感念，对师辈的崇敬，对科学与学术殿堂的景仰，都熔铸于对校园的赞美之中。1962年春，他就在清华校园里写出了自己的处女作《调笑令·水木清华》："杨柳，杨柳，细雨斜风浴就。鹅黄新绿柔裳，曼舞轻歌艳阳。阳艳，阳艳，水木清华眷念。"④在清华大学精密仪器系建系七十五周年的时候，他又写了一首《清平乐》："繁花丽鸟，绿水高楼绕。微纳卫星灵准巧，莺燕轻飞春晓。　来紫气清华，百年桃李天涯。传统学科老树，于今怒放奇葩。"⑤之后，他又写了一首七律："爆竹烟花闹万家，九州佳节乐无涯。先人像拜思恩

---

① 王玉明.王玉明诗选[M].北京：清华大学出版社，2008.
② 王玉明.王玉明诗选[M].北京：清华大学出版社，2008.
③ 王玉明.水木清华眷念：韫辉诗词选[M].北京：作家出版社，2021.
④ 王玉明.水木清华眷念：韫辉诗词选[M].北京：作家出版社，2021.
⑤ 韫辉（王玉明）.心如秋水水如天：韫辉诗词百首[M].北京：高等教育出版社，2018.

泽，母校园游踏月华。初绽蜡梅香淡淡，犹残瑞雪响沙沙。荷塘绕罢闻亭倚，举目瑶台桂影斜。"前一阕词以科学术语入诗，镶嵌得十分自然，犹如浑然天成。后一首更见作者状物绘景之功力。"初绽蜡梅香淡淡，犹残瑞雪响沙沙"，对生活观察得十分细腻，完全是现代语言，却十分富有古典韵味。此外，还有《（越调）天净沙·荒山月夜》《燕子矶登高》《香山碧云寺》《圣诞香山月夜有感（新声韵）》《浣溪沙·其八，岛居》《行香子·八十岁登七仙岭咏怀》《沁园春·南海夜思（依辛弃疾韵）》《忆江南·其二，西子湖》《西江月·机上所见纪实》《青玉案·三亚上元节遐思（拟稼轩）》《（越调）天净沙·崂山》《（越调）天净沙·海南夜色》《摊破浣溪沙·咏圆明园山桃花》等等，诗人游香山登仙岭，夜宿南海遐思，晨起登机感慨，看过崂山翠谷青峰，见到圆明园娇羞桃蕊，人生羁旅尽是风光满眼。

王玉明院士的纪游诗词不仅涌动着水色山光之美，也有丰富的人文情怀，展现不同地方甚至异国他乡的风土人情。如参观东风航天城，作者情不自禁地写下《渔家傲·东风航天城》："诗画最宜风景异，胡杨烂漫金秋意。归雁黄芦湖畔起。斜晖里，红霞紫气来戈壁。　矢志从戎家万里，扬威星箭云霄际。忧乐兴亡天下系。英杰继，复兴之梦何宏丽。"[①]航天城代表着我国航天事业的巨大成就，标志我国系统探测宇宙的开始，也标志着人类从此进入太空的新征程，人类的活动疆域已经从陆地、海洋、大气层扩大到了宇宙空间。王玉明既写出了"扬威星箭云霄际"的豪壮与自豪，也写出了"胡杨烂漫、湖畔归雁、红霞紫气，宜诗宜画"的如诗如画的航天城风光。王玉明曾远涉南非，写了一首五律《访南非有感》，寥寥数语，就把那里的自然风光和风土人情栩栩如生地勾勒在读者面前："草碧天青处，北冬南夏时。矿丰金铂钴，野沃象羚狮。人类发源早，文明绚烂迟。大同期世界，冷暖友朋知。"[②]此外，他还远赴南极，用一阕《水调歌头·南极纪行》描述了瑰丽绮艳的南极风光，令人回味无穷："万里鲲鹏举，西去跨三洲。纵观安第斯山，蓬塔看沙鸥。地角天青阳艳，风劲轻云漫卷，弯月似行舟。海峡再飞越，圆梦第七洲。　阴晴变，雪光幻，绮霞流。企鹅冲浪，海豹滩上自悠悠。更听雷鸣惊绝，如玉冰川崩裂，温室最堪忧。朝暮奇峰影，俏丽梦长留。"[③]此外还有《山楂树》《念奴娇·贝加尔湖》《鹧鸪天·肯尼亚赤道》《鹧鸪天·剑桥大学》《西江月·阿尔山之夜》等，让我们足不出户，通过诗词便能跟着诗人行遍远方。

---

① 王玉明.王玉明诗选[M].北京：清华大学出版社，2008.
② 王玉明.王玉明诗选[M].北京：清华大学出版社，2008.
③ 王玉明.荷塘新月：王玉明诗词选集[M].北京：中国文史出版社，2011.

总的来说，王玉明的纪游诗词涵盖了广泛的地理和文化主题，从自然风光到历史文化，从古代遗迹到现代建设，都有所涉及。首先，他的纪游诗词描绘了大好河山景色的美丽，还融入了对历史和文化的深刻思考。例如，他的诗词中提到了长城、武当山、南海、清华园等地，通过对这些地方的描绘，展现了他对祖国大好河山的热爱。同时，他的纪游诗词中也融入了对历史文化的思考，如对秦兵马俑、秦陵等古代遗迹的描绘，以及对邓小平、周恩来等人物的纪念，都体现了他对历史和文化的深刻理解。其次，他的纪游诗词风格多样，既有拟古诗词，也有现代新诗。他的诗词古韵与新韵两栖，先前以新声韵为主，后期以古声韵为主。古风、绝句、律诗、排律均有，词中不仅有小令、中调、长调，还有自度曲。最后，他的诗词中充满了对生命的热爱、对历史的敬畏、对未来的憧憬，以及对人生哲理的探索。通过他的诗词，我们可以感受到他对生活的热爱和对美的追求，以及对历史和文化的尊重与传承。他的纪游诗词不仅是文学的艺术，也是历史的见证，更是文化的传承。

二、王玉明纪游诗词的特异性

王玉明的纪游诗词题材多样，情感内容丰富，体现了他对山水自然的热爱。他的纪游诗词作品通过对生活的记录，对情感的抒发，或传达对宇宙、人生的思考和体悟，或抒发对大好河山的赞美、对鸟兽昆虫的悲悯、对家国同胞的热爱、对世事时局的忧心，或表达对亲情、友情、爱情的眷恋……思想感情真挚深厚，而且富于神韵。他的纪游诗词，主要体现了以下特色。

（一）王玉明的纪游诗词体现了他的赤子之心

作为一名科学家，王玉明在科学研究和技术发明中，时刻保持着一颗赤子之心，他始终保持着对事物的新鲜感、好奇感，保持一种童心或者说是"赤子之心"，保持对生活的热爱，对未知的探索，对宇宙的感悟，对哲理的追求。清人袁枚在《随园诗话》中说过："诗人者，不失其赤子之心者也。"[①] 叶嘉莹先生曾经评价王玉明："我觉得你作为一个诗人，真是不失赤子之心。这个是绝对的真实。你这个人就是非常的纯真"，"你的成就，主要由于你禀赋有一种纯真的赤子之心"[②]。王玉明院士，字韫辉，"韫辉"二字出自陆机《文赋》的"石蕴玉而山辉"，这两

[①] ［清］袁枚撰，［清］冒广生删润：批本随园诗话一卷. 铅印本.1917.
[②] 王玉明. 水木清华眷念：韫辉诗词选[M]. 北京：作家出版社，2021：140.

个字就是叶嘉莹先生所馈赠。也许，正是葆有这颗赤子之心，对自然、世界的好奇和敬畏贯穿始终，让王玉明先生敲开了科学和艺术的大门。曾任中华诗词学会名誉会长的霍松林先生称王玉明是"一个以情与美为自己终生追求的诗人与科技专家"，"他爱祖国，爱人民，爱亲人，爱朋友，爱山河自然、风云花草，对宇宙间的一切，都葆有一份拳拳深情，拥有民胞物与的宽厚胸怀。也许正因为如此，才能无论对于科学技术发明，还是文学艺术创作，都始终具有一种旺盛的创造能力，洋溢着极其充沛的生命激情。如果再加上'爱清华'，就更能反映出他对清华的赤子深情。"① 这段话可以认为是对叶嘉莹先生所说"不失赤子之心的真正的诗人"的一种解释。

在王玉明院士的纪游诗词中，也处处体现出这种赤子之心。如《永遇乐·鲁迅故居感怀（用辛弃疾韵）》："风雨如磐，冻云翻墨，魂魄何处？一缕心香，九重夜色，彼岸扶摇去。瑶台琼阁，芳莎玉树，豪杰圣庭应住。立寒宵、栏杆拍遍，俯看尘世龙虎。　　权谋胜负，轮回无数，谁屑回眸一顾？可叹黎元，浩茫心事，难觅桃源路。暮秋萧瑟，杜鹃声断，但听群鸦噪鼓。悲凉问、轩辕荐血，昊天晓否？"② 这阕词，豪放处，气势雄浑，境界开阔，直干云天；婉约处，细腻如丝，穿透无声，直入心扉。鲁迅精神，万古流芳，江河未改，青山依旧，那个年代已经过去了，当今时代，已有翻天覆地的变化。以当时的黑暗来反衬现在的光明，不忘有志之士付出的鲜血和生命。词人的反衬手法用得非常到位，而且最后一拍，以鲁迅"我以我血荐轩辕"的誓言总结概括其的赤子之心，也体现了作者的家国情怀和赤子之心。又如《行香子·八十岁登七仙岭咏怀》："久慕芳名，今探仙踪。力攀登、敢效孩童。荡胸云雾，掠耳松风。幻梦中宫，宫中影，影中鸿。　　心仪绝顶，谁信痴翁？杖朝犹、山海情钟。晴波澄碧，峻岭青葱。更一峰尖，七峰峭，五峰雄。"③ 作者已是八十多岁的老人，身为中国工程院院士和享誉中外的机械工程学著名专家，他始终葆有一颗不老的赤子之心。此词不仅艺术表现力极佳，技法圆润，气势宏阔，而且其老当益壮的心境溢于言表，杖朝之年却仍有登峰自然和科学之绝顶的勇气，充满着"效孩童""信痴翁""力攀登"的青春活力，读来令人血脉喷张，极富感染力。再如《我心飞翔》："既然寻境界，何必避风霜。暮降关山月，

---

① 霍松林.王玉明诗选·序.北京：清华大学出版社，2008.
② 王玉明.水木清华眷念：韫辉诗词选[M].北京：作家出版社，2021.
③ 王玉明.水木清华眷念：韫辉诗词选[M].北京：作家出版社，2021.

霞生天海阳。寒凝涛有寂，心静宇无疆。雪霁崖巅立，云霄逐鸟翔。"[1]这是作者2004年春节期间与家人在北戴河和山海关休假时赏景的即兴之作。薄暮月悬，关山壮美，雪霁放晴，霞生海寂，崖巅眺望，云霄鸟翔，眼前景色真实壮美，作者用壮阔的胸襟、豪放的情感、高远的意象来提炼概括出超越生活真实的壮美瑰丽的诗品。景与情能够自然而然地相互融合。诠释了王国维"一切景语皆情语"的真谛。作者头一年刚被评为中国工程院院士，但他并未满足，诗的前四句可观其胸怀气度，后四句足见其执着追求，借此抒发赤子之心和宁静致远的精神境界，体现了他超越别人并不断超越自己的自信和底气。

（二）王玉明的诗词通过富有真情实感的亲身体验，带给读者超越感官的美的体验

王玉明也把真情实感作为其诗词创作的标准之一。王玉明曾为《天津日报》写过一篇文章《求索诗的灵魂》，文中提到："如果离开了情，抛弃了美，诗是不能感动人和给人予审美乐趣的"，"最好的、最能感动人的诗篇是诗人从自己的喜怒哀乐，从自身的体验所写出来的"。叶嘉莹先生也在给他的回信中说："所作皆有真情实感，远胜一般人浮泛之作，值得发表。"叶嘉莹先生在《评判诗歌好坏的标准》中论述了"真"在文学艺术中的核心作用："中国古人说的'情动于中而形于言'，说到一首诗歌的好坏，先要看那作诗的人，是不是内心真正有一种感动，有要说的话，是不是有他自己真正的思想、感情、意念，还是没话找话，在那里说一些虚伪、夸张的谎话。就是说，是不是果然'情动于中'，这是判断一首诗歌的最重要的标准。既然要'情动于中'然后'形于言'，这'情动于中'是诗歌蕴育出来的一个重要的质素。"[2]

王玉明院士的诗词大多写自己的亲身经历、亲身体验，通过具体的形象刻画，使艺术诉诸个体心理的情感，既是真情实感，又超越个体体验，不仅给自己也给读者带来美的体验。如《七绝·亚龙湾组诗·漫步遇雨》："漫步沙滩夜赏潮，流云忽作雨儿浇。何妨吟啸享天浴，转瞬晴空月正高。"[3]这本是一次极平常的生活经历，出门在外，突遭风雨，司空见惯。但作者不躲避，不抱怨，却把它当作高级的诗意化的精神享受，体现出超乎常人的精神境界。这里生命之气就是涌动的情感，它既是诗词生成的原动力，又是将沙滩、海潮、夜雨、明月、晴空诗

---

[1] 王玉明. 水木清华眷念：韫辉诗词选[M]. 北京：作家出版社，2021.
[2] 叶嘉莹. 叶嘉莹说诗讲稿[M]. 北京：中华书局，2015.
[3] 王玉明. 王玉明诗选[M]. 北京：清华大学出版社，2008.

化并净化读者心灵的暗物质，诗因而有了清新明朗、深沉奔放的美感。这种从生活真实到艺术真实的超越，既是诗人心灵火花与感悟的迸发，又变得真实可信，触手可及，而并非虚无缥缈。如《喀纳斯寻梦之旅》："鲲鹏西去掠云端，仙境十年魂梦牵。漫漫金沙翻大漠，皑皑银雪耀崇山。桦林晚照升明月，村寨晨炊入野烟。满眼斑斓沉醉处，心如秋水水如天。"此诗情景并茂，营造出一幅天人合一的人间仙境之画面。尾联即是作者热爱自然、热爱生活、心底明澈的真实写照。又如《沁园春·南海夜思》："南海黄昏，软软平滩，漠漠远峰。欲暂抛尘念，聆听晚浪；稍消块垒，仰望星空。斗转河倾，云飞雾起，肠断姮娥泣月宫。销魂处，唤痴人归去，夜半清风。　　归来好梦无踪，恨不尽涛声涌入胸。问人间进退，何论功罪？千秋文野，孰计西东？雷电交加，风云跌宕，龙虎汹汹斗未穷。晨曦现，为神州祈祷，且拜苍穹。"整首词气象开阔，感情真挚，情景交融，洵为力作，尤显赤子心胸，读来令人为之一振！

（三）王玉明的诗词是人文与科技的交汇

王玉明的诗词是其人生、科学与艺术的美妙结合。"山乃仁人骨，川为智者魂。学科耽永昼，诗意蕴黄昏。"王玉明的这首诗可以作为他科学与艺术人生的写照。作为科研工作者，他集智攻关，创新探索；作为企业家，他带领团队迎难而上，研发推广国产技术；作为教育工作者，他热心培养中青年拔尖科技人才，与人为善，助人为乐，成人之美，不遗余力；作为诗人，他目之所及皆是所感，皆是所爱。爱祖国，爱人民，爱山河自然，风云花草，对宇宙间的一切都葆有一份拳拳深情，拥有一种民胞物与的宽厚胸怀。正是这些构成了中国诗歌中的重要质素，一份兴发感动的充沛力量。法国作家福楼拜说过："科学与艺术，两者在山脚下分手，在山顶上汇合。"科学与艺术形影不离，它们深层次的相通之处在于非功利的精神气质，体现在共同追求普遍性和永恒性，追求真善美。在王玉明身上，我们看到了多个方面的美妙结合——科学与艺术美妙地结合，诗词与书法美妙地结合，作词、作曲和吹奏美妙地结合，旅行和摄影美妙地结合。这些结合构成了王玉明的多彩人生、多领域的成就。

王玉明用科学家深厚的学养和深邃的眼光观察事物，诉诸诗词，总有独特新奇的发现。比如小词《南乡子·戊戌荷月清华园初觅流萤小记》："何事最相思？岁岁流萤逗小诗。寻遍荷塘幽径里，痴痴，未觅仙踪岂舍之？　　忽见喜滋滋，恰到情人坡上时。芳草萋萋星闪烁，嘻嘻，一片深情君可知？"夏日流萤，可能大多数人已习以为常，总觉稀松平常而不曾留意，王院士却巧思凝练，从中发现了最值得回味的儿时童心童趣，并痴痴地守候着，词趣盎然，其情可感。七绝《亚龙湾海滨漫步遇雨》："漫步沙滩夜赏潮，流云忽作雨儿浇。何妨吟啸享天浴，转瞬晴空月正高。"诗中所描写的情景，急雨忽至，雨过瞬晴，雨晴月高，既是实景，也符合科学原理。王玉明以科学家的执着探索精神，格致诗词，作品内容博大深刻，语言却深入浅出，篇中充满着睿智和哲思，给人启迪。又如《水龙吟·上元节拜海上观音圣像感怀（用辛弃疾韵）》："遥瞻南海澄蓝，波涛万顷连天际。仰望观音，慈悲含目，祥云环髻。红日生辉，春风施惠，香熏游子。遍人间俯瞰，生机勃发，循天理，遵禅意。　如是我闻精粹。诵心经，色空知未？茫茫宇宙，鸿蒙开辟，何来元气？量子纠缠，时空相对，莫能用此。悟虚实互动，凝神止水，免多情泪。（2017.2.14补记上元节参拜事）"这阕词超然明澈，有大悲悯与大智慧。温馨如"红日生辉，春风施惠"等，令人读着非常舒服。先生将量子理论和相对论等科学理念直接纳入笔端，汲新化古，更是别开奇韵，是一种大胆而又稳健的诗词探索。结尾"凝神止水，免多情泪"，将万千感慨蓦然收束。奇、淡、幽之间，反而留下读者心头的无尽波澜。

可以说，王玉明先生的诗词大都清新自然，仿佛信手拈来，脱口而出，即成佳篇。仔细品读王先生的诗词可知，其诗词以赤子之心为魂，以科学思维做骨，以真情实感为血肉，才有这些佳作，所以我们常常被诗中思想感情的真、善、美所吸引，所感动。此外，了解王先生的人都知道，他的诗词大都是经过千锤百炼、转益多师而渐臻完善的。王先生每有新作就发给各位诗友，往往新作刚收到不久，修改稿马上又到，如此三番五次，不厌其烦。或者对旧作进行修改，为了改好某个字，不断推敲，似乎不达完美誓不罢休，真的是"吟安一个字，捻断数茎须"，这也是精益求精的科学精神。

三、王玉明纪游诗词的艺术特色

王玉明先生在纪游诗词创作中，常托物言志，以情写景。同时，王先生还着力追求旋律和音韵的和谐优美，并有意识地通过遣词用字营造诗词优美的意境。

（一）王玉明先生的诗词常托物言志，艺术形象丰满，含蓄蕴藉

王先生进行诗词创作时，常常"非寄托不入"，站在更高的基点上，托物寄意，把深厚的情思寄寓所描写的对象中，而不是直白地表情达意，因而不仅艺术形象丰满，而且含蓄蕴藉，耐人寻思。

罗宗强先生说："诗的神韵，是没有明确意向的情景，触发联想，由读者的

理解力（审美素养、审美能力）、情境再造力共同合成。是言外之情、言外之象、言外之境、言外之味，当然也引出言外之意，但不仅仅是意，可感而非抽象。"[1] 要想在诗词作品中成功地托物寄意，需要作者有深厚的文化底蕴。无文化底蕴，赋诗填词难以萌生托物寄意的意识；文化底蕴不深，即使寄意也很肤浅。因此，要想写出寓意深厚的诗词，必须有深厚的文化底蕴。如上所引《鹧鸪天·中秋夜故园行》一词，通过眼前故园楼的废墟和明月疏星等，寄托诗人对中华民族命运的思考和对历史潮流的体悟，寓意饱满而深刻。《春思》一诗，由眼前的春夜、花香、月影，想到富有象征意义的江南，寄托了诗人的诗性精神、人文理想和价值追求，情思真挚而深沉。这些都体现了王玉明先生深沉的哲学思考和深厚的文化底蕴。没有长期的文化修养和学问积累，难以在诗词中寄托遥深，引人遐思。因此，如果想写出富有神韵的诗词作品，还需要加强文化修养，加深文化底蕴。

（二）王玉明先生诗词以情写景，通过对情感的提炼、沉淀、过滤、升华，使得景中之情更加浓郁

王先生诗词的一个重要特征是以情动人，不管是写景咏物，还是怀古思人，都以感情浓郁取胜。但是王先生诗情的强弱始终适度，合宜，没有强烈得让人不适，更没有寡淡得让人无感，而是保持醇厚中正的美感。这一美感来自于王先生对情感的提炼、沉淀、过滤、升华和对抒情的节制。王先生可谓以情写景、节制抒情的高手。世上没有完美的人生，有缺憾是人生的常态，人人都有过失意、挫折、困顿。又因无限情思欲说还休，所以也显得意蕴无穷，令人回味不已。如《海滨新秋》："夜雨尘寰净，晨光天海清。曙红波潋滟，树绿岛分明。有意风私语，无心云远行。黄昏新月现，渔火伴疏星。"此诗与王维"明月松间照，清泉石上流"所刻画的心境，有异曲同工之妙，颈联更被认为是传世之佳品。再如《八声甘州·成山头怀古（用柳永韵）》："对茫茫大海碧云天，思绪越千秋。见烟波浩渺，红尘翠岸，雾失琼楼。豪兴当歌对酒，未醉岂甘休。情似黄河水，滚滚东流。　遥想秦皇霸业，遍九州尽扫，六合全收。但时时忧虑，龙命怎延留。遣徐公、觅仙寻药，梦缠绵、夜夜念归舟。凭谁叹、望蓬莱处，万古遗愁。"这是一首登临怀古之作。成山头，又称"天尽头"，矗立于山东威海荣成市成山镇，三面环海。史载此处是日神所居之地，秦始皇曾两次来到这里，祭祀日神，寻求不死之药。上阕从即目所见成山头海天交融、水汽弥漫的奇景写起，给我们展现了一幅壮阔

---

[1] 罗宗强. 说"气韵"与"神韵"[J]. 文学评论，2015（1）.

而绮丽的画面。"对""见"二领字,层次清晰地界定出特定的时空。所谓"登山则情满于山,观海则意溢于海"。面对此景,自然生发出当歌对酒、以图一醉的豪迈与苍凉互相交织的情愫,以下均为激情之下所见、所思。海涛激荡起的壮志豪情,如滚滚黄河,流注千里;复如浩渺烟波,涵容万有。当此之时,把酒临风,一何壮哉!下阕远承"思绪越千秋"而来,由叙写眼前风景转入历史沉思,章法浑成。"遥想"二字领起自首句至"夜夜念归舟"句,真气贯注,笔力雄厚。前三句概括秦始皇扫六合、一寰宇的丰功伟绩。领字之下复有领字:"但"字一转,打开了这位雄主忧虑生命短暂的微妙的内心世界。如何解决这种时空无限而人生有限的矛盾呢?"遣"字以下四句所及,则是秦始皇因思而行。"夜夜"句,镜头在奉命入海寻觅不死之药的徐公与切盼徐公归帆的秦皇之间两两切换,从写法上来看,仿佛一组蒙太奇镜头。结尾三句由"凭"字领起,绾合开头,一"对"一"望",遥相呼应,而渺渺之思,绵绵无尽。此词即景怀古,于怀古之中,蕴含自我对生命的沉思与情愁。"万古遗愁",不独始皇之愁也。同时,巧妙地运用大量领字,既符合《八声甘州》这个词牌的特征,又使全词显得层次清晰,章法井然。

(三)王玉明先生注重诗词语言的优美,音律和谐,读来抑扬顿挫、流畅自然;同时,王先生还善于通过遣词用字营造色彩斑斓的诗词意境

为了诗词语言的优美,王先生很注意表达的技巧,追求旋律、节奏的悦耳动听和音韵的和谐优美,读来抑扬顿挫、流畅自然,朗朗上口。因为有神韵的诗词作品除了要有丰富真挚的思想感情,还需要有优美悦耳的语言、韵律。质木无文、味同嚼蜡的诗词绝称不上有"神韵"。如《声声慢·灵岩山怀古(用李清照格律)》:"春秋史阅,试问吴王,当年可料惨灭?玉殒香销情泯,馆娃宫阙。歌台舞榭迹绝。墨客吟、晓风残月。叹往事,任人评、美艳复惊凄切。　　只有灵岩山佛,看不尽、斜阳古今伤别。暮鼓晨钟,更伴子规泣血。茫茫太湖隐约,远涛声、夜夜听彻。在碧落,想必是魂魄冷冽?"慢词素有"赋余"一说,既铺陈其事,复以文采动人,"铺采摛文"是也。李清照之《声声慢·寻寻觅觅》足当其事。玉明先生善步前贤名作,辟径抒怀,著名诗家孔汝煌先生已有定评。王玉明先生依律和作,取了清照词以入声韵的急切激越之声调,回环曲折的笔致。《声声慢》原曲调韵脚为平声,"寻寻觅觅"改用入声,已从凄婉走向凄切。玉明先生登灵岩山,正是取次李词激越回环之情,不囿于个人愁苦凄痛之心,而纵抒家国兴亡之情怀,以使情愈深,感愈切。上阕写吴王"馆娃宫中春已归",过片"只有灵岩山佛,看不尽、斜阳

古今伤别"。下阕"茫茫太湖隐约,远涛声、夜夜听彻",兴叹,一结"在碧落,想必是魂魄冷冽?"含蕴不尽,尤妙。因所咏题关兴亡,故词情传达上多取辛弃疾的《南乡子》"何处望神州"、《水龙吟》"把吴钩看了,栏干拍遍,无人会、登临意"诸作的沉郁顿挫,兼采陈与义《临江仙》"古今多少事,渔唱起三更"的沧凉悲慨。玉明先生可谓善于推陈出新。玉明先生步韵前贤而不为原唱之词情所囿,若即若离而自铸新辞,另辟蹊径,志存高远,此境良非易到。

　　王玉明好写古体诗,用韵却不拘泥于古韵,他并不是依照古代的平水韵之类,而是依普通话的发音来定平仄的。一声、二声,阴平、阳平,他都作为平声;三声、四声,上声、去声,都作为仄声来处理。因为他是北方人,入声发不出来,所以做诗时,查韵书也就不用入声的字。中华诗词的发展是秉持着双轨并行的方针,兼收并蓄,既可以用古声韵,又可以用新声韵,具体选择凭个人喜好。王玉明认为自己是北方人,不熟悉入声,用新声韵比较自由一些。用韵的问题上,还是应该遵循自由的原则和个人的习惯,不必强求统一。目前用古声韵作诗的人居多,用新声韵的少,王玉明不"随流",也尊重别人的选择。只是,就一般普及和提高诗词创作的角度来讲,他还是认为新声韵更为可行。与许多人的排斥态度不同,王玉明很重视引入拼音的意义。他认为古声韵的韵书,大抵是按照当时人发音和当时语言学、音韵学研究的成果,有些内容并不一定科学。所以,完全遵照古声韵未必合适。现在有人编了新声韵,很好。他认为新声韵可以认为是北韵,也应该有人出来对现代的南韵做一番整理,这是一件很有意义的工作。现在人们有了拼音的科学工具,再来整理现代南方音韵,或许会产生新的韵书。韵书,实际上是一种关于声音的标准,任何标准都是发展的,不是一成不变的,韵书也应该随着时代的发展不停地修改和完善。"完全古的并不一定科学!"王玉明强调这一点。所谓古声韵,应当是生动的、活泼的、发展的,而不是固守历史的陈迹。他用南韵与北韵的划分取代旧声与新声的争执,不啻冰释"宿敌"为活水的妙法。

　　王先生还有意识地通过遣词用字营造色彩斑斓的诗词意境。关于这一点,钟振振等名家已论及。比如《鹧鸪天·长白山秋色》:"耄耋秋游情愈浓,乡愁隐隐系关东。江波雨霁鸭头绿,山树霜余雉尾红。　　天上水,日边峰,依稀仙境梦魂中。白云飘过新晴雪,净我心灵如碧空。"钟振振先生点评说:"'江波雨霁鸭头绿,山树霜余雉尾红。'对仗极工极美,却极自然,举重若轻,不见用力痕迹。"而且词中描绘色彩的绿、红、白、碧等词的运用浑然天成,营造了斑斓而和谐的优美意境。又比如：《鹧鸪天·长白山礼赞》："日月同辉霁雪峰，雪峰倒影映天穹。天穹遗落瑶池水，池水清澄皓首瞳。　　金叶树，碧云风，晴岚紫气入心胸。人间正是秋光好，白桦亭亭枫火红。"钟振振先生对此词的点评非常精当："'金叶树，碧云风，晴岚紫气入心胸。人间正是秋光好，白桦亭亭枫火红。'金、碧、紫、白、红，有意为之，却似漫不经意，以其散在句首、句中、句尾等不同字位故也。"可见王先生对语言表达技巧的注重。

要之，王玉明先生的纪游诗词以赤子之心为魂，以科学思维为骨，以真情实感为血肉，真正做到了人文与科技融合。同时，他的纪游诗词多托物言志、以情写景，通过诗笔，塑造了一个真善美的精神世界。他追求音律与语言的和谐优美，从而使其作品气势雄浑、音调铿锵。这里，可以用王先生《满庭芳·江南之春》中的一句来给他自己做个总结："佳作何时可得，西楼上、捻断须根。情融景，清新豪放，万里觅诗魂。"[①]

[①] 韫辉（王玉明）.心如秋水水如天：韫辉诗词百首[M].北京：高等教育出版社，2018.

神机测算知多少　　诗情一引到碧霄

——论高金吉院士的哲理诗

潘卿锐[①]

高金吉本是人工自愈工程的专家，是中国科学院院士。客观上来说高金吉院士从事的工作与中国古代文学没有直接关系。然而这样一位科学界的领军人物却在年过半百时创作了人生中第一首七绝《登黄山》，并在2024年与本科新生交流时，定下一个目标：写够一百首诗，就出一部诗集。是什么让他有了作诗的想法？对于这样一位科学家诗人的诗又该如何理解？无疑，想要解答这样两个问题，探寻高金吉院士的人生经历对我们研究其思想及诗歌创作有着重要的价值和意义。

高金吉院士的人生在不懈追求中熠熠生辉，其经历可概括为四个阶段：求学、实践、深耕与反哺。自幼在沈阳工业氛围中成长，高金吉与机械结缘，面对中外制造差距，他立下工业梦，勤学外语，钻研学术。毕业后，他毅然投身实践，在阜新氟化学总厂历练多年，积累了丰富的技术经验。随后，高金吉在中国石油辽阳石油化纤公司深耕技术，面对挑战，他凭借卓越才能解决重大机械故障，并开创性提出机械自愈理念，引领技术创新。他重返校园，进入反哺阶段，在北京化工大学教书育人，将实践经验升华为理论，研发出数采与故障诊断系统，有效预防事故，挽救企业损失，同时在国际上提出"装备故障自愈化"理论，推动中国科技走向世界前沿。

除了上述的纵向生平经历，横向的交友情况也能为我们探寻高金吉院士的诗歌提供线索。高金吉的诗歌创作亦受恩师王玉明影响，展现了科学与艺术的完美融合。王玉明院士曾评价他"用感情制造美，用严谨对待学术，用心体会生活，有着业精于勤、笃信力行的科研精神"。他不仅是科研领域的巨匠，更以严谨治学、勤奋不懈的精神影响着后人。为追求真知，他放弃留校安逸，选择深入一线，历经32年基层磨砺，终将宝贵经验回馈教育，培养出一代又一代的优秀人才。高金吉院士如同一位风尘仆仆的摆渡人，不为河岸的风景停留，却把一位位迷茫的求知者带到彼岸。

[①] 潘卿锐，上海大学中国古代文学专业硕士研究生。

一、高金吉院士诗歌情况

正是这样丰富的人生经历决定了高金吉院士诗歌题材和内容的多样性。笔者搜寻高金吉院士的诗歌共 76 首，其中大致可分为科技报国诗、人生感悟诗、人工自愈诗、情深意长诗、温馨家庭诗、大好河山诗这六类。其中 12 首"人生感悟诗"以及"科技报国诗"中的 2 首可以看作高金吉院士"哲理诗"的代表。"哲理诗"一词起源于西方，在 20 世纪初被引进中国诗界。哲理诗呈现出一种融理于诗、以诗寓理，理趣互关、情韵共长的特点。若是依上述标准进行考察，其实中国古代很多诗都符合这种特点，如东方朔《诫子诗》、班固《咏史》、陶渊明《饮酒·其五》等等。笔者认为哲理诗应是将某种抽象的人生感悟转化为哲理性思考，并以诗歌的形式进行表达，最终给人以心灵的滋养和智慧的启迪。故而，哲理诗实为兼具双重魅力的艺术瑰宝，它将深邃的哲学智慧与盎然的诗意美感巧妙融合，展现出和谐统一的诗境。

高金吉院士的哲理诗可以分为两类，第一类为有感于生活的哲理诗，《自传——人生感悟录》章题七绝诗中《志远方自强》《勤学善益智》《团队创伟业》《健康在己为》4 首，以及《七绝·德高心静》《七绝·深悟本质》《七绝·登黄山》《七绝·笃行不倦》4 首属于有感于生活的哲理诗。《志远方自强》《勤学善益智》《团队创伟业》分别从自强笃志、博学慎思、团结奋斗三个方面传达了报效祖国的感慨；《健康在己为》《七绝·德高心静》则简洁明了地勾勒出理想的生活状态，身心并重，展现了超脱的人生态度与对社会的回馈之心，倡导以乐观和奉献的心态安度晚年；《七绝·深悟本质》一诗概括出大道至简的哲理；《七绝·登黄山》用象征的手法传达出诗人在知命之年从清华毕业的独特人生感悟；《七绝·笃行不倦》中诗人领悟到不断地前进才能获得卓绝的成就。

第二类为有感于科技的哲理诗，《自传——人生感悟录》章题七绝诗中《务实求真知》《知行促创新》《科艺攀严美》3 首，以及《七绝·异曲同工》《七绝·异曲同工（中华新韵）》《浪淘沙（瓦萨沉船）》3 首属于有感于科技的哲理诗。《务实求真知》《知行促创新》《科艺攀严美》从工程技术的实践之中领悟解决问题的精髓是寻根溯源、精准计算和创新；《七绝·异曲同工》《七绝·异曲同工（中华新韵）》传达诗人对科技与诗文殊途同归有着相似本质的认知；《浪淘沙（瓦萨沉船）》中诗人选取瓦萨沉船这一历史遗物，从科学家的身份阐明了自己对于造物的认知。

综上所述，高金吉院士的哲理诗，不仅是对个人生活经历与科学探索的深刻反思，更是对人类智慧与精神的崇高礼赞。这些诗作以其独特的魅力，跨越了生活与科技的界限，引领读者在字里行间探寻生命的意义与价值，感受科学的力量与美好。

二、高金吉哲理诗的主题与思想情感

高金吉院士的哲理诗以科技发展和爱国报国为主线，兼具对健康生活的重视，对历史的反思，以及对艺术的观照，呈现出多方面的主题和思想情感。科技与爱国是两个宏大的主题，想用诗歌体裁把这两个宏大的主题编织在一起，并不是一件易事，稍有不慎便会显得主题空泛，言之无物。然而若主观臆断，仅以"假、大、空"标签轻判高金吉院士的诗心，则误解了一位满怀赤子之心的科学家诗人。在理性和情感的交融下，高金吉院士诗歌主题的表达显得妥帖自然。

首先，高金吉院士的诗歌体现出家国情怀。如《志远方自强》"闻博识广方无畏，奋斗功成尽报国"一句，将个人成长与国家命运紧密相连，鼓励人们不断学习、提升自我，以无畏的精神面对挑战；同时，也倡导人们将个人的奋斗与国家的繁荣相结合，为实现中华民族的伟大复兴贡献自己的力量，展现了崇高的理想追求和强烈的责任感。《团队创伟业》"国家至上闯难关，协作军民阔海天。众智齐心成伟业，增晖华夏奉余年"，表明我们在实现个人价值的同时，始终心怀国家，服务国家，共同创造出伟大的业绩和成就为国家和民族增光添彩。《七绝·深悟本质》"白石虾作悲鸿马，数笔勾描神奇画。老子道书凝髓湛，哲理千句耀中华"一诗巧妙地将两位艺术大师齐白石与徐悲鸿的代表作并置，齐白石的虾，灵动而富有生命力，象征着中国传统文化中的精致与细腻；徐悲鸿的马，则以其奔腾不羁的姿态，展现了中华民族自强不息、勇往直前的精神风貌。诗人选取这两个事例，不仅体现了中华文化的博大精深和多元共生，也映射出他对国学艺术的热爱与赞美，表明这两位艺术家都用自己的艺术语言，为中华民族的精神家园添砖加瓦。老子作为道家学派的创始人，其思想深邃，对后世影响深远。《道德经》等著作中蕴含的哲理，不仅是中国古代智慧的结晶，也是中华民族精神的重要组成部分。诗人引老子的事例，既是为诗句增添哲理色彩，也是将艺术与哲学融合，展现中华民族的精神风貌与文化自信，传达出要不忘初心、牢记使命，为实现中华民族伟大复兴的中国梦而不懈奋斗的慨叹。《七绝·登黄山》"半百翁初登黄山，路出云海方见天。清芬挺秀松不老，华夏增辉奉余年"一首虽简短却意蕴深远。作诗时，诗人恰逢知命之年，他完成清华大学博士答辩，并在致谢发言中创作了第一篇七绝。三重重大人生时刻汇聚于1993年夏季，在这样暑气渐浓、万物极盛的时节，诗人也受到了时节的感召，同样渴望奋发争先，便登黄山，览天下，看云层渐展，苍穹显现，视野开阔，心胸宽广。诗人的情感并没有止步于登顶黄山的喜悦，而是思及祖国，剖陈心志。诗人虽为夏日青松，却身姿挺立，若需要为祖国增辉，他也必竭忠尽智，身先士卒。这种"老骥伏枥，志在千里"的豪情壮志，正是家国情怀的生动表达。

  其次，高金吉院士的诗歌传达出团结奋斗和自强不息的精神。如《七绝·笃行不倦》"自强不息勇探索，凡事力争不退缩。笃行不倦增才干，学以致用成果多"，这首诗更侧重个人层面的努力和坚持，强调自强不息的精神。"自强不息勇探索"直接点出关键词"自强不息"，鼓励人们不断突破自己的舒适区，勇于尝试新事物，勇于探索和挑战自我，面对未知和困难时不退缩、不畏惧。诗人领悟到这种精神是推动个人成长和社会进步的重要动力。尾句"学以致用成果多"则是自强不息精神实践转化的最终体现。《务实求真知》"工程实践创新源，循证追根力克关。设备难题应刃解，笃行不倦谱新篇"，这首诗主要体现的是自强不息的精神。在工程实践中，技术的更新换代日新月异，要求团队成员必须具备持续学习的能力，"创新"二字便是自强不息精神的要求和源流。"设备难题应刃解"体现了面对困难和挑战时，团队成员所展现出的无畏勇气和坚定决心。他们不畏惧技术难题，而是迎难而上，以积极的态度和创新的思维寻找解决方案，追求卓越，体现了自强不息的精神追求。《志远方自强》一诗中"自强"是核心，表达了面对波涛汹涌的人生挑战时，应保持坚定的信念和不懈的毅力。自强不息的精神是推动个人不断前进、超越自我的动力源泉。它要求人们在逆境中不屈不挠，勇于挑战自我，不断突破自身限制。"闻博识广方无畏"这句话强调了广泛学习和增长见识的重要性。在快速变化的时代背景下，只有不断学习新知识、新技能，拓宽视野，才能更加从容地应对各种复杂情况，做到"无畏"，这恰是自强不息精神的外化。《团队创伟业》主要体现了团结的主题。诗中"国家至上"是核心，体现了强烈的爱国情感和为国奉献的精神。诗歌又用"协作军民""众智齐心"等几个关键词强调民众智慧和军民团结的力量。

  第三，高金吉院士的诗歌也体现了对艺术的观照和对本质的探寻。如《七绝·深悟本质》和《科艺攀严美》"鸿马石虾艺湛深，工程重器技精新。科学艺术攀严美，深悟精髓辨谛真"，两首诗都选取了齐白石的虾和徐悲鸿的马两个事例，无论是齐白石还是徐悲鸿，都是在看破事物本质的基础上完成了惊世之作。诗人虽未在诗作里明说，但结合他的人生经历，不难看出高金吉院士也具有深悟本质、洞察事物内在规律的理性力量。他从人体自愈中窥得本质，并运用在科技领域，提出"人工自愈"转向。他观察到自然界和人体都具备强大的自我修复和适应能力，从而受到启发，将这种理念引入工程技术中，致力于研发具有自我诊断、自我修复功能的智能系统和设备。这正是他深悟自然与人体自愈机制本质后的一种创造性应用，这种创新不仅推动了科技进步，也渗透到了他的文学创作和人生哲学之中。并且诗人以诗歌形式将艺术与哲学或科学关联起来，表达个人领悟，进一步阐明了对事物本质的追寻在于"精深"二字的道理。《七绝·异曲同工（中华新韵）》"诗词艺术蕴情深，科学精神探悟真，文理相融灵动烁，同工异曲创高新"一诗表达的内涵与上两首诗相似，都从文理交融的角度领悟真理，传达出诗词学与科学殊途同归，有着相近的本质和内涵。

　　最后，高金吉院士的诗歌表达了对健康生活的追求。《健康在己为》"生活规律似如钟，幽默和谐喜乐翁。营养均衡常运动，达观奉献度余生"与《七绝·德高心静》"漫漫人生路曲弯，细心大胆掌航船。德高心静人长寿，志远心宽福乐安"，这两首诗都蕴含了丰富的健康智慧和生活哲学，它们从不同维度强调了促进个人身心健康的重要性。《健康在己为》一诗着眼细节，每句诗都有一个关键点。"生活规律似如钟"强调了生活作息规律的重要性，"营养均衡常运动"说明了健康饮食和规律运动对于身体健康的关键作用，"幽默和谐喜乐翁"指出幽默感和和谐的人际关系是心理健康的重要组成部分，有助于保持人的心理健康，达观的人生态度和乐于奉献的精神则是高级心理健康的表现。《七绝·德高心静》则从高处入手，总括性地说明修德、立志、内心平静是健康长寿的基本准则。

　　因此，可以说高金吉院士是一位兼具科学家和诗人双重身份的人物。对于机械的精微运转与人生的复杂多变，他抱持着既深邃又细腻的思考，形成了自己独特而深刻的认知体系。这份独特的视角与感悟，自然而然地展现在他创作的诗词之中，使得其作品闪烁着哲理与智慧之光，理趣与温情交相辉映。

三、高金吉哲理诗的艺术特色分析

　　情感的波澜与理性的思辨在高金吉院士的诗歌中交织碰撞，共同构筑了其诗作独有的阔大气质。这种气质不仅源自情与理的深刻交融，更得益于他对诗歌意象的精挑细选与结构布局的匠心独运。

首先，在意象的选取上，高金吉院士善于捕捉那些宏大元素，如高山大川、浩瀚星空、苍茫历史等，这些意象本身便蕴含着无限的想象空间与深远的寓意，使得他的诗歌在视觉上给人以强烈的冲击与震撼。如《七绝·登黄山》一首"半百翁初登黄山，路出云海现空天。清芬挺秀松犹劲，华夏增辉竭力先"中选取的黄山、云海、空天、秀松等意象。黄山，以其险峻的山势、奇特的松石、云海、温泉四绝闻名遐迩。徐霞客曾言"五岳归来不看山，黄山归来不看岳"，足以见黄山在众山中独特的地位和非凡的魅力，是许多人梦寐以求的攀登之地。因此，这首诗开头便展现了一幅老者勇于挑战自我、攀登高峰的生动画面，富有张力，起调颇高。如《志远方自强》一诗"路漫人生多坎折，自强矢志应澜波。闻博识广方无畏，奋斗功成尽报国"选取"澜波"这个阔大的意象，借用自然界中波涛汹涌的水面来象征人生的起伏与变化。

其次，诗人还巧妙地运用象征手法，将个人情感与人生哲理寓于这些意象之中，让读者在品味诗句的同时，也能感受到诗人内心深处的情感波动与理性思考。如《七绝·登黄山》，随着我们的深入解读，会发现"黄山"在此句中又超越了其实体意义，成为一种象征，象征着人生中的某个重要目标或梦想。结合实际，这首诗是诗人在清华博士答辩致谢时即兴创作的，故对诗人而言，"黄山"可能象征着清华博士毕业，象征着对崇高理想的追寻。这种象征意义使得这句诗具有了更加深远的内涵和普遍的价值，它不仅是对一位老者个人经历的描述，更是对所有人在追求梦想道路上坚持不懈精神的颂扬。"路出云海现空天"一句中，"云海"与"空天"构成了极其宏大的自然景观。云海翻腾，无边无际，象征着人生的广阔与未知；而"现空天"则仿佛是在云海之上突然豁然开朗，见到了更为高远、纯净的天空，寓意着诗人历经半百人生，于黄山之巅获得了精神上的升华与解脱。这种意象的阔大，不仅展现了黄山的自然奇观，也隐喻了诗人心境的开阔与超越。"清芬挺秀松犹劲"一句中，"松"不仅是黄山的标志性景观之一，更被赋予了深刻的象征意义。松树以其坚韧不拔、四季常青的特性，常被用来象征坚韧不拔、高风亮节的人格精神。在这里，"清芬挺秀"描绘了松树的高洁与挺拔，"犹劲"则强调了其生命力的顽强与不屈。这里的"松"不仅是自然之松，更是诗人自我形象的化身，他以松自喻，表达了自己虽老犹壮，仍保持着清高的品德和旺盛的生命力，不断向上，力求进取。又如《七绝·德高心静》"漫漫人生路曲弯，细心大胆掌航船"一句中"航船"具有深刻的象征意义，主要象征着人生的旅程或人生的道路。

最后，在结构的安排上，他能够根据诗歌的主题与情感走向，灵活地运用各种诗歌形式与技巧，如设置藏头诗、运用对仗手法等，使得整首诗作在结构上既严谨有序又富有变化。这种结构的精心布局，不仅增强了诗歌的韵律美与节奏感，也使得其内容更加紧凑有力，能够更好地传达出诗人想要表达的思想与情感。藏头诗，是杂体诗中的一种。藏头诗最常见的形式是每句的第一个字连起来组成特殊的语义群，这样的语义群是诗人想要表达的除诗歌外的真实含义。藏头诗内涵丰富，暗示性强，趣味横生，可谓一字千金。古往今来，民间有很多家喻户晓的藏头诗，比如《水浒传》中吴用为把卢俊义逼上梁山，作藏头诗"芦花丛中一扁舟，俊杰俄从此地游。义士若能知此理，反躬逃难可无忧"一首。诗歌从内容上看是有意招纳卢俊义上梁山，又通过巧妙的暗示误导官府猜忌"卢俊义反"一事，煽动官府治卢俊义的罪，以达成目的。比如明朝学问家徐渭游西湖，面对平湖秋月胜景，即席写下了暗藏"平湖秋月"四字七绝一首："平湖一色万顷秋，湖光渺渺水长流。秋月圆圆世间少，月好四时最宜秋。"含蓄雅致，尽显文人士大夫风情雅趣。高金吉院士的诗歌中同样使用了这样巧妙的形式，为表感慨，他作《七绝·登黄山》一诗："半百翁初登黄山，路出云海现空天。清芬挺秀松犹劲，华夏增辉竭力先。"暗含"半路清华"之意。除此之外，诗人还有一首藏头诗《七绝·九七三成》："九州擎天神柱峰，七句登顶峡路逢。三关难挡总寨险，成在众志展雄风。"诗歌每句第一个字连起来是"九七三成"，表达了诗人对国防九七三项目的深切祝愿。

总之，我们随着高金吉院士的笔触，一同领略了"神机测算"的玄妙与"诗情画意"的交融。他以其独特的视角和深邃的思考，将古老的智慧与现代的情感巧妙结合，让我们在字里行间感受到科技与诗篇交融之新意。"神机测算"不仅包含着对科技世界的好奇与探索，还隐藏着对生命奥秘的敬畏与领悟。而"诗情一引到碧霄"，则是获得这份领悟后心灵的自由飞翔，是以诗歌的形式表达对美好与理想的向往。高金吉院士以情理的深度交融、意象的宏大独特以及结构的精妙布局，编织出一幅幅既壮阔又细腻的诗篇。

论高金吉的纪行诗

巩柯妍[①]

高金吉先生，著名设备诊断工程专家，中国工程院院士，主要从事设备故障诊断与自愈工程以及维修与安全保障信息化智能化研究，现任北京化工大学教授、校学术委员会主任，高端机械装备健康监控与自愈化北京市重点实验室主任。高金吉刻苦钻研，名与利对他的诱惑，远不及他对科学的执着，他是"消防队员"，也是"防病良医"，为国防做出了重大贡献。（《我是科学人》评）高金吉先生不仅是一位学识渊博、传道授业解惑的教师，更是一位才华横溢的文人。除却科学方面的成就，日常生活里、文学国度中他亦是一位造诣深厚的诗人，他善于运用诗词抒发和宣泄内心的情感，善于发现生活之美，生活态度乐观向上。在高金吉先生现存的诗歌作品中，包含许多不同的题材，既有游览山水、参观遗址、由心而发的纪行诗，又有探悟人生本质的哲理诗，还有赞叹祖国科技迅猛发展、用诗的语言将科技的迅猛发展展现得淋漓尽致的科技诗。在高金吉先生琳琅满目的诗学花园中，纪行诗以其数量之多、质量之高占据着重要的席位，因此本文旨在深入剖析高金吉先生纪行诗的广阔天地，具体从创作内容的精妙分类、深邃思想情感的细腻挖掘，以及独特艺术特色的全面展现三个维度出发，以期窥见作者心灵深处的风景，并深刻体悟其在诗篇中寄托的绵长情愫与深厚寄托。

一、高金吉纪行诗的内容分类

所谓纪行诗又称为纪游诗、行旅诗，即诗人在行旅途中所作的具有纪实性、且能够反映诗人这一时间段情感经历与创作态度的诗歌，与纯粹的山水诗略有区别，因此并非是单纯的游记。高金吉先十的一生经历许多风云变幻的时局，丰富的人生经历、精密理性的科学态度和卓越的事业贡献在其文学作品中有着充分的展现。波澜壮阔的社会现实、丰富的人生经历和独特的科学能力都激发着他的创作心弦，诸多纪行诗便应运而生。他的纪行诗常常描述个人游历的山水景物和所见所闻，并将叙事与抒情相结合，表现出的既有对自身的关注，亦有对国家命运的忧思，充分展现了知识分子的宽阔胸襟。

[①] 巩柯妍，南昌大学中国古代文学专业硕士研究生。

按照时间顺序看，从1993年夏在清华大学博士答辩会的致谢发言中即兴朗读的《七绝·登黄山》到2022年北京突降大雪，迎雪参观元大都遗址诗兴大发而作的《海棠花溪春景》，三十多年间，高金吉共作八首纪行诗。就目前所见，其纪行诗的内容共分为以下几类。

第一类是描写旅行游玩、遍览祖国大好河山的经历。如《七律·腾格里达来游》便是描写作者与家人朋友共游阿拉善大沙漠途中欣赏到的美景，"飞车直冲云天去""绿洲天湖现眼前""轻舟飘荡碧水面"等充满动感的描写，将读者带入了一个充满生机与活力的场景之中，使读者深切地共情了作者的惬意与快乐。又如《七绝·登黄山》"路出云海现空天"一句形象地描绘了黄山特有的云海奇观。随着山路蜿蜒而上，仿佛穿越了层层云雾，眼前豁然开朗，一片空阔的天空展现在眼前。作者回忆自己初登黄山时所见到的自然美景，展现了在自然美景的洗礼下内心产生的感慨和豁达，与"柳暗花明又一村"有异曲同工之妙。再如《七绝·黄山飞来石》是诗人在亲眼目睹了飞来石的壮丽和旭日东升、影落云海的自然景象后，心中涌起了无限的感慨与赞美而创作出来的，是一首充满诗意和哲思的诗歌。

第二类为描写参加会议或培训之余的经历。如《泛舟畅游武夷山》描写了会后参与植树活动并泛舟游览了九曲十八湾的奇妙经历，整首诗通过对武夷山自然景观和人文情怀的生动描绘，刻画了一幅人与景和谐相融的精美山水画卷，展现了武夷山的独特魅力和无限风光。又如《七律·龙江感赋》是诗人和哈工大几位老师一起在黑龙江边，望着涛涛东去的江水，回顾东北的心酸历史，即兴作诗一首而成。诗歌以"桦林松海满山稠，五大连池碧水流"描绘黑龙江地区壮丽的自然风光开篇，由此激发作者的创作灵感，回忆这片土地所遭受的屈辱和黑暗，战士们的不屈斗争，直到今天这种精神依旧激励着新时代的青年们。

第三类为参观古城遗址有感而发的诗。如《海棠花溪换彩妆》记录了作者在海棠花溪看到的北京元大都城垣遗址公园的景色，以生动的画面和自然的笔触，描绘了一幅充满生机与和谐的春日海棠花海图景，并巧妙地融入了古迹与自然的交融之美，历史与现实相结合，在欣赏美景的同时，更体会到心灵的触动与净化。又如《花溪春雪》中前两句是对大雪纷飞下元大都城垣遗址公园的景象的呈现，下一句笔锋一转由大雪联想到此时正肆虐的新冠病毒，由此发出"神州吉兆疫邪消"的殷切期盼。

第四类诗是描写社会发展的迅速，发出对祖国发展日新月异的感慨。如《七绝·乘高铁》的首联和颔联是描绘诗人清晨从广陵出发，乘坐高铁穿越古运河、跨越大江，直奔京城的壮丽景象，通过对比历史上的隋炀帝，强调了当今高铁技术的先进与便捷。颈联和尾联则是聚焦于高铁途中的风景与感受。展现了中华大地的繁荣与美丽。"美欧惊叹望汪洋"一句，表达了中国快速发展、日新月异的现状，让欧美等国都为之惊叹。

丰富的人生经历、敏感的观察力和感受力为高金吉先生的纪行诗奠定了坚实的基础，使其能够充分捕捉到自然景观和社会发展的细微变化，并从中提炼出自己独特的感受和思考。高金吉先生的纪行诗展现了其宽阔的胸襟，对天下苍生的关注和对自身与国家命运的忧思，具有大局观和丰富的思想内涵。

二、高金吉纪行诗的思想情感

高金吉先生的诗歌创作，不仅是艺术的表达，更是他个人经历和精神世界的写照。高金吉先生在写作纪行诗时将写景与抒情相结合，寓情于景，不仅使得描写的内容十分丰富多彩，更使得作品中充满深刻的思想情感表达。作为一名科学家和文学家，特殊的身份使得他比一般的诗人有着更深刻的体会和更独特的视角。在他的作品中我们既可以看到他对自然风光的热爱，对祖国繁荣发展的期待，还可以看到他深刻的家国情怀，对科技发展迅猛的自豪和对青年一代的激励和期待。

首先，在高金吉院士记述游踪履迹的诗作中，他常常通过描写歌咏祖国的大好河山和绝美景色来展现对于自然风光的无限热爱和寄情山水的悠闲豁达。如《七律·腾格里达来游》："金秋畅游大漠滩，崎岖颠簸魂欲断。飞车直冲云天去，绿洲天湖现眼前。欢声笑语芦丛间，轻舟飘荡碧水面。骑驼射箭多豪放，月亮湖游皆神仙。"采用先抑后扬的手法，首联以夸张的手法极言路途的崎岖颠簸，与下文的"欢声笑语"形成鲜明的对比，路途的颠簸痛苦远不及美景所带来的快乐和惬意，充分表达了作者欣赏美景、享受美景的悠然自得。又如在福建开会后，作者参观武夷山并泛舟游览了九曲十八湾后写出的《七律·泛舟畅游武夷山》："青峰碧水武夷山，植桂成行溪水边。寅虎之春重会聚，花香鸟语众欢颜。泛竹游畅十八湾，仙境神乡九曲连。秀水奇石天下甲，画中游客赛神仙。"高金吉先生的描写让我们看到了武夷山的"青峰""碧水"和溪水边成行的绿植，短短几字便为我们勾勒出一个绿荫碧绕、青山绿水的惬意美景。接着叙述众人在寅虎之春重聚，"众欢颜"一词不仅展现了人与自然美景和谐相融的状态，更是作者内心状态的呈现，游客快活得如同画中的神仙。高金吉先生的描写不仅让我们领略到大自然的雄浑瑰丽，陶冶了情操，更使人体悟到了生命的美好。再如《七绝·黄山飞来石》："天外飞来起异峰，孑然独立傲苍穹。彤彤旭日驱薄雾，影落茫茫云海中。"所谓"飞来石"是指位于安徽省黄山风景区平天矼的一块平坦岩石，是自然风化生成。"异峰"形容山峰之高，凸显其与众不同的气势。"傲苍穹"充分展现了飞来石的巍峨奇峻，独自屹立在天空之下，十分引人注目，令人叹为观止，不禁感叹大自然的鬼斧神工。后两句描写日出驱散周围的薄雾，形象地描绘了飞来石的影子投射在云海中的壮景，充分展现了作者对自然景物的热爱和对"飞来石"象征的独立自由、不与世俗同流合污的精神的赞赏。

其次，高金吉院士常常通过回首过往心酸的历史来表达对于祖国未来繁荣昌盛的美好期待。如在《七律·龙江感赋》中描写了黑龙江的自然景色，回首东北大地在抗日战争期间的种种遭遇，淋漓尽致展现了当时"丧土屠割血泪仇"的血与泪，对日本帝国主义在中国犯下的滔天罪行愤慨不已，表达作者的痛心。"忠烈抗联魂永在，献身科技卫神州"一句先纪念了在抗日战争中牺牲的民族英雄，再赞叹他们的英勇精神永垂不朽、绵延不绝，这种精神到了现代便转变为献身于科技来保卫国家和神州大地的行动，鼓励人们投身科技事业，保卫和发展国家，表现了作者渴望报效祖国的赤子之心和对国家强盛的期望。

再次，高金吉先生的纪行诗常表现出对民生和社会的关注，因国家民族遭遇的困难忧心忡忡，展现其"天下兴亡，匹夫有责"的责任感和忧国忧民的家国情怀。《花溪春雪》中一句"冰雪难封春草绿，神州吉兆疫邪消"表达着一个知识分子对于早日消除疫情、重回安稳生活的强烈期待。冰雪无法阻止绿草的萌芽，就像再寒冷的冬天也阻挡不了春天的到来，高金吉先生用这一方式来暗指疫情终会过去，美好的明天很快到来。这句读来情绪昂扬向上，令人充满希望，与雪莱"冬天已经来了，春天还会远吗？"有着异曲同工之妙，深刻地表达了一个知识分子的赤诚爱国之心。《七绝·登黄山》："半百翁初登黄山，路出云海现空天。清芬挺秀松犹劲，华夏增辉竭力先。"既有对黄山美景的赞叹，更有作者对国家、自然和人生价值的深刻思考。第三句赞叹描述黄山上的松树不仅清新芬芳，而且挺拔秀丽，展现了松树的坚韧和生命力。最后一句用松树的坚韧不拔的精神来激励学子"竭力"为国争光，积极进取，为国家的繁荣和辉煌贡献自己的力量。

最后，高金吉先生的纪行诗中采用古今对比的方式，表达了对祖国现代科技迅速发展的赞颂之情以及对未来美好的展望。《七绝·乘高铁》："朝辞广陵烟花扬，穿古运河过大江。直驶京城飞高铁，当今百姓胜隋炀。"通过对比古今交通方式的变化和百姓生活水平，体现了现代科技的快速发展给百姓带来的便利。"锦绣山河映车窗，群楼耸立树成行"则描绘了高铁窗外壮丽的自然山河和现代化的建筑丛林，现代社会的和谐共生。"美欧惊叹望汪洋"更是直言中国的发展日新月异，使得欧美人也只能望洋惊叹，表达了作者对国家高铁技术快速进步的喜悦之情和自豪之意以及对未来国家繁荣昌盛的美好愿景。

高金吉先生的纪行诗在情感上十分真挚，无论是对自然景物的赞美还是对祖国美好未来的期待都饱含深情，深深感染着读者并使其产生共鸣。无论面对人生的挑战还是科学的难题，他始终保持着乐观的态度和坚定的信念，并通过诗歌向读者传递一种积极进取、奋发向上的力量，因此，他的作品不仅具有文学价值，更具有重要的精神内涵和社会意义。

三、高金吉纪行诗的艺术特色

高金吉先生的纪行诗有着独特的艺术特色，文体形式以七言为主，多为七言绝句和七言律诗，具有强烈的抒情性；善于运用夸张、象征、对比、借代等修辞手法来增强诗歌的艺术效果和感染力；语言较为简洁凝练，善于运用较少的词汇表达深刻的情感，富有画面感；善于化用意象，营造独特的意境；科学与艺术相交融，"报国""新篇"等词汇频繁出现，展现了其鲜明的个人风格；情感真挚自然，毫无矫揉造作的痕迹。

其一，诗体多采用七言形式。高金吉先生的纪行诗多以七言为主，七言律诗与七言绝句交相辉映，既保持了诗体的严谨与和谐，又不失灵活多变之风采，七言诗体的选用不仅彰显了他对古典文学传统的深刻理解和尊崇，也充分展现了七言诗这一古老而辉煌的诗歌形式所蕴含的无穷魅力与优点。首先，由于七言诗每句七个字，相较于五言诗，其容量更大，因此能够承载更丰富的意象和情感。在高金吉先生的纪行诗中，不仅巧妙地记录了他的行程与见闻，更在字里行间融入了深厚的情感与哲思。如《花溪春雪》既有对遗址景色和自然风光的细腻描绘，更有对期盼疫情早日消散、社会重新步入正轨的家国情怀的深情抒发，内蕴丰厚，读来让人深思。其次，高金吉先生七言诗的节奏十分鲜明，通常为"二二二一"或"二二一二"的节奏模式，这种节奏既稳定又富有变化，读起来朗朗上口，易于记忆和传播，七言诗的平仄、押韵等音韵特点也增强了其音乐性和节奏感，使得其更加悦耳动听。如《七律·龙江感赋》中第二句"五大连池碧水流"中的"流"与第四句"祖先遗址世间留"中的"留"同韵，增强了诗句的节奏感和韵律美，第六句"丧土屠割血泪仇"中的"仇"与首句"桦林松海满山稠"中的"稠"字同韵，再次回到了第一节的韵脚，形成了一种回环往复的韵律美，同时也寓意着历史的循环和记忆的延续。最后，七言诗形式灵活，既有七言律诗，又有七言绝句。高金吉先生的七言律诗以格律严谨、对仗工整以及深邃的意蕴见长，并常常结合一定的修辞手法进一步丰富诗歌的表现力；而他的七言绝句，则以短小精悍、言简意赅见长，往往在寥寥数语间便能描绘出生动的画面或引发深思，颇具哲理。

其二，善于运用各种修辞手法增强表达效果。在高金吉先生的纪行诗中，各种各样的修辞手法随处可见，如夸张、象征、拟人、借代、对偶等。如《海棠花溪换彩妆》"海棠花海泛奇香"中的"泛奇香"采用夸张手法，一个"奇"字极言海棠花海香气的浓郁，生动地描绘了随着春天的万物复苏，元大都城垣遗址也焕发出新生机的欣欣向荣的景象，表达了诗人对春天美景的赞叹。"遗址元都换彩妆"一句，将"遗址元都"拟人化，赋予其换上彩妆的行为，形象地描绘了古遗址在春天到来后焕发出的新貌，增添了诗歌的生动性和趣味性。最后两句"双鹊空中穿柳浪，群鸭水上戏波光"在结构和字数上相同，平仄相对，意思也相互关联，形成了工整的对偶句。通过描绘空中和双鹊、水上和群鸭两组画面，展现了自然界的和谐与生机。又如《七律·腾格里达来游》"崎岖颠簸魂欲断"中的"魂欲断"也是采用夸张手法，极言沙漠地形的崎岖不平到了极点，差点使人"断魂"，这一表述使得"崎岖颠簸"四字更有说服力，给人以强烈的视觉和情感冲击，生动地展现出出游路上的艰辛历程，夸张地表达了旅途的不易，同时还与后文的欢快场景形成鲜明对比，更能凸显作者在出游途中情感的变化，为读者的阅读带来了新奇的体验。再如在《花溪春雪》"冰雪难封春草绿"中，"冰雪"和"春草"并非单单代表着自然景色和现象，而是有着更深层次的意义，冰雪象征着中华民族遇到的困难或阻碍，而春草的绿色则象征着生命力和希望，表达了无论多大的困难都无法阻挡春天的到来，顺理成章地引出后文希望疫消的祈祷。同时也将"冰雪"赋予了人的动作和意图，仿佛它在努力"封"住春草，但春草却顽强地生长出来，这实际上是将冰雪和春草都拟人化了，增强了诗句的生动性和表现力。最后《七绝·乘高铁》颔联"当今百姓胜隋炀"中一个"胜"字运用夸张手法表达了现代百姓生活的富足程度，甚至超越了历史上以奢侈著称的隋炀帝。"飞高铁"和"群楼耸立"也可以看作是现代化和城市化的象征，充分反映了中国社会的快速发展和变迁，"锦绣山河映车窗"中的"映"字赋予了山河以主动性，将其拟人化，仿佛它们在车窗前主动展示自己的美丽，锦绣般的山河与高楼林立的城市景象交相辉映，既展现了自然的壮丽，也体现了城市的繁华，抒发了诗人对祖国的热爱与自豪之情。

其三，语言简洁凝练，富有画面感，古典与现代相融合。如《花溪春雪》整首诗语言简练，没有过多的修饰与铺陈。"银翘桃花裹素娇"中的"裹素娇"，短短三个字既形象地描绘了桃花被雪覆盖的景象，又赋予了桃花以女性的柔美与坚韧，使得整个画面更加生动且富有情感色彩。《七绝·黄山飞来石》"彤彤旭日驱薄雾"中，"彤彤"二字虽简短却形象地描绘了旭日初升时红艳艳、光亮照人的景象，与"驱薄雾"的动作相结合，生动地展现了日出时分的壮丽景象。又如《海棠花溪换彩妆》诗人通过细腻的观察和生动的描绘，将读者带入了一个充满生机与色彩的场景中。"海棠花海泛奇香"一句，用"花海"形容海棠盛开的壮观景象，以"泛奇香"强调其芬芳四溢，使得文字外的读者仿佛也能闻到那阵阵花香，极富有画面感。《七律·腾格里达来游》首联"金秋""大漠滩"点明时间地点，"飞车直冲云天去""绿洲天湖现眼前""轻舟飘荡碧水面"中"冲""现""飘荡"等动词的运用既凝练又十分富有画面感，形象地描绘了大漠的壮观景象，给人以强烈的视觉冲击。最后如《七绝·乘高铁》中既有"朝辞广陵烟花扬，穿古运河过大江"这样充满古典韵味的描绘，又融入了"直驶京城飞高铁"这样的现代元素，展现了古今交融的独特魅力。古典的意象与现代的交通工具并置，形成了一种跨越时空的对比与和谐。

其四，善于化用意象，营造独特的意境。如《七绝·黄山飞来石》"天外飞来起异峰"，以"天外飞来"形容山峰之突兀、不凡，给人以强烈的视觉冲击和无限遐想空间。随后"孑然独立傲苍穹"进一步强化了山峰的孤高与傲岸，展现出一种超凡脱俗、气吞山河的雄伟气势。"影落茫茫云海中"则以"影落"和"茫茫云海"两个意象，将山峰的雄伟与云海的浩瀚融为一体，形成了一幅动人心魄的画面。整首诗通过描绘山峰与天空、旭日、云海等自然意象，营造了一个宏大壮阔而深远的意境，作者触景生情，因壮美的景色而产生的豁达惬意之情，充分展现了对自然景物的热爱和对"飞来石"象征的独立自由的精神的赞赏。又如《花溪春雪》整首诗寓情于景，通过描绘春分时节的雪景和春意，巧妙地营造了一种独特的春日氛围。首句"春分""雪飘飘"点明时间和天气现象，春分本应是春意盎然、万物复苏的时节，但诗人却描绘了一幅春雪纷飞的景象，这种独特的意象打破了人们对春分节气的常规印象，形成了强烈的视觉反差。同时，"银翘桃花裹素娇"一句，以银装素裹的桃花与前面的雪景相呼应，又增添了一抹柔美与生机，形成了冷暖、刚柔的对比，构建出一幅奇特的春日雪景图。第三句"冰雪难封春草绿"则笔锋一转,从眼前的雪景联想到春天的生命力。冰雪虽然寒冷坚硬,但终究无法阻挡春天的脚步,春草依然顽强地破土而出,展现出生命的顽强和春天的不可阻挡。最后一句直接抒情,将个人的情感直接升华到国家和民族的层面,表达了诗人对疫情早日结束的殷切期盼和美好祝愿。这种积极向上的情感,为整首诗增添了浓厚的人文关怀和时代气息。再如《七律·泛舟畅游武夷山》生动描绘了诗人泛舟于武夷山水之间的悠然心境,首联通过"青峰""碧水""武夷山""桂树""溪水"等景象开篇,营造出一幅令人神往的世外桃源的绝美景致。颔联描写与好友重聚的场面,展现人与自然和谐共生的美好景象。颈联将视角转向具体的游览体验,使人流连忘返。尾联"天下甲""赛神仙"则是对武夷山美景的高度概括与赞美。秀水奇石使得这里成为了一个如诗如画的绝美之地,而那些置身于这幅画中的游客,仿佛也化身为神仙一般,享受着这份超脱尘世的宁静与美好。整首诗语言优美,营造出了一个诗情画意与超然物外的意境,表现了诗人对自然之美的热爱与向往,对超脱尘世的追求与向往以及对美好生活的赞美与向往。

　　总的来说,高金吉先生的纪行诗涉及日常、工作、旅游等许多方面,在情感的表达上由己及人,由小我升华到大我,充分展现了其作为一名科学家的家国情怀与励志精神。同时,他的诗歌具有独特的风格和个性,质朴而富有力量,意境深远而又不失亲切感,这种独特的风格和个性使得他的诗歌在众多诗人中脱颖而出,成为一道亮丽的风景线。作为一名科学家,高金吉先生善于运用独特的视角和思维方式来作诗,因此,在他的纪行诗中充满着科学性和艺术性,使得诗歌具有很高的文学价值和艺术美感,他的诗歌不仅是对自然和社会的反映,更是他内心情感和思想的真实流露。在未来,我们期待高金吉先生能够继续创作出更多优秀的诗歌作品,为我们带来更多的精神享受和启示。

理纬文经织锦成

——吴硕贤院士"左右逢源"的诗意人生

赵安民[①]

今年春节在微信群读到《吴硕贤迎春诗词》，洋洋洒洒十几首，将当今中国城乡欢度春节的画面一一呈现，画面的形象性和时代的现实感极其强烈，特别是对今年甲辰龙年春节的综合典型反映，简直无与伦比，极欲与读者分享，兹选列数首：

水调歌头·甲辰吟

玉兔已归去，岁序迓金龙。甲辰当遇鸿运，逸鬐向苍穹。祈愿民安国泰，雨顺风调丰稔，事业更昌隆。科技自强立，成就占巅峰。 俺老骥，已伏枥，志犹宏。思维尚敏，光热斜映夕阳红。未似江淹才尽，创意时如泉出，流去亦淙淙。寄语后来者，高木起青葱。

卜算子·焰火晚会

焰火悦人心，怒放花千朵。脑里江边两灿然，尽是星和火。 更有小飞机，不必人操舵。结队成图亮巨龙，迤逦长空过。

快活年·漳州小吃

漳州小吃上央台，欣招游客来。蚵煎卤面路边排。生烫人人爱，煎粿层层盖。能不买？

过 年

龙从东海出，兔向桂宫归。
花气弥青径，红光入翠微。
围餐生喜悦，焰火耀明辉。
短信频来贺，友情感百回。

观"百花迎春"晚会感赋

文联春晚百花开，舞者歌星接续来。
足比手灵呈杂技，唇谐舌巧秀高才。

---

① 赵安民，北京诗词学会副会长，中华诗词学会常务理事，《中华辞赋》编委。

梨园不乏新生代，艺苑频添国奖杯。
老少同堂欣有继，相差七十共登台。

折桂令·逛花市

看花市，一派春光。兰蕊绯红，橘树金黄。月季含羞，水仙清秀，茉莉幽香。满台摆，争奇斗艳；各盆栽，异色齐芳。仿佛娇娘，淡抹浓妆。趁兴徜徉，似饮琼浆。

迎甲辰

流光东逝箭离弦，昨日奔于今日前。
卯岁匆匆成脱兔，金龙随后紧追撵。

后庭花·恭喜发财

新春祝发财，财源洞大开。蛋糕宜蒸大，切分应不歪。众人栽，风调雨顺，丰收福气来。

小年即景

冷风过境下南溟，粤地温升暖气盈。
店肆火生思待客，水仙叶茁欲舒英。
家家门贴迎新画，户户楣悬庆岁灯。
一到小年春节近，顺丰运货数番增。

焰火光景

春节城区光景明，高楼立面作荧屏。
四时图案轮交替，五色灯辉射不停。
焰火盛开花万朵，微机组构画多形。
嫦娥步出蟾宫看，勾起思乡未了情。

新年感赋

挂历撕完岁又新，人同桃李尽迎春。
江河不解年增数，依旧奔流逸绝尘。

狮王表演

一只狮王披瑞毛，两人舞耍逞英豪。
诸多钢柱凭飞跨，几处杉台任跃高。
双目表情皆有趣，四肢动作尽谐调。
民间演出诚精彩，赋予行头活力饶。

吴院士的诗词，作品体裁多样，五绝五律、七绝七律，词作小调、中调、长调以及元曲小令均有涉及；语言准确贴切而又生动，平易近人，文字浅显易懂；叙事写景，抒情言志，丰富多彩，意象精美，以描写现实为主而又不乏浪漫色彩。作品内容贴近现实，包含丰富的生活内容，接近民间烟火气，写百姓生活，言百姓喜乐，书百姓心声，让人读来容易引起共鸣共情。

我们阅读吴院士的诗词，再进而了解更多吴院士的诗词创作情况，就会发现他取得这样好的表达效果并非偶然，是与他长期热爱传统诗词文化，并且坚持"偶吟"与"恒吟"相结合的自觉追求独特效果的方法分不开的，是与他运用诗词格律组织汉字书写意象反映现实生活的科学精神紧密相关的。

一、"常思心敏捷，广虑意飞驰"
——偶吟与恒吟结合的独特创作方法

2016年以前，由于学习、科研及教学工作繁忙，故而他的诗词创作，基本处于偶吟状态，一般是有感而发，作品数量尚不多。这些作品，汇集出版在1995年出版的《偶吟集》及2014年出版的《吴硕贤诗词选集》上。自2016年他退休、退居二线后，他有了较多的空余时间，因此他的诗词创作，转为"恒吟"状态。

2016年教师节，他开始建立由他所指导的研究生组成的微信群。当时他答应弟子每日在群上发表一首诗词，说到做到，坚持了八年。

截至2021年教师节止，他平均每天在群上发布一首诗作，有时还不止一首。统计下来，这八年间，共创作了3200多首诗词曲作品。其中，曾在2017年由华南理工大学出版社出版的《吴硕贤序跋诗文集》中发表了241首，又在2018年9月由中国建筑工业出版社出版的《恒吟集——每日一诗词》中发表了365首。另有1567首诗词曲作品，又在《恒吟续集》中依2018年、2019年、2020年及2021年作品分四辑发表。其余作品打算以后以《晚吟集》的书名结集出版。

吴院士诗作特点主要有：

一是题材广泛。诗作内容涉及对人生的感悟，对情感的表达，对治学做研究的心得以及对社会事件与现象的记述等。其中有大量咏物诗，吟咏对象包括动植物、自然现象与风光等。尚有不少科普诗，描述对象包括吴院士所从事的人居环境科学（含建筑学、城乡规划学与风景园林学）以及其他科技门类。目的是希望能起到诗史的作用，供后人借以了解我们所处的历史时代。

二是体裁多样。作品除了绝句、五律、七律外，还有大量词和曲作。自2019年起，吴院士开始对元曲小令发生兴趣。吴院士认为元曲是继唐诗宋词之后又一种重要的文学遗产，值得继承与弘扬。元曲小令具有平仄通协的特点，常一韵到底，且注意区分上去声，重视去声在音韵中的作用，使其诵读起来更为铿锵生动。为了在广大青少年中进一步普及元曲，吴院士努力创作了不少曲作，以引起读者对这一文学传统的兴趣与重视。

三是语言平实，通俗易懂。吴院士主张并力行以平实的语言和通俗的风格来写作诗词，目的是让广大读者能看得懂，容易接受与欣赏。这一点吴院士认为在当今继承与弘扬我国传统诗词文化事业中尤为重要。

吴院士所创作的作品，也顺手转发到其他诗词群及科技群中，获得广大群友的欢迎。许多人表示他们已习惯于每天清晨等候与阅读吴院士的诗作。大约两年前，吴院士用如下两首诗来回顾总结自己的五年写作经历：

每日一诗感赋

每日诗成报晓鸡，清晨总是按时啼。
诸君已惯醒来读，此刻天涯共点犀。

恒吟感赋

五年恒日咏，收获两千诗。
雨燕勤捐唾，春蚕乐吐丝。
常思心敏捷，广虑意飞驰。
不怕多施压，人生贵久持。

二、边缘领域拓荒始，理纬文经织锦成

——诗歌艺术与建筑科技融合结硕果

"边缘领域拓荒始，理纬文经织锦成。"这是1984年吴硕贤在获得博士学位后有感而作的一首七律诗中的诗句。在吴硕贤看来，科学与艺术从来不分家，艺术不但是他相伴一生的爱好，还能为他的科研工作增添灵感。

吴院士这首七律，其中一句用来表达他的治学理念——"'理纬文经织锦成'，正如我们在织锦的时候，一定要用纬线和经线才能够编织成功。把理科的知识作为纬线，文科的知识作为经线，文理交织，学科交叉。"吴院士认为，无论在自然界或社会，事物本身并没有专业之分，专业区分完全是人为的，为了分门别类去研究（事物）。在学术研究上，现在已经重新提出跨学科融合，强调学科交叉。

吴院士在从事"风景园林学"的学术研究时，由于他对《诗经》比较熟悉，因此《诗经》给他的专业研究提供了很大的启示。他说："传统上对风景的理解

多从视觉出发，如景观，英文叫 landscape。上个世纪 60 年代由加拿大学者正式提出了声景的概念，英文叫 soundscape，即听觉的风景。我在研究声景的同时再次深入研究《诗经》，发现声景的内容在古代的《诗经》里就已存在。关于《诗经》，大多都从社会、历史、文化、诗歌、文学、政治等方面来解读，而我从一个全新的角度来研究。我发现《诗经》里有大量的声景，包括发明很多象声词来模拟自然界的鸟唱虫鸣等；比方说'关关雎鸠，在河之洲'，关关就是一个拟声词，雎鸠就是鱼鹰，关关是模拟鱼鹰的叫声；再比方说'呦呦鹿鸣，食野之苹'，呦呦也是一个象声词，模拟鹿鸣的声音；这些描写自然界声音的现象在《诗经》里比比皆是，由此我撰写了《〈诗经〉中的声景观》发表在《建筑学报学术论文专刊》上。"

"在《诗经》中还有一个门类的风景，叫香景。声景作用于耳朵，香景则由嗅觉而来。香景的概念由另一位加拿大学者在上世纪 80 年代首次正式提出，尔后形成一个新的学科；香景的英文叫 smellscape，也可翻译为嗅景。我在研究《诗经》的声景和香景时，就发现《诗经》里还有大量描写光景的诗句，如描写欣赏月亮、星星、日出日落的诗句，例如：《诗经》中有以'东方之日''东方未明'为题的诗。在《伯兮》一诗中，有'杲杲出日'的诗句。有以《月出》为题的诗，诗云：'月出皎兮，佼人僚兮。'又如有题为《小星》的诗咏道：'嘒彼小星，三五在东；嘒彼小星，维参与昴。'因而启发我提出'光景'的概念。"

在国际上，吴院士最早了提出光景学概念，倡导开展光景学新学科的研究。"光景作为视觉景观里一个很特殊的方面，它本身是由光源及光影变化引起的景观。所以我认为，即便你是学理工科的，如果你在文化方面修养较深，就更有可能提出新的学科。"吴院士说。

吴院士接着说："中华典籍中有大量欣赏光景的诗句，如：'夕阳无限好，只是近黄昏''大漠孤烟直，长河落日圆'等等；西湖十景中有'柳浪闻莺''南屏晚钟'等声景；也有香景，如：'曲院风荷''三秋桂子，十里荷香'等；还有光景，如：'三潭映月''平湖秋月'等。因此一个很好的风景它必须是三景俱全。又比如拙政园的'留听阁'，由来为唐代李商隐的'秋阴不散霜飞晚，留得枯荷听雨声'之句；还有'听橹楼'，这些是声景；同时，拙政园还有很多香景、光景。我据此又提出多元景观融合的理论，除了我们常说的视觉景观之外，还要把声景、香景、光景都融合进去，拓展整个景观的维度和视野。文科的知识，比如对《诗经》、诗词歌赋的了解，都会给我的学术研究带来很多的启示。"

吴院士还提出一个城乡规划中很重要的哲理，是从老子的《道德经》里得到的启示："老子讲'大音希声，大象无形'。什么叫希声呢，希声就是不可得闻之声，即静谧，即音乐中的停顿、休止。作曲家在谱乐曲的时候，不光有声调的声音，例如我国五声音调中'宫、商、角、徵、羽'五个不同的实音，类似现在简谱中的1、2、3、5、6；老子认为这些声音不是大音，为什么呢？在我们音乐中有间歇，比如1/4休止或1/8休止等，这在音乐里非常重要，音乐不可能都一直响下去没有停止，没有停止的音乐是不能听的。老子认为，所有音调的声音中间都要插入间歇，休止能够对应所有有声调的声音，所以它才是大音，老子对此的认识深刻，富有哲理。"这个非常深刻的哲理其实可以体现在我们的城市建设和建筑设计中。"大象无形"实际上就是留白。

吴院士说，大音希声作用于听觉，而大象无形则作用于视觉。就像我们画画或者写毛笔字，不能不留白，不留白就是一张黑纸了。因此，有形的事物比如具体的建筑有各种形状，圆锥体、立方体等，但每个建筑之间一定要有空档。不盖建筑的那些空间，可以跟各种有形的东西去对应。所以，具体有形的东西地位是平等的，只有这些留白可以对应各种有形，所以是大象。我们现在规划各种建筑，一定不能把所有的空地都占满，在城市要重视留白。留白的空间非常重要，要给我们的生活空间、旅游休闲留出绿化和生态的空间。

留白和作曲家在构思休止符一样，也要注意留白的分布，可使我们的城乡更美。过去的建筑师只重视有形的房子的外观设计，很少去考虑留白。所以吴院士提出"大音希声，大象无形"作为城乡规划的重要哲理，在城乡规划界引起了很大的反响。

吴院士还率先提出将人的活动纳入景观元素的新理念。这一理念同样也来自于古诗词——受到苏轼《蝶恋花·春景》的启发："花褪残红青杏小，燕子飞时，绿水人家绕。枝上柳绵吹又少，天涯何处无芳草。　墙里秋千墙外道，墙外行人，墙里佳人笑。笑渐不闻声渐悄，多情却被无情恼。"吴院士把苏轼这篇有名的词作当成一篇论述景观元素的小论文来加以解读，认为该词不仅提及动物、植物、水、建筑与小品等景观元素，还延伸到了景色中人的活动。这是苏东坡比通常景观学家更高明之处。由此吴硕贤发表了将人和人的活动作为景观要素的重要文章。这一理念对于拓宽风景园林学的视野和使得景观设计更加人性化至关重要。

吴院士总结道："文化的力量是不能低估的。我们做学问，要善于联想，善于由此及彼，应用到我们所研究的领域，要善于左右逢源，'左'就是数理，'右'

就是文化。"

三、读书万卷自足珍，书贵瘦硬方通神
——诗词与书法双美联璧

吴硕贤院士出生于福建诏安一个文人世家。他的祖父吴梦丹、叔公吴梦沂均是清朝贡生，藏书丰富，学识渊博，擅长书法。他的父亲吴秋山是我国现代著名诗人、散文家和书法家。他于20世纪30年代毕业于复旦大学中文系并留校任教。1937年8月，日寇入侵上海，吴秋山回到福建，与郁达夫等人一道从事抗日救国宣传工作。受家庭的熏陶，吴院士从小便喜欢诗词与书法。小时候，在父亲的指导下，他从摹拟颜真卿、柳公权等名家的楷书入手，奠定了书法基础。后来，由于他主要从事理工科的学习与科研教学，对书法的练习曾中断了一段时间。获得博士学位后到浙江大学任教期间，他又利用业余时间，重新练习书法。这阶段，他主要学习米芾、董其昌与王羲之等人的行书，渐渐形成自己的风格，已经相继出版《吴硕贤书法选集》《吴硕贤行书选》等著作。

吴硕贤院士对书法之美有其独到的见解。他常将书法比喻为线条的舞蹈，乐于欣赏这种由线条构成的曼妙舞姿。他认为书法中汉字的结构，偏旁部首的组合，笔画的粗细、长短，布局的张弛、疏密，用力的刚柔、断续，毫端起落的位置、相邻笔画所张开的角度以及线条的弧度，等等，都必须处于适当的范围乃至具备优选的数值，方能给人以充分的美的享受。这就如同欣赏舞蹈艺术一般。天才的舞蹈家与一般舞者的区别，就在于他（或她）在举手投足之间，其肢体所形成的角度与弧度，其动作与姿势的张弛与柔劲，都必须恰到好处，方能给人以充分的美感，略微偏离其优选度，无论过与不及，都不免让人感到有所缺憾。因此，他认为要成为一名书法家，首先要有高的眼界和鉴赏力，真正懂得欣赏书法之美。唯有如此，方能不断改正自己书写的不足，通过不断的反馈、比较、调整与改善的过程，而臻于至善。

吴院士认为懂得区分美丑、辨别妍媸，具备对书法等视觉艺术的鉴赏能力是一般人所共有的。这种原初、天然、本真的审美能力，是最可宝贵的，是美学理论和审美教育所应当加以强调和保护的。当然，这种本能、原初的审美能力，有待通过教育不断地加以提高。好的、有益的美学理论和审美评论，应当引导人们在保护这种本真的审美能力的基础上，去提升他们对于具有社会、历史、道德、民族等更高层次审美价值的鉴赏与认识，不断开阔其眼界，提升其境界。然而，

与此相反，也有一些误人子弟的美学理论与评论，所起到的往往是一种抹煞本真、让人糊涂的作用。这些理论或者是过于强调作者的地位、身份、权威性或市场价格来作为评价作品审美价值的依据；或者是推波助澜，造成一种潮流与声势，利用许多人容易不自信、跟潮流、人云亦云的从众心理，裹挟人们违心地去接受或"欣赏"本来并不喜欢的东西，使有的人担心自己若表示出不欣赏某些时尚的"权威"评论认为是好的、高级的东西，自己就显得很土、很过时、很不时尚，从而违心地跟着叫好。这种理论或评论，有可能使得不少实际上并无价值、经不起历史考验或违背人们审美天性的作品，得以流行于一时。

总之，吴硕贤院士以为在欣赏书法作品时，首先最宝贵的是要依赖自己的眼睛，凭借自己的心灵去做出独立之判断。要有起码的自信，不要过多地受到别人说三道四的影响。在此基础上，通过对有益理论的学习和接受有益评论的引导，逐渐提升自己的艺术修养和鉴赏水平。正是由于他本人对于书法美具有正确的主张，具有对书法美的鉴赏力，同时又经过不懈的努力，使得他的书法水平日渐精湛，广受欢迎，被民间广为收藏。

四、投身学海寻珠玉，辟径书山采桂芝

——书香世家传承文化的初心使命

"投身学海寻珠玉，辟径书山采桂芝。收拾行装期北上，前程似锦任驱驰。"这是吴院士北上清华求学前写下的豪迈诗句，其中蕴含了他后来一直坚持的博求广采、文理兼通的治学理念。

吴硕贤院士幼时家中藏书丰富，《唐诗三百首》《千家诗》《宋词三百首》自是常见。他说："从小父亲就教会我诗歌的格律、音律，所以在小时候，五言、七言的绝句、律诗我都背得很熟。"自初中起，吴院士已独立创作诗词若干，如"长天如海云为浪，变幻升腾泡沫翻；霰玉纷飞三百丈，顿成大雨落人间"。这些富有想象力的诗句，就出自青年时期的他。

悟 学

童心生兴趣，熟练助神通。
唱念经年巧，临摹历载工。
源丰波象阔，本固木华荣。
久酿醇香冽，山参味效浓。

这是吴硕贤院士所写的一首题为《悟学》的五言古体诗。作为一名理工科教

授、曾经的理工"学霸",吴院士却拥有不俗的文艺气质。其实,在吴院士看来,科学与艺术从来不分家。他坚持把他文理兼修的做学问的理念传授给下一代。他出版了《成语新解与杂谈》一书,对36个成语做出新的阐释。"通文达理"本是指有学识、通晓事理。但吴硕贤却赋予它新的见解:若将"文"作文科解,将"理"作理科解,则"通文达理"可以理解为"文理兼通"。"文理不相通是现代教育的一个弊病。"吴院士认为,中学阶段过早地实行文、理科分班,大学阶段又过于偏重专业教育,未认真实行通识教育,是其原因之一,而近现代科技与学术过于强调分门别类,强调分析,而未强调综合与学科交叉,也导致各学科之间"隔行如隔山",文理科之间犹如楚河汉界,彼此壁垒森严。

"古今中外许多大学者、大科学家都是文理兼修的典范。"吴院士举例说,东汉的张衡,不仅是发明地动仪与浑天仪的大科学家,又是能写出"二京赋"和"四愁诗"的大文学者;达·芬奇不仅是大画家,又是在天文学、物理学、解剖学、建筑学与军事学等各领域都有杰出贡献的大科学家。

吴院士认为,学好文科需要逻辑分析等抽象思维能力,做好理科研究同样需要想象力与直觉带来的灵感与顿悟。他认为做学问要"专"也要"博"。"博学可以取得信息的平衡,使得对事物有更全面正确的认识。"吴院士认为,人们有时容易对某事物有偏见,主要是因为信息不均衡导致的。"不识庐山真面目,只缘身在此山中。"这说明,人们如仅从一个狭窄的知识领域出发,往往不容易对事物有正确的认识,不容易有创造性。有时从新的角度来考虑,说不定会有新鲜的想法和认识。"'博学'与'术业有专攻'并不矛盾。"吴硕贤主张在博学的基础上专攻一项,在自己感兴趣的知识领域静下心来潜心研究,把这领域的知识弄懂、弄透,形成专业与特长,最后成为这一领域的专家。博学的好处还在于"他山之石,可以攻玉"这个道理。吴院士认为:"'他山之石,可以攻玉'这一成语,其实道出了学术研究一个相当普遍的现象和道理","许多问题,虽然是从某一领域提出的,但解决此问题的关键,却可能是在其他领域,即可以从其他知识领域借来解决问题的钥匙"。

吴院士特别推崇"熟能生巧"这个成语。他认为"无论做学问还是做事情,凡是要做深做透,都要下一番笨功夫、苦功夫,没有捷径可走",对基本的东西,一定要反复练,方能生巧。就像唱京剧,基本功就是做、念、唱、打,要反复练。台上一分钟,台下十年功,只要在某一领域下功夫,下笨功夫,练就高强本领,就一定能成为这一行业中的佼佼者。吴院士说该成语揭示了创造、创新的普遍规律和途径，"即欲想在某一领域取得创造性成果，形成创新流派和独特风格，首先必须通过刻苦学习和训练，熟练掌握基本功"。

吴院士多次到高校与中小学给青少年学生做报告，传授其治学理念。他还积极参加由杨叔子院士倡导的重视对学生进行人文素质教育的行动以及中华诗词学会倡导的诗教活动。他还主持中国科学院咨询项目"继承弘扬传统文化，提升人居环境品质——重视开展声景学、香景学及光景学研究与实践"，努力实践其书香世家传承文化的初心使命。

五、歌吟现代留经典，常使后人仰峻峰
——告语后生文理双修做通才

吴院士儿时的理想是成为文学家。可是当他读初中时，正值 20 世纪 60 年代，中苏关系破裂，苏联撤走了援建的科技专家，中国缺乏大量的科技人才。吴院士正如那个时代的有志青年一样，响应国家的号召转向加强理科的学习，"当一名科学家"变成了吴院士新的梦想。天资聪慧的吴院士学习理科知识也一样得心应手。1965 年，他以福建省理科状元、全国理工科总分第一的成绩进入清华大学学习建筑学。毕业后吴院士被分配到西安铁路局，在那里他从一名普通的工人干起，跟着工人师傅一起上工地施工。在这期间，他自学了 20 多门结构方面的课程，"把结构力学、钢筋混凝土结构、测量学研究个透"。这些积累并没有白费，1978 年，吴院士通过研究生考试再次进入清华大学学习。

1984 年，在导师吴良镛与马大猷院士及张昌龄教授（副导师）指导下，吴硕贤院士成为我国建筑界和声学界培养的第一位博士，在建筑和声学领域做出了多个开创性成果，系统提出城市交通噪声预报、仿真及防噪规划的理论与方法，并推导出随机车流噪声预报公式。此后，他继续在科苑上努力耕耘，不断获得新成果。他在国际上首次阐明声学虚边界原理并推导出混响场车流噪声简洁公式，解决了国际上二十多年未解决的问题，完成首例将建筑辅助设计软件与声学软件链接以分析室内音质的工作，等等。

1998 年调任华南理工大学后，吴硕贤院士不断为我国建筑环境声学边缘领域做出贡献，陆续承担了近百项工程的声学研究和设计任务，填补建筑声学领域的多个空白。例如他提出音乐厅响度评价新指标和计算公式，并与团队通过对几十种民族器进行声学测定，第一次掌握了民族乐器声功率的科学数据，为民族音乐厅的声学设计奠定了科学基础。华南理工大学亚热带建筑科学国家重点实验室

于2007年获批建设，是我国建筑领域第一个国家重点实验室。吴院士担任实验室首任主任。这期间，他带领团队完成了包括人民大会堂音质改建工程计算机仿真及广州大剧院声学缩尺模型实验和现场测试等重要任务。由于其团队科技上的支撑，促使广州大剧院被评为亚洲唯一入选的"世界十大歌剧院"之一。

2005年，他当选中国科学院院士，是建筑技术科学领域唯一的科学院院士。

吴院士晚年很忙，一方面带领科学团队开展科学研究，培养本科生、研究生，另一方面则接受多方邀请为大众特别是青少年做讲座。退休以后，吴院士保持着与自然同步的规律作息，养成了一个"特殊"习惯——5点左右晨起后，在朋友圈分享原创新诗。

"我们中华从诗经、楚辞、汉赋一直到唐诗、宋词、元曲，诗词歌赋的传统是绵延不断的，也是中华民族对世界文明所做的一大贡献。"吴院士希望，诗词歌赋等优秀传统文化能够在年轻一代中延续。除了在清华大学、华南理工大学里担任诗社顾问，吴院士最近还新增了一个身份——中华诗词学会高校诗词工作委员会顾问及岭南诗社名誉社长，身体力行地向校园里的年轻一代推广诗词文化。

吴院士的著作包容文理两个领域，既有建筑和声学领域的《室内声学与环境声学》《建筑声学设计原理》《音乐与建筑》《室内环境与设备》等专业著作，也有《偶吟集》《恒吟集》《恒吟续集》《吴硕贤诗词选集》《吴硕贤书法选集》《成语新解与杂谈》等文学艺术作品，是科学与艺术双馨的典范。

中华诗词学会科技与文创工作委员会2022年10月成立，吴硕贤院士被聘请为顾问，他用毛笔书写一首七言绝句表示庆贺：

> 科技诗词嫁接成，奇花异树定纷呈。
> 歌吟现代留经典，长使后人仰峻峰。

用中华民族表达情感的最优雅方式——诗词书法经典形式，表达了吴院士对于科技与诗词相得益彰的赞许和期盼。

鉴于吴院士几十年对传承中华诗词文化的执着追求与巨大成就，中华诗词学会2024年4月23日在北京主办的首届"科技诗词推优"大会上，周文彰会长为吴硕贤院士颁发了"中华科技诗词人物"荣誉证书。颁奖词这样写道：

"吴硕贤，中国科学院院士，中国建筑界与声学界自己培养的第一位博士。他自幼聪慧，在父母的影响下熟读诗书，尤其在书法方面造诣精深。叶圣陶在为其《偶吟集》所作序中指出：'足下十岁即做诗，早于我二三年。至今二十余年，攻读专业之暇仍不废吟咏，至深钦慕。'"

  吴院士数十年献身科学，成就卓著。他以余力为文，其诗词多追梦之思理，以比兴警句与格物致知的手法吟咏见事，才思别具；其作品内容天工人巧，风格独特，新于命题，新于手法，取材涵盖了中国最高科技水平，以启后的哲学思维记录当代科技史，或给当代及后人以科学的启发，并点亮后代科学家的灵感。其诗词警句闪耀着科学思维的理性之光，是诗性思维与科学思维完美融合的产物，辐射出'科技与人文效应'的强力的磁场。"

  我想，这个评价或许对吴院士在科技诗词创作与促进科技和文艺的交互融合发展方面所做工作和成绩有所概括，但吴院士的实际成就更加丰富多彩，他推动文理兼通的理念与追求，将进一步成就自己，照亮他人，造福社会。

（该文刊于《光明日报》2024年8月24日，有删改）

漫展双飞翼　千里快哉风

韩倚云

吴硕贤先生乃中国科学院院士、中国建筑界与声学界培养的首位博士，主要学术代表作有：《音乐与建筑》《室内环境与设备》。吴院士在父母影响下，自幼熟读诗书，笔耕不辍，至今二十余年矣。作为科学界的前辈，吴院士鼓励后学，诲人不倦。笔者仅从吴院士部分诗词中管见一二，强作解人。

科学与诗的融合自《诗经》始，在人民的劳动中拉开序幕。劳动创造了诗歌，也是劳动创造了科学。诗歌"感于哀乐，缘事而发"，诗人对自然界细致观察时，托物咏怀，因事寄意，留下了许多科技史料。当然，诗句的经典结晶，是一些闪耀着理性火花的"警句"，是诗性思维与科学思维完美融合的产物。这一点，在吴院士的诗词中，尤为明显。

一、比兴警句与格物致知

比兴的思维支点是"格物致知"，乃古代朴素科学思维之原点。"格物"是观察、推究客观事物，"致知"是借以获得原创性知识。"比兴警句"乃"格致"科学思维的产物。如《甲鱼》：

　　自披盾甲可防身，角鞘尖唇善咬人。

　　能缩能伸攻守备，却因饵诱吊丝纶。

以甲鱼作比喻，本诗明写甲鱼，暗写能自保又善咬他人之人，写出因利而生又因利而亡者之姿态，警醒世人。可见作者对此类生物及事件观察之细、认识之深。

二、天工人巧，风格独特

《大学》谓："苟日新，日日新，又日新。"创新意识也是艺术进步的潜在动力，赵翼谓"诗文随世运，无日不趋新"。四川大学周啸天教授概括为："或新于命意，或新于取材，或新于措语，或新于手法。"吴院士作为当代著名科学家，其诗作独特处在于：映射了当代最高科技水平。如其《相思》：

　　君住江之北，吾居地尽南。

　　悠悠思念苦，量子互纠缠。

以"量子纠缠"来形容思念之苦，新于手法，可谓吴院士的专利，跳出了"日日思君不见君,共饮长江水"的表达手法,也反映了当代科学的最高理论水平。

三、启后的哲学思维

当代的诗作,或记录当代历史,或给当代及后人以科学的启发,来点亮后代科学家的灵感。吴院士以深厚的科学基础为积淀,预支后代科学现象,在吴院士的诗中,也很多见。如《拓碑》:

笔书原墨字,刻石变阴文。

纸拓成名帖,已萌印刷魂。

精于书法又精于科学的科学家,以其独特的敏感性,早已发现中国印刷术的萌芽来自拓碑,那么此诗给后人以何启示呢?有待科学家们进一步的研究。

吴院士的诗词,以"抒情、言志"为目的,以理为筋骨,已拓展出一个广阔的思维空间。在这个空间里,诗性思维与科学思维,共同演绎出一首首动人心弦的诗篇。其诗中的不少警句,都闪耀着科学思维的理性之光,是诗性思维与科学思维完美融合的产物。

笔者管见,难免挂一漏万,对吴院士诗词中的科学思维更欠深入探索,难以深度理解其辐射出的"人文效应"磁场。

理纬文经织锦成

——论吴硕贤的咏科学家诗词

郑丽仪[①]

吴硕贤先生是中国建筑界与声学界培养的第一位博士，是我国建筑技术科学研究领域的代表人物，是中国科学院院士，现为华南理工大学建筑学院教授、博士生导师、建筑技术科学研究所所长。吴硕贤先生出生于文学气氛浓厚的诗书之家，受家学渊源影响，自小便对古诗词情有独钟。作为享有崇高名誉的科学家，吴院士对于文学艺术的态度是"理纬文经织锦成"。吴院士认为，中国是一个诗的国度，诗词歌赋的传统延绵不断，诗词已经融入他的生命，成为不可分割的一部分，"偶有文思，便在心中咏。觅得佳词三句整，再难入睡因诗兴"。在吟咏创作之中，吴院士常常对个人日常生活和社会重大事件生发感慨，寄寓他对于科技发展的深邃思考与洞见。其主要诗文作品集有《偶吟集》《恒吟集》等等，王玉明院士曾作诗称赞他的诗才："童稚润书香，青春学霸扬。雅音回建筑，翰墨共诗章。"吴硕贤院士诗歌题材内容丰富，包含对自然景观、社会时事、生活感悟、日常交往、科技人文等等方面的书写记录，其中，吴院士对于近代及当代杰出的科学家不吝夸赞，创作了共10首诗词篇目歌颂这些为世界科技发展做出卓越贡献的科学家。这些咏科学家诗词高度评价了近代及当代的一些科学家，也拉近了科学与广大读者之间的距离。

一、咏科学家诗词的类型与内容

吴硕贤的咏科学家诗词可分为三种。其诗词创作以赞美具有重大影响力的科学家为主，进而扩展到庆贺同行在科研道路上取得的辉煌成就，最终延伸至对逝去师长与同仁的深切怀念与崇高敬意。这三大主题相互交织，共同构成了吴硕贤诗词中对科学家精神的全面颂扬与深刻传承。

第一种是赞美具有重大影响力的、奠基性作用的科学家，包括《咏爱因斯坦》《咏爱迪生》《赞屠呦呦女士》《赞杨振宁李政道先生》。其中爱迪生、爱因斯

[①] 郑丽仪，上海大学中国古代文学专业硕士研究生。

坦是世界科技历史上赫赫有名的科学家，屠呦呦女士、杨振宁先生、李政道先生是获得诺贝尔奖的华人科学家。在《咏爱迪生》首联，诗人即交代了作诗原因："技术昌明史，碑铭爱迪生。"爱迪生是世界上最多产的发明家之一，现代技术的先驱人物。在作者看来，这样一类技术进步的推动者和人类福祉的增进者，值得人们刻下他们的丰功伟绩。作为一位颇有诗才的科学家，吴院士认为自己有义务作诗歌颂这些历史伟人。

第二种是庆贺诗，包括《贺良镛恩师101岁寿辰》《临江仙·贺欧阳钟灿博士》二首。吴良镛教授是中国科学院和中国工程院两院院士，曾获国家最高科学技术奖。吴硕贤院士在《贺良镛恩师101岁寿辰》诗中称颂道"梁北杨南当代吴"[1]，"梁北杨南"即杨廷宝、梁思成，是公认的中国建筑史的巅峰，与童寯、刘敦桢合称为"建筑四杰"。吴硕贤以为，自己的老师和这些人虽所处时代不同，但享有同样的崇高地位，是当代中国建筑学界的领军人物。在中华文化中，长寿被视为极高的福祉和尊荣。吴良镛教授的期颐之寿，不仅是师门之幸，也是科学界的幸事，值得庆贺与称颂。《临江仙·贺欧阳钟灿博士》的词序即交代了写作目的："挚友欧阳钟灿博士荣获1993年度亚洲华裔杰出物理学成就奖，赋此贺之。"这首诗作于1993年，是吴院士庆贺友人获得国际物理学大奖所作。诗的下片"一阅报闻兄膺大奖，投书祝贺由衷。鸿才大志果成功"[2]，说明作者在报纸上看到友人获奖的消息，迫不及待地寄去了祝贺的信件。这不仅是对科研成果的肯定，同时也是对青年科学家的学术水平的认可。

第三种是寄怀诗，这些诗作饱含着对逝去师长与同仁的深切怀念与崇高敬意，包括《悼技术科学部近来去世的数位院士》《悼葛缘恰》等等。其中，《悼恩师张昌龄教授》《寄怀恩师马大猷教授》《寄怀恩师吴良镛教授》是悼念自己已经过世的恩师。《悼技术科学部近来去世的数位院士》《悼葛缘恰》是写给曾经并肩作战的同僚。如诗人在《悼恩师张昌龄教授》[3]中历数恩师在学术上的累累硕

---

[1] 吴硕贤《贺良镛恩师101岁寿辰》全诗如下："梁北杨南当代吴，建坛三杰育高徒。奠基永固鸿图绘，大厦凌空接望舒。"
[2] 吴硕贤《临江仙·贺欧阳钟灿博士》全诗如下："同学同乡交十载，清华一遇情钟。柏林异地又相逢，杯中温酒热，话别月当空。　阅报闻兄膺大奖，投书祝贺由衷。鸿才大志果成功，晶光推射迹，层膜究形踪。"
[3] 吴硕贤《悼恩师张昌龄教授》全诗如下："恩师驾鹤向西行，闻讣悲伤泪涕零。工建兴修先探索，噪声治理早攀登。国徽方案谋献献，体馆蓝图心血凝。所慰期颐龄已过，年高德劭令名成。"

果与生活中对学生的拳拳关切,字里行间流露出对恩师无尽的感激与怀念,是一曲对恩师深情厚谊的挽歌。如《悼技术科学部近来去世的数位院士》[①]一诗,以沉痛的笔触,追忆了那些在科学领域留下不可磨灭印记的先驱们。诗中不仅表达了对他们突然离世的震惊与哀痛,更颂扬了他们毕生致力于科学研究、推动科技进步的崇高精神与卓越贡献。

这三类咏科学家诗词的内容有共同之处,强调两个部分:一方面说明科学家所做出的伟大贡献,一方面对科学家一生的功绩做出整体评价。如《寄怀恩师马大猷教授》:"耕耘科苑果盈柯,誉满中西鬓未皤。简正声波求底蕴,消音微孔论缘何。三番扶掖施恩重,几度来鸿受益多。一代宗师才德备,煌煌泰斗耀星河。""简正声波求底蕴"指马大猷用直接计算的方法,得到一个更为简单的简正频率分布的公式,为波动声学领域做出贡献。"消音微孔论缘何"指马大猷发明了耐高温、潮湿,具有高吸声系数且造价低廉的微穿孔板,超越了当时国际通用的多孔性吸声材料。"三番扶掖施恩重,几度来鸿受益多"强调马大猷教授对于后生的扶持和指导。同时,诗人用"誉满中西"和"一代宗师"从成就与人品两方面说明马大猷的身份地位:作为学者,马大猷卓有成就,名扬海外;作为教授,马先生学识渊博,春风化雨。又如《咏爱因斯坦》:"思维明定律,观念焕然新。能质恒轮换,时空相对存。粒波双象并,光电一家亲。宇宙迷云散,清澄赖有君。"这首诗以"能质恒轮换,时空相对存。粒波双象并,光电一家亲"精练概括了爱因斯坦的成就,"能质恒轮换"指质能方程$E=mc^2$,"时空相对存"指相对论,"粒波双象并"指爱因斯坦对光的波粒二象性的解释,"光电一家亲"则是对光电效应的直接描述,爱因斯坦因此获得了1921年的诺贝尔物理学奖。爱因斯坦的这些贡献,使"观念焕然新""宇宙迷云散",在观念上颠覆了牛顿力学以来的传统物理学框架,为科学界带来了焕然一新的变化。再如《寄怀恩师吴良镛教授》,以"规划城居膺大奖,综言建筑树新辞"说明他在城市规划与建筑设计的主要贡献,以"学部委员博士师,德高望重令名弛"说明他的身份。"学部委员"指吴良镛先生是"文革"后第一批当选的中国科学院学部委员,"博士师"即他作为博士生导师的身份。在吴硕贤看来,吴良镛教授博学多识,因材施教,循循善诱,是一位德高望重的老先生。

---

① 吴硕贤《悼技术科学部近来去世的数位院士》全诗如下:"数载同仁结谊亲,才高八斗建奇勋。传来噩耗心哀恸,师友今成另世人。"

二、咏科学家诗词的思想情感

　　吴硕贤院士在建筑声学领域深耕细作,更在文学世界中挥毫驰骋,表达科学发展的理性思考。面对全球科技竞争白热化的局面,吴院士怀着充沛的爱国主义情感,呼吁科学家团结一心、众志成城。同时,吴硕贤院士秉持尊师重道的传统,在诗歌中感念师长的提携之恩,同时也将这种道德风尚传承下去。

　　首先,面对着科学技术对生产生活的影响,吴硕贤院士通过咏科学家诗词,表达了他作为中科院院士对于国家科技实力进步的思考与建议。一方面,他通过歌颂科学家,表达了对于科学人才的珍视之情,说明人才在科技创新中的重要作用。如他在《咏爱迪生》写到"奇才难再遇,百世仰金星",奇才难遇,对于人才要秉持不拘一格、不论出处的态度,不应因为偏见而忽视人才。在《赞屠呦呦女士》中,吴硕贤院士提到,"从今刮目看巾帼,天宇煌煌耀女星",将盛赞屠呦呦女士扩展到对于全体女性科技人才的重视。在《赞杨振宁李政道》中写"青年俊杰奇才显,物理权威伟绩传",强调青年科学家勇于探索、敢于创新的精神风貌,说明年纪资历的深浅并不完全代表科研水平的高低与科学成就的大小。性别、年龄、国别等等都是科学研究中存在的偏见,吴硕贤院士秉持谦逊的姿态,呼吁学术界广纳人才,发挥人才在科技发展中的驱动力。因此,当面对科学家的离世时,作者常常满怀悲伤,在诗歌中寄寓他的敬佩与惋惜。如《悼葛缘恰》:"长空落雁睹谁堪?弃世中年应不甘。万里何辞奔弱士,千丝未尽殒春蚕。方期合璧通台北,正欲联珠赴粤南。半道抛家伤故友,且凭尺素慰孤骖。"葛缘恰作为一名年轻有为的建筑学者,生前曾致力于两岸建筑师的联谊活动,在出差途中不幸死于心脏病。从标题及"伤故友"可知写作对象曾是诗人的好友。学者功业未成,半道而卒,但是天妒英才,他早早离开,实属科学界的一大损失,诗歌难免表现出怅恨遗憾之情。另一方面,吴硕贤院士认为科技发展既要传承又要创新。在《赞屠呦呦女士》中,吴硕贤院士认为屠呦呦的成功得益于一个重要的研究方法——"检索古方明路径"。屠呦呦提取青蒿素的灵感来源于晋代葛洪的《肘后备急方》的古方"青蒿一握,以水二升渍,绞取汁,尽服之"。从中医千年古方中汲取灵感,正是吸收前人珍贵经验的表现。科学发展不仅需要传承,更需要创新,《咏爱因斯坦》的"思维明定律,观念焕然新"强调观念创新的重要性,爱因斯坦在观念上颠覆了牛顿力学以来的传统物理学框架,提出广义相对论,统一了物理学。《赞杨振宁李政道》的"思维前卫疑难解,莫据宏观越介观"强调思考问题的角度的创新性，不拘泥于宏观层面的观察和分析，而是勇于深入到微观世界（即介观）中去寻找答案。这种超越常规、勇于探索的精神正是科学进步的重要动力。

其次，诗歌饱含爱国主义情怀。吴硕贤院士非常重视我国的科技硬实力，这也是他歌颂我国优秀科学家的主要目的之一。当今，科技实力已成为衡量一个国家综合国力的重要标尺，是推动社会进步、促进经济发展的核心动力。随着全球科技竞争的日益激烈，各国纷纷加大科研投入，力求在关键领域取得突破，以抢占科技制高点。吴硕贤所赞美的科学家，如屠呦呦、杨振宁、李政道，都是获得诺贝尔奖的华人科学家。获得这一国际最高科学荣誉奖，不仅是对科学家个人努力的认可，更是对华人群体所代表的国家综合实力在世界舞台地位的肯定。例如《赞屠呦呦女士》的首句是"立足中华膺诺奖，呦呦大殿鹿鸣声"，强调屠呦呦是中国的诺贝尔生理学或医学奖获得者。《赞杨振宁李政道》的首句是"首结华人诺奖缘，科坛历史谱新篇"，杨振宁、李政道因宇称不守恒定律成为首位华人诺贝尔奖得主，具有划时代的意义。"华人"强调杨、李二人获得诺贝尔奖的身份和血统，是在为自己国家正名。这几首诗皆是表现华人科学家们以中华大地为根基，面向世界、勇攀高峰的壮志豪情。可以看出，吴硕贤院士是站在国家的立场上对这些科学家的功绩做出评价。吴院士在诗歌中抒发的这些思想情感，不仅源于对科技的重视，更是作为中国科学家，对祖国的拳拳热爱之情与殷切期盼之心。

再次，诗歌中蕴含尊师重道的传统美德。一方面，吴硕贤院士对逝世的老师深情缅怀与颂扬。如《寄怀恩师马大猷教授》中，吴硕贤院士深情地缅怀了他的恩师马大猷教授，通过"耕耘科苑果盈柯，誉满中西鬓未皤"一句，不仅描绘了马教授在科学领域的辛勤耕耘与丰硕成果，还赞颂了他虽年岁已高但精神矍铄、声誉卓著的风采。这不仅是对马教授个人成就的赞美，更是对恩师无私奉献、勤勉治学精神的崇高敬意。另一方面，诗人将师长的教诲与指导铭记在心，常怀感激，如《寄怀恩师马大猷教授》有"三番扶掖施恩重，几度来鸿受益多"之句，《寄怀恩师吴良镛教授》有"谆谆教诲时铭记，千里加鞭策走骓"之句，皆是强调恩师在自己求学路上的帮助支持。同时，在吴院士看来，师长的提携之恩无以为报，需时刻铭记，更需传承，因此吴硕贤院士以同样的态度教导、关心自己的学生，做一名尽职尽责的教师。如他在开学典礼上这样感慨："硕博本科生万余，华园新秀聚三区。莘莘学子登征道，滚滚人流入广渠。师长从兹担重责，同窗此后效齐驱。老夫感动心中起，恨不银须换墨须。"当吴院士看到新生朝气蓬勃、积极向上的样子，心中备感责任与信心，这既体现了诗人对教育事业的热爱与执着，也反映了他对年轻一代的殷切期望与鼓励。

三、咏科学家诗词的艺术特色

通过严整规范的诗歌结构与生动优美的诗歌语言，吴院士深入浅出，营造出一个个充满情感与诗意的艺术空间，塑造一个个具体的人物形象，令人耳目一新。

其一，吴院士的律诗结构严谨，颔联、颈联对仗工整，符合律诗的格律要求。从文体上看，吴硕贤院士的咏科学家诗多采用律诗，仅有一首《临江仙·贺欧阳钟灿博士》为词作。《临江仙·贺欧阳钟灿博士》的写作对象欧阳钟灿是诗人结交的好友，关系相对师长而言更加亲密。律诗格律要求多，结构完整严密，适合作诗赠给师长等人，更正式。而词作能够自由地抒发情感，适合写给好友。《咏爱迪生》《咏爱因斯坦》是五律，其他诗篇以七律为主，如《赞屠呦呦女士》《赞杨振宁李政道》《悼恩师张昌龄教授》《悼葛缘恰》等等。相对绝句，律诗的体量更大，更善于叙事说明，由于科学家的科学成就较为丰富，因此诗人通过律句列举，如《咏爱迪生》中的"留声功至大，蓄电理厘清。动影迷千众，灯光耀万城"。通过这四句话高度概括了爱迪生最重要的几项发明创造：留声机的发明、蓄电池的研究改进、电影放映机的改进以及白炽灯的发明。又如《悼恩师张昌龄教授》"工建兴修先探索，噪声治理早攀登。国徽方案谋猷献，体馆蓝图心血凝"，依次说明了张昌龄在工程建设和噪声治理领域的先驱精神、参与国徽设计方案的谋划和体育馆建设蓝图的制定。科学成就的排列从一般到具体，由社会到国家，富有层次感。在叙事说明的同时，吴院士的律诗结构严谨，层次分明，也符合起承转合的章法结构。例如《赞屠呦呦女士》："立足中华膺诺奖，呦呦大殿鹿鸣声。多年研制青蒿素，数载提成抗疟晶。检索古方明路径，治疗顽疾救生灵。从今刮目看巾帼，天宇煌煌耀女星。"首联开篇直接点题，祝贺中国科学家屠呦呦女士获得诺贝尔奖，"呦呦大殿鹿鸣声"既暗合屠呦呦的名字，说明了屠呦呦女士在中国科学界享有崇高地位，又利用了出处"呦呦鹿鸣，食野之苹。我有嘉宾，鼓瑟吹笙"的庆祝含义。颔联承接前句，说明屠呦呦女士获奖的原因是研制出青蒿素。颈联转折，从讲述科研过程转向对科研方法和意义的深入探讨，强调青蒿素开创疟疾治疗新方法，为世界医疗卫生事业立下不朽功业。尾联收束全篇，将主题从对屠呦呦女士个人成就的赞颂上升到对其所代表的全体女科学家的尊重与祝愿。整首诗层层递进，立意深远。又如《赞杨振宁李政道》："首结华人诺奖缘，科坛历史谱新篇。青年俊杰奇才显，物理权威伟绩传。宇称阐明非对称，自旋验证不同旋。思维前卫疑难解，莫据宏观越介观。"首联点题，说明杨振宁和李政道是首次获得诺贝尔奖的华人科学家。颔联承接前文对两位功绩的夸赞，肯定了他们在物理学领域的权威地位。颈联从科学地位转向科学成果，简洁而精准地概括了他们在物理学领域的重要发现——宇称不守恒定律以及粒子自旋特性的研究。尾联高度评价了杨振宁和李政道科学思维的前瞻性和思考问题的新颖性。

其二，由于介绍科学理论、科学现象、科学成就等内容，相对普通读者而言较为晦涩枯燥，因此诗人有意使用简洁明了的语言，使作品简单易读。一方面在标题上简洁扼要地点明诗歌对象，如《咏爱迪生》《咏爱因斯坦》《寄怀恩师马大猷教授》，一目了然，同时通过"赞""咏""寄怀""悼""贺"精练点明诗歌的写作目的与情感基调。另一方面，诗歌需要陈述说明学说理论的诗句，不用借代、隐喻等手法，不设置阅读障碍，语言直白明了，如"宇称阐明非对称，自旋验证不同旋""简正声波求底蕴，消音微孔论缘何""多年研制青蒿素，数载提成抗虐晶"等等，方便读者理解。为了保证作品的诗意性，吴院士通过炼字炼句的方式来平衡语言的平实通俗。如《咏爱迪生》的颈联"动影迷千众，灯光耀万城"，"动影"指爱迪生改进电影放映机，反映出动态放映机首次给人们留下印象的情形，"迷"字形象生动地说明了电影技术震撼了千千万万户居民，充实了人们的娱乐生活。又如《咏爱因斯坦》的颈联"粒波双象并，光电一家亲"的"亲"字运用拟人手法，说明了光电效应的实质：光照射在金属表面时瞬间释放出电子的现象，光与电处于紧密的联系之中。这样不仅增加了阅读的趣味性，也使诗歌语言更加精致。此外，诗歌常常运用修辞手法，意在使诗歌所表达的内容更加鲜明、生动。如《咏爱因斯坦》中的"宇宙迷云散，清澄赖有君"采用比兴、夸张的手法，"宇宙迷云散"是取象，通过描绘宇宙中的迷雾消散这一具体景象，比喻科学探索中的未知与混沌，而"散"则意味着这些未知领域、科学难题被爱因斯坦所破解，人类文明的一大领域不再空白。又如《贺良镛恩师101岁寿辰》中的"奠基永固鸿图绘，大厦凌空接望舒"。吴良镛院士是我国城市规划及建筑设计的先锋人物。"望舒"是中国神话传说中为月驾车之人，诗人采用夸张的手法，描述大厦之高，甚至能与月球相接，不仅生动表现出吴良镛院士高超精湛的建筑设计水平，也为诗歌增添上神话似真似幻的色彩。

其三，吴院士常常通过增加意象、化用诗句、引用典故的方式，使诗歌呈现出含蓄典雅、语意隽永的风格。如《悼葛缘恰》："长空落雁睹谁堪？弃世中年应不甘。万里何辞奔弱士，千丝未尽殒春蚕。方期合璧通台北，正欲联珠赴粤南。半道抛家伤故友，且凭尺素慰孤骖。"意象是融入了主观情意的客观物象，或借助客观物象表现出来的主观情意，是文人感情外化的一种表现形态。雁作为古典文学意象，在此处象征漂泊在外的游子。联系下文"万里""赴粤南""半道抛家"可知，葛缘恰正是在出差途中逝世，诗人以"长空雁落"象征，营造了空旷寂寥、凄清感伤的意境，反映出诗人突闻友人过世时的震惊和心痛。颔联反用"春蚕到死丝方尽"的诗句含义，春蚕还未吐哺蚕丝却英年早逝，体现遗憾惋惜之意。此外，诗歌以"合璧""联珠"形容两岸交往，"尺素"比喻书信，将悲痛的情感蕴含于文雅的诗歌语言之中，读之有余味。又如《寄怀恩师吴良镛教授》："学部委员博士师，德高望重令名驰。长开慧眼知瑜玉，总具丹心育蕙芝。规划城居膺大奖，综言建筑树新辞。谆谆教诲时铭记，千里加鞭策走雕。"颔联化用"慧眼识珠""一片丹心照汗青"，以"慧眼""丹心"比喻恩师善于识别英才、勤于教化学生，以"瑜玉""蕙芝"比喻学生。通过对偶句引入辞藻，使诗歌语言精致优美而不至于累赘。尾联"千里加鞭策走雕"化用诗句"回看射雕处，千里暮云平"，表现出诗人谨记老师教诲，面对未来昂扬向上的情绪。又如《临江仙·贺欧阳钟灿博士》："同学同乡交十载，清华一遇情钟。柏林异地又相逢，杯中温酒热，话别月当空。　阅报闻兄膺大奖，投书祝贺由衷。鸿才大志果成功，晶光推射迹，层膜究形踪。"好友重逢，诗人准确抓住两个最能表达情感的意象——酒和月。酒是消愁的工具，又是重逢时怡情助兴增乐的工具，月常被用来暗示人生的欢聚与离别。二人作为羁旅游子，异地漂泊，月下借酒慰藉思乡之情，这是一层；他乡遇故知，人生一大喜事，这是第二层。两位青年学者抱着同样的理想庆祝学术路上的一次成功，皓月当空，酒热衷肠，在优美的意境中传达出真挚动人的情感。

其四，咏科学家诗词刻画了一个个生动具体的科学家形象，展现共同科学精神的同时突出人物之间的微殊。一方面，吴硕贤院士通过诗句将科学家们的过去与现在紧密相连，既让读者感受到科学家默默付出的辛酸与不易，也能看到科学家们对现实社会的持续贡献和影响力。例如在刻画屠呦呦女士时，既以"多年研制青蒿素，数载提成抗疟晶"回顾了多年来的辛勤的科研过程与坚持不懈的科学精神，又以"治疗顽疾救生灵"说明青蒿素对芸芸众生的巨大现实福祉，将历史与现实融合，将高屋建瓴的科学成就与平民百姓的生活联结起来。另一方面，吴硕贤院士对于不同科学家的描写并不笼统，通过对描写科学成就的不同侧重说明科学家的不同贡献。如《悼恩师张昌龄教授》的诗句是"工建兴修先探索，噪声治理早攀登"，选择的语词是"先"和"早"，突出张昌龄教授在该领域的开拓领军作用；《寄怀恩师马大猷教授》的诗句是"简正声波求底蕴，消音微孔论缘何"，"底"和"缘"赞颂的是马大猷教授的探索钻研精神；《寄怀恩师吴良镛教授》的诗句是"规划城居膺大奖，综言建筑树新辞"，一个"综"一个"新"，突出了吴良镛教授对于建筑设计学理论的整理和创新。此外，吴院士在诗歌中融入了神仙色彩，以宇宙天上的宏大视野来烘托科学家的崇高地位，如在歌颂屠呦呦的尾句写道"天宇煌煌耀女星"，又如在《寄怀恩师马大猷教授》中赞美道"煌煌泰斗耀星河"，将科学家类比为星辰，以星辰的耀眼夺目类比他们在人间的影响力。

　　总而言之，作为科学家，吴硕贤先生的诗歌取材于个人科学生涯，将科学家的生平事迹、科学成就融入诗词之中，这种将科学与文学相结合的创作方式，拓宽了诗词的题材范围；以科学态度与思辨思维创作，为文学世界注入了一股理性精神。作为文学家，吴硕贤院士尊重诗词的基本原则与创作规范，诗词结构严整规范，语言平实生动，易于理解。

　　同时，吴硕贤院士不仅颂扬了这些巨匠们的非凡贡献，还深入挖掘了他们背后所蕴含的智慧与勇气，以此向科学精神致以深情的礼赞。在吴院士的诗歌创作中，我们不仅能深切感受到他对爱因斯坦等科学巨擘的崇高敬意，更能体会到他对师长及同行间深厚情谊的尊重与传承。这种跨越科学与人文的诗歌对话，不仅点燃了后人对科学探索的无限热情，更在无形中传递了科学与人文情怀的交融之美。吴硕贤院士以诗为媒，将严谨的科学精神与温暖的人文情怀紧密相连，字里行间洋溢着中国传统文化中浓厚的人情味，进一步弘扬了尊师重道的优良传统。

论吴硕贤的科技诗词

李佳乐[①]

吴硕贤，福建诏安人，1947年5月生于福建泉州。中国建筑界与声学界培养的第一位博士，建筑技术科学专家，中国科学院院士，华南理工大学建筑学院教授、博士生导师，建筑技术科学研究所所长。曾任中国建筑学会学术工作委员会副主任，浙江省诗词学会常务理事兼学术部副主任，国际刊物编委和多家重要国际刊物审稿人。著有《室内声学与环境声学》《建筑声学设计原理》《音乐与建筑》《室内环境与设备》。吴硕贤院士自幼喜爱诗词，自青年起便开始独立创作诗词。有《偶吟集》《恒吟集》《恒吟续集》《吴硕贤诗词作品选》《吴硕贤序跋诗文集》等。其以科学家的视角写科技诗词。科技诗词描写对象涉及力学、光学、天文学、物理学等多个领域，横跨中西，纵贯古今，颇具研究价值。

一、吴硕贤科技诗词的内容

吴硕贤院士的科技诗词题材广泛，含括古今科技。既有对科学原理的阐释，也有对科技实践的刻画；既有对传统技术的书写，也有对新兴科技的赞颂。主要题材大致如下。

其一，书写传统技术的诗词。如《印刷术》："一字一兵丁，依文列纵横。组成连与旅，印就典和经。刻版裁分散，灵机启发明。毕昇功至伟，技术广推行。"此诗书写中国传统发明活字印刷术。以五律的形式凝练通俗地对活字印刷术的运作原理、发明者展开介绍。又如《观清代影像资料感赋》："珍稀影像记清朝，轿子驴车长短袍。吾看前人多怪异，后昆观我诧当饶。"该诗书写清代影像技术，对清代影像的画面进行描绘，展现出影像技术的重要价值。

其二，赞颂新兴科技的诗词。此类诗词数量较多。如《无人快递》："无人驾驶趋成熟，外卖小哥恐发愁。机器轮番来户送，微车结队上街投。何关大早同深夜，不论雨天与日头。按址依时零出错，和颜悦色语温柔。"此首七律详细刻画了无人快递的工作过程，同时也将无人快递与快递员展开对比，准确点出了无人快递准时、准确等特点。又如《醉花阴·元宇宙》："体感衣穿头盔扣，漫游

[①] 李佳乐，上海大学中国古代文学专业硕士研究生。

元宇宙。数字化身人,海北天南,虚境重相逅。　　暂离物理家园囿,接上头机口。意识任穿梭。如入桃源,回望烟波皴。"对新兴虚拟技术进行描绘,将虚拟的元宇宙具像化,点出虚拟技术的运行流程及运行体验。再如《双调驻马听·芯片》:"小小圆晶,制作微型芯片成。须弥纤芥,几多电流任通行。万千信息隐其形。手机电脑听其令。堪赞矣!高新技术根基定。"吴硕贤院士在此阕词中书写微型芯片的制作、运行与运用。芯片之微,电流之纤,却足以承载万千信息于其中。技术的新兴与高尖在寥寥数语间展现得淋漓尽致。[①]

其三,阐释科技原理的诗词。如《阿基米德原理》:"浮力应和排量齐,阿基米德悟天机。遵循规律舟行水,铁舰分波海上移。"此诗深入浅出地阐释了力学中的阿基米德原理。对阿基米德原理的具体内容、应用场景都展开了简要介绍。又如《干荷叶·模糊集理论》:"或为白,或为乌,否认中间路。有灰区,判模糊,非零非壹靠评估。隶属存依据。"模糊集理论是1965年美国学者扎德创立的一项数学理论方法。其以模糊数学为基础,研究有关非精确的现象。吴硕贤院士借词点出了模糊集理论的核心,言近旨远。此阕《干荷叶》在吴硕贤院士的科技原理诗词中极具代表性。

二、吴硕贤科技诗词的思想

吴硕贤院士的科技诗词以科学技术、科学原理作为描写对象,其蕴含的思想较为丰富。细读吴硕贤院士的科技诗词,我们不难发现:它不仅赞颂科技之飞速发展,而且昂扬着中国科学院院士的民族自豪,同时也流露出对人生、对生命的独到体味。

其一,吴硕贤院士的科技诗词具体描绘科技的发展脉络,以此赞扬科技发展之迅速,传递出作者对科技发展之展望。如《计时术》:"计时诚重要,技术益神奇。日晷日阴变,沙钟沙末移。齿轮机步等,原子振频齐。科学多成就,发明总可期。"此诗依次列出传统的日晷计时、沙钟计时,再到新兴的原子技术计时。以计时技

[①] 赞颂新兴科技的诗词另有《鹊桥仙·载人航天》"天宫二号,神舟十一,万里迢迢对接。英雄携手太空行,业绩载,航天史页。　　身姿矫健,飘浮穿越,雄视星云世界。任凭失重奈君何,乐居此,天庭别业",《殿前欢·可燃冰》"可燃冰,海洋深处隐精灵。能源领域兴革命。不逊煤氢。　　浑身储巨能。难开罄,各国相争胜。孰能开采,孰获先赢",《无人机》"安置螺旋桨,飞翔上碧空。描图勘地貌,施药杀蚜虫。组字呈光景,载人执运功。全凭程序控,操纵自从容",等等。

术的发展脉络切入，有意突出计时技术的飞速发展，由此展现出科学成就的伟大。"发明总可期"则进一步传递出诗人自身对科学发展的殷切期盼。又如《浣溪沙·通信新技术》："通信同星信号连，电磁辐射自空天。无须线网与光纤。　覆盖山原和海域，全球两点手机牵。创新技术永推前。"此阕《浣溪沙》描绘通信新技术。从传统的线网、光纤技术，到如今新兴的电磁辐射技术，通信技术的光速发展极为有效地扩大了全球通信范围，极大地缩短了人与人之间的距离。"覆盖山原和海域""全球两点手机牵"，新兴通信技术的应用给人类生活创造了巨大便利。吴硕贤院士不仅赞扬科技发展之光速，而且深刻洞悉科技发展之效益，并在此基础上进一步提出自己对科技发展之展望。"创新技术永推前"的背后，是其身为科学家，对科技创新的坚定与自信。吴硕贤以院士的身份撰写诗词，其在诗词中蕴含的对科技发展之展望自然更具现实力量。

其二，吴硕贤院士的科技诗词多立足于中国当下科技之发展，表达对我国科技发展的坚定信念，流露出中国科学院院士强大的科技自信与自强精神。航天科技成就历来是衡量国家科技水平和科技能力的重要指标。吴硕贤院士数次书写我国载人航天技术的发展。如《甘草子·贺神舟十四出征》："神舟发，火箭凌空，看勇士多潇洒！女共男，三人搭；三舱合，是新家。建太空宫似华厦，令嫦娥，歆羡煞！年底佳宾喜迎迓，欢聚仙槎！"2022年6月5日，神舟十四出征。此阕《甘草子》尽情描绘了神舟十四的出征，激情澎湃。"火箭凌空""勇士多潇洒""似华厦""令嫦娥，歆羡煞"，字字句句都是对神舟十四顺利出征的由衷骄傲。神舟十四的出征对我国建造空间站有着重大意义。吴硕贤院士借此阕《甘草子》，切直地传达出其对我国航天事业的热切关注与高度自豪。又如《水调歌头·代航天员赋》："久立探天志，今向太空行。神舟火箭飞速，携我赴遥征。对接空间驿站，迁入天宫暂住，近看一天星。暮向地球望，奇景映眸明。　六个月，如梦幻，动心旌。浮身飘体，引力舱内几为零。勤做空间实验，验证天庭生活，勇作领头兵。有此奇经历，今世不虚生。"此阕《水调歌头》则以航天员的口吻描绘航天历程。"久立探天志，今向太空行"，这是我国所有航天人的志向与梦想。"勇作领头兵""今世不虚生"，这是所有航天人的信念与精神。我国航天事业的发展离不开每一位航天人的埋头奉献。吴硕贤院士正是由此出发，以同为科学家的立场抒写中国航天精神，以有限的笔墨挥洒恢宏壮丽的航天事业。除此之外，芯片技术也是备受瞩目的高尖技术之一。《双调驻马听·芯片》："小小圆晶，制作微型芯片成。须弥纤芥，几多电流任通行。万千信息隐其形。手机电脑听其令。堪赞矣！高新技术根基定。"此阕词的末句，"堪赞矣！高新技术根基定"，流露出吴硕贤院士对我国掌握芯片技术的欣喜、自豪，以及对未来芯片科技发展的坚定信念。

其三，吴硕贤院士在书写科技的同时，也在此基础上书写人生体悟。其诗词由此颇具哲理意味。如《干荷叶·模糊集理论》："或为白，或为乌，否认中间路。有灰区，判模糊，非零非壹靠评估。隶属存依据。"正如前文所说，模糊集理论是美国学者扎德创立的一项数学理论方法。吴硕贤院士以极为浅显的语言点出了它的核心。事实上，哲理客观世界中，大量存在着许多亦此亦彼的模糊现象。吴硕贤院士在这首词中即跳出固有的学术领域。此词中，非黑即白的人生被加以否定，人生的模糊地带摆在我们眼前。读此词，即便不了解专业的模糊集理论，我们也能体会到更本质的、属于人生的深刻感悟。又如《观清代影像资料感赋》："珍稀影像记清朝，轿子驴车长短袍。吾看前人多怪异，后昆观我诧当饶。"此诗前两联犹在说明清代影像之画面。后两联却在此基础上加以升华。"吾看前人多怪异，后昆观我诧当饶。"吴硕贤院士将现实的"我"置于无尽的历史时间之中。历史的不断前行，时间的永无止境，个人的短暂缥缈，皆在此得以显现。怪异与诧异的背后，恰恰是诗人自身对人生、历史、生命的深入理解。此诗因而颇具哲理色彩。

三、吴硕贤科技诗词的艺术特征

吴硕贤院士以科学家的视角书写科技诗词。其科技诗词皆浅近通俗，晓畅流利。同时，他善于运用各类手法铺展出阔大的场面，或闹热，或清丽，颇具镜头感。除此之外，其科技诗词交织着科学的匠心与文学的诗意，呈现出双重美感。

其一，吴硕贤院士的科技诗词善用口语，语言风格浅近通俗，深入浅出。如《阿基米德原理》："浮力应和排量齐，阿基米德悟天机。遵循规律舟行水，铁舰分波海上移。"以浅白的语言阐释深奥的力学原理，朗朗上口。又如《印刷术》："一字一兵丁，依文列纵横。组成连与旅，印就典和经。刻版裁分散，灵机启发明。毕昇功至伟，技术广推行。"前三联以近乎口语的语言风格，描绘活字印刷术的刻板、排版与印刷过程。尾联则以浅近的语言直白地赞颂毕昇的伟大贡献。活字印刷术作为我国传统的四大发明之一，对我国古代的书籍流传、经济文化发展产生巨大影响。吴硕贤此诗以通俗口语精确点出活字印刷术的技术特征，颇具科普价值。再如《计时术》："计时诚重要，技术益神奇。日晷日阴变，沙钟沙末移。齿轮机步等，原子振频齐。科学多成就，发明总可期。"该诗紧扣"重要""神奇"二词，以浅显的语言勾勒出计时术的发展变迁。从传统的"日晷""沙钟"，到新兴的"齿轮机步""原子振频"，寥寥数语间，技术的进步、时代的发展一览无遗。尾联以颇具口号色彩的语言，传达出诗人对于科学发展的热切期盼与强大自信。全诗晓畅流利，切直易懂。另有《菩萨蛮·生态文明》："林田山水湖沙草，维持生态文明好。绿水绕青山，神州自美观。　　城乡规划美，大象无形矣！留白细筹谋，天人更匹俦。"此阕《菩萨蛮》聚焦生态文明建设。上阕，词人以口语流利地展现了山林水草的治理成效。下阕则是对生态治理理念的介绍。"大象无形"的出现使全词在通俗浅近的同时，颇具文化色彩，做到了深入浅出、雅俗共赏。

其二，吴硕贤院士的科技诗词善于描绘阔大的场面，笔触恣意，境界高昂。如《念奴娇·光景学及山东灯光秀》："光能成景。我倡光景学，可充新说。青岛灯光惊首秀，光景尤为奇绝。楼宇披辉，夜空成海，恣意游鲨鲽。金龙飞舞，一时光影明灭。　　孺子迅捷攀登，直升楼顶，篮框投圆月。又见漩涡光灿灿，映得海天明彻。火树银花，激光灯饰，万束金丝发。今宵难忘，众人欢悦情热。"此阕词从景、物、人三个角度对"光景"展开细致描绘。词人从夜空入手，反衬灯光秀的盛大与热烈。"夜空成海"，以暗喻的手法烘托出光景的浩大。"恣意游鲨鲽""金龙飞舞，一时光影明灭"，则具体刻画了灯光的不同形态，金光闪烁，灵动自然。下阕从路人入手。人群的喧嚣、热闹动态呈现。"漩涡光灿灿，映得海天明彻。火树银花，激光灯饰，万束金丝发。"光影的广阔、浩大，场景的欢悦、热情，于此完全显现。恣肆欢庆，颇具镜头感。吴硕贤是国际上最早提出光景概念的学者。他说："光景作为视觉景观里一个很特殊的方面，它本身是由光源及光影变化引起的景观。一个很好的风景，往往是声景、香景、光景俱全。"此阕《念奴娇》便是对这一概念的绝妙呈现。又如《桂殿秋·射电望远镜》："张巨眼，炼金睛，宇宙之波辨分明。巡天阅遍星无数，浩瀚银河水至清。""巡天阅遍星无数，浩瀚银河水至清"，吴硕贤院士诗意地描绘了射电望远镜中的画面。距离之远，镜头之广，世界之大，浩瀚无垠的宇宙与星空就在只言片语中尽情铺展。词境的阔大由此可见。再如《观无人机拍摄珠峰视频感赋》："小机飞越珠峰顶，拍下视频讶世人。千里白烟连白雪，万寻青岭插青云。危乎高矣群山伟，奇也美哉众壑深。倘若诗仙观此景，便知蜀道矮冈岑。"在这首七律中，吴硕贤院士细腻描绘了无人机拍摄珠穆朗玛峰的画面。无人机飞上碧空，镜头里出现"千里白烟连白雪，万寻青岭插青云。危乎高矣群山伟，奇也美哉众壑深"。"千里""万寻""危乎高矣""奇也美哉",在严谨的对仗中,镜头里珠穆朗玛峰的巍峨壮阔得到有意凸显。大片的"白"与"青",连绵的"群山"与"沟壑",则强化了珠穆朗玛峰的壮丽与恢宏。首联与尾联则借小大对比、古今对照,进一步强调了当下镜头中的阔大场景。对比之间,诗人作诗的张力、笔触的恣意皆得以显现。其诗境的昂扬与磅礴由此彰显。

其三,吴硕贤兼具科学院院士与诗人的双重身份,以科学家的身份创作科技诗词,使其科技诗词交织着科学与诗意,呈现出双重美感。如《醉花阴·元宇宙》:"体感衣穿头盔扣,漫游元宇宙。数字化身人,海北天南,虚境重相觏。　暂离物理家园囿,接上头机口。意识任穿梭。如入桃源,回望烟波皱。"此阕《醉花阴》对"元宇宙"展开描绘。"体感衣穿头盔扣""数字化身人""接上头机口",吴硕贤院士以科学家的视角,详细、客观地写出虚拟技术应用时的操作步骤。"海北天南,虚境重相觏""如入桃源,回望烟波皱",虚拟技术产生的画面在诗歌的语言中加以呈现。科学与诗意于此初步融合。值得注意的是,吴硕贤院士以"元宇宙"作题目。"元宇宙"作为一个新兴的科学概念,定义了诗词中颇具诗意美感的幻境。过去真实与虚幻的界限在客观的虚拟技术中被打破。真实与虚幻的交织不再只是文学意味上的。诗意在科学中得以成为现实,科学成果借助诗意则拥有更迷人、更动人的表达。科学与诗意的混融,使吴硕贤院士的科技诗词呈现出独特的美感。又如《鹊桥仙·载人航天》:"天宫二号,神舟十一,万里迢迢对接。英雄携手太空行,业绩载,航天史页。　身姿矫健,飘浮穿越,雄视星云世界。任凭失重奈君何,乐居此,天庭别业。"该词上阕客观地描写载人航天"万里迢迢"对接时的场景,并歌颂了航天事业的伟大成就。下阕则在真实对接场景的基础上加以诗化。"飘浮穿越""雄视星云世界",吴硕贤笔下的航天员诗意地漫游在失重宇宙。"雄视"与"任凭失重奈君何,乐居此,天庭别业"相互呼应。就在科学与诗意交织的双重美感中,科技发展的自强、自信,科学家的自矜、自傲悄然流露。再如《咏潜水艇》:"可探龙王殿,能逢波塞冬。平常藏影迹,偶尔露峥嵘。携带鱼雷弹,追寻炮舰踪。潜浮随意愿,海战建神功。"在这首五律中,吴硕贤院士以诗意的笔法对潜水艇展开描述。首联综合运用中西方文化中的意象,借"龙王殿""波塞冬"咏叹潜水艇的功能。后三联则将潜水艇拟人化,既客观详细又生动自然地向读者展示了潜水艇的工作内容与巨大功用。全诗围绕潜水艇这一高科技产物,以诗歌绘技术,呈现出科学与诗意的双重美感。

在科技飞速发展的当下,院士诗词在中国当代旧体诗词中占据着相当重要的位置。吴硕贤院士的科技诗词呈现出丰富的艺术面貌。其以科学家的视角书写文学诗词，既具有科学的严谨、客观，也拥有文学的诗意、韵味。科技与诗心的并存，使其科技诗词呈现出不同于传统文人诗词的独特面貌。无论是不同科技元素的纳入，还是对科学原理的阐释，吴硕贤院士的科技诗词都做到了深入浅出、切直而富有余韵。与此同时，作为中国科学院院士，吴硕贤善于从科技出发，其科技诗词既彰显着科技自信与文化自强，也蕴含着人生感悟与生命体会。科学家、诗人、词人，多重身份巧妙融合在吴硕贤身上。科技、诗心，客观、诗意，多重美感呈现在吴硕贤的科技诗词中。这对于我们研究、把握中国当代旧体诗词的创作，有着重要意义。

论吴硕贤的纪游诗词

熊婧雯[①]

吴硕贤先生是中国建筑界与声学界培养的第一位博士，一位建筑技术科学专家，中国科学院院士。虽然植根于建筑与声学领域，但受到家学渊源的影响，吴硕贤先生一直保持着对古典诗词的热爱与创作古典诗词的热情。"理纬文经织锦成"是他对自己的写照。在他所创作的众多诗词作品中，纪游诗词是不可忽视的一类。一方面，纪游诗词记述了作家游历时的所见所闻、所思所感，展现了心灵深处的思考与体悟。另一方面，作为一名有着建筑学与声学背景的学者，其纪游诗词也具备着自己独特的视角与风格。

一、纪游诗词的创作概况

吴硕贤先生所过之处甚多，又喜爱将旅途见闻与感悟寄托于诗词作品。就目前所见作品来看，其作品多记录旅游时的风景名胜。如其诗《菽庄花园》（1963年）："亭榭玲珑依水立，回廊曲折傍山旋。迎眸翠色宜留影，入耳潮声可入弦。"[②]视觉与听觉交织，展现了菽庄花园的美不胜收。《临潼》（1972年）："天悬朗日新枝发，地涌温泉暖气翻。阡陌纵横经纬线，山原起伏正余弦。"[③]以健雅之笔，勾勒出临潼的广阔与厚重。《大同九龙壁》（1979年）："风吹池水浮云絮，恍见须鳞舞昊空。"[④]则以幻想巧妙地描述了龙的飞腾之势。《千岛湖》（1994年）："雾带云纱环碧玉，丝绒锦缎护明珠。几多曲折不平处，一注清波尽化无。"[⑤]则以精巧形象之语勾勒出了千岛湖之岛、湖之秀美。兴盛至极，他还就同一地区或同一主题进行系列创作，如其《澳门情思》（1999年）[⑥]乃组诗，包含《大三巴牌坊》《妈祖阁》两首，分别以大三巴牌坊、妈祖阁两个一中一西的澳门标志建筑为主题，书写对澳门回归的欣悦与对妈祖文化信仰的敬重，寄托了诗人对澳门的深切情思。

[①] 熊婧雯，上海大学中国古代文学专业硕士研究生。
[②] 吴秋山、吴硕贤：《松风集·偶吟集》，浙江古籍出版社1995年版，第105页。
[③] 吴秋山、吴硕贤：《松风集·偶吟集》，浙江古籍出版社1995年版，第111页。
[④] 吴秋山、吴硕贤：《松风集·偶吟集》，浙江古籍出版社1995年版，第116页。
[⑤] 吴硕贤：《音乐与建筑》，中国建筑工业出版社2002年版，第123页。
[⑥] 吴硕贤：《金银岛诗词集》，华南理工大学出版社2002年版，第124页。

又如《访宏村（两首）》（2017年）①，这两首诗以清新笔触，勾勒宏村如诗如画的景致和醉人的风光。除此之外，他的纪游诗作还有《迪斯尼乐园》（1995年）、《抚仙湖》（2016年）、《南靖土楼》（2017年）、《厦门白鹭洲公园》（2018年）、《访池州杏花村》（2019年）等等。

词作如《木兰花慢·登华山》（1971年）下阕："天门飞渡欲登仙，唯觉不胜寒，不如返人间。琼楼玉宇，知属谁边？梳妆处，寻不见，料多情玉女应无眠。俯首神州大地，千红万紫争妍。"②前者描绘自己登高飘欲成仙，又觉高处不胜寒，还是人间，后者则借弄玉之典故写华山玉女峰，以广阔之视野写登山之景，语生新奇。《念奴娇·香港夜咏》（1985年）上阕："太平山顶，望香港，莽莽银河铺地。玉宇琼楼高错落，闪烁彩灯虹霓。飞艇流星，奔车曳彗，熠熠相交织。九龙新界,遥看光炯无际。"③同样以登高视角写香港夜景，古雅语言与现代词汇碰撞，将香港夜景的璀璨夺目、流光溢彩展现得淋漓尽致。《长相思·日月潭涵碧楼》（2002年）："清一潭，绿一潭，岛色山光入户帘，迎眸碧尽涵。　日光含，月光含，万顷波明接远岚，未斟情已酣。"④则以清雅之言描绘了日月潭涵碧楼的美丽景致，还巧妙地将地名融入词中，不显滞涩，浑然天成。其词作中也有系列创作，如其《忆江南·鼓浪屿（三首）》（2017年）⑤，第一首"鼓浪屿前听鼓浪，钢琴岛上赏钢琴"，扣住声音进行描绘，第二首"错落围墙掩树影，高低别墅隐花阴"，点出鼓浪屿的植被之美，第三首"偶见白豚腾浪跃，时逢鸥鸟贴波飞"，以动物之活泼写鼓浪屿的生气，虽然都在描绘鼓浪屿的景致，却也各有偏重，绝不单调。除此之外，他的纪游词作还有《永遇乐·与赵克明学友同游鹭岛》（1991年）、《满庭芳·深圳》（1992年）、《鹊桥仙·龙门石窟》（2013年）、《减字木兰花·华清池》（2016年）、《减字木兰花·零零阁》（2017年）、《折桂令·新圩古渡口》（2021年）等等，不论是自然山水风光，还是人文历史遗迹、现代建筑景观，皆有涉足。

吴硕贤先生早年还有许多涉及海外的纪游诗。其诗作如《柏林》（1987年）：

---

① 吴硕贤：《吴硕贤序跋诗文集》，华南理工大学出版社2017年版，第188页。
② 吴秋山、吴硕贤：《松风集·偶吟集》，浙江古籍出版社1995年版，第111页。
③ 吴秋山、吴硕贤：《松风集·偶吟集》，浙江古籍出版社1995年版，第123页。
④ 吴硕贤：《吴硕贤文集》，华南理工大学出版社2016年版，第361页。
⑤ 吴硕贤：《吴硕贤序跋诗文集》，华南理工大学出版社2017年版，第181页。

"立面装修楼宇明,纵横地铁畅通行。当年战迹今何在,唯有教堂[①]记忆清。"[②] 该诗前两句大笔勾勒出柏林城市的样貌,可后两句一下将人拉回二战历史,平添几分沉重与沧桑之感。如《因斯布鲁克》(1991年):"阿尔卑峰积雪明,因河穿越众桥横。雕栏金瓦映晴月[③],更有弦歌达友情。"[④] 该诗前两句寥寥数语点出因斯布鲁克这座小城山水和谐交融的特点,后两句则聚焦当地最具特色的金屋顶建筑,其"金瓦映晴月"之语,既典雅又真切。如《洛杉矶水晶教堂》(1995年)两联:"月色披辉增圣洁,天光落照益晶莹。蓝田玉砌珠镶就,雪国冰雕水结成。"[⑤] 前一联分别以月光、日光写出了水晶教堂圣洁、晶莹的特点,后一联则蓝田玉、雪国冰比喻教堂的建筑材料,再次凸显其如水晶的质感材地,两联共同将教堂之美推向极致。组诗如《越南下龙湾(三首)》(2002年)[⑥]也以不同的角度展开描绘,呈现了越南下龙湾这片美丽的海域。另外,其作品还有《科伦》(1987年)、《汉诺威皇家花园》(1987年)、《悉尼植物湾观太平洋》(1988年)、《悉尼》(1988年)、《维也纳音乐厅》(1991年)、《萨尔茨堡》(1991年)、《罗马古斗兽场》(1992年)、《威尼斯》(1992年)、《米拉玛尔城堡》(1992年)、《新加坡》(1995年)等,涉足多个国家。

此外,他还有少数作品涉及旅途过程,如其《清平乐·火车途中即景》(1966年)、《机上所见》(2016年)、《浣溪沙·火车途中》等。

二、纪游诗词的思想内容

纵览吴硕贤先生的纪游诗词,字里行间流露出他对自然山水的深情厚爱,以及在历史人文景观、遗迹中的历史沉思与家国情怀。这些作品,不仅是他个人游历的印记,更是他心灵与自然的对话,情感与历史的交融。

他的作品既有对自然山水的热爱之情。其诗如《游仙居观音峰》《游仙居南天顶》描绘了自己游览神仙居景区中观音峰、南天顶的场景和感慨。前者虽不直

[①] 原文有注释,指柏林市中心的 Kaputt 教堂,故意保留其在第二次世界大战期间被炸毁的屋顶,意在提醒世人勿忘二战的教训。
[②] 吴秋山、吴硕贤:《松风集·偶吟集》,浙江古籍出版社1995年版,第124页。
[③] 原文有注释,指因斯布鲁克市中心著名的金屋顶建筑,其屋顶由镀金铜瓦筑成。
[④] 吴秋山、吴硕贤:《松风集·偶吟集》,浙江古籍出版社1995年版,第129页。
[⑤] 吴硕贤:《音乐与建筑》,中国建筑工业出版社2002年版,第124页。
[⑥] 吴硕贤:《音乐与建筑》,中国建筑工业出版社2002年版,第144页。

接描绘观音峰的壮丽景色，但通过"观音亦觉仙居好，择此长留永作家"两句，侧面突出了观音峰是如何栩栩如生，还巧妙地赞叹了台州仙居景致美不胜收，就连观音也动凡心，要以此为家。后者则采用俯视的视角，其"登顶俯观林似海，忽思跳水学红婵"两句，一则体现自己居于高山之上，切中"游仙居南天顶"的主旨，一则将脚下的山林郁郁葱葱的景色展现得淋漓尽致。其《西湖》"流连几忘返，愿此长为家"[1]，直白而深情地表达了他对西湖的无限眷恋与向往。而其词也不缺乏这种表达，如其《木兰花慢·登华山》上阕云："趁春风渐暖，登华岳，入云天。正年少风扬，攀高履险，意合情忱。凌云笔，搁不住，应山川有约赋诗篇。我爱华山壮采，华山酬我欢颜。"[2]开头直述登山之事，这壮阔的山川一下子勾起了浓浓的诗意词情，其对华山的热爱一览无遗。

如果所行之处是熟悉之地，吴硕贤先生还会寄托一些更深切的情思。如其《浪淘沙·芎城》云："丽日暖芎江，故地风光。春花二月播芬芳。锦瑟年华曾与度，分外情长。　　往事几多桩，无限思量。儿时朋辈各殊方。路上行人多不识，人事沧桑。"[3]上阕言自己重回故地，回想起儿时与这片土地的点滴时光，下阕却突然一转，回到现实，如今已是物是人非，备感沧桑，在短短几行字中流露出无限复杂之思。其《减字木兰花·零零阁》："荷花池岸，秀阁迎晖花烂漫。圆顶方台，拾级登临抒感怀。　　历经磨练，多难兴才成俊彦。一届同窗，筑此华亭举共襄。"该词作于2017年，时隔多年，词人再次回到母校清华，回望这处由00字班校友捐赠给母校的纪念建筑物，也不由得心生感慨与赞许，涌动着对往昔的怀念。而其作于2021年的一诗《七律·零零阁》："峥嵘岁月增奇志，隽秀阁楼寄旧情。他日相携游故地，同窗已是鬓华生。"则更添几分于逝水流年的感慨之情。

他的作品还不乏对人文景观、历史遗迹的品鉴与欣赏。如其《访丽江古城》云："看倦玻璃塔，滇西访古城。参差千户列，瀹沥众渠横。世俗循先制，乡音发宋声。时光疑驻足，历史溯回程。"[4]首联写自己到访丽江古城，颔联描绘丽江古城的形貌，颈联从丽江方言的角度进行描写，尾联则含蓄表达了此地的古朴，连作者也恍然有回到历史之感。其词如《减字木兰花·华清池》下阕云："几多传说，

---

[1] 吴秋山、吴硕贤：《松风集·偶吟集》，浙江古籍出版社1995年版，第108页。
[2] 吴秋山、吴硕贤：《松风集·偶吟集》，浙江古籍出版社1995年版，第111页。
[3] 吴秋山、吴硕贤：《松风集·偶吟集》，浙江古籍出版社1995年版，第111页。
[4] 吴硕贤：《音乐与建筑》，中国建筑工业出版社2002年版，第131页。

遂使华清名远播。歌舞恢宏,演绎长生殿里情。"① 前一句追溯了此地的历史传说,后一句则回到眼前之景,写华清池演出的历史舞剧《长恨歌》。

在这种品鉴、欣赏中,吴硕贤先生还时时流露出对中国传统文化遗产、对中国现代化发展的赞扬与自豪之情。如其《谒黄帝陵,步张三丰韵》尾联云:"两岸同胞齐勠力,中华鼎盛焕文明。"② 完全直抒胸臆,表达两岸应该齐心协力,建设中国,其豪情与壮志令人敬佩。如其《天净沙·徽派民居村落》描绘了徽派民居村落的古旧与祥宁,作家也不忘通过最后一句"前人留下,皖南村落堪夸"直抒胸臆地表达自己的高度赞扬与自豪之情。如其《念奴娇·香港夜咏》下阕云:"人道此地当年,天隅海角,冷落未云贵。聚得五洲精气在,方显蟠虬形势。启迪思维,更新观念,莫使神州闷。卧龙腾起,良机今日天赐。"③ 对比了香港往年与今日,对香港今日的发展报以极高的赞许。如其《满庭芳·深圳》下阕云:"想渔村昔日,僻居地角,冷对南溟。趁东风吹拂,改革风行。筹募资金雄厚,招聘至,强将精兵。三年里,横空出世,令举世皆惊。"④ 也是如此,自豪之情显露于表。

早期的纪游诗词作品中,还多涉及对海外风景名胜的描写,表达欣赏之情。如其在德国游历时所写下的"浮雕镂就旋涡美,花圃修成曲线圆"(《汉诺威皇家花园》)⑤,精准地描绘了汉诺威皇家园林的特色。在澳大利亚时创作的"钢桥横跨势如虹,高举白帆孕满风"(《悉尼》)⑥,虽然并未直接点明所在地,但根据这极度生动的描写,也不难推测出作者定是为悉尼歌剧院所作。还有在奥地利的《维也纳》《维也纳音乐厅》《因斯布鲁克》《萨尔茨堡》,在意大利的《威尼斯》《米拉玛尔城堡》《罗马古斗兽场》《佛罗伦萨美术馆》等等。

纪游往往离不开"行旅"一词。因此吴硕贤先生的纪游诗词除了记录旅途的终点,偶尔也会记述旅程途中,表现自己的旅途之思。如其《浣溪沙·火车途中》就记录了自己在火车途中所见所感,但并不着重描写自己在这趟旅程中所经历的故事,而将重点放在刻画自己的心理感受。

---

① 吴硕贤:《吴硕贤序跋诗文集》,华南理工大学出版社2017年版,第173页。
② 吴硕贤:《音乐与建筑》,中国建筑工业出版社2002年版,第125页。
③ 吴秋山、吴硕贤:《松风集·偶吟集》,浙江古籍出版社1995年版,第123页。
④ 吴秋山、吴硕贤:《松风集·偶吟集》,浙江古籍出版社1995年版,第134页。
⑤ 吴秋山、吴硕贤:《松风集·偶吟集》,浙江古籍出版社1995年版,第125页。
⑥ 吴秋山、吴硕贤:《松风集·偶吟集》,浙江古籍出版社1995年版,第126页。

三、纪游诗词的艺术特点

作为一位现当代诗人词人，吴硕贤先生的纪游诗词有着自己独特的艺术风格，这主要得益于他对现当代旧体诗词创作的自觉思考和长期以来笔耕不辍的创作实践。

首先，其纪游诗词语言平实质朴，通俗易懂。一方面，吴硕贤先生用字不生僻，遣词也颇具生活气。如其《游仙居观音峰》云："怜我老年腿脚差，登山乐乘缆游车。"该句并无一生字，也无一怪词，而"腿脚""登山""缆游车"等，皆是生活中常见的词汇。另一方面，吴硕贤先生造句也符合平常说话的语序、语气。如其《游仙居南天顶》云："老夫近结旅游缘，来到仙居赏秀山。"该句呈现出浓郁的口语气息，尤其是后半句，全然将诗置于日常生活情景之中了。可是，其早年的纪游诗词语言清新雅致，绝非此种风格。如其诗作《西湖》（1967年）一诗："历代文人咏，西湖景弥嘉。桂风吹不冷，萍水漾无哗。绿带箍银镜，明池落彩霞。流连几忘返，愿此长为家。"桂花盛开，风携着花香轻柔地吹拂着湖面，泛起微微涟漪。从高处看去，旁边的植物装点着似镜子的湖面，彩霞倒映其上。其颔联和颈联四句对阵工整，色彩鲜明，语言清丽。其《访丽江古城》（1998年）云："参差千户列，潏沥众渠横。"古城里千户万户参差错落，渠中水流潺潺。其中"潏"指水流貌，"沥"指水滴貌，两字形容水渠流淌之貌，用字奇特，稍显生僻。从正常语序上，此联该作"千户参差列，众渠潏沥横"，但原诗这种调动，既新鲜又别致。这与后期的纪游诗作几乎是迥异的风格。不过，笔者推测，这也许与吴硕贤先生对现当代诗词的自觉思考有关。其在《吴硕贤序跋诗文集》一书的前言中写道："我主张今人写作诗词，应当力求旧瓶装新酒，要融入现代题材，描写当今生活，具有现代情感与思想，充满现代气息。而且在文字上要力求平实、通顺、易懂，不要故作艰深，让人费解。"又在《恒吟续集》缘起与坚持一文中，其总结近年诗作特点之三为"语言平实，通俗易懂"，并力主到："我主张并力行以平实的语言和通俗的风格来写作诗词，目的是让广大读者能看得懂，容易接受与欣赏。这一点我认为在当今继承与弘扬我国传统诗词文化事业中尤为重要。"这种风格的转变，或许正是吴硕贤先生对现当代旧体诗词创作理念的深入探索与实践。

其次，其纪游诗词景象选取典型，描述生动，非常具有现代气息。吴硕贤先生非常会选取景象，能够抓住最具特色的部分进行描写。如其《游仙居观音峰》

就抓住山峰酷似观音的特点进行描写，其《游仙居南天顶》则采用俯视视角，极度鲜明地体现了南天顶高处观景的独特之处，其《长相思·钱塘潮》上阕直接点明看到的交叉潮和鱼鳞潮，写出了潮水波澜壮阔的特点，下阕作家还抓住了观潮的人群，将自然与人文结合于一体，其《天净沙·徽派民居村落》也抓住了徽派村落"沟渠""里巷""古祠""深宅""粉壁""雕檐""黛瓦"等特色，寥寥数语就勾勒出了一个江南古典村落的形态。除了景象选取典型外，其在纪游诗词中对这些景象描述也十分生动。这主要是通过奇特的想象、新奇的比喻或拟人实现的。如其《游仙居观音峰》中"观音亦觉仙居好，择此长留永作家"两句，用奇特的想象将造型酷似观音的山峰拟人化，通过山峰名字是观音峰、长相也酷似观音两点联想到真实的观音，由此实现对山峰拟人化。其《长相思·钱塘潮》下阕中"观众心情逐浪高，欢声谐玉涛"则通过将观潮众人的高涨心情形象地比喻为潮水，似乎还随潮水的高涨互争高低一般，涛声和人声混合在一起，勾勒出了钱塘江观潮的热闹场景。其《游仙居南天顶》中"登顶俯观林似海，忽思跳水学红婵"两句，作家登顶俯观山林郁郁葱葱，密林就如同绿色的大海，又由高高站在水面上的情景，联想到著名的跳水运动员全红婵。其中对全红婵跳水运动员的意象的联想，使得整首诗具有非常浓厚的现代气息。

不过，更值得注意的是，吴硕贤先生在纪游诗词中对"人"的重视。其写纪游诗词，但不多着墨于景观，而是突出"人"存在。如其《长相思·钱塘潮》，上阕"交叉潮，鱼鳞潮，秋日钱塘潮发飙，群龙齐首漂"呈现了钱塘江潮的不同类型，描绘了涨潮时的壮阔景色。可下阕话锋一转，将视线瞄准了在观潮的众人，其下阕云："状难描，情难描。观众心情逐浪高，欢声谐玉涛。"将观众也一并纳入钱塘江景观。其《天净沙·徽派民居村落》上阕通过"沟渠里巷交叉，古祠深宅人家，粉壁雕檐黛瓦"描绘出了村落的古色古香，下阕也云："前人留下，皖南村落堪夸。"不忘突出人的存在。

私以为，这种写作倾向是作家自己于创作实践中逐步且自觉形成的。试比较吴硕贤先生两首纪游词：

清平乐·火车途中即景

山深流缓，涧石苔衣满。烟雾茫茫云漫漫，截去青峰一半。　　铁龙飞度山中，峰移涧转从容。日出云飞雾散，群山面面葱茏。[①]

[①] 吴秋山、吴硕贤：《松风集·偶吟集》，浙江古籍出版社1995年版，第106页。

浣溪沙·火车途中

移动房间暂歇身，车厢尽是陌生人，南腔北调俚声闻。　　半晌聊天欣结伴，平生素昧坐亲邻，下车又作水萍分。

《清平乐·火车途中即景》一词作于 1966 年。这两首时隔多年，虽主题几近一致，但描写的重点却有所区别。《清平乐》一词上阕云火车外可以看见山间景致，流水潺潺，云烟弥漫，往下青苔长满涧石，向上山峰穿透云雾，看不真切。下阕依然停留在对途中美丽景致的描绘，只是换了一个更加宽阔的视角。从空中俯瞰下去，火车就像是铁龙一样，在山峰谷涧中飞速从容地穿梭，渐渐地，太阳出来了，云雾散开了，青山在此刻露出它的面貌。整首词更加注重对火车外的自然景色进行描写，标题"火车途中即景"也充分体现了这一点。《浣溪沙》一词则注重对火车内的人进行描写。上阕记叙自己上车时的所见，以方言为抓手，暗示了车厢里的人多且杂，下阕则记叙自己与陌生人的交谈，虽短暂但也亲切。虽然有简洁的叙事，但并没有呈现具体的人物、情节，反而好似将"人"视为旅途中的景色进行欣赏。这两首词的对比，不仅体现了作者纪游诗词创作风格的转变，也切合了作者自己的风景观。一首小词为证：

卜算子·论人是景观要素

人喜睹他人，也喜他人睹。景物无人缺憾多，未有生机注。　　建筑与湖山，动物和花树。小品铺装及地形，应补人元素。

小　结

总体来说，吴硕贤先生的纪游诗词整体风格自然质朴，富有谐趣。最难能可贵的是其对现当代诗词的自觉思考与传承，不仅是贯穿在写景中的对"人"的重视，还有于现当代诗词该往何处起航的忖量。现当代诗词虽然已经式微，走向了文学和生活的边缘，我们仍然感动于这些诗人词人于幽微中，负着对中国古典诗词的热爱，坚定地行走。

科技诗词嫁接成，奇花异树定纷呈

——论吴硕贤的咏物诗词

王俊清[①]

吴硕贤院士是中国建筑界与声学界培养的第一位博士，建筑技术科学专家，中国科学院院士，华南理工大学建筑学院教授、博士生导师，建筑技术科学研究所所长。而吴硕贤院士不光在科学领域建树颇丰，其在文学艺术领域亦有相当高的成就。正如他自己所言的"科学与文艺究其本质有许多方面是相互沟通的"[②]，他的科学研究与文学创作是互相关照、彼此回应的。除科学著作之外，吴硕贤还出版了《偶吟集》《松风集》《吴硕贤诗词选集》《吴硕贤序跋诗文集》《恒吟集——每日一诗词》等诸多诗词集。

一、吴硕贤的咏物诗词概况

咏物诗是我国古代重要的诗歌类型。诗人往往通过歌咏各种各样的事物来抒发自己的感情、传达自己的思想。而吴硕贤的诗词中，就有相当数量的咏物诗词创作，其咏物诗词以细腻的笔触描绘世间万物，通过对物象的吟咏，展现了他丰富的情感世界、人生思考。同时，其咏物诗词题材广泛，内容多样。浩瀚的自然世界与日新月异的科技世界，丰富多彩的人文景观和充满趣味的日常生活，无一不成为其吟咏寄托的对象。其吟咏对象首先包括自然事物与自然现象，花鸟鱼虫、风雨雷电等皆能入诗，如《荔枝》《花儿自叙》《龙舟水》《台风天》《柳丝》《见喂食雏鸟感赋》《唐多令·拟态昆虫》《咏雨》《咏风》《咏闪电》等，这些作品充满了对大自然的赞叹与向往、热爱。然后是科学事物与科学研究，吴硕贤作为科学家，敏锐地捕捉到这个日新月异的时代中科技发展的脉搏，写下了如《观清代影像资料感赋》《眼与光》《印刷术》《醉花阴·元宇宙》等作品，从不同的角度展现了科技进步给生活带来的巨大变化，展现了科学与艺术碰撞的火花。再次是人文事物与日常生活，作者通过对吟咏日常生活中的事物或抒发对生活的

[①] 王俊清，上海大学中国古代文学专业硕士研究生。
[②] 华光：《此身合是诗人未——著名建筑声学家吴硕贤教授访谈录》，《艺术科技》1996年3月刊。

热爱，或展现生活方式的变迁，如《挂钟》《樟木箱》《醉高歌·信的变迁》《电风扇》《手机》等，这些作品洋溢着作者对生活的饱满热情与昂扬精神。

总之，吴硕贤的咏物诗词以丰富的题材内容展现了真挚的情感、深刻的思考，贯穿闪耀着科学与哲学的精神，成为了新时代科学家创作中一道亮丽的风景线，是新时代科学与艺术完美碰撞结合的产物，具有很高的科学与文学价值。

二、吴硕贤咏物诗词的内容与思想

吴硕贤咏物诗词内容丰富，往往涉及自然、科学、生活人文事物的方方面面。立足于生活的同时又传达出深微的内涵与思想，具有较高的认识价值。

（一）吴硕贤咏物诗词的内容

从内容上看，吴硕贤的咏物诗词大抵可以分为吟咏自然景观、吟咏科学事物和吟咏生活人文景观三类。其体物生动形象，细致传神。

第一，吟咏自然类的创作立足于自然万物，生动描摹万物情态的同时又展现出人与自然和谐共处、彼此沟通的真挚情感内容。如《见喂食雏鸟感赋》中的"雏鸟脖伸口似盅，双亲嘴里俱噙虫"，就将喂食雏鸟的过程比作给酒盅倒酒，以极为干练的笔墨概括了动态的过程。接着"殷勤哺饲何辞苦，血肉之情胜酒浓"则将自然万物赋予人的情感，认为鸟类也充满了浓厚的血肉之情，情感真挚动人。再如《花儿自叙》，以花儿的视角来吟咏花儿的美好品质，"靓形美色藏多日""总蕴热情思怒放"即是说自己拥有美好的品质，但却"无关是否有人来"，不求其他人的褒贬，只在乎自我的完善与修行。构思独特巧妙、精确传达出事物的特点的同时又引人深思。还有如《龙舟水》《台风天》两首诗则是通过吟咏自然现象传达出对人的关照。说龙舟水是"雨丝弥圹野，湿气满村斋"，台风天则是"开启大空调，台风动海潮"，对自然现象的概括极为精练传神。但作者并没有将视角局限在对自然现象的刻画上，而是从所咏之物转向了人。在面对龙舟水时，人的表现是"农夫排沥涝，为免稻罹灾"；而台风天则"田中润稻苗""诗意却升高"。作者在吟咏自然风物的同时展现出浓厚的人文关怀，体现出人与自然的相处之道。吴硕贤吟咏自然之作还有如《荔枝》《牵牛花》等，皆能以生动传神的笔调准确地描摹出事物的特点，充满趣味的同时又引人思考。体现了作者立足自然、关注人文的态度。

第二，吟咏科学事物类的创作是吴硕贤的咏物之作中较为独特的一部分，在彰显其作为科学家的脚踏实地、严谨创新的研究精神的同时，又体现了其观照生活、立足人本的人文精神。集中表现了科学与艺术彼此交融、相辅相成的特点。如其立足建筑专业、吟咏建筑的《论大象无形》《蝶恋花·城市规划》两作。一方面，这两首作品都能以极简的语言概括出建筑科学的特点，"人人言建筑，仿佛乐凝成。角徵宫商羽，方圆椭曲菱""虚实错开呈韵律，空间廊道连绵辟"都以通俗的方式介绍了人们所认知的建筑与规划科学。但作者并没有一味地将视角局限于科学事物，而是转向了科学背后蕴含的人生哲理与生活观照。前者从建筑的特点说到"城乡韵律明"的基础是"大象乃无形"；而后者则从规划科学说到"绿水青山，尚有胡和泽。生态城乡升品质，人居环境宜栖息"，阐明了现代科学所崇尚的人与自然和谐相处的主张。立足日常生活，又结合了科学知识，同时传达出"大象无形规划策"的哲学思考，具有鲜明特点。再如《眼与光》"摄入眼睛尽是光，不同强度与波长"以相当精练的笔墨概括出眼睛与光学的关系与特点，具有科普的性质。紧接着说"千形百状多颜色，客物主观辨略详"则从科学的角度上升至文学与人生，从光能够在眼睛中形成成千上万种颜色的科学现象推导出我们需要辨明主客观的生活哲学。还有如介绍"印刷"与"计时"两种科学事物的《印刷术》与《计时术》。介绍印刷时，作者将印刷术比作排兵列阵："一字一兵丁，依文列纵横。组成连与旅，印就典和经。"而介绍计时时，作者则以罗列的方式介绍"日晷日阴变，沙钟沙末移。齿轮机步等，原子振频齐"的发展历程。而两首诗后面的"技术广推行"和"发明总可期"则蕴含了作者对于科学事物不断发展进步的殷切期望，展现了其作为科学工作者的专业素养与崇高品质。

第三，吟咏生活人文景观的创作往往立足于生活，充满生活气息又不乏幽默风趣，同时传达出作者别样的人生态度与思考。如咏钟表的《挂钟》，先说人们所认知的钟表特点是"角度均匀走计针，不慌不乱转弧轮"，然后说到钟表"岂因事急增微秒，肯为时闲减寸分"的公平特点。紧接着作者由钟表想到其背后所蕴含的时间，抒发了"岁月随之流逝水，人生伴尔谢青春"的生命之叹。最后则以钟表的视角来看世间，则是"墙中一挂无多欲，冷眼清心看俗尘"，点明钟表与时间作为客观事物的无情，而这其中的人却是多情的。层层递进，逻辑清晰又充满人文关怀与哲学思辨。再如《樟木箱》则以相当精细的笔墨刻画了日常生活的器物，从触觉与嗅觉的角度说"依纹巧作细磨光""室中阵阵散清香"，接着说木箱的作用是"衣衫置入防虫蛀，书法藏来免染潢"，使所咏事物贴近生活。最后作者感叹"文房四宝虽完备，总觉无它愿未偿"，说明了生活除了文房四宝之外，还需要一些其他东西来填补生活的空缺，充满了生活的趣味与情调，蕴含着独特的生活哲学。再如《叨叨令·盆景》一词，则赋予生活中的盆景以人的情感，认为"妆乔病态疑娇惰，实因日久遭摧挫"，认为盆景也有"凌空直立穿云破"的愿望，洋溢着生命的韧性与活力。

第四，其咏物之作中还有一些作品能够立足于同一事物的古今变化来抒发情感，在古今时间的变迁之中体现作者的独特思考，具有鲜明的特色。如《观清代影像资料感赋》一诗，首先说"珍稀影像记清朝，轿子驴车长短袍"，精练地勾勒出清代的时代特征，具有"枯藤老树昏鸦"的韵致。而"吾看前人多怪异，后昆观我诧当饶"则在简单的笔墨中传达出深厚的人文思想。自己如今看清代已是"多怪异"，由此想到后人看如今的自己亦是"诧当饶"，以想象的手法沟通古今，短短三句话蕴含了过去、现在与未来，这正与古人"后之视今，亦犹今之视昔"形成了沟通与互动，简练而不失厚重。再如《醉高歌·信的变迁》："古时驿站传邮，盼望家书翘首。如今伊妹银屏候，她乘着光梭迅走。"短短两句话，古今对比尽在其中。前句说古代信的形式是驿站，然后以"翘首"来说明候信时间之长；后句则未直接写如今信的特点，而是从人的角度来写"银屏候"，侧面说明了今日收信之迅速。古今对比之中显现出科技的发展与进步，暗含了作者的自豪之感。作者的这类创作能从日常生活出发观照古今，具有浓厚的哲学意味。

总之，吴硕贤的咏物诗词内容相当广博。他不仅细腻描绘了自然的壮丽与微妙、人文的深邃与思考，更巧妙地将科学与哲学的智慧融入字里行间。这些咏物之作蕴含了诗人积极向上、以心观世的哲学，还体现了其严谨求实、细致入微的科学精神，彰显了其根植人文的热忱之心。

(二)吴硕贤咏物诗词的思想

吴硕贤的咏物诗词以缤纷多样的题材内容为载体，展现了作者广博而深邃的思想内涵。其思想既闪耀着科学的光芒，捕捉了科学与人文不断碰撞发展的壮丽图景，又展现了人与自然和谐共生、和睦相处的高远思索，彰显着诗人对万物生命的敬畏与向往。此外，其思想还涉及日常生活的点滴，流露出对平凡之美的乐观与热爱，令人回味无穷。

首先是科学技术与人文艺术结合的思想。在吴硕贤的创作中，对科学技术吟咏的背后，往往有人文艺术的支撑。在其作品中，科学与文艺是相辅相成、彼此沟通的，正如其在创作中所言的"科技诗词嫁接成，奇花异树定纷呈"。从宏观角度来看，作者摆脱了科学论文的枯燥难懂，转而运用诗词来普及科学知识，使读者易于接受的同时，将科学知识还给了生活本身，即使是科学知识，也应该是以人为本的。关于这一点，其《卜算子·论人是景观要素》即是最好的例证。作者并没有集中笔墨去介绍自己研究的"景观"专业的科学知识，而是强调"景物无人缺憾多，未有生机注""小品铺装及地形，应补人元素"。可见，作者的思想始终是以人为本的科学思想。其运用诗词来介绍科学技术本就是一种科学与文艺的结合。而从具体的创作来看，科学技术在吴硕贤的笔下也往往以生动通俗的方式得以展现。如《醉花阴·元宇宙》在介绍元宇宙的抽象概念时，以"体感衣穿头盔扣，漫游元宇宙"的通俗之句来说明这种科学技术的使用方法，紧接着以比喻的手法说接触元宇宙就是"意识任穿梭。如入桃源，回望烟波皱"的过程，将现代的科学技术与《桃花源记》的想象结合在一起，为科学技术增添了一抹浪漫的人文色彩。再如《醉高歌·信的变迁》一词，作者不直接提及现代的科学技术，而是以人的角度来说"如今伊妹银屏候，她乘着光梭迅走"，暗示如今科学技术为人带来的便利。这就是作者以人文为本位的科学思想。还有如上文所论述的《挂钟》一诗，在介绍挂钟这种事物"角度均匀走计针，不慌不乱转弧轮"的科学原理时，自然地过渡到挂钟背后蕴含的人文思想，即"岁月随之流逝水，人生伴尔谢青春"的无情时间与有情的人。正如吴硕贤在访谈中所说的那样："艺术和科学的共同基础是人类的创造力，它们追求的目标都是真理的普遍性。它们事实上是一个硬币的两面。"[①] 正是有了这样科学技术与人文艺术结合的思想，吴硕贤才有了"理纬文经织锦成"的丰硕成果。

其次是人与自然和谐相处、彼此交融的思想。在吴硕贤的咏物诗词中，始终蕴含着人与自然之间关系的探讨，他给出的答案是人与自然和谐相处、彼此交融。即一方面，人是作为自然的造物而存在，无法脱离自然，科学技术仅仅是帮助人类更好地生活在自然之中，而非去破坏自然。如《龙舟水》与《台风天》两首诗便是介绍人在面对自然现象时与自然产生的互动关系，即"农夫排沥涝，为免稻罹灾""诗意却升高"。再如其《生态文明》与《卜算子·论人是景观要素》两诗，分别从人与自然的角度来说明二者的关系。前者说："生态文明倡，人居环境优。有花方馥郁，无水不温柔。绿意萦嘉树，佳音出啭喉。珍禽来歇息，应亦惹乡愁。"这首诗强调了人所居住的环境离不开自然的万物，只有充溢着自然万物生机的地方，才是优秀的"人居环境"。而后者则从自然的角度说"景物无人缺憾多，未

[①] 华光：《此身合是诗人未——著名建筑声学家吴硕贤教授访谈录》，《艺术科技》1996年3月刊。

有生机注""建筑与湖山，动物和花树。小品铺装及地形，应补人元素"，这说明了自然同样离不开人的存在，作者认为没有人的景物是没有生机注入的。这两首作品充分地说明了人与自然彼此交融、互相依存的思想。另一方面，在吴硕贤的咏物诗词中，自然的万物也如同人一样充满情感，万物有灵。如《见喂食雏鸟感赋》中的"殷勤哺饲何辞苦，血肉之情胜酒浓"就说明了鸟类也有人的血肉亲情；《荔枝》中的"几番风雨欲摧之，蒂固攀牢罕脱枝"说明了荔枝具有坚韧不拔、不为外界挫折所改变的高尚品质；《花儿自叙》中的"总蕴热情思怒放，无关是否有人来"则说明花朵具有孤芳自赏、努力完善自我而不求他人褒贬的优秀品格。再如其《浣溪沙·闻蝉鸣》中的"人有悲欢同别合，虫知甘苦与安危"则更是说明了作者物我同一、人与自然万物彼此相通的思想。总之，作者作为优秀的科学家，其创作并无科学理性的冷漠，反而充斥着人与自然和谐相处、彼此相依的温存。"已识乾坤大，犹怜草木青"正是作者最好的思想写照。

第三是追求科学进步、渴望科技发展的思想。作为一名科学家，吴硕贤的咏物之作中透露对科学进步发展的骄傲与期盼。在他的创作中能够看到科学进步为人们带来的便利，同时也能够看到他渴望科学进一步发展的殷切心愿。如《观清代影像资料感赋》与《醉高歌·信的变迁》两首作品，都从科技事物的古今之变出发，论述科学为人们的日常生活所带来的快捷与方便。前者"吾看前人多怪异，后昆观我诧当饶"即是对于今日之科学技术进一步发展的渴望，他猜想后人见到如今的科技也如同今人见到清代的科技一样诧异不解。而后者"如今伊妹银屏候，她乘着光梭迅走"则说明科技方便了人们的交流，人们只需要等候在电子屏幕之前就可以收到家书，而非以前的"翘首"了。暗含了作者对于今日科技发展的骄傲。从中可见，科学的进步鼓动着作者的心绪，这是其作为科学工作者的骄傲之事。正如其《计时术》中所期待的"科学多成就，发明总可期"。

第四是通透豁达、乐观生活的思想。吴硕贤的咏物之作往往立足于生活，借助日常生活的景物来抒发其豁达的生活思想与态度。如《台风天》所描摹的面对"台风动海潮"的激烈自然现象，人处于其中是"蝉鸣分贝降，诗意却升高"的乐观态度，以昂扬的精神面对激烈的外部环境，这正与刘禹锡"我言秋日胜春朝"的昂扬精神一脉相承。再如《樟木箱》一诗中对于樟木箱的评价是"文房四宝虽完备，总觉无它愿未偿"，这体现了作者雅俗兼备的生活态度，在文房四宝之外仍需设樟木箱来补充生活方觉"如愿"，充满生活趣味。而在《浣溪沙·闻蝉鸣》一词中，作者则展现了一种面对悲欢离合、甘苦安危的豁达心绪。即人与自然的鸟兽虫鱼并无不同,"人有悲欢同别合,虫知甘苦与安危"的情况下,只能感叹"自然生命此难违",这亦是建立在作者宏大自然观念之下的豁达。同时,作者也具有昂扬向上的积极心绪,他在作品中反复吟咏"欲向老天多借岁,吾侪再续好年华""老夫感动心中起,恨不银须换墨须"等,都体现了作者热爱生活、积极向上的思想。

总之,吴硕贤的咏物之作具有丰富的思想内涵,涵盖了日常生活、哲学思辨、科学探索、人与自然等诸多方面的内容,呈现出乐观昂扬、积极向上的品格。

三、吴硕贤咏物诗词的艺术特色

吴硕贤的咏物诗词艺术多样,在语言的选择、修辞的运用、影像的塑造等诸多方面具有艺术特色,通俗易懂的同时又塑造出鲜明的形象,具有很强的感染力。

第一是以小见大,意境深远。吴硕贤的咏物诗词往往以小见大,立足于生活却又高于生活,从日常出发引申出人生的哲思,通俗易懂的同时又予人启发,意境深远,回味悠长。如《慕鸟》通过写鸟儿"每日准时从未停"的鸣叫声,来阐发"我劝生徒当效此,吾侪岂可逊鹂莺"的努力奋进的道理;《咏蛏》中写蛏子"长在滩涂而未染"的特点而引申出"不因环境忘修身"的"出淤泥而不染"的自我完善、进步的道理;《比目鱼》中通过咏比目鱼"双眼长在体单边"的生物特征,来说明"世间万事宜前望,偏眼如何视不偏"的道理;《白玉兰花》中咏白玉兰的颜色与李梨相近而抒发"素洁从来人爱慕,春天岂只紫和红"的道理。综上,其咏物诗词多处运用"以鸟鸣春,以虫鸣秋"的以小见大的手法,来阐发生活与人生的道理,使人易于接受的同时又充满趣味,妙趣横生。

第二是通俗易懂、平易近人的语言选择。吴硕贤的咏物诗词在语言的选择上往往通俗易懂,使人读来便能解其中味,并不采取冗杂的典故与偏僻的字词,甚至其创作中还往往夹杂着口语,这就使得其作品充满生活气息。例如《醉花阴·元宇宙》,其在介绍大众不熟悉的科学事物时,并没有引入更加复杂的科学术语,反而仅仅运用"体感衣穿头盔扣,漫游元宇宙""暂离物理家园囿,接上头机口"短短两句话就说清楚了一个全新科技发明的使用方式。再如《眼与光》中说明复杂的光学现象,也是仅仅四句"摄入眼睛尽是光,不同强度与波长。千形百状多颜色,客物主观辨略详"就说明了光的定义、光的形成原因等诸多物理特性。而其他的咏物之作,如《叨叨令·问花》《叨叨令·盆景》中,则更是直接采取了口语"笑未答也么哥,笑未答也么哥""羡大树也么哥,羡大树也么哥",读来充满趣味,贴近生活。这样的平实语言与通俗风格正是吴硕贤院士所追求的在当代弘扬传统诗词文化的重要保障。

　　第三是多样的修辞手法的运用。吴硕贤的咏物诗词运用了大量的修辞手法，使其作品充满趣味与活力。其在运用拟人手法时，往往能从动作、神态的层面对所咏之物进行描摹，赋予所咏之物活跃的生命力。如《电风扇》描写电风扇转动时是"摇头晃脑显清闲"，不光将动作刻画得栩栩如生，甚至赋予了电风扇以悠闲的神态，极为生动传神。再如《柳丝》描写柳树垂下时，认为柳树是"欲同池水竞温柔"才"弯下身躯低下头"的，这就将普通的自然现象写成了人类比美的情态，更添趣味。还有如咏山时所说的"洞穴吞霞复吐云"，"吞"和"吐"将云朵瑰丽变换的姿态刻画得淋漓尽致。而其比喻手法则能抓住事物最本质的特征来进行联想，使所咏之物的形象跃然纸上。例如《咏闪电》中所写的"原野银弓亮，长天利剑明"，虽然没有直接出现作为比喻本体的"闪电"，但"银弓亮""利剑明"生动准确地概括出闪电特征的同时还塑造出闪电破空而出的气势，意境宏大开阔。再如咏手机的《手机·二》一诗所写的"秀才博识天涯事，揣着星球不出门"，将手机的丰富内容比作星球，想象奇特的同时化用了《道德经》"不出户，知天下"的典故，生动形象。其咏物诗词中还有其他修辞手法，如《樟木箱》一诗中通感的运用，"室中阵阵散清香"和"依纹巧作细磨光"分别从嗅觉与触觉的角度来写樟木箱的特征，给人身临其境之感。再如以夸张的手法说水是"千年不尽长流水"等。其咏物诗词中大量修辞手法的运用使得其作品充满生机与活力。

　　第四，吴硕贤的咏物之作中还有一部分作品具有影像化特征，充满动态美的同时又妙趣横生。如《叨叨令·问花》："清晨扑鼻闻香味，新鲜气息充盈肺。殷勤问讯园中卉，昨宵各位曾安睡？笑未答也么哥，笑未答也么哥。花容堪比红颜醉。"这篇作品就呈现出了一副人与花对话的情态。从人闻到花的香味写到人欣然前往园中问询花朵，接着"昨宵各位曾安睡"则直接对对话展开描写，然后写"花"却只是笑而未答。文本整个呈现出了动态的过程，充满影像化特征。再如《柳丝》："欲同池水竞温柔，弯下身躯低下头。蘸着清波吻落叶，千条飘拂影悠悠。"这首诗同样为读者展现出了动态的影像，整个过程流畅连贯。首句"欲同池水竞温柔"写柳树低头的目的，紧接着"弯下身躯低下头"写其低头的情态。接下来的"蘸着清波吻落叶"则又写柳树低头后似乎害羞或为了竞争而呈现出的温柔面貌，最后"千条飘拂影悠悠"写柳树随风飘荡的同时又给读者留下了"柳树与池水到底哪一个更加温柔"的无限想象空间，充满趣味。还有如《叨叨令·儿童的疑惑》："雏鸡鸡卵何能破？青蛙长尾如何没？蝉儿蝉蜕何时落？几番蟹壳离身脱？为长大也么哥，去束缚也么哥。探明真相消疑惑。"全作直接以口语贯穿全文，为读者呈现出了儿童与大人对话的场景，明快生动的同时贴近生活。

总之，从艺术特色上来看，吴硕贤的咏物诗词艺术丰富，整体呈现出清新明快的特点。其在语言的选择、修辞的使用、影像的塑造、意境的构建等方面均展现出很高的艺术水平。同时，其作品在运用多样艺术手法的情况下又不失生活气息，读来常给人身临其境之感，具有独特的美感。

结　语

吴硕贤的咏物之作，作为当代咏物诗词与科学家诗词交织的璀璨明珠，其价值与意义在多个层面上熠熠生辉。第一，从创作者的角度来看，吴硕贤的咏物之作为我们打开了一扇窗，让我们得以窥见作为理性探索先驱者的科学家群体的另一面，即情感细腻、亲近自然、乐观生活的文人。第二，从思想层面论之，吴硕贤的咏物之作以丰富的内容承载了深邃的思想，具备极高的研究价值。他以科学家的视角审视事物，将严谨的科学与温情的人文巧妙结合，全方位体现了自己的思考与感悟，提供了宝贵的文学资源，为之后的创作提供了全新的眼光与方法。对于拓宽咏物词境、丰富咏物词的内容与思想都具有重要价值与意义。第三，从艺术角度来看，吴硕贤的咏物之作以丰富的艺术手段与方法展现出多样的美学特征，具有极高的审美价值。而其贴近生活、平易近人的创作风格则便于诗词在当代的接受，这对于促进诗词在当代的发展与繁荣具有重要意义。同时，其科学与诗词完美融合的创作方式，也为咏物诗词的创作注入了新的活力，开拓了新的创作方向。第四，从文学史的角度来看，吴硕贤的科学家身份使得其咏物诗词的创作具有更加独特的地位与意义，这些作品不光是当代科学家诗词的重要组成部分，更是回答了科学如何与人文相互依存、相辅相成的重要问题。这些作品以科学家的独特视角向我们提供了诗词在当代获得接受与发展的宝贵经验。

总之，吴硕贤的咏物诗词以其广博丰富的内容、深刻独到的思想以及独特的艺术风格，成为了当代诗词创作领域的一颗璀璨明珠。这些作品展现了科学家对自然万物的独特感悟与回应，同时也促使科学、人文、自然与生活等多方面内容在诗词的框架下得以完美融合，沟通古今的同时又呈现出崭新的面貌与独特的美感。其咏物之作在各方面均具有重要的价值与意义。

科学之美与诗词之美的融合

——浅谈丘成桐院士的诗词

王革华[①]　王玉明

读丘成桐先生的诗赋，会给人一种别样的感动和冲击。不由让人想起法国作家福楼拜所说的："科学与艺术在山脚下分手，在山顶上会合。"是的，科学与艺术有许多不同，但是它们的本质和使命都是从杂乱的现象中整理出秩序和规律，它们都以美的形式展现在人的眼前，它们在山顶的会合呈现的就是大美甚至是完美。

丘成桐先生是当代最具影响力的数学家之一。又是一位造诣深厚的文人、诗人。他诗词的一大特点就是用诗的语言吟咏数学之美、科学之美，这是一般诗人难以企及的。当我们看到勾股定理 $a^2+b^2=c^2$，会感受到端庄匀称之美及其内涵的数形统一之美，看到欧拉公式 $e^{\pi i}+1=0$ 把最基本的数 0 和 1、无理数 e 和 π 以及虚数 i 统一到一个简洁的等式里，怎能不惊叹其和谐、玄妙之美。普通人提起广义相对论的时空观，大多会赞叹不已而难以领略其奥妙。丘成桐先生没有止步于感受和赞叹，而是把科学羽化为诗翩翩飞落读者面前。且听《时空统一颂》的吟唱："时乎时乎？逝何如此。物乎物乎？繁何如斯。弱水三千，岂非同源。时空一体，心物同存。"再听《几何颂》的低吟："形与美之交接兮，心与物之融流"，"曲率浅而达深兮，时空坦而寡愁。曲率极而物毁兮，黑洞冥而难求"。诗句把时空统一的精髓以及几何学的美妙生动地表达出来，叙事宏大而深刻，文字通达且优美。这首《清平乐》更是把数学、科学和人生探寻、哲学思考有机且浅显地结合起来：

　　方程数字，都说平生意。物象星河留人醉，黑洞思量无寐。　　依约往事难留，恰如代序春秋。豪杰不知何去，大江依旧东流。

在《数学和中国文学的比较》一文中，丘成桐先生写道："数学家也如文学家般天马行空，凭爱好而创作，故此数学可说是人文科学和自然科学的桥梁。"数学是有文采的："表现于简洁，寥寥数语，便能道出不同现象的法则，甚至在

[①] 王革华，清华大学教授、博士生导师，清华大学核研院资深研究员。

自然界中发挥作用，这是数学优雅美丽的地方。"甚至还说，数学也有意境，也需要赋比兴。能把数学与中国文学做如此比较研究，也是一般科学家难以望其项背的。丘成桐先生能够把数学和科学之美化作诗词之美，源自他对数学和科学的精深研究，对中华传统文化的吸收涵养，对科学与艺术的融会贯通。

自《诗经》以来，先人为我们留下了丰富的诗作，成为宝贵的文化遗产。作为中华文化瑰宝的古典诗词题材广泛，甚至嬉笑怒骂、鞭笞讽刺皆可入诗。科学技术进步让人类从农耕社会进入到工业社会、信息社会。时间何来何往，时空如何弯曲，天外是否有天，牛顿三定律让人深思，麦克斯韦方程组令人惊叹，黑洞白洞、对称缺损、必然或然、宇宙之浩瀚、量子之玄妙皆让人好奇。科学是有温度的，是有无穷的想象空间的，科学之妙，科学之美，诗意盎然。有人文情怀的科学化作诗，为传统文化开拓了新的空间。使人文学者的范围也得以扩大，科技工作者已成为其重要组成部分，科学家诗人已经涌现，科学之美与诗歌之美的融合已经到来。毫无疑问，丘成桐先生就是一位走在最前端的科学家诗人。

在《我的几何人生——丘成桐自传》（译林出版社，2021年）的序言里，丘成桐先生提到他的家，一个在美国马萨诸塞州剑桥，一个在中国北京，"但我还有第三个家，它就在数学的国度内"。作为有情怀的数学家诗人，他不仅用诗赞美了第三个家，更用大量的诗篇描绘了另外两个家，抒发了浓烈的亲情、友情、家国情，而且在创作中通过古风、绝句、律诗、词、赋及楹联等多种体裁展示了其深厚的古典文化功底和多姿多彩的才华。

"愿把此情收箧笥，结缘今世丹心里"，这是他初识其夫人郭友云女士时写下的诗句，真切地表达了对爱情的向往和珍视，也播下了爱情的种子。这颗种子发芽生长，开花结果，丘成桐先生一直在浇灌、呵护，留下许多优美的诗句为证：中秋赏月，"今朝又见团团月，执手相看不语中"，读者闭上眼睛就可以想见一轮圆月下温馨甜美的画面；旅途中的思，"三十七年朝与暮，白云长伴梧桐树"；聚少离多的思念，"一自心盟终不悔，河清有日同牵袂"，一往情深的爱跃然纸上。

丘成桐先生的诗词中还抒发了兄妹情、师生情、故乡情以及对生活的热爱、对自然的赞美：琪妹大病时，"惟恨无能除汝疾，愿祈有药愈君身"；回到故乡时，"半生书剑添蓬鬓，古井清泉解百忧"；与友郊游，"帷幄青云念，同行有雅音"……用词质朴，感情至深。

诗人更多的作品是对学术、人生、大千世界审美求真的思考，这些又往往集中到对我国璀璨的历史文化和现实成就的赞颂以及对未来的美好展望。这首《满江红》则是探索、思考、功成、为国奉献的集中体现：

> 审美求真、还仗倚，清怀皎洁。图博雅，书楼长驻，利名心绝。烂漫春光秋雨夜，清华水木荷塘月。到穷时，一霎便功成，从头越。　百年耻，何时雪。攀绝顶，须人杰。把丰花硕果、慰劳先烈。厚德兼容温似玉，自强不息坚如铁。思深沉，规矩入精微，真诚悦。

这首《酒泉观宇宙飞船升天》则直接表达了对国家科技进步的喜悦之情：

> 黄沙漠漠接云端，十月胡天凛凛寒。
>
> 屏息凝神忽奋举，光临大地绽欢颜。

科学家的诗有理，有思，有情，有温婉，有豪迈。其《敦煌》"试上敦煌望二关，汉唐威望白云间。贰师岂足平西域，定远班侯乞骨还"，更是巧妙贴切地用贰师、定远侯等典故表达了对家国大事的深思，也反映了其深厚的文化素养。"六十疏发未成翁，老骥伏枥立新功"（《六七述怀》）是壮志，"黑山巍、祁连屏立，想红旗、漫卷峪关头。思量处，号声吹彻，快铁飞舟"（《八声甘州》）是豪情，而这首《忆江南·游徐州古彭城沛县有感》则激荡着一股科学家的英雄气：

> 扛鼎气，霸业早成空。想得崇荣归故里，大风高唱楚声中，千古说英雄。

当把科学之美化作诗词之美，科学便生动起来。中华优秀的诗词文化与科学技术融会贯通，诗词园地获得了另一片生机，传统文化传承天地更加广阔了。丘成桐先生的优美诗词赋文，也给教育提出了新的课题——通识教育：理工科需要人文通识，人文科也需要科学通识，这样中华诗词文化便能在中华大地广泛开花，传承创新。

论丘成桐的纪行诗词

陈慧[①]

丘成桐，出生于广东汕头，数学家，是第一位获得菲尔兹奖、第二位获得沃尔夫数学奖的华人，现任香港中文大学博文讲座教授兼数学科学研究所所长、清华大学讲席教授、清华大学丘成桐数学科学中心主任、清华大学求真书院院长、北京雁栖湖应用数学研究院院长。著有《我的几何人生——丘成桐自传》《丘成桐诗文集》等。本文通过讨论丘成桐先生的纪行诗词，结合丘成桐先生生平经历，根据其纪行诗词内容分为三大类，分别是旅游见闻诗词、思乡诗词、开会有感诗词。再据其纪行诗词思想情感可以分为三方面，分别是爱国之情、思乡游子之情、壮志雄心之情和高洁之情。最后分析其艺术特色，概括为语言简明，富有力量感；画面鲜明，富有动感；意象迭出，典故深刻，意境高远三点。丘成桐先生的纪行诗词根植于现实的土壤，既有着丰富深厚的内容，也有着气势开阔、意境雄浑的特色，是现代诗词中不可多得的精品。

一、纪行诗词的内容

从内容上看，丘成桐先生的纪行诗词，可以大致分为三类。分别是旅游见闻诗词、思乡诗词、开会有感诗词。

第一类是旅游见闻诗词。主要讲述的是旅游途中的见闻，并依景写情，抒发自己的人生感慨。这一类的诗代表有《与友郊游》《旅游夏威夷有感》《秋景》。如《与友郊游》："九秋山气肃，旭日照高岑。黄叶鸣霜木，碧流绕鹤林。孤帆游子意，壮士塞鸿心。帷幄青云念，同行有雅音。"[②]生动地描写了作者与其友人一同秋游的景象与感慨。首先点明了时节"九秋山气肃"。伴随而来的景象就是"黄叶鸣霜木，碧流绕鹤林"，山林树叶已黄，但仍有飞鸟栖息，河流顺着林木蜿蜒而下，秋日在高处照着，笼罩着山间，好一幅秋日山景图。简笔勾勒却处处传神。在这样的秋日时节，先生与友同游，不禁更想起自己的游子身份。下半部分由景生情。先生感慨自己诸多不顺，身为游子，想要施展抱负，却总有阻碍。

[①] 陈慧，南昌大学中国古代文学专业硕士研究生。
[②] 丘成桐. 丘成桐诗文集 [M]. 长沙：岳麓书社，2011：31.

但最可幸的是自己存有青云之念，且同行之人皆是同志之人，可以相互扶持，乃是何其有幸。再如《秋景》："昨夜秋风紧，号我小庭端。枯叶怜衰草，落英委玉阑。丹枫红渐褪，青松翠不残。岁寒华枝在，凛凛若龙蟠。"[①] 写的是作者于秋日旅行的见闻，通过对于一系列秋景的描述，将秋风、秋树的样貌栩栩如生地描绘在眼前，再借由这好一幅萧瑟的秋景来抒发丘先生内心的高洁志向。

第二类为思乡诗词。这里的"乡"不单只是家乡，同时也可以指作者曾经生活过、具有很深情感的地方，比如校园。这类诗歌往往充满了思乡思家之感与对自己游子身份的深深感悟，写出了一颗漂泊不定之心的寂寥之情。这类诗的代表作有《回乡有感》《江城子》《剑桥中秋佳节感怀》《游马来西亚见客家乡亲》。如《游马来西亚见客家乡亲》："椰林风热雨来频，蕉岭梅州旧梓亲。南渡多年犹是客，故园北望总伤神。"[②] 丘先生是福建当地土生土长的客家人。其家族世代居住于蕉岭，诗书传家，对于家族家风以及文化、子弟教育十分重视。因此先生生长于这样的环境，就注定了其对于家的重视。同时先生为了求学辗转多地，由中国香港再至美国，可以说漂泊半生。而这个时候的家乡不仅只是一个地名，更是一个重要的精神符号，是支撑着先生在海外浮萍半生的一个精神船锚，锚定了先生在外漂泊的一生。就如《游马来西亚见客家乡亲》一诗中所写的，先生当时在马来西亚旅游，在当地意外地遇见了与自己同族的客家乡亲，异国异地却仍是旧人旧声，勾起了先生的思乡之情。在椰林热雨的炎热气候中，听闻客家人的旧声之谈，激起了先生对于故国故园的怀念。"南渡多年犹是客，故园北望总伤神"，想到自己漂泊半生仍然是一个客人。而在这样的思乡悲伤之情中，作者也只能北望故园，心念故国，怀揣着一颗爱国思乡之心，在黑夜里伤神独眠，给这样的异国之旅带来一丝惆怅哀伤之情。又如《江城子》："慈颜梦里总牵肠，趁春光，返家乡。纵目驱车，绿树荫新房。新诞孙儿倘得悉，欣慰极，喜难当。　梅城水木久传香，岭苍苍，水洋洋。生我萱亲，育我好儿郎。千载客家传代代，循祖训，桂兰芳。"梅城是丘先生母亲的故乡，该词也是在梅城一游写下，处处体现了先生的思乡之情，通过自己母亲的故乡，想起自己的故乡，客家人的故乡，既思念故乡，也希望自己的故乡之人可以传承先祖的美好德行并将其发扬下去，透露出对故乡的浓浓期盼之意。再如《回乡有感》："铜模突兀立神州，群彦星

---

① 丘成桐. 丘成桐诗文集 [M]. 长沙：岳麓书社，2011：27.
② 丘成桐. 丘成桐诗文集 [M]. 长沙：岳麓书社，2011：41.

驰聚一丘。魏武扬鞭歌老骥,祖生击楫誓中流。半生书剑添蓬鬓,古井清泉解百忧。恋恋中情无限意,蕉乡云水绕心头。"前半段写先生的豪迈义气,可谓气势高昂,令人心生澎湃。后半段却点题回乡之感,思乡之心一直是丘成桐先生一生最重要的一部分,"恋恋中情无限意,蕉乡云水绕心头",故乡蕉岭的云与水一直在作者心头萦绕,消散不开。故乡的人与景更是丘先生不可割舍的一部分,是丘先生在外多年漂泊的精神支柱。

最后一类诗是开会有感诗词。丘先生作为一位极为杰出的数学家,取得无数的成就。自然也有许多的国际会议有其身影。而在这种会议或与学术相关的事件中,先生也留下了许多的诗作。这类诗作往往是记录当时的事情,并且抒发先生对于数学的热爱,也往往激起先生一腔雄心和想要将壮志付诸行动、更上一层楼的豪情壮志。这一类诗作的代表作有《北京雁栖湖应用数学研究院揭牌》《题诗蕉岭丘成桐国际会议中心数理天文学家画像》《卡丘流形大会有感》。如《北京雁栖湖应用数学研究院揭牌》:"遥望长城意气豪,风云激越浪滔滔。雁鸿东返栖湖泊,骐骥西来适枥槽。家国兴荣一任重,算筹玄妙亦功高。廉颇老矣丹心在,愿请长缨助战鏖。"这首诗主要记录的就是北京雁栖湖应用数学研究院的揭牌仪式。先生借这样一个事件抒发自己对于应用数学研究院以及后来众多研究数学的同志之人的一种激励之情。这首诗首先一开始便格局广阔,意象极高。"遥望长城意气豪,风云激越浪滔滔",巍峨长城盘踞在山脉之间,起伏奔驰,维护着中华大地。风云怒吼与江浪相撞击,共同谱写出激动人心的伟大乐章。之后又言"骐骥西来适枥槽"和"廉颇老矣丹心在,愿请长缨助战鏖",则取自于魏武帝老骥伏枥、志在千里和廉颇老矣的典故,意在表示自己虽然年老,但仍心存壮志,意在高远,愿不断攀登、不断向上,继续创下新高的万丈豪情,仍然能为学术发光发热,贡献出自己的一份绵薄之力。又如《卡丘流形大会有感》:"半生家国亦匆匆,一剑横磨寒暑功。利禄功名何足道,素心犹在流形中。"丘成桐先生在大会有感而发,遂有该诗。先生一面感慨于之前半生的功业,前半生可谓历经风霜,由无数个寒暑的坚持才有了如今的成就。另一面点出这些都不足道哉,这些虚名都不是最为重要的,自己一心遨游在数学的王国里,数学才是丘成桐先生的立身之本,也是其最为看重的事情,愿自己一生都能畅游在数学的王国之中。

二、纪行诗词的思想情感

丘成桐先生的诗作有着情感深厚、包罗万象的特点。自古以来中国的诗作就有着诗言志的传统。诗歌往往借歌颂之意来抒发作者内心之情。借景抒情、借事抒情、借物永志，这是诗歌比较主流的几个抒发情感的方式。而先生一生颠沛流离，由故乡蕉岭，再跟随着其父母到香港居住，而后凭着自己的聪明才学以及天赋秉性前往美国求学，辗转多地。这一系列的事件造就了先生独特的经历，而这些经历所带来的浓厚情感都包含在其诗歌中。因此他的诗歌也有着极为深厚多样的情感。他抒发的情感主要有三方面。第一是爱国之情，第二是思乡游子之情，第三是壮志雄心之情和高洁之情。

其一，爱国之情。如《酒泉观宇宙飞船升天》："黄沙漠漠接云端，十月胡天凛凛寒。屏息凝神忽奋举，光临大地绽欢颜。"通过在酒泉观看飞船升天那种紧张与刺激感以及其成功后的巨大欢心和兴奋感表达出了作者的爱国自豪之情。"屏息凝神忽奋举，光临大地绽欢颜"，亲身体验这样重要的场合，亲身目睹这样的壮举，又如何不能涌起对于祖国的自豪热爱之情。又如《扬州慢》："海角明珠，华夷都会，百年歌舞承平。看南来北往，船笛杂车声。不道自英旗降后，路歧道阻，戾气潜萌。雾重重，维港狮山，依约雷惊。　孙郎怀抱，倘重临，难认前盟。任易水歌悲，中流誓壮，谁念衷情。铁炮沉沉依旧，重洋外，冷落凄清。盼皇天嘉佑，故园浴火重生。"先是写一幅都市繁华的美好景象，再写百年前发生的意外变革，通过今夕对比，以惨烈比繁华，激起人们心中的奋起之情和爱国之心。最后一句"铁炮沉沉依旧，重洋外，冷落凄清。盼皇天嘉佑，故园浴火重生"，借在大英博物馆见到的一尊铁炮念起几十年前中国所遭受到的磨难，并且盼望祖国能够奋起，雄壮，重新屹立于世界之林，诠释了作者的殷殷爱国之情。

其二，游子思乡之情也是一个极为重要的部分。先生漂泊半生，最后归于家乡。在他的自传中曾有这样的描述："横渡太平洋已近五十年了。这几十年间，我曾无数次往返北美和亚洲。行旅之中，每每自问，我真正的家园何在；或更精确地说，我有两个家，但两者皆非我身心安托之所。"[①] 多年与祖国的分离致使先生产生了极度的思乡之情。对于美国，因为血缘血脉的种种原因，他虽身处其中，但却多年仍是个客人。这种游子之思是先生所极力抒发的。如《马来西亚见客家乡亲》中"南渡多年犹是客，故园北望总伤神"。这么多年漂泊在外终究只是一个客人，而没有办法成为真正的一个主人。北望故乡也只能暗自伤神。一个漂泊在外、思

---

① ［美］丘成桐，［美］史蒂夫·纳迪斯. 我的几何人生：丘成桐自传[M]. 南京：译林出版社，2021：9.

乡心切的游子形象跃然纸上。又如《旅游夏威夷有感》中的"慷慨抚平生,惆怅念故国",先生在外旅游,看遍美景,但心中仍然深藏着浓烈的思乡之情,最后叹出一句"惆怅念故国"飘荡在夏威夷的海面之上。

其三,表达作者内心高洁志向和雄心壮志的情感。丘成桐先生作为最顶尖的数学家,对于自己的学科拥有着极强的热爱。并且愿意为了这份热爱在年老之时,仍如老骥伏枥一般不断地努力。"对我来说,数学赋予的,是一本让我在世界各处随意走动的护照,同时也是探索这世界强而有力的工具。"[①]丘成桐先生如是说道。在其的诗歌中也处处可以看到这种远大志向和努力激情。如《秋景》中的两句"丹枫红渐褪,青松翠不残。岁寒华枝在,凛凛若龙蟠"。通过青松在严寒之下仍然不减其颜色、凛凛若龙蟠的形象表达了他内心就如这青松一般高洁不屈,有着于霜雪下仍然傲然独立的志向。又如《剑桥中秋佳节感怀》的最后一句"皓月映冰心,冰心不可夺",以冰心来比喻自己。通过冰心不可夺来表示自己的志向也绝对不会改变。再次印证了作者的孤高、不与世俗同流之志。再如《题诗蕉岭丘成桐国际会议中心数理天文学家画像》中的"万里征程当此日,东追西逐自年年"。通过万里长征这样一个典故来比喻作者内心的雄心壮志,想要如万里长征一般,一步一步地实现自己的远大志向。同时也是在告诫后来之人做事应当从小做起。一步一步开始,方能成就最后自己内心的伟大事业。对于先生来说,数学也就如这万里长征一样,是他要一步一步攀登的伟大目标。

三、纪行诗词的艺术特色

丘成桐先生的诗词创作有着鲜明的艺术特色,他将其大半生的遭遇情感经历化为诗思,融入在这些诗词创作中。同时也随着岁月的沉淀使这些创作显得越发沉郁顿挫,富有感染力,具有鲜明的艺术特色。总结为以下三点,分别是语言简明,富有力量感;画面鲜明,富有动感;意象迭出,典故深刻,意境高远。

其一,其诗词创作语言简明,富有力量感。其诗词语言简洁,于细处传神。其四言和五言如《古诗十九首》,具有浑然天成、天然去雕饰之美。往往于细节处发人深省,用最平常的词、白描的方式刻画出画面动作与意象。这类的代表作是《柏城怀古》《剑桥中秋佳节感怀》《回清华园有感》。

---

① [美]丘成桐,[美]史蒂夫·纳迪斯.我的几何人生:丘成桐自传[M].南京:译林出版社,2021:9.

如《柏城怀古》："柏城山畔，早春时节。旧时庭院，旧时风月。晚宴欢歌，尽随伊掇。千古情怀，对此豪杰。暮年意气，壮志未歇。触目感愁，旧恩难灭。悠悠我心，思怀汉阙。"[①] 诗体为四言古诗，质朴简洁，但却十分有力度。通过到柏城触景生情想起了旧时风景，心中生万丈豪情，欲喷涌而出化为这首四言古诗。整首诗歌如清水芙蓉，质朴简洁却铿锵有力，带着苍凉古朴之境，极富力量感。其情感也是随着诗歌层层铺垫，一层一层向上，最后到达顶点，向下化为一句"悠悠我心，思怀汉阙"。又如《剑桥中秋佳节感怀》："剑桥正中秋，后院赏明月。乔木壮且茂，但觉清辉没。交错纵横条，蒙蔽失真切。偃仰左右寻，始得月皎洁。皓月映冰心，冰心不可夺。"诗体为五言，质朴简洁，通过对于明月、乔木以及月辉的简单勾勒，描绘出了中秋月景，明月的清辉，乔木的繁壮以及月下赏月之人由此而产生的感慨。抒发出了诗人之志，就如这冰心月光，皎洁不可为外人所夺。简单一首，质朴苍健，极具汉代五言诗之风骨。诗人左右寻找终于透过树枝看见了高悬于天的明月和月晕清光。这也正如诗人本身，苦苦寻觅，历经万难，终得孤洁之志。再如《回清华园有感》："鹏飞一万里，带得松柏去。栽彼近春园，水木清华土。嗟哉圆明耻，岂可复再侮。但愿松柏青，挺直无寒暑。却愁冰雪厉，豺狼喜当路。朝朝愿茁长，暮暮不忘汝。幼苗竟依然，何时成大树。"语言质朴却又饱含作者对于后来学子的深刻期盼。整首诗气质朴实，没有过多的修饰，将自己对于学校以及学子满满深情刻画其中，希望学子可以顶住磨难与霜雪，最终长成参天大树，得以成才，傲立于世间，可谓语简而情深，令人动容。

其二，其诗词创作画面鲜明，富有动感。先生的诗词往往具有极其鲜明的画面感，并且这种画面并不是静态的，而是动态的，奔涌不息，不断向前，富有极强的生命力，极富声色形的美感。而这一特色在先生的七言诗作中有着极强的体现。先生的七言诗作有着极强的画面感，极具盛唐风格。可谓意象玲珑，画面生动。其诗作也如黄河、长江一般奔涌而来，给人以极深的印象感。如《敦煌》："试上敦煌望二关，汉唐威望白云间。贰师岂足平西域，定远班侯乞骨还。"寥寥两句就勾勒出一个完整雄浑的边境景，有城关，白云，黄沙。古往今来，无数的将军战士倒在这片黄沙之上。虽简单几句，却传神生动，令人想到了城关的褐色、沙土的土黄、白云的净白色和将士们的铁青色，色彩对比鲜明，富有声色地描写出了将士们在边塞这种苦寒之地的艰苦生活。又如《秋日感怀》："西山红

---

① 丘成桐. 丘成桐诗文集 [M]. 长沙：岳麓书社，2011：43.

叶我曾游，乔木丹枫夹浅流。久听松涛心寂寂，何时携友细论筹。"对于秋日景象，通过描画红叶的鲜红与乔木的清翠，中间再夹着浅浅的溪流。红与绿的相伴相生，使得整个画面极富色彩感。在这样一幅秋日山景的寂静景象中又传来了松涛的阵阵声响，以动衬静，寂静的山林中只有悠悠松涛之声。而松柏本身就是一种高洁之物，以松涛之声来衬托作者内心的寂静。动与静的结合、色与声的相伴使得整首诗画面感与动态感跃然纸上，仿佛扑面而来。再如《旅游夏威夷有感》："海上观明月，风微卷碎雪。银汉依远云，月色随波缺。浊浪拍孤岩，回声响空穴。慷慨抚平生，惆怅念故国。"[①] 整首诗也是动静结合，色彩对比鲜明。通过大海与明月的对比，以大海之蓝反衬明月之皎洁。同时"风微卷碎雪。银汉依远云"中通过"卷"和"依"两个字使画面由静转为动。微风裹挟着碎雪掠过海面，远处的银河仿佛依托着白云高悬于天。耳畔还传来海浪拍击着岩石，传来阵阵回声之感。整首诗的画面空灵开阔，富有色彩与声音。简单几句点染出一幅海上观月图。

其三，其诗作具有意象迭出、典故深刻、意境高远的特点。在丘成桐先生的诗作中，意象频繁出现，并且大部分为自然意象。这些意象往往代表的是正面色彩，映衬出的是作者本人的高洁之志与坚贞之心。通过这些正面意象构筑出浑大的画面，同时作者还在其中穿插典故，特别喜爱使用历史人物典故。而这些典故往往是用来比喻作者内心之志。在这些美好意象和深刻典故的共同烘托下也使整首诗歌的意境高远开阔，具有如盛唐诗歌一般试看天下的胆魄与玲珑之气，明若琉璃，光若皎月，气象辽阔。如《回乡有感》中的"魏武扬鞭歌老骥，祖生击楫誓中流"，就借用了魏武帝老骥伏枥、志在千里的典故以及祖生击楫表示慷慨激昂的报国壮志的典故，表达了自己也如祖生和魏武帝一样心怀壮志，不愿停下，愿不断向前冲击的万丈豪情。又如《回清华园有感》中的"但愿松柏青，挺直无寒暑。却愁冰雪厉，豺狼喜当路"，就使用了松柏、冰雪以及豺狼三个意象。以松柏来比喻后来之人，愿他们如松柏一般坚贞不屈，能够挺过寒霜，最终成才。以冰雪和豺狼来比喻后学之人在道路上所会遇到的艰难困苦。只有挺过冰雪的严寒以及豺狼的贪暴，经历这些磨难才能最终昂首挺胸于这世间，无愧于为人一世。再如《燕山亭》中的"试把兰蕙重滋，岁岁燕离巢"和"归去，看冉冉、斜阳几度"就化用了刘禹锡《乌衣巷》"朱雀桥边野草花，乌衣巷口夕阳斜。旧时王谢堂前燕，飞入寻常百姓家"的典故，借用燕年年离巢，年年归来，斜阳年年日日重照来比

[①] 丘成桐. 丘成桐诗文集[M]. 长沙：岳麓书社，2011：30.

喻世事变迁之感。

小　结

　　丘成桐先生不光是一位杰出的数学家，同时也是一位出色的文学家。通过对其纪行诗词的分析，发现了其广阔的诗歌内容，深厚的思想情感和语言简明、画面鲜明、意境高远的诗词艺术特色。这体现了丘成桐先生对祖国的自豪热爱之心，也表现出了其身为游子漂泊半生的复杂情思，更表达出了对于数学学科的诚挚奉献之情。总的来说，丘成桐先生的纪行诗词与其奋力求学、漂泊在外的大半生紧密相关，又有着自己鲜明的个人特色，吐露出了自己对祖国、学术的满腔抱负，在当代的众多诗词中也是极为出色的，值得人们细细评味。

论刘合的科技诗

许可心[①]

刘合，著名能源与矿业工程管理专家，黑龙江哈尔滨人。1982年毕业于大庆石油学院石油矿场机械专业，2002年获哈尔滨工程大学控制理论及控制工程博士学位。获国家科技进步特等奖1项、二等奖3项，国家技术发明二等奖1项；省部级科技一等奖8项；获授权发明专利24项；出版著作3部，发表论文70余篇。2017年当选为中国工程院院士，在科学领域做出了杰出贡献。近年来，刘院士又开始向艺术靠拢，接触摄影，学习写诗，"试图给自己的生活增添乐趣和文化人的恬淡"，"把中华文化底蕴加深一点，把自己的文学素养提升一点，把老年生活丰富一点"，由此创作出了许多影集与诗集。吴冠中先生曾写到："科学探索宇宙之奥秘，艺术探索情感之奥秘，奥秘与奥秘之间隐有通途。"[②]诚然，科学求"真"，艺术求"美"，却是同根而生，互有交融。为了更好地书写人类文明的灿烂篇章，艺术与科学的融合具有历史必然性。刘院士的诗可分为纪游诗、写景诗以及节令诗歌等，其中富有创造性的一类诗当属科技诗，因此笔者专门对其思想内容和艺术特色进行论述。

一、刘合科技诗的内容分类

科技诗词，作为一个比较新的文学概念，是随着时代发展应运而生的。国家的强盛，科学的发展，文化自信与文化自觉的增强，无疑为中国传统诗词注入了一股新鲜血液。由此诗坛涌现出了一批"特殊"的诗人，他们为国家科学技术做出了杰出贡献，是各领域的领军人物。而日常生活中，他们学写诗词，致力于将科技融入诗词之中，正是践行了白居易主张的"文章合为时而著，歌诗合为事而作"。刘合院士作为我国采油工程的领军人物之一，将自己在科技工作中的感触映照在了诗中，其严谨的治学态度对五绝的创作有着重大影响，这无疑是一次理性与感性的热烈碰撞。纵观刘合院士的五绝诗集，以科技入诗的大致可划分为三类：

---

① 许可心，南昌大学中国古代文学专业硕士研究生。
② 吴冠中：《吴冠中艺谭：艺术人生》，北岳文艺出版社2019年版，第113页。

第一类以会议为主题的创作有《会议》《群英会》《再见延安》《濠江行》《泉城会议》，共五首：《会议》生动描绘了刘合院士在会议途中遇难题时内心的迷茫，《群英会》写了台湾与大陆学者共商能源与气候问题，并积极提出解决方案，《再见延安》写了参加高层次人才国情研修班，督促自己牢记使命，《濠江行》描绘了在澳门科技大学讲学情形，对众学子寄予深切期盼，《泉城会议》描绘了国际工程科技发展高端论坛的顺利开展。

第二类以科研日常为主题的创作有《抽油机》《创新无止境》，共两首：《抽油机》描写出了抽油机在油田中辛勤工作的场景，《创新无止境》反映了他对科研、创造的无止境追求。

第三类以观礼为主题的创作有《国庆颂三首》《胖五再出征》，共四首：《国庆颂三首》是刘合院士参加国庆观礼，阅兵式和群众联欢晚会后，有感于祖国强盛写下，《胖五再出征》写了刘院士在文昌观看长征五号大动力火箭成功发射，代表着我国的太空能力取得了质的飞跃。

二、刘合科技诗的思想情感

在科学与人文的融合中，刘合院士无疑是成功的。他的科技诗是与当代社会紧密相连的，大至国家事务、生态环境，小至个人科研日常生活都有所涉猎。刘院士的科技诗无论是参会、科研还是观礼，都透露着浓烈的家国情怀，通过诗歌创作体现了国家责任。

其一，参学术会议，谋建设之道。刘合院士的科技诗中，会议诗占据一半，他四处奔忙，为祖国建设出谋划策。学术会议作为学术界的重要活动之一，是学者们交流研究成果、探讨学术问题、推动学科发展的平台。刘院士作为中国油气工程技术领军者之一，积极地参加各类学术会议，虽偶有"难题"，也曾"心绪迷茫"，却总是致力于在交流中学习。在2019年9月22日刘院士曾参加第十五届海峡两岸气候变迁与能源永续发展论坛，该届论坛的主题是"绿色电力与低碳管理"，他在会议结束后表示，在当下海峡两岸都有责任推动低碳经济，都有可借鉴之处，并写下三首绝句。其中《群英会》一诗，"两岸群英会，论坛热议浓。能源加气候，理解互通融"。会议中，科研人员就能源与气候问题展开了热烈的讨论，道出了两岸学者对当今气候与能源问题的关注，表达了刘合院士的热切期盼，希望两岸能共同努力来推动低碳经济。而《永续发展》则是刘院士为解决能源发展所提出的建议，"永续新篇展，台泥业务精。减排成效大，绿色社区赢"。

在学术会议的交流与讨论中，为了社会的永续发展，敢于创新，点出了"绿色社区"模式值得提倡。

同时刘院士也从不吝啬于分享他在专业领域方面的知识。2019年，他赴澳门科技大学讲学，将其研究的"持续融合"工程管理模式传授给学生。在《濠江行》中寄予后辈们以深切期望，写下了"和谐科学旺，登上耀荣船"。《科学中国人》曾评价，"刘合非常注重技术的传播和推广，并不断将研究成果介绍给世界，在他一次次积极组织的对外技术交流活动中，中国石油工业在国际学术界的影响力在日益扩大"。正是刘院士的不辞辛劳，才使得石油工业在学术界影响日渐扩大。其好友曾透露，为参加学术、科普活动，刘院士都是见缝插针地安排时间，十分辛劳。正如《夜航》一诗所写，"红眼航班坐，身心惫乏怜。辛勤加使命，努力肯钻研"。日夜奔袭，刘院士也曾不堪重负，但在他的身上始终展现一种革命乐观主义精神，又或是一种英雄主义情怀，即使疲惫不堪，也要努力钻研，完成使命。

其二，绘科研日常，展工匠精神。刘院士这一生都与油田密不可分，30多年来一直致力于采油工程技术及装备研发、工程管理创新与实践。他曾在央视节目《我的艺术清单》里表示，他常年奔赴在油田一线，光在大庆油田就工作了28年之久，因此也对油田有着非同寻常的感情。采油是刘院士在科研领域的方向，同时也是文艺创作的源泉。而抽油机是采油的主要机械设备，刘院士看见它总是倍感亲切。"叩首荒原上，油龙出海忙。黑金能奉献，机采美名扬。"抽油机俗称"磕头机"，总是不分昼夜地挥动巨大的机械臂，乍一看就好似在"叩首"。石油深埋地下，正是有了抽油机才能将石油源源不断地运送出来。而这也是中国石油工作者的真实写照，正是有了像刘合院士这样将自己青春奉献给中国采油事业的匠人，祖国才有了如今的发展。刘院士在实践过程中不断总结，理论联系实际，攻克了精细分层注水、油气储层增产改造等一系列采油工程关键技术，"创新无止境，认识再提升。勘探禁区进，能源产业兴"。一首《创新无止境》展示出了刘院士对科研不断创新的崇高要求，也正是这样的精神，使得他在科研过程中创新性地解决了多种疑难问题。

其三，观雄狮觉醒，赞祖国功绩。拳拳赤子心，殷殷爱国情。科技点燃了强国梦，而一代代科学家的不懈奋斗托起了强国梦。刘院士以实践行动践行着科学家所背负的责任，诠释着他的理想，同时也见证着祖国的日渐强大，他将爱国之情、报国之志融入了祖国改革发展的伟大事业之中。参加国庆观礼、阅兵式后的刘院士，连写三首《国庆颂》。一祝祖国母亲繁荣昌盛，"七十辉煌日，生机璀璨祥。

深情诗画语，祖国富而康"。二感国之重器震撼人心，保卫家园在所不辞，"震撼人心式，强军重器磐。豺狼肝胆破，华夏国民安"。三赞庆典之盛大，难以忘怀，"愉悦心情表，烟花映遍天。辉煌家国美，今晚夜不眠"。这三首五绝极力展现出祖国科技之强盛，正是有了"重器"，"豺狼"才得以被吓退，华夏方能稳定发展。观此盛况后的刘老，再也难掩激动与自豪，"今晚夜不眠"是现在，也是曾经为科研奉献的无数个日日夜夜。这束"爱国"之光，照亮了像刘院士这样的科技工作者，是精神的火炬照亮了科技强国之路。

三、别具一格的艺术特色

中国的科技诗有着悠久的历史传统，《诗经》《天问》中就已经记载了一些天文学知识，而至近代，郭沫若先生又创作了《天狗》《凤凰涅槃》等科技诗。科技诗所蕴含的内容在随着时代不断变化的同时，艺术手法也在不断跟进。刘合院士的科技诗就有着别具一格的艺术特色，文体上全部采用五言绝句，语言上展现出明白晓畅、准确精练的特点，还运用了多种修辞手法加以丰富，最终整体诗风呈现出雄浑豪放与浅直均易兼备的特点。

其一，在诗歌的文体选择上，刘院士的诗全部是五言绝句。五绝因其仅20个汉字、20个音节，能够传递出的信息有限，常被人们划归于难写、难出精品的行列之中，但刘院士却对五绝颇为倾心，他认为五言绝句"中规中矩，简单明了，这个也符合我的性格"。学写五绝其实也是对科学研究精神的一种延续，五绝本身的特点就要求诗人在创作过程中应当简洁明了，能用一个字表达完整的绝不多用。而刘院士对待科学研究的态度亦是如此，用最为精练的语言将科研成果展现给大家，同时还确保了逻辑的严谨。因此刘院士选择五言绝句也就不足为奇了，五言绝句的创作从内里来看，与科学研究所需要的精神追求是有着异曲同工之处的。针对科技与五绝的关系，刘院士曾写下"五绝韵文谨，成诗表达精。科研繁化简，二者互融荣"。在他看来，五绝的严谨、精练，恰恰与科学研究的过程相吻合，二者并非是风马牛不相及的。五言绝句又有平水韵、新韵和通韵，刘院士的《五绝诗集》全部都采用的是平水韵来创作。"平水韵"反映的是我国古体诗的声韵规律和规则，采取的是汉字"平上去入"四声体系，平水韵在前朝韵书的基础上，把206韵合并成106韵。虽目前常有用新韵取代平水韵之争，但平水韵作为中国音韵学的宝贵遗产应当得到传承。刘院士也是受到唐代李端的《听筝》影响，"鸣筝金粟柱，素手玉房前。欲得周郎顾，时时误拂弦"，最终敲定了平水韵。

其二，在诗歌语言上，刘院士的诗句呈现出明白晓畅、准确精练的特点。当代诗人周啸天先生曾说，写诗是写语言，一个诗性的人，最懂得提炼生活、提炼语言。刘院士诗歌语言特点的呈现很大程度上受到五绝诗体的影响，刘合院士的诗最大的特点就是文字质朴，语言力求朴素无华，不追求辞藻的华丽，但于平淡之中蕴含着深意。就如2019年刘院士在高层次人才国情研修班结业后，返程途中写下的《再见延安》，"阴雨连绵日，研修事理清。延河歌有意，使命促光荣"。该诗起句以"阴雨"渲染出当时环境，刘院士于细雨延绵中返程，以"研修""延河"等确切字眼，全部采取白描的手法进行叙述，不加修饰，最后以"使命"一词，展现出科学家勇担中国复兴之伟业。而"光荣"则是诗人处在延安这样的革命圣地，再度发出的呐喊，为能投入到祖国伟大建设中感到荣幸。刘院士虽是初入诗坛，但写五绝，就要讲究炼字。这也就使得他的五绝诗虽只有短短二十个字，但读者读起来却朗朗上口。如《白云》，"珍珠疑似落，天际见银泉。云朵飘窗外，随风化入烟"。"落""见""飘""化"等动词用得巧妙，不光描写出了能源与气候会议后的天气，也写出了当今气候的变换万千，十分贴合刘院士当时的心境。由此看来，刘合院士的诗歌，语言通俗，质朴自然，适于进一步加深大众读者对科技诗的理解。

其三，为了改变人们对科技诗的刻板印象，让科技诗变得生动起来，刘合院士也十分重视对于修辞手法的运用。如《抽油机》中一上来便运用了拟人的修辞手法，"叩首荒原上"，将抽油机这一机器拟人化，生动形象地描绘出了数百台抽油机在油田上辛勤工作的场面，此处赋予了诗者本身的情感，抽油机这一大型机器已有100多年的历史，而在历史的长河中始终与石油人是共存的，因此也借抽油机指代中国石油人。"油龙出海忙"则是运用了比喻，将"油"比作"龙"，写出了挖油的生动场面，将石油从数千米深的地底挖出绝非易事，正如蛟龙出海，翻腾无比。而"黑金"这一术语用以指代石油，反映了石油的经济价值及其在现代工业和日常生活中的应用。再比如2019年刘合院士在文昌观看长征五号火箭发射，写下了《胖五再出征》，"长五苍穹现，神州把酒斟。创新攻险阻，火箭奏佳音"。长征五号火箭的成功发射预示着我们国家的空间事业又有了新的发展，诗中以一"现"字点出。"神州"指代整个中华民族，举杯相庆，祝贺祖国科技的又一突破。"火箭奏佳音"即将火箭拟人化，凸显出火箭研究过程的艰难，也写出了全国人民上下一心、攻坚克难的决心。还有《泉城会议》中写"还得东风借"，引用典故诸葛亮巧借东风，表达了刘合院士对国际工程能够和谐发展的美好祝愿。

其四，从整体的诗歌风格来看，刘合院士的科技诗兼有着雄浑豪放与浅直均易的特点。刘合院士诗歌所体现出的雄浑豪放，与其科学家的身份有着一定联系。如"深情诗画语，祖国富而康""财狼肝胆破，华夏国民安"，《国庆颂》中刘院士以慷慨激昂之词，传达出满腔的爱国热情，也让我们看到了中国科技工作者肩负的崇高使命。除此外，还有《濠江行》的"登上荣耀船"，《胖五再出征》的"长五苍穹现，神州把酒斟"，《泉城会议》的"还得东风借，和谐发展赢"，这些都是刘院士以科学家的视角来看待祖国发展，情感的自由抒发，使得他笔下的诗歌展现出了雄浑奔放之感。刘院士的科学诗有意识地将科学探索过程与自己的生活相融合，这就与某些直接传达科学知识、歌颂科学精神的作品有着显著区别。刘合院士这一创作意识不但拉近了科学与诗歌之间的关系，也拉近了科学与读者的关系。而浅直均易的风格主要表现在刘院士的科研日常中，如《会议》一诗中刘院士也曾表示"开会平常事，难题里面藏"，在这首诗中以朴素的语言表达了自己在科学探索过程中的"迷茫"。再如《夜航》中"红眼航班坐，身心惫乏怜"，也直接地描写出了刘院士公务繁忙，长期以来奔走在科研前线。新中国成立以来，正是一代一代科学家的不懈奋斗，凝结成了内涵丰富、历久弥新的科学家精神，而爱国作为科学家精神的灵魂所在，也深刻地贯彻并体现在了刘院士的作品之中。

责任带来持之以恒的坚守，而热爱是内在的驱动力，科研与艺术的相遇，是求真与求美的灵魂碰撞。刘合院士曾表示：律诗与科学研究之间，言简意赅与严谨是一脉相承的。刘合院士在这两个领域内自由探寻，融会贯通。在科技领域，刘院士可谓功勋卓著，先后五次荣获国家发明奖和科技进步奖，为推动中国油气工程技术进步、引领采油工程管理方式转变、支撑中石油主力油田持续稳产做出了杰出贡献。而在诗歌创作方面，刘合院士敢于选取五绝进行创作，并将科学思想融入其中，某种程度上填补了科技诗这一领域的空白，他创作出许多如《抽油机》一样的科技诗歌，明白晓畅，读起来朗朗上口，且以诗歌的方式深入浅出地写出了相关科学知识。同时从五绝文体的特殊性来看，炼字、诗意并非一朝一夕可练成，这也正意味着在这方面刘院士还有很大的进步空间，也给我们留下了更多的欣喜与期盼。

论刘合的节令诗歌及其艺术

林柏豪[①]

在浩瀚的文学星空中，诗歌如同璀璨星辰，照亮了人类精神的夜空。而在这一片璀璨的星河中，刘合院士的节令诗歌，以其独特的视角、深邃的情感和精妙的笔触，成为了一道别样的风景线。刘合院士，1961年3月25日出生于黑龙江省哈尔滨市延寿县，中国工程院院士，能源与矿业工程管理专家，中国石油天然气股份有限公司勘探开发研究院副总工程师、教授级高工。同时作为"石油界的著名摄影师"的刘合院士曾发表自摄的《科学之光 艺术之影——刘合摄影作品集》，并在其自创的五言绝句诗集中插入自己拍摄的图片，形成一种特殊的图像互文关系以表达其爱国情操、社会责任感和闲适思想。本文就以其五绝诗集中的节令诗歌为例来窥探其价值。

一、刘合节令诗歌创作情况

在深入探讨刘合院士的节令诗歌创作历程时，不得不先提及一个重要的转折点——2007年的那场大病，面对疾病的侵袭与生命的脆弱，刘合院士展现出了非凡的坚韧与乐观，正是在这样的背景下，他经友人启发，重拾了对生活的细腻观察与深刻感悟，将摄影与诗歌创作作为心灵的慰藉与寄托。刘合院士的诗篇不是文字的堆砌，而是他个人情感与哲思的真诚流露。大病初愈后，他以一种更加珍惜与热爱的眼光审视周围的世界，用镜头捕捉生活的美好瞬间，用诗行记录心灵的触动与感悟。这种对生活的热爱与对死亡的超越，使得他的诗歌充满了积极向上的力量与温暖人心的光芒。刘合院士写诗的时间并不长，在刘合院士五绝诗集序中有说到他认为律诗为数字及平仄规则所制约，要求上语法上也比较自由，绝句比律诗的字数少一半，五言绝句只有二十字，中规中矩，简单明了，这个也符合其直率的性格，所以其创作以五言绝句为主。在刘合院士五绝诗集中总共有一百零一首诗歌，其中有十七首节令诗歌。

刘合院士的节令诗歌可以分为两类：第一类是以节日为主题的，有《除夕夜》《国庆颂》（三首）、《除夕》《玉普周年祭》《元宵节》《清明祭》共八首；《除

[①] 林柏豪，上海大学中国古代文学专业硕士研究生。

夕夜》与《除夕》描绘的是温馨的除夕夜和诗人的感概，《国庆颂》所描绘的是国庆阅兵仪式和夜晚民众的欢庆场景，并针对这一画面发表了诗人的感触，《玉普周年祭》《清明祭》所写的是诗人在祭祀时对亲人的思念，《元宵节》所描绘的是诗人在京城夜游时所见的美景。

而第二类是以时节为主题的创作，有《秋离别》《京秋》《岁末》《冬韵》《西堤春》《秋来》《岁尾》《春来了》《夏去秋来》共九首：《秋离别》《京秋》《秋来》《夏去秋来》分别写了四种不同的秋景，予以了喜与悲的不同内核，《岁末》《岁尾》皆描绘了年末万物萧条的景色，并发出了诗人的感叹。《西堤春》《春来了》则是描绘了冬去春来、生机勃勃的景象。而《冬韵》描绘的则是冬季火红的日光穿过颐和园桥洞的壮丽景色。

若按时间顺序整理，刘合院士的节令诗歌创作在时间上呈现出一定的集中性，特别是2019年，他创作了六首节令诗歌。而随着时间的推移，他的创作热情并未减退，每年都有新的作品问世，直至2022年。以上是刘合院士节令诗歌创作的大致情况。

二、刘合节令诗歌的主题与思想

刘合院士曾经说过科学研究与摄影艺术看似风马牛不相及，但在他看来，二者在本源上并没有严格的分界。科学研究重在探索自然世界奥秘，旨在破解未知、了解真相、寻求真理、发现规律；摄影是一门通过光学镜头用眼睛来观察世界、探寻自然的艺术，重在精神文化创意，贵在塑造人类灵魂，二者在本质上是相近、相通的，都是求真、求善、求美。他对于诗词创作的态度也是一样的，看似朴素的五绝诗歌也蕴含着真善美的内核。

首先，刘合院士的节令诗歌透露了炽热的爱国情。作为中国石油界的著名院士他内心中的爱国能量是巨大的，所以有很多此类作品中他的爱国情有如火山喷发一般跃然纸上，如《国庆颂》其一："七十辉煌日，生机璀璨祥。深情诗画语，祖国富而康。"[1]这首诗描绘了当前国家的生机勃勃和繁荣昌盛。"生机"二字，既指自然界的生命力旺盛，也指国家发展的活力四射；"璀璨"则形容光芒耀眼，如同宝石般闪耀，象征着国家在各领域的杰出成就；"祥"字则带有吉祥、美好的寓意，预示着国家未来的和平与安宁，同时，"深情"二字也表达了诗人对祖

---

[1] 刘合：《五绝诗集》，2022年版，第27页。

国的深厚情感,这种情感如同江河之水,滔滔不绝,永不干涸。又如其二:"震撼人心式,强军重器磐。财狼肝胆破,华夏国民安。"①其中"震撼人心式"作为开篇,以强烈的情感冲击力,奠定了全诗激昂的基调。"强军重器磐",这一句直接点明了强军的主题。"重器"一词,通常用来形容具有重大战略意义、能够决定战争胜负的关键装备或力量。在这里,它象征着我国军事力量的强大和坚实。"华夏国民安",这一句是全诗的落脚点,也是最终的目的和归宿。它表达了强军兴军对于保障人民安全、维护社会稳定、促进国家发展的重要意义,同时也表达了诗人对国家强大、人民安定的美好祝愿。又如其三:"愉悦心情表,烟花映遍天。辉煌家国美,今晚夜不眠。"②"愉悦心情表":开篇即以"愉悦心情"直接点明了整首诗的情感基调。这种愉悦不仅仅是个人的感受,更是整个社会氛围的体现。"烟花映满天"这一句将画面从内心的感受拉向了外部的景象。烟花,作为庆典或节日中常见的元素,其绚烂多彩、瞬息万变的特点总能激发诗人的无限遐想与欢乐情绪。而"映遍天"则进一步强调了烟花的壮观与震撼,它们不仅照亮了夜空,更照亮了诗人的心房,让这份愉悦之情得以无限放大。"今晚夜不眠"这一句作为全诗的结尾,表达了诗人因喜悦而难以入眠的情感。夜晚本是休息的时刻,但在这里,诗人却因为内心的激动与兴奋而忘记了时间的流逝,选择用不眠之夜来庆祝这难得的欢乐时光。这种对美好时刻的珍惜与留恋,正是对家国情怀最真挚的诠释。

其次,刘合院士也有很多关注社会、体现自身社会责任感的节令诗。如:《岁末》"穿梭流日月,岁末送忧伤。玉鼠催春到,逍遥保健康。"③开篇即以"穿梭"二字形象地描绘了时间的流逝之快,如同织机上的梭子一般,在日月之间快速穿梭,不留痕迹,为全诗奠定了深邃的基调。"岁末送忧伤"表达了诗人在岁末之际对过去一年中忧伤情绪的告别与释放。最后两句展现了在经历了时间的流逝和岁末的忧伤之后,诗人希望人们能够在新的一年里保持逍遥自在的心态,远离烦恼与忧愁,同时注重身体健康,保持身心的和谐与平衡。这种祝愿既体现了诗人对人生的深刻理解与感悟,也传递出了一种积极向上、乐观豁达的生活态度。又如《除夕》:"猪走来庚鼠,温馨贺岁祥。盼除瘟疫患,国泰福民康。"④首句

---

① 刘合:《五绝诗集》,2022 年版,第 28 页。
② 刘合:《五绝诗集》,2022 年版,第 29 页。
③ 刘合:《五绝诗集》,2022 年版,第 40 页。
④ 刘合:《五绝诗集》,2022 年版,第 44 页。

既点明了时间的转换，又蕴含了岁月更迭、生生不息的哲理。第二句"温馨"一词描绘了节日期间家庭团聚、亲情洋溢的温馨场景；"贺岁"则直接点明了节日的主题，即庆祝新年的到来；"祥"字则是对新年的美好祝愿，寓意着吉祥如意、万事顺心。这三个词共同构成了一幅充满节日气氛和美好愿景的画面。后两句"盼除瘟疫患，国泰福民康"笔锋一转，从喜庆的氛围中抽离出来，表达了诗人对当前社会现实的关切与忧虑。诗人在此刻提出"盼除瘟疫患"，不仅是对当前疫情形势的深刻反思，更是对全人类共同抗击疫情、恢复健康生活的强烈期盼。又如《夏去秋来》："夏走秋风瑟，清凉悦畅恢。人安瘟疫散，苦尽悉甘来。"[①] 开篇即以季节的更替入手，夏去秋来，自然界中的风也随之变得萧瑟起来。这里的"秋风瑟"不仅描绘了秋天特有的风貌，也隐含了一种时间的流逝与变化的意味。而"人安瘟疫散"将笔触从自然界的变换转向了人类社会，表达了诗人对健康与安宁的渴望。在经历了新冠疫情之后，诗人更加珍惜来之不易的安宁与健康。"人安"二字直接道出了诗人的心愿，"瘟疫散"则是对这一心愿的具体化，寓意着新冠疫情的结束与和平的到来。2019年末2020年初新冠疫情席卷全国。这三首诗歌是刘合院士的疫情记忆的反射。《岁末》和《除夕》皆作于新冠疫情刚爆发的时候，"穿梭流日月，岁末送忧伤"就暗指了当时疫情肆虐的真实情况，但是诗人并没有一味沉浸于哀伤之中，他坚信"玉鼠催春到，逍遥保健康""盼除瘟疫患，国泰福民康"，一定可以克服难关，战胜疫情。终于，2022年我国对抗疫情取得阶段性胜利，在即将改为乙类乙管时，刘合院士也表达了自己的喜悦之情，"人安瘟疫散，苦尽悉甘来"。作为一名院士，刘合先生始终将人民群众、国家利益放于自己心中，正可谓"国士无双"。

第三，刘合院士也有寄托亲情的节令诗歌。生而为人，刘合院士在将自己的一腔热血奉献于国家的同时，也有铁汉柔情的一面。如《玉普周年祭》："周年诗祭拜，师友谊亲情。心感知恩遇，苍天念至兄。"[②] 开篇即点明了时间与行为——在周年之际，以诗祭拜。这既是一种纪念方式，也是情感的寄托。而"心感知恩遇，苍天念至兄"则将情感推向了高潮。诗人相信苍天也在默默地保佑着自己的兄长。同时，"念至兄"也表达了诗人对兄长深深的怀念与敬仰之情。又如《岁尾》："牛奔吟虎啸，年尾念亲人。身健心康盼，祥鹏顺遂真。"[③] 开篇描绘了一幅充

---

① 刘合：《五绝诗集》，2022年版，第98页。
② 刘合：《五绝诗集》，2022年版，第65页。
③ 刘合：《五绝诗集》，2022年版，第67页。

满力量与活力的画面,而"年尾念亲人"将读者的思绪从宏大的自然景象拉回到温馨的家庭生活中。年尾,即岁末年初之际,是最容易感怀亲情、思念远方的时刻。诗人在此刻表达了对亲人的深深思念之情。末两句既表达了诗人对健康的祈愿,也表达了诗人希望自己和家人在新的一年里能够像鹏鸟一样展翅高飞、顺遂如意。又如《清明祭》:"明灯燃一盏,寄托故人萦。心梦天堂念,哀歌祭祀情。"①开篇即以一个具象化的动作——"燃明灯"作为情感抒发的起点。燃起的一盏明灯,不仅照亮了黑暗,更照亮了诗人心中对故人的记忆与情感。而"哀歌祭祀情"以"哀歌"将全诗的情感推向了高潮。哀歌,是情感的直接抒发,是诗人对故人离世之痛、思念之苦的深情表达。这三首诗歌集中表达了刘合院士对亲人、友人的思念之情。从"心感知恩遇,苍天念至兄""心梦天堂念,哀歌祭祀情"可以看出刘合院士情之深、思之切已经穿越了时空,传达给了自己的亲人和友人。

第四,刘合院士在节令诗歌中也表达了闲适之情。他将生活中的美放到了照片和诗歌中,如《除夕夜》:"欢愉除夕夜,土豕报春来。日月轮回走,新年遇喜财。"②开篇"欢愉"二字,准确捕捉了这一刻诗人内心的情感状态,沉浸在团聚的欢乐与对未来的美好憧憬之中。"报春来"则寓意着随着旧年的结束,新春的气息已经悄然降临。而"日月轮回走,新年遇喜财"则表达了诗人在新旧交替时对新年的期盼。又如《元宵节》:"一年初远眺,明月伴辉霄。春雪画皇景,冬蓝境映朝。"③所描绘的是诗人于京夜游所见的湛蓝异色的月空,开篇即以"一年初"点明时间背景,新年伊始,万物复苏。而后将视线拉向夜空,明月高悬,其光辉与星辰交相辉映,照亮了整个夜空。这里的"明月"不仅象征着光明与希望,也寓意着诗人内心世界的纯净与闲适。又如《春来了》:"春来馨苑语,润物细无声。山水知情谊,花香醉美琼。"④所描绘的是诗人春季游苑所见之春景,开篇即点明时节,春天来临,万物复苏。"馨苑"二字,营造了一个充满芬芳与美好的花园场景,春雨绵绵,悄无声息地滋润着大地万物,使得一切都在这无声的滋养中焕发出勃勃生机。最后一句以花香作为收尾,将春天的美好推向了高潮。同时,诗中也寓含了深厚的情感,如春雨的默默奉献、山水的情感共鸣以及花香的珍贵美好等,都让人在品味中感受到生命的价值。

---

① 刘合:《五绝诗集》,2022年版,第74页。
② 刘合:《五绝诗集》,2022年版,第14页。
③ 刘合:《五绝诗集》,2022年版,第68页。
④ 刘合:《五绝诗集》,2022年版,第75页。

三、刘合节令诗歌的艺术特征

笔者发现在刘合院士的节令诗歌中炽热爱国和闲适自得已然达成了统一，不仅展现了他作为科学家的理性严谨，更彰显了刘合院士敏锐的艺术感知力和作为诗人的感性和柔情。刘合院士的五绝节令诗歌在表达其诗人特有的感性的同时也彰显了其独特的艺术特征，主要集中于语-图互文、节令吉祥意象、景物描写、朴素精练等。

首先，刘合院士的五绝诗集采用了一种较为特殊的语-图互文的环境。前文讲过刘合院士既是一名诗人也是一位摄影师，他在五绝诗集中的每首诗下都附了一张图片，自然而然地，照片和诗歌就产生了联系。再者说，刘合院士作为初学者，合理推测应该不是看到有诗意的场景就马上作诗，而是反复推敲，那么在推敲过程中照片也起到了很大的作用，故而刘合院士的诗歌和照片就形成了一种极为自然的互补关系。如《秋离别》："一抹秋离别，霜催树木残。金黄红色艳，叶落既生寒。"[1] 这首诗歌描述了刘合院士与友人离别的场景，以"一抹"这一轻柔而细腻的笔触，勾勒出了秋天特有的离愁别绪。"霜""催"字，用得极为生动，既表现了霜降的急迫与无情，也隐含了时间流逝的不可逆转。"生寒"，则是对秋天气候特征的准确描述，同时也寓意着一种内心的感受。但是有一个地方很突兀，那就是"金黄红色艳"这部分，全文基调基本保持在"霜""残""寒"所形成的寂冷的环境中，突然冒出来"金黄红色艳"就显得很不得体，但是这仅局限于诗歌本身，当我们配合诗人所附的图片时就会发现其实并没有不得体，将图片和诗歌结合起来信息互补就会发现金黄与红色是图片的主色调，它们交织在一起，形成了一幅令人震撼的视觉盛宴。这些鲜艳的色彩，不仅是对秋天美景的赞美，更是对生命顽强与不屈的颂歌。即便是在凋零与衰败之中，秋天依然能够展现出它最为耀眼的一面，让人感受到生命的无限可能与希望。又如在《秋来》中"斑斓呈五彩，硕果日昌隆"[2] 如果不附图是石榴，读者也就很难了解此硕果为何物。可以说，五绝篇幅短，作为初学者的诗人确实很难完全表达自己的意思，但是刘合院士所用的语-图互文的语境很好地补上了这一缺点，甚至创造了属于自己的诗歌特色，这是很难得的，改变创新了传统诗歌注释的方式，引领了现代古体诗

---

[1] 刘合：《五绝诗集》，2022年版，第5页。
[2] 刘合：《五绝诗集》，2022年版，第53页。

创作的潮流。

其次，刘合院士节令诗歌中出现了一些独具特色的节令吉祥意象。如《除夕夜》"欢愉除夕夜，土豕报春来"运用了传统民俗文化中的生肖元素，在中国传统文化中，"土豕"是十二生肖之一，而除夕之夜往往也是生肖更替之时。诗人以"土豕报春来"寄托了对新春的期盼与祝福。又如《岁末》"玉鼠催春到，逍遥保健康"，在中国传统文化中，鼠是十二生肖之首，而"玉鼠"则赋予了这一生肖以更加美好的寓意，象征着灵巧、机智与吉祥。这里用"玉鼠催春到"来预示新春的即将到来，玉鼠仿佛成了春天的使者，带着生机与活力，催促着冬天的离去与春天的降临。又如《岁尾》"牛奔吟虎啸，年尾念亲人"，以"牛奔吟虎啸"开篇，既巧妙地融入了生肖元素，又以生动的意象营造出一种力量与气势并存的氛围。在中国传统文化中，牛象征勤劳与坚韧，虎则代表勇猛与力量，两者相结合，不仅寓意着时间的飞速流逝与岁末的临近，也隐含着对过去一年努力与奋斗的肯定。

第三，刘合院士节令诗歌中有独具艺术特色的景物描写。如《京秋》："京城秋意媚，银杏叶金黄。晴雾微风暖，晨曦起瑞祥。"[1]京城作为历史悠久的古都，其秋色自然别有一番风味。而"秋意媚"三字，则生动地描绘出秋天京城那妩媚动人的风情，既有秋的深邃与宁静，又不失其温婉与柔美。紧接着，"银杏叶金黄"一句，将读者的视线引向那满树的银杏叶，它们在秋日的阳光下闪耀着金黄色的光芒，如同无数个小太阳挂在枝头，将整个京城装点得如诗如画，美不胜收。晴日里，淡淡的雾气缭绕在京城的上空，给这座古都增添了几分神秘与朦胧之美，展现了一幅美不胜收的京城秋日图。特别是在刘合院士的节令诗歌中，描绘的最多的景物意象是颐和园。刘合院士在自己的摄影集中定的主题便是代表生活艺术的"唯美的颐和园"与身处工作状态的"忙碌的抽油机"。身为艺术的象征，他尤为喜爱在诗作中描绘颐和园，如《冬韵》："穿洞金光耀，皇园显旷奇。"[2]其中"穿洞"二字，巧妙地构建了一个空间上的穿透感，"金光耀"则进一步强调了光线的色彩与亮度，金黄色的光芒在空气中跳跃、闪烁，仿佛给整个园林披上了一层华丽的金纱，令人目眩神迷。"皇园"二字点明了这一壮丽景象的所在地——颐和园。皇家园林作为古代帝王休憩游乐的场所，往往集自然美景与人文艺术于一体，具有极高的审美价值。而"显旷奇"三字，则是对皇家园林在此时

---

[1] 刘合：《五绝诗集》，2022年版，第30页。

[2] 刘合：《五绝诗集》，2022年版，第42页。

此景下所展现出的独特魅力的高度概括。又如《西堤春》："西堤花落地，杨柳吐新芽。春暖冬离远，皇园裹绿纱。"[①]以清新自然的笔触，描绘了一幅颐和园在春日里的生机勃勃景象，充满了对春天的热爱与向往，其中"皇园裹绿纱"一句以一句生动的比喻收尾，将整个皇家园林比作被绿色纱幔轻轻包裹的仙境。这里的"绿纱"既指园林中万物复苏、绿意盎然的景象，也象征着春天的温柔与呵护。整个颐和园在春天的装扮下，变得更加美丽与神秘，让人心生向往。这两首诗歌描绘了冬春不同的颐和园景色。笔者发现不论在什么季节，在刘合院士的笔下颐和园永远都是那么的迷人，冬日是"雄狮红日映，焉秀美哉诗"，春日是"西堤花落地，杨柳吐新芽"。其原因在于颐和园是诗人所深爱的国家的映照，故而不论如何变化诗人都爱着他所深爱的祖国的大好河山。在他的笔下颐和园不仅仅是一个地点，而是一个寄予了深刻内涵的诗歌意境。

第四，刘合院士的五绝诗体和朴素精练的语言也是其节令诗歌的一大特色。在诗集序中，他曾说到五绝诗歌的篇幅更符合他的性格，作为石油工作者的刘合院士，他在油田的开发历程是漫长的，科学研究同样艰辛、曲折、熬人，也就形成了其踏实的性格，不需要过多篇幅的华丽辞藻修饰，只需要简短、朴素、精练的语言就可以写出好的节令诗歌。比如前文提及的《秋离别》仅用"残""寒"就塑造出了寂冷的氛围，而"催"字更是强化了身不由己的漂泊感，这种寒意，不仅指的是天气上的寒冷，更包含了诗人内心的凄凉和孤独。又如《春来了》中的"春来馨苑语，润物细无声"化用了"随风潜入夜，润物细无声"的诗句，古今联动将春季生机勃勃的美好景象展现了出来，这里的"语"字，赋予了春天以人的情感与语言，使得整个画面充满了生机与灵动。而"润物细无声"，则是对春雨的细腻描绘，它悄无声息地滋润着大地万物，给予生命以滋养与希望，展现了自然界的和谐与美好。而"醉"字仅用一字就表达出了"醉翁之意不在酒，在乎山水之间"的主旨。刘合院士凭着其朴素亲近的语言，用最简短精练的文字散发着打动人心的心灵力量。

总的来说，刘合院士的节令诗篇，犹如一股清泉，流淌着炽热的爱国情怀与闲适自得的生活哲学，这两种情感的完美交融，塑造了他既伟大又亲民的学者形象。更令人钦佩的是，刘合院士独树一帜地采用了语-图互文的创作技法，为五绝节令诗的创作开辟了全新的视野，同时，他以诗为笔，细腻地勾勒出了一个别

---

① 刘合：《五绝诗集》，2022年版，第49页。

具一格的颐和园形象，让历史与自然在诗行间交相辉映。这一切成就的背后，离不开他那朴素无华却意蕴深远的语言艺术，每一字一句都饱含深情，引人深思。可以说，刘合院士的五绝节令诗歌，在近代科学家诗歌领域中独树一帜，极具研究价值。它们如同一座穿越时空的桥梁，不仅连接了科学与艺术两大殿堂，还架起了历史与未来、个人与国家之间的深厚纽带。在品读这些诗歌的过程中，我们仿佛能够感受到那份超越时代的情感共鸣，以及心灵深处受到的强烈震撼。刘合院士的精神之光永远照耀，激励更多人在科学与艺术的道路上不断探索，让宝贵的文化遗产得以传承发扬，让世界因这份智慧与美好而更加丰富多彩。

论刘合的纪游诗

康宁婕[①]

刘合，1961年3月25日出生于黑龙江省哈尔滨市延寿县，中国工程院院士，能源与矿业工程管理专家，中国石油天然气股份有限公司勘探开发研究院副总工程师、教授级高工。毕业于大庆石油学院（现东北石油大学）石油矿场机械专业，后深造获得控制理论与控制工程博士学位。他在大庆石油管理局及大庆油田有限责任公司等关键岗位积累了丰富的技术与管理经验，并在采油工程技术领域取得显著成果，多次荣获国家科学技术进步奖及技术发明奖。刘合院士退休后，展现出对诗词的浓厚兴趣，开始学习并创作五言绝句，将个人生活的细腻感悟融入诗中，展现了他深厚的文化底蕴和对生活的热爱。刘合院士的生平经历是科技成就与人文情怀的完美融合。于2022年5月出版了《刘合诗集》，收录了平生所作诗词101首，涵盖了其大部分的人生经历与感悟。他凭借个人深厚的兴趣与人文情怀，转而投身于文学创作的新篇章。诗集中既有对自然风光的细腻描绘，也有对旅途见闻的生动记录，更有对人生哲理的深刻探讨与家国情怀的深切表达。这些诗作不仅是刘合院士个人情感与智慧的结晶，更以其独特的艺术魅力和深刻的思想内涵，在当代文坛上展现出非凡的价值与意义。从学术视角审视，这本诗集不仅丰富了当代诗歌创作的实践案例，更为跨学科研究提供了宝贵的启示。它揭示了科学家如何巧妙地运用文学语言传达科学精神与人文关怀，同时也为文学领域引入了理性思考与科学视角的新鲜血液。因此，本文将从分析刘合院士的纪游诗入手，来揭示刘合院士诗词创作的内容思想、艺术文体、语言修辞、意境风格、审美美感。

一、刘合诗集的内容思想

《刘合诗集》是一本由刘合创作的五言绝句诗集，记录了作者在不同时间、地点和情境下的所见所感。诗集内容广泛，题材有纪游、节令、写景、咏物、纪事及具有专业特色的科技诗等，体现了作者对生活的细致观察和深刻思考。诗集按照时间顺序编排，主要集中在2015年至2022年期间。具体日期在每首诗的标

---

① 康宁婕，上海大学中国古代文学专业博士研究生，研究方向为现当代旧体文学。

题中均有体现。每首诗的标题都标注了创作年份和月份，以及诗的主题或情境，部分作品配有诗人自己摄制的图片，供读者了解、想象当时作者所处环境和心理。刘合诗集中以"纪游"为主题的诗可整理出23首，跨过寒暑，涵盖大千世界的辽阔地域。

刘合院士的诗词主要分类之一是纪游诗。他的纪游诗深刻展露了他对大自然的热爱，集中表露了他在美景前的自然心境。如集中收录的首篇纪游诗，作于2016年7月的《雪山》："夜色雪山秀，蓝天寂静清。高原行摄苦，美景眼球赢。"他的诗作也真实记录了旅行中的苦乐交织。高原上的摄影之旅虽充满艰辛（"高原行摄苦"），但美景的震撼却足以让一切努力化为值得的喜悦（"美景眼球赢"），这种经历无疑丰富了他的情感世界，也让他在旅行中不断成长与升华。再如2018年8月的《虎丘公园》："斑驳灰青瓦，枫红叶落辞。游船孤独走，悟道静心知"，2018年12月8日《登五指山》"细雨朦胧走，溪流伴水潺。苍岩林茂秀，攀五指山艰"，这些诗句不仅是对自然景观的直观描绘，更是心灵与自然和谐共鸣的见证。刘合的诗作深刻展现了他对自然美景的无限热爱与崇高赞美。其笔触跨越雪山高原、山川河流、细雨蓝天、红叶落日与夕照佛阁。每一句都细腻地勾勒出大自然的鬼斧神工与瞬息万变之美。刘合在纪游诗中不仅描绘了自然美景，还融入了个人情感与感悟。如《宜兴行》："落日红霞美，浮云水里飘。倾情游竹海，心绪尽逍遥。"开篇"落日红霞美，浮云水里飘"描绘了一幅宁静而美丽的自然景象，落日与红霞相映成趣，浮云悠然自得地倒映在水中，营造出一种温馨和谐的氛围。接着，"倾情游竹海，心绪尽逍遥"则表达了诗人在这样的美景中尽情游玩，心灵得到了极大的放松和满足，心绪变得逍遥自在，无忧无虑。整首诗洋溢着对自然美景的热爱和对宁静生活的向往，传达了一种轻松愉悦、心旷神怡的情感。《雪域彩虹》："新疆春日艳，雪域彩虹惊。骏马伴花草，心弦话畅情。"首句"新疆春日艳，雪域彩虹惊"以强烈的对比和惊艳的视觉效果吸引了读者的注意，春日的新疆本应温暖明媚，而雪域之上的彩虹更是令人惊叹不已，这种景象带给人一种难以言喻的震撼和喜悦。随后，"骏马伴花草，心弦话畅情"则进一步描绘了诗人在这样的环境中与骏马、花草相伴，内心充满了畅快和愉悦，仿佛所有的情感都得到了释放和表达。整首诗充满了对自然奇观的赞叹和对自由生活的向往，展现了一种震撼、喜悦与畅快的情感。《雪山》："夜色雪山秀，蓝天寂静清。高原行摄苦，美景眼球赢。"这首诗则表达了一种复杂而深刻的情感，既有对美景的赞叹，也有对艰辛行程的感慨。开篇"夜色雪山秀，蓝天寂静清"

以简洁而有力的语言描绘了雪山在夜色中的壮丽和蓝天的宁静清澈,展现了自然之美的震撼力。然而,"高原行摄苦"却透露出诗人在拍摄这些美景时所经历的艰辛和不易,高原的恶劣环境给拍摄带来了很大的挑战。但即便如此,"美景眼球赢"却表明这一切都是值得的,因为那些令人震撼的美景已经深深印刻在诗人的眼中和心中。整首诗在赞叹自然之美的同时,也表达了对坚持和努力的肯定以及对美好事物的执着追求。这些诗句都深刻地展现了诗人的内心世界,使读者能够感受到诗人的情感波动与心灵共鸣。

  作为享誉中外的院士,刘合还写作了极富个人特色的科考纪游诗,体现了科研与文学的紧密结合。如《海南行》(海口参加中社部专家休假考察活动):"冬日琼洲走,微风扑面来。偷闲忙碌里,仲夏悄然回。"此诗记录了诗人在冬日里前往海南的旅行体验。海南以其温暖的气候著称,即便在冬季也如春天般温暖。"冬日琼洲走,微风扑面来"描绘了诗人在海南冬日里漫步,感受到的不仅是温暖的微风,更是心灵上的一种放松与愉悦。"偷闲忙碌里,仲夏悄然回"则表达了诗人在繁忙的生活中抽出时间旅行,仿佛瞬间从冬季的忙碌中穿越到了仲夏的悠闲时光,内心得到了极大的释放和回归自然的宁静。《威尼斯》:"天际霞光现,虹霓映水城。初望疑似火,却是画争鸣。"是诗人在威尼斯所见到的壮丽景象。"天际霞光现,虹霓映水城"以绚丽的霞光和倒映在水中的彩虹般的光影,展现了威尼斯独特的自然风光与城市景观的完美结合。"初望疑似火,却是画争鸣"则通过比喻的手法,初看时以为是火焰的霞光,实则是自然与城市共同绘制的一幅幅生动画面,表达了诗人对威尼斯美景的赞叹与惊叹。再如《濠江行》(澳门科技大学讲学):"两日匆忙路,濠江技艺宣。和谐科学旺,登上耀荣船。""两日匆忙路,濠江技艺宣"简洁地概括了诗人在澳门两天的忙碌行程,以及他在那里传播知识与技艺的活动。"和谐科学旺,登上耀荣船"则表达了诗人对澳门科技大学及澳门整体教育环境和谐、科学氛围浓厚的印象,以及对自己能够参与其中、为这一环境增添光彩的自豪与满足,展现了诗人对教育事业的热爱与投入,以及对澳门教育环境的高度评价。又如《泉城会议》(国际工程科技发展高端论坛):"泉城开大会,战略议工程。还得东风借,和谐发展赢。"这首诗体现了诗人对科技发展的关注与期待,以及对通过科技创新推动社会和谐发展的坚定信念。"泉城开大会,战略议工程"直接点明了会议的地点、规模和主题,即在泉城济南召开的关于工程科技发展的高端论坛。"还得东风借,和谐发展赢"则寓意着在推动工程科技发展的道路上,需要借助各种有利条件(如政策支持、技术创新等),

以实现和谐发展的目标。

在探索自然之美的同时，刘合并未忽视对人文历史与遗迹的深刻思考，写下了富有人文情怀的纪游诗。如《娄山关》："娄山关口险，敌阻路艰辛。勇士鏖兵战，航程破雾尘。"娄山关口的险峻与历史上的英勇战斗，在他的笔下被赋予了厚重的历史感与深刻的怀念之情，这不仅体现了他对历史的感怀，也反映了他作为文化旅者的人文情怀。如《古运河》："古运河之夜，红灯挂两旁。水边风景美，航路也繁忙。"这首诗以"古运河"为主题，描绘了一幅宁静而又生动的夜景画卷。首句"古运河之夜，红灯挂两旁"直接点明了时间和地点，即夜晚的古运河，以及运河两岸挂着的红灯笼，这些红灯笼不仅为夜色增添了一抹温暖的色彩，也象征着古运河的悠久历史与繁荣景象。接下来，"水边风景美"一句，简洁而富有画面感地概括了运河边的自然风光之美，可能包括波光粼粼的水面、沿岸的绿树成荫或是古色古香的建筑等。最后一句"航路也繁忙"则转而从静态的美景转向动态的描绘，展现了古运河作为水上交通要道的繁忙景象，船只往来，人声鼎沸，为这幅夜景图增添了生机与活力。《夕照佛香阁》："夕照佛香阁，金光沐浴朦。百年奇景美，影友摄魂疯。"以"夕照佛香阁"为题材，描绘了一幅自然美景与人文情怀相结合的壮丽景观。首句"夕照佛香阁"直接点题，夕阳的余晖照耀在佛香阁上，营造出一种庄严而神秘的氛围。第二句"金光沐浴朦"进一步描绘了夕阳下的佛香阁，金色的阳光仿佛给整个建筑披上了一层朦胧而神圣的光辉，既展现了自然之美，也寓意着佛法的普照与慈悲。接下来的"百年奇景美"则是对这一景象的高度评价，指出这样的美景是历经百年而依然令人叹为观止的奇观，体现了佛香阁及其所在环境的深厚文化底蕴和历史价值。最后一句"影友摄魂疯"则以夸张的手法形容了摄影爱好者们面对如此美景时的狂热与痴迷，他们纷纷举起相机，试图捕捉这稍纵即逝的绝美瞬间，以至于仿佛"摄魂"一般，忘却了周围的一切。这也从侧面反映了这一景象的非凡魅力。

二、刘合纪游诗的艺术特征

刘合凭借其深厚的科学素养与敏锐的观察力，将五绝诗这一形式作为抒发个人情感与生活感悟的独特途径。此诗集不仅是他退休生活中不可或缺的精神慰藉，更是科学理性与艺术感性完美交融的典范之作。在创作过程中，刘合院士严格恪守五言绝句的格律要求，从平仄韵律到字词推敲，每一环节均力求精准，确保每首诗作均达到古典诗词的美学高度。他运用凝练而富有表现力的语言，精准捕捉生活中的细腻情感与深刻哲理，将之转化为诗行间的真挚流露。刘合纪游诗的艺术特色体现在多个方面。

　　刘合的纪游诗均采用五绝这一古典诗歌形式，每首诗仅四句二十字，皆采用平水韵，却能在极短的篇幅内精准地传达出丰富的意象与情感。这种形式要求诗人必须具备高度的概括能力和精练的语言表达技巧，使每一字、每一句都恰到好处，充满韵味。刘合的纪游诗往往借自然之景抒发内心之情，寓情于景，情景交融。如《海南行》"冬日琼洲走，微风扑面来。偷闲忙碌里，仲夏悄然回"中，通过对冬日海南的描写，表达了诗人在忙碌之余偷得浮生半日闲的愉悦心情。又如《西堤春》"西堤花落地，杨柳吐新芽。春暖冬离远，皇园裏绿纱"中，通过对西堤春景的描绘，寄托了诗人对春天的热爱与对生命循环不息的感慨。

　　刘合寓情于景，诗集中大量描绘了自然风光，他往往将自然景物与个人情感巧妙结合。如"夜色雪山秀，蓝天寂静清""细雨朦胧走，溪流伴水潺"等诗句，通过细腻的观察和生动的笔触，将雪山、高原、山川、河流、细雨、蓝天等自然景观刻画得栩栩如生，让读者仿佛身临其境，感受到大自然的壮丽与和谐。如《海南行》"冬日琼洲走，微风扑面来。偷闲忙碌里，仲夏悄然回"中，诗人将冬日的海南之行与微风拂面的感受相结合，表达了对忙碌生活中难得的休闲时光的珍惜与享受；如《威尼斯》："天际霞光现，虹霓映水城。初望疑似火，却是画争鸣"，诗的开篇便以一幅壮丽的自然景象作为引子，将读者的视线引向远方的天际。霞光，作为日出或日落时天空特有的色彩，不仅预示着时间的流转，也象征着希望与美好，为全诗奠定了一个温馨而梦幻的基调。"虹霓映水城"，这一句将天际的霞光与威尼斯这座水上城市紧密相连。虹霓，即彩虹，是光线经过水滴折射、反射后形成的彩色光带，常被视为吉祥和美丽的象征。在这里，彩虹不仅映照在水面上，更仿佛将整个威尼斯城都染上了一层梦幻般的色彩，使得这座本就以水道纵横、桥梁众多而著称的城市更添几分神秘与浪漫。"初望疑似火"，这一句通过"疑似火"的描绘，巧妙地运用了视觉上的错觉，将读者带入一个充满张力和想象的场景。初看之下，那天际的霞光、水面的倒影，以及可能因光线折射而产生的各种色彩交织，确实容易让人误以为是火焰在燃烧，这种错觉不仅增强了画面的动感，也预示着一种热烈而激情的情感即将展开。"却是画争鸣"，这一句是全诗的点睛之笔。诗人笔锋一转，指出那看似火焰的景象，实则是一幅幅生动的画卷在争鸣。这里的"争鸣"二字，既可以理解为画面之间的竞相展示、争奇斗艳，也可以理解为这些美景如同音乐般和谐共鸣，共同构成了一曲关于威尼斯的赞歌。这一转折，不仅将前文的视觉错觉转化为对威尼斯美景的深刻感悟，也赋予了整首诗以更加深远的意境和丰富的情感层次。而且刘合善于将自然景物与自身情感紧密结合，营造出一种情景交融的意境。例如，《雪山》"夜色雪山秀，蓝天寂静清。高原行摄苦，美景眼球赢"中，雪山与蓝天的静谧之美，不仅是对自然景观的客观描绘，也透露出诗人内心的宁静与高远。又如"细雨朦胧走，溪流伴水潺"，细雨与溪流的细腻描绘，不仅展现了自然的柔美，也寓含了诗人对旅途的淡淡忧愁与对自然的深切感悟。

  刘合的诗还巧妙地运用意象来营造氛围、表达情感。如从迪拜乘飞机回国的过程中，俯瞰机窗外山川河流的《窗外》："行在云层里，机窗鸟瞰川。孤烟沙漠起，山脊有神仙。"通过孤烟、沙漠、山脊等意象，构建出一幅神秘而壮阔的画面，引人遐想；《白云蓝天下》"白云蓝蔚配，炎日俏然来。柳动鸭鸣叫，皇园笑逐开"则以白云、蓝天、炎日等意象，描绘出夏日的清新与活力，给人以愉悦的感受。刘合在炼字方面表现出极高的功力，如"红满枝头艳，成阴绿叶姿"中的"满"和"艳"字，精准地描绘出春花盛开的繁盛景象；"微风轻雨拂，花影阁庭诗"中的"拂"字，则生动地表现了微风细雨轻拂过花枝的柔美与宁静。这些字词的运用，使得诗句意蕴深远，耐人寻味。刘合的纪游诗语言简洁凝练，没有过多的修饰与铺陈，却能在有限的篇幅内传达出深远的意蕴。如《登五指山》"细雨朦胧走，溪流伴水潺。苍岩林茂秀，攀五指山艰"中，首联仅十字便勾勒出一幅细雨蒙蒙、溪流潺潺的清新画面，同时也寓含了诗人对自然美景的无限向往与赞美。这种简洁凝练的表达方式，使得刘合的纪游诗具有更强的艺术感染力和生命力。

  刘合在诗中运用动静结合的手法，营造出富有层次感和动态感的意境。如《窗外》"行在云层里，机窗鸟瞰川。孤烟沙漠起，山脊有神仙"中，通过"行"与"瞰"两个动词，将飞机的动态与山川的静态相结合，形成了一幅生动的空中俯瞰图。又如《虎丘公园》"斑驳灰青瓦，枫红叶落辞。游船孤独走，悟道静心知"中，游船的"走"与内心的"静"形成鲜明对比，既表现了外在的孤独，又体现了内心的平和与悟道。同时，刘合在诗中注重色彩与光影的描绘，通过色彩的对比与光影的变化，营造出丰富的视觉效果和情感氛围。如《红满枝头》"红满枝头艳，成阴绿叶姿。微风轻雨拂，花影阁庭诗"中，红与绿的鲜明对比，不仅展现了春天的生机勃勃，也寓含了诗人对生命的热爱与赞美。又如《宜兴行》"落日红霞美，浮云水里飘。倾情游竹海，心绪尽逍遥"中，落日与红霞的绚烂色彩，与浮云的轻盈飘逸相结合，营造出一种宁静而美好的黄昏景象。

刘合的纪游诗在风格审美上呈现出独特的美感，有自然之美。刘合的纪游诗大量描绘自然风光，如雪山、蓝天、高原、细雨、溪流、苍岩、茂林等，这些自然元素经过他的精心雕琢，展现出一种清新脱俗、宁静致远的自然之美。他的诗中不仅有对自然景色的客观描绘，更有对自然之美的深刻感悟和赞美，让读者仿佛置身于诗中所描绘的绝美画卷之中。刘合的纪游诗有意境之美。刘合的纪游诗在营造意境方面有着独到的艺术手法。他善于通过精练的语言和丰富的意象，营造出一种超越现实、富有哲理的意境。这种意境既包含了对自然景物的直观感受，也蕴含了诗人对生活的深刻思考和情感体验。读者在品味这些纪游诗时，不仅能感受到诗中的自然之美，更能体会到一种超越物质世界的精神追求和审美享受。刘合的纪游诗有情感之美。刘合的纪游诗不仅是对自然风光的描绘和意境的营造，更是诗人内心情感的真实流露。他在诗中表达了对大自然的热爱与敬畏、对生活的感慨与思索、对友情的珍视与怀念等丰富而深刻的情感。这些情感通过精练的语言和生动的意象得以传达，让读者在品味诗句的同时，也能感受到诗人内心的真挚与热情。刘合的纪游诗有简洁之美。作为五绝诗，刘合的纪游诗在形式上追求简洁明了。他运用精练的语言和凝练的意象，在极短的篇幅内传达出丰富的情感和深邃的意境。这种简洁之美不仅体现在诗句的字数上，更体现在诗句的韵味和意境的深远上。读者在品味这些纪游诗时，能够感受到一种言简意赅、余味无穷的美感。

刘合在纪游诗中常常融入自己的真实情感，无论是对壮丽自然景观的赞叹，还是对生活细节的感悟，都流露出他深厚的情感底蕴。他的诗不仅是对景物的客观描绘，更是情感的抒发和心灵的寄托。其次是精练的语言风格。刘合的纪游诗采用五绝这一古典诗歌形式，语言凝练而富有表现力。他善于用简短的诗句捕捉景物的精髓，通过精练的字词传达出深远的意境。这种语言风格使得他的诗既易于诵读，又耐人寻味。

刘合以诗为笔，构建出丰富多彩的诗歌世界。他的诗中既有雄伟壮丽的山川湖海，也有细腻入微的草木虫鱼；既有历史的沧桑感，也有现实的生活气息。这些意象的巧妙组合，使得他的诗意境深远，引人入胜。刘合的诗还富于深刻的哲理思考。刘合的纪游诗不仅停留在对景物的描绘和情感的抒发上，还常常蕴含着深刻的哲理思考。他通过对自然景物的观察和感悟，引发对人生、历史、宇宙等宏大命题的思考，使得他的诗具有更深层次的思想内涵。最后是独特的个人视角。刘合在纪游诗中展现了自己独特的个人视角和审美趣味。他善于从自己的角度观察世界，发现别人未曾留意的细节和美景。这种独特的视角使得他的诗具有鲜明的个性特征，能够引起读者的共鸣和思考。诗中充满了对自然美景的描绘和颂扬，其中又往往融入了诗人个人的情感和体验。他通过诗歌表达了对生活的感悟、对时光的珍惜、对友情的珍视以及对家国情怀的抒发。这些情感真挚而深刻，让读者在品味诗歌的同时，也能感受到诗人内心的世界和情感的波动。刘合的诗作在一定程度上也体现了对传统文化的传承与创新。他运用古典诗词的形式和韵律，结合现代生活的元素和感受，创作出具有时代特色的诗歌作品。这种传承与创新不仅丰富了诗歌的内涵和外延，也为传统文化的现代转化和发展提供了新的思路和方向。

总之，刘合的纪游诗充满诗意与情感，它以精练的语言、生动的意象和深刻的感悟，展现了作者在不同时间、不同地点的旅行体验与人生思考。这部诗集不仅是对自然景观的赞美和记录，更是对人生旅途的一种深刻感悟和领悟。它让我们在欣赏美景的同时，也能够思考生活的意义和价值，感受到生命的无限可能和美好。

论刘合的写景诗

许婉琼[①]

刘合院士出生于 1961 年，为中国工程院院士、能源与矿业工程管理专家，他不仅在石油勘探开发领域有着卓越的贡献，还在艺术上有着深厚的兴趣和造诣。作为"石油界的著名摄影师"，刘合院士曾出版过"主题"摄影集，主题包括"忙碌的抽油机"和"唯美的颐和园"。退休之后的刘合院士学起了写诗，在众多场合展现出对诗词的热爱，创作了许多诗歌。刘合的五言绝句，风格平实浅易，自然轻快，内容大多为描绘自然风光和记叙科学活动，兼有些许纪游诗和节令诗等。就目前所见作品来看，写景诗在其诗作中占据了很大的比重，因此本文旨在以刘合院士创作的五言绝句为例论其写景诗的精妙独到之处。

一、刘合写景诗创作分类

既然谈及写景诗，首先应该明确"写景诗"一词的概念和范围。诗歌中纯粹描写景色的情况较为少见，因此这里探讨的写景诗，是以描绘自然景物为主要内容的诗歌。写景诗涵盖的范围非常广泛，几乎包括世界上的一切景象，包括山水风光、四季景色、天文气象、植物动物和人文景观等。以现有所见诗作来看，刘合院士的写景诗按照题材主要可以分为以下几类。

其一，描绘湖光山色的写景诗，刘合先生擅长用通俗简易的字句描绘出山峦峻峰的壮丽秀美，常以简洁明了的意象组合出一幅幅山川图。如《窗外》一诗"孤烟沙漠起，山脊有神仙"一句明显可以看出受到王维《使至塞上》"大漠孤烟直，长河落日圆"的影响，仅用"孤烟""沙漠"两个意象便清楚传神地描绘出诗人身在云端，透过飞机望向窗外所见之景。再如诗人在《长白山》"长白余晖日，池峰险峻奇。风飘云锦散，美景化成诗"一诗中，以独特的洞察力和简洁的字词组合，描绘出一幅日落山川图。

其二，以自然气象为描写对象的写景诗数量较多。在目前所见的刘合写景诗作品中，光是描绘"雪"的诗作就有数首，有描写普遍意义上的雪景如《雪》，特定时节的雪如《春雪》，特定场景的雪如《颐和园雪》等。另一频繁描写的自

[①] 许婉琼，南昌大学中国古代文学专业硕士研究生。

然天气现象是"雾",代表诗作则有《清雾》《天坛雾》《云雾》等。

其三,描写单一景物同样是刘合先生擅长的题材,此类别的描写对象主要是花草树木,如《石榴花》《夏雨荷》《蜡梅》等。诗人通过细腻的观察和丰富的词汇,展现出花草树木的特性,描绘景物的同时也寄托了诗人的情感与哲思。

其四,刘合院士的写景诗中还包括对四季风光的描写。如《西堤春》"西堤花落地,杨柳吐新芽"写春景,"落花"常作为悲凉、凄惨的意象,而在诗人眼中却不然,他认为春季的落花却别有一番情趣,另有描绘秋景的《秋来》《京秋》和描绘冬景的《冬韵》等。

其五,刘合先生的写景诗还包括对人文景观的描写。如《梅溪湖剧院》:"梅溪湖剧院,洁白线条萦",再如《古运河》:"古运河之夜,红灯挂两旁",又如《虎丘公园》"斑驳灰青瓦,枫红叶落辞"等都是属于描写人文景观的诗作。

以上分类之间或有交叉,还有些许很难用以上的单一分类来归纳,如《暮色》《白云蓝天下》《夕照佛香阁》等。

二、写景诗的内容表现

刘合院士的五绝以其简洁明了的诗风著称,虽然篇幅短小,但内容丰富多彩,涵盖了自然景物的描绘、内心情感的抒发、哲理思考的展现等多个方面。这些诗歌不单是对自然风光的简单描绘,更是诗人表达心中所思所想的重要手段,是诗人内心世界与外在世界相互交融、相互映照的艺术表达。

刘合院士在闲暇时光游历过不少名山大川,不仅用镜头记录震撼的美景,也将山水游赏反映到诗歌当中来。如《雪山》一诗"夜色雪山秀,蓝天寂静清"仅用十个字便描绘出一幅宁静的雪山月夜图,月色和雪色之间,诗人沉浸在这份宁静与秀美之中,以镜头记录这纯洁的秘境,只是"高原行摄苦,美景眼球赢",图片与言语所记录总归不及肉眼所见秀美河山之万一,足以可见诗人对雪山之景的高度赞扬。又如《日落山峦静》"日落山峦静,红霞映满江"一句,诗人仅用三言两语便能栩栩如生地描绘出所见之景,傍晚余晖笼罩山头,晚霞铺满江面,营造出一种宁静祥和的氛围。刘合院士的写景诗中又不乏细节独到之处,诗人通过细腻的观察,生动地描绘出单个景物的特征,如江面的倒影、花朵上的露珠、湖边的花香等。如《轻风花露》:"溅玉飞珠落,晶馨剔透明。轻风花露遇,美妙俏香情。"从细微处入手,描写花瓣上的露珠掉落的动感十足的画面,既写出露珠的晶莹剔透的特征,又以尾句"美妙"一词诠释了诗人当下的愉快惬意以及对眼前景象的喜爱和赞扬。

刘合院士在描绘自然景色的同时，也常寄托自己的喜怒哀乐、忧思愁绪等情感。刘合的写景诗多记录当时当下的心绪与情感，如《见彩虹》一诗描写彩虹，以"彩虹"为好的预兆，"明晨接喜风"寄寓诗人对领导治疗顺利的殷切期盼与诚挚祈愿；再如《秋离别》一诗中"一抹秋离别，霜催树木残"秉承悲秋传统，通过描写落叶秋霜图营造凄凉萧瑟的氛围，表达诗人对离别的忧伤，颇有曹丕"秋风萧瑟天气凉，草木摇落露为霜"的意味。值得一提的是，刘合的写景诗在某一集中的时间段里表现出深厚的家国情怀，寄托着对社会和谐美满、人民幸福安康的美好祝愿。如写于2020年2月的《红果》一诗"太平来做伴，欢喜去寒霜"表现出诗人对和平安宁、无灾无难的理想社会的盼望。此处的祈愿"太平"点明诗人殷切期盼着阴霾被驱散，心中祈愿明媚春天的到来。写于同年3月的《吐芳菲》："阳春三月雨，枯木吐芳菲。送走瘟神去，心驰喜讯归。"写到春天来临，万物复苏，"吐芳菲"预示着新的生命力和希望的开始。当此良辰美景，诗人道出了心中的最真挚的美好祝愿："送走瘟神去，心驰喜讯归"，此句表达诗人迫切希望疫情能够尽快得到控制、早日退散的强烈愿望。再有写于2022年的诗作，如《花初放》"疫霾仍未散，心稳盼天晴"、《紫藤》"五月祈安盼，红墙映笑颜"亦是如此，刘合院士以胸怀天下的大爱，通过诗歌书写着对国家的忧虑与对人民的深情。他也始终相信明媚的阳光终会到来，而我们的国家与民族也将在这场考验中变得更加坚强与伟大。

刘合院士的写景诗还展现着诗人的人生哲理与思想境界。诗人常因自然景物受到触动，由此引发思考，展现对人生百态的深刻理解与领悟。如《清雾》："仙家缘自我，心绪伴明昭"，传达诗人对人生哲理的深刻理解，他认为真正的领悟源自内心的觉醒与修炼，我们需要保持心灵的澄澈与明净。再如《虎丘公园》："游船孤独走，悟道静心知"，通过描绘孤独航行的游船寄托着诗人对人生旅途的独特理解。在诗人看来，孤独往往才是人生的常态，我们要坦然接受孤独的心境，从而达到静心的程度，以此"悟道"。诗人认为，通过孤独的"静心"可以使人进入到一个境界，从而洞察宇宙万物发展变化的基本规律，发现人生命运的真理。这里的"悟道静心知"所阐明的哲理恰与庄子追求的"虚静"境界一脉相承。这首诗蕴含着深刻的哲理内涵，展现了诗人乐观、坦然的人生态度和泰然自若、追求自由的精神境界。

三、独特的艺术魅力

以上探讨了刘合院士写景诗的内容，但我们读诗，不仅仅停留于诗歌传达出来的丰富内容与寄托的深厚情感，刘合院士的写景诗，更令人着迷的是艺术方面的造诣。从风格而言，刘合的写景诗凝练隽永，言简意赅，能用简洁的语言最大程度地描绘景色，兼以恰当的修辞手法丰富写景诗的内涵。其写景诗明显还具有"诗中有画"的特点，他擅长通过精心选择意象、大量运用颜色词和动词的组合来塑造强烈的画面感。

其一，刘合院士的五绝写景诗语言简洁，凝练隽永，言简意赅，能以高度简洁的语言描绘景色。以《元阳梯田》为例，"写意梯田秀，风光影变奇。元阳仙境在，遗产摄人痴"。全诗仅二十个字，但没有一个字是多余的，如"秀""奇"字直接点明了梯田风光的秀美神奇，"元阳"标明地点，"仙境"是巧妙的比喻，诗人尤为传神地将梯田美景与仙境相提并论，不仅形象地道出梯田风光的秀美，也让读者仿佛身临其境感受到仙境般的绝妙风景。"遗产摄人痴"一句，仅用五个字便阐明风景的秀美使人如痴如醉，流连忘返，又从侧面烘托出梯田美景的震撼之态。诗人在简洁的短短四句诗中，仅运用常见的字词而非华丽繁缛的辞藻，便能从不同角度反复摹画梯田之美，充分展现了简洁凝练诗风的独特魅力。再如《古运河》："古运河之夜，红灯挂两旁。水边风景美，航路也繁忙。"整首诗语言简洁明了，用词精当准确，字字珠玑，没有过分的修饰和华丽的辞藻，仅用有限的字数便展现了丰富的信息和内容。首句"古运河之夜"点明时间与地点，再以"红灯"这一具体意象简洁地描绘出运河周边的景象。诗人以简洁之语，在有限的字数中寄寓无限的情思，表达对中国古代广大劳动人民无比的智慧和超凡的创造力的讴歌，对中国古代璀璨夺目的文明的赞颂。又如《夕照佛香阁》"夕照佛香阁，金光沐浴朦"，仅用简洁的"夕阳""香阁""金光""朦"几个词便便生动形象地描绘出夕阳西下、香阁笼罩在金光下的朦胧模糊之景。

其二，为了更好描绘出景物的特点，描摹出生动传神的画面，刘合院士也重视运用修辞手法来完善诗歌创作的写景艺术。如《白云》一诗独具匠心地将白云比作珍珠，巧妙地捕捉在阳光照射下的白云晶莹剔透、圆润光泽的特点，传达出云朵的洁白柔美与温润可人；又将白云比作"银泉"，描绘出白云的纯净清澈之感，又写出了白云在天空中游动变换，如同泉水般汇聚成一股的运动状态。再如《见彩虹》中诗人别出心裁地将彩虹比作弯弓，一般意义上的"彩虹"给人以绚丽柔美、如梦如幻的感受，弯弓则代表武器、力量，一般人很难将两者联系到一起，甚至二者的隐含意义还有些许冲突矛盾，可见这并不是一个绝佳的喻体，其实不然。这个做法恰恰是诗人对于"陌生化"的运用，通过增加读者的新鲜感和反应时间，从而增强读者对作品的感知和理解。再者，此处用"弯弓"一词明显更能体现出诗人惊讶的心情，试想"惊现一弯弓"和"惊现一彩虹"的表现效果相差几何？刘合还擅长运用拟人的修辞手法，赋予景物以人的特征、情感和行为，如《蜡梅》"绽放枯枝上，忠贞傲骨娇"和《虎丘公园》"游船孤独走，悟道静心知"，认为蜡梅有"傲骨"，游船很"孤独"，其本质上是移情于景，将自身情思投射到景物之上，以人格化的景物委婉地传达自身的感受。再如《红柿》"万物皆惆怅，秋来叶落稀"，明明是秋天来了，诗人自身感到惆怅，却说是万物惆怅。又如《孤月明》"文昌孤月亮，星寥阁楼惆"中说道阁楼会"惆怅"，试问阁楼如何会惆？是诗人在借阁楼抒发心中的忧郁罢了。

其三，刘合院士在意象选择与意境营造方面也极有功力。作为一位摄影师，刘合先生能以独特的眼光和构图技巧抓住景色的要素，擅长选取合适恰当的意象。如《颐和园雪》"皇园冬客韵，山顶落银花。奇秀披湖畔，金銮雪日遮"一诗中，诗人选取了"银花"和"金銮"等具有代表性的意象，不说"雪花"而说"银花"，一方面道出雪的晶莹洁白，一方面避免过于直露，失去诗歌的含蓄性；"金銮"则暗示地点的特殊性，即皇家园林——颐和园。再如《红果》"凌雪落红果，苍茫大地祥"选取"凌雪"和"雪地"两个意象来衬托"红果"，红色和白色的反差，给人以视觉上的巨大冲击力，在凌雪侵袭下仍能保持鲜活的生命状态，道出"红果"不畏严寒的品质；微小的红果和苍茫的大地的对比，则开拓出辽阔无垠的视野。刘合院士还擅长采用情景交融的方式，塑造高远深邃的意境。如《冬荷》："冬荷冰面现，成熟亦澄明。寒气皆无畏，残枝禅韵清。"选取了不常见甚至有些反常的"冬荷"意象，辅以"冰面"与"残枝"构建出凄清寒冷的冬景。此处的荷花显然已非盛夏那般光彩夺目，而是枯枝残叶，给人一种萧瑟悲凉之感。然而诗人并未因此哀景触发悲伤情绪，反而认为冬荷"成熟亦澄明"，在经历春夏绚丽的盛放之后，诗人认为花朵凋谢不是生命的结束，而是达到了另一种生命状态，人生亦是如此。《冬荷》的后两句进一步强化了冬荷的坚韧形象，并将冬荷的残败之美与禅理相结合，"禅韵清"使得本诗的意境达到一种韵味无穷的境界。

其四，刘合的五绝写景诗尤其擅长运用颜色和动词的结合，来营造具有视觉冲击力的画面感引发读者的审美感受，此谓"诗中有画"。如《红满枝头》："红满枝头艳，成阴绿叶姿。微风轻雨拂，花影阁庭诗。"仅用"红""绿""拂"寥寥数字便描述出春日里生机盎然、诗意盎然的景象。多彩的颜色丰富着诗歌的视觉效果。鲜明的色彩对比能够增强读者的视觉感受，而当一首诗中的色彩遇上动态，则愈加丰富了诗歌的表现力，也能够使诗歌画面更加生动、具体，充分展现大自然的绚丽多姿。又如《云雾》"静谧雪山秀，登高见皓穹。途行云雾处，落日夕阳红"一诗中，"雪山""皓穹""云雾""落日"的视角从低到高再从高到低，具有多个空间层次，"登高"与"落日"又构成了一组相反方向的平行运动，极具动态与变化之感，延伸着画面的空间深度。这些意象自带的颜色隐喻又进一步丰富了诗句的内涵，雪山的洁白，皓穹的湛蓝，云雾的缥缈，落日的火红，构成了色彩鲜明、层次分明的雪山落日图，这都是本诗能够具有强烈画面空间感的重要元素。再有《青瓦红墙》中，"青瓦红墙衬，春来瑞雪扬"一句，青瓦给人以沉稳、古朴的感受；红墙则给人以鲜活、热烈之感。青与红的颜色形成鲜明对比，却并不突兀，使得诗中所绘之景兼有宁静与灵动之韵。静静伫立的青瓦红墙伴着空中雪花纷飞，一个"扬"字巧妙盘活了此般春景，眼前仿佛是一幅栩栩如生的动图。另有《树成图》一诗："一缕阳光照，黄枫映水珠。天蓝霾远走，喷洒树成图。"开篇即以"一缕阳光"为整个场景奠定了温馨而明亮的基调，秋季的色调本就是金黄、温暖的，再以"黄枫""蓝天"两个色彩鲜艳而明媚的意象，衬以"照""远走""喷洒"等传神的动词勾勒出一幅流动的清新自然的秋日画卷。如果说诗人描绘的前两句是静态的秋高气爽图，后两句则捕捉眼前之景的动态之美。"霾远走"不仅体现蓝天的澄澈与高远，也暗含诗人对美好未来的预言与期盼。而尾句富有想象力和动感的"喷洒"二字，仿佛是有人在拿着画笔在林间自由挥洒创作，绘画出一幅温暖鲜艳的枫林图。在刘合院士的五绝写景诗中，巧妙运用了色彩词与动词的组合，这样的用法为读者提供了直观的视觉感受，色彩使人眼前顿生画面感，动词则赋予了这些色彩以动态的生命力，两者结合，使得整个画面既鲜明又生动。

结　语

　　刘合院士创作五绝诗歌，是跨领域的尝试，也是对我国优秀传统文学形式的传承和发展。而在其写景诗中，科学家对于自然界与众不同的敏锐观察和深刻理解，使其能够选取恰当的意象来营造深远的意境，运用丰富多彩的艺术手法来恰如其分地描绘自然景色。其积累的丰富的人生经验和阅历的融入，成为诗中抒发内心情感、表达人生哲理的重要来源。总之，刘合院士的写景诗创作内容丰富，情感真挚，独有的艺术魅力，为我们展现了一位科学家眼中的大美世界，也体现着刘合院士的浓厚人文情怀和非凡艺术才华。

论涂善东院士的诗歌创作及艺术特色

张艺凡[①]

涂善东，男，汉族，中共党员，1961年11月4日出生于福建省龙岩市永定区，籍贯为广东省梅州市大埔县。他是化工装备安全技术专家，中国工程院院士，担任华东理工大学科学技术协会主席、华东理工大学教授。涂善东长期从事高温高压设备安全技术研发，多次获得国家科学技术进步奖。涂院士曾言："外国再好也没有家的感觉。作为工程科学家，成果不但要学术界叫好，更要在工程界广泛应用……国内能给我更大的施展才能的天地，尤其是给我在生我养我的祖国将成果转化为生产力的充实感、自豪感。"[②] 在首届中华诗词艺术与科学精神研讨会上，他以"为生民立命，为工程讴歌"为主题进行发言。其言谈、创作之间均流露出新时代中国科学家的科技报国之志。

一、涂善东诗歌的内容

涂院士所作的诗歌题材范围较广，内容独具特色。就目前所见的作品来看，涂善东院士的诗歌可根据题材分为五类。一类是纪事诗，如《上海滩》《参加首届中华诗词艺术与科学精神研讨会》。一类是咏怀诗，如《步韵敬和雷源忠先生〈大江东去〉》《登楼远望》《获国家奖感赋》《阴阳魔都》《咏菊》。一类是科技诗，如《大数据之无限与有限》《SDGs口诀》。一类是贺岁诗，如《马年贺岁诗》。一类是吊唁诗，如《清明遥祭庆新兄》《敬挽杨叔子先生》。

（一）纪事诗

涂善东院士的纪事诗饱含昂扬的精神与宏大的气势。如他在上海世博会期间所作的《上海滩》："神州往昔路迷茫，今日浦江喜欲狂。多国纷陈千种彩，百年难见万旗扬。明珠高塔擎天立，展馆中华器宇昂。寰宇炎黄齐振奋，辉煌夜色胜莲塘。"此作以今昔对比的时空交错之感，突出上海发展速度之迅猛。"多国纷陈"是指各国在中国举办的世博会上齐聚一堂，共赏世界各国的文化样态和科技成就。"百年难见万旗扬"则强调了这种盛况的罕见与壮观，寓意着中国在国

[①] 张艺凡，上海大学中国古代文学专业硕士研究生。
[②] 新湄：《涂善东：去来进退都是情》，《国际人才交流》2002年第7期。

际舞台上的影响力日益增强，各国旗帜在中国飘扬，是对中国实力和魅力的高度认可。高大宏伟、直插云霄的东方明珠塔象征着中国的现代化与崛起。展馆中展示的中华文化和科技成果，彰显了中华民族的辉煌历史和当代风采，器宇轩昂，令人敬仰。结尾两句将情感推向高潮。全世界的中华儿女在中华民族伟大复兴道路上斗志昂扬，拼搏进取。"辉煌夜色胜莲塘"以景寓情，以荷花池比喻中国所取得的辉煌成就，不仅令人眼前浮现一幅中华民族如美丽的连花那样蓬勃发展、生机盎然的图景，而且寓意着中国文化的深厚底蕴和中华民族的纯洁高尚。同时，"夜色胜莲塘"也暗示着中国的繁荣发展如同夜空中最璀璨的星辰，照亮世界，引领未来。这首诗是涂院士与王玉明院士的唱和之作，描绘了今日繁荣昌盛的壮丽画卷，展现了中华民族在新时代的蓬勃生机与自信风采，可见涂院士的壮志豪情。涂院士还有诗作《参加首届中华诗词艺术与科学精神研讨会》："我非风雅士，偶赋几行诗。喜赴群贤会，欣逢众大师。放歌抒至美，格物致新知。漫漫人生路，且行且偎依。"这首诗歌以谦逊而又不失雅致的笔调，表达了作者对诗歌创作无限热爱的艺术追求、"格物致知"的求知精神以及在人生旅途中的温情与坚韧。涂善东院士的纪事诗反映了他乐观的人生态度以及为国家发展而感到自豪的赤子情怀。

（二）咏怀诗

涂善东院士的咏怀诗蕴含雄奇的眼光与非凡的气度。一方面，他的感怀勾连古今，情系未来。如他与雷源忠的唱和作品《步原韵和〈人生〉》："滚滚长江万里涛，风流百代瞬间消。帝王将相本无种，富贵功名却有桥。不息自强明古训，朝乾夕惕不容骄。人生难得逢尧世，业绩辉煌路不遥。"此作寓情于景，托物言志，展现了诗人对于历史、人生以及个人奋斗的深刻体悟。诗歌以壮阔景象开篇，长江的滚滚波涛象征着历史的洪流不可阻挡，时间如白驹过隙，无论多少英雄豪杰、风流人物，其辉煌成就终将在历史的长河中逐渐消逝。这里既表达了诗人对历史的敬畏，也透露出对生命短暂、世事无常的感慨。颔联中的"桥"象征着通往成功的路径或机会，鼓励人们积极追求，勇于改变命运。颈联则是对个人修养和处世态度的要求。诗人强调要不断学习、自强不息，铭记古人的教诲，同时在日常生活中保持勤奋谨慎，不可因一时的成就而骄傲自满。这种精神是通往成功和保持成功的关键所在。末句以"尧世"比喻理想中的太平盛世或良好的社会环境，在这样的时代里个人更容易实现自己的抱负和理想。同时，他也鼓励人们相信，只要方向正确，努力不懈，通往辉煌业绩的道路并不遥远。这既是对时代的美好憧憬，也是对个人奋斗精神的肯定。整首诗通过描绘长江的壮阔、历史的变迁和人生的哲理，表达了诗人对于历史、社会和个人命运的深刻思考。《获国家奖感赋》："春风一夜绿陈枝，岁月如流寄小诗。十载潜心求破壁，百回矢志钻难题。千般奥秘堪寻觅，万字文章揭妙机。过往功名何必恋，未来世界有新奇。"开篇以春风拂绿、岁月如流为引，这首诗巧妙地融合了个人奋斗、学术追求以及对未来世界的憧憬，展现了作者深邃的思想境界和积极向上的生活态度。春风一夜之间使陈旧的枝头重焕生机的景象，寓意着新生与希望的到来。这不仅是对自然界变化的描绘，也象征着个人或社会在经历了沉寂或困境之后，迎来新的发展机遇和活力。如流水般的岁月给人以感慨和思考。作者用"十载"这一时间跨度不断突破自我限制，攻克难关。诗人不仅在学术或技艺方面有着精益求精的追求，也在人生道路上不断挑战自我，超越自我。即使面对再大的困难，也要坚持到底，直到找到解决之道。这两篇作品不仅抒发个人情感，更是展现了作者对全人类精神追求的一种鼓舞和启示。

另一方面，涂院士的咏怀诗深邃且富有哲理，从中可感知其与古人对话的意味。如《登楼远望》："楼外高楼山外山，时空无限意无阑。物含妙理难穷毕，常使英雄去不还。"开篇即构建了一幅层次分明的空间图景。楼与楼的叠加，山与山的绵延，不仅展现了自然界的广阔无垠，也暗示了人类探索未知、追求更高境界的永恒追求。"时空无限意无阑"则表达了对人类精神世界的赞美，也是对人生意义的深刻探索。在无限的时空中，人的思考和追求似乎永远没有终点，这正是人类精神的伟大之处。世界上的万事万物，都蕴含着其独特的规律和道理，这些妙理深奥而复杂，难以完全穷尽。这一观点体现了古人对自然界和宇宙万物的敬畏之情，也反映了人类对未知世界的探索欲望和求知欲望。最后一句以"英雄"的形象收尾，赋予了全诗一种悲壮而崇高的情感色彩。在追求真理和理想的道路上，英雄往往会面临重重困难和挑战，甚至可能付出生命的代价。因此，末句既表达了对英雄的敬仰和怀念之情，也隐含了对人生无常、世事难料的感慨。同时，这句话也激励我们要像英雄一样勇敢追求自己的理想和信念，即使前路漫漫，充满未知和危险，也要带着顽强拼搏的意志奋勇向前。综上所述，这首诗歌通过描绘楼山叠嶂的广阔景象，阐述时空无限的哲理思考，探讨自然万物的奥秘以及歌颂英雄的悲壮精神等方面内容。又如《咏菊》："黄花遍地异香侵，秋菊篱边簇簇金。遥想渊明有独爱，田园居处有彤云。"这首诗以秋日景致为引子，巧妙地融入了对古代文人陶渊明及其隐逸生活的向往与赞美，展现了一幅清新脱俗、意境深远的田园风光图。涂院士不仅对客观规律有所感悟，面对自然风光，也会联想到古圣先贤并抒写怀抱。

（三）科技诗

涂善东院士的科技诗兼具科学的意涵与思辨的理趣。他以当下迅速发展的新科技为创作灵感，站在科学家的视角描绘了大数据的特点。其关于大数据的诗歌，如《大数据之无限与有限》："大数知何是，诸生皆可穷。井蛙情寄海，燕雀意如鹏。盲者能言象，夏虫竟语冬。痴人多有梦，常是理难从。"此诗作于2022年7月30日，道出了大数据的特点。首句开宗明义，点出了大数据的功能与优点。第二句使用"井蛙""燕雀"等意象，形象生动地使读者了解大数据覆盖广、速度快的特点。第三句承接上句，用"盲人摸象""夏虫语冰"的典故说明大数据的神奇之处。末句则将话锋一转，道出了大数据也存在不可避免的局限性。此诗句句扣题，常人均知晓大数据的便捷性并一味地赞叹，鲜有人从反面思考其未知和缺陷的一面。涂善东院士从此角度思考并以此为题创作诗歌，显示了其作为科学家敏锐且严谨的态度。涂院士不仅对我们当下所处的大数据时代密切关注，还在作品中提到了日新月异的科技进步下人类的发展远景。其关于可持续发展目标的作品《SDGs口诀》："富足康福，平等优育。清水洁能，有劳多禄。产业城市，创新永续。产消有责，气候行速。水下陆上，众生并蓄。公平正义，你我同筑。"此作说明了可持续发展目标的优势：民众生活富足，资源节能环保，城市创新发展，社会协调有序。作者描绘了可持续发展目标的指引下，更美好、更持续的理想未来的蓝图。读罢眼前便能浮现可持续发展的一幕幕场景。足以见得涂善东院士对实现此目标的希望与信心。他曾在专访中指出："工程，从物质利用来讲，就是把自然资源通过合理的利用建造出新的东西为人类服务，是以人为本的，是为了让世界更美好，这就是工程的意义。"[1] 此作也体现了涂院士一贯借助工程的力量造福人类的理念。

此外，涂善东院士还有贺岁的节令之作和感怀的吊唁之作。由此可见，涂院士的诗歌具有丰富的类型内涵。其中蕴含着对自然美景的喜爱、对科学研究的热情、对人类发展的展望，融合了深厚的科学素养和广泛的人文情怀。

---

[1] 王湘蓉、邢晓凤：《好的教育，就是要实现师生内心的自在和谐——专访中国工程院院士、华东理工大学教授涂善东》，《教育家》2023年第4期。

二、涂善东诗歌的艺术

涂善东院士的诗歌具有独特的时代风貌，在语言风格、结构层次、节奏语感方面别具特色。科学元素渗透其诗作，科学思维与艺术情感互相交织。这得益于涂院士敏锐的洞察力和细腻的感知力。由此也彰显了其诗作的艺术魅力和独特价值。

涂善东院士的诗歌明白晓畅，画面感强。在《大数据之无限与有限》一诗中，他运用家喻户晓的典故，如"井蛙""燕雀""盲者""夏虫"这些意象表明大数据应用范围全面而广泛，发展速度迅猛而惊人。在涂院士的笔下，大数据与机器化的优势被展现得淋漓尽致。而将广为人知的意象融入诗歌中，更传神清晰地帮助大众理解大数据的发展程度。"盲者语象""夏虫语冰"则将看似不可能之事说成现实，便是以夸张的手法表明大数据时代科技创新的发展速度之快，潜在动能之大。又如《清明遥祭庆新兄》的尾联"悠悠呜咽汀江水，溢我凄凄涕泗挥"以景结情，将内心的哀愁寄托于悠悠江水之中，那呜咽的水声仿佛也在为诗人哭泣，而诗人的泪水也如江水般无法抑制，挥洒而出。将个人情感与自然景物融为一体的写法使得诗歌的意境更加深远，作者营造的情景如在目前，情感更加饱满。同样情感真挚的还有如《敬挽杨叔子先生》："一声慢走成追忆，双泪涌流别圣贤。"前后辈的对谈记忆犹新，如今却是阴阳两隔，声泪俱下的场面最是打动人心。

涂善东院士的诗歌情理兼具，起伏有致。《大数据之无限与有限》一诗中，前三联都在介绍大数据的优点，第四句则笔锋突转，变换了语气，从另一个视角道出了大数据也有超出人类认知的、未知利弊祸福的一面。正如涂善东院士在此诗的注解中所言："许多论文与项目申请书都声言大数据、机器学习成功之处，但鲜有指出其局限性。就如预测材料的拉伸性能，如果只学习了弹性阶段的数据，就不可能预测到材料的弹塑性性质；又如月球的描述，知道了月球一面的数据，而不知道另一面，就很难对整个月球进行建模。所以，山的那一面是什么，是山外青山？还是山外大海？或需要有全面的时空观念。"此诗既有科学家理性的认知，又展现了诗人的敏感，全诗紧扣题目，可见涂院士的渊博学识与非凡视野。又如《登楼远望》一诗，构建了一个深邃而富有感染力的空间。它引导我们思考人生的意义和价值所在以及如何面对生活中的挑战和困难等问题，是一首具有深刻思想内涵和艺术魅力的佳作。

涂善东院士的诗歌节奏明快，朗朗上口。如《马年贺岁诗》："洗却一身霾，欣迎春色来。开门得快马,马上有钱才。"语言凝练且清新明快,巧妙地将新春的喜悦与马年的特色融为一体,充满了节日的欢快气氛和对未来的美好祝愿。再如《阴阳魔都》中"阴阳多变幻,冷暖总关情"二句,将天气与阴阳巧妙结合在一起,语言精练,没有过多的修饰和铺陈,却能在有限的字句中展现出丰富的意象和深远的意境。又由《SDGs口诀》可知,涂院士的作品便于读者记忆,能够起到为国家政策宣传的效果。他在此作注释中提到:"可持续发展目标(SDGs)旨在'为所有人实现更美好、更可持续的未来蓝图'。目标共有17项并随附169个指标。为帮助记忆,写就几句口诀。祝福人类,念念不忘,必有回响。"此作展现了涂善东院士为建成富强、民主、文明、和谐、美丽的社会主义现代化国家的目标之期许,也可见涂院士作为新时代科学家的担当与奉献。

综上,涂善东院士的诗歌体现了科学和艺术的融合。这不仅拓宽了诗歌的表现领域,也提升了诗歌的思想深度和审美价值。从科学家的角度观察世界,涂善东院士用独特的审美眼光挖掘日常生活和科研工作中的点滴细节,形成别具一格的创作风格。

三、涂善东诗歌的价值

涂善东院士的诗歌具有兴发感动的力量和记录时代的价值。正如韩倚云教授指出:"有生命力的诗词,必以严谨的逻辑思维为支撑,必发自诗人内心,诗词创作与科技文明,饱含诗人丰富的情感,提炼客观自然的本质,提炼客观自然规律性。"[①]科学家是推动科技发展的中坚力量,院士更是科学家中的重要群体。科学家诗歌通过诗意的语言,记录了他们的精彩人生和卓越贡献、时代的飞速发展和重大变迁,弘扬了科学精神和崇高品格。重视并传承这些诗歌有助于推动科学精神的传承和弘扬,从而培养具有深厚人文底蕴和创新能力、更好适应未来社会发展需求的人才。

涂善东院士的诗歌彰显了寓理于诗的理性思辨魅力。自古以来,咏史怀古、借景抒情、唱和交游是文人雅士偏爱的创作主题,科技诗词在中国古典文学作品中的占比并不突出。科技发展为科学家提供了新鲜的素材与思考角度,激发他们创作优秀的科技诗作。同时,这些诗作也促进科学家对科技发展进行全面而深入的思考。他们通过对自然、社会、人生等问题的深入探索,将自己的感悟和见解

---

① 韩倚云:《诗词创作与科技文明》,《中国曲学研究》2021年第1期。

融入诗歌之中。而在科技发展日新月异的当下，涂善东院士敏锐地捕捉到了其中蕴含的哲理并将其用诗意的语言描绘出来，从而创作出展现科学家精神与当代科技发展风貌的具有新时代气息的诗歌。

涂善东院士的诗歌承载了质朴实用的科技史料价值。涂善东院士的诗词没有使用过多华丽的辞藻和夸张的手法渲染，在一定程度上保留了科学技术在当代的发展面貌。黄攸立先生指出："诗词歌赋作为一种信息的载体，它以其自身的特点而易在人群中流传，同时也将所载信息传递给读者。"[1] 涂院士的诗作能够反映当下我国的科技发展水平及人们对此的认知。以涂院士为代表的科学家创作的作品传承、传递并传播着科学知识。其中蕴含的科技素材可能会激发当下同时代受众对科学技术的兴趣与思考，也可能引起后辈学者对大数据进行进一步的考察与思索。这尤其激励和鼓舞着广大青少年，引导他们树立科学理想，培养科学精神，投身于科学事业。

涂善东院士的诗歌蕴含了"缘事而发"的现实主义精神。近年来，科学技术正以迅猛的态势飞速发展，量子计算取得重大突破、新能源技术不断推广、虚拟现实技术逐步普及、人工智能技术快速革新，这些新生的科技现象为当代文艺工作者提供了源源不断的素材。科学家诗歌是科学与文学相结合的产物，既丰富了文学的表现形式，又拓宽了科学的传播渠道。正是在这样的时代背景下，涂院士作为科技工作者的代表，将目光聚焦于大数据和可持续发展的目标，将科技元素融入诗歌创作中，为读者带来了与阅读古诗不同的审美体验，不仅传承了中华优秀传统文化，也为当代诗词注入了丰富的思想内涵。

四、结语

作为科学家，涂善东院士在机械化工领域造诣深厚，同时，他还通过文学创作展现了其文学才情和人文关怀。这种学科的跨界融合不仅有助于推动科学的发展进步，也有助于提升人类的文化素养和精神境界。涂善东院士曾手书"此情无计可消除，才下眉头、却上心头"一句词，并挂在实验室，借诗词中的深情表达对科研工作的"痴情"。他还创作了《工科生毕业宣言》，提醒工科学者遵守职业道德和工程伦理，足知其作为一位出色的科学家、教育家的情怀与担当。在大力弘扬科学家精神、教育家精神的当下，传颂涂院士所作之诗具有

---

[1] 黄攸立：《应当重视诗词歌赋的科技信息载体作用》，《编辑学报》1994年第2期。

不容忽视的意义。

综上所述，涂善东院士的作品字里行间均可见其热爱科技工作的拳拳赤子之心。从作品中可窥见其作为科学家的修养和作为诗人的智慧，这也是以涂院士为代表的、热爱中华优秀传统文化的广大科技工作者的优秀品质。习近平总书记曾对文艺工作者寄语："文艺创作是观念和手段相结合、内容和形式相融合的深度创新，是各种艺术要素和技术要素的集成，是胸怀和创意的对接。"[1] 涂善东院士的诗歌紧扣时代脉搏，展现了我国科技事业的蓬勃发展、社会进步的生动图景。科技为诗词发展提供了新的创作空间，科技元素为中华优秀传统文化的传承拓展了新的天地。涂善东院士的诗歌是这片崭新天地的重要组成部分，值得我们进一步研究。

---

[1]《习近平总书记在文艺工作座谈会上的重要讲话学习读本》，学习出版社2015年版，第12页。

跋 语

科学技术对人类生活的重要性无与伦比。其发展变化之快，影响人类生活之大，可谓日新月异。而作为反映社会生活的诗词艺术，涉及科技语言或题材是自然而然的。科学家作为诗人来源之一，创作的诗词更是别开生面。现当代出现的不少优秀诗歌也来自科学家之手。科技诗词于当代尤其繁荣。这一切现象值得我们关注与研究。为此，2022年6月中华诗词学会专门成立科技与文创诗词工作委员会。可谓应运而生，适逢其会。时任科创委主任赵安民、副主任王国钦先生曾选编《当代科技诗词选》，由中国书籍出版社2023年出版面世。与此同时，上海大学中华诗词创作研究院联合中华诗词学会现当代诗词研究工作委员会各位成员于2023年在上海大学召开首届科学家诗词研讨会。率先对当前院士诗人创作进行研究，并成立科学家诗书画研究中心。这本《中国院士诗词特辑》顺理成章，仍由中国书籍出版社出版。此刻正值十几年致力当代诗词出版的中国书籍出版社与历史悠久的诗歌国刊《诗刊》社强强联手成立了诗词出版中心，本书的出版由此恰逢其时。经诗词工作者、大学学者、企业家和诗词出版工作者联手协力，让科技与诗词互相辉映，为当代诗国增添一道亮丽风景。

笔者忝为上海大学中华诗词创作研究院院长、南昌大学中华诗词教育传播研究院院长以及中华诗词学会现当代诗词研究工作委员会主任，在中华诗词学会周文彰会长、林峰副会长等领导的指导下，不仅先后策划、开展、举办过各行各业的诗词研究活动，还亲自教授诗词界、学界的学人如何研究诗词以及如何教育诗词。在此过程中，笔者因北京航天大学韩倚云、清华大学肖红缨等诗友推介结识科学界众多院士诗人，并建立微信诗友群。其中王玉明、吴硕贤、陈懋章、丘成桐、曾庆存、潘云鹤、刘合、高金吉、丁文江、涂善东等院士最为热心。这些院士诗人作为当代中国科学界的精英之精英，不仅为国家科学发展做出了杰出贡献，还在其工作之余创作诗词。这些作品固然是科学家们愉悦身心、娱乐生活的反映，更是其科学精神与人文关怀合一的体现。由于文理分科、职业差别等原因造成的文科与理科、工科割裂，使得理工专业学生、工作者爱好诗词、喜欢文科却不能从事文科研究与教育。所幸的是，诗词、文学、人文并未专门设立门槛不许理工专业者入内。在诗词王国里，人人平等。院士的诗词创作实践本身即是明证。由于院士的科学精神伟大以及影响面广泛，院士的诗心、诗情、诗艺以及诗史精神等都为当代诗人特别是理工专业诗词爱好者树立了榜样，其示范意义极大。也正因此，在上海大学召开首届院士诗词研讨会过程中，上海大学领导特别重视。此书的出版不仅是上海大学科学家诗书画研究中心的大事，也是当前科技与人文融合创新的体现。

此书主要包含三方面的内容。一是院士诗词选。先录的诗词作品除了上述所提及的王玉明等院士作品外，还收录有钱伟长等已逝院士的诗作。二是当代诗人礼赞院士与赞颂科技的诗词作品。此部分作品由韩倚云、赵安民、王国钦等先生征集。其目的为中国科学家献礼，以形成尊敬科学家、礼敬科学家以及弘扬科学精神的风气。三是研究科学家诗词的论文或著述。由于当前诗词学研究界对当下诗词研究的严重滞后，院士诗词研究水平还未能上升到唐诗宋词研究的高度。笔者作为诗词学专业的博士生导师、作为中华诗词创作研究院院长、作为现当代诗词研究工作委员会主任深知其难。研今之难，不亚于研古。研究当代诗词难不在文献，而在专业设置的缺乏、研究人才的不足以及学术界对待当代诗词研究的高冷态度。此书稿中有一批论文为笔者所指导的硕士研究生、博士研究生所撰写。虽然存在稚嫩生涩等不足，但能从不同的视角切入来探视院士诗人、诗作的特点与价值。此书稿中收录的论文作者中有两位值得重视。一位是韩倚云教授。她是一位科学家，又是诗书画爱好者。更是一位热心当代诗词研究的学者。另一位是吴全兰教授。她是一位马列主义方向研究的专家，但又爱好诗词创作，专门研究王玉明院士的诗词。论文作者中还有一位特殊的作者，即中华诗词学会原会长郑欣淼先生。郑先生一直以来对上海大学中华诗词创作研究院重视有加。此次将其评陈懋章院士诗词的文章赐予，为此书增色不少。论文中所研讨对象数量最多的是王玉明院士。院士诗词研究能提上日程与逐渐展开，王先生人格魅力的作用尤大。论文中还收录有研究已逝院士诗人顾毓琇、杨叔子等诗作者多篇。笔者曾多次指出，院士诗人群体的研究、科学家人文精神以及科技与人文交融等方面的研究既是当代诗词研究应当重视的方向，也是当代科技史研究不可忽略的一项重要内容。由此可以说，此书的出版是跨学科研究、跨学科合作的体现。虽然还是有不少问题需要我们解决与改善，但相信未来会更美好。

最后，还是要对此书出版过程中的各位同仁予以感谢。感谢中华诗词学会周文彰会长、林峰常务副会长，对上海大学中华诗词创作研究院的全力支持。感谢业师钟振振先生，由于钟师与王玉明先生的友谊，促成了科学家诗书画研究中心的成立。感谢张维青先生以敏锐的文化关怀眼光来支持此书的出版。感谢赵安民先生以诗人、书法家、编辑以及出版家多身份来参与此书成书到出版的各个环节。感谢韩倚云女史一直以来对科学家诗书画研究中心的支持以及为此书征稿、编辑与出版所付出的辛劳。感谢上海大学诗礼文化研究院姚蓉院长及其团队为研讨会的召开以及书稿的出版付出的心血。感谢中国新闻出版研究院冯士新院长的垂爱并玉成此书的顺利出版。感谢中国书籍出版社编辑团队为此书出版所做的细心工作。当然，还要感谢我的得力助手刘慧宽博士，此书的成书至出版各个环节离不开刘博士的苦心。好人一生平安！顺附《喝火令·〈中国院士诗词特辑〉付梓之际再次礼赞科学家》一阕："强国情飘洒，诗歌火种存。况逢盛世梦回春。佳句妙呈心境，那日话柔温。　　硕果芳香院，清词趣悦群。捷思都付月明唇。吻过心乡，吻过少时门。吻过卡三回脖，笑傲地球村。"唯愿我国科学技术更加发达、我们的院士身笔双健！各位爱好诗词的人安康幸福！

不才曹辛华书于红炉一雪斋
2025年3月